Reader's Digest
Auswahlbücher

Reader's Digest Auswahlbücher

Verlag DAS BESTE
Stuttgart · Zürich · Wien

Die Kurzfassungen in diesem Buch erscheinen
mit Genehmigung der Autoren und Verleger

279
PRINTED IN GERMANY
ISBN 3 87070 128 5

Inhalt

Die Gnaden-frist

Eine Kurzfassung
des Buches
von Mary Higgins Clark

Ins Deutsche übertragen
von Otto Bayer

Illustrationen
von Steven H. Stroud

TODAY
TODAY
TODAY
TODAY
DOOMED KILLER
PROTESTS INNOCENCE

Selbst für Steve Peterson heilte die Zeit viele Wunden, wenn auch nicht alle. Die grauenhafte Erinnerung an den Tag vor zwei Jahren, als seine Frau Nina ermordet aufgefunden wurde, quälte ihn noch immer. Und nicht nur ihn. Sein kleiner Sohn Neil hatte diesen Alptraum ebenfalls nie verwinden können. Aber der Verbrecher war gefaßt worden und wartete nun auf seine Hinrichtung. Ein Mörder, dem niemand die furchtbare Tat zugetraut hätte, ein junger Mann, der verzweifelt seine Unschuld beteuerte. Doch seine Gnadenfrist ist fast abgelaufen ...
Sollte es jetzt nicht endlich Zeit für Steve und Neil werden, ein neues Leben zu beginnen, ein schönes, glückliches Leben wie damals, bevor Angst und Schrecken Einzug in ihr Haus gehalten hatten?
Sharon Martin, die junge Journalistin, wurde für Steve der Grund, das Leben wieder lebenswert zu finden. Gewiß, es gab Unstimmigkeiten zwischen ihnen, doch ihre Liebe würde sie sicherlich überbrücken können.
Und dann kam der Tag, an dem Steve ein leeres Haus vorfand, der Tag, der alle Wunden wieder aufriß und jede Hoffnung auf eine glückliche Zukunft nahm: der Tag, an dem Sharon und Neil verschwanden.

Erstes Kapitel

Er sass regungslos in Zimmer 932 des Hotels Biltmore vor dem Fernsehgerät. Der Wecker hatte um sechs geklingelt, aber er war schon lange vorher aufgewacht. Der Wind, der kalt und bedrohlich an den Fenstern rüttelte, hatte ihn aus seinem unruhigen Schlaf gerissen.

Die *Heute*-Sendung begann, aber er stellte den Ton nicht lauter. Die Nachrichten interessierten ihn nicht. Er wollte nur das Interview sehen.

Er änderte seine Sitzhaltung auf dem unbequemen Stuhl, schlug die Beine übereinander und streckte sie wieder aus. Er hatte bereits geduscht und sich rasiert und den grünen Anzug mit kleinen Karos aus Kunstfaser angezogen, den er auch gestern abend getragen hatte, als er sich in diesem Hotel einquartierte. Der Gedanke, daß der Tag nun endlich da war, hatte seine Hand zittern lassen, so daß er sich beim Rasieren in die Lippe geschnitten hatte. Es blutete ein wenig, und der salzige Blutgeschmack im Mund verursachte ihm Brechreiz.

Er haßte Blut.

Gestern abend, unten an der Rezeption, hatte er gesehen, wie der Blick des Angestellten über seinen Anzug huschte. Den Mantel hatte er über den Arm genommen, weil er wußte, wie abgetragen er aussah. Aber der Anzug war neu; er hatte dafür gespart. Dennoch hatte der Mann am Empfang ihn angesehen wie ein Stück Dreck und gefragt, ob er ein Zimmer reserviert habe.

Er hatte noch nie in einem richtigen Hotel gewohnt, aber er wußte, wie man mit solchen Leuten wie diesem Portier umspringen mußte. „Ja, ich habe reserviert.“ Er hatte es so eiskalt gesagt, daß der Angestellte einen Augenblick lang aus dem Konzept zu geraten schien; doch als er dann keine Kreditkarte vorweisen konnte und statt dessen Vorauszahlung in bar anbot, hatte dieses Feixen sich wieder auf seinem

Gesicht breitgemacht. „Ich reise Mittwoch früh wieder ab", hatte er zum Portier gesagt.

Das Zimmer kostete hundertvierzig Dollar für die drei Nächte. Das hieß, daß ihm nur noch fünfzig Dollar blieben. Aber das war mehr als genug für die paar Tage, und am Mittwoch würde er zweiundachtzigtausend Dollar besitzen.

In seine Gedanken drängte sich ihr Gesicht. Er blinzelte, damit es verschwand. Wie immer fühlte er sich von diesen Augen verfolgt wie von zwei großen Scheinwerfern.

Eben ging ein Werbespot zu Ende. Schlagartig erwachte sein Interesse. Er beugte sich vor und drehte am Lautstärkeregler. Jetzt mußte das Interview kommen.

Das bekannte Gesicht des Moderators Tom Brokaw erschien auf dem Bildschirm. Ernst und mit gedämpfter Stimme begann er zu sprechen. „Die Wiedereinführung der Todesstrafe ist seit dem Vietnamkrieg das Problem, an dem sich in diesem Lande am heftigsten die Geister scheiden und die Gemüter erhitzen. In genau zweiundfünfzig Stunden, nämlich um elf Uhr dreißig am vierundzwanzigsten März, soll die sechste Hinrichtung dieses Jahres stattfinden. Der neunzehnjährige Ronald Thompson wird auf dem elektrischen Stuhl sterben. Unsere Gäste heute..."

Die Kamera schwenkte und erfaßte zwei weitere Personen; der breitschultrige Mann, der Brokaw gegenübersaß, war Anfang Dreißig. Sein sandfarbenes Haar war von grauen Strähnen durchzogen und wirkte ungekämmt. Er hielt die Handflächen gegeneinandergepreßt und die Finger auseinandergespreizt. Seine Augen waren stahlblau.

Die junge Frau neben dem Interviewer saß steif und gerade. Ihr Haar war von der Farbe goldenen Honigs und zu einem weichen Knoten zurückgekämmt. Die geballten Fäuste lagen verkrampft in ihrem Schoß. Sie befeuchtete ihre Lippen und strich sich dann unwirsch eine Haarsträhne aus der Stirn.

Tom Brokaw sagte: „Bei ihrem letzten Auftritt hier vor einem halben Jahr haben unsere Gäste sehr eindrucksvoll ihre gegensätzlichen Standpunkte vertreten. Die Kolumnistin Sharon Martin ist Autorin des Bestsellers *Das Verbrechen der Todesstrafe*. Stephen Peterson, Redakteur der Zeitschrift *Events*, ist wohl derjenige, der in den Medien am nachdrücklichsten für die Wiedereinsetzung der Todesstrafe ficht."

Seine Stimme wurde lebhafter. Er wandte sich an Steve: „Mr. Peterson, Sie haben die heftigen emotionalen Reaktionen der Öffentlichkeit auf die letzten Vollstreckungen miterlebt. Halten Sie Ihren Standpunkt jetzt noch immer für gerechtfertigt?"

Steve beugte sich vor. „Auf jeden Fall", sagte er.

Der Interviewer wandte sich dem zweiten Gast zu. „Sharon Martin?"

Sharon war zum Umfallen müde. Im letzten Monat hatte sie zwanzig Stunden täglich gearbeitet. Sie hatte mit Senatoren, Richtern und Verteidigern der Menschenrechte diskutiert; sie hatte in Universitäten und Vereinen gesprochen; sie hatte alle Welt aufgerufen, an die Gouverneurin des Staates Connecticut zu schreiben und gegen Ronald Thompsons Hinrichtung zu protestieren. Die Reaktionen waren überwältigend. Sie war völlig sicher gewesen, daß Gouverneurin Greene sich umstimmen lassen würde. Jetzt suchte sie nach Worten.

„Ich glaube", sagte sie, „ich *glaube*, daß unser Land einen Riesenschritt rückwärts ins finstere Mittelalter getan hat." Sie hielt die neben ihr liegenden Zeitungen in die Höhe. „Sehen Sie nur die Schlagzeilen von heute morgen. Blutdürstig. Nehmen Sie diese hier: ‚Verurteilter Mörder: Ich bin unschuldig!' Oder diese: ‚Neunzehnjähriger stirbt am Mittwoch'. Sensationsgierig und barbarisch!" Ihre Stimme versagte.

Steve warf ihr einen raschen Blick zu. Sie hatten soeben erfahren, daß Gouverneurin Greene eine Pressekonferenz ansetzen und ihre Entscheidung bekanntgeben wollte, den Hinrichtungsaufschub für Thompson abzulehnen. Die Nachricht hatte Sharon zutiefst erschüttert. Sie hätten heute nie in dieser Fernsehsendung auftreten sollen. Die Entscheidung der Gouverneurin machte Sharons Einsatz sinnlos, und Steve selbst hatte weiß Gott nicht den Wunsch, hier zu sein. Aber er mußte etwas sagen.

„Ich glaube, jeder verantwortungsvoll denkende Mensch bedauert Sensationsgier ebenso wie die Notwendigkeit der Todesstrafe", sagte er. „Aber man darf nicht vergessen, daß das Urteil erst nach eingehender Würdigung aller mildernden Umstände gesprochen wurde. Die Todesstrafe steht nie zwangsläufig am Ende eines Prozesses."

Jetzt fragte Brokaw: „Finden Sie nicht, man hätte berücksichtigen sollen, daß Thompson den Mord nur wenige Tage nach seinem siebzehnten Geburtstag begangen hat, als er noch kaum unter das Strafrecht für Volljährige fiel?“

„Wie Sie wissen“, sagte Steve, „möchte ich mich nicht speziell zum Fall Thompson äußern. Das wäre gänzlich unangebracht.“

„Ich verstehe Ihre Bedenken, Mr. Peterson, aber Sie haben Ihre Meinung in dieser Frage ja schon lange vertreten, lange Jahre bevor“ – er zögerte –, „bevor Ronald Thompson Ihre Frau ermordet hat.“

Ronald Thompson hat deine Frau ermordet. Auch nach zweieinhalb Jahren empfand Steve noch immer dieselbe Verwunderung, dieselbe Erschütterung darüber, daß Ninas Leben ausgelöscht worden war von dem Eindringling, der in ihr Haus gekommen war, von diesen Händen, die den Schal um ihren Hals geschnürt hatten.

Er versuchte, die Erinnerung daran aus seinen Gedanken zu verdrängen, und sah starr geradeaus. „Lange vor der Tragödie in meiner eigenen Familie bin ich zu dem Schluß gekommen, daß wir uns die Unverletzlichkeit unseres Hauses und unsere Freiheit, ohne Angst zu kommen und zu gehen, nur bewahren können, wenn wir denen wehren, die Gewalt üben. Und bedauerlicherweise kann man potentiellen Mördern anscheinend nur wehren, wenn man ihnen dasselbe harte Urteil androht, das sie selbst ihren Opfern zumessen. Und seit die Vollstreckung von Todesurteilen vor zwei Jahren wiederaufgenommen wurde, ist die Zahl der Morde in den größeren Städten dieses Landes drastisch gesunken.“

Sharon beugte sich vor. „Sehen Sie denn nicht, daß fünfundvierzig Prozent aller Morde von jungen Menschen unter fünfundzwanzig Jahren begangen werden, die zu einem großen Teil aus verzweifelten Familienverhältnissen stammen und nie eine intakte Umgebung kennengelernt haben?“

Der Fernsehzuschauer in Zimmer 932 des Hotels Biltmore betrachtete die Frau nachdenklich. Das war die Schriftstellerin, auf die Steve so scharf war. Sie war ganz anders als seine Frau. Sie war größer und hatte eine schlankere, sportlichere Figur. Seine Frau war klein gewesen, wie eine Puppe, mit pechschwarzen Locken, die sich über Stirn und Ohren ringelten.

Sharons blaugrüne Augen erinnerten ihn an das Meer im letzten Sommer. Er hatte gehört, an Jones Beach komme man leicht an Frauen heran, aber es hatte nicht geklappt. Die eine, an die er sich im Wasser heranzumachen versuchte, hatte gleich „Bob!" gerufen, und kurz darauf war dann dieser Kerl neben ihm aufgetaucht und hatte gefragt, ob er irgendwelche Wünsche habe.

Was sagte Steve soeben? Ach ja, etwas von Mitleid mit den *Opfern*, nicht mit ihren Mördern.

„Mein Mitgefühl gilt denen natürlich auch", rief Sharon. „Aber können Sie denn nicht einsehen, daß lebenslänglich eine ausreichende Strafe für die Ronald Thompsons dieser Welt wäre?" Sie vergaß die Fernsehkameras und wollte Steve persönlich überzeugen. „Wie können Sie – ein sonst so feinfühliger Mensch – den lieben Gott spielen wollen?"

Das Streitgespräch begann und endete genau wie vor sechs Monaten, als ihre Meinungen in dieser Sendung aufeinandergeprallt waren. Schließlich sagte Tom Brokaw: „Unsere Sendezeit geht zu Ende. Können wir zusammenfassend sagen, daß Sie, Mr. Peterson, immer noch der Meinung sind, die Todesstrafe sei gerechtfertigt, weil die Zahl der Morde abgenommen hat?"

„Ich glaube, daß die Gesellschaft das moralische Recht, ja die Pflicht hat, sich zu schützen, und daß die Regierung die unverletzliche Freiheit ihrer Bürger schützen muß", sagte Steve.

„Sharon Martin", wandte Brokaw sich schnell an sie, „Ihre Ansicht, bitte?"

„Ich glaube, daß die Todesstrafe sinnlos und unmenschlich ist. Ich glaube, daß wir für Sicherheit in unseren Häusern und unseren Straßen sorgen können, wenn wir Gewalttäter schnell und zuverlässig bestrafen und Geld für den Bau entsprechender Besserungsanstalten zur Verfügung stellen. Ich glaube, daß die Achtung, die wir vor *allem* Leben haben, der Prüfstein ist, an dem sich jeder einzelne und die Gesellschaft als Ganzes messen lassen muß."

Tom Brokaw sagte eilig: „Ich danke Ihnen beiden, daß Sie heute zu uns gekommen sind. Ich melde mich wieder nach dem folgenden Werbespot..."

Das Fernsehgerät in Zimmer 932 des Hotels Biltmore wurde ausgeschaltet. Noch eine ganze Weile saß der muskulöse, breitbrüstige Mann vor dem dunklen Schirm. Zum soundsovielten Male durchdachte er wieder seinen Plan, den Plan, der damit begann, daß er die Fotos und den Koffer im Versteck in der Grand Central Station verstaute. Der nächste Schritt würde darin bestehen, Steve Petersons Sohn Neil heute abend dorthin zu bringen. Aber nun mußte er sich entscheiden. Sharon Martin würde den heutigen Abend in Steves Haus verbringen und sich um Neil kümmern, bis Steve nach Hause kam. Er hatte vorgehabt, sie an Ort und Stelle zu beseitigen. Aber sollte er das wirklich tun? Sie war so schön. Als sie direkt in die Kamera blickte, hatte er das Gefühl gehabt, daß sie *ihn* ansah – als ob sie wünschte, daß er zu ihr käme. Vielleicht liebte sie ihn.

Wenn nicht, würde es ihm leichtfallen, sie sich vom Hals zu schaffen. Dann würde er sie am Mittwochmorgen einfach mit dem Kind in diesem Versteck der Grand Central Station lassen. Wenn dann die Bombe losging, würde auch sie mit in die Luft fliegen.

Sie verließen zusammen das Studio. Sharons Tweedcape lag schwer auf ihren Schultern. Ihre Hände und Füße waren eiskalt. Sie streifte ihre Handschuhe vorsichtig über den antiken Mondsteinring, den Steve ihr zu Weihnachten geschenkt hatte. Steve hielt ihr die Tür auf, und sie traten in den windigen Morgen hinaus. Es begann zu schneien – große Flocken, die liegenblieben. „Ich besorg dir ein Taxi", sagte Steve.

„Nein, ich möchte lieber zu Fuß gehen. Da bekomme ich besser einen klaren Kopf. Ach, Steve, wie kannst du nur so sicher sein, so unbarmherzig!"

„Fangen wir nicht wieder von vorn an." Steve sah auf sie hinunter. Sharons Blässe wurde durch den Schnee, der auf ihren Wangen schmolz, noch betont. „Kannst du jetzt nach Hause gehen und dich etwas ausruhen?" fragte er.

„Ich muß noch den Artikel für meine Kolumne abgeben."

„Na, aber dann versuch wenigstens ein paar Stunden zu schlafen. Kommst du dann so gegen Viertel vor sechs zu mir nach Hause?"

„Steve, ich weiß nicht recht."

„Aber ich. Die Lufts wollen ausgehen, weil heute ihr Hochzeitstag ist, und ich möchte am Abend mit dir und Neil zu Hause sein."

Ungeachtet der Leute, die an ihnen vorbei ins Rockefeller Center eilten, nahm er Sharons Gesicht in beide Hände und zog sie näher an sich heran. Er sagte ernst: „Ich liebe dich, Sharon. Wir müssen über uns reden."

„Steve, wir haben so verschiedene Ansichten. Wir..."

Er beugte sich zu ihr hinunter und küßte ihre zusammengepreßten Lippen. Dann trat er einen Schritt zurück und winkte ein vorüberfahrendes Taxi heran. Als es am Bordstein hielt, öffnete er ihr die Türe. „Kann ich heute abend auf dich zählen?" fragte er.

Sie nickte stumm. Steve warf die Wagentür zu und sah dem Taxi nach, das in die Fifth Avenue einbog. Dann schlug er eilig die entgegengesetzte Richtung ein. Er hatte heute in einem Hotel übernachtet, weil er morgens früh um halb sieben hier im Studio sein mußte, und wollte jetzt unbedingt noch Neil anrufen, bevor der zur Schule ging. Jedesmal, wenn Steve von zu Hause fort war, machte er sich Sorgen. Neil hatte immer noch Alpträume und wachte dann mit asthmatischen Erstickungsanfällen auf. Mrs. Lufts rief zwar immer rasch den Arzt, aber trotzdem...

Der Winter war so kalt gewesen. Vielleicht würde Neil, wenn er im Frühjahr mehr an die frische Luft kam, etwas kräftiger werden. Er sah so blaß aus.

Frühling! Heute war Frühlingsanfang. In der Nacht war der Winter offiziell zu Ende gegangen. Dem Wetter hätte man's nicht angemerkt.

Steve überlegte, daß er und Sharon sich jetzt schon seit einem halben Jahr regelmäßig trafen. Als er sie am ersten Abend in ihrer Wohnung abholte, hatte sie vorgeschlagen, zu Fuß durch den Central Park zur Tavern-on-the-Green zu gehen. Er hatte sie darauf aufmerksam gemacht, daß es in den letzten Stunden sehr viel kälter geworden war, und sie daran erinnert, daß der Herbstanfang im Kalender stand.

„Wunderbar", hatte sie gesagt. „Der Sommer fing gerade an, mich zu langweilen." Das erste lange Stück legten sie fast wortlos zurück. Er beobachtete, wie sie ging, wie sie ohne weiteres mit ihm Schritt hielt, die Sportlichkeit ihres schlanken Körpers, unterstrichen durch den maisfarbenen Anzug, der zu ihrer Haarfarbe paßte. Er erinnerte sich an den scharfen Wind und das tiefe Blau des Herbsthimmels.

Es war ein so schöner Abend gewesen. Sie hatten lange beim Essen gesessen und geredet. Ihr Vater war Ingenieur bei einer Ölgesellschaft. Sie und ihre beiden Schwestern waren im Ausland geboren. Die Schwestern waren verheiratet.

„Wie sind Sie davongekommen?" Sie wußten beide, was er eigentlich damit fragen wollte: Gibt es jemanden, der in Ihrem Leben eine Rolle spielt?

Es gab niemanden. Bevor sie als freie Mitarbeiterin mit einer festen Kolumne zu arbeiten begonnen hatte, war sie für ihre Zeitung fast ständig auf Reisen gewesen. Sie wußte gar nicht, wo die sieben Jahre nach der Universität geblieben waren.

Sie waren Hand in Hand zu ihrer Wohnung zurückgegangen. Sie lud ihn noch auf ein Gläschen zu sich nach oben ein. Während er für die Getränke sorgte, hielt sie ein Streichholz an die Späne im Kamin, und dann saßen sie davor und sahen in die Flammen.

Steve erinnerte sich noch gut daran, wie das flackernde Feuer Schatten auf ihr klassisches Profil geworfen und ihr reizvolles Lächeln betont hatte. Es hatte ihn so sehr danach verlangt, sie in die Arme zu nehmen, aber er hatte sie nur flüchtig zum Abschied geküßt. „Am Samstag, wenn Sie nichts vorhaben...?"

„Ich habe nichts vor."

Und auf der Heimfahrt hatte er gewußt, daß diese rastlose, endlose Sehnsucht seines Herzens vielleicht ein Ende finden könnte...

Es war Viertel nach acht, als er das Gebäude an der Avenue of the Americas betrat. Er nickte dem Wachmann im leeren Korridor zu, fuhr hinauf zu seinem Büro im sechsunddreißigsten Stock und rief zu Hause an. Mrs. Lufts war am Apparat. „Doch, Neil geht's gut. Er frühstückt gerade. Neil, dein Vater."

Neil meldete sich. „Hallo, Vati. Wann kommst du nach Hause?"

„Um halb neun bestimmt. Ich habe um fünf noch eine Besprechung. Die Lufts wollen doch noch ins Kino, oder?"

„Ich denke schon."

„Sharon kommt vor sechs, dann können sie gehen."

„Ich weiß. Hast du mir ja schon gesagt." Neils Stimme klang betont ausdruckslos.

„Na, dann amüsier dich heute schön, Sohnemann. Und zieh dich warm an. Es wird ziemlich kalt. Bis heute abend."

„Tschüs, Vati."

Steve runzelte die Stirn. Man konnte sich kaum noch vorstellen, daß Neil vor Ninas Tod so ein lebenslustiger, übermütiger Junge gewesen war. Wenn doch Neil und Sharon einander nur etwas näherkämen! Sharon bemühte sich ja, Neils Verschlossenheit zu durchbrechen, aber er gab keinen Zentimeter nach.

Zeit. Alles brauchte seine Zeit. Seufzend griff Steve nach dem Leitartikel, den er gestern abend zu schreiben angefangen hatte.

Zweites Kapitel

Der Mann von Zimmer 932 verließ um halb zehn das Hotel Biltmore und eilte zur 42. Straße. Ein scharfer Wind, der Schneeflocken durch die Luft wirbelte, jagte die Fußgänger vor sich her. Die Passanten hatten die Köpfe eingezogen und die Mantelkragen hochgestellt. Das war ein Wetter, wie er es brauchte – ein Wetter, bei dem die Leute nicht darauf achteten, was andere taten.

Sein erstes Ziel war ein Trödelladen in der Second Avenue unterhalb der 34. Straße. Er ging bis dorthin zu Fuß. Gehen war gesund, und es war wichtig, daß er in Form blieb.

In dem Trödelladen begab er sich zu den Damenmänteln und wühlte in den billigen Sachen herum. Er fand einen dunkelgrauen, glockenförmigen Mantel, der ihm lang genug erschien. Dann sah er einen Ständer mit Kopftüchern und fischte das größte davon heraus, ein blaßblaues und rechteckiges. Der Verkäufer stopfte die Sachen in eine Papiertüte.

Seine nächste Station war ein Laden mit ausrangiertem Armeegut, wo er sich einen großen Seesack zulegte. In einem Kaufhaus an der First Avenue kaufte er drei Schachteln Heftpflaster, drei breite Mullbinden und zwei dicke Rollen Schnur. Mit diesen Einkäufen kehrte er ins Biltmore zurück.

Er verriegelte die Zimmertüre und legte die Einkaufstüten aufs Bett. Unendlich vorsichtig holte er einen alten, schwarzen Koffer mit doppeltem Schloß vom Kleiderschrank und legte ihn aufs Fußende des Bettes. Aus dem Portemonnaie nahm er einen Schlüssel, mit dem er den Koffer öffnete. Er überprüfte gründlich den Inhalt: Fotos, Sprengstoff, Wecker, Drähte, Lunte, Jagdmesser, Pistole . . . Zufrieden schloß er den Koffer wieder ab.

Dann verließ er mit dem Koffer und einer Einkaufstüte das Zimmer. Diesmal ging er ins Untergeschoß des Biltmore und nahm die Treppe, die zur Grand Central Station führte. Der morgendliche Berufsverkehr war vorbei, aber es eilten immer noch genügend Leute zu und von den Zügen, den Schnellimbißstuben und Zeitungskiosken.

Er lief die Treppen hinunter bis ins unterste Bahnhofsgeschoß und ging hinüber zu Bahnsteig 112, wo die Züge von und nach Mount Vernon hielten. Er vergewisserte sich, daß gerade kein Bahnhofspolizist in seine Richtung sah, und verschwand durch die Sperre.

Auf dem Bahnsteig durcheilte er den U-förmigen Gang, an dem die Schienen endeten. An Abflußrohren vorbei, gelangte er in einen abschüssigen Gang, der in die Tiefen des Bahnhofs führte. Seine Bewegungen wurden immer schneller, verstohlener. Über ihm wimmelte der Bahnhof von ankommenden und abfahrenden Reisenden. Aber hier in diesem spärlich erleuchteten Gang herrschten andere Geräusche: das Pochen von Pumpen, das Brummen von Ventilatoren, das Tröpfeln von Wasser. Ausgehungerte Katzen huschten durch den dunklen Tunnel, der unter der Park Avenue hindurchführte.

Er ging weiter den abschüssigen Gang hinunter bis zum Fuß einer eisernen Treppe und sprang leise die Stufen hinauf. Die Treppe endete vor einer schweren Metalltür. Vorsichtig stellte er den Koffer und die Einkaufstüte ab und kramte in der Tasche nach dem Schlüssel. Nervös steckte er den Schlüssel ins Schloß. Das Schloß gab widerstrebend nach, und die Tür ging auf.

Hinter der Tür war es pechschwarz. Der Schimmelgeruch nahm dem Mann schier den Atem. Der Eindringling trug Koffer und Tasche hinein und ließ lautlos die Tür ins Schloß gleiten. Die Bahnhofsgeräusche waren jetzt nur ganz schwach zu vernehmen. Alles in Ordnung.

Er tastete nach dem Lichtschalter, und der Raum wurde von einem trüben Licht erhellt. An der Decke glommen verstaubte Leuchtröhren, die tiefe Schatten in die Ecken warfen. Der Raum war L-förmig,

und die graue Farbschicht hing in großen Fetzen von den Wänden. Links von der Tür waren zwei uralte Waschbecken angebracht. Tropfende Wasserhähne darüber hatten ihre Innenseiten rosten lassen. In der Wand verkleideten dichtverfugte Bretter den kaminartigen Schacht eines Speiseaufzugs. Rechts stand eine kleine Tür offen, durch die man eine verdreckte Toilette sah. Er wußte, daß die Toilette funktionierte. Er war vorige Woche zum erstenmal seit zwanzig Jahren wieder in diesen Raum gekommen, um die Licht- und Wasserleitungen zu kontrollieren.

An der Wand der Tür gegenüber stand eine wackelige, tuchbespannte Pritsche, daneben lag eine Orangenkiste. Offenbar hatte noch jemand, irgendwann einmal, diesen Raum gefunden und darin gewohnt. Aber der Staub auf der Pritsche und die schale, abgestandene Luft bewiesen, daß er seit Monaten, vielleicht seit Jahren nicht mehr geöffnet worden war.

Vorige Woche war er seit seinem sechzehnten Lebensjahr zum erstenmal wieder hier gewesen. Das lag ein halbes Menschenleben zurück. Damals wurde die Kammer von der darüberliegenden Oyster-Bar als Spülküche benutzt. Berge von schmutzigem Geschirr wurden durch den alten Speiseaufzug hier heruntergeschickt, in den Waschbecken gespült, getrocknet und wieder in die Küche hinaufgeschickt. Vor Jahren waren nun in der Küche oben Geschirrspülmaschinen installiert worden, und man hatte diesen Raum hier verschlossen. Aber für einen bestimmten Zweck war er noch zu gebrauchen.

Als er darüber nachgegrübelt hatte, wo er Petersons Sohn bis zur Zahlung des Lösegeldes versteckt halten könnte, war ihm dieses Untergeschoß eingefallen. Damals, als er hier gearbeitet hatte, die Hände geschwollen vom Spülmittel und dem brühheißen Wasser, da waren durch diesen Bahnhof lauter wohlgekleidete Herrschaften geeilt, die alle auf dem Weg zu ihren teuren Häusern und Wohnungen gewesen waren oder sich oben im Restaurant ausruhten und Garnelen und Muscheln und Austern verzehrten, die er von ihren Tellern kratzen mußte; und keiner von ihnen hatte sich je um ihn gekümmert.

Jetzt würde er sie zwingen, ihn zur Kenntnis zu nehmen, sie alle hier in der Grand Central Station, in New York, *in der ganzen Welt*. Ab Mittwoch würden sie ihn nie mehr vergessen.

Es war leicht gewesen, in diesen Raum zu gelangen. Er fand einen Schlüssel in seiner Sammlung, der in dieses Schloß paßte.

Heute abend würden Sharon Martin und der Junge hier bei ihm sein. Grand Central Station. Der verkehrsreichste Bahnhof der Welt. Der geeignetste Platz auf der Welt, um jemanden zu verstecken. Er lachte laut auf. Die abblätternde Farbe, die durchhängende Pritsche und das tropfende Wasser erregten ihn.

Hier war er der Meister, der Planer. Er würde sein Geld bekommen. Er würde diese Augen für immer schließen. Er konnte es nicht länger ertragen, von ihnen zu träumen.

Mittwoch um halb zwölf. Das war in genau achtundvierzig Stunden. Dann würde er in einem Flugzeug nach Arizona sitzen, wo ihn niemand kannte. In Carley war er nicht mehr sicher. Aber dort draußen würde er sicher sein, mit dem Geld – und den Augen entronnen –, und wenn Sharon Martin in ihn verliebt war, würde er sie mitnehmen.

Vorsichtig legte er den Koffer auf den Boden, öffnete ihn und entnahm ihm einen winzigen Kassettenrecorder und einen Fotoapparat und steckte sie tief in die linke Tasche seines formlosen, braunen Mantels. Jagdmesser und Pistole wanderten in die rechte. Keine Ausbuchtung zu sehen.

Er nahm die Einkaufstasche und breitete ihren Inhalt säuberlich auf der Pritsche aus. Mantel, Halstuch, Schnur, Heftpflaster und Mullbinden stopfte er in den Seesack. Schließlich öffnete er den Packen mit den vergrößerten Fotos. Sein Blick verweilte auf ihnen. Er lächelte.

Die ersten drei Bilder hängte er über der Pritsche an die Wand und befestigte sie mit Heftpflaster. Das vierte betrachtete er eine Weile und rollte es langsam wieder zusammen. Noch nicht, entschied er.

Die Zeit verging. Vorsichtig knipste er zuerst das Licht aus, bevor er die Tür einen Spaltbreit öffnete. Er lauschte angestrengt. Aber es waren keine Schritte in der Nähe zu hören.

Er huschte hinaus, stieg lautlos die Eisentreppe hinunter und eilte den schrägen Gang hinauf, vorbei an den stampfenden Generatoren, den brummenden Ventilatoren, dem gähnenden Tunnel, dann ums Mount-Vernon-Gleis herum und die Treppe hinauf ins Untergeschoß des Bahnhofs. Hier wurde er ein Teil des Menschenstroms, ein muskulöser, breitgebauter Mann in den Dreißigern mit kerzengerader

Haltung, aufgedunsenem Gesicht mit hohen Wangenknochen, zusammengekniffenen Lippen und hellen Augen, die pfeilschnell hin und her huschten. Er eilte zur Sperre im Obergeschoß, wo die Züge nach Carley abfuhren.

NEIL stand an der Straßenecke und wartete auf den Schulbus. Er wußte, daß Mrs. Lufts ihn aus dem Fenster beobachtete. Das konnte er nicht leiden. Seine Freunde wurden alle nicht so von ihren Müttern umsorgt wie er von Mrs. Lufts. Als ob er in den Kindergarten ginge und nicht in die erste Klasse.

Sandy Parker ging in die vierte Klasse. Auch er stieg hier in den Bus. Immer wollte er neben Neil sitzen. Es war Neil nicht recht. Sandy redete immer von Dingen, über die Neil nicht reden wollte.

Gerade als Neil in den Bus stieg, kam Sandy angekeucht. Neil versuchte einen Einzelsitz anzusteuern, aber Sandy rief schon: „Neil, hier sind zwei Plätze nebeneinander frei."

Sandy platzte fast vor Aufregung. Sie saßen kaum, da legte er schon los: „Wir haben beim Frühstück deinen Vater im Fernsehen gesehen."

„Meinen Vater?" Neil schüttelte den Kopf. „Das meinst du nicht im Ernst."

„Doch. Und die Dame, die ich mal bei euch getroffen habe, die war auch dabei. Sharon Martin. Sie haben sich gestritten."

„Wieso?" Neil wußte nie recht, ob er Sandy glauben sollte.

„Weil sie nicht findet, daß man schlechte Menschen töten soll, dein Vater aber doch. Mein Vater sagt, daß dein Vater recht hat. Er hat gesagt, der Mann, der deine Mutter umgebracht hat, soll *braten*."

Neil drehte den Kopf zum Fenster. Er drückte die Stirn an die kühle Scheibe. Draußen war alles so grau, und es fing an zu schneien. Er wünschte, sein Vater wäre gestern abend zu Hause gewesen. Er war nicht gern nur mit den Lufts zusammen. Sie waren zwar nett zu ihm, aber sie stritten sich soviel, und Mr. Lufts ging dann in die Kneipe, und Mrs. Lufts war wütend, obwohl sie sich bemühte, es ihm nicht zu zeigen.

„Freust du dich nicht, daß Ronald Thompson am Mittwoch dran glauben muß?" bohrte Sandy.

„Nein... ich meine... ich denke nicht dran", sagte Neil leise.

Das stimmte nicht. Er dachte sehr oft daran. Er träumte auch immerzu von jenem Abend. Wie er oben in seinem Zimmer mit der Eisenbahn gespielt hatte. Draußen wurde es dunkel. Mama räumte unten in der Küche die eingekauften Sachen fort. Als einer von seinen Zügen entgleiste, schaltete er den Strom ab.

Dann hörte er dieses merkwürdige Geräusch. Es klang wie ein Schrei, aber nicht so laut wie ein Schrei. Er lief die Treppe hinunter. Im Wohnzimmer war es fast dunkel, aber er sah sie. Er sah Mama, wie sie sich gegen jemanden zu wehren versuchte. Sie gab dabei schreckliche, erstickte Töne von sich. Der Mann schnürte ihr etwas um den Hals.

Neil blieb auf dem Treppenabsatz stehen. Er wollte ihr helfen, aber er konnte sich nicht rühren. Er wollte um Hilfe rufen, aber er konnte keinen Ton hervorbringen. Er fing an zu atmen wie Mama, so merkwürdig gurgelnd, und dann wurden seine Knie ganz weich. Der Mann drehte sich um, als er ihn hörte, und ließ Mama fallen.

Neil fühlte, wie auch er fiel. Dann wurde es heller im Zimmer. Mama lag auf dem Boden. Der Mann kniete jetzt neben ihr; er hatte die Hände an ihrem Hals. Er sah Neil an, bevor er aufsprang und fortrannte, aber Neil konnte sein Gesicht sehen, das ganz verschwitzt war und auf dem sich panischer Schrecken abzeichnete.

Neil hatte das alles der Polizei erzählen und bei der Gerichtsverhandlung auf den Mann zeigen müssen. Dann hatte sein Vater gesagt, er solle versuchen, es zu vergessen. Er solle nur an die glücklichen Zeiten mit Mama denken. Aber er konnte nicht vergessen. Immer wieder träumte er davon, und dann wachte er mit Asthma auf.

Jetzt würde sein Vater vielleicht Sharon heiraten. Und Mr. und Mrs. Lufts sprachen immerzu davon, nach Florida zu ziehen. Ob Daddy ihn den Lufts mitgeben würde, wenn er Sharon heiratete? Hoffentlich nicht. Bedrückt starrte er aus dem Omnibusfenster.

DAS Taxi setzte Sharon vor dem *News-Dispatch*-Gebäude an der 42. Straße ab. Sie ging sofort in die Nachrichtenredaktion, wo die Vorbereitungen für die Nachmittagsausgabe auf Hochtouren liefen. In ihrem Fach lag ein Zettel, daß der Chefredakteur sie unverzüglich sprechen wolle.

Sie ging in sein kleines, unordentliches Büro.

Er bedeutete ihr, Platz zu nehmen. „Haben Sie Ihre Kolumne für heute?"

„Ja."

„Steht was drin über Aufrufe an Gouverneurin Greene wegen Thompson?"

„Natürlich. Wir haben ja noch achtundvierzig Stunden."

„Schlagen Sie sich's aus dem Kopf."

Sharon sah ihn überrascht an. „Was soll das heißen? Sie haben die ganze Zeit auf meiner Seite gestanden..."

„Ich hab gesagt, schlagen Sie sich's aus dem Kopf. Die Gouverneurin hat den Alten angerufen und ihm vorgeworfen, wir betrieben bewußt Sensationsmache, um die Auflage zu steigern. Sie sagt, sie hält auch nichts von der Todesstrafe, aber sie hat nicht das Recht, die Entscheidung des Gerichts zu revidieren, wenn keine neuen Beweise vorliegen. Sie sagt, es sei unser Recht, uns für eine Verfassungsänderung einzusetzen, und da würde sie uns in jeder Weise unterstützen, aber wenn wir sie zum Eingreifen in einem bestimmten Fall zu nötigen versuchten, sei das ein Versuch der Rechtsbeugung. Der Alte hat ihr schließlich zugestimmt."

Sharon fühlte einen Schmerz im Magen, als ob sie einen Stoß bekommen hätte. Sie preßte die Lippen fest aufeinander und versuchte zu schlucken, aber ihr Hals fühlte sich an wie zugeschnürt. Der Redakteur sah sie scharf an. „Ist Ihnen nicht gut, Sharon? Sie sind so blaß. Vielleicht sollten Sie ein paar Tage Urlaub machen."

„Nein, mir fehlt nichts."

„Wie Sie wollen. Aber lassen Sie jetzt Ihre Kolumne hier, und gehen Sie nach Hause. Tut mir leid, Sharon. Aber ich kann den Standpunkt der Gouverneurin auch verstehen."

Sharon sagte: „Ich verstehe nur, daß gegen den legalisierten Mord jetzt nur noch ganz allgemein protestiert werden darf." Sie stand abrupt auf und verließ das Zimmer.

An ihrem Schreibtisch nahm sie den Artikel aus ihrer Schultertasche, an dem sie fast die ganze Nacht gearbeitet hatte. Sie zerriß ihn, spannte ein neues Blatt Papier in die Schreibmaschine und schrieb: „Unsere Gesellschaft steht wieder einmal im Begriff, ihr jüngst zurückerobertes Vorrecht auszuüben, das Recht zu töten. Vor vierhundert Jahren schrieb der französische Philosoph Montaigne: ‚Das Schrecknis, wenn ein Mensch den andern tötet, läßt mich davor zurückschrecken, ihn zu töten.'

Wenn Sie mit mir übereinstimmen, daß die Todesstrafe abgeschafft werden sollte..."

Sie schrieb zwei Stunden lang ohne Unterbrechung. Dann lieferte sie die fertige Kolumne ab, verließ die Redaktion und nahm ein Taxi zu ihrer Wohnung in der 95. Straße auf der Westseite.

Bei der Fahrt durch den Central Park sah Sharon den Schneeflocken zu, die sanft auf den Rasen fielen. Wenn das so weiterschneite, würden hier morgen die Kinder Schlitten fahren. Erst vorigen Monat war sie mit Steve in diesen Park zum Schlittschuhlaufen gegangen. Neil, der mitkommen sollte, hatte in letzter Minute gesagt, er fühle sich nicht wohl, und war daheim geblieben. Er mochte sie nicht, das war unverkennbar.

Sharon betrat ihre Gartenwohnung in dem renovierten Sandsteingebäude. Angie, die Putzhilfe, die zweimal die Woche vormittags zu ihr kam, mußte eben erst gegangen sein. Ein feiner Geruch von Möbelpolitur hing in der Luft, der Kamin war gesäubert, die Zimmerpflanzen waren gegossen. Wie immer strömte ihr aus der Wohnung ein freundliches Willkommen entgegen. Der Orientteppich, ein Erbstück von ihrer Großmutter, war zu weichen Rot- und Blautönen verblaßt. Die Couch und den Sessel, gebraucht gekauft, hatte sie selbst mit blauem Stoff bezogen, eine Liebhaberarbeit, die sie vier Wochenenden gekostet hatte, aber sie war gelungen. Die Bilder an den Wänden hatte sie nach und nach in kleinen Antiquitätenläden und auf Auktionen oder Reisen erstanden.

Steve liebte dieses Zimmer. „Du hast eine glückliche Hand beim Einrichten", hatte er gesagt.

Mechanisch ging sie ins Schlafzimmer und zog sich aus. Sie wollte noch ein paar Stunden schlafen, bevor sie nach Carley fuhr. Es war fast Mittag, als sie sich ins Bett legte und den Wecker auf halb vier stellte. Aber der Schlaf wollte sich nicht einstellen. Sie war so *sicher* gewesen, daß die Gouverneurin Thompson begnadigen würde. An seiner Schuld bestand kein Zweifel. Aber bis auf die eine Geschichte mit fünfzehn Jahren hatte er sich tadellos geführt, und er war so *jung*.

Steve. Leute wie Steve prägten die öffentliche Meinung. Sein Name stand für Integrität und Fairneß, und darum hörten die Leute auf ihn. Liebte sie Steve? Ja, sehr. Wollte sie ihn heiraten? Darüber würden sie heute abend reden müssen. Steve wünschte sich so sehr, daß Neil sie akzeptierte. Aber Neil war so zurückhaltend, so abweisend. Mochte er sie nicht, oder war das seine Reaktion auf die Frau, die ihm die Aufmerksamkeit seines Vaters entzog? Sie wußte es nicht.

Wollte sie in Carley wohnen? Sie liebte New York so sehr. Aber Steve würde nie mit Neil in die Stadt ziehen.

Gerade jetzt hatte sie erste Erfolge als Schriftstellerin. Ihr Buch wurde schon in der sechsten Auflage gedruckt. War das der richtige Zeitpunkt, sich in eine Ehe zu stürzen?

Steve. Unbewußt berührte sie ihr Gesicht, spürte noch einmal diese großen, gütigen Hände, wie sie heute morgen beim Abschied ihr Gesicht gewärmt hatten. Sie fühlten sich so unsagbar zueinander hingezogen. Aber wie würde sie seinen kompromißlosen Eigensinn ertragen, wenn er sich in einer Frage erst einmal eine Meinung gebildet hatte?

Endlich schlief sie doch ein. Und sofort träumte sie. Sie schrieb an einer Kolumne, aber so wild sie auch auf die Tasten der Schreibmaschine hieb, auf dem Papier erschienen keine Buchstaben. Dann war Steve bei ihr im Zimmer. Er zog einen jungen Mann am Arm. Steve zwang den Jungen, sich hinzusetzen. „Es tut mir leid", sagte er wieder und wieder, „aber es muß sein." Dann fesselte er den Jungen mit Hand- und Beinschellen an den Stuhl und faßte nach dem Schalter.

Sharon erwachte vom heiseren Klang ihrer eigenen Stimme, ihrem eigenen Schrei: „Nein ... Nein ... Nein!"

Drittes Kapitel

Fünf vor sechs. Die wenigen Leute, die in Carley auf der Straße waren, strebten nur zu ihren Autos und dachten an nichts anderes als an den bitterkalten Abend und den Schnee.

Der Mann, der am Parkplatz des Cabin-Restaurants stand, blieb völlig unbeachtet. Sein Blick ging unablässig hin und her, während ihm dicke Schneeflocken ins Gesicht wehten. Er wartete hier schon zwanzig Minuten, und seine Füße drohten zu erfrieren. Ungeduldig trat er von einem Fuß auf den andern, und dabei stieß er mit der Zehe an den Seesack zu seinen Füßen. Er fühlte nach den Waffen in seiner Manteltasche und nickte.

Die Lufts mußten jetzt jede Minute kommen. Er hatte im Restaurant angerufen und sich ihre Tischreservierung für sechs Uhr bestätigen lassen. Nach dem Essen wollten sie ins gegenüberliegende Kino am Carley Square gehen, wo *Vom Winde verweht* gezeigt wurde. Zur Zeit lief die Nachmittagsvorstellung. Die Lufts wollten in die Vorstellung um halb acht.

Er horchte auf. Ein Wagen näherte sich und bog auf den Parkplatz ein. Es war ihr Kombi. Er beobachtete, wie sie den Wagen in der Nähe des Restauranteingangs abstellten, dann wartete er noch, bis sie drin waren, bevor er den Seesack aufhob. Er überquerte die Straße und verschwand eilig auf dem Parkplatz hinter dem Kino.

Dort standen an die fünfzig Autos. Er ging auf einen alten, dunkelbraunen Chevrolet in der hinteren Ecke zu.

In einer Sekunde hatte er die Tür aufgeschlossen. Er glitt hinters Steuer, steckte den Schlüssel ins Zündschloß und drehte ihn. Der Motor sprang an. Lächelnd fuhr er auf die stille Straße hinaus. Vier Minuten später bog die braune Limousine in die kreisförmige Zufahrt zu Petersons Haus in der Driftwood Lane ein und hielt hinter einem kleinen roten Auto, Marke Vega.

Für die Fahrt von Manhattan nach Carley brauchte Sharon dieses Mal eineinhalb Stunden, wegen der vereisten Straßen. Sie war sich ihrer Verspätung aber gar nicht bewußt. Während der ganzen Fahrt hatte sie sich immerzu die Worte durch den Kopf gehen lassen, die sie zu Steve sagen würde... „Das kann nicht gutgehen mit uns ... wir denken zu verschieden ... Neil wird mich nie akzeptieren ... es ist besser, wenn wir uns nie mehr wiedersehen..."

Steves Haus – im Kolonialstil mit weißen Schindeln und schwarzen Fensterläden – wirkte auf Sharon irgendwie bedrückend. Die Außenbeleuchtung war zu grell, das Gebüsch zu hoch. Sie wußte, daß Steve und Nina erst wenige Wochen vor ihrem Tod hier eingezogen waren und er seither von den geplanten Renovierungsarbeiten keine ausgeführt hatte.

Sharon parkte unmittelbar vor den Eingangsstufen und machte sich auf Mrs. Lufts' Schnellfeuerbegrüßung und Neils kühle, abweisende Haltung gefaßt. Aber es würde das letzte Mal sein. Dieser Gedanke bedrückte sie noch mehr.

Mrs. Lufts hatte wohl schon nach ihr Ausschau gehalten. Kaum war sie aus ihrem Wagen gestiegen, wurde schon die Tür aufgerissen. „Miß Martin, wie schön, daß Sie da sind!" Mrs. Lufts' stämmige Figur füllte die ganze Tür. Ihr Dutzendgesicht wirkte durch die neugierigen, hellen Augen eichhörnchenhaft. Sie trug einen rotkarierten Mantel und Stiefel.

„Mrs. Lufts, wie geht's?" Sharon quetschte sich an ihr vorbei ins Haus.

„Es ist ja so furchtbar nett von Ihnen, daß Sie gekommen sind", sagte Mrs. Lufts. „Warten Sie, ich nehme Ihnen das Cape ab. Ich liebe ja Capes so sehr! Man sieht so fraulich darin aus, finden Sie nicht?"

Sharon stellte Handtasche und Köfferchen in der Diele ab. „Doch, das finde ich auch." Sie warf einen Blick ins Wohnzimmer. „Oh..."

Neil saß mit gekreuzten Beinen auf dem Teppich, um sich herum ein paar Illustrierte, in der Hand eine stumpfe Schere. Das Haar, sandfarben wie das seines Vaters, fiel ihm über die Stirn. Knochige Schultern zeichneten sich durch sein braun-weißes Flanellhemd ab. Sein Gesicht war schmal und blaß, abgesehen von den roten Streifen um die großen braunen Augen, aus denen Tränen quollen.

„Neil, sag Sharon guten Tag", befahl Mrs. Lufts.

Er sah lustlos auf. „Tag, Sharon." Seine Stimme bebte vor Kummer. Sharon hätte ihn am liebsten in die Arme geschlossen, aber sie wußte, daß er sich ihr nur wieder entziehen würde.

Mrs. Lufts schnalzte mit der Zunge. „Ich wäre selig, wenn ich nur wüßte, was er hat! Fängt einfach zu heulen an und sagt mir nicht, warum." Ihre Stimme stieg um eine Oktave. *„Billlll!"*

Sharon zuckte zusammen. Ihr Trommelfell dröhnte. Sie verzog sich eilig ins Wohnzimmer. „Was schneidest du da aus?" fragte sie Neil.

„Nur blöde Tierbilder für die Schule." Neil sah sie nicht an. Sie wußte, daß er sich schämte, weil sie ihn hatte weinen sehen.

„Paß mal auf, ich nehme mir jetzt zuerst einen Sherry, und dann helfe ich dir. Möchtest du auch etwas? Eine Cola vielleicht?"

„Nein." Neil zögerte, dann sagte er: „Nein, danke."

„Fühlen Sie sich nur wie zu Hause", sagte Mrs. Lufts. „Ich habe alles besorgt, was Mr. Peterson auf die Liste geschrieben hat – Steaks, Salatsoßen, Spargel und Eiskrem. Tut mir leid, daß ich so in Eile bin. aber wir wollen vor dem Kino noch essen gehen. Bill!"

„Ich komm ja schon, Dora!" Seine Stimme klang verärgert. Bill Lufts kam die Kellertreppe herauf. „Hab nur noch nachgesehen, ob alle Fenster zu sind. Guten Tag, Miß Martin."

„Guten Tag, Mr. Lufts." Er war klein, etwa Mitte Sechzig, mit Stiernacken und wäßrigblauen Augen. Winzige geplatzte Äderchen bildeten verräterische Flecken auf seinen Wangen und Nasenflügeln und erinnerten Sharon daran, daß Steve sich besorgt über Bill Lufts' Vorliebe für Alkohol geäußert hatte.

„Bill, beeil dich doch mal!" Ungehaltenheit klang aus der Stimme seiner Frau. „Wenn du schon das ganze Jahr über nur am Hochzeitstag mit mir ausgehst, könntest du doch dann wenigstens pünktlich sein."

„Schon gut, schon gut." Bill seufzte tief.

„Viel Spaß", sagte Sharon und folgte ihnen in die Diele. „Und alles Gute zum Hochzeitstag."

„Setz deinen Hut auf, Bill. Wie? Ach ja, danke, Miß Martin. Neil, zeig doch Sharon mal dein Zeugnis. So ein kluger Junge ist er, nicht wahr, Neil? Ich hab ihm vorhin was zu essen gemacht, aber er hat's kaum angerührt. Ein Vogel könnte von dem nicht leben, was er ißt. Also los, Bill."

Endlich waren sie fort. Sharon ging in die Küche, öffnete den Kühlschrank und griff nach der Sherryflasche. Sie zögerte, dann nahm sie eine Packung Milch heraus. Neil hatte zwar gesagt, er wolle nichts, aber sie würde ihm trotzdem einen Kakao machen.

Während die Milch warm wurde, schenkte sie sich einen Sherry ein und sah sich um. Auf dem Tisch lagen lauter Krümel. Der Herd mußte dringend mal gescheuert werden. Überhaupt konnte das ganze Haus eine Schönheitsoperation vertragen.

Es war nicht ihre Sache, hier etwas zu ändern. Der Gedanke, Steve nicht wiederzusehen, gab ihr ein Gefühl der Verlassenheit. So ist das also, wenn man weiß, daß man von einem Menschen lassen muß, dachte sie. Wie mag Mrs. Thompson erst zumute sein, die weiß, daß ihr einziges Kind übermorgen sterben wird?

Sie kannte Mrs. Thompsons Telefonnummer. Sie hatte mit ihr gesprochen, als sie angefangen hatte, sich mit dem Fall Thompson zu befassen. Die arme Frau! So hoffnungsvoll war sie gewesen, als Sharon sie aufsuchte, und dann so aufgebracht, weil Sharon nicht an Rons Unschuld glaubte. Aber welche Mutter würde den eignen Sohn schon eines Mordes für fähig halten? Vielleicht war Mrs. Thompson jetzt zu Hause. Vielleicht würde es ihr helfen, einfach mal mit einem Menschen zu reden, der sich bemüht hatte, Ronalds Leben zu retten. Sharon drehte die Flamme unter dem Milchtopf kleiner, ging ans Telefon und wählte die Nummer. Mrs. Thompson nahm beim ersten Klingelzeichen ab.

„Mrs. Thompson, hier ist Sharon Martin. Ich mußte Sie anrufen und Ihnen sagen, wie leid es mir tut ..., und um Sie zu fragen, ob ich etwas für Sie tun kann."

„Sie haben schon genug getan, Miß Martin." Die Bitterkeit in der Stimme der Frau überraschte Sharon. „Wenn mein Sohn am Mittwoch stirbt, sollen Sie wissen, daß ich Sie dafür verantwortlich mache."

„Mrs. Thompson, ich verstehe Sie nicht ganz."

„Sie haben in all Ihren Artikeln geschrieben, daß an Rons Schuld kein Zweifel besteht, daß aber hier nicht das Problem liegt. O doch, Miß Martin, genau hier liegt es!" Mrs. Thompsons Stimme kippte über. „Nur hier liegt es. So viele Leute wissen, daß mein Sohn niemandem etwas zuleide tun könnte. Die haben sich dafür eingesetzt, daß das Urteil revidiert wird. Aber Sie haben die Gouverneurin gezwungen, sich mit dem Fall an sich überhaupt nicht zu befassen. Wenn mein Sohn stirbt, weiß ich nicht, ob ich noch dafür verantwortlich bin, was ich mit Ihnen mache!"

Die Verbindung war unterbrochen. Verwirrt starrte Sharon auf den Hörer in ihrer Hand.

Die Milch kochte fast. Automatisch gab sie einen gehäuften Teelöffel Kakao in die Tasse. Dann goß sie die Milch dazu, rührte um und wollte damit ins Wohnzimmer gehen. Da klingelte es.

Neil rannte zur Tür. „Das ist vielleicht Daddy!"

Sharon hörte erschrocken, wie er das Doppelschloß drehte. „Neil, frag, wer da ist! Dein Daddy hat einen Schlüssel." Hastig stellte sie Kakao und Sherry auf das Tischchen neben dem Herd.

Neil rief gehorsam: „Wer ist da?"

„Ist Bill Lufts zu Hause?" fragte die Stimme zurück. „Ich bringe den Generator, den er für Mr. Petersons Boot bestellt hat."

„Ist in Ordnung", sagte Neil zu Sharon. „Darauf wartet Mr. Lufts wirklich schon."

Er wollte die Tür öffnen, als diese mit solcher Wucht aufgestoßen wurde, daß Neil gegen die Wand flog. Entsetzt sah Sharon einen Mann, der blitzschnell in die Diele trat und die Tür hinter sich schloß. Neil fiel keuchend zu Boden. Sharon lief ohne nachzudenken zu ihm. Sie half ihm auf die Beine und drehte sich, einen Arm um Neil gelegt, zu dem Eindringling um.

Zweierlei brannte sich schmerzhaft in ihr Bewußtsein ein. Das eine war das starre Glitzern in den Augen des Fremden. Das zweite war die Pistole mit dem langen Lauf, die er auf ihren Kopf gerichtet hielt.

„Was wollen Sie?" flüsterte sie. Sie fühlte, wie Neil in ihrem Arm am ganzen Körper zitterte.

„Sie sind Sharon Martin." Die Stimme war monoton.

Sharon fühlte ihr Herz bis zum Hals schlagen. Neils Atem ging mit einem dauernden leisen Pfeifton; hatte er vielleicht solche Angst, daß er wieder einen seiner Asthmaanfälle bekam?

Sie mußte dem Mann entgegenkommen. „Ich hab neunzig Dollar bei mir..."

„Mund halten!"

Die gleichmütig gesprochenen Worte jagten ihr einen Schauer über den Rücken. Der Fremde warf einen großen khakifarbenen Seesack auf den Boden. Dann holte er daraus eine Rolle Schnur und eine Mullbinde. „Hier, nehmen Sie das. Verbinden Sie dem Jungen die Augen, und fesseln Sie ihn", befahl er.

„Nein!"

„Und ob!"

Sharon blickte auf Neil, der den Mann anstarrte. Seine Augen waren dunkel, die Pupillen riesengroß. Wie konnte sie ihm nur helfen?

„Setz dich!" befahl der Eindringling Neil.

Der Junge sah hilfesuchend zu Sharon auf, dann setzte er sich gehorsam auf die unterste Treppenstufe.

Sharon kniete sich neben ihn. „Keine Angst, Neil. Ich bin bei dir." Sie öffnete den Verband und wickelte ihn dem Jungen über die Augen.

Der Fremde starrte Neil an. „Feßle ihn, Sharon." Wie vertraulich der Befehl klang!

Zitternd band sie Neils Handgelenke mit der Schnur zusammen, aber so locker, daß sie ihm das Blut nicht abschnürte.

Der Fremde schnitt den Rest der Schnur mit einem Messer ab. „Beeil dich! Jetzt die Füße."

Sie gehorchte. Neils Beine zuckten. Sie schlang die Schnur um seine Knöchel und knotete sie zusammen.

„Knebeln!"

„Er wird ersticken; er hat doch Asthma..." Der Widerspruch erstarb auf ihren Lippen. Das Gesicht des Mannes hatte sich irgendwie verändert, es war weißer geworden, angespannter. Er war einer Panik nah. Verzweifelt band sie Neil den Mund zu, ließ aber den Knebel so locker, wie sie es eben noch wagen zu können glaubte. Wenn Neil sich nur nicht wehrte...

Eine Hand gab ihr einen Stoß. Sie fiel um. Das Knie des Mannes bohrte sich in ihren Rücken. Er riß ihre Arme nach hinten. Sie fühlte, wie die Schnur in ihre Handgelenke schnitt. Sie öffnete den Mund, um zu protestieren, und schon wurde ihr ein Mullknäuel hineingestopft. Klebeband zerrte an ihren Wangen.

Sie bekam keine Luft mehr. Bitte... Nein... Seine Hände glitten über ihre Schenkel und verweilten. Dann wurden ihr die Beine zusammengerissen. Schnüre schnitten durch das weiche Leder ihrer Stiefel. Sie fühlte, wie er sie hochhob. Was wollte er von ihr?

Die Haustür wurde aufgestoßen. Kalte, feuchte Luft schlug ihr beißend ins Gesicht. Es war so dunkel. Er hatte die Außenbeleuchtung abgedreht. Ihre Schulter stieß gegen etwas Kaltes, Metallisches. Dann ging quietschend eine Autotür auf. Sharon fiel. Ihre Ellbogen und Fußknöchel fingen den Stoß ab, als sie auf den Wagenboden schlug. Sie befand sich im Laderaum eines Kombiwagens.

Schritte entfernten sich knirschend. Der Mann ging ins Haus zurück. Was hatte er mit Neil vor? Sharon versuchte, ihre Hände loszureißen. Der Schmerz schoß ihre Arme hinauf. Sie dachte an den Blick, mit dem der Fremde Neil angesehen hatte.

Minuten vergingen. Bitte, lieber Gott... Schritte näherten sich wieder knirschend dem Wagen. Sie hörte, daß die rechte Vordertür aufging. Anscheinend schleppte er diesen Seesack. Mein Gott, in dem Sack war Neil! Sie wußte es. Er warf den Sack auf den Wagenboden. Sharon hörte ein dumpfes Plumpsen. Neil mußte Schmerzen haben. Die Tür schlug zu. Dann ging die Fahrertür auf und wieder zu. Sein Gesicht erschien über ihr und blickte auf sie herab.

Sharon fühlte etwas auf sich fallen, einen Mantel. Sie warf den Kopf zur Seite, wollte dem beißenden, schalen Schweißgestank entrinnen. Der Motor sprang an. Das Auto setzte sich in Bewegung.

Konzentriere dich auf Fahrtrichtungen, dachte sie. Das würde die Polizei wissen wollen. Der Wagen fuhr auf die Straße und wandte sich nach links. Es war so kalt. Sharon zitterte, und die Schnüre schnitten dadurch noch stärker ins Fleisch. Hör auf zu zittern! Bleib ruhig. Du darfst nicht durchdrehen!

Schnee. Wenn es weiterschneite, würde man noch eine Zeitlang die Wagenspuren sehen. Aber nein. Der Schnee war ja viel zu naß. Man hörte es daran, wie er auf die Scheiben platschte.

Der Knebel drohte sie zu ersticken. Atme langsam durch die Nase. Neil! Wie sollte er in diesem Sack Luft bekommen?

Der Wagen fuhr schneller.

ROGER PERRY starrte aus dem Fenster seines Wohnzimmers an der Driftwood Lane in das dichte Schneetreiben. Es war ein scheußlicher Abend, und es tat wohl, zu Hause zu sein. Seltsam, aber den ganzen Tag schon hatte ihn eine merkwürdige Beklommenheit nervös gemacht. Glenda sah seit ein paar Wochen gar nicht gut aus. Er neckte sie immer und sagte ihr, sie werde mit jedem Geburtstag schöner. Ihr mittlerweile reinsilbernes Haar ließ ihre kornblumenblauen Augen und ihren wunderschönen Teint wirkungsvoll zur Geltung kommen. Aber als er ihr heute morgen den Kaffee ans Bett gebracht hatte, war ihm aufgefallen, wie blaß und schmal ihr Gesicht war. Er hatte vom Büro aus den Arzt angerufen, und beide hatten darin übereingestimmt, daß es wahrscheinlich die Hinrichtung am Mittwoch war, die so auf ihrem Gemüt lastete. Ihre Zeugenaussage war für die Verurteilung des jungen Thompson mitentscheidend gewesen.

Roger schüttelte den Kopf. Kurz nach ihrer Aussage im Prozeß hatte Glenda einen Herzinfarkt erlitten. Roger verdrängte die Angst, daß ein neuer Infarkt sie töten könnte. Sie war doch erst achtundfünfzig. Und nun, da ihre Söhne erwachsen waren, wollte er das Leben mit ihr genießen. Er wußte nicht, was er ohne sie hätte anfangen sollen. Er war froh, daß sie sich endlich mit einer täglichen Zugehfrau einverstanden erklärt hatte. Mrs. Vogler sollte morgen früh anfangen und jeden Werktag von neun bis eins die Hausarbeit übernehmen. So konnte sich Glenda mehr ausruhen.

Glenda kam ins Zimmer und brachte ihm einen Bourbon. Dann blieb sie neben ihm am Fenster stehen.

„Danke, Liebes." Er sah, daß sie selbst an einer Cola nippte. Wenn Glenda mal keinen Aperitif trank, konnte das nur eines bedeuten. „Hattest du heute Schmerzen in der Brust?"

„Nur ein bißchen."

„Wie viele Nitros hast du genommen?"

„Nicht viele. Mach dir keine Sorgen... Nanu, sieh mal zu Steves Haus! Die Außenbeleuchtung ist ja aus."

„Darum ist es mir so dunkel vorgekommen", sagte Roger. „Als ich heimkam, war sie aber noch an, da bin ich mir ganz sicher."

„Ich frage mich nur, warum sie jemand hätte ausschalten sollen." Glendas Stimme klang beunruhigt. „Vielleicht solltest du mal rübergehen und nachsehen."

„Ach, weißt du, Liebes, wahrscheinlich gibt es dafür eine ganz und gar harmlose Erklärung."

„Anzunehmen." Sie seufzte. „Aber was damals passiert ist, hat mir so lange auf der Seele gelegen, Roger – schau! Da kommt ein Wagen aus Steves Ausfahrt. Ohne Licht!"

„Jetzt hörst du mal auf, dich zu beunruhigen, und setzt dich hin", sagte Roger fest. „Ich hole uns etwas Käse."

Glenda griff in die Tasche ihres langen, gesteppten Morgenrocks und nahm ihre Brille heraus. Sie setzte sie auf und sah zu der dunklen Silhouette des gegenüberliegenden Hauses hinüber. Alles war still. Der Wagen verschwand die Straße hinunter im Schneegestöber.

Viertes Kapitel

Die Redaktionskonferenz bei *Events* dauerte bis zehn nach sieben. Anlaß war die soeben erschienene Auswertung einer Umfrage. Danach gaben zwei von drei Befragten in der Gruppe der Fünfundzwanzig- bis Vierzigjährigen der Zeitschrift *Events* den Vorzug vor *Time* oder *Newsweek*. Die verkaufte Auflage war gegenüber dem Vorjahr um fünfzehn Prozent gestiegen.

Bradley Robertson, der Verleger, erhob sich. „Ich glaube, wir können auf dieses Ergebnis alle sehr stolz sein", sagte er. „Es ist heutzutage nicht leicht, eine neue Zeitschrift auf den Markt zu bringen, und ich möchte betonen, daß der entscheidende Faktor für unseren Erfolg die Kreativität Steve Petersons in den letzten drei Jahren war."

Später, als er mit dem Verleger im Aufzug nach unten fuhr, sagte Steve: „Danke, Brad. Das war sehr großzügig von Ihnen."

Der Ältere zuckte die Achseln. „Es war nur die Wahrheit, Steve. Und jetzt wird die Zeitschrift auch bald Gewinn abwerfen. Ich weiß, daß es für Sie nicht leicht war."

Steve lächelte finster. „Stimmt."

Die Aufzugtür öffnete sich zum Foyer. „Gute Nacht, Brad. Ich muß mich jetzt aber wirklich beeilen, wenn ich noch den Zug um halb acht..."

„Mein Wagen steht draußen. Ich setze Sie an der Grand Central ab."

Sie stiegen in Bradleys Limousine ein. Steve lehnte sich zurück und seufzte.

„Sie sehen müde aus, Steve. Thompsons Hinrichtung muß Sie doch arg mitnehmen."

Steve zuckte die Achseln. „Stimmt, das tut sie. Die Zeitungen treten jetzt wieder Ninas Tod breit. Ich möchte nicht wissen, was Neil in der Schule alles zu hören bekommt. Thompsons Mutter tut mir entsetzlich leid – und er selbst auch."

„Warum fahren Sie nicht ein paar Tage mit Neil fort?"

„Das werde ich vielleicht noch tun. Wahrscheinlich wäre es die beste Lösung."

Der Wagen hielt am Eingang der Grand Central Station in der Vanderbilt Avenue. Brad schüttelte den Kopf. „Sie sind noch zu jung, um sich zu erinnern, Steve, aber in den Dreißigern war die Grand Central *das* Verkehrszentrum des Landes. Es gab sogar eine Rundfunkserie damals – ‚Grand Central Station, Kreuzung der Millionen'."

Steve lachte. „Und dann kam das Düsenzeitalter daher." Er öffnete die Wagentür. „Danke fürs Mitnehmen."

Steve durchquerte eiligen Schrittes die Bahnhofshalle. Der Zug fuhr in fünf Minuten, und er wollte noch rasch zu Hause anrufen und Sharon sagen, daß er auf jeden Fall mit dem Halbachtzug kommen würde. Er ging in eine Telefonzelle und wählte. Das Klingelzeichen – einmal... zweimal ... dreimal. Nach dem fünften Mal wählte Steve neu.

Noch immer nichts. Wo konnten sie sein? Ob Neil wieder einen Asthmaanfall hatte und ins Krankenhaus gebracht werden mußte?

Es war eine Minute vor halb acht. Wenn er versuchte, den Arzt oder das Krankenhaus oder die Perrys anzurufen, würde er den Zug verpassen und fünfundvierzig Minuten auf den nächsten warten müssen. Er hängte ein und rannte zum Bahnsteig. Er erreichte den Zug, als sich gerade die Türen schlossen.

In diesem Augenblick gingen ein Mann und eine Frau an der Telefonzelle vorbei, die er soeben verlassen hatte. Die Frau trug einen langen, grauen Mantel. Um den Kopf hatte sie ein Tuch gebunden. Der Mann hatte einen Arm unter den ihren geschoben. Unter dem anderen trug er einen schweren Seesack.

„SCHLIESSLICH ist morgen auch noch ein Tag", flüsterte Scarlett O'Hara, dann schwoll die Musik an, und auf der Leinwand erschien ein hinreißender Panoramablick auf Tara.

Die Kinobeleuchtung ging an, und Marian Vogler seufzte. Solche Filme drehte man heutzutage nicht mehr. Widerstrebend erhob sie sich. Zeit, wieder auf die Erde zurückzukommen. In ihrem angenehmen, sommersprossigen Gesicht vertieften sich auf dem Weg zum Kinoausgang wieder die Sorgenfalten.

Die Kinder müssen alle neu eingekleidet werden, dachte sie. Na, ja, wenigstens hatte Jim sich endlich damit abgefunden, daß sie morgen eine Stelle als Haushaltshilfe antrat. Sie würde noch die Kinder in die

Schule schicken, bevor sie zu den Perrys fuhr. Ein wenig aufgeregt war sie schon. Sie war seit zwölf Jahren nicht mehr arbeiten gegangen.

Jetzt kam sie aus dem warmen Saal in die beißende Kälte. Ihr Wagen stand auf dem Parkplatz hinter dem Kino. Gott sei Dank hatten sie sich dazu durchgerungen, ihn reparieren zu lassen. Er war schon acht Jahre alt, aber es war besser, ihn für vierhundert Dollar tipptopp in Ordnung bringen zu lassen, als für das gleiche Geld das Sorgenkind anderer Leute zu kaufen, hatte Jim gesagt.

Erwartungsvoll trat sie auf den Parkplatz. Jim hatte ihr versprochen, schon das Abendessen zu machen, und sie war hungrig. Er hatte gesagt: „Die Kinder versorge ich. Amüsier du dich nur, Kleines, und vergiß mal die dämlichen Schulden."

Marian hatte seine Worte noch im Ohr, als sie plötzlich innehielt und die Stirn runzelte. Sie wußte genau, daß sie den Wagen da drüben abgestellt hatte. Sie erinnerte sich noch, daß sie von dort das Werbeplakat im Fenster der Bank gesehen hatte: „Wir möchten zu Ihrem Kreditantrag JA sagen." Sie sah jetzt das erleuchtete Schaufenster und konnte trotz des Schnees auch deutlich das Plakat lesen.

Zehn Minuten später saß Marian im nächsten Polizeirevier und telefonierte mit Jim. Halberstickt, verzweifelt und in Tränen aufgelöst, schluchzte sie: „Jim ... Nein, mir ist nichts passiert, aber irgend so ein gemeiner Kerl hat unser Auto gestohlen."

WÄHREND er durch den immer dichter fallenden Schnee fuhr, ging er noch einmal seinen Zeitplan durch. Bald würde die Frau ihr Auto vermissen und Alarm schlagen. Aber bevor die Suchmeldung über Funk durchgegeben würde, war er für die Polizei von Connecticut nicht mehr erreichbar.

Sharon Martin war in seiner Gewalt! Seine Haut glühte vor Erregung. Er erinnerte sich noch, wie es ihn warm durchrieselt hatte, als er sie fesselte. Sie hatte sich ängstlich gestellt, als er sie zum Auto trug, aber er war überzeugt, daß sie mit voller Absicht den Kopf an ihn geschmiegt hatte.

Er lag im Zeitplan etwas zurück. Die andern Autofahrer krochen wie die Schnecken über die Schnellstraße. Idioten! Hatten Angst vor ein bißchen Glätte. Trauten sich nichts. Hielten ihn auf. Er hatte gegen sieben Uhr durch den Bahnhof gehen wollen, bevor der Berufsverkehr abgeflaut war, denn dann wären sie am wenigsten aufgefallen.

Es war zehn Minuten nach sieben, als er die West-Side-Autobahn verließ und in eine Nebenstraße in der Nähe der Tenth Avenue einbog, die hinter ein Lagerhaus führte. Wachen gab es dort nicht.

Er hielt an, löschte die Scheinwerfer und stieg aus. Er öffnete die Heckklappe und hob den Mantel, den er über Sharon geworfen hatte. Ihren flammenden Blick konnte er richtig fühlen. Leise lachend holte er seine kleine Kamera aus der Tasche und knipste sie. Das Blitzlicht blendete sie für einen Augenblick. Dann packte er sie bei den Schultern und zwang sie, sich auf den Bauch zu drehen. Mit schnellen Schnitten befreite er ihre Hand- und Fußgelenke von den Fesseln.

„Jetzt nehme ich dir den Knebel heraus", flüsterte er. „Aber ein Schrei von dir, und der Junge stirbt, verstanden?"

Er zerschnitt den Verband hinter ihrem Kopf. Sharon spuckte das Mullknäuel aus. „Bitte." Ihr Flüstern war fast unhörbar. „Neil erstickt doch!"

„Das liegt ganz bei dir." Der Fremde zerrte sie aus dem Wagen und stellte sie auf die Füße. Sie fühlte Schnee im Gesicht. Ihr war schwindlig. Ihre Arm- und Beinmuskeln hatten sich verkrampft.

„Zieh das an." Seine Stimme klang jetzt anders, drängend. Sie streckte die Hand aus und fühlte einen groben Stoff – den Mantel, den er über sie geworfen hatte. Sie hob den Arm. Der Mann legte ihr den Mantel um die Schultern und stieß ihren andern Arm hinein.

„Zieh dieses Tuch über!" Es fühlte sich schmutzig an, groß und wollen. Irgendwie schafften es ihre Finger, einen Knoten unter dem Kinn zu machen.

„Jetzt steig wieder ins Auto. Je schneller du dich bewegst, desto eher kriegt der Junge den Knebel raus." Er stieß sie grob auf den Beifahrersitz.

Der Seesack lag auf dem Wagenboden. Sie bückte sich und tastete ihn ab. Sie fühlte Neils Kopf. „Neil, ich bin hier. Wir werden's schon überstehen."

Hatte er sich eben bewegt? Lieber Gott, laß ihn nicht ersticken! Der Fremde stieg ein und ließ den Motor an. Der Wagen setzte sich langsam in Bewegung.

Sie waren in Manhattan! Diese Erkenntnis half Sharon, wieder klarzusehen. Sie mußte alles tun, was dieser Mann befahl.

Sie hielten vor einer roten Ampel an der Avenue of the Americas. Ein Streifenwagen hielt neben ihnen. Sharon sah den jungen Fahrer aus dem Fenster blicken. Ihre Blicke trafen sich. Sie schaute ihn fest an und hoffte, daß er etwas merkte.

Sie bekam einen kräftigen Stoß in die Seite und sah nach unten. Der Fremde hatte das Messer in der Hand. „Wenn die uns jetzt folgen, kriegst du's zuerst", sagte er. „Und dann der Junge."

Aus seiner Stimme klang eiskalte Entschlossenheit. Der Streifenwagen fuhr unmittelbar hinter ihnen her. Plötzlich begann sein Warnlicht zu blitzen. Die Sirene heulte los. „Nein! Bitte..." Der Polizeiwagen beschleunigte scharf, überholte sie und verschwand.

Sie bogen in die Fifth Avenue ein, dann nach links in die 44. Straße. Wohin brachte er sie? Die 44. Straße war keine Durchgangsstraße. Sie endete an der Grand Central Station. Der Fremde fuhr zwei Häuserblocks weit bis zur Vanderbilt Avenue und bog nach rechts ab. Er parkte den Wagen dem Bahnhof gegenüber in der Nähe des Hotels Biltmore.

„Wir gehen jetzt in den Bahnhof", sagte er leise. „Bleib dicht neben mir. Versuch keine Tricks. Ich trage den Seesack, und wenn irgendwer auf uns aufmerksam wird, kriegt der Junge das Messer." Seine Augen glänzten. „Verstanden?"

Sie nickte. Konnte Neil ihn hören?

Er stieß die Tür auf. Die Straße war fast menschenleer. Wir fahren mit dem Zug fort, dachte Sharon. Wir werden über alle Berge sein, bevor man anfängt, nach uns zu suchen!

Sie fühlte ein Stechen an ihrer linken Hand. Der antike Mondsteinring, den Steve ihr zu Weihnachten geschenkt hatte – die erhabene Goldfassung hatte sich durch die Fesseln in ihre Hand gedrückt. Fast ohne zu überlegen, streifte Sharon den Ring ab. Sie hatte gerade noch Zeit, ihn hinten ins Sitzpolster zu drücken, bevor sie ausstieg.

Unsicher betrat sie das schlüpfrige Trottoir. Der Mann packte sie am Handgelenk, beugte sich in den Wagen und hob den Knebel und die Schnüre auf, die er vorhin abgeschnitten hatte, als er sie befreite. Sharon hielt die Luft an. Aber er bemerkte den Ring nicht.

Er bückte sich und hob Neil hoch; Neil, der immer noch den Knebel im Mund hatte. Neil, der in diesem Sack vielleicht schon erstickt war. „Los!" Er hatte die Hand an ihrem Ellbogen. Er zwang sie, mit ihm die Straße zu überqueren – ein Mann und eine Frau, anonym in ihrer billigen Kleidung, mit einem Seesack statt eines Koffers.

Sie traten in den hellerleuchteten Bahnhof und sahen sich in der Haupthalle um. Sharons Blick fiel auf die große Kodakreklame an der gegenüberliegenden Wand: „Fange die Schönheit, wo du sie findest."

Fangen! Ein hysterisches Lachen drohte ihren Lippen zu entfahren. Die Uhr in der Bahnhofsmitte zeigte neunzehn Uhr neunundzwanzig. Steve wollte den Halbachtzug erwischen. Er war jetzt hier – im Zug, der in einer Minute abfahren würde. Steve! wollte sie schreien... Steve!

Stählerne Finger krallten sich in ihren Arm. „Hier runter." Er zwang sie zur Treppe. Sollte sie versuchen hinzufallen, auf sich aufmerksam zu machen? Nein. Das konnte sie nicht wagen, nicht solange dieser starke Arm den Seesack hielt und die Hand mit dem Messer darunter Neil bedrohte.

Jetzt waren sie im Untergeschoß. Drüben rechts war der Eingang zur Oyster-Bar. Erst vorigen Monat hatte sie dort mit Steve gesessen und ein dampfendes Austerngericht genossen. Steve, bitte finde uns... Sie wurde nach links gestoßen. „Wir gehen da runter." Gleis hundertzwölf. Auf dem Schild stand: MOUNT VERNON – 20.10.

In der Nähe der Sperre sah Sharon eine schäbig gekleidete alte Frau mit einer Einkaufstüte. Sie trug eine Männerjacke über einem ausgefransten Wollrock. Die dicken Baumwollstrümpfe warfen Falten um die Beine. Die Frau starrte sie an. Ob sie begriff, daß hier etwas nicht stimmte?

„Weiter..." Sie gingen die Rampe zu Gleis 112 hinunter. Die Wärme des Bahnhofs wurde von einem feuchtkalten Luftzug abgelöst. Keine Menschenseele auf dem Bahnsteig.

„Hier herum." Er zwang sie, schneller zu gehen, um das Gleisende herum und wieder einen abschüssigen Gang hinunter. In der Nähe hörte sie Wasser tropfen. Sie hörte ein rhythmisches Pochen wie von einer Pumpe. Sie stiegen hinunter in die Tiefen des Bahnhofs. Was hatte er mit ihnen vor? Der Gang wurde breiter. Sie befanden sich in

einem Raum von der Größe eines halben Fußballplatzes. Links, etwa sechs Meter von ihnen entfernt, befand sich eine schmale Treppe mit Geländer.

„Hierher – schnell!" Sein Atem ging in heftigen Stößen. Sie stolperte die Treppe hinauf. Dann stand sie auf einem schmalen Treppenabsatz vor einer Metalltür.

„Aus dem Weg." Er setzte den Seesack ab. Im trüben Licht sah sie Schweißperlen auf seiner Stirn. Er drehte einen Schlüssel im Schloß, drückte die Tür auf und stieß sie hinein. Ächzend hob er den Seesack wieder auf. Die Tür ging hinter ihnen zu. Er knipste einen Schalter an, und staubige Leuchtröhren flammten auf.

Sharon sah sich in dem schmutzigen Zimmer um – verrostete Waschbecken, ein holzverkleideter Schacht, eine durchhängende Pritsche, ein alter Koffer auf dem Boden. „Wo sind wir? Was wollen Sie mit uns machen?" Ihre Stimme war kaum mehr als ein Flüstern.

Ihr Entführer antwortete nicht. Er stieß sie weiter vor, ging zur Pritsche und legte den Seesack darauf. Sharon fiel auf die Knie und fingerte an dem Strick herum, der ihn verschloß. Sie bekam ihn auf und griff nach der zusammengekrümmten kleinen Gestalt darin. Verzweifelt riß sie an Neils Knebel und schob ihn ihm übers Kinn.

Neil keuchte, schnappte nach Luft. Sie hörte seinen pfeifenden Atem, schob ihren Arm unter seinen Kopf und wollte die Augenbinde entfernen.

„Laß das!"

„Bitte!" rief sie. „Er hat einen Asthmaanfall. Helfen Sie ihm!"

Sie sah auf, und im nächsten Augenblick biß sie sich auf die Lippen, um den Schrei zu ersticken.

Über der Pritsche klebten drei große Bilder an der Wand.

Eine junge Frau, die mit ausgestreckten Händen davonlief. In dem über die Schulter zurückgewandten Gesicht stand blankes Entsetzen.

Eine blonde Frau, neben einem Auto liegend, die Beine unter den Körper gebogen.

Ein dunkelhaariges junges Mädchen, eine Hand am Hals, einen Blick verwunderter Verständnislosigkeit in den starren Augen.

VOR Jahren war Lally Lehrerin in Nebraska gewesen. Endlich pensioniert, hatte sie, alleinstehend, wie sie war, eine Reise nach New York unternommen und war nie mehr nach Hause zurückgekehrt.

Der Abend ihrer Ankunft in der Grand Central Station war der Wendepunkt in ihrem Leben gewesen. Zutiefst beeindruckt und verwirrt hatte sie ihren Koffer durch die riesige Haupthalle geschleppt, dann hatte sie einmal aufgesehen und mitten im Schritt innegehalten. Als eine von ganz wenigen hatte sie gemerkt, daß der Himmel an der gewölbten Decke verkehrtherum gemalt war – die Sterne des Ostens standen im Westen!

Sie lachte laut. Menschen schauten zu ihr her und hasteten weiter. Das gefiel ihr besonders. Wenn Lally zu Hause laut vor sich hin gelacht hätte, wäre es am nächsten Morgen im ganzen Städtchen bekannt gewesen. Sie sperrte ihren Koffer in ein Schließfach und machte sich auf der Damentoilette ein bißchen frisch. Sie strich ihr fassonloses Wollkleid glatt und knöpfte die dicke Strickjacke zu. Abschließend kämmte sie sich noch rasch durch das kurze, graue Haar, das feucht um ihr breites, kinnloses Gesicht klebte.

Sechs Stunden lang spazierte Lally dann durch den großen Bahnhof und freute sich an dem Menschengewimmel wie ein Kind. Sie aß eine Kleinigkeit an einem Schnellimbiß, machte einen Schaufensterbummel durch die Passagen, die zu den Hotels führten, und kehrte schließlich in den Hauptwartesaal zurück.

Menschen kamen und gingen. Es war schon fast Mitternacht, als ihr ein kleines Grüppchen auffiel, das schon ziemlich lange da war – sechs Männer und eine zierliche vogelgleiche Frau, die sich in lässiger Kameradschaftlichkeit unterhielten. Die Frau bemerkte ihren interessierten Blick und kam auf sie zu. „Bist du neu hier?“ Eine rauhe, aber freundliche Stimme.

„Ja“, sagte sie.

„Hast du schon was, wo du hingehst?“

Lally hatte ein Hotelzimmer reserviert, aber aus einer Eingebung heraus log sie: „Nein.“

„Na, mach dir nichts draus. Wir zeigen dir alles. Wir sind hier die Stammgäste.“ Ihr Arm zeigte ruckartig auf die Gruppe hinter ihr.

„Wohnt ihr denn hier in der Nähe?“ fragte Lally.

Ein Lächeln huschte um die Augen der Frau. Sie entblößte ein lükkenhaftes Gebiß. „Nein, wir wohnen *hier*. Ich heiße Rosie Bidwell."

In all ihren freudlosen zweiundsechzig Lebensjahren hatte Lally nie eine richtige Freundin gehabt. Das änderte Rosie Bidwell. Bald wurde Lally von den Stammgästen als eine der Ihren akzeptiert. Sie entledigte sich ihres Koffers und trug, wie Rosie, ihre Habseligkeiten in Einkaufstüten mit sich herum. Sie erlernte die Alltagsroutine: möglichst viel Zeit vertrödeln über billigen Mahlzeiten im Automatenrestaurant, Duschen im öffentlichen Bad, Schlafen in Asylen.

Oder – in ihrem eigenen Zimmer in der Grand Central Station.

Das war etwas, was Lally sogar vor Rosie geheimhielt. In ihrer rastlosen Neugier hatte sie jeden Zentimeter des Bahnhofskomplexes erforscht. Sie war die Treppen hinter den Bahnsteigen hinauf- und hinuntergestiegen und durch die höhlenartigen Labyrinthe zwischen dem Boden des Obergeschosses und der Decke des Untergeschosses herumgewandert. Sie war sogar den Schienen durch den Tunnel unter der Park Avenue hindurch gefolgt, hatte sich jedesmal gegen die Betonwand gedrückt, wenn ein Zug kam, und mit streunenden Katzen die Essensabfälle geteilt.

Besonders angetan hatte es ihr aber der Bereich im tiefsten Innern des Bahnhofs, den die Bahnhofspolizisten Sing-Sing nannten. Dort, wo die Pumpen und Ventilatoren und Generatoren ächzten und stöhnten, hatte man das Gefühl, sich mitten im pulsierenden Herzen des Bahnhofs zu befinden. Vor allem lockte sie dort in Sing-Sing eine unbeschriftete Tür über einer schmalen Eisentreppe. Einmal brachte sie im Gespräch mit einem Bahnhofspolizisten, mit dem sie sich angefreundet hatte, vorsichtig die Rede darauf. Rusty erklärte ihr, das sei nur ein elendes Loch, wo sie früher das Geschirr der Oyster-Bar gespült hätten, und dort habe sie nichts verloren. Aber sie hatte ihn gelöchert, bis er sie mitnahm und ihr einen Blick in den Raum gestattete.

Sie war begeistert. Die verschimmelte, abgeblätterte Farbe an Wänden und Decke störte sie nicht. Licht und Wasser funktionierten. Sie wußte sofort, daß dieses Zimmer ihr einziges Bedürfnis befriedigen würde, das sie noch hatte: ab und zu für sich allein zu sein.

„Zimmer mit Bad", sagte sie. „Rusty, laß mich hier schlafen."

„Geht nicht. Das würde mich meine Stellung kosten." Aber

schließlich hatte sie ihn doch wieder weichgeknetet, und er ließ sie hin und wieder eine Nacht in dieser Kammer verbringen. Eines Tages lieh sie sich dann seinen Schlüssel aus und besorgte sich heimlich einen Nachschlüssel. Als Rusty in Pension ging, ergriff sie von dem Zimmer Besitz.

Nach und nach schleppte Lally allerlei Sachen die Eisentreppe hinauf – eine baufällige Pritsche, eine Orangenkiste. Sie begann, regelmäßig dort zu wohnen. Das gefiel ihr am allerbesten – dort zu schlafen wie in einem dunklen Schoß, geborgen in den Tiefen des Bahnhofs, in den Schlummer gewiegt vom leisen Rumpeln der Züge, das im Laufe der Nacht nachließ, um gegen Morgen wieder anzuschwellen.

Im Winter benutzte sie das Zimmer nicht. Es war zu kalt und zu feucht. Aber von Mai bis September schlief sie durchschnittlich zweimal pro Woche darin, gerade unregelmäßig genug, um sich nicht von den Bahnhofspolizisten erwischen zu lassen oder Rosies Neugier zu wecken.

Sechs Jahre vergingen, die schönsten in Lallys Leben. Sie lernte die Bahnhofspolizisten kennen, die Zeitungsverkäufer, die Kioskbesitzer. Sogar die Pendler erkannte sie bald wieder und wußte von jedem einzelnen, um welche Zeit er welchen Zug nahm.

An diesem Montagabend hatte Lally plötzlich das Gefühl, es nicht mehr auszuhalten. Sie mußte ihr Zimmer wiedersehen. Es war jetzt schon sechs Monate her. Wenn es nicht zu kalt war, würde sie heute nacht vielleicht sogar darin schlafen.

Sie ging schwerfällig ins Bahnhofsuntergeschoß hinunter. Vorsichtig spähte sie um sich, ob auch kein Polizist in Sicht kam. Sie konnte es nicht riskieren, gesehen zu werden, wenn sie zu ihrem Zimmer ging. Gerade wollte sie die Rampe zu Gleis 112 hinunterschlendern, als ihr Blick auf ein ausgefranstes rotes Futter fiel, das unter einem grauen Mantel herausschaute. Lally erkannte den Mantel. Sie hatte ihn vorige Woche in einem Trödelladen an der Second Avenue anprobiert. Zwei von der Sorte gab es bestimmt nicht, jedenfalls nicht mit einem solchen Futter. Ihre Neugier war erwacht, und sie sah ins Gesicht der Manteltrågerin und war überrascht, wie jung und hübsch sie unter dem großen Kopftuch war.

Den Mann, der sie begleitete, hatte Lally in letzter Zeit im Bahnhofsbereich gesehen. Lally fielen die teuren Lederstiefel der Frau auf. Merkwürdige Zusammenstellung, dachte sie. Ein verschlissener alter Mantel und solche Stiefel. Der Seesack, den der Mann trug, schien schwer zu sein. Stirnrunzelnd sah sie die beiden zu Gleis 112 hinuntergehen. Der nächste Zug fuhr doch erst in einer halben Stunde! Verrückt, dachte sie. Warum wollten sie auf dem kalten, feuchten Bahnsteig warten?

Sie hob resigniert die Schultern. Aus. Sie konnte nicht zu ihrem Zimmer gehen, wenn Leute auf dem Bahnsteig waren und sie sahen. Also würde sie bis morgen warten müssen.

Fünftes Kapitel

„Rede doch, Ron. Bitte!" Der dunkelhaarige Anwalt drückte die Aufnahmetaste des Kassettenrecorders, der zwischen den beiden jungen Männern auf der Pritsche stand.

„Nein!" Ronald Thompson stand auf und ging ruhelos in der engen Zelle auf und ab. „Wozu?" Die Lippen des Neunzehnjährigen zitterten. Er fuhr sich rasch mit einer Hand über die Augen. „Bob, du hast getan, was du konntest. Jetzt ist sowieso nichts mehr zu machen."

Bob Kurner stand auf und legte dem Jungen die Hand auf die Schulter. „Doch, wir können der Gouverneurin vielleicht noch einen Grund liefern, deine Hinrichtung auszusetzen oder wenigstens aufzuschieben."

„Das hast du doch schon versucht. Diese Schriftstellerin, Sharon Martin – wenn sie es nicht geschafft hat, mit all den Unterschriften von wichtigen Leuten..."

„Hör mir auf mit Sharon Martin!" Kurner ballte die Fäuste. „Die hat dich erst richtig reingeritten. Wir hatten ein *echtes* Gnadengesuch laufen, von Leuten, die wußten, daß du keiner Fliege was zuleide tun kannst, und da geht sie hin und posaunt überall herum, natürlich wärst du schuldig, nur sterben solltest du dafür nicht. Sie hat der Gouverneurin eine Revision des Urteils *unmöglich* gemacht."

„Warum verschwendest du dann noch deine Zeit, wenn's doch hoffnungslos ist? Ich mag nicht mehr darüber reden."

„Du mußt!" Bobs Ton wurde weicher, als er dem jungen Mann in die Augen sah. Eine bezwingende Ehrlichkeit lag in seinem Blick. Ron hatte auf die Universität gehen wollen; statt dessen sollte er nun auf dem elektrischen Stuhl sterben. Selbst die zwei Jahre im Gefängnis hatten seinen muskulösen Körper nicht erschlaffen lassen. Ron hatte in seiner Zelle regelmäßig Gymnastik getrieben. Aber er hatte zwanzig Pfund abgenommen, und sein Gesicht war kreideweiß.

„Hör zu", sagte Bob, „du *hast* Nina Peterson nicht umgebracht. Wenn wir der Gouverneurin nur einen Beweis liefern könnten, nur einen Grund, der es ihr möglich macht, einen Aufschub zu verfügen... Wir haben nur noch zweiundvierzig Stunden."

„Eben hast du erst gesagt, daß sie das Urteil nicht revidieren wird."

Bob schaltete das Tonbandgerät ab. „Ron, hör mir doch mal zu. Als du für den Mord an Nina Peterson verurteilt wurdest, haben viele geglaubt, daß du auch diese beiden anderen ungelösten Morde auf dem Gewissen hättest. Mit der kleinen Corelli bist du zur Schule gegangen. Für Mrs. Weiss hast du Schnee geschaufelt. Nach deiner Verhaftung hat es dann keine Morde mehr gegeben – *bis jetzt*. Ron, in diesem Bezirk sind letzten Monat wieder zwei junge Frauen umgebracht worden. Wenn wir jetzt mit irgend etwas aufwarten könnten, was auf einen Zusammenhang zwischen dem Mord an Nina Peterson und den andern schließen läßt... Ich weiß, wie scheußlich das für dich ist, Ron. Aber du hast mir gesagt, wie oft du dir diesen Tag immer wieder durch den Kopf gehen läßt. Vielleicht war da noch irgendeine Kleinigkeit, die dir nicht wichtig schien. *Rede* doch wenigstens!"

Ron ging zur Pritsche und setzte sich. Er drückte den Aufnahmeknopf. Mit vor Konzentration gerunzelter Stirn begann er zu sprechen.

„Ich hatte an diesem Nachmittag nach der Schule in Timberlys Supermarkt gearbeitet. Mrs. Peterson war zum Einkaufen gekommen. Mr. Timberly hatte mir gerade gesagt, daß er mich rausschmeißen wollte, weil ich mir so oft zum Baseballtraining freinahm. Mrs. Peterson hatte das gehört. Als ich ihr half, ihre Einkäufe zum Wagen zu bringen, sagte sie..."

Der Zug fuhr um neun Uhr in den Bahnhof von Carley ein, mit vierzig Minuten Verspätung. Steves Ungeduld hatte inzwischen einer tiefen, bohrenden Angst Platz gemacht. Irgend etwas stimmte nicht. Das fühlte er.

Aber vielleicht war es die bevorstehende Hinrichtung, die an seinen Nerven zerrte. Die heutige Abendzeitung hatte Ninas Foto auf der ersten Seite gebracht – und gleich daneben ein Bild von Thompson. Der Junge sah gar nicht übel aus. Man sollte ihm kaum einen kaltblütigen Mord zutrauen.

Immer wieder hatte Steve während der Bahnfahrt Ninas Bild ansehen müssen. Damals, nach dem Mord, hatten die Reporter ihn wegen eines Fotos bedrängt. Dieses hier war sein liebstes, ein Schnappschuß, auf dem ihr der Wind die schwarzen Locken ins Gesicht wehte. Sie zog die Nase kraus, wie immer, wenn sie lachte. Und das lose um den Hals geschlungene Tuch. Erst hinterher hatte er gesehen, daß es das Tuch war, mit dem Thompson sie dann erwürgt hatte. O Gott!

Steve stieg aus und rannte die schlüpfrige Bahnsteigtreppe hinunter. Auf dem Parkplatz versuchte er, den Schnee von seinem Wagen zu wischen. Auf der Windschutzscheibe war eine harte Eiskruste. Ungeduldig öffnete er den Kofferraum und holte den Eiskratzer heraus.

Er hatte Nina zum letztenmal lebend gesehen, als sie ihn zum Bahnhof gefahren hatte. Dabei war ihm der abgefahrene Ersatzreifen am rechten Vorderrad aufgefallen, und sie hatte zugegeben, daß sie am Abend vorher eine Reifenpanne gehabt hatte.

„Du darfst nicht mit so einem lausigen Reifen durch die Gegend fahren!“ hatte er sie angeschnauzt. „Menschenskind, dieser Leichtsinn bringt dich noch mal um!“

Bringt dich noch mal um!

Sie hatte ihm versprochen, gleich den andern Reifen abzuholen. Am Bahnhof hatte er aus dem Wagen steigen wollen, ohne ihr zum Abschied einen Kuß zu geben, aber sie hatte sich zu ihm hinübergelehnt und mit den Lippen kurz seine Wange gestreift. Mit diesem Lachen in der Stimme, das ihm so vertraut war, hatte sie gesagt: „Viel Spaß heute, alter Knurrhahn. Ich liebe dich trotzdem.“

Er hatte ihr nicht geantwortet und sich nicht umgeschaut, sondern war nur zum Zug gelaufen. Im Büro hatte er mit sich gekämpft, ob er sie anrufen solle, fand dann aber, sie solle wirklich in dem Glauben bleiben, er sei ihr böse. Ihre Sorglosigkeit in wichtigen Dingen machte ihn nämlich ganz kribblig.

Also hatte er sie nicht angerufen, sich nicht mit ihr versöhnt. Und als er abends um halb sechs aus dem Zug gestiegen war, hatte Roger Perry, sein Nachbar, ihn am Bahnhof empfangen und ihm mitgeteilt, daß Nina tot war.

Nach der Beerdigung hatte er Ninas Wagen verkauft. Es war ihm unerträglich gewesen, ihn in der Garage neben seinem Mercury stehen zu sehen. Noch am Abend ihres Todes war er zu dem Wagen gegangen, aber da war der neue Reifen am Vorderrad und der Reservereifen im Kofferraum gewesen. Offenbar hatte sie seinen Zorn doch ernst genommen.

Nina, Nina, es tut mir so leid!

Und dann diese knapp zwei Jahre schmerzlicher Leere, bis er an jenem Morgen vor sechs Monaten dem andern Gast in der *Heute*-Sendung, Sharon Martin, vorgestellt worden war. Sharon. Sie hatte ihn wieder zum Leben erweckt. Benommenheit und Schmerz waren allmählich dahingeschmolzen wie Eis im Frühlingstauwetter. Er fing an zu glauben, daß ihm noch einmal eine Chance zum Glücklichsein geboten wurde.

Die Scheibe war einigermaßen frei. Steve sprang ins Auto. Er wollte nach Hause und Neil gesund und munter vorfinden. Er wollte seine Arme um Sharon legen und sie festhalten.

Als er in die Driftwood Lane einbog, kam ihm die Straße ungewöhnlich dunkel vor. Vor *seinem* Haus war das Licht aus! Die Angst ließ ihn fast erstarren. Er trat aufs Gas und raste los, bog in die Einfahrt und bremste scharf hinter Sharons Wagen. Dann sprang er die Stufen hinauf, drehte den Schlüssel im Schloß und stieß die Tür auf. „Sharon! Neil!“ rief er.

Im Wohnzimmer lagen Zeitungen und eine Schere auf dem Boden. Neil mußte Bilder ausgeschnitten haben. Eine unberührte Tasse Kakao und ein Glas Sherry standen auf dem Tischchen neben dem Herd. Steve rannte hin und fühlte an der Tasse. Der Kakao war kalt. Die Angst drohte ihn zu ersticken.

Er lief durch die Küche ins Arbeitszimmer, dann zurück in die Diele, wo er Sharons Köfferchen und Handtasche fand. Er öffnete den Wandschrank. Sharons Cape hing darin! Was konnte sie veranlaßt haben, ohne das Cape aus dem Haus zu gehen? Neil mußte einen seiner schweren Anfälle gehabt haben.

Steve stürzte zum Telefon. Die Notrufnummern standen auf einer Liste. Er rief zuerst den Arzt an. Die Sprechstundenhilfe war noch da. „Nein, Mr. Peterson, wir haben keinen Anruf wegen Neil erhalten." Er rief im Krankenhaus an. „Uns ist nichts bekannt..."

Er sah auf die Wanduhr. Zwanzig nach neun. Fast zwei Stunden, seit er versucht hatte, sie von New York aus anzurufen. So lange waren sie also mindestens schon fort.

Die Perrys! Sharon war vielleicht mit Neil zu ihnen gegangen. Steve drehte wieder an der Wählscheibe. Bitte, lieber Gott, laß sie bei den Perrys sein!

Da fiel sein Blick auf die Merktafel an der Wand. In dicken, ungelenken Buchstaben war etwas mit Kreide darauf geschrieben.

„Wenn Sie Ihr Kind und Ihre Freundin lebend wiederhaben wollen, warten Sie auf Anweisungen. *Nicht die Polizei rufen!*"

Unterschrieben war die Mitteilung mit „Der Fuchs".

IM FBI-BÜRO in Manhattan erhob sich Hugh Taylor und streckte sich. Er war ganz steif in den Schultern und im Nacken. Noch keine fünfzig, dachte er, und man fühlt sich wie achtzig. Er freute sich auf zu Hause.

Hugh griff nach seinem Mantel. Er war den ganzen Tag niedergedrückt gewesen. Dieser junge Thompson ging ihm nicht aus dem Kopf. Vor zwei Jahren hatte Hugh den Fall Peterson bearbeitet. Er hatte Thompson in diesem Motel in Virginia aufgespürt, wo sie ihn dann verhaftet hatten.

Der Junge hatte den Mord so hartnäckig geleugnet – selbst als er schon wußte, daß er seine Haut nur noch retten konnte, wenn er sich der Gnade des Gerichts anheimgab. Nun, jetzt war ihm die Sache aus den Händen genommen. Übermorgen würde Ronald Thompson auf dem elektrischen Stuhl hingerichtet werden.

Als Hugh zum Aufzug ging, hörte er, wie jemand seinen Namen rief. Hank Lamont, einer der jüngeren Kriminalbeamten, kam den

Korridor entlanggerannt. „Steve Peterson ist am Apparat – Sie wissen doch, der Mann von Nina Peterson."

„Ich weiß, wer er ist", knurrte Hugh. „Was will er?"

„Er sagt, daß sein Sohn und diese Schriftstellerin, Sharon Martin, entführt worden sind."

„WER hat diese Bilder gemacht?" Sharon sah, daß die Angst in ihrer Stimme ihn erschreckt hatte. Seine Lippen wurden schmal. Sie sagte rasch: „Ich meine – weil sie so realistisch sind."

Er entspannte sich wieder. „Vielleicht hab ich sie gefunden."

Sie erinnerte sich an den Blitz, der sie im Wagen geblendet hatte. „Oder – haben Sie sie gemacht?" Sie versuchte es ein wenig nach einem Kompliment klingen zu lassen.

„Vielleicht."

Sie fühlte, wie seine Hand ihr Haar berührte, ihre Wange. Nur keine Angst zeigen, dachte sie verzweifelt. Noch immer hielt sie Neil umfaßt. Er begann zu zittern. Schluchzer mischten sich in sein asthmatisches Keuchen.

„Neil, nicht weinen", flehte sie. Wieder sah sie zu ihrem Entführer auf. „Er hat solche Angst. Schneiden Sie ihn doch los."

„Hast du mich gern, wenn ich es tue?" Sein Bein preßte sich von der Seite gegen sie, als sie vor der Pritsche kniete.

„Natürlich hab ich Sie gern. Aber *bitte!*" Ihre Finger strichen die feuchten, sandfarbenen Löckchen aus Neils Stirn.

„Finger weg von der Augenbinde!"

„Ich geh ja nicht dran." Ihre Stimme klang besänftigend.

„Na gut. Aber nur die Hände. Euch beide ungefesselt, das kann ich nicht brauchen. Laß den Jungen los, und leg dich hin."

Ihr blieb nichts anderes übrig, als zu gehorchen. Er band ihr die Beine zusammen und setzte sie auf die Pritsche. Dann zerschnitt er Neils Handfesseln. Neil fuchtelte mit den Armen durch die Luft. Sein Japsen ging stakkato, sein Pfeifen wurde noch höher.

Sharon zog ihn zu sich auf den Schoß. Sie legte den grauen Mantel um ihn. Er wehrte sich und versuchte fortzukommen.

„Neil, beruhige dich", sagte sie energisch. „Denk daran, was dein Vater gesagt hat. Wenn du Asthma bekommst, halt ganz still und atme langsam.“ Sie sah auf. „Bitte, geben Sie ihm einen Schluck Wasser.“

Er nickte und ging zu dem tropfenden Wasserhahn. Während er ihr den Rücken zudrehte, sah Sharon die Bilder an. Hatte er diese Frauen umgebracht? Was für eine Sorte Irrer war er? Warum hatte er sie und Neil entführt?

Die Sache war genau geplant.

Neil würgte und begann zu husten – ein rauher, gequälter Ton. Der Entführer kam zurück. Als er Sharon den Becher reichte, zitterte seine Hand. „Sorg dafür, daß er damit aufhört“, sagte er.

Sharon hielt Neil den Becher an die Lippen. „Trink davon, Neil.“ Er versuchte, das Wasser in großen Schlucken zu trinken. „Nein ... langsam. Jetzt leg dich zurück.“ Der Junge trank den Becher leer und seufzte. Sie fühlte, wie sein kleiner Körper sich leicht entspannte. „So, das war's.“

Der Entführer beugte sich über sie. „Du bist sehr gut, Sharon“, sagte er. „Darum hab ich mich auch in dich verliebt. Weil du keine Angst vor mir hast, oder doch?“

„O nein, natürlich nicht. Aber warum haben Sie uns hierhergebracht?“

Ohne zu antworten, ging er zu dem schwarzen Koffer, hob ihn vorsichtig hoch und setzte ihn ein Stückchen neben der Tür wieder ab. Dann kauerte er sich davor und öffnete ihn.

„Was ist da drin?“ fragte Sharon.

„Ich muß nur noch etwas machen, bevor ich gehe.“

„Wohin gehen Sie denn?“

„Ich kann nicht reden, wenn ich an so etwas arbeite. Mit dem Zeug muß man vorsichtig sein.“

Sharon faßte Neil fester. Dieser Verrückte hantierte mit Sprengstoff! Wenn er einen Fehler machte, wenn ihm etwas mißglückte...

Starr vor Furcht sah sie ihm zu, wie er mit unendlicher Sorgfalt zu Werke ging; und während sie zusah, hörte das Blut in ihren Beinen zu fließen auf, und die feuchte Kälte drang durch ihre Haut.

Endlich richtete der Mann sich auf. „Alles in Ordnung.“

„Was haben Sie damit vor?“ fragte sie.

„Das ist euer Babysitter. Ich muß euch bis morgen allein lassen. Schließlich kann ich nicht riskieren, euch zu verlieren.“

„Wie sollten Sie uns verlieren, wenn wir hier allein und gefesselt sind?"

„Eins zu einer Million, daß hier einer reinzukommen versucht, während ich fort bin. Aber wenn die Drähte an der Tür sind und einer reinkommt..."

„Wie lange wollen Sie uns hier festhalten?"

„Bis Mittwoch. Keine Bange, Sharon. Morgen abend gibt Steve Peterson mir zweiundachtzigtausend Dollar. Und am Mittwoch gehen wir beide, du und ich, fort und hinterlassen eine Nachricht, wo sie den Jungen finden."

Sie hatte wohl nicht recht gehört. Jetzt kam er wieder her. „Tut mir leid, Sharon." Mit einer raschen Bewegung riß er Neil aus ihren Armen und warf ihn auf die Pritsche. Bevor sie sich rühren konnte, hatte er ihr die Arme auf den Rücken gedreht und band ihr die Handgelenke zusammen.

Dann griff er nach Neil. „Bitte, knebeln Sie Neil nicht!" flehte sie. „Wenn er erstickt, bekommen Sie womöglich gar kein Geld – Sie müssen vielleicht beweisen, daß er lebt. Bitte! Ich hab Sie ja so gern. Sie sind so klug."

Er sah sie an und überlegte.

„Sie kennen meinen Namen, aber den Ihren haben Sie mir nicht gesagt. Ich möchte so gern an Sie denken können."

Er drehte die Innenflächen seiner Hände zu ihr. Sie waren schwielig und rauh. Er beugte sich über sie. Sein Atem war übelriechend und heiß.

Sie ließ seinen Kuß über sich ergehen. Seine Lippen drückten sich hart auf die ihren, verweilten feucht an ihrer Wange und ihrem Ohr. „Ich bin der Fuchs", sagte er heiser.

Er fesselte Neils Hände und legte ihn neben sie. Die Pritsche bot beiden kaum Platz zum Liegen. Er deckte sie mit dem Mantel zu. Dann wanderte sein Blick über den zugenagelten Speiseaufzugschacht. „Nein, ich kann's nicht darauf ankommen lassen, daß euch einer hört."

Schon hatten sie die Knebel wieder im Mund, nur diesmal nicht ganz so fest. Seine Nervosität nahm deutlich wieder zu. Langsam und mit nervtötender Sorgfalt befestigte er einen dünnen Draht an irgend etwas in seinem Koffer und führte ihn von dort zur Tür. Anscheinend wollte er den Draht quer über die Tür spannen und draußen am Rahmen befestigen. Wenn dann zufällig jemand hier hereinkäme, würde die Bombe hochgehen!

Sie hörte den Lichtschalter klicken, und die staubtrüben Lampen verloschen. Die Tür ging geräuschlos auf und zu. Es war unheimlich dunkel in dem Raum, und die Stille wurde nur durch Neils gequältes Atmen und das gelegentliche dumpfe Rumpeln eines Zuges unterbrochen.

Sechstes Kapitel

Roger und Glenda Perry wollten sich die Elfuhrnachrichten oben im Schlafzimmer ansehen. Bevor sie zu Bett gingen, öffnete Roger das Fenster zur Straße, denn sie hatten gerne frische Nachtluft im Schlafzimmer. Automatisch warf er einen Blick hinüber zu Petersons Haus. Es war jetzt hell erleuchtet, drinnen wie draußen. Durch den fallenden Schnee sah er Autos in der Zufahrt stehen.

Er wandte sich zu Glenda. „Du brauchst dir keine Gedanken mehr zu machen, weil bei Steve das Licht aus ist. Jetzt strahlt das ganze Haus wie ein Weihnachtsbaum."

„Dann hat er sicher Gesellschaft. Dem Himmel sei Dank, daß wir heute nacht nicht draußen sein müssen. Puh, bin ich müde!" Ihr Gesicht bekam einen anderen Ausdruck. Ihr Körper spannte sich.

„Schmerzen?"

„Ja."

„Bleib ganz still liegen." Er ging ans Nachttischchen und nahm das stets griffbereite Fläschchen mit den Nitroglyzerintabletten. Er sah ihr zu, wie sie sich eine davon unter die Zunge legte und die Augen schloß.

Etwas später seufzte sie. „Das war schlimm diesmal. Aber jetzt ist es vorbei."

Das Telefon klingelte. Roger knurrte: „Manche Leute..." Er nahm mit einem kurz angebundenen „Ja" den Hörer ans Ohr.

Augenblicklich änderte sich sein Ton. „Steve, ist was passiert? Großer Gott! Ich komme gleich rüber."

Er legte den Hörer auf und ergriff Glendas Hände. Sie sah ihn aus großen Augen an. „Neil und Sharon Martin sind verschwunden", sagte er vorsichtig. „Ich geh mal rüber, aber ich komme so schnell wie möglich wieder zurück."

„Roger..."

„Bitte, Glenda, bleib ganz ruhig."

Er zog einen dicken Pullover und eine Hose über seinen Schlafanzug und schlüpfte in seine Mokassins. Er schloß gerade die Haustür, als er das Telefon schon wieder klingeln hörte, doch da er wußte, daß Glenda abheben würde, ließ er sich nicht aufhalten und rannte durchs Schneegestöber über die Straße zu Petersons Haus.

Keuchend stürzte er die Stufen hinauf. Ein sportlich aussehender Mann mit scharfgeschnittenem Gesicht und grauem Haar öffnete ihm. „Guten Tag, Mr. Perry. Ich bin Hugh Taylor vom FBI. Wir haben uns vor zwei Jahren schon kennengelernt."

Roger dachte an den Tag zurück, an dem Glenda von Ronald Thompson umgerannt worden war, als er aus dem Haus gestürzt kam. Sie war anschließend hineingelaufen und hatte Ninas Leiche gefunden. „Ich erinnere mich." Kopfschüttelnd ging er weiter ins Wohnzimmer. Steve stand am Kamin, die Hände ineinander verschlungen. Auf der Couch saß, schluchzend und mit verweinten Augen, Dora Lufts. Neben ihr kauerte hilflos Bill Lufts.

Roger ging zu Steve und faßte ihn bei den Schultern. „Steve! Mein Gott, ich weiß nicht, was ich sagen soll. Wie lange sind sie schon fort?"

„Das wissen wir nicht. Es muß zwischen sechs und halb acht passiert sein." Steves Stimme versagte. „Sie waren allein."

„Mr. Perry", unterbrach Hugh Taylor, „können Sie uns irgend etwas sagen? Ist Ihnen ein Fremder in der Gegend aufgefallen? Ein fremdes Auto – Personen- oder Lastwagen – oder sonst etwas?"

Roger setzte sich schwerfällig hin. Nachdenken. Irgend etwas *war* gewesen. Aber was? Ach ja. „Ihre Außenbeleuchtung war aus."

Steve drehte sich um. „Bill ist sicher, daß sie an war, als er mit Dora aus dem Haus ging. Als ich nach Hause kam, war sie aus. Wann haben Sie es gemerkt?"

Rogers scharfer Verstand rekonstruierte den Verlauf des Abends. „Ihr Licht muß angewesen sein, als ich um Viertel vor sechs nach

Hause kam, sonst wäre es mir aufgefallen. Glenda hat uns einen Cocktail gemixt. Es kann höchstens zwanzig Minuten später gewesen sein, als wir beide am Fenster standen und Glenda auf einmal merkte, daß es bei Ihnen dunkel war." Er überlegte. „Und dann hat Glenda etwas von einem Auto gesagt, das aus Ihrer Ausfahrt kam."

„Was für ein Auto?" drängte Hugh Taylor.

„Keine Ahnung. Ich stand mit dem Rücken zum Fenster."

Roger erinnerte sich an Glendas ungutes Gefühl. Sie hatte ihn herüberschicken wollen. Was durfte er ihr jetzt sagen? Er sah Steve mitfühlend an. Äußerlich wirkte der jüngere Mann ganz ruhig, aber dieser leere, gequälte Ausdruck in den Augen, der in den letzten beiden Monaten ein wenig verblaßt war, hatte von Steve wieder Besitz ergriffen. Auch diese graue Gesichtsfarbe und die scharfen Linien um den Mund herum waren wieder da. „Sie sollten einen Schluck trinken", meinte er. „Oder wenigstens eine Tasse Kaffee. Sie sehen mitgenommen aus."

„Vielleicht einen Kaffee."

„Ich mache welchen!" Dora sprang diensteifrig auf. „O mein Gott, Neil, warum mußte ich auch heute abend ins Kino? Wenn dem Jungen was passiert ist, ich überleb's nicht!"

Bill Lufts hielt seiner Frau den Mund zu. „Halt doch *einmal* im Leben deine Klappe!" bellte er. Roger entging nicht, daß Hugh Taylor das Ehepaar aufmerksam beobachtete. Konnte er die Lufts im Verdacht haben? Nein. Nie. Unmöglich.

An der Haustüre wurde wie wild geklingelt. Alle sprangen gleichzeitig auf, und der Kriminalbeamte rannte an Roger vorbei und riß die Tür auf.

Draußen stand Glenda, die Haare naß vom Schnee. Ihr wollener, rosa Morgenmantel war der einzige Schutz gegen den Wind. Ihr Gesicht war weiß wie Marmor, ihre Pupillen übergroß. In ihrer Hand hielt sie einen Zettel. Roger lief ihr entgegen und konnte sie gerade noch auffangen, bevor sie zusammenbrach.

„Roger, der Anruf..." Sie schluchzte. „Ich habe alles aufschreiben müssen. Ich soll's nur ja richtig ausrichten, hat er gesagt, sonst wird Neil –"

Hugh riß ihr den Zettel aus der Hand und las laut vor: „Sagen Sie Steve Peterson, wenn er seinen Sohn und seine Freundin wiederhaben will, soll er morgen früh Punkt acht Uhr in der Telefonzelle bei der Exxon-Station an der Ausfahrt der Merritt-Schnellstraße sein."

Hugh runzelte die Stirn. Das letzte Wort war unleserlich. „Was heißt das hier, Mrs. Perry?" fragte er.

„Ich konnte kaum mitschreiben, er war so ungeduldig. Das heißt ‚Der Fuchs'." Glenda verzog das Gesicht vor Schmerz und griff sich an die Brust. „Er – er hat seine Stimme zu verstellen versucht. Aber als er den Namen wiederholte – Roger, *diese Stimme habe ich schon einmal gehört!* Das ist jemand, den ich kenne."

ALS Bob Kurner aus dem Staatsgefängnis kam, rief er Kathy Moore an und fragte sie, ob er zu ihr ins Amt kommen könne. Kathy war Zweite Staatsanwältin in Bridgeport. Sie waren seit drei Monaten befreundet, und Kathy hatte den Kampf des Rechtsanwalts um Ronald Thompsons Leben zu ihrem eigenen gemacht. Sie erwartete ihn mit der Stenotypistin, um die er gebeten hatte. „Marge sagt, sie bleibt notfalls die ganze Nacht hier", empfing ihn Kathy. „Wieviel hast du?"

„Sehr viel", sagte Bob. „Ich habe Ron die ganze Geschichte viermal von vorn bis hinten erzählen lassen. Das sind gut zwei Stunden Tonbandprotokoll, die übertragen werden müßten."

Marge Evans streckte die Hand aus. „Geben Sie nur her. Ich fange gleich an."

„Danke." Bob wandte sich an Kathy. „Hast du die Unterlagen?"

„Ja, drinnen." Er folgte ihr in ihr winziges Büro. Auf dem Schreibtisch lagen vier Ordner mit den Aufschriften CORELLI, WEISS, AMBROSE und CALLAHAN. „Die Polizeiberichte sind immer obendrauf", sagte sie. „Mein Chef wäre darüber wenig erfreut, Bob. Wenn er's erfährt, schmeißt er mich wahrscheinlich raus."

Bob sah Kathy an. Sie trug eine Leinenhose und einen dicken Pullover. Ihr dunkles Haar wurde von einem Gummiband gehalten. Sie sah mehr nach einer achtzehnjährigen Studentin als nach einer fünfundzwanzigjährigen Zweiten Staatsanwältin aus. Aber seit Bob einmal im Gerichtssaal gegen sie angetreten war, beging er nie wieder den Fehler, sie zu unterschätzen. Sie war eine gute Juristin mit scharfem Verstand und ausgeprägtem Gerechtigkeitssinn.

„Ich weiß, was du riskierst, Kath. Aber wenn wir nur einen einzigen roten Faden zwischen diesen Morden und dem an Nina Peterson finden – Rons letzte Hoffnung sind jetzt neue Beweise."

Bob zog einen Stuhl an den Schreibtisch und setzte sich ihr gegenüber. Kathy nahm sich zwei der Akten vor. „Seit heute morgen nennt man die beiden letzten nur noch die ‚CB-Morde'."

„Wieso das?"

„Beide, die Callahan wie die Ambrose, hatten CB-Funkgeräte bei sich und damit Hilfe herbeigerufen – Mrs. Ambrose hatte kein Benzin mehr, bei der Callahan war's eine Reifenpanne."

„Mrs. Weiss und Jean Corelli waren damals vor zwei Jahren auch nachts allein auf einsamen Straßen unterwegs, als sie umgebracht wurden", sagte Bob.

„Aber das *beweist* noch keine Verbindung. Seit Ron Thompsons Verhaftung ist in unserem Bezirk keine Frau mehr ermordet worden – bis vorigen Monat. Jetzt haben wir gleich zwei ungelöste Morde. Diese Funkgeräte sind ja eine feine Sache, aber es ist heller Irrsinn, wenn eine Frau durchgibt, daß sie allein ist und eine Autopanne hat. Für jeden Verbrecher, der ihr zuhört, ist das eine Einladung."

„Und ich sage, es gibt eine Verbindung zwischen diesen vier Morden und Nina Petersons Tod", sagte Bob. „Nenn es ein Gefühl, nenn es, wie du willst, aber hilf mir."

„Will ich ja. Wie gehen wir vor?"

„Zuerst stellen wir eine Liste auf: Ort, Zeit, Todesursache, Mordwaffe, Autotyp. Wenn wir das haben, vergleichen wir alles mit den Umständen im Fall Peterson."

Sie begannen um zehn nach acht. Um Mitternacht kam Marge und brachte ihnen die Protokolle der vier Aussagen Ron Thompsons. „Fertig", sagte sie. „Wissen Sie, wenn man dem Jungen zuhört, kann's einem das Herz brechen. Ich bin seit zwanzig Jahren Gerichtsstenographin und hab mir schon so manches angehört, aber der Junge sagt die Wahrheit."

Bob und Kathy arbeiteten bis zum Morgengrauen und verglichen Zeile für Zeile. Endlich sagte Kathy: „Wir müssen Schluß machen, Bob. Ich muß um acht im Gericht sein. Und ich möchte sowieso nicht, daß dich jemand hier sieht."

Bob nickte. Er konnte kaum noch einen Gedanken fassen. Wieder und wieder hatte er die vier Versionen von Rons Bericht über den Verlauf des Mordtages miteinander verglichen. Sie hatten sich auf die Zeit zwischen Nina Petersons Besuch in Timberlys Supermarkt, wo sie mit ihm gesprochen hatte, bis zu seiner panikartigen Flucht aus ihrem Haus konzentriert. Nicht einen einzigen bedeutsamen Widerspruch hatten sie gefunden. „Hier muß etwas drin sein", sagte Bob eigensinnig, als er aufstand. „Ich nehme das und die Listen mit, die wir zu den anderen vier Fällen angelegt haben. Dann vergleiche ich alles noch einmal mit den Prozeßprotokollen."

Kathy half ihm, das Material in seine Aktentasche zu packen. Er legte den Arm um sie. „Ich liebe dich, Kath."

„Ich dich auch." Tränen der Müdigkeit glitzerten in ihren Augen.

„Wenn wir doch nur mehr Zeit hätten!" rief er. „Diese verdammte Todesstrafe. Wenn sie je den wirklichen Mörder erwischen, ist es für Ron zu spät." Er küßte sie auf die Stirn. „Ich melde mich später."

In seinem Büro stellte Bob als erstes den Wasserkessel auf die Platte. Vier Tassen Kaffee, schwarz und stark, vertrieben den Nebel aus seinem Gehirn. Er warf einen Blick auf seine Uhr. Halb acht. Bis zur Hinrichtung blieben ihm noch achtundzwanzig Stunden. Sein Herz klopfte.

Irgend etwas spukte in seinem Unterbewußtsein herum. Hier ist etwas drin, was wir übersehen haben, dachte er.

Lange, nachdem die Perrys nach Hause gegangen waren und die Lufts sich in ihr Zimmer im dritten Stock zurückgezogen hatten, saßen Steve und Hugh Taylor noch am Eßzimmertisch. In aller Stille hatten Kriminalbeamte im ganzen Haus Fingerabdrücke genommen und auf dem Boden nach Spuren des Entführers gesucht. Aber die auf die Merktafel gekritzelte Mitteilung war die einzige Spur.

Hugh studierte seine Aufzeichnungen. „Wir werden die Telefonzelle bei der Exxon-Tankstelle abhören lassen, ebenso Ihren Anschluß und den der Perrys", sagte er zu Steve. „Wenn Sie mit dem Fuchs sprechen, versuchen Sie, ihn möglichst lange am Apparat festzuhalten. Dann können wir seine Stimme aufzeichnen und feststellen, von wo er anruft. Unsere größte Hoffnung ist, daß Mrs. Perry die Stimme erkennt, wenn sie sie noch einmal hört."

„Halten Sie es wirklich für möglich, daß sie sich nicht nur einbildet, die Stimme zu kennen?"

„Möglich ist alles, aber sie kommt mir sehr verständig vor, und sie ist sich so sicher. Jedenfalls müssen Sie mitspielen. Sagen Sie dem Fuchs, Sie wollen einen Beweis haben, daß Neil und Sharon noch leben und unversehrt sind. Sie wollen eine Mitteilung von ihnen auf Tonband haben. Egal, welche Summe er verlangt, versprechen Sie ihm, das Geld aufzutreiben, aber sagen Sie, daß Sie nur zahlen, wenn Sie den Beweis haben."

„Könnte er darauf nicht sauer reagieren?" Steve wunderte sich, daß er so gelassen reden konnte.

„Nein. Gerade diese Anweisungen werden dafür sorgen, daß er nicht durchdreht." Plötzlich preßte Hugh die Lippen zusammen und nahm seine Notizen zur Hand. „Wie viele Leute wußten, wie der heutige Abend hier ablaufen sollte – ich meine, daß die Lufts ausgehen wollten und Sharon kam?"

„Nur die Lufts und Neil und Sharon."

„Wäre es möglich, daß Neil mit Schulkameraden oder Lehrern darüber gesprochen hat?"

„Möglich schon."

„Soviel ich weiß, sind Sie und Miß Martin heute früh im Fernsehen aufgetreten und haben dort sehr entgegengesetzte Standpunkte hinsichtlich der Todesstrafe vertreten. Wie stark wirkt das in Ihre persönlichen Beziehungen hinein?"

„Was soll das heißen?"

„Ebendas. Wie Sie wissen, hat Sharon Martin alles versucht, um Ronald Thompsons Leben zu retten. Könnte Ihrer Meinung nach die Möglichkeit bestehen, daß diese Entführung nur vorgetäuscht ist – daß sie hofft, damit die Hinrichtung aufschieben zu können?"

„Nein, nein, nein! Hugh, ich verstehe, daß Sie es auch von dieser Seite untersuchen müssen, aber vertun Sie damit um Himmels willen keine Zeit. Sharon wäre nicht fähig, mir so etwas anzutun."

Hugh wirkte nicht überzeugt.

„Mr. Peterson, in den letzten zehn Jahren haben etliche Leute, von denen man es nie erwartet hätte, im Namen irgendeiner Sache das Gesetz gebrochen. Ich wollte damit auch nur dies eine sagen: Wenn

Sharon Martin das alles nur arrangiert hat, ist Ihr Kind natürlich in Sicherheit."

„Nein", sagte Steve entschieden. „Das ist ausgeschlossen."

„Na schön. Nun zu Ihrer Post – haben Sie Droh- oder Schmähbriefe bekommen?"

„So einiges an Schmähbriefen wegen meines öffentlichen Eintretens für die Todesstrafe, besonders jetzt, kurz vor Thompsons Hinrichtung. Aber das überrascht ja nicht weiter." Steve runzelte die Stirn.

„Was denken Sie gerade?" fragte Hugh schnell.

„Nur daß Ronald Thompsons Mutter mich vorige Woche abgepaßt hat. Ich gehe jeden Samstagmorgen mit Neil zum Krankenhaus, wo er eine Antihistaminspritze bekommt. Sie wartete auf dem Parkplatz, als wir rauskamen. Sie hat mich gebeten, bei der Gouverneurin ein Wort für ihren Sohn einzulegen."

„Was haben Sie geantwortet?"

„Daß ich nichts machen kann. Mir lag vor allem daran, daß Neil unser Gespräch nicht mit anhörte, darum habe ich ihr den Rücken zugedreht. Sie hat das wohl so aufgefaßt, als ob ich nichts mit ihr zu tun haben wollte. Daraufhin hat sie gemeint: ‚Wie wäre Ihnen zumute, wenn es Ihr einziger Sohn wäre?' Dann ist sie fortgegangen."

Hugh machte sich eine Notiz. „Wir werden sie ausfragen." Er stand auf und reckte sich. „Mr. Peterson", sagte er dann, „versuchen Sie bitte, daran zu denken, daß unsere Aussichten, Entführungsopfer freizubekommen, erfahrungsgemäß gut sind und daß alles Menschenmögliche getan wird. Jetzt würde ich Ihnen vorschlagen, ein paar Stunden zu schlafen."

„Schlafen?" Steve sah ihn ungläubig an.

„Legen Sie sich wenigstens in Ihrem Zimmer ein Weilchen hin. Wir sind hier und werden Sie rufen, wenn wir Sie brauchen."

„Meinetwegen." Müde ging Steve nach oben. Nach Ninas Tod hatte er das Schlafzimmer neu eingerichtet. Er hatte die antiken weißen Möbel, die sie so geliebt hatte, nicht mehr um sich haben wollen. Das Ehebett hatte er durch ein großes einteiliges Messinggestell ersetzt und alles in Braun und Weiß eingerichtet. Ein Herrenzimmer, hatten ihm die Verkäufer versichert.

Ihn ließ es kalt. Es war leblos und unpersönlich. Aber so ging es ihm mit dem ganzen Haus. Sie hatten es gekauft, weil sie gern am Wasser wohnen wollten. Nina hatte gesagt: „In dem Haus stecken gute Möglichkeiten. Warte nur, gib mir ein halbes Jahr Zeit." Zwei Wochen hatte sie gehabt.

Letztes Mal in Sharons Wohnung hatte er davon geträumt, mit ihr zusammen dieses Haus umzukrempeln. Sie wußte, wie man ein Heim wohnlich und behaglich machen konnte.

Er knipste das Licht aus, legte sich aufs Bett und deckte sich mit der Tagesdecke zu. Der Schneeregen schlug gegen die Fensterscheiben.

Steve fiel in einen leichten, unruhigen Schlaf. Er träumte. Sharon, Neil. Sie wollten Hilfe von ihm. Er lief über einen langen Korridor und versuchte das Zimmer an dessen Ende zu erreichen. Als er da war, riß er die Tür auf. Und da lagen Neil und Sharon am Boden, die Hälse mit Schals zugeschnürt; Kreidemarkierungen fluoreszierten um die Körper.

Siebentes Kapitel

Er verliess Sharon und den Jungen gegen elf Uhr. Es war gefährlich, spätabends beim Mount-Vernon-Gleis gesehen zu werden, doch er gelangte zur Vanderbilt Avenue, ohne den Bahnhofspolizisten aufzufallen. Er blickte über die Straße. Drüben stand ein Abschleppwagen der Polizei. Klirrende Ketten wurden an dem klapprigen braunen Chevrolet befestigt. Sie waren gerade dabei, den Wagen wegzuschleppen!

Aufs höchste amüsiert, setzte er sich in Bewegung. Er wollte aus einer Zelle vor Bloomingdale's anrufen. Während des kalten, langen Fußmarsches die Lexington Avenue hinauf dachte er wieder an das heiße Verlangen, das ihn erfaßt hatte, als er Sharon küßte. Und sie verlangte ebensosehr nach ihm. Das fühlte er.

Hätte der Junge nicht da gelegen, wäre er noch weitergegangen. Aber die Augen – er spürte sie durch die Binde. Vielleicht konnte der Junge durch die Binde sehen. Der Gedanke ließ ihn schaudern.

Er hatte beschlossen, die Perrys anzurufen – bei Peterson direkt wäre es vielleicht zu riskant gewesen.

Mrs. Perry nahm beim ersten Klingelzeichen ab. Er gab ihr in einer tiefen, rauhen Stimme, die er geübt hatte, seine Mitteilung durch. Erst als sie den Namen nicht verstand, brauste er auf, sprach lauter. Wie unvorsichtig von ihm! Aber sie war zu aufgeregt, um etwas zu merken.

Behutsam legte er den Hörer wieder auf. Er lächelte. Wenn das FBI eingeschaltet worden war, würde das Telefon bei der Exxon-Station abgehört werden. Darum würde er Peterson am nächsten Morgen, wenn er mit ihm sprach, gleich zur nächsten Tankstelle weiterschikken. Sie würden keine Zeit haben, die Fangschaltung umzustellen. Beim Verlassen der Telefonzelle war er glänzender Laune; er fühlte sich einfach genial, als er zurück zum Hotel Biltmore eilte.

Derselbe verächtlich lächelnde Angestellte gab ihm seinen Schlüssel. Er ließ sich ein Abendessen und drei Flaschen Bier aufs Zimmer kommen. Um diese Zeit bekam er immer Durst auf Bier.

Während er auf seine beiden Hamburger mit Pommes frites und auf den Apfelkuchen wartete, aalte er sich in der Badewanne. In dem Versteck war es so muffig und kalt gewesen. Er zog den Pyjama an, den er sich eigens für dieses Unternehmen gekauft hatte.

Er gab dem Zimmerkellner ein großzügiges Trinkgeld. Das taten sie im Film auch immer. Die erste Flasche Bier goß er in einem Zug hinunter. Die zweite trank er zum Essen, die dritte bei den Nulluhrnachrichten im Rundfunk. Wieder etwas über den jungen Thompson. „Die letzte Frist für eine Revision des Urteils gegen Thompson ist gestern verstrichen. Morgen vormittag um elf Uhr dreißig soll das Urteil vollstreckt werden." Aber kein Sterbenswörtchen über Neil und Sharon. Aufsehen war das einzige, was er fürchtete.

Die Mädchen vorigen Monat waren ein Fehler gewesen. Aber er hatte einfach nicht widerstehen können. Er war nicht mehr in der Gegend herumgefahren. Zu gefährlich. Aber als er sie auf CB-Funk hörte, hatte etwas ihn gezwungen hinzufahren. Beim Gedanken an die Mädchen wurde ihm ganz anders. Ungeduldig schaltete er das Radio aus. Er sollte eigentlich nicht... es könnte ihn aufregen.

Aber er mußte... Aus seiner Manteltasche nahm er den kleinen Kassettenrecorder und die Kassetten, die er immer bei sich trug. Er suchte eine Kassette heraus, legte sie ein, stieg ins Bett und knipste das Licht aus. Dann steckte er sich den Ohrhörer ins rechte Ohr und drückte auf die Taste. In den ersten Minuten war nur ein Automotor zu hören. Dann quietschten Bremsen, eine Tür ging auf, und dann seine eigene Stimme, freundlich und hilfsbereit, als er aus seinem VW stieg.

Er ließ das Band ablaufen, bis er an die schönste Stelle kam. Diese spielte er wieder und wieder ab. Schließlich drückte er auf die Aus-Taste, nahm den Hörer aus dem Ohr, sank, während ihm Jean Corellis „Nein! Bitte nicht!" noch in den Ohren gellte, in einen tiefen Schlaf.

MARIAN und Jim Vogler redeten bis spät in die Nacht. Marian war völlig verzweifelt. „Es würde mir ja gar nicht soviel ausmachen, wenn wir nicht gerade erst eine solche Menge Geld dafür ausgegeben hätten! Vierhundert Dollar! Wenn einer schon das Auto stehlen mußte, warum nicht vorige Woche, bevor es repariert war? Und Arty hat so gut gearbeitet. Wie soll ich jetzt zu den Perrys kommen? Die Stelle bin ich wahrscheinlich los!"

„Kind, du brauchst die Stelle nicht gleich aufzugeben. Ich leihe mir morgen ein paar Hunderter und sehe mich nach einer anderen Karre um. Irgendwann werden wir auch unsere verdammten Schulden mal in den Griff kriegen."

„Irgendwann", pflichtete Marian ihm bei.

Sie wollten gerade einschlafen, als das Telefon klingelte. Jim tastete nach dem Hörer. „Ja? Hier James Vogler. Heute abend? Ah, das ist gut! Wo? Sie machen Witze. Ich weiß. Gut. Danke." Er legte auf.

„Das Auto?" rief Marian. „Sie haben das Auto gefunden?"

„Ja, in New York. Stand mitten in der Stadt im Parkverbot, und die Polizei hat es abgeschleppt. Der Polizist hat gemeint, das waren sicher ein paar Halbstarke, die 'ne Spritztour machen wollten. Wir können es morgen abholen."

„Jim, das ist ja wunderbar!"

„Aber ein Haken ist dabei." Jim Vogler kniff die Augen zusammen. „Du wirst es nicht glauben, aber die wollen uns fünfundzwanzig Dollar fürs Falschparken und sechzig fürs Abschleppen anhängen!"

Marian schnappte nach Luft. „Das ist ja mehr, als ich in der ganzen ersten Woche verdienen werde!" Sie begann hysterisch zu lachen.

Am Morgen fuhr Jim mit dem Sechsuhrfünfzehnzug nach New York und war um fünf vor neun mit dem Wagen wieder da. Pünktlich um neun bog Marian in die Driftwood Lane ein. In der Einfahrt der Perrys parkte sie neben einem Mercury. Er sah aus wie der, den sie vor dem Haus gegenüber gesehen hatte, als sie vorige Woche hiergewesen war, um sich zu bewerben. Die Perrys mußten Gesellschaft haben.

Sie zögerte noch, bevor sie die Tür öffnete. Sie war ein wenig nervös... Diese ganze Aufregung um das alte Auto, gerade jetzt, wo sie eine neue Stelle antrat. Na ja, aber Glück im Unglück. Der Wagen war wieder da. Liebevoll tätschelte sie den Beifahrersitz.

Sie hielt inne. Ihre Hand hatte etwas Hartes berührt. Sie sah nach unten und zog mit zwei Fingern etwas Glänzendes zwischen Sitz und Rückenlehne hervor. Nanu, das war ja ein Ring. Wie hübsch – ein hellrosa Mondstein in einer entzückenden Goldfassung. Den mußte der verloren haben, der den Wagen gestohlen hatte.

Nun, wenn's nach ihr ging, entschädigte der Ring sie für die fünfundachtzig Dollar, die Jim für Strafmandat und Abschleppen bezahlt hatte. Sie zog ihren Handschuh aus und streifte den Ring über den Finger. Er paßte genau. Marian war wieder mit der Welt versöhnt. Sie stieg aus und ging forschen Schrittes zur Küchentür der Perrys.

PUNKT acht Uhr schrillte das Telefon in der Zelle bei der Exxon-Station. Steve, dessen Mund plötzlich so trocken war, daß er erst einmal schlucken mußte, nahm den Hörer ab. „Hallo?"

„Peterson." Die Stimme war so gedämpft und tief, daß er sie nur mit Mühe verstehen konnte. „In zehn Minuten rufe ich Sie an der Tankstelle hinter der Ausfahrt einundzwanzig wieder an." Damit wurde die Verbindung unterbrochen.

Verzweifelt warf Steve einen Blick zu den Zapfsäulen. Hugh war vor ihm an der Tankstelle vorgefahren und unterhielt sich mit dem Tankwart, wobei er auf die Reifen zeigte. Steve wußte, daß Hugh ihn beobachtete. Er schüttelte den Kopf, stieg in seinen Wagen und jagte los. Er sah Hugh ebenfalls in seinen Wagen springen.

Steve hielt das Lenkrad umklammert. Diesmal würde er versuchen, den Fuchs länger am Telefon festzuhalten. Er würde sich alles aufschreiben. Als er an der nächsten Tankstelle vorfuhr, schrillte bereits das Telefon in der Zelle. Er stürzte hinein und riß den Hörer vom Haken.

„Peterson?"

Steve konnte die andere Stimme kaum hören.

„Ich will zweiundachtzigtausend Dollar in Zehnern, Zwanzigern und Fünfzigern. *Keine neuen Scheine.* Kommen Sie heute nacht um zwei zur Telefonzelle an der Ecke 59. Straße und Lexington Avenue in Manhattan. Kommen Sie in Ihrem eigenen Wagen. Allein. Sie werden erfahren, wo Sie das Geld hinterlegen sollen."

„Zweiundachtzigtausend ..." Steve stockte. Die Stimme, dachte er.

„Beeilen Sie sich, Peterson."

„Ich muß mir das aufschreiben. Das Geld besorge ich. Aber woher weiß ich, daß mein Sohn und Sharon noch leben? Ich brauche einen Beweis."

„Was für einen Beweis?" Das Flüstern klang jetzt böse.

„Ein Tonband. Eine Kassette. Irgend etwas, worauf ich ihre Stimmen hören kann."

War das ein gedämpftes Lachen? „Ich muß ihn haben", sagte Steve mit Nachdruck.

„Sie kriegen Ihre Kassette." Der Hörer wurde aufgeknallt.

„Moment!" schrie Steve. Das Freizeichen. Er legte langsam auf.

Wie vereinbart, fuhr Steve geradewegs zu den Perrys und wartete in der Einfahrt auf Hugh. Der eisige Wind ließ ihn frösteln. O Gott, geschah das alles wirklich? War dieser Alptraum wahr?

Hugh parkte ein Stückchen weiter und kam zu Fuß zurück. „Was hat er gesagt?"

Steve las es ihm vor. Das Gefühl der Unwirklichkeit wurde immer stärker.

„Die Stimme?" fragte Hugh.

„Verstellt und sehr tief. Ich kann mir nicht vorstellen, daß jemand sie erkennen kann. Aber er hat mir die Kassette versprochen. Das heißt, daß sie wahrscheinlich noch am Leben sind."

„Wie steht's mit dem Lösegeld?" fragte Hugh. „Können Sie heute noch zweiundachtzigtausend Dollar auftreiben?"

„Dank Neils Mutter habe ich das Geld", sagte Steve.

„Neils Mutter?"

„Sie hat von ihrer Großmutter fünfundsiebzigtausend Dollar geerbt, bevor sie starb. Ich hab's für Neils Ausbildung in einen Treuhandfonds eingezahlt. Mit Zinsen beläuft sich der Betrag inzwischen auf etwas über zweiundachtzigtausend Dollar."

„*Etwas über zwei–...!* Mr. Peterson, wie viele Leute wissen von dem Geld?"

„Nur mein Anwalt und mein Steuerberater."

„Und Sharon Martin?"

„Ich wüßte nicht, daß ich ihr je etwas davon gesagt hätte."

Hugh ging langsam die Verandastufen hinauf. „Mr. Peterson", begann er vorsichtig, „Sie müssen jetzt einmal genau jeden durchgehen, der von diesem Geld wissen kann. Das und die Möglichkeit, daß Mrs. Perry die Stimme des Entführers identifizieren kann, sind unsere einzigen Anhaltspunkte."

Sie klingelten an der Haustür, und Roger Perry öffnete sofort. „Kommen Sie rein. Der Arzt ist gerade fort. Er glaubt, daß Glenda kurz vor einem neuen Infarkt steht."

„Das tut mir leid, Mr. Perry, aber wir müssen Ihre Frau bitten, sich das Tonband mit dem ersten Anruf des Entführers von heute morgen anzuhören."

Das Schweigen schien endlos; dann sagte Roger zu Steve: „Glenda hat sich geweigert, ins Krankenhaus zu gehen, weil sie glaubt, daß sie hier gebraucht wird. Der Arzt hat ihr ein Beruhigungsmittel gegeben. Wenn sie wenigstens ein Weilchen schlafen könnte..."

Ein Klingelzeichen unterbrach ihn. „Das war an der Hintertür", sagte Roger. „Ach ja, die neue Haushälterin. Die hatte ich ganz vergessen."

Hugh sagte rasch: „Stellen Sie mich als den Arzt vor. Wenn wir fort sind, schicken Sie die Frau nach Hause. Sagen Sie ihr, sie soll in ein, zwei Tagen wiederkommen."

„Gut." Roger lief zur Hintertür und kam mit Marian Vogler zurück. Hugh sah sich die sympathisch wirkende Frau genau an.

„Ich habe Mrs. Vogler soeben erklärt, daß meine Frau krank ist", sagte Roger. „Mrs. Vogler, das ist mein Nachbar, Mr. Peterson; und das ist Dr. Taylor."

„Guten Tag." Ihre Stimme klang freundlich, ein wenig schüchtern. „Ach, Mr. Peterson, wohnen Sie hier gegenüber?"

„Ja."

„Dann muß das Ihr kleiner Junge gewesen sein, den ich vorige Woche gesehen habe. Er war draußen und hat mir das Haus hier gezeigt. So freundlich und höflich. Sie müssen richtig stolz auf ihn sein." Marian streifte ihre Handschuhe ab und streckte Steve die Hand entgegen.

„Ich ... bin auch stolz auf Neil." Ganz plötzlich drehte Steve ihr den Rücken zu. Tränen brannten in seinen Augen. O Gott, bitte...

Hugh kam ihm zu Hilfe. Er schüttelte Mrs. Vogler ausgiebig die Hand, gab aber acht, daß er den ungewöhnlichen Ring nicht quetschte, den sie anhatte. Ein bißchen ausgefallen für die Hausarbeit, dachte er. Seine Miene änderte sich ein wenig. „Ich fände es gar nicht schlecht, wenn Mrs. Vogler heute hierbliebe, Mr. Perry", sagte er. „Sie wissen doch, wie Ihre Frau sich immer um den Haushalt sorgt."

„Ach so, ja. Also gut." Roger starrte Hugh an. Glaubte er, diese Frau könne etwas mit Neils Verschwinden zu tun haben?

Verwirrt sah Marian, wie Steve die Haustüre öffnete. Ob er es als aufdringlich empfunden hatte, daß sie ihm die Hand reichte? Verlegen schloß sie die Tür hinter ihm, und dabei stieß der Mondsteinring mit einem leisen Klicken gegen die Klinke.

Er wollte kein Heulpeter sein, aber er konnte nichts dagegen tun. Da war etwas in ihm, was ihn die ganze Zeit beschäftigte. Es begann an dem Tag, an dem der Mann Mama weh getan hatte und sie in den Himmel gegangen war. Er hatte mit seiner Eisenbahn gespielt. Seitdem hatte er sie nie mehr angerührt.

Die Erinnerung an diesen Tag ließ Neils Atem schneller gehen. Der dicke Verband um den Mund beängstigte ihn. Er würgte. Gleich würde er wieder losheulen.

„Neil, laß das." Sharons Stimme klang so komisch, als ob sie ganz hinten im Hals spräche. Anscheinend hatte sie auch etwas vor dem Mund. Wo waren sie? Es war so kalt und roch so muffig hier. Seit der Mann ihn in den Sack gesteckt hatte, erinnerte er sich an nichts mehr. Erst wieder daran, daß Sharon ihn herauszog. Er fand es sonderbar, daß er sich an nichts erinnerte. Genau wie damals, als Mama hinfiel.

Er wollte nicht daran denken. Sharon sagte: „Atme langsam, Neil. Nicht weinen. Du bist ein tapferer Junge, Neil."

Wahrscheinlich hielt auch sie ihn für einen Heulpeter. Heute abend hatte er geweint, als sie kam. Das war aber nur, weil Mrs. Lufts, als er das Toastbrot nicht essen wollte, zu ihm gesagt hatte: „Wir müssen dich wohl mit nach Florida nehmen, damit aus dir mal was wird."

Genau. Das bewies alles. Wenn Daddy und Sharon heirateten, würden sie ihn den Lufts mitgeben. Und da hatte er zu weinen angefangen.

Sharon sagte: „Ein... aus. Langsam. Atme durch die Nase. Sehr gut, Neil. Denk mal daran, wie du das deinen Freunden erzählen wirst."

Ein... aus. Sharons Wange war dicht an seiner. Es schien ihr nichts auszumachen, daß er so an sie gepreßt lag. Warum hatte der Mann sie hierhergebracht? Er wußte, wer der Mann war. Er hatte ihn vor ein paar Wochen gesehen, als Mr. Lufts ihn dahin mitgenommen hatte, wo der Mann arbeitete. Seit dem Tag hatte er viele böse Träume gehabt.

Sein Atem ging wieder unregelmäßig. „Neil." Jetzt rieb Sharon ihr Gesicht an seiner Wange. „Versuch dir vorzustellen, wie es ist, wenn wir hier rauskommen. Dein Vater wird sich ja so freuen, uns wiederzusehen. Ich wette, er geht mit uns aus. Du weißt doch, daß ich gern mal mit dir zum Schlittschuhlaufen gehen möchte. Voriges Mal, als dein Vati in New York war, bist du nicht mitgekommen. Dabei wollten wir hinterher mit dir in den Zoo gehen."

Er lauschte ihren Worten. Es klang alles, als ob Sharon es ernst meinte. Er hatte an diesem Tag eigentlich mitgehen wollen, aber dann hatte Sandy gesagt, daß Sharon ihn wahrscheinlich gar nicht bei sich haben wollte und nur so tat als ob, um seinem Vater eine Freude zu machen.

„Dein Vati hat mir erzählt, daß er nächsten Herbst mit dir zu den Footballspielen nach Princeton fahren will", sagte sie. Ihre Stimme klang wie ein brummiges Flüstern. „Er ist so stolz auf dich. Er sagt, daß du immer sehr tapfer bist, wenn du deine Asthmaspritze bekommst. Daß du nie jammerst oder weinst."

Das Sprechen fiel ihr so schwer. Sie versuchte zu schlucken. „Neil, immer wenn ich krank bin oder Angst habe, versuche ich mir etwas auszudenken, was Spaß macht. Ich glaube, für dich sollten wir uns etwas richtig Gutes einfallen lassen. Du weißt ja, dein Vati sagt, daß die Lufts jetzt wirklich unbedingt nach Florida wollen."

Neil fühlte seine Brust von einer Riesenfaust zusammengepreßt.

„Ruhig, Neil! Atme langsam. So ist's gut. Weißt du, als ich das Zimmer von den Lufts gesehen und aus dem Fenster geschaut habe, das war ja wie ein Gemälde. Man sieht von dort nämlich den Sund und die Schiffe und den Hafen. Wenn ich du wäre, ich würde mir dieses Zimmer nehmen, wenn die Lufts nach Florida ziehen. Ich würde mir Bücherschränke hineinstellen und einen Schreibtisch und Regale für deine Spiele. Und das Zimmer ist ja so groß, daß du überall Schienen legen kannst für deine Eisenbahn. Ich hatte auch eine Eisenbahn, als ich klein war. Ich habe sogar jetzt noch ein paar prima Züge, die haben davor meinem Vater gehört. Die schenke ich dir."

Wenn die Lufts nach Florida ziehen. Sharon erwartete also nicht, daß er mit den Lufts ging? Sharon meinte, er solle ihr Zimmer bekommen!

„Und jetzt habe ich auch Angst und fühle mich gar nicht wohl, und darum bin ich froh, daß du bei mir bist, und deinem Vater werde ich erzählen, wie tapfer du warst und wie schön du achtgegeben hast, daß du langsam geatmet und keinen Erstickungsanfall bekommen hast."

Die Riesenfaust ließ seine Brust langsam los. Plötzlich fühlte er sich todmüde. Seine Hände waren gefesselt, aber er konnte mit den Fingern an Sharons Arm entlangfahren, bis er fand, was er suchte – einen Zipfel von ihrem Ärmel, an dem er sich festhalten konnte. Er wickelte die weiche Wolle um seine Finger und schlief ein.

Ängstlich lauschte Sharon seinem keuchenden Atem. Sie fühlte, wie schwer es in seiner Brust arbeitete. Es war so feucht in diesem Raum, so kalt, und Neil war doch schon erkältet. Aber solange sie dicht beieinanderlagen, konnten sie sich wenigstens gegenseitig wärmen.

Wie lange war der Fuchs schon fort? Mitternacht war gewiß vorbei. Dann war jetzt Dienstag. Der Fuchs hatte gesagt, sie würden bis Mittwoch hierbleiben. Woher sollte Steve an einem Tag zweiundachtzigtausend Dollar bekommen? Was war das überhaupt für eine krumme Zahl? Und warum, um Gottes willen, hatte er sie entführt? Und dieser Blick, mit dem er Neil angesehen hatte! Als ob er ihn haßte oder Angst vor ihm hätte. Aber das konnte doch gar nicht sein.

Hatte er Neils Augen verbunden, weil er fürchtete, der Junge werde ihn erkennen? Vielleicht war er aus Carley. Als er so brutal ins Haus gedrungen war, hatte Neil ihn aus großen Augen angestarrt. Er würde den Mann wiedererkennen, wenn er ihn noch einmal sah. Das wußte er sicher auch. Würde er Neil töten, sobald er das Geld hatte? *Ja, bestimmt!*

Ihr Gefühl der Angst und Wut ließ sie noch näher an Neil heranrükken. So ungefähr mußte Mrs. Thompson jetzt zumute sein. Dieses alles beherrschende Bedürfnis, das eigene Kind zu schützen. Und Steve war gewiß dem Wahnsinn nahe. Er und Mrs. Thompson machten jetzt die gleichen Qualen durch.

Sie scheuerte ihre Handgelenke an der aufgerauhten Wand. Aber die Fesseln waren so fest, daß sie sich nur die Haut aufriß.

Diese Bilder. Er hatte die Frauen getötet. Nur ein Irrer brachte es fertig, beim Morden auch noch zu fotografieren. Und er hatte auch *sie* fotografiert.

Die Bombe. Wenn nun doch jemand in die Nähe dieser Kammer kam? Wenn die Bombe losging, würden sie und Neil und wie viele andere sterben? Wieder und wieder betete sie: „Bitte, mach, daß Steve uns rechtzeitig findet!"

Die Schmerzen in ihren Armen und Beinen wichen einem tauben Gefühl. Neil schlief unruhig. Die Nacht mußte bald vorüber sein. Die Eisenbahngeräusche nahmen zu. Neil regte sich und murmelte etwas.

Er versuchte die Augen aufzuschlagen, aber es ging nicht. Seine Arme und Beine schmerzten. Das Atmen fiel ihm schwer. Dann erinnerte er sich, was geschehen war. Ganz in der Ferne hörte er Züge fahren.

Züge. Und Mama. Er war die Treppe hinuntergerannt. Und der Mann hatte Mama fallen lassen und sich zu ihm umgedreht. Und dann hatte sich der Mann über Mama gebeugt und ganz verschwitzt und erschrocken ausgesehen.

Nein! Der Mann, der gestern abend die Tür aufgestoßen und dann über ihm gestanden und auf ihn herabgeschaut hatte... Das hatte er schon einmal getan. Er war auf ihn zugekommen. Er hatte Mama fallen lassen und war auf ihn zugekommen. Er hatte die Hände ausgestreckt und ihn angesehen. Und dann war etwas geschehen.

Die Klingel. Die Klingel an der Haustür. Der Mann war weggerannt. Neil hatte ihn wegrennen sehen.

Darum konnte er auch nicht aufhören, von diesem Tag zu träumen.

Weil er diesen Teil vergessen hatte – den schrecklichen Teil, als der Mann auf ihn zukam und die Hände nach ihm ausstreckte.

Der Mann... der Mann, mit dem Bill Lufts gesprochen hatte... und der gestern ins Haus gedrungen war und vor ihm gestanden hatte...

„Sharon." Neils Stimme klang gedämpft und heiser.

„Ja, Neil, ich bin hier."

„Sharon, dieser Mann, der böse Mann, der uns gefesselt hat."

„Ja, mein Kleiner. Hab keine Angst. Ich passe auf dich auf."

„Sharon, das ist der Mann, der Mama so weh getan hat."

Achtes Kapitel

Lally mußte in ihr Zimmer. Und wenn es noch so kalt war. Ihr Zimmer fehlte ihr sehr. Sie brauchte einen Ort zum Träumen.

Vor vielen Jahren hatte Lally sich immer in den Schlaf geträumt, indem sie sich vorstellte, daß sie kein ältliches Fräulein Lehrerin, sondern eine Filmdiva war, die in der New Yorker Grand Central Station aus dem Zug stieg, mitten hinein in die Blitzlichter eines ganzen Heeres von Fotoreportern. Manchmal trug sie einen Mantel aus Silberfuchs, manchmal ein Seidenkostüm mit Zobelbesatz. Mit der Zeit waren die Träume verblaßt, und sie hatte sich mit ihrer tristen Einsamkeit abgefunden. Dann aber war sie nach New York gekommen und hatte ihr neues Leben in der Grand Central Station begonnen, und das war, als durchlebte sie ihre Glanztage als Filmdiva jetzt in der Wirklichkeit, nicht nur in ihrer Phantasie. Und wenn sie auch noch in ihrem Bahnhof schlafen und den fernen Eisenbahngeräuschen lauschen durfte, war die Welt für sie vollkommen.

Am Dienstagmorgen um halb neun begab sie sich mit ihren Einkaufstüten in Richtung des Mount-Vernon-Gleises. Ihr Plan war, sich unter die Leute zu mischen, die den Achtuhrfünfzigzug nahmen, und dann um die Ecke zu verschwinden und zu ihrem Zimmer zu eilen. Unterwegs blieb sie an Nedicks Schnellimbiß stehen und kaufte sich Kaffee und Ringkrapfen.

Der Mann vor ihr kam ihr irgendwie bekannt vor. Aber ja, der war es doch, der ihr gestern abend ihren Plan verdorben hatte, als er mit der

Frau im grauen Mantel zum Mount-Vernon-Gleis gegangen war! Verstimmt beobachtete sie ihn, als er zwei Kaffee, Brötchen und Milch bezahlte.

Nachdem Lally den Imbißstand verlassen hatte, schlenderte sie im Bahnhof herum und näherte sich unauffällig dem Mount-Vernon-Bahnsteig. Während die Reisenden sich in den Zug drängten, huschte sie um den letzten Waggon herum und wandte sich nach rechts.

Und dann sah sie ihn. Den Mann, der vorhin Kaffee, Brötchen und Milch gekauft hatte. Er verschwand in den pulsierenden Tiefen des Bahnhofs.

Es konnte nur einen Ort geben, wohin er ging: *Ihr Zimmer!* Er hatte es gefunden. Darum war er gestern abend auf diesen Bahnsteig gegangen.

Tränen der Enttäuschung stiegen in Lallys Augen. Er und die Frau hatten sich einfach ihr Zimmer genommen! Aber dann rettete sie die ihr eigene Fähigkeit, mit allen Situationen fertigzuwerden. Sie würde sich die beiden schon vom Hals schaffen! Sie würde warten, bis sie Sicherheit hatte, daß der Mann fort war, und dann würde sie in das Zimmer gehen und der Frau mit der Polizei drohen, die sie gleich verhaften werde. Das würde sie ganz schnell von dort vertreiben.

Lally ging zurück in den oberen Wartesaal. Mach's dir dort nicht zu gemütlich, Fräuleinchen! dachte sie. Du kriegst Gesellschaft, und zwar bald!

STEVE, Hugh, die Lufts und Detektiv Lamont vom FBI saßen an Steves Eßzimmertisch. Hugh zog die vor ihm liegende Liste zu Rate. „Zunächst", sagte er, „wird hier ein Beamter rund um die Uhr postiert, bis die Geschichte vorbei ist. Ich glaube zwar, daß dieser Fuchs zu schlau ist, um hier oder bei den Perrys anzurufen, aber möglich ist ja alles.

Mr. Peterson fährt nach New York. Wenn also hier das Telefon klingelt, gehen Sie, Mrs. Lufts, an den Apparat. Mein Kollege Lamont sitzt am Nebenanschluß, und außerdem schneiden wir das Gespräch mit. Wenn der Entführer anruft, müssen Sie versuchen, ihn so lange wie möglich am Apparat zu halten. Schaffen Sie das?"

„Ich will's versuchen", antwortete Dora mit zittriger Stimme.

„Wie steht's mit Neils Schule? Haben Sie angerufen und ihn krank gemeldet?“

„Ja. Punkt halb neun, wie Sie gesagt haben.“

„Sehr gut.“ Hugh wandte sich an Steve. „Haben Sie sich schon bei Ihrer Zeitung gemeldet?“

„Ja. Der Verleger hatte mir selbst schon geraten, ein paar Tage mit Neil wegzufahren, bis die morgige Hinrichtung vorbei ist. Ich habe gesagt, daß ich es so machen werde.“

„Mr. Lufts“, wandte Hugh sich jetzt an Bill Lufts, „ich möchte, daß Sie heute hier im Haus bleiben. Würde sich darüber jemand wundern?“

Seine Frau lachte gehässig. „Höchstens die Stammgäste in der Kneipe ‚Zur Mühle‘.“

„Gut. Ich danke Ihnen beiden.“ Sein Tonfall entließ die Lufts. Sie gingen in die Küche und lehnten die Tür an.

Hugh beugte sich hinüber und warf sie zu. „Ich nehme an, den Lufts entgeht nicht viel von dem, was hier im Haus gesprochen wird“, meinte er.

Steve zuckte die Schultern. „Ich weiß.“

„Sie sagten, daß sie seit zwei Jahren bei Ihnen sind?“

„Schon etwas länger. Dora war unsere Haushaltshilfe. Als Nina dann ermordet wurde, brauchte ich jemanden, der sich um Neil kümmerte. Da hab ich ihnen angeboten, sie könnten in dem großen Zimmer unterm Dach wohnen.“

„Wie hat das funktioniert?“

„Ganz gut. Beide haben Neil sehr gern. Aber seit Bill Anfang des Jahres pensioniert wurde, trinkt er ziemlich viel. Sie können es kaum erwarten, nach Florida zu kommen, und ehrlich gesagt, ich bin froh, wenn sie wegziehen.“

„Was hält sie denn noch zurück?“ fragte Hugh scharf. „Geld?“

„Nein, das glaube ich nicht. Sie sind wirklich nur noch mir zuliebe hier. Dora sähe mich gern wieder verheiratet, damit Neil eine Mutter hat.“

„Und Sie sind sich mit Sharon so gut wie einig?“

Steves Lächeln war freudlos. „Ich hoffe es.“ Unruhig stand er auf und ging ans Fenster. Wieder hatte Schneefall eingesetzt. Wenn er die

Flocken so tanzen sah, glaubte er über sein Geschick ebensowenig Kontrolle zu haben wie sie. Er konnte nicht tatenlos hier warten. Er mußte etwas *tun*. „Ich nehme jetzt die Bankunterlagen und fahre nach New York", sagte er.

„Moment noch." Hugh hielt ihn zurück. „Wir müssen noch darüber sprechen, was wir tun, wenn wir kein Tonband von Ihrem Sohn und Sharon bekommen. Wollen Sie auch ohne einen Beweis zahlen?"

Steve überlegte. „Ja. Ich will es nicht darauf ankommen lassen, den Entführer zu reizen. Vielleicht hinterlegt er die Kassette irgendwo in der Hoffnung, daß sie gefunden wird, und wenn ich mich dann nicht an die Abmachung halte..."

„Schön. Wenn er Sie also morgen früh um zwei in der Telefonzelle an der 59. Straße anruft und die Kassette nicht da ist, sagen Sie, daß Sie noch nichts bekommen haben. Wenn er dann behauptet, sie irgendwo hinterlegt zu haben, können wir sie immer noch dort abholen. Jetzt noch eins: Wollen Sie ihm echtes Geld geben? Wir könnten Ihnen Blüten besorgen, die dann leicht zu verfolgen wären."

„Das ist mir zu gefährlich. Das Geld in diesem Treuhandfonds ist für Neils Ausbildung bestimmt. Wenn ihm etwas zustößt..."

„Gut. Dann lassen Sie sich von Ihrer Bank einen Barscheck geben. Gehen Sie damit zur Bundeszentralbank. Dort bekommen Sie alte Scheine, die von uns fotografiert worden sind. Das gibt uns wenigstens eine kleine Chance. Und nun noch ein paar Vorsichtsmaßnahmen, zu denen ich Ihnen dringend rate. Erstens, erlauben Sie uns, Kameras in Ihr Auto einzubauen. Wenn Sie mit dem Entführer zusammentreffen, bekommen wir vielleicht ein Bild von ihm oder wenigstens die Nummer des Autos, das er benutzt. Dann möchten wir in Ihr Auto einen Peilsender einbauen, damit wir Ihnen mit einigem Abstand folgen können. Und schließlich wollen wir auch einen Minisender im Geldkoffer verstecken."

„Und wenn er den findet? Dann weiß er, daß ich die Polizei eingeschaltet habe."

„Und wenn wir den Sender *nicht* einbauen und Sie nichts mehr von ihm hören? Daran müssen wir auch denken. Wenigstens könnten wir das Gebiet vielleicht einengen, wenn wir die Spur des Entführers über Funk verfolgen können."

Steve zuckte mit den Achseln. „Tun Sie, was Sie für nötig halten."

Er ließ seinen Wagen am Bahnhof stehen, damit Hugh ihn abholen und präparieren konnte, und nahm den Zehnuhrvierzigzug, mit dem er um zehn vor zwölf in der Grand Central Station ankam. Während er mit dem großen, leeren Koffer die Park Avenue hinaufging, wurde er immer mutloser und verzweifelter. Gestern morgen hatten er und Sharon nur ein paar Straßen von hier im fallenden Schnee gestanden, und er hatte ihr Gesicht zwischen seine Hände genommen und sie zum Abschied geküßt, und sie hatte den Kuß nicht erwidert, genau wie er damals, als Nina am letzten Tag ihres Lebens ihn geküßt hatte.

Er betrat die Bank. Seine Eröffnung, daß er das ganze Geld von Neils Konto bis auf zweihundert Dollar abheben wolle, wurde stirnrunzelnd aufgenommen. Der Schalterbeamte zog einen der Direktoren zu Rate, der sofort zu Steve eilte.

„Mr. Peterson, haben Sie vielleicht Schwierigkeiten?"

„Nein, Mr. Strauss. Ich will nur Geld abheben."

„Ich muß Sie aber leider bitten, ein paar amtliche Formulare auszufüllen. Das ist bei derart hohen Summen Vorschrift."

Mechanisch kritzelte Steve die geforderten Angaben auf die Formulare, und der Schalterbeamte stellte ihm den Barscheck aus. Das Gesicht des Direktors war nachdenklich geworden. „Ich will mich nicht einmischen, Mr. Peterson, aber haben Sie nicht doch Sorgen? Vielleicht solche, bei denen wir Ihnen behilflich sein können?"

Steve nahm den Barscheck entgegen. „Nein danke, Mr. Strauss." Die Antwort klang in seinen eigenen Ohren gezwungen und nicht überzeugend.

Er verließ die Bank und fuhr mit einem Taxi zur Bundeszentralbank, wo FBI-Beamte schon emsig die Zehner, Zwanziger und Fünfziger zählten, die er für seinen Scheck bekommen sollte. Alle diese Scheine wurden dann fotografiert. Steve sah ungerührt zu, wie das Geld in ordentlichen Bündeln in den Koffer gepackt wurde. *Der König saß im Schatzverlies und zählte all sein Geld.* Diesen Kinderreim hatte Nina oft gesungen, wenn sie Neil zu Bett brachte.

Mit dem schweren Koffer kehrte Steve zur Grand Central Station zurück und verpaßte um Sekunden den Fünfzehnuhrfünfzug. Der nächste fuhr erst in einer Stunde. Er rief zu Hause an. Nichts Neues. Er hatte Kopfschmerzen, und es wurde ihm bewußt, daß er seit gestern mittag nichts mehr gegessen hatte.

Er beschloß, in die Oyster-Bar zu gehen. Er kam an der Telefonzelle vorbei, von der aus er vor nur zwanzig Stunden Sharon anzurufen versucht hatte. Eine Ewigkeit schien seitdem verstrichen zu sein.

Wo waren Sharon und Neil? Hatten sie zu essen bekommen? War der Ort, an dem sie sich befanden, wenigstens geheizt? Er wußte, daß Sharon für Neil so gut wie möglich sorgen würde. Wenn sie nun den gestrigen Abend zusammen verbracht hätten? Nachdem Neil im Bett gewesen wäre, hätte er zu ihr gesagt: „Heirate mich, Sharon. Wir beide passen gut zusammen." Wahrscheinlich hätte sie ihm einen Korb gegeben. Sie verabscheute seine Einstellung zur Todesstrafe. Aber er war so überzeugt gewesen, daß er recht hatte.

Die Oyster-Bar war fast leer. Der große mittägliche Andrang war längst vorbei. Er setzte sich auf einen Barhocker und bestellte; den Koffer hielt er vorsichtig unter seinem Fuß.

Vorigen Monat hatten er und Sharon sich hier zum Essen getroffen. Sie war überglücklich gewesen, weil ihre Kampagne zur Umwandlung des Todesurteils in lebenslänglich für Thompson ein gewaltiges Echo fand. „Wir schaffen es", hatte sie zuversichtlich gesagt. Sie war so glücklich gewesen. Es lag ihr soviel daran. Ich liebe dich, Sharon. Hatte er das damals gesagt?

Er blieb bis fünf vor vier in der Oyster-Bar sitzen, dann zahlte er sein unberührtes Essen und ging zum Zug nach Carley. Den Mann im hinteren Ende des Waggons, den er bestieg, bemerkte er nicht. Er hatte das Gesicht hinter einer Zeitung verborgen. Als er an ihm vorbei war, sank die Zeitung ein Stückchen, und zwei funkelnde Augen sahen ihm nach, wie er mit dem schweren Koffer weiter nach vorn ging.

Der Mann stieg ebenfalls in Carley aus. Er wartete am Bahnsteig, bis Steve auf dem Parkplatz in seinen Wagen gestiegen war, wo inzwischen hochempfindliche Kameras in die Scheinwerfer und hinter den Rückspiegel eingebaut worden waren.

GLENDA PERRY schlief bis ein Uhr. Sie hatte in der Nacht große Schmerzen gehabt, aber ins Krankenhaus wollte sie nicht gehen. Dort würde man ihr so starke Beruhigungsmittel geben, daß sie zu nichts mehr nütze wäre. Sie konnte nicht vergessen, daß ihre Zeugenaussage zur Verurteilung des jungen Thompson beigetragen hatte.

„Er hat Sie also umgerannt, Mrs. Perry?"

„Ja, er kam aus dem Haus gelaufen."

„Es war dunkel, Mrs. Perry. Können Sie mit Bestimmtheit sagen, daß es nicht jemand anders war, der da weggerannt ist?"

„Mit Bestimmtheit. Er hat an der Tür kurz gezögert. In der Küche brannte Licht."

Und nun Sharon und Neil. O Gott, laß es mir einfallen! Der Fuchs. Sein Tonfall, als er das sagte. Woran erinnerte er sie?

Die Tür ging auf, und Roger schaute herein. „Schon gut, ich bin wach. Hat Steve mit... dem Fuchs... gesprochen?"

Roger erklärte es ihr. „... und deshalb haben sie jetzt nur ein paar Worte. Traust du dir zu, sie dir jetzt anzuhören?"

„Ja." Eine Viertelstunde später trat Hugh Taylor ins Schlafzimmer. Glenda saß halb aufgerichtet im Bett, Kissen gaben ihr Halt. Sie lauschte angestrengt der Tonbandaufzeichnung von Steves Gespräch mit dem Fuchs. „Es ist so leise. Da kann man ja unmöglich..."

Der Ausdruck gespannter Erwartung wich aus Hughs Gesicht. „Vielen Dank jedenfalls fürs Zuhören, Mrs. Perry." Er wollte das Tonbandgerät nehmen.

„Halt, warten Sie!" Glenda legte die Hand darauf. „Können Sie das nicht hierlassen? Ich *kenne* den Mann, mit dem ich gestern abend gesprochen habe. Ich will versuchen, mich an alles zu erinnern, was ich in den letzten Wochen getan habe. Vielleicht fällt mir dabei etwas ein."

„Mrs. Perry, wenn Sie sich nur erinnern könnten..." Hugh biß sich auf die Lippen, als Roger ihm einen warnenden Blick zuwarf. Er ging mit Roger rasch aus dem Zimmer.

Als sie unten waren, fragte Roger: „Warum wollten Sie, daß ich Mrs. Vogler heute hierbehalte?"

„Wir dürfen keine Möglichkeit auslassen. Aber sie scheint in Ordnung zu sein. Anständiger Charakter, geordnete Familienverhältnisse, überall gerne gesehen. Außerdem hat sie für gestern abend das beste Alibi, das sich denken läßt, und ihr Mann auch."

„Inwiefern?"

„Sie ist von der Kassiererin im Kino beim Reingehen und beim

Rauskommen gesehen worden. Ihr Mann war zu Hause bei den Kindern, das haben Nachbarn bestätigt. Kurz nach sieben waren beide auf dem nächsten Polizeirevier, weil ihr Auto gestohlen worden war."

„Das hat sie erwähnt. Ein Glück, daß sie's wiederbekommen hat."

„Mr. Perry, was halten Sie eigentlich von den Lufts? Wäre es denkbar, daß sie etwas damit zu tun haben? Sie kratzen Geld zusammen, wo sie können, und es ist möglich, daß sie von diesem Treuhandfonds gewußt haben."

Roger schüttelte den Kopf. „Ausgeschlossen. Wenn Dora mal für Glenda einkaufen geht, rechnet sie anschließend zwanzig Minuten herum, damit sie ihr nur ja richtig herausgibt. Er ist genauso. Die können beide gar nicht anders als grundehrlich sein."

„Gut. Ich bin dann drüben bei Peterson. Rufen Sie bitte an, wenn Ihre Frau uns etwas sagen kann."

Detektiv Lamont erwartete Hugh mit einer Neuigkeit. „Gestern abend hat Mrs. Thompson mit Sharon Martin telefoniert!"

„Sie hat *was?"*

„Ron Thompson hat es uns erzählt. Ich habe Beamte zu ihm in die Zelle geschickt, um ihn auszufragen. Von der Entführung haben sie nichts erwähnt, sondern nur gesagt, daß Drohungen gegen den kleinen Peterson gefallen seien, und wenn Freunde von ihm etwa Unsinn vorhätten, sollte er uns lieber ein paar Namen nennen, bevor sie sich etwas Schlimmes einbrockten."

„Was hat er geantwortet?"

„Er ist in Ordnung. Im letzten Jahr hat er nur Besuch von seiner Mutter, seinem Anwalt und dem Pfarrer bekommen. Seine engsten Freunde sind inzwischen auf der Universität. Aber er hat uns gesagt, daß Sharon seine Mutter angerufen hat."

„Haben Sie schon mit der Mutter gesprochen?"

„Ja. Sie war nicht zu Hause, aber wir haben sie in der Kirche gefunden, wo sie betet. Sie will einfach nicht daran glauben, daß ihr Sohn morgen hingerichtet werden soll. Gott sei mit ihr. Sie sagt, daß Sharon sie kurz vor sechs angerufen hat. Wollte wissen, ob sie etwas für sie tun kann. Mrs. Thompson gibt zu, daß sie sie angefahren und ihr gedroht hat, sie wisse nicht, was sie ihr antun werde, wenn ihr Sohn stirbt. Was halten Sie davon?"

„Wie wär's hiermit?" meinte Hugh. „Sharon Martin ist nach dem Telefongespräch sehr erregt. In ihrer Verzweiflung ruft sie jemanden an, er soll sie und den Jungen holen kommen. Sie plant den großen Bluff – es soll so aussehen, als ob sie und Neil entführt worden wären, als Geiseln für Thompson."

„Denkbar wär's", sagte Lamont.

Hughs Miene verhärtete sich. „Ich halte es für mehr als denkbar. Ich glaube, daß hier der arme Peterson um den Verstand gebracht und der herzkranken Mrs. Perry der Rest gegeben wird, nur weil Miß Sharon Martin glaubt, die Gerechtigkeit manipulieren zu müssen."

„Und was machen wir jetzt?"

„Wir gehen weiter so vor, als wenn die Entführung echt wäre. Und gleichzeitig buddeln wir alles über Sharon Martins Freunde und Bekannte aus, vor allem Leute hier aus der Gegend. Wenn Mrs. Perry sich doch nur erinnern könnte, wo sie diese Stimme schon gehört hat!"

Glenda Perry lag in ihrem Zimmer und ließ das Tonband immer wieder ablaufen. Schließlich schaltete sie das Gerät ab und schüttelte hilflos den Kopf. So wurde nichts daraus. Sie mußte sich hinsetzen und die letzten Wochen rekonstruieren.

Gestern war sie überhaupt nicht aus dem Haus gewesen, bevor der Fuchs anrief. Am Sonntag waren sie und Roger nach New York gefahren, hatten „Bei Pierre" gegessen und waren anschließend in die Carnegie Hall gegangen. Am Samstag war sie beim Tapezierer gewesen, dann beim Friseur und...

Mechanisch drückte Glenda wieder die Taste und ließ das Band noch einmal ablaufen. Wieder ertönte das gedämpfte, kehlige Flüstern. „Peterson... In zehn Minuten rufe ich Sie an der Tankstelle hinter der Ausfahrt einundzwanzig wieder an."

Neuntes Kapitel

Auf dem Rückweg von der Telefonzelle dachte er über die Kassette nach, die Peterson verlangt hatte. Ein teuflischer Gedanke kam ihm. Sollte er es tun, nachdem er Sharon und den Jungen aufgenommen hatte? Warum nicht? Er ging geradewegs zur Grand Central. Sharon und der Junge hatten wahrscheinlich Hunger. Er wollte nicht, daß Sharon Hunger hatte. Aber sie würde wahrscheinlich nichts essen, wenn er nicht auch dem Jungen etwas gab. Beim Gedanken an den Jungen wurde er immer gereizt. Vor ein paar Wochen hätte er beinahe die Nerven verloren, als er plötzlich den Jungen aus dem Wagen zu sich herüberstarren sah. Genau wie in dem Traum – diese runden, braunen Augen, der anklagende Blick.

Heute nachmittag würde er mit dem Zug nach Carley fahren. Er mußte in seine Wohnung gehen und nachsehen, ob etwas für ihn gekommen war. Die ganze Zeit überlegte er fieberhaft, wo er die Kassette hinterlegen sollte. Wenn Peterson sie nicht bekam, zahlte er womöglich nicht.

Er mußte das Geld haben. Hier im Bezirk zu bleiben war jetzt zu riskant. Und alle rechneten damit, daß er fortzog.

„Irgendwelche unerwarteten Umzüge in dieser Gegend?" würden die Polizisten fragen.

„Der?... Nein, der jammert doch schon die ganze Zeit, daß ihm der Laden vor die Hunde geht. Hat den Alten um Erneuerung des Pachtvertrags angebettelt."

Aber das war vor den beiden Mädchen gewesen. Die Zeitungen nannten ihn den „CB-Mörder". Wenn die wüßten! Bei der Callahan war er sogar zur Beerdigung gegangen. Beerdigung! Plötzlich wußte er, wo er die Kassette deponieren konnte und wo sie bestimmt noch heute abend gefunden und dem Empfänger zugestellt würde.

Zufrieden ging er zu Nedicks Schnellimbiß und bestellte Kaffee, Milch und Brötchen. Sharon sollte ihn nicht für einen Unmenschen halten.

Als er den Mount-Vernon-Bahnsteig verließ, beschlich ihn das bestimmte Gefühl, beobachtet zu werden. Dafür hatte er einen feinen Instinkt. Er blieb stehen und lauschte. Aber es war nur eine von diesen Einkaufstütendamen, die soeben die Rampe hinauf in die Bahnhofshalle schlurfte.

Mit größter Vorsicht löste er die Drahtschlaufe, die er an die Türe geklebt hatte. Vorsichtig nahm er seinen Schlüssel, steckte ihn ins Schloß und schlüpfte in den Raum.

Er knipste die Leuchtröhren an und grunzte zufrieden. Sharon und der Junge lagen noch genauso da, wie er sie verlassen hatte. Er stellte das Paket ab und riß Sharon den Knebel aus dem Mund.

Sie kam ihm sehr nervös vor. Aber er wollte doch nicht, daß sie sich vor ihm fürchtete. „Hast du Angst, Sharon?“ Seine Stimme klang schauerlich freundlich.

„Aber nein, überhaupt nicht. Nur – könnten Sie Neil nicht wenigstens den Knebel aus dem Mund nehmen und uns losbinden? Die Hände zumindest?“

Er kniff die Augen zusammen. Etwas an ihr hatte sich verändert. „Gewiß, Sharon.“ Im Nu waren ihre Hände frei, und er griff nach dem Jungen.

Neil drückte sich ängstlich an Sharon. „Ist schon gut, Neil“, sagte sie. „Denk daran, was wir besprochen haben.“

„Worüber habt ihr denn gesprochen, Sharon?“

„Nur darüber, daß Neils Vater Ihnen das Geld geben wird und Sie ihm dafür morgen sagen werden, wo er Neil finden kann. Ich habe dem Jungen gesagt, daß ich mit Ihnen gehe, aber wenn wir fort sind, wird bald sein Vater kommen. War das nicht richtig?“

Das Gesicht des Fuchses wurde nachdenklich, sein funkelnder Blick lauernd. „Du willst wirklich mit mir gehen, Sharon?“

„O ja, sehr gern. Ich... ich hab dich so lieb, Fuchs.“

„Ich habe Brötchen und Kaffee mitgebracht und Milch für den Jungen.“

„Das ist riesig nett von dir.“ Er sah ihr zu, wie sie Neils Handgelenke rieb und ihm das Haar aus der Stirn strich. Er reichte Sharon einen Becher Kaffee.

„Danke. Und wo ist Neils Milch?“

Er gab sie ihr und beobachtete, wie sie Neil die Flasche in die Hand gab. „Hier, Neil. Halt sie schön fest. Und trink langsam.“

Der rasselnde Atem des Jungen irritierte ihn; er weckte Erinnerungen.

Er packte die Brötchen aus, die dick mit Butter bestrichen waren, wie er sie liebte. Sharon gab eines dem Jungen. „Hier, Neil, das ist ein Brötchen.“ Ihre Stimme beruhigte den Jungen. Es war, als ob die beiden sich heimlich gegen ihn verschworen hätten.

Er hatte seinen Mantel nicht ausgezogen, weil es hier so kalt war.

Plötzlich setzte er sich auf die Orangenkiste und zog seinen Kassettenrecorder hervor. „Jetzt machen wir eine Aufnahme für Peterson."

„Eine Aufnahme?" Sharon erstarrte. Ergab sich da eine Chance? Seit dem Augenblick, als Neil ihr gesagt hatte, daß dieser Mann der Mörder seiner Mutter war, hatte sie nur noch verzweifelter darüber nachgegrübelt, wie sie hier herauskommen könnten. Morgen konnte es für Ronald Thompson ebenso zu spät sein wie für Neil. Die Erinnerung an ihre Kampagne für Thompsons Begnadigung peinigte sie. Seine Mutter hatte recht gehabt. Indem sie seine Schuld nie in Frage gestellt hatte, war sie zur Helfershelferin bei seiner Verurteilung geworden. Und *sie* hatte Steve vorgeworfen, *er* wolle den lieben Gott spielen!

Der Fuchs hatte eine Pistole. Sie hatte gesehen, wie er sie in seine Manteltasche gesteckt hatte. Wenn sie ihn dazu bringen könnte, die Arme um sie zu legen, käme sie vielleicht heran. Wenn sie die Pistole in die Hand bekäme, würde sie ihn erschießen können? Sie sah Neil an und dachte an den Verurteilten in seiner Zelle. Jawohl, sie könnte diesen Mann erschießen.

Sie sah ihn geschickt mit dem Gerät hantieren und die Kassette einlegen. „Hier, Sharon, lies das vor." Er hatte eine Botschaft vorbereitet: „Steve, zahle bitte das Lösegeld, wenn du uns wiederhaben willst. Zweiundachtzigtausend Dollar. Laß nicht zu, daß die Scheine markiert werden. Fahre um zwei Uhr morgens mit deinem Wagen zur Ecke 59. Straße und Lexington Avenue. Komm allein. Rufe nicht die Polizei."

Sie sah zu ihm auf. „Darf ich noch etwas hinzufügen? Ich meine, wir hatten nämlich Streit. Vielleicht bezahlt er nichts für mich, wenn ich mich nicht entschuldige. Vielleicht zahlt er nur die Hälfte, nur für Neil, weil er weiß, daß ich ihn nicht liebe. Und wir brauchen doch das ganze Geld, nicht wahr?"

„Was willst du ihm denn sagen, Sharon?"

Spielte er mit ihr? Oder glaubte er ihr? „Ich will mich nur entschuldigen, weiter nichts." Sie erfaßte seine Hand und streichelte sie. „Was willst du Neil sagen lassen?"

„Nur daß er nach Hause möchte. Also, wenn ich diese Taste drücke, fang zu sprechen an."

Sie schluckte, während sie wartete, daß die Kassette anlief. „Steve..." Sie las die Botschaft vor, langsam, um Zeit zu gewinnen. Dann machte sie eine Pause. „Steve, jetzt wird Neil etwas zu dir sagen. Aber vorher noch eins: Ich hatte unrecht. Ich hoffe, du kannst mir verzeihen." Das Gerät wurde klickend abgeschaltet.

„Das genügt als Entschuldigung, Sharon." Er zeigte auf Neil.

Sie legte den Arm um den Jungen. „Also, Neil, dann sprich du jetzt zu deinem Vater."

Sein Keuchen wurde stärker, so sehr bemühte er sich beim Sprechen. „Vati, mir geht's gut. Sharon sorgt schön für mich. Aber Mama würde nicht haben wollen, daß ich hier bin, Vati."

Das Gerät wurde wieder ausgeschaltet. *Neil hatte Steve eine Mitteilung machen wollen!* Er hatte versucht, ihre Entführung mit dem Tod seiner Mutter in Verbindung zu bringen! Der Mann spulte das Band zurück und ließ es ablaufen. Er lächelte Sharon an. „Sehr hübsch."

„Sharon." Neil zupfte an ihrem Ärmel. „Ich muß mal..."

„Du willst aufs Klo, Kleiner?" Der Fuchs ging zu Neil, packte ihn und trug ihn zur Toilette. Er schloß die Tür. Sharon wartete, starr vor Angst, aber bald kam er mit Neil unterm Arm wieder heraus. Er warf den Jungen auf die Pritsche. Neil zitterte. „Sharon."

„Ich bin ja da." Sie strich ihm über den Rücken.

„Mußt du auch mal, Sharon?" fragte der Entführer. Sie nickte. Er half ihr auf und führte sie in die muffige Zelle. „Da oben ist ein Riegel, Sharon", sagte er. „Ich erlaube dir sogar, ihn vorzuschieben, weil sonst die Tür immer aufgeht. Aber ich rate dir, komm schnell wieder raus." Seine Hand fuhr liebkosend über ihre Wange. „Sonst ist der Junge nämlich jetzt gleich dran." Damit ging er hinaus und zog die Tür hinter sich zu.

Sie schob schnell den Riegel vor. Dann strich sie mit den Händen über die Wände und den Spülkasten. Vielleicht war dort irgend etwas zu finden, irgend etwas Scharfes.

„Beeil dich, Sharon."

„Ja, ja." Als sie die Tür öffnen wollte, fühlte sie, daß die Klinke lokker war. Sie versuchte sie abzureißen, aber es ging nicht.

„Komm raus!" Sie öffnete sofort die Tür und torkelte langsam, wegen der gefesselten Beine, heraus. Er kam auf sie zu. Zögernd legte sie ihm die Arme um den Nacken und küßte ihn, ihren Ekel überwindend, auf Wange und Lippen. Seine Arme spannten sich fester um sie. Sie fühlte plötzlich sein Herz rasen. O Gott, bitte...

Sie ließ die Arme langsam über seine Schultern hinuntergleiten, dann über seinen Rücken. Ihre rechte Hand fuhr in seine Manteltasche. Sie fühlte Metall.

Er stieß sie rücklings auf den Betonboden. Die Beine knickten unter ihr weg. Ein betäubender Schmerz schoß ihr durch den rechten Knöchel. „Du bist genau wie alle andern, Sharon!" schrie er. Jetzt stand er über ihr. Sein Gesicht sah gespenstisch aus. Seine Augen waren schmale Schlitze. „Du Luder!"

Er riß sie hoch, warf sie auf die Pritsche und drehte ihr grob die Arme nach hinten. Der Schmerz raubte ihr fast die Sinne. „Mein Knöchel." War das ihre Stimme?

„Sharon, was ist?" rief Neil mit angsterfüllter Stimme.

Mit übermenschlicher Anstrengung unterdrückte sie ein Stöhnen. „Ich bin hingefallen."

„Wie alle anderen, falsch, verlogen – und noch schlimmer. Hinterhältig!" Sie fühlte seine Hände an ihrer Kehle. Gott... Hilfe...

„Nein." Die Hände ließen los. Ihr Kopf sank nach hinten.

„Sharon, Sharon!" rief Neil.

Nach Luft ringend wandte sie sich dem Jungen zu. Der Fuchs stand an dem rostigen Spülbecken und wusch sich das Gesicht mit kaltem Wasser. Sicher versuchte er, sich zu beruhigen. Er war drauf und dran gewesen, sie umzubringen. Was hatte ihn davon abgehalten? Es gab keinen Ausweg. Keinen. Morgen, wenn er das Geld hatte, würde er sie und Neil töten. Ihr Knöchel schwoll an und drückte gegen den Stiefel. Die Schnüre schnitten ins Leder. O Gott, bitte!

Er trocknete sich das Gesicht mit einem Taschentuch ab, fesselte wieder Neils Hände und stopfte beiden die Knebel fest in den Mund. Dann befestigte er den Draht aus dem Koffer wieder an der Tür. „Ich komme noch einmal zurück, Sharon", sagte er. „Morgen."

Er wußte, daß er sie umbringen würde, wenn er länger blieb. Und, wer weiß, vielleicht brauchte er sie noch einmal. Vielleicht verlangten sie noch mehr Beweise, daß der Junge und sie lebten.

Er hielt sich in der Dunkelheit des Tunneleingangs auf, bis der Elfuhrzug aus Mount Vernon einlief. Vorsichtig schlich er um die Abzugsschächte herum bis auf den Bahnsteig und mischte sich unter die aussteigenden Fahrgäste.

In seinem Hotelzimmer mochte er jetzt nicht sitzen. Dazu war er zu unruhig. Er ging die 42. Straße entlang und betrat ein Kino. Viereinhalb Stunden lang starrte er gebannt drei brutale Pornofilme an. Um fünf nach vier saß er im Zug nach Carley.

Steve Peterson sah er erst, als er schon im Zug saß. Zum Glück hatte er sich hinter eine Zeitung verzogen, eine Vorsichtsmaßnahme, um nicht erkannt zu werden. Steve trug einen schweren Koffer. Das war das Geld! Und heute nacht würde es ihm gehören.

In Carley wartete er, bis Steve den Bahnhof verlassen hatte, dann ging er eiligen Schrittes durch den Schnee zu seiner Behausung, einer heruntergekommenen Werkstatt am Ende einer Sackgasse. Auf einem Schild stand: A.R. TAGGERT – AUTOREPARATUR.

Er schloß auf und trat ein. Unter der Tür lagen keine Briefe oder sonstigen Mitteilungen. Gut. Niemand hatte sich um ihn gekümmert. Die Werkstatt war kalt und schmutzig, nicht viel besser als das Versteck in der Grand Central Station. Er hatte wahrhaftig sein Leben lang immer in stinkenden Löchern arbeiten müssen!

Sein dunkelgrüner VW-Käfer stand abfahrbereit da. Die Nummernschilder hatte ihm vor Jahren einmal ein Kunde gegeben, der neue Kennzeichen bekommen hatte. Die Fahrgestellnummer war weggefeilt. Er tankte den Wagen an der Benzinpumpe in der Ecke auf. Daß er diese Pumpe hatte einbauen lassen, war sehr praktisch für die Kunden gewesen – und für ihn. Es erleichterte ihm das nächtliche Herumkutschieren. „Keinen Sprit mehr, gnä' Frau? Bitte, ich habe welchen bei mir. Autos sind mein Beruf."

Alle anderen Nummernschilder, die er im Laufe von sechs Jahren gesammelt hatte, sowie alle in dieser Zeit angefertigten Nachschlüssel hatte er schon fortgeschafft. Er war in den letzten Monaten viel zu nervös zum Arbeiten gewesen. Sein Glück, daß er an dem Wagen der Voglers so viel zu tun gehabt hatte. Das hatte ihn gerade über die Runden gebracht.

Er ging in die kleine Kammer hinter der Werkstatt und holte unterm Bett einen schäbigen Koffer hervor. Dann nahm er aus einer alten

Ahornkommode seine dürftige Kleiderausstattung und stopfte sie in den Koffer.

Er nahm den Kassettenrecorder aus der Manteltasche und hörte noch einmal das Band ab, das er von Sharon und Neil aufgenommen hatte. Sein zweites Gerät stand auf der Kommode. Er legte es aufs Bett, kramte in den Kassetten herum, suchte eine heraus und legte sie ein. Er brauchte nur den Anfang.

Es war eine Sache von Minuten, einen Teil der eben aufgelegten Kassette auf die andere zu überspielen, die er Peterson zuschicken würde. Bestens. Er packte die Kassette in braunes Papier. Auf die Vorderseite dieses Päckchens schrieb er etwas mit rotem Filzstift.

Die anderen Kassetten und die beiden Geräte wanderten in den Koffer zu den Kleidungsstücken. Er verschloß den Koffer und trug ihn zum Wagen. Wenn er den Geldkoffer als Handgepäck mit ins Flugzeug nahm, hatte er genug zu tragen. Dieser hier und sein CB-Funkgerät, das er in eine Kiste gepackt hatte, würden im Frachtraum mitreisen.

Er öffnete die Garagentür, stieg in den Wagen und ließ den Motor an. Er lächelte. „Jetzt noch ein Besuch in der Kirche und dann ein Bierchen", sagte er.

„Ich glaube es nicht", sagte Steve zu Hugh. „Und Sie gefährden Neils und Sharons Leben, wenn Sie die Sache wie einen Streich behandeln."

Er war soeben aus New York zurückgekommen und ging, die Hände in den Hosentaschen, in seinem Wohnzimmer auf und ab. Hugh beobachtete ihn voll Mitgefühl und Zorn zugleich. Der arme Kerl hatte sich eisern in der Gewalt, aber er war in zehn Stunden um ebenso viele Jahre gealtert.

„Mr. Peterson", sagte er entschlossen, „ich versichere Ihnen, daß wir den Fall als eine echte Entführung betrachten. Wir glauben allerdings, daß Sharons und Neils Verschwinden unmittelbar mit einem Versuch verknüpft sein könnte, Gnade für Ronald Thompson zu erwirken."

„Und ich sage nein! Haben Sie schon etwas von einem Tonband oder einer Kassette von dem Fuchs gehört?"

„Leider nein."

„Dann können wir nur warten."

„Ja. Brechen Sie am besten schon um Mitternacht nach New York auf, Mr. Peterson. Die Straßenverhältnisse sind ziemlich widerwärtig."

„Glauben Sie, daß der Fuchs vielleicht Angst davor hat, mir zu begegnen? Angst, mich nicht mehr abhängen zu können?"

Hugh schüttelte den Kopf. „Die eine Vermutung ist so gut wie die andere. Wir haben natürlich das Telefon an der 59. Straße angezapft, aber ich nehme an, daß er Sie unverzüglich wieder woandershin schikken wird. Beamte von uns werden Sie unauffällig beschatten. Keine Angst. Der Peilsender in Ihrem Wagen gestattet es uns, Sie über ein paar Häuserblocks entfernt zu orten."

Dora kam ins Wohnzimmer. „Entschuldigung, aber soll ich Ihnen und Mr. Taylor nicht rasch ein Steak braten?"

„Danke, mir nicht, Dora. Aber vielleicht möchte Mr. Taylor..."

„Machen Sie ruhig für uns beide eins, Mrs. Lufts." Hugh legte seine Hand auf Steves Arm. „Sehen Sie, seit gestern haben Sie nichts mehr gegessen. Sie müssen heute nacht auf dem Posten sein und fahren und Anweisungen befolgen können."

„Sie haben wahrscheinlich recht."

Sie saßen am Eßzimmertisch, als es an der Haustür läutete. Hugh sprang auf. „Ich gehe hin."

Steves Hände krampften sich um seine Serviette. War das der Beweis, den er verlangt hatte? Würde er Neils Stimme hören? Sharons Stimme?

Hugh kam mit einem wohlbekannten, dunkelhaarigen jungen Mann wieder herein – Ronald Thompsons Strafverteidiger Robert Kurner. Er wirkte erregt. Sein Anzug sah aus, als ob er darin geschlafen hätte. „Mr. Peterson", sagte Bob, „ich muß mit Ihnen über Ihren Sohn sprechen."

„Was wollen Sie von meinem Sohn?" Steve fühlte Hughs warnenden Blick.

„Mr. Peterson, Ron hat Ihre Frau nicht getötet. Er ist verurteilt worden, weil die meisten Geschworenen glaubten, er hätte auch die Corelli und die Weiss umgebracht."

„Er war vorbestraft."

„Eine Jugendstrafe, eine einmalige Geschichte."

„Er hat ein Mädchen angegriffen und gewürgt."

„Mr. Peterson, da war er fünfzehn Jahre alt und auf einer Party. Jemand hat mit ihm um die Wette Bier getrunken. Als er absolut volltrunken war, hat ihm einer Kokain gespritzt. Er kann sich überhaupt nicht daran erinnern, dieses Mädchen angerührt zu haben. Ron hatte das ausgesprochene Pech, beim ersten und einzigen Mal in seinem Leben, als er betrunken war, gleich großen Ärger zu bekommen. Und dann hatte er das unglaubliche Pech, in Ihr Haus zu kommen, gleich nachdem Ihre Frau ermordet worden war."

Bobs Stimme zitterte jetzt; seine Worte überstürzten sich. „Mr. Peterson, ich habe die Verhandlungsprotokolle studiert. Dann habe ich gestern Ron mehrere Male in allen Einzelheiten wiederholen lassen, was er in der Zeit, nachdem er in Timberlys Supermarkt mit Ihrer Frau gesprochen hatte, bis er ihre Leiche fand, gesagt oder getan hat. Und da ist mir aufgegangen, welchen Fehler ich gemacht habe.

Mr. Peterson, Ihr Sohn Neil hat davon gesprochen, daß er die Treppe hinuntergelaufen ist, als er Ihre Frau stöhnen hörte, daß er gesehen hat, wie ein Mann sie würgte, und daß er dann das Gesicht des Mannes gesehen hat."

„Ron Thompsons Gesicht."

„Nein! Verstehen Sie denn nicht? Hier, sehen Sie sich mal das Protokoll an." Bob nahm einen Packen Papier aus seiner Aktentasche. „Hier. Der Staatsanwalt fragte Neil, warum er so sicher sei, daß es Ron war. Und Neil sagte: ‚Es wurde hell, darum weiß ich es.'

Das ist mir entgangen. Denn als Ron gestern noch einmal seine Zeugenaussage durchging, hat er gesagt, er habe geläutet. Neil hat mit keinem Wort erwähnt, daß er es läuten gehört hat."

„Das beweist gar nichts", unterbrach Hugh. „Neil war oben und hat mit seiner Eisenbahn gespielt. Das hat Krach gemacht."

„Nein. Er hat gesagt: ‚Es wurde hell.' Darauf will ich hinaus, Mr. Peterson. Ron hat an der Haustür geläutet. Er hat gewartet, wieder geläutet und ist dann ums Haus gegangen. Er hat dem Mörder dadurch Zeit zur Flucht gegeben. Darum war auch die Hintertür offen.

Ron hat in der Küche Licht gemacht. Verstehen Sie? Daß Neil so deutlich Rons Gesicht gesehen hat, kam daher, daß Licht aus der Küche fiel. Mr. Peterson, Neil kommt die Treppe heruntergerannt und sieht, wie seine Mutter erwürgt wird. Im Wohnzimmer ist es dunkel. Nur das Licht in der Diele ist an. Ist es nicht denkbar, daß er einen Schock bekommen hat oder sogar in Ohnmacht gefallen ist? Und als er wieder zu sich kommt, *sieht* er etwas, denn jetzt fällt Licht aus der Küche ins Wohnzimmer. Neil sieht jemanden über seine Mutter gebeugt und sich an ihrem Hals zu schaffen machen. Ron versucht nämlich, den Schal zu lösen. Und als er begreift, daß sie tot ist, dreht er durch und rennt davon. Wenn er ein Mörder wäre, hätte er dann einen Augenzeugen wie Neil am Leben gelassen?"

Hugh schüttelte den Kopf. „Das sind alles Mutmaßungen. Sie haben dafür nicht den Zipfel eines Beweises."

„Aber Neil kann uns den Beweis liefern, wenn Sie zulassen, daß er noch einmal vernommen wird", bettelte Bob.

„Das ist unmöglich!" Steve biß sich auf die Lippen. Er war drauf und dran gewesen, damit herauszuplatzen, daß man ein entführtes Kind nicht vernehmen könne. „Gehen Sie", sagte er.

„Nein, ich gehe nicht!" Bob zögerte, dann griff er wieder in seine Mappe. „Tut mir leid, Ihnen das zeigen zu müssen, Mr. Peterson. Das sind Fotos, die nach dem Mord von diesem Haus gemacht wurden."

„Mann, sind Sie wahnsinnig?" Hugh schnappte sich die Aufnahmen. „Das sind Beweisstücke aus den Archiven der Staatsanwaltschaft. Wo haben Sie die her?"

„Ganz egal, woher ich sie habe. Sehen Sie sich das hier mal an. Die Küche. Die Kugel der Deckenlampe fehlt. Das bedeutet, daß das Licht ganz besonders hell war."

Bob stieß die Küchentür auf, zog einen Stuhl unter die Deckenlampe, sprang hinauf und schraubte die Kugel ab. Es wurde merklich heller. Er eilte in die Diele und machte dort das Licht an. Schließlich knipste er die Wohnzimmerlampen aus.

„Sehen Sie mal ins Wohnzimmer. Jetzt kann man dort nämlich bestens sehen. Und nun warten Sie." Er lief in die Küche zurück und löschte das Licht. Steve und Hugh saßen wie gebannt am Tisch.

„Sehen Sie doch", flehte Bob. „Wenn die Küchenlampe aus ist, ist es im Wohnzimmer fast stockdunkel. Was konnte Neil sehen? Nicht viel mehr als einen Schatten, der auf seine Mutter losging. Er wird ohnmächtig. *Er hat es nicht läuten gehört!* Bis Ron dann zum zweitenmal geklingelt hatte und ums Haus gegangen war, hat sich der Mörder aus dem Staub gemacht. Und wahrscheinlich hat Ron Ihrem Kind das Leben gerettet, als er an diesem Tag hierherkam."

Ist es möglich, daß der Junge unschuldig ist? dachte Steve.

„Mr. Peterson, ich flehe Sie an, lassen Sie Neil noch einmal vernehmen. Bitte, geben Sie Ron diese Chance."

Steve sah Hugh an, sah seine kaum wahrnehmbare verneinende Kopfbewegung. Wenn er zugegeben hätte, daß Neil entführt worden war, hätte der Anwalt sich die Chance nicht entgehen lassen, auf eine mögliche Verbindung zu Ninas Tod hinzuweisen. Das würde öffentliches Aufsehen bedeuten; und womöglich wäre es das Ende jeglicher Hoffnung, Neil und Sharon wohlbehalten zurückzubekommen.

„Mein Sohn ist nicht hier", sagte er. „Es sind Drohungen gegen mich ausgestoßen worden, wegen meiner Einstellung zur Todesstrafe. Ich werde niemandem preisgeben, wo er sich aufhält."

„Mr. Peterson, morgen soll ein unschuldiger Neunzehnjähriger für etwas sterben, was er nicht getan hat!"

„Ich kann Ihnen nicht helfen." Steve war mit seiner Beherrschung am Ende. „Verschwinden Sie jetzt, und nehmen Sie diese verfluchten Bilder mit!"

Bob wußte, daß es sinnlos war. Er wollte seine Mappe schließen, doch plötzlich riß er die Durchschläge der Aussagen heraus, die Ron am Tag zuvor gemacht hatte. Er knallte sie auf den Tisch.

„Lesen Sie das mal, Mr. Peterson", sagte er, „und dann sagen Sie selbst, ob da ein Mörder spricht. Ron ist zum elektrischen Stuhl verurteilt worden, weil dieser Bezirk unter dem Schock dreier Morde stand, nämlich dem Tod der Frauen Corelli, Weiss und Peterson. In den letzten Wochen sind wieder zwei Frauen umgebracht worden, die allein mit ihren Autos unterwegs waren. Ich schwöre, daß zwischen diesen Morden ein Zusammenhang besteht, und ich schwöre, daß der Mord an Ihrer Frau auch damit zusammenhängt. Alle Opfer sind mit ihren eigenen Schals oder Gürteln erwürgt worden. Der einzige Unterschied ist, daß im Falle Ihrer Frau der Mörder aus irgendeinem Grunde zu Ihnen ins Haus gekommen ist."

Damit ging er und knallte die Haustür hinter sich zu. Steve sah Hugh an. „Könnte er mit Ninas Tod vielleicht recht haben?"

„Der Mann ist Anwalt und versucht seinen Mandanten zu retten. So, dieses Steak ist zwar jetzt kaum noch genießbar, aber irgendwas müssen Sie zu sich nehmen."

Steve nickte und zerkrümelte ein Brötchen. Die Niederschrift der Aussagen Rons lag neben seinem Ellbogen. Er nahm das oberste Blatt und begann zu lesen:

> Ich war ziemlich niedergeschlagen, weil ich meine Stelle verlieren sollte, aber Mr. Timberly brauchte jemanden, der länger als ich arbeiten konnte. Ich wußte, daß ich leichter einen Studienplatz bekommen würde, wenn ich in unserer Schulmannschaft mitspielte, darum konnte ich nicht mehr im Supermarkt arbeiten. Mrs. Peterson hatte Mr. Timberly gehört. Sie sagte, es täte ihr leid, und fragte mich, was für Arbeiten ich denn annehmen würde. Ich sagte, ich hätte auch schon tapeziert und Zimmer gestrichen. Sie sagte, sie und ihr Mann seien gerade erst umgezogen, und im Haus müsse viel neu gestrichen werden; ich solle doch später mal kommen und es mir ansehen. Ich lud gerade ihre Einkäufe ins Auto. Ich sagte: „Ich glaube, das ist mein Glückstag heute; erst hab ich schwarzgesehen, aber jetzt sieht alles viel rosiger aus." Wir scherzten, und sie sagte: „Für mich ist es wohl auch ein Glückstag. Wenigstens hab ich jetzt mal Platz im Kofferraum für sämtliche Einkäufe." Das war um vier Uhr. Dann...

Steve unterbrach die Lektüre. Ninas *Glückstag!*

Das Telefon klingelte. Steve eilte an den Apparat in der Küche. Mach, daß es gute Nachrichten sind – bitte!

„Mr. Peterson, hier ist Pfarrer Kennedy von St. Monika. Ich fürchte, es ist etwas ziemlich Ungewöhnliches vorgefallen."

Steve fühlte, wie seine Halsmuskeln sich zusammenzogen. „Was ist denn, Herr Pfarrer?"

„Vor zwanzig Minuten bin ich in die Kirche gegangen, um die Abendmesse zu lesen, und da fand ich vor der Sakristeitür ein Päckchen. Ich lese Ihnen mal vor, was draufsteht: ‚Sofort Steve Peterson aushändigen. Es geht um Leben und Tod.' Und Ihre Telefonnummer. Könnte das ein übler Scherz sein?"

Steves Hände wurden feucht. „Nein, Herr Pfarrer, das ist kein

Scherz. Ich komme sofort, und – sprechen Sie bitte mit niemandem darüber."

Als Steve eine halbe Stunde später zurückkam, wartete Hugh schon mit einem Recorder. Als die Spulen sich zu drehen begannen, hörten sie zuerst nur ein gedämpftes, rasselndes Geräusch, dann Sharons Stimme. Steve erbleichte. Sie wiederholte genau die Botschaft, die der Entführer ihm durchgegeben hatte. Was meinte sie mit dem Unrechthaben? Was sollte er ihr verzeihen? Neil... das war das rasselnde Geräusch im Hintergrund. Dann lauschte Steve den zögernden Worten seines Sohnes. Warum erwähnte er seine Mutter? Warum jetzt?

Er krampfte die Fäuste zusammen, bis die Knöchel weiß waren, und preßte sie vor den Mund, um das Schluchzen zurückzudrängen, das in ihm aufstieg.

Und dann kam es. Eine warme, fröhliche Stimme, melodisch und erfreut. „Ach, wie nett von Ihnen", sagte sie. „Treten Sie doch ein."

Steve sprang auf, und ein gequälter Schrei entfuhr seinen Lippen.

„Was ist das?" schrie Hugh. „Wer ist das?"

„O mein Gott!" rief Steve. „Das ist meine Frau – das ist Nina!"

Zehntes Kapitel

Detektiv Lamont parkte seinen Wagen vor der Kneipe „Zur Mühle" in Carley und spähte durchs Fenster. Das trüb beleuchtete Lokal schien ziemlich leer zu sein. Auch gut – da konnte er sich besser mit dem Wirt unterhalten.

Er trat ein. An der Bar saßen vier Männer. Er näherte sich lässigen Schrittes, wuchtete sich auf einen Hocker und bestellte ein Bier.

Während er trank, huschte sein Blick hin und her. Zwei der Gäste sahen ein Hockeyspiel im Fernsehen, und ein kahlköpfiger Angestelltentyp mit glasigem Blick trank einen Martini.

Der Wirt trocknete Gläser ab. „Sie hab ich hier noch nie gesehen, oder doch?" sprach er Lamont an.

„Nee; ich komme nur gerade hier durch, und da hab ich an meinen alten Kumpel gedacht, Bill Lufts; um die Zeit ist er meist hier, sagt er."

„O ja, Bill ist fast jeden Abend hier", bestätigte der Wirt. „Gestern konnte er nicht, da mußte er mit seiner Frau zum Essen und ins Kino gehen, weil ihr Hochzeitstag war. Wirklich erstaunlich, daß er heute nicht hier ist, wahrscheinlich hat sie ihm wieder mal die Leviten gelesen. Aber wir kriegen's schon noch zu hören, was, Arty?"

Der andere Gast sah von seinem Bier auf. „Zum einen Ohr hinein, zum andern hinaus", meinte er. „Wer hört sich solchen Tratsch schon an?"

Lamont lachte. „Dafür ist eine Kneipe doch da, daß man sich seine Läuse von der Leber reden kann."

Die Männer, die das Hockeyspiel angesehen hatten, schalteten den Apparat aus. „Hier, das ist ein Freund von Bill Lufts." Der Barmann deutete mit dem Kopf auf Lamont. „Das sind Les und Joe."

„Pete Lerner", log Lamont. „Na, wie wär's mit einem Bierchen für alle, auf meine Rechnung?"

Eine Stunde verging. Lamont erfuhr, daß Les und Joe Verkäufer in einem Discountladen an der Bundesstraße sieben waren. Arty reparierte Autos. Der glatzköpfige Angestelltentyp, Allan Kroeger, arbeitete in einer Werbeagentur.

Les wollte Joe mitnehmen. Sie verlangten die Rechnung. Arty stand auf, um zu gehen. Der Wirt winkte ab, als er bezahlen wollte. „Das geht heute auf mich", sagte er. „Wir werden dich vermissen."

„Viel Glück, Arty", sagte Les. „Laß mal was von dir hören."

„Danke. Wenn es nicht klappt, komme ich zurück und nehme die Stelle bei Shaw. Der liegt mir sowieso dauernd in den Ohren, daß ich zu ihm kommen soll."

„Wieso auch nicht? Der weiß, was ein guter Mechaniker ist", sagte Les.

„Wohin geht's denn?" fragte Lamont.

„Rhode Island... Providence."

„Schade, daß du Bill nicht auf Wiedersehen sagen konntest", fand Joe.

Arty lachte. „Rhode Island ist ja nicht Arizona. Ich lass' mich wieder mal sehen. So, jetzt will ich mich aufs Ohr legen. Möchte früh los."

Allan Kroeger wankte unsicher zur Tür. „Arizona", sagte er, „Land der malerischen Wüste." Die vier Männer gingen zusammen hinaus und ließen einen kalten Luftzug zur Tür herein.

Lamont betrachtete nachdenklich Arty, der als letzter das Lokal verließ. „Dieser Arty, ist der ein besonderer Freund von Bill Lufts?"

Der Wirt schüttelte den Kopf. „I wo. Jeder, der zuhören kann, ist Bill Lufts' Freund, wenn er erst mal ein paar intus hat."

„Aha." Lamont schob sein Glas über die Theke. „Trinken Sie einen mit?"

„Bevor ich mich prügeln lasse. Ein widerlicher Abend. Kann einem richtig an die Nieren gehen. Und morgen wird der kleine Thompson hingerichtet."

Lamont kniff die Augen zusammen. „So geht's einem, wenn man rumläuft und Leute umbringt."

Der Wirt schüttelte den Kopf. „Die meisten von uns können sich gar nicht vorstellen, daß der Kleine einer Fliege was antun könnte. Aber die schlimmsten Mörder sollen ja nach außen hin ganz normale Menschen sein."

„Hab ich auch gehört."

„Sie wissen doch, Bill und seine Frau wohnen im Haus der Frau, die ermordet wurde, dieser Mrs. Peterson. Er sagt, der Junge hat heute noch Alpträume. Furchtbar."

„Es ist schrecklich", pflichtete Lamont ihm bei.

„Bill sagt, der Vater von dem Jungen wird wieder heiraten. Er geht mit so 'ner Schriftstellerin – die sollte gestern abend herkommen. Aber der Kleine zeigt ihr die kalte Schulter. Na, ich denke, ich mache langsam zu. Möchten Sie noch was?"

Lamont überlegte. Er zeigte seine Dienstmarke. „FBI", sagte er.

Eine Stunde später war er wieder in Petersons Haus. Er besprach sich mit Hugh, dann rief er das FBI-Hauptquartier in Manhattan an. Nachdem er sich vergewissert hatte, daß die Tür zum Arbeitszimmer geschlossen war, sagte er leise ins Telefon: „Hugh hatte recht. Bill Lufts ist ein Klatschmaul. In der Kneipe wußten alle Gäste seit zwei Wochen, daß er gestern abend mit seiner Frau ausgehen würde, daß Peterson eine Abendkonferenz hatte und daß Sharon Martin erwartet wurde. Der Wirt hat mir eine Aufstellung von zehn Stammgästen gegeben. Einige waren heute da. Da ist ein Arty Taggert, der morgen nach Rhode Island zieht. Wirkt harmlos. Zwei Verkäufer – auf die würde ich keine Zeit verschwenden. Hier sind die andern Namen."

Nachdem er alle aufgezählt hatte, fuhr er fort: „Noch eins. Bill Lufts hat der ganzen Bar vor knapp einem Monat von Neils Treuhandfonds erzählt; er hatte Peterson mit seinem Steuerberater reden hören."

Er legte auf und verließ nachdenklich das Arbeitszimmer. Steve zog gerade seinen Mantel an. Es war kurz vor Mitternacht und Zeit, zu seiner Verabredung mit dem Fuchs aufzubrechen.

LALLY war über die Eindringlinge so aufgebracht, daß sie Rosie, der sie im Hauptwartesaal begegnete, die ganze Geschichte erzählte und es sofort bereute. Wenn nun Rosie das Zimmer mit ihr teilen wollte?

Ihre Sorge war unbegründet. „Keine zehn Pferde kriegen mich dahin!" Rosie schüttelte sich. „Du weißt doch, wie ich Katzen hasse."

„Ach, ich mag sie", sagte Lally. „Die armen Dinger sind so hungrig... Na ja, ich hab also den Eindruck, die beiden wollen dort bleiben", schloß sie, „und ich werde die Frau verscheuchen, wenn er wieder weg ist. Vielleicht kannst du mir helfen, ihn im Auge zu behalten."

Rosie liebte Intrigen. Sie lächelte breit und zeigte die gelben Zahnstummel. „Klar." Sie tranken ihren Kaffee aus, packten die Reste ihrer Ringkrapfen in ihre Einkaufstüten und machten sich auf ins Untergeschoß. Ein wenig aufgeregt bezogen sie Posten beim Schaufenster eines Buchladens. Dort warteten sie geduldig, fast ohne sich zu rühren.

Plötzlich packte Lally Rosies Arm. „Das ist er, schau, brauner Mantel, grüne Hose, der da die Treppe raufkommt. Jetzt kann ich hingehen", jubelte Lally.

Rosie machte ein skeptisches Gesicht. „Olendorf hat heute Dienst." Olendorf war einer von den strengsten Bahnhofspolizisten. „Er guckt dauernd zu uns herüber."

Aber Lally ließ sich nicht so leicht von ihrem Plan abbringen. Als sie Olendorf zur Mittagspause fortgehen sah, huschte sie zum Bahnsteig hinunter. Sie folgte der Rampe, so schnell ihre arthritischen Knie es ihr erlaubten. Die Frau würde sie in zwei Minuten draußen haben.

Sie schlurfte um die Kanalisationsrohre herum, sah zur Tür ihres Zimmers hinauf und lächelte glücklich. Sie legte die Hand auf das Geländer.

„Na, wohin willst du denn, Lally?" Die Stimme war scharf. Lally schrie erschrocken auf, drehte sich um und sah sich Olendorf gegenüber. Er hatte also nur so getan, als ob er zum Mittagessen wollte.

Sie schwieg hilflos. Aus einer dunklen Ecke ertönte ein Fauchen, und Lally hatte einen Geistesblitz. „Die Katzen!" Mit zitternder Hand zeigte sie auf die umherhuschenden mageren Gestalten. „Sie verhungern! Ich wollte ihnen was zu essen bringen." Eifrig holte sie den Krapfenrest aus ihrer Einkaufstüte und warf ihn den Katzen vor.

Olendorfs Stimme klang nicht mehr so böse. „Die tun mir ja auch leid, aber du hast hier nichts verloren, Lally." Er wandte seinen Blick zur Treppe und aufwärts zur Tür ihres Zimmers.

Lallys Herz klopfte wie wild. „Haben Sie Katzen zu Hause, Mr. Olendorf?" Sie setzte sich in Bewegung, wollte ihn um jeden Preis fortlocken.

Er zögerte, dann zuckte er die Achseln und beschloß, ihr zu folgen. „Früher mal, aber meine Frau mag Katzen jetzt nicht mehr so sehr."

Lally fand sich mit Herzklopfen im Wartesaal wieder. Sie würde ihr Zimmer erst heute abend aufsuchen, wenn Olendorf nach Hause gegangen war.

Neil wußte, daß Sharon verletzt war. Der Mann mußte sie zu Boden gestoßen haben. Die Binde vor seinem Mund war so fest, daß er nicht sprechen konnte. Er hätte Sharon gern gesagt, wie tapfer sie war, als sie versucht hatte, mit dem Mann zu kämpfen. Er hatte zuviel Angst gehabt, um mit ihm zu kämpfen, als er Mama weh tat.

Sharon hatte gesagt: „Hab keine Angst, wenn du mich sagen hörst, daß ich dich verlassen werde. Ich verlasse dich nicht. Aber vielleicht können wir seine Pistole holen und erreichen, daß er uns hier herausbringt. Wir sind die einzigen, die Ronald Thompson retten können."

Er wußte, was Sharon meinte. Sie wollten Ronald Thompson töten, weil er Mama weh getan hatte, und er hatte es gar nicht getan. Aber Neil hatte gesagt, er sei es gewesen. Neil hatte nicht lügen wollen. Und das hatte er Vati auf dem Tonband mitzuteilen versucht.

Es war so kalt, und seine Arme und Beine taten ihm weh. Aber etwas in ihm hatte aufgehört weh zu tun. Sharon würde sich schon einen Plan ausdenken, wie sie hier herauskommen könnten. Oder Vati würde kommen und sie holen.

Er fühlte Sharons Atem an seiner Wange. Es tat ihm wohl, so an sie geschmiegt zu sein. Das war wie früher, wenn er in der Nacht manchmal aufwachte, weil er schlecht geträumt hatte, und zu Mama und Vati ins Bett durfte. Mama hatte ihn dann fest an sich gedrückt und mit verschlafener Stimme gesagt: „Hör auf zu zappeln." Und dann war er, fest angeschmiegt an sie, eingeschlafen. Sharon und Vati würden schon auf ihn aufpassen. Er hätte ihr gern gesagt, sie solle sich um ihn keine Sorgen machen. Er würde langsam und tief durch die Nase atmen. Er würde an etwas Schönes denken – das Zimmer unterm Dach und die Eisenbahn, die Sharon ihm schenken wollte.

„Um Himmels willen, es ist fast Mitternacht, Liebes. Gib's doch auf." Roger sah hilflos zu, als Glenda den Kopf schüttelte.

„Nein. Ich krieg's raus. Das weiß ich. Ich bin jetzt die ganzen letzten Tage durchgegangen, aber irgendwo habe ich etwas vergessen. Wenn ich es dir vielleicht erzähle..."

Er wußte, daß jeder Widerspruch sinnlos war. Er zog einen Stuhl an ihr Bett, bereit, sich zu konzentrieren. Sein Kopf schmerzte. Wenn er Glendas aschfahles Gesicht sah, mußte er an den Tag denken, an dem sie den Herzinfarkt gehabt hatte. O Gott, wenn sie etwas weiß, laß es ihr einfallen, betete Roger. Laß mich ihr helfen, sich zu erinnern. Wenn Neil und Sharon starben und Glenda hinterher glaubte, sie habe sie retten können, würde es auch sie töten.

„Roger." Glendas Stimme klang bemerkenswert fest. „Wenn du einen Stundenplan von jedem Tag machen könntest, kriegen wir vielleicht heraus, wo ich etwas vergessen habe. Da in meinem Schreibtisch ist Papier."

Er ging hin und holte es. „Gut", sagte sie. „Also, wir fangen mit letztem Samstag an..."

„Mr. Peterson" – Hugh streckte die Hand aus –, „viel Glück." Hugh und Steve standen in der Diele. Steve hatte den schweren Koffer mit dem Lösegeld in der Hand.

„Glück?" Steve sprach das Wort verwundert aus. „Ich denke zur Zeit weniger an Glück als an eine alte irische Verwünschung. Ich weiß nicht, woher ich sie kenne, aber Sie haben sie vielleicht schon mal gehört."

„Glaub ich nicht."

„Sie geht etwa so: ‚Möge der Fuchs seinen Bau in deinem Herd anlegen. Möge das Licht deiner Augen verblassen, auf daß du nie mehr sehest, was du liebst. Möge der süßeste Trunk, den du trinkst, dir zum bitteren Kelch des Leidens werden.' Ziemlich passend, nicht?"

Steve ging, ohne eine Antwort abzuwarten. Hugh sah den Mercury aus der Einfahrt fahren. *Möge der Fuchs seinen Bau in deinem Herd anlegen.* Gott steh dem armen Jungen bei!

Er war kaum noch in der Lage, seine Gefühle für sich zu behalten. Daß diese Sharon auch noch versucht hatte, die Stimme von Petersons Frau nachzumachen, war der Gipfel! Und der arme Peterson behauptete steif und fest, es sei Nina. Was für ein billiger Trick, die Entführung mit dem Mord an Nina Peterson in Verbindung bringen zu wollen. Und da waren noch so ein paar Sachen. Sharons Bitte an Steve, ihr zu verzeihen, und Neils Worte: „Sharon sorgt gut für mich." War das kein heimlicher Hinweis, daß es alles nur ein Bluff war? Oder?

Hugh schnappte sich seinen Mantel. Er hoffte, daß John Owens ihnen vielleicht helfen konnte. In ein paar Stunden sollte Hugh ihn in der New Yorker FBI-Zentrale treffen. Vielleicht konnte er etwas mit der Kassette anfangen, die der Entführer geschickt hatte. John war ein pensionierter Kriminalist, der vor zwanzig Jahren erblindet war und ein so feines Gehör entwickelt hatte, daß er Hintergrundgeräusche auf Tonbändern mit erstaunlicher Genauigkeit interpretieren konnte.

Hugh hatte Steve nach Ninas Vorleben ausgefragt: Familie aus Philadelphia, alteingesessen, Schweizer Pensionat und dann Bryn-Mawr-College. Diese Informationen würden Owens reichen, um mit ziemlicher Sicherheit sagen zu können, ob die Stimme auf dem Band wirklich Ninas Stimme oder eine Imitation war. Hugh war sich sicher, wie Owens' Befund lauten würde.

Die Merritt-Schnellstraße war gestreut, und obwohl noch immer Schnee fiel, ging das Fahren besser, als Steve erwartet hatte. Um zwanzig vor zwei parkte er an der Telefonzelle vor Bloomingdale's. Um Punkt zwei Uhr klingelte das Telefon. Dieselbe gedämpfte, flüsternde Stimme befahl ihm, sofort zu einer Telefonzelle an der Ecke 96. Straße und Lexington Avenue weiterzufahren.

Um Viertel nach zwei klingelte dieses Telefon. Steve bekam die Anweisung, über die Triborough-Brücke zu fahren, dann über die Grand-Central-Schnellstraße bis zur Ausfahrt Brooklyn-Queens-Stadtautobahn. Dann weiter zur Roosevelt Avenue, nach dem ersten Häuserblock links abbiegen, Scheinwerfer löschen und warten.

Um zwei Uhr sechsunddreißig bog Steve in die Roosevelt Avenue ein. Auf der anderen Straßenseite, etwa in der Mitte des ersten Häuserblocks, parkte eine große Limousine. Im Vorbeifahren machte er mit dem Lenkrad einen Schlenker, in der Hoffnung, daß die versteckten Kameras das Nummernschild erfaßten; dann bog er ab und wartete.

Die Straße war dunkel. Vor den Schaufenstern waren Rolläden heruntergelassen worden, und Hochbahnschienen verdunkelten das Licht der Straßenlaternen.

Plötzlich klopfte jemand gegen die Fahrertür. Steve warf den Kopf herum. Sein Mund wurde trocken. Eine behandschuhte Hand winkte ihm, das Fenster zu öffnen. „Sehen Sie mich nicht an, Peterson."

Steves Blick huschte über einen dunklen Mantel und eine Strumpfmaske. Ein Seesack wurde ihm auf den Schoß geworfen. Er fühlte ein Kribbeln in der Magengrube. Der Mann würde nicht den Koffer mit dem Minisender nehmen. „Öffnen Sie den Koffer, und stopfen Sie das Geld in den Sack. Schnell!"

Steve hörte einen hohen Unterton in der Stimme. Mit unsicheren Händen holte er die Geldbündel aus dem Koffer und warf sie in den Seesack. „Zumachen und hergeben. Sehen Sie mich nicht an."

Steve sah starr geradeaus. „Was ist mit meinem Sohn und Sharon?"

Der Entführer griff durchs Fenster herein und entriß ihm den Seesack. „Sie werden beobachtet, Peterson." Die Stimme klang gehetzt. „Warten Sie hier eine Viertelstunde. Wenn mir niemand folgt und die Summe stimmt, erfahren Sie, wo Sie Ihren Sohn und Sharon heute vormittag um elf Uhr dreißig abholen können."

Elf Uhr dreißig – genau der Zeitpunkt, zu dem Ronald Thompson hingerichtet werden sollte. Steve konnte sich nicht mehr beherrschen: „Hatten Sie etwas mit dem Tod meiner Frau zu tun?"

Keine Antwort. Der Entführer hatte sich lautlos entfernt. Auf der anderen Straßenseite startete ein Wagen. Auf Steves Uhr war es zwei Uhr achtunddreißig.

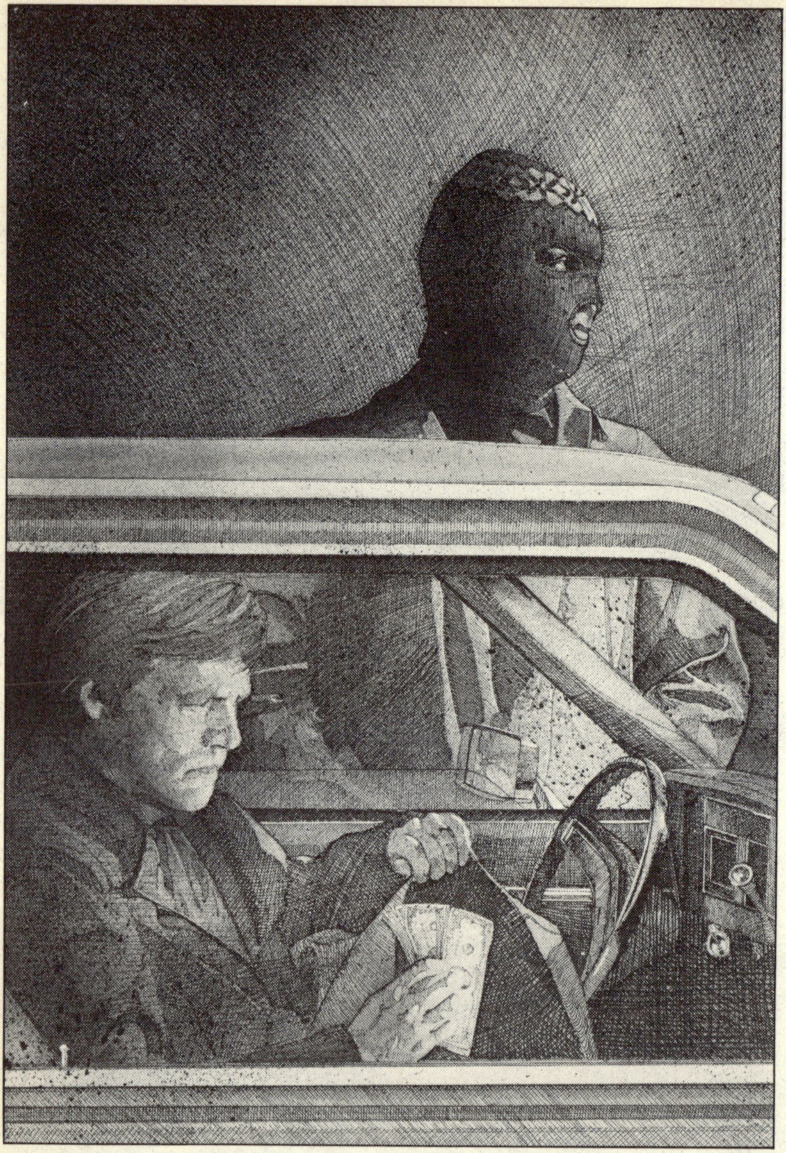

Um zwei Uhr dreiundfünfzig fuhr Steve zurück in Richtung Manhattan. Um zehn nach drei war er in der FBI-Zentrale an der Ecke 69. Straße und Third Avenue. Kriminalbeamte mit verkniffenen Gesichtern eilten herbei und schraubten seine Scheinwerfer ab. Hugh, der ernst dreinblickte, lauschte Steves Bericht, als sie in den zwölften Stock hinauffuhren. Dort wurde er einem Mann mit schneeweißem Haar und dunkler Brille vorgestellt.

„John hat sich die Kassette angehört", erklärte Hugh. „Aus dem Klang der Stimmen und einem gewissen Echo schließt er, daß Sharon und Neil in einem fast leeren, kalten Raum von etwa dreieinhalb mal sieben Meter festgehalten werden. Vielleicht im Keller irgendeines Güterumschlagplatzes. Man hört ständig leise Eisenbahngeräusche."

„Eine Frage zu der letzten Stimme auf dem Tonband, Mr. Peterson", meinte John Owens zögernd. „Könnte es sein, daß Ihre verstorbene Frau als erste Sprache nicht Englisch, sondern Französisch gelernt hat?"

„Nein. Sie ist in Philadelphia aufgewachsen – halt, Moment! Nina hat mir erzählt, daß sie ein französisches Kindermädchen hatte und als Kind eigentlich eher französisch als englisch *gedacht* hat."

„Dann war das keine Imitation. Sie haben die Stimme Ihrer Frau ganz richtig identifiziert."

„Na schön, dann habe ich mich da geirrt", sagte Hugh. „Aber John sagt auch, daß die letzte Stimme eindeutig ein Mitschnitt ist, der zur Aufnahme von Neil und Sharon hinzugefügt wurde."

Das Telefon klingelte. Hugh ergriff den Hörer. „Gut. Hängen Sie sich da sofort dran!" Er knallte den Hörer auf die Gabel. „Jetzt nimmt die Sache langsam Konturen an, Mr. Peterson. Wir haben eine deutliche Aufnahme von dem Wagen und dem Nummernschild. Wir gehen dieser Spur jetzt nach."

John Owens streckte die Hand in Richtung von Steve aus. „Mr. Peterson, mein Eindruck ist, daß Ihre Frau sprach, während sie eine Tür öffnete. Kennen Sie eine bestimmte Tür, die beim Öffnen ein leises Knarren von sich gibt, etwa so: *Öörrrk?"* Er ahmte das Geräusch einer leicht eingerosteten Türangel täuschend echt nach.

Hugh und Steve starrten einander an. Alles nur Hohn, dachte Steve mutlos; es ist schon für alle zu spät. Hugh antwortete für ihn. „Ja, John. Genauso klingt Mr. Petersons Küchentür."

Elftes Kapitel

Arty verließ die Kneipe „Zur Mühle" und fuhr mit dem Wagen davon; ein bohrendes Gefühl der Besorgnis plagte ihn. Er hatte darauf spekuliert, daß Bill Lufts in der Bar sein würde; er hatte ihn aushorchen wollen. Daß Bill nicht dagewesen war, konnte bedeuten, daß Peterson die Bullen eingeschaltet hatte – oder das FBI.

Dieser Kerl, der sich Pete Lerner genannt hatte, der so viele Fragen gestellt hatte – das war ein FBI-Agent. Arty wußte es. Arizona. Da war ihm ein böser Fehler unterlaufen. Warum hatte er gesagt: Rhode Island ist nicht Arizona? Wahrscheinlich hatte der Bursche es gar nicht gemerkt, aber ein Fehler war's doch gewesen.

Er lenkte den VW-Käfer auf die Merritt-Schnellstraße, Richtung Süden. Seine Hände waren schweißnaß vor Angst. Zwölf Jahre war es her. Sie hatten ihn in der FBI-Zentrale in Manhattan in die Mangel genommen. „Komm schon, Arty, der Zeitungsverkäufer hat dich mit der Kleinen verschwinden sehen. Wohin hast du sie gebracht?"

„Ich hab ihr nur das Gepäck zum Taxi getragen. Sie hat gesagt, daß sie sich mit einem treffen will." Sie konnten ihm nichts beweisen, aber sie versuchten es.

„Was ist mit den anderen Mädchen, Arty? Sieh dir mal die Fotos an. Du hast dich dauernd bei der New Yorker Hafenbehörde herumgetrieben. Wie vielen hast du das Gepäck getragen?"

Sie waren gefährlich nahe dran gewesen. Darum war er nach Carley gezogen und hatte dort die Reparaturwerkstatt übernommen.

Die Merritt-Schnellstraße ging in die Hutchinson-River-Straße über. Sein Plan war genial. Ein Auto zu stehlen war gefährlich. Immer bestand das Risiko, daß der Besitzer in zehn Minuten zurückkommen konnte. Dann wußten die Bullen Bescheid, noch ehe man zehn Kilometer weit weg war. Er mußte also sichergehen, daß ihm der Besitzer nicht in die Quere kam – ein Kinobesuch oder eine Flugreise des Autobesitzers waren die beste Garantie für ungestörte Unternehmungen.

Um zwanzig nach elf fuhr er auf den Langzeitparkplatz am LaGuardia-Flughafen. Er zog den Parkschein aus dem Automaten. Die Schranke ging hoch, und er fuhr langsam über den Parkplatz. Er steuerte einen Platz zwischen einem Chrysler und einem Cadillac an, hinter einem Oldsmobile. Zwischen diesen Riesen war der Käfer gut versteckt.

Er ließ sich zurück ins Polster sinken. Vierzig Minuten vergingen. Zwei Wagen kamen auf den Parkplatz. Ein schnittiger roter und ein gelber Kombi. Beide zu auffällig. Dann kam ein dritter Wagen, ein dunkelblauer Pontiac. Er wurde drei Reihen weiter abgestellt. Er beobachtete, wie der Fahrer mit einem großen Koffer ausstieg. Wenige Minuten später sah der Fuchs den Mann in den Flughafenbus zu den Abflughallen steigen.

Unauffällig stieg der Fuchs aus dem Käfer und war mit wenigen schnellen Schritten neben dem Pontiac. Der zweite Schlüssel, den er probierte, öffnete die Tür. Er steckte den Schlüssel ins Zündschloß. Der Motor sprang nahezu geräuschlos an; der Tank war dreiviertel voll. Bestens.

Er stellte den Motor wieder ab. Der Parkwächter würde mißtrauisch werden, wenn er beim Verlassen des Parkplatzes einen Parkschein vorlegte, den er erst vor kurzem gezogen hatte. Aber er hatte jede Menge Zeit. Er lehnte sich in den Sitz zurück, schloß die Augen und sah im Geiste Ninas Bild vorüberziehen... dieser erste Abend...

Er war in der Gegend herumgefahren, obwohl er wußte, daß es nach Jean Corelli und Mrs. Weiss noch zu früh war, aber er hatte den kleinen Wagen auf der anderen Straßenseite an den Rand fahren sehen, an einer einsamen Stelle. Der schlanke Körper im Kegel seiner Scheinwerfer. Die kleinen Hände, die sich mit dem Schraubenschlüssel abmühten. Die großen erschrockenen Augen, als er bei ihr hielt.

„Kann ich Ihnen helfen, Miß? Ich bin Automechaniker."

Der ängstliche Blick verschwand. „Das ist ja prima", sagte sie. „Ausgerechnet hier muß ich einen Platten haben."

Schnell wechselte er den Reifen. Er richtete sich auf.

„Was bin ich Ihnen schuldig?" Die Handtasche geöffnet, den Nakken gebeugt, die Brust sich hebend und senkend unter der Wildlederjacke. Klasse. Es ging etwas von ihr aus, das Bände sprach. Er streckte die Hand aus, um sie zu berühren.

Von der Gegenfahrbahn schwenkte ein Licht herum und beleuchtete sie beide. Ein Streifenwagen.

„Drei Dollar für den Reifen wechseln", sagte er forsch, „und wenn Sie wollen, kann ich Ihnen den Reifen flicken. Ich heiße Arty Taggert; ich habe eine Werkstatt in Carley, in der Monroe Street."

Der Streifenwagen hielt. Der Polizist stieg aus. „Alles in Ordnung, Madam?" Er beäugte Arty argwöhnisch.

„O ja. Ich habe großes Glück gehabt. Mr. Taggert ist aus meinem Ort. Er kam gerade vorbei, als ich einen Platten hatte."

Sie sagte es in einem Ton, als ob sie ihn kannte. Welch ein Glücksfall. Die Miene des Polizisten änderte sich. „Da können Sie aber von Glück reden, Madam. Es ist heutzutage nicht ungefährlich für eine Frau, allein mit einer Autopanne dazusitzen."

Der Polizist stieg wieder in den Streifenwagen, fuhr aber nicht weiter, sondern beobachtete sie. „Wollen Sie den Reifen für mich flikken?" fragte sie. „Ich bin Nina Peterson. Wir wohnen in der Driftwood Lane."

„Gern." Er nahm den Reifen und stieg in seinen Wagen, ohne sich anmerken zu lassen, daß er sie wiedersehen *mußte.* An dem Blick, mit dem sie ihn betrachtete, sah er, daß auch sie das Dazwischenkommen des Polizisten bedauerte.

So war er also weggefahren, und anderen Morgens hatte sie ihn angerufen. „Mein Mann hat mir eben die Leviten gelesen, weil ich mit dem Ersatzreifen herumfahre", sagte sie, und ihre Stimme klang dabei sehr warm und freundlich. „Wann kann ich den Reifen abholen?"

Er überlegte schnell. Die Driftwood Lane lag in einer stillen Gegend. Wenn sie zu ihm kam, hätten sie nicht viel Gelegenheit, einander näherzukommen. „Ich muß jetzt gerade fortfahren und etwas besorgen", log er. „Ich bringe Ihnen den Reifen heute nachmittag vorbei, so gegen fünf." Um fünf wurde es dunkel.

„Wunderbar", sagte sie. „wenn nur das blöde Ding wieder am Wagen ist, bevor ich um halb sieben meinen Mann abholen muß."

Er war so aufgeregt an diesem Tag, daß er sich mit Arbeit nicht lange aufhielt. Er duschte nur und zog sich an und hörte seine Kassetten. Dann legte er eine neue Kassette in den Recorder ein und schrieb „Nina" darauf. Er vergewisserte sich, daß ein Film in seinem Fotoapparat war. Um zehn nach fünf fuhr er zur Driftwood Lane. Den Wagen parkte er in einem Gehölz in der Nähe. Für alle Fälle...

Ihr Wagen stand in der Einfahrt, Zündschlüssel im Schloß. Er sah sie durchs Küchenfenster, wie sie Einkäufe auspackte. Die nackte Birne tauchte das Zimmer in sehr helles Licht. Und sie war so schön mit dem hellblauen Pullover und dem um den Hals geknoteten Tuch.

Er wechselte sehr schnell den Reifen und hielt dabei die Augen offen, ob sich vielleicht noch andere Leute im Haus befanden. Er schaltete den Recorder ein und flüsterte hinein, was er alles vorhatte, um Nina glücklich zu machen.

Er ging zur Küchentür und klopfte leise. Sie lief hin, machte ein erschrockenes Gesicht, aber er hielt die Schlüssel hoch und lächelte durch die Scheibe. Sofort öffnete sie die Tür, freundlich und herzlich, und bat ihn ins Haus. Dann fragte sie, was sie ihm schulde. Er streckte die Hand aus – natürlich hatte er seine Handschuhe an – und knipste das Licht aus. Er nahm ihr Gesicht in die Hände und küßte sie. „Bezahl mich so", flüsterte er.

Sie klebte ihm eine – kräftig. „Raus!" sagte sie wie zu einem Stück Dreck, als ob er ihr nicht eben erst einen Gefallen getan hätte.

Er wurde wütend. Genau wie sonst auch. Er griff nach ihrem Halstuch. Aber irgendwie entglitt sie ihm und lief ins Wohnzimmer. Sie schrie nicht um Hilfe. Hinterher verstand er auch, warum. Sie wollte ihn nicht wissen lassen, daß ihr Kind im Haus war. Aber sie ergriff einen Schürhaken am Kamin.

Er lachte nur und wand ihr den Schürhaken aus der Hand. Dann packte er das Halstuch und zog es um ihren Hals zusammen. Ihre schönen braunen Augen wurden groß und glasig und anklagend. Sie schnappte nach Luft. Ihr Gesicht lief blau an.

Er hielt sie mit der einen Hand und knipste ein Foto mit der anderen, als er plötzlich hinter sich ein Keuchen hörte.

Er fuhr herum. Der Junge stand in der Diele und starrte ihn aus großen braunen Augen an, die durch ihn hindurchbrannten. Der Junge keuchte, genau wie sie vorhin gekeucht hatte. Es war, als hätte er sie gar nicht getötet; als wäre sie in den Körper des Jungen geschlüpft und verhöhnte ihn, Rache verheißend.

Er stürzte durchs Zimmer auf den Jungen zu. Er mußte dieses Keuchen beenden; diese Augen schließen. Er beugte sich über den Jungen. Da klingelte es.

Er rannte in die Küche und huschte zur Hintertür hinaus. Es klingelte wieder. In wenigen Minuten war er durch das Gehölz, in seinem Wagen und wieder zu Hause in seiner Werkstatt. Er ging auf ein Bier in die „Mühle" und war dort, als sich die Nachricht von dem Mord im Ort verbreitete. Er hatte Angst, aber später hörte er, daß eine Nachbarin von jemandem umgerannt worden war, der aus Petersons Haus gelaufen kam. Sie hatte ihn als Ronald Thompson identifiziert, einen jungen Burschen von hier, den man ein paar Stunden vor dem Verbrechen mit Mrs. Peterson hatte sprechen sehen.

Dann wurde Thompson in diesem Hotel in Virginia gefaßt, und der Kleine identifizierte ihn ebenfalls. Unvorstellbares Glück! Das Wohnzimmer war dunkel gewesen. Der Junge hatte sein Gesicht vielleicht nicht deutlich gesehen, und dann war Thompson ins Haus gegangen.

Aber er hatte schon auf das Kind losgehen wollen; er war ihm nah gekommen. Der Junge mußte sich in einem Schock befunden haben. Aber wenn er sich nun eines Tages erinnerte! Die Augen verfolgten Arty in seinen Träumen.

Er ging von da an nie mehr auf die Suche nach Frauen. Bis zu diesem Abend im vorigen Monat, als er die Callahan auf CB-Funk sagen hörte, sie habe eine Reifenpanne. Zwei Wochen später fuhr er wieder los, als Mrs. Ambrose sich auf CB-Funk meldete und sagte, daß ihr das Benzin ausgegangen sei.

Nach diesen letzten beiden kamen die Träume von Nina jede Nacht wieder. Anklagend. Dann war vor ein paar Wochen Bill Lufts zu ihm herausgekommen, den Jungen, Neil, neben sich im Wagen. Neil hatte ihn angestarrt. Da hatte er gewußt, daß er den Jungen töten mußte. Und als Lufts dann auch noch die Sache mit dem Treuhandfonds für Neil herausposaunt hatte, wußte er sogar, woher er das Geld bekommen würde, um Carley zu verlassen.

Immer wenn er an Nina dachte, haßte er Steve Peterson noch mehr. Peterson hatte sie berühren können, ohne eine Ohrfeige zu bekommen; Peterson war ein Starjournalist, mit Leuten, die ihn bedienten; Peterson hatte eine gutaussehende neue Freundin. Er würde es ihm zeigen.

Und dann kam eins zum andern. Der August-*Rommel*-Taggert-Plan. Der Plan eines Fuchses. Sharon und Neil würden genau in der

Minute sterben, in der Thompson hingerichtet wurde. Denn er richtete auch sie hin, und dieser Thompson hatte den Tod sowieso verdient, weil er ihm an jenem Abend dazwischengekommen war. Wenn doch nur Sharon nicht sterben müßte; wenn sie ihn doch nur geliebt hätte...

Und alle diese Menschen in der Grand Central Station, begraben unter Tonnen von Trümmern. Dann würden sie wissen, wie es war, in der Falle zu sitzen. Und er würde frei sein. Schon bald.

Es wurde Zeit. Er drehte den Zündschlüssel des Pontiac. Um Viertel vor zwei zahlte er beim Parkwächter für den Parkschein, den er für den Volkswagen gelöst hatte, und fuhr vom Flughafengelände zu einer Telefonzelle am Queens Boulevard. Punkt zwei Uhr rief er in der Zelle vor Bloomingdale's an. Sowie Peterson sich meldete, schickte er ihn weiter zur 96. Straße.

Er war hungrig. In einer Schnellimbißstube, die die ganze Nacht geöffnet hatte, kippte er einen Kaffee hinunter und verschlang ein Stück Kuchen, während er die Uhr nicht aus den Augen ließ. Um Viertel nach zwei rief er in der Zelle an der 96. Straße an und gab Steve knappe Anweisungen. Dann kam der eigentlich gefährliche Teil.

Um zwei Uhr fünfundzwanzig fuhr er Richtung Roosevelt Avenue. Zehn Minuten später parkte er an der Brooklyn-Queens-Stadtautobahn. Das war eine gute Stelle für das Treffen. Sie lag genau sechs Minuten vom La-Guardia-Flughafen entfernt für den Fall, daß Peterson mit der Polizei kam und er schnell verschwinden mußte. Und die Säulen der Hochbahn versperrten die Sicht.

Um zwei Uhr sechsunddreißig sah er Scheinwerfer nahen. Augenblicklich zog er sich die Strumpfmaske übers Gesicht. Petersons Mercury schwenkte direkt auf ihn zu. Wollte er etwa ein Foto von dem Pontiac machen? Das würde ihm nicht viel nützen!

Petersons Wagen hielt auf der anderen Straßenseite. Der Fuchs schluckte nervös. Er mußte jetzt schnell handeln. Er packte den Seesack. In seiner Elektronik-Zeitschrift hatte er gelesen, daß bei Lösegeldzahlungen gern Minisender in die Koffer eingebaut wurden. Darauf wollte er es nicht ankommen lassen.

Er überquerte die Straße und schlug gegen die Wagentür. Als die Fensterscheibe hinuntergekurbelt wurde, schob er seinen Seesack hindurch. Mit der eingeübten Flüsterstimme befahl er Peterson, das Geld hineinzupacken.

Peterson widersetzte sich nicht. Die Augen des Fuchses hielten Ausschau nach Bullen. Er sah Peterson das letzte Geldbündel in den Seesack werfen und befahl ihm, ihn zu verschließen und herauszureichen.

„Hatten Sie etwas mit dem Tod meiner Frau zu tun?“

Die Frage erschreckte den Fuchs. Wieviel ahnten die wohl inzwischen? Er mußte fort. Er schwitzte jetzt, dicke Schweißtropfen fielen auf seinen Anzug. Er überquerte die Straße, stieg in den Pontiac und trat das Gaspedal durch. Um zwei Uhr sechsundvierzig war er am La-Guardia-Flughafen. Neunzig Sekunden später stand der Pontiac wieder genau da, wo er ihn sich geholt hatte.

Er schloß den Wagen ab und eilte zurück zu seinem dunkelgrünen Käfer. Im Wagen öffnete er den Seesack, knipste seine Taschenlampe an und zählte gierig das Geld. Alles da. Zweiundachtzigtausend Dollar. Er nahm den leeren Koffer vom Rücksitz und packte die Geldbündel säuberlich hinein. Diesen Koffer würde er als Handgepäck mitnehmen. Um sieben Uhr verließ er den Parkplatz, reihte sich in den frühmorgendlichen Berufsverkehr nach Manhattan ein, parkte den Wagen in der Garage des Biltmore und eilte in sein Zimmer hinauf, um sich zu rasieren und zu duschen.

Als es vier Uhr wurde, wußte man, daß die einzige Spur, die man besaß, nämlich das Nummernschild des von dem Entführer benutzten Fahrzeugs, im Sande verlaufen war. Der Pontiac war eingetragen auf einen Mr. Henry A. White, Vizepräsident der Internationalen Lebensmittelgesellschaft in White Plains. Eine sofortige Überprüfung ergab, daß Mr. White soeben in seinen Skiurlaub geflogen war.

Um fünf Uhr brachen Hugh und Steve von Manhattan nach Carley auf. Hugh setzte sich hinters Lenkrad. „Wie sehen Sie das mit dem Pontiac?“ fragte Steve.

„Wahrscheinlich wird sich herausstellen, daß Whites Wagen dort gestohlen wurde, wo er ihn stehengelassen hat“, antwortete Hugh.

„Was machen wir jetzt?“

„Warten. Vielleicht läßt er sie frei. Er hat ja das Geld.“

„Er hat seine Spuren so sorgsam verwischt. Sie erwarten doch nicht, daß er zwei Leute laufenläßt, die ihn identifizieren können, oder?"

„Ich weiß es nicht", gab Hugh zu. „Wenn er sie nicht freiläßt, müssen wir überlegen, ob wir die Presse verständigen."

Steve sah starr geradeaus. „Könnte öffentliches Aufsehen den Kidnapper in Panik versetzen?"

„Das glaube ich schon." Hughs Ton änderte sich, wurde schärfer. „Was denken Sie, Mr. Peterson?"

Die Frage. Geradeheraus. Ohne Umschweife. Steve fühlte, wie sein Mund trocken wurde. Es ist nur ein Gefühl, sagte er sich. Es kann Neil und Sharon das Leben kosten. Dann dachte er an Ronald Thompson vor Gericht. „Ich hab es nicht getan. Sie war tot, als ich hinkam."

„Hugh, erinnern Sie sich, daß Bob Kurner gesagt hat, er glaube, zwischen dem Mord an diesen vier Frauen und Ninas Tod bestehe ein Zusammenhang, mit dem einzigen Unterschied, daß die andern vier jeweils eine Autopanne hatten, Nina aber zu Hause erwürgt wurde?"

„Weiter."

„Am Abend vor ihrer Ermordung hatte Nina eine Reifenpanne. Als sie mich andern Morgens zum Bahnhof fuhr, hab ich gesehen, daß sie das Reserverad montiert hatte. Erinnern Sie sich mal an das Protokoll, das Kurner uns dagelassen hat. Thompson erinnerte sich, daß Nina beim Einladen etwas von genug Platz im Kofferraum gesagt hatte."

„Was wollen Sie damit sagen?"

„Ihr Kofferraum war klein. Wenn sie zusätzlichen Platz darin hatte, kann das nur heißen, daß das Reserverad noch nicht wieder drin war. Das war nach vier Uhr, und sie muß direkt nach Hause gefahren sein, weil Dora zum Putzen da war und gesagt hat, Nina habe sie kurz vor fünf nach Hause gefahren."

„Und dann ist sie mit Neil wieder direkt nach Hause gefahren."

„Ja. Und Neil ist nach oben gegangen, um mit seiner Eisenbahn zu spielen. Nina hat die Einkäufe ausgeladen. Wir wissen, daß sie in den nächsten Minuten gestorben ist. Ich habe mir an diesem Abend ihren Wagen angesehen. Das Reserverad lag im Kofferraum. Der neue Reifen war vorne aufgezogen."

„Sie meinen, daß jemand den Reifen zurückgebracht, montiert und sie dann getötet hat?"

„Wann sonst hätte das Rad gewechselt werden können, wenn nicht genau zu diesem Zeitpunkt? Und wenn es so war, ist Thompson am Ende doch unschuldig. Um Himmels willen, finden Sie heraus, ob er sich erinnert, daß das Reserverad im Kofferraum war, als er ihr beim Einladen half."

Hugh gab Vollgas. Die Tachometernadel kletterte auf hundertdreißig. Der Wagen bog quietschend in Steves Einfahrt, als am dunklen Himmel der Morgen graute. Hugh rannte zum Telefon, wählte die Gefängnisverwaltung und verlangte den Direktor zu sprechen. Er erzählte ihm, worum es ging... „Ich bleibe am Apparat." Er wandte sich an Steve. „Sie rasieren den Jungen gerade."

„Großer Gott!"

„Ja, ich bin noch dran." Hugh lauschte. „Vielen Dank." Er knallte den Hörer auf. „Thompson schwört, daß das Reserverad nicht im Kofferraum war, als er den Wagen belud."

„Rufen Sie die Gouverneurin an", flehte Steve. „Sie soll zumindest die Vollstreckung aufschieben."

Hugh wählte bereits die Nummer der Staatsregierung. „Es ist kein Beweis", sagte er. „Es ist eine Kette von Indizien. Ich glaube kaum, daß sie daraufhin einen Aufschub verfügen wird."

Die Gouverneurin war nicht zu erreichen. Alle Eingaben in der Sache Thompson waren zur Vorprüfung an den Generalstaatsanwalt zu richten. Er würde ab acht Uhr in seiner Dienststelle sein. Sie konnten nichts weiter tun als warten. Steve versuchte zu beten und konnte nur noch denken: Lieber Gott, sie sind alle drei so jung..., bitte...

Um sieben Uhr fünfunddreißig fuhr Bob Kurners Wagen vor. Er kam wütend ins Haus gestürmt und verlangte zu wissen, warum Ronald nach dem Ersatzrad gefragt worden war. Hugh sah Steve an. Steve nickte. Hugh erklärte es ihm mit knappen Worten.

Bob erbleichte. „Das bedeutet, daß Mr. Petersons Sohn und Sharon Martin entführt worden sind und Sie es verheimlichen? Wenn die Gouverneurin das erfährt, *muß* sie die Hinrichtung aufschieben."

Punkt acht Uhr erreichte Hugh den Generalstaatsanwalt. Er sprach fünfunddreißig Minuten lang mit ihm, bedrängte, beschwor, bat ihn. Er redete immer noch, als Steve schon wieder das Freizeichen hörte. Hugh ließ den Hörer fallen. „Die Hinrichtung findet statt", sagte er tonlos.

Zwölftes Kapitel

Die Schmerzen, die durch ihren Körper jagten, machten das Denken so schwer. Ihr pochender Knöchel schwoll immer noch und wurde vom Stiefel und den schneidenden Fesseln zusammengepreßt. Sie unterdrückte ein Stöhnen. Sie fühlte, wie Neil sich enger an sie drängte, um sie zu trösten. Er würde Steve so ähnlich sein, wenn er erwachsen war. *Wenn* er erwachsen wurde. Sie mußte ihn hier herausbringen. Sie versuchte zu denken...

Ihre Sinne schwanden allmählich. Die Zeit verstrich. War es Tag oder Nacht? Gedämpfte Eisenbahngeräusche... Komm uns holen, Steve. „Ich liebe dich, Sharon... ich habe dich schrecklich vermißt." Große, gütige Hände auf ihrem Gesicht...

Große, gütige Hände auf ihrem Gesicht. Sharon schlug die Augen auf. Der Fuchs stand über sie gebeugt. Mit schauriger Zärtlichkeit glitten seine Hände über ihr Gesicht, ihren Hals. Er nahm ihr den Knebel vom Mund und küßte sie. Sie versuchte den Kopf wegzudrehen.

Er flüsterte: „Alles erledigt, Sharon. Ich habe das Geld."

Sie versuchte, sich durch den Nebel auf seine glitzernden Augen zu konzentrieren.

„Sie haben Neils Mutter getötet. Sie wollen uns auch töten."

„Richtig, Sharon. Ach, beinahe hätte ich was vergessen." Er wikkelte etwas aus. „Das Bild hänge ich noch zu den anderen." Sie sah auf. Augen, groß und dunkel wie Neils, starrten auf sie herab, Augen, die zu einem auf dem Boden liegenden Körper mit einem Tuch um den Hals gehörten. Ein Schrei zerriß ihre Kehle und verdrängte Schmerz und Schwindelgefühl.

Er hängte das Bild zu den andern an die Wand, langsam und methodisch, fast wie ein Ritual. Würde er sie jetzt erwürgen?

„Jetzt stelle ich euch die Uhr", sagte er zu ihr. „Sie läßt die Bombe genau um elf Uhr dreißig hochgehen. Du wirst nichts fühlen, Sharon. Du wirst einfach weg sein. Auch Neil. Und Ronald Thompson."

Er öffnete seinen Koffer. Sie sah, wie er einen Wecker herausnahm und die Zeiger auf halb neun drehte. Den Wecker stellte er auf halb zwölf. Jetzt brachte er Drähte an der Uhr an. Drei Stunden.

Sorgsam legte er den Koffer auf die Waschbecken neben der Tür. Das Zifferblatt der Uhr glühte durch den Raum.

„Möchtest du noch etwas, bevor ich gehe, Sharon?"

„Darf ich ... könnten Sie mich noch einmal auf die Toilette lassen?"

„Klar, Sharon." Er kam zu ihr, band ihre Hände los und half ihr auf. Das eine Bein sackte unter ihr weg. Schwarze Vorhänge schlossen sich vor ihren Augen. Nein ... sie durfte nicht ohnmächtig werden.

Er ließ sie in dem dunklen Loch allein. Sie packte die Klinke und riß und drehte. Ein leises Knacken. Die Klinke brach ab.

Sharon fühlte die gezackte, metallene Bruchstelle. Sie steckte die Klinke in die tiefe Tasche ihres Rocks und öffnete die Tür. Er war jetzt in Eile, wollte fort von hier. Er warf sie auf die Pritsche zurück und band ihr die Hände. Sie konnte ein wenig Abstand dazwischen halten. Dann bekam sie wieder den Knebel in den Mund.

Der Fuchs beugte sich über sie. „Ich hätte dich so sehr lieben können, Sharon, genau wie du mich, glaube ich."

Mit einer raschen Bewegung riß er Neil die Augenbinde ab. Neil blinzelte, seine Augen wirkten riesengroß. Der Mann starrte direkt in diese Augen; sein Blick glitt zu dem Bild an der Wand empor und zurück. Dann knipste er abrupt das Licht aus und verschwand aus dem Zimmer. Sharon beobachtete das Leuchtzifferblatt des Weckers. Es war acht Uhr sechsunddreißig.

Glendas Bett war mit Papier übersät. „Nein, am vierzehnten bin ich nicht direkt zum Arzt gegangen. Ich bin noch bei der Bücherei vorbei – schreib das auf, Roger." Sie rekonstruierten den ganzen letzten Monat in allen Einzelheiten, aber nichts brachte Glenda der Lösung der Frage näher, wer der Mann sein konnte, der sich der Fuchs nannte. Um vier Uhr morgens sagte Roger: „Wir sind beide zu müde zum Denken. Laß uns jetzt schlafen." Er stellte den Wecker auf sieben Uhr.

Um sieben Uhr ging Roger nach unten, um Tee zu machen. Glenda schob sich eine Nitroglyzerintablette unter die Zunge und nahm ihren Notizblock zur Hand.

Um neun Uhr traf Marian Vogler ein. Eine Viertelstunde später sah sie nach Glenda. „Es tut mir so leid, daß Sie sich nicht gut fühlen, Mrs. Perry. Ich werde vor allem unten saubermachen."

„Das wäre schön. Danke."

„Ich bin ja so froh, daß ich hier bin, daß ich Sie nicht im Stich lassen mußte wegen der ärgerlichen Geschichte mit unserm Auto."

„Mein Mann hat davon gesprochen." Glenda hielt den Kugelschreiber schreibbereit in der Hand.

„Das war wirklich schrecklich. Nachdem wir gerade erst vierhundert Dollar hingeblättert hatten, um es reparieren zu lassen. Arty ist so ein guter Mechaniker, daß mein Mann gesagt hat, es sei das Geld wert. Aber ich sehe, Sie haben zu tun. Ich sollte hier nicht die Zeit vertrödeln."

Sie schloß die Türe hinter sich. Eine Sekunde später trat Roger ein. Glenda drückte die Taste des Tonbandgeräts. Der wohlvertraute Satz ertönte in ihren Ohren: „In zehn Minuten rufe ich Sie an der Tankstelle..." Sie schaltete ab. „Roger, wann haben wir mein Auto nachsehen lassen?"

„Vor gut einem Monat, glaube ich. Bill Lufts hat es zu der Werkstatt gebracht, die er uns empfohlen hatte."

„Ja, und du hast mich dort abgesetzt, als der Wagen fertig war – *Arty,* so hieß er. Auf seinem Schild stand ‚A.R. Taggert', und ich hab ihn gefragt, ob das A für Arthur stehe, weil ich gehört hätte, daß Bill ihn Arty genannt habe.

Roger" – Glendas Stimme wurde schrill –, „er hat mir geantwortet, die Leute nennen ihn Arty wegen seines Schildes, A.R.T., aber richtig heiße er August Rommel Taggert. Ich hab gefragt: ‚Rommel – war das nicht der berühmte deutsche General?'

Und er darauf: ‚Jawohl, Rommel war der Wüsten*fuchs.*' Wie er neulich am Telefon ‚der Fuchs' ausgesprochen hat – Roger, ich schwöre, dieser Mechaniker ist der Fuchs, und er hat Neil und Sharon entführt!"

Es war neun Uhr einunddreißig.

Lally hatte die ganze Nacht nicht geschlafen. Sie wurde krank. Etwas war in ihr, das zu Ende ging. Sie wollte in ihr Zimmer gehen und sich auf die Pritsche legen und die Augen schließen. Sie *mußte.*

Sie folgte dem Strom der Fahrgäste des Achtuhrvierzigzuges nach unten. Es war nicht einmal wichtig, ob der Mann da war. Sie mußte es darauf ankommen lassen. Mit ihren dicken Turnschuhen tappte sie lautlos auf die Treppe zu.

Dann hörte sie das gedämpfte Geräusch einer langsam aufgehenden Tür. Ihrer Tür. Lally verzog sich hinter einen Generator.

Leise Schritte. Er kam die Eisenstufen herunter, derselbe Mann. Sie drückte sich gegen die Wand. Sie sah ihn stehenbleiben, angestrengt lauschen und dann weitergehen, auf die Rampe zu. Gleich würde er fort sein. Wenn die Frau noch in ihrem Zimmer war, würde sie sie vertreiben.

Ihre gichtigen Finger kramten unbeholfen in ihrer Tasche nach dem Schlüssel. Er fiel ihr mit einem hellen Klirren zu Boden. Sie hielt den Atem an. Hatte er es gehört? Kein Laut. Sie wartete zehn Minuten und versuchte ihren rasenden Herzschlag zu beruhigen. Dann bückte sie sich langsam und tastete auf dem Boden nach dem Schlüssel. Es war so dunkel hier. Sie fand ihn und seufzte erleichtert auf.

Lally wollte sich gerade aufrichten, als etwas Eiskaltes ihren Rücken streifte. Sie stöhnte auf, als es ihre Haut berührte und eindrang, so scharf, so schnell, daß sie kaum etwas von dem betäubenden Schmerz und dem warm sprudelnden Blut fühlte, als sie auf die Knie sank und vornüberfiel. Während sie das Bewußtsein verlor, krallte ihre rechte Hand sich um den Schlüssel.

Um neun Uhr dreißig rief ein Beamter aus der FBI-Zentrale Hugh Taylor bei Steve zu Hause an. „Ich glaube, wir haben etwas, Hugh."

„Was?"

„Der Mechaniker an der Bar, dieser Arty Taggert. Ein Bursche namens Gus Taggert ist vor etwa zwölf Jahren mal durchleuchtet worden, weil er dauernd bei der Hafenverwaltung herumlungerte. Damals waren ein paar junge Mädchen verschwunden, und er war einer der Verdächtigen. Die Beschreibung stimmt mit der überein, die Sie uns gegeben haben."

„Gute Arbeit. Was haben Sie sonst noch über ihn?"

„Wir versuchen herauszubekommen, wo er überall gewohnt hat. Er hatte hier in New York verschiedene Arbeitsstellen. Tankwart an der West Side, Tellerwäscher in der Oyster-Bar –"

„Konzentrieren Sie sich auf seine Wohnorte. Und finden Sie heraus, ob er Familie hat." Hugh legte auf. „Mr. Peterson", sagte er, „wir haben vielleicht einen Hinweis. Ein Mechaniker, der in der Kneipe ‚Zur Mühle' verkehrt –"

„Ein Mechaniker." Steve wurde lauter. *„Ein Mechaniker!"*

„Genau. Ich weiß, was Sie denken. Es ist eine hauchdünne Chance, aber wenn jemand an diesem Tag Ihrer Frau den Reifen geflickt hat –"

Das Telefon klingelte. Es war Roger Perry, der schrie, daß Glenda überzeugt sei, ein Mechaniker namens A. R. Taggert sei der Fuchs.

Hugh knallte den Hörer auf und wollte gerade New York anrufen, als es schon wieder klingelte. „Ja?"

Steve sah zu, wie Hugh auf einem Notizblock herumkritzelte.

> Danke für das Geld. Sie haben Ihr Versprechen gehalten. Jetzt halte ich meins. Neil und Sharon leben. Um elf Uhr dreißig werden sie durch eine Explosion im Staate New York hingerichtet. In den Trümmern können Sie dann nach ihren Leichen graben. Der Fuchs

Steve starrte auf die Mitteilung. „Wer hat den Anruf angenommen?" fragte er.

Hughs Stimme klang unendlich müde. „Der Bestattungsunternehmer in Carley, der die Beisetzung Ihrer Frau ausgerichtet hat."

Es war neun Uhr fünfunddreißig.

WENN die alte Hexe nicht diesen Lärm gemacht hätte! Arty war in Schweiß gebadet. Wenn er sie nun nicht gehört hätte? Sie mußte es gewesen sein, die diese Pritsche in sein Versteck geschleift hatte. Wenn sie die Gefangenen gefunden hätte, wäre noch Zeit genug gewesen, die Bombe von Experten entschärfen zu lassen.

Er eilte ins Biltmore, holte seinen Wagen aus der Hotelgarage und fuhr wie der Teufel zum La-Guardia-Flugplatz. Die Maschine nach Phoenix startete um zehn Uhr dreißig.

Er fuhr wieder auf den Parkplatz, den er erst vor zwei Stunden verlassen hatte, nahm die beiden Koffer und die Kiste mit dem CB-Funkgerät aus dem Wagen, ging schnell zur Bushaltestelle und nahm den nächsten Flughafenbus. Die anderen Passagiere sahen ihn gleichgültig an. Sie hatten ja keine Ahnung, wie klug und reich er war!

Er ging zum Eingang der American Airlines, wo ein Angestellter das Gepäck abfertigte. Arty zeigte sein Ticket. Es lautete auf den Namen Renard. Das französische Wort für Fuchs. Diesen Namen wollte er in Arizona benutzen.

„Alle drei Gepäckstücke aufgeben, Sir?"

„Den nicht!" Er riß den Koffer mit dem Geld an sich. Der Angestellte zuckte die Schultern. „Bitte sehr, Sir."

Arty betrat die Halle und führte ein Telefongespräch. Dann bestellte er sich in einer Schnellimbißstube ein Frühstück. Erst jetzt begann er, sich zu entspannen. Beim Gedanken an den Anruf bei dem Bestattungsunternehmen mußte er lachen. Zuerst hatte er sie ja vor einer Explosion in der Stadt New York warnen wollen. Erst in letzter Minute hatte er „Staat New York" daraus gemacht. Er konnte sich so recht vorstellen, wie die Bullen jetzt durchdrehten.

Der Blick in die Augen des Jungen war notwendig gewesen. Er würde nie mehr vor ihnen davonlaufen müssen... Arizona, Land der malerischen Wüste.

Um zehn Uhr zwölf verließ er den Schnellimbiß, den Koffer fest in seiner Hand. Um zehn Uhr fünfzehn, als er an einer Telefonzelle in der Nähe des Flugsteigs vorbeikam, hatte er eine Idee.

Schnell trat er in die Zelle, holte ein paar Münzen aus der Tasche und wählte eine Nummer. Er flüsterte eine Nachricht, hängte ein, ging durch die Kontrolle und kam unbehelligt durch. Das Einsteigesignal blinkte, als er zum Flugzeug eilte. Es war zehn Uhr sechzehn.

Ihre Kleidung fühlte sich warm, naß und klebrig an. Blut. Sie verblutete. Lally wußte es. Der Mann, der ihr Zimmer genommen hatte, hatte ihr jetzt das Leben genommen.

Ihr Zimmer. Sie wollte darin sterben. Vielleicht würde niemand sie dort finden. Sie würde im einzigen Zuhause begraben liegen, das sie je besessen hatte. Sie würde auf ewig im beruhigenden Dröhnen der Züge schlafen. Ihr blieb nicht mehr viel Zeit. Sie wußte es. Sie mußte in ihr Zimmer kommen.

Den Schlüssel fest in der rechten Faust, versuchte sie hochzukommen. Ein bohrender Schmerz – das Messer steckte noch in ihrem Rükken. Sie kam nicht dran. Auf allen vieren begann sie, auf ihr Zimmer zuzukriechen. Sechs Meter bis zur Treppe. Dann die Stufen. Schaffte sie das?

Rechte Hand... linke Hand vor... rechtes Knie... linkes Knie... Sie würde es schaffen. Sie stellte sich mit aller Macht vor, wie sie die Tür öffnen würde, schließen... sich auf die Pritsche ziehen... warten.

Der Tod würde als Freund kommen, mit kühlen, gütigen Händen.

SIE sind tot, dachte Steve. Wenn man zum Tode verurteilt ist, ist man bereits tot. Er stand am Fenster. Vor dem Haus drängten sich Reporter und Kameraleute. Es war zehn Uhr zehn.

„Uns bleiben noch eine Stunde und zwanzig Minuten. Was haben Sie wegen der Bombendrohung unternommen?" fragte er Hugh.

„Alle größeren Städte in diesem Staat sind alarmiert, sich für einen Katastrophenfall bereit zu halten. Eine Explosion im *Staate New York* – haben Sie eine Ahnung, wie viele Tausende von Quadratkilometern dieses Gebiet umfaßt?"

Detektiv Lamont kam mit Bill Lufts herein. Sie gingen noch einmal seine Aussage durch. „Mr. Lufts, Sie haben sich sehr viel mit diesem Arty unterhalten. Bitte, versuchen Sie sich zu erinnern – hat er je davon gesprochen, daß er gern in irgendeine bestimmte Gegend möchte, Mexiko oder Alaska oder so?"

Bill schüttelte den Kopf. Arty sei ein stiller Mensch und ein guter Mechaniker gewesen. Erst vor zwei Wochen sei er mit Neil zu seiner Werkstatt gefahren. Er versuchte sich verzweifelt zu erinnern, worüber Arty gern redete, aber anscheinend hatte er nie viel gesagt.

Lamont war wütend auf sich selbst. Da hatte er in der Kneipe gesessen und diesem Kerl sogar ein Bier spendiert. Wie Hugh immer sagte: Jeder Mensch hinterläßt seine Spuren. Er sah diesen Kerl noch aus der Bar gehen. Beim Abschied hatte Arty einen Witz gemacht – was war das noch?

Bill sagte soeben: „... wie gesagt, um seine eigenen Angelegenheiten..."

„Halt!" unterbrach Lamont ihn. „Als Arty aus der ‚Mühle' ging, mit den andern, und die etwas darüber sagten, daß er nun Bill nicht mehr sehe, bevor er nach Rhode Island –"

„Haha! Der und nach Rhode Island!"

„Das meine ich ja. Er hat etwas anderes gesagt, und dieser Werbemensch hat einen Witz gemacht – über die malerische Wüste in Arizona. Das ist es! Arty hatte gesagt: ‚Rhode Island ist nicht Arizona.' Könnte das ein Versprecher gewesen sein?"

„Das werden wir herausfinden." Hugh brüllte Anweisungen ins Telefon. „Wenn er jetzt nach Arizona unterwegs ist, kriegen wir ihn."

Roger trat ein. Er legte Steve die Hand auf die Schulter. „Glenda möchte, daß Sie mal rüberkommen. Bitte. Wir gehen durch den Hintereingang, um den Reportern nicht in die Arme zu laufen."

Der Anschein eines Lächelns huschte über Steves Lippen. „Von mir aus können wir ihnen ruhig in die Arme laufen." Er öffnete die Tür. Die Reporter kamen auf ihn zugestürmt. Fernsehkameras schwenkten herum, um sein angespanntes, müdes Gesicht einzufangen.

„Mr. Peterson, glauben Sie, daß der Entführer seine Drohung, Ihren Sohn und Sharon Martin hinzurichten, wahrmachen wird?"

„Wir haben allen Grund zu der Annahme, daß er eines solchen Verbrechens fähig ist."

„Halten Sie es für Zufall, daß er die Explosion genau für den Augenblick angedroht hat, in dem Ronald Thompson hingerichtet werden soll?"

„Ich halte das nicht für Zufall. Ich glaube, daß der Entführer, der sich der Fuchs nennt, etwas mit dem Tod meiner Frau zu tun haben könnte. Ich habe schon versucht, die Gouverneurin zu erreichen. Jetzt beschwöre ich sie in aller Öffentlichkeit, Thompsons Hinrichtung aufzuschieben. Der Junge könnte sehr wohl unschuldig sein – ich glaube sogar, daß er es ist."

„Mr. Peterson, hat sich Ihre Einstellung zur Todesstrafe angesichts Ihrer schrecklichen Sorgen um Ihren Sohn und Miß Martin geändert?"

Steve sah direkt in die Kamera. „Ja. Ich habe meine Meinung geändert. Ich sage das, obwohl ich weiß, wie unwahrscheinlich es ist, daß mein Sohn und Sharon lebend gefunden werden. Aber selbst wenn der Entführer gefaßt wird, nachdem es zu spät ist, sie zu retten, habe ich in diesen beiden letzten Tagen etwas gelernt. Niemand hat das Recht, den Zeitpunkt des Todes für einen Mitmenschen festzusetzen. Ich glaube, daß diese Macht nur der Allmächtige haben soll, und" – jetzt brach seine Stimme – „ich bitte Sie jetzt alle nur zu beten, daß Neil und

Sharon und Ron heute morgen verschont bleiben." Tränen strömten über seine Wangen. „Lassen Sie mich durch."

Stumm machten die Reporter ihm Platz. Roger und Hugh rannten ihm nach, als er die Straße überquerte.

Glenda öffnete ihnen und legte die Arme um Steve. „Weinen Sie nur, mein Junge", sagte sie ruhig. „Weinen Sie sich aus."

„Ich darf sie nicht verlieren", schluchzte er.

Sie ließ ihn weinen und hielt gütig die bebenden, breiten Schultern umfaßt. Wenn ich mich doch nur früher erinnert hätte, dachte sie verzweifelt. „Steve, Sie trinken jetzt eine Tasse Tee und essen ein Toastbrot dazu. Sie haben zwei Tage nichts gegessen und nicht geschlafen." Ernst gingen sie ins Eßzimmer.

Die Tür zwischen Küche und Eßzimmer stand offen, und Marian konnte ihre Unterhaltung mit anhören. Dieser arme Mr. Peterson. Kein Wunder, daß er so ungezogen reagiert hatte, als sie mit ihm sprach. Er war ganz verzweifelt gewesen, weil sein kleiner Sohn entführt worden war. Da sieht man, wie falsch man bei der Beurteilung eines Menschen liegen kann. Sie trug die Teekanne hinein. Steve hatte das Gesicht in seinen Händen vergraben. „Mr. Peterson", sagte sie sanft. „Kommen Sie, eine heiße Tasse Tee wird Ihnen guttun." Sie nahm seine Tasse. Mit der andern Hand begann sie zu gießen.

Langsam ließ Steve die Hände vom Gesicht sinken. Im nächsten Augenblick flog die Teekanne quer über den Tisch, und ein dampfender Strom ergoß sich über die geblümten Platzdeckchen.

Glenda, Roger und Hugh sprangen auf. Entsetzt starrten sie Steve an, der die verängstigte Marian am Arm gepackt hielt. „Woher haben Sie diesen Ring?" brüllte er. „Woher haben Sie diesen Ring?"

Im Staatsgefängnis küßte Kate Thompson zum Abschied ihren Sohn. Sie sah seinen geschorenen Kopf, die Schlitze in seinen Hosenbeinen, ohne all das wirklich wahrzunehmen. Ihre Augen blieben trocken, als sie seine starken Arme um sich fühlte. Sie zog seinen Kopf zu sich herunter. „Sei tapfer, mein Junge."

„Ja, Mama. Bob hat gesagt, er wird sich um dich kümmern."

Sie ging fort. Bob würde bleiben, bis es vorbei war. Sie wußte, daß es leichter zu ertragen war, wenn sie jetzt ging – leichter für ihn. Sie trat aus dem Gefängnis und schlug die windgepeitschte Straße zur Stadt ein. Ein Polizeiwagen hielt neben ihr. „Ich fahre Sie, Madam."

„Danke." Würdevoll stieg sie ins Auto. „Bringen Sie mich bitte zur Kirche St. Bernhard", sagte sie.

Die Kirche war leer. Sie kniete vor der Marienstatue nieder. „Sei bei ihm in der letzten Stunde... Du hast Deinen unschuldigen Sohn hingegeben. Hilf mir jetzt, da ich meinen hingeben muß."

MARIAN stand zitternd da. Ihr Hals war wie ausgetrocknet, als sie zu sprechen versuchte. Der glühendheiße Tee hatte ihre Hand verbrannt. Ihr Finger schmerzte dort, wo Steve ihr den Ring abgezogen hatte.

Steve packte ihr Handgelenk. „Woher haben Sie den Ring?"

„Ich... ich habe ihn gefunden."

„Gefunden!" Hughs Stimme triefte vor Hohn. Er sah Steve an. „Sind Sie wirklich sicher, daß dies Sharons Ring ist?"

„Ich bin mir absolut sicher. Ich habe ihn in Mexiko gekauft. Er ist ein einmaliges Stück. Sehen Sie!" Er stieß ihn zu Hugh hinüber. „Fühlen Sie das Muster innen!"

Hughs Finger glitt über den Ring. Sein Gesicht wurde verkniffen. „Mrs. Vogler, Sie kommen mit zur Vernehmung!"

„Und Sie haben noch heute morgen über Arty gesprochen", sagte Glenda anklagend, „wie konnten Sie, eine Mutter, bei diesem Verbrechen mitmachen?"

Marian glaubte, in Ohnmacht fallen zu müssen. Der Ring gehörte ihr nicht. Und jetzt sollte sie noch etwas mit der Entführung zu tun haben. Würde man ihr ein Wort glauben? „Mr. Peterson... Ich möchte Ihnen helfen. Ich habe den Ring wirklich gefunden. In unserem Auto. Unser Auto wurde Montagabend gestohlen. Arty hatte es gerade repariert."

Steve sah in ihr verängstigtes Gesicht. „Gestohlen! Ihr Auto!"

„Lassen Sie mich weitermachen, Mr. Peterson." Hugh half Marian in einen Stuhl. „Mrs. Vogler, wie gut kennen Sie Arty?"

„Nicht besonders gut. Er ist ein brauchbarer Mechaniker. Ich habe das Auto am Montag bei ihm abgeholt. Dann bin ich ins Kino gegangen. Ich habe den Wagen auf dem Parkplatz hinter dem Kino abgestellt. Als ich um halb acht herauskam, war er fort."

„Hat er gewußt, daß Sie ins Kino gehen würden?" fragte Hugh.

Marian runzelte die Stirn. „Ja, wir haben in der Werkstatt darüber gesprochen. Und dann hat er noch vollgetankt."

„Mrs. Vogler", sagte Hugh, „wo hat man Ihren Wagen gefunden?"

„In New York. Die Polizei hat ihn abgeschleppt. Er war vor einem Hotel geparkt... Vanderbilt Avenue!" rief sie. „In der Vanderbilt Avenue beim Hotel Biltmore."

Hugh riß den Telefonhörer von der Gabel und rief das FBI-Hauptquartier in New York an. Er gab Anweisungen durch. „Rufen Sie mich sofort zurück." Er legte auf.

„Ein Beamter ist schon ins Biltmore unterwegs, mit einem alten Polizeifoto von Taggert", sagte er. „Hoffentlich hilft uns das weiter."

Sie warteten angespannt. Steve betete. „Lieber Gott, bitte."

Das Telefon klingelte.

Hugh schnappte den Hörer, lauschte und schrie dann: „Bin schon unterwegs." Er ließ den Hörer fallen. „Der Zimmerkellner hat ihn auf dem Bild eindeutig als einen A. R. Renard identifiziert, der Sonntagabend in das Hotel gezogen ist. Er hatte einen dunkelgrünen Käfer in der Garage des Biltmore. Er ist heute morgen ausgezogen."

„*Renard* – das heißt Fuchs auf französisch!" rief Glenda.

„Der Portier hat ihn zu den ungewöhnlichsten Zeiten kommen und gehen sehen, was bedeuten kann, daß er Neil und Sharon irgendwo in der Stadtmitte gefangenhält."

„Wir haben keine Zeit mehr, keine Zeit!" schrie Steve. „Was nützt uns dieses Wissen?"

„Ich nehme den Hubschrauber zum Pan-Am-Gebäude. Wenn wir Taggert nicht rechtzeitig erwischen, können wir nichts anderes tun, als die Gegend um das Biltmore durchzukämmen. Kommen Sie mit?"

Statt einer Antwort rannte Steve hinaus, um seinen Mantel zu holen.

Glenda sah auf die Uhr. Es war zehn Uhr dreißig.

PFARRER KENNEDY saß im Pfarrhaus von St. Monika an seinem Schreibtisch und hörte die Nachrichten. Kein Wunder, daß Steve Peterson so aufgeregt gewesen war, als er gestern abend dieses Päckchen hier abholte.

Das Telefon klingelte. Müde nahm er ab. „Pfarrer Kennedy."

„Danke, daß Sie das Päckchen zugestellt haben, Herr Pfarrer. Hier spricht der Fuchs."

Der Pfarrer fühlte ein Würgen am Hals. „Was –"

„Keine langen Fragen. Rufen Sie nur Steve Peterson an, und richten Sie ihm aus, daß ich gesagt habe, die Bombe wird in einem größeren Verkehrszentrum in der Stadt New York hochgehen. Er kann dann dort graben."

Die Leitung verstummte.

Dreizehntes Kapitel

Der Fuchs lief durch die Wartehalle auf die Rampe zu, die zum Flugzeug führte. Ein Vorgefühl drohender Gefahr zerrte an seinen Nerven. Er blickte nach unten auf die Bordkarte in der einen Hand und den schwarzen Koffer, den er mit der andern krampfhaft festhielt.

Geräusche! Ja, es waren Geräusche. Schnelle, rennende Schritte. Polizei! Er ließ seine Bordkarte fallen, sprang über die niedrige Barriere zwischen Einstiegbereich und Korridor. Zwei Männer kamen ihm entgegengerannt. Verzweifelt blickte er um sich und sah, etwa fünfzehn Meter entfernt, einen Notausgang. Der mußte aufs Vorfeld führen.

Aber mit dem Koffer konnte er nicht laufen. Er zögerte nur den Bruchteil einer Sekunde, dann warf er ihn hinter sich. Er schlug auf den Boden und sprang auf. Geldscheine flogen über den Korridor.

„Stehenbleiben oder wir schießen!" rief eine Stimme.

Der Fuchs stieß die Notausgangstür auf, warf sie hinter sich zu und rannte im Zickzack übers Vorfeld. Er lief um das Flugzeug nach Phoenix herum. Ein kleines Wartungsfahrzeug stand mit laufendem Motor neben der linken Tragfläche. Der Fahrer wollte gerade wieder einsteigen. Der Fuchs packte ihn von hinten und versetzte ihm einen harten Schlag ins Genick. Der Mann stöhnte auf und brach zusammen. Der Fuchs stieß ihn beiseite und sprang ins Fahrzeug. Mit Vollgas raste er von dem Flugzeug weg.

Jeden Moment würden die Bullen in einem Auto die Verfolgung aufnehmen. Aber im Flughafengebäude würden sie nicht nach ihm suchen. Er hielt neben einem Hangar. Auf dem Beifahrersitz lag ein Heft mit Anforderungsformularen, das packte er und stieg damit aus dem Wagen. Vor ihm war eine Tür mit der Aufschrift: ZUTRITT FÜR UNBEFUGTE VERBOTEN. Den Kopf über den Formularblock gebeugt, öffnete er die Tür und trat ein.

Mit amtlicher Miene eilte er durchs Flughafengebäude, fand einen Ausgang und winkte ein Taxi heran.

„Grand Central Station", wies er den Fahrer an. Er zog eine Zwanzigdollarnote heraus, sein letztes eigenes Geld. „Wie schnell schaffen Sie das? Ich muß vor halb zwölf einen Zug erwischen."

„Das wird aber knapp, Mister. Na, ich probier's mal. Festhalten."

Der Fuchs lehnte sich zurück. Eiskalter Schweiß ließ ihn frösteln. Das war alles Sharons Schuld. Er hätte sie gestern erwürgen sollen. Sie hatte ihn hereingelegt, hatte ihm vorgespielt, daß sie ihn liebte und ihn begleiten wollte. Und dann hatte sie versucht, ihm seine Pistole abzunehmen. Sie war die Schlimmste von allen, von den Frauen in den Waisenhäusern und den Fürsorgeheimen, die ihn immer weggestoßen hatten, wenn er sie küssen wollte... „Hör auf damit! Laß das."

Die Bombe war zu gut für sie. Er mußte seine Hände um ihren Hals fühlen. Er mußte auf sie hinabsehen und sie betteln hören, es nicht zu tun – und dann zudrücken. Er zitterte vor ekstatischer Erregung.

Wenn er bis fünf vor halb zwölf in das Versteck kam, hätte er Zeit genug. Dann könnte er sich noch durch den Tunnel unter der Park Avenue in Sicherheit bringen.

Sie fuhren durch den Midtown-Tunnel. An der 38. Straße staute sich der Verkehr. Der Fahrer stieß einen Pfiff aus. „Sieht aus, als wenn da vorn ein paar Straßen abgesperrt wären, Mister."

Der Fuchs warf dem Fahrer den Zwanzigdollarschein hin, öffnete die Tür und sprang hinaus. Bullen überall. 42. Straße abgesperrt. Er drängte sich durch die Menge. Die Leute redeten von einer Bombe im Bahnhof. Hatten sie Sharon und den Jungen gefunden? Der Gedanke versetzte ihn in rasende Wut.

„Halt, Sir, Sie können hier nicht weitergehen." Ein stämmiger Polizist klopfte ihm auf die Schulter.

„Was ist denn los?" Er mußte es wissen.

„Ich hoffe, nichts. Aber es hat eine Bombendrohung gegeben."

Sein eigener Anruf! *Drohung!* Das hieß, sie hatten die Bombe noch nicht gefunden. Er jubilierte. Seine Hände prickelten wie immer, wenn er sich auf den Weg zu einer Frau machte und wußte, daß nichts ihn aufhalten konnte. Er sagte ruhig zu dem Polizisten: „Ich bin Arzt. Ich schließe mich dem Rettungstrupp an für den Fall, daß man mich braucht."

„Das ist was anderes, Doktor. Gehen Sie nur durch."

Der Fuchs rannte die 42. Straße entlang. Überall strömten Menschen aus den Häusern, gedrängt von den beschwörenden Worten aus den Polizeilautsprechern. „Keine Panik. Begeben Sie sich ruhig zur Third oder Fifth Avenue."

Es war genau elf Uhr zweiundzwanzig, als der Fuchs den Haupteingang des Bahnhofs erreichte. Die Türen standen sperrangelweit offen, um die Evakuierung zu beschleunigen. Ein Polizist packte den Fuchs am Arm, als er sich an ihm vorbeizudrücken versuchte. „He, Sie können da nicht rein!"

„Bahningenieur", sagte er barsch. „Man hat mich hergerufen." Der Polizist ließ seinen Arm los.

Er rannte in den Bahnhof. Polizisten suchten mit angespannten Gesichtern hinter Schaltern und Kiosken. Er hatte sie alle angeschmiert! Eine kleine Gruppe von Menschen drängte sich um den Informationsschalter. Der größte von ihnen, ein breitschultriger Mann mit sandfarbenem Haar, schüttelte den Kopf. Steve Peterson! Mit angehaltenem Atem rannte der Fuchs quer durch die Halle.

Er brauchte nur noch eine Minute. Seine Finger krümmten und streckten sich, als er die Treppe hinunter ins Untergeschoß sprang. Unbehelligt lief er durch die Sperre zum Mount-Vernon-Bahnsteig.

DIE Nachricht vom Anruf des Fuchses bei Pfarrer Kennedy erreichte Hugh und Steve, als der Hubschrauber die Triborough-Brücke überflog.

„*Größeres Verkehrszentrum in New York City*", schnauzte Hugh ins Mikrofon. „Das schließt sämtliche Flughäfen, Bus- und Eisenbahnstationen ein. Haben Sie mit der Evakuierung angefangen?"

Steve knetete nervös seine Hände. O Gott, es war hoffnungslos...
„Möge der Fuchs seinen Bau in deinem Herd anlegen..."

Hugh hängte das Mikrofon ein. „Die Sache ist ernst. Wir müssen davon ausgehen, daß er seine Drohung, die Bombe zu legen, wahrgemacht hat."

Steves Stimme schwankte. „Wo fangen Sie an zu suchen?"

„Hauptsächlich in der Grand Central. Bedenken Sie, er hat im Biltmore gewohnt, und John Owens hat Eisenbahngeräusche auf der Kassette gehört."

„Was ist mit Thompson?"

„Wenn wir kein Geständnis vom Fuchs bekommen, ist er erledigt."

Um elf Uhr fünf landete der Hubschrauber auf dem Dach des Pan-Am-Gebäudes. Hugh warf die Tür auf. Ein FBI-Beamter mit schmalem Gesicht kam auf sie zugerannt. Bleich vor Wut, berichtete er Hugh von der Flucht des Fuchses.

„Er ist *entwischt?"* explodierte Hugh. „Sind Sie sicher, daß er es war?"

„Er hat das Lösegeld weggeworfen. Sie suchen jetzt den Flughafen und das Gebäude nach ihm ab. Der gesamte Flughafen wird evakuiert."

„Sie müssen den Fuchs finden und zum Reden bringen!" schrie Hugh.

Entwischt. Steve nahm die Worte benommen in sich auf. Sharon. Neil. „Steve... ich war im Unrecht... verzeih mir." – „Mama würde nicht wollen, daß ich hier bin." Würde diese Kassette sein letzter Kontakt mit ihnen sein? Die Kassette. Ninas Stimme!

Er packte Hughs Arm. „Diese Kassette, die er geschickt hat – er muß Ninas Stimme dazugefügt haben... Vielleicht hat er noch die andere Kassette mit Ninas Stimme, irgend etwas, woran wir erkennen können, wo Sharon und Neil sind."

Hugh fuhr zu dem anderen Beamten herum. „Gepäck?"

„Auf dem Zettel, den er weggeworfen hat, sind zwei Gepäckstücke verzeichnet. Aber die Maschine ist vor siebenundzwanzig Minuten gestartet."

„Ruft das Flugzeug zurück!" schrie Hugh. „Sämtliches Personal am Flughafen soll sich zum Entladen bereithalten."

Hugh lief zum Telefon. Hastig wählte er die Nummer des Gefängnisdirektors vom Staatsgefängnis. „Wir versuchen noch immer einen Beweis für Thompsons Unschuld zu sichern. Halten Sie bis zur letzten Sekunde ein Telefon besetzt."

Er rief im Amt der Gouverneurin an und bekam ihren Privatsekretär an den Apparat. „Sorgen Sie dafür, daß die Gouverneurin erreichbar ist, und halten Sie eine Leitung zu unsern Leuten am La Guardia und eine zum Gefängnis offen." Er legte auf. „Los", sagte er zu Steve.

Die Halle des Pan-Am-Gebäudes war voller Menschen, die aus dem Bahnhof kamen. Bombendrohung..., das Wort war auf jedermanns Lippen. Während Steve und Hugh sich durchdrängten, hörten sie ununterbrochen die beschwörende Stimme aus den Lautsprechern: „Räumen Sie sofort alle Gebäude. Verlassen Sie diesen Komplex..."

Am Informationsschalter in der Grand Central Station standen Ingenieure über Zeichnungen und Pläne gebeugt und erteilten den Suchmannschaften laufend Anweisungen. „Wir haben die Bahnsteige abgekämmt und durchsuchen gerade die Schließfächer", sagte ein Einsatzleiter zu Hugh. „Die Feuerwerker haben Splitterschutzmatten verteilt. So ein Ding kann einer Explosion neunzig Prozent ihrer Wirkung nehmen."

Steves Blick suchte die Bahnhofshalle ab. Der Lautsprecher schwieg jetzt, und es war totenstill in dem riesigen Gebäude. Er sah auf die Uhr. Unbarmherzig rückten die Zeiger vor... elf Uhr zwanzig... elf Uhr einundzwanzig... elf Uhr zweiundzwanzig. Verzweifelt schüttelte er den Kopf. Er mußte etwas *tun*. Sein Blick fiel auf einen stämmigen Mann, der soeben die Treppe zum Untergeschoß hinunterlief. Er kam ihm irgendwie bekannt vor. Vielleicht einer der Polizisten.

Aus dem Lautsprecher tönte eine Stimme. „Es ist elf Uhr dreiundzwanzig. Verlassen Sie sofort den Bahnhofsbereich."

„Nein! Ich gehe nicht", sagte Steve.

Hugh packte ihn am Arm. „Mr. Peterson, wenn die Bombe explodiert, können wir alle draufgehen."

Steve riß sich los. „Lassen Sie mich in Ruhe!" schrie er.

Es HATTE keinen Sinn. Den Blick wie gebannt auf die Uhr gerichtet, versuchte Sharon verzweifelt, die Bruchkante der Türklinke in die Schnur an ihren Handgelenken zu schlagen. Oft hieb sie daneben und verletzte sich die Hand. Sie fühlte das klebrige Blut. Gegen Schmerzen war sie schon unempfindlich. Aber wenn sie sich in eine Pulsader schnitt?

Das Blut machte die Schnur weicher, nachgiebiger. Sie arbeitete jetzt schon seit einer Stunde daran... es war zehn Uhr fünfunddreißig. Sie arbeitete weiter, ihr Gesicht war verschwitzt. Sie fühlte, wie Neils Augen sie beobachteten. Bete, Neil.

Um elf Uhr zehn spürte sie, wie die Schnur nachgab. Unter Aufbietung ihrer letzten Kraftreserven riß Sharon ihre Hände auseinander. Sie waren frei. Sie schüttelte sie, um wieder Gefühl hineinzubekommen.

Auf den linken Ellbogen gestützt, richtete sie sich auf. Ihre Beine rutschten seitlich von der Pritsche. Ein rasender Schmerz schoß durch ihren Knöchel. Ihre Finger zitterten vor Schwäche, als sie sich den Knebel vom Mund reißen wollte. Sie bekam den Knoten nicht auf. Sie riß wie wild und bekam ihn wenigstens ein Stück hinunter. Tiefe Atemzüge klärten ihren Kopf. Noch dreizehn Minuten.

Für sie selbst bestand keine Hoffnung. Sie konnte nicht laufen. Sie mußte Neil befreien. Sie zog ihm den Knebel herunter.

Da hörte sie, wie etwas gegen die Tür schlug. Kam er zurück? Sharon riß Neil an sich und starrte zur Tür. Sie öffnete sich. Das Licht ging an.

Wie ein Gespenst kam sie auf sie zugewankt, eine alte Frau mit eingesunkenen Augen. Aus ihrem Mund rann Blut.

Neil drückte sich ängstlich an sie, als die Frau sich ihnen näherte. Sein Blick war starr vor Entsetzen, als sie zu Boden fiel. „... Messer im Rücken ... Hilfe ... bitte herausziehen ... tut weh ... will hier sterben."

Der Kopf der Frau fiel gegen Sharons Fuß. Sharon sah den Griff eines Messers zwischen ihren Schulterblättern. Mit dem Messer könnte sie Neil befreien. Schaudernd packte Sharon den Griff mit beiden Händen und zog. Das Messer kam heraus. Die alte Frau wimmerte.

In Sekunden hatte Sharon Neils Fesseln durchschnitten. „Neil, du rennst jetzt die Treppe hier hinunter! Schrei laut, daß es gleich eine Explosion geben wird. Schnell. Es geht eine große Rampe hinauf. Am Bahnsteig lauf die Treppe hinauf. Dort wirst du Leute sehen. Vati wird dich holen kommen. Aber nichts wie raus aus dem Bahnhof!"

„Sharon!" flehte Neil. „Und du?"

„Weg hier! Lauf! Schnell!"

Mit einem letzten flehenden Blick auf sie taumelte Neil aus dem

Raum, auf die Treppe. Er hatte solche Angst. Die Bombe. Wenn er Leute fand, vielleicht konnten sie Sharon helfen.

Er war am Fuß der Treppe. Welche Richtung jetzt? Eine Rampe, hatte Sharon gesagt. Wie die Rampe vor dem großen Saal der Schule? Das da mußte sie sein. Er lief hinauf. Die Gleise. Er lief um den Bahnsteig herum, wo die Gleise endeten. Er hörte Schritte eine Treppe herunterkommen. Er versuchte zu schreien und brachte keinen Ton heraus. Er bekam keine Luft. Er begann, die Treppe hinaufzurennen. Er mußte dem, der da kam, von Sharon berichten.

Neil blickte auf und sah das Gesicht, das ihn in seinen Träumen verfolgt hatte.

Die Augen des Mannes wurden schmal. Er streckte die Hände aus...

Neil sprang zur Seite und stieß seinen Fuß vor. Der Mann fiel die letzten drei Stufen hinunter. Neil wich den Armen aus, die nach ihm schlugen, und rannte die Treppe hinauf. Er war in einem großen, leeren Raum. Niemand da. Der böse Mann ging zu Sharon.

Schluchzend rannte Neil eine zweite Treppe hinauf. Vati, versuchte er zu rufen. Er war auf der obersten Stufe. Überall Polizisten. Sie rannten alle fort. Ein paar von ihnen stießen einen anderen Mann. Sie stießen Vati!

„Vati!" schrie Neil. Mit letzter Kraft taumelte er durch die Bahnhofshalle. Steve drehte sich um, kam auf ihn zugerannt, riß ihn an sich... „Vati", schluchzte Neil, „der böse Mann tut jetzt Sharon weh – wie er Mama weh getan hat."

EINE zu allem entschlossene Rosie wehrte sich mit Händen und Füßen dagegen, hinausgeschickt zu werden. Lally war unten in Sing-Sing. Das wußte sie. Am Informationsschalter erblickte Rosie Hugh Taylor, den netten Mann vom FBI, der sich immer mit ihr unterhielt. Sie zog an seinem Arm. „Mr. Taylor... Lally..."

Er riß sich los. „Raus hier, Rosie!" befahl er.

Ein Lautsprecher forderte wieder alle zum Verlassen des Gebäudes auf. „Nein!" schluchzte Rosie. Sie sah Hugh mit einem großen Mann kämpfen.

„Vati! Vati!"

Rosie fuhr herum. Ein kleiner Junge kam durch die Halle getaumelt. Dann rannte der große Mann, der mit Mr. Taylor herumschrie, an ihr vorbei zu dem Kind. Sie hörte den Jungen etwas von einem bösen Mann sagen und eilte hin. Der Junge rief: „Vati, hilf Sharon. Sie ist verletzt. Und da ist eine kranke alte Frau..."

„Wo, Neil, wo?" bettelte Steve.

„Eine kranke alte Frau!" kreischte Rosie. „Das ist Lally. Sie ist in ihrem Zimmer. Sie wissen doch, Mr. Taylor, die alte Kammer zum Geschirrspülen."

„Kommt!" schrie Hugh.

Steve schob Neil einem Polizisten zu. „Bringen Sie meinen Sohn hier raus." Dann lief er hinter Hugh her. Zwei Männer mit einer schweren Metallschutzmatte folgten ihnen.

Jemand zerrte Rosie zu einem Ausgang.

DAS Stöhnen der alten Frau verstummte, begann von neuem, hörte für eine längere Zeit auf, setzte wieder ein. Sharon bückte sich zu ihr hinunter und strich ihr sanft über das wirre Haar. Ihre Fingerspitzen glätteten die zerfurchte Stirn. Die Haut fühlte sich kalt an. Lally zitterte heftig. Dann hörte das Stöhnen auf.

Sharon wußte, daß die alte Frau tot war. Und jetzt würde sie sterben. „Ich liebe dich, Steve", sagte sie laut. Sein Bild erschien vor ihr. Sie schloß die Augen. „Vergib uns unsere Sünden... In deine Hände gebe ich meinen Geist."

Ein Geräusch. Die Tür flog auf. Der Fuchs stand im Türrahmen. Ein breites Grinsen verzerrte sein Gesicht. Die Finger gekrümmt, die Daumen gestreckt, kam er auf sie zu.

HUGH lief voran die Rampe hinunter in die Tiefen des Bahnhofs. Steve rannte neben ihm her. Die Männer mit der Schutzmatte bemühten sich, Schritt zu halten. Sie waren auf der Rampe, als sie den Schrei hörten. „Nein... nein... Hilfe... Steve..."

Steve fühlte sich von einer ungeheuren Kraft durchdrungen. Das Verlangen, Sharon rechtzeitig zu finden, ließ ihn an den andern förmlich vorbeifliegen. „Steeeevvve!" Der Schrei erstarb.

Er warf sich eine Treppe hinauf, durch eine offene Tür.

Sein Verstand nahm die schaurige Szene in sich auf. Die Tote am Boden. Sharon halb liegend, die Beine gefesselt, über ihr eine Gestalt, von der sie sich loszureißen versuchte, dicke Finger, die sich um ihren Hals krallten und ihn zusammendrückten.

Steve rammte seinen Kopf in den gewölbten Rücken des Mannes. Der Fuchs flog vornüber. Beide fielen sie auf Sharon. Die durchhängende Pritsche brach zusammen, und sie wälzten sich auf dem Boden. Die Hände ließen Sharons Hals los. Der Fuchs kam taumelnd auf die Beine und duckte sich. Steve wollte aufspringen, stolperte aber über Lallys Leichnam. Sharon atmete in erstickten Stößen.

Hugh kam hereingestürmt. In die Enge getrieben, wich der Fuchs langsam zurück. Seine Hände tasteten nach der Toilettentür. Er sprang daran vorbei, hinein und schlug die Tür zu. Sie hörten den Riegel einrasten. „Kommen Sie da raus, Sie Idiot!" schrie Hugh.

Die Männer mit der Splitterschutzmatte kamen herein. Unendlich behutsam hüllten sie den Koffer in das Metallgewebe.

Steve griff nach Sharon. Sie hatte die Augen geschlossen. Er zog sie hoch. Häßliche Schwellungen bildeten sich an ihrem Hals. Aber sie lebte. Er drückte sie fest an sich und wandte sich zur Tür. Sein Blick fiel auf die Wand, auf Ninas Bild. Er hielt Sharon noch fester.

Hugh beugte sich über Lally. „Die ist hinüber."

Der große Zeiger des Weckers näherte sich der Sechs. „Raus hier!" schrie Hugh. „Zum Tunnel!"

Sie stürmten die Treppe hinunter, rannten an den Generatoren vorbei, auf die Schienen, durch die Dunkelheit...

Der Fuchs hörte die sich entfernenden Schritte. Er öffnete die Tür. Als er die Metallhülle um den Koffer sah, lachte er. Für ihn war es zu spät. Aber für sie auch. Am Ende siegte immer der Fuchs.

Er faßte nach der Metallhülle, um sie vom Koffer zu ziehen.

Ein blendender Blitz und ein Knall schleuderten ihn in die Ewigkeit.

Um elf Uhr zweiundvierzig stürzte Bob Kurner in die St.-Bernhards-Kirche, rannte ins Seitenschiff und warf die Arme um die dort kniende Frau. „Ist es vorbei?" Ihre Augen waren tränenlos.

„Vorbei? Mama, komm und hol deinen Jungen ab! Sie haben einen unerschütterlichen Beweis dafür gefunden, daß ein anderer den Mord begangen hat. Ein Tonband, auf dem der Mörder den Mord mitgeschnitten hat. Die Gouverneurin hat Rons *sofortige* Freilassung angeordnet."

Kate Thompson, Mutter von Ronald Thompson, standhaft im Glauben an die Güte und Barmherzigkeit Gottes, sank jetzt in Ohnmacht.

HUGH hatte die Arme um die leise weinende Rosie gelegt. „Lally hat ihren Bahnhof gerettet", sagte er. „Wir werden eine Eingabe machen, daß sie eine Gedenktafel bekommt. Ich wette, die Gouverneurin wird sie persönlich enthüllen."

„Eine Gedenktafel für Lally", flüsterte Rosie. „Darüber würde sie sich freuen!"

EIN Gesicht schwebte irgendwo über ihr. Sie würde sterben und Steve nie mehr wiedersehen. „Nein... nein..."

„Ist ja gut, mein Liebes. Es ist ja alles gut."

Steves Stimme. Und was sie sah, war Steves Gesicht.

„Es ist alles überstanden. Wir sind schon unterwegs zum Krankenhaus. Die flicken dein Bein wieder zusammen."

„Neil..."

„Hier bin ich, Sharon." Eine Hand, zart wie ein Schmetterling, in ihrer Hand. Steves Lippen auf ihrer Wange, ihrer Stirn.

Neils Stimme an ihrem Ohr. „Sharon, ich hab's genauso gemacht, wie du gesagt hast, ich hab die ganze Zeit an das Geschenk gedacht, das du mir versprochen hast. Wie viele Eisenbahnwaggons sind es denn genau, die du für mich hast, Sharon?"

Mary Higgins Clark

Man möchte es eigentlich gar nicht so recht glauben: Diese zierliche, hübsche, geistreiche Frau in den besten Jahren soll die gefeierte Autorin spannender Kriminalromane sein, die bei jedem Leser garantiert Gänsehaut und Pulsbeschleunigung hervorrufen? Mary Higgins Clark erzählt gerne, wie alles begann. Schon als Kind waren es vor allem Mordprozesse, die sie faszinierten. Sie verschlang regelrecht jeden Prozeßbericht und begann bald mit großem Interesse, die Psyche der Verbrecher und die Anwendung des Strafrechts zu studieren.

Ihr erster Roman *Wintersturm,* der 1975 in den USA einen Verleger fand und zwei Jahre später in den Auswahlbüchern erschien, machte sie auf einen Schlag weltweit bekannt. Ihr neues Buch *Die Gnadenfrist* wird mit Sicherheit ein weiterer Riesenerfolg.

Doch nicht nur für die Schriftstellerin Mary Higgins Clark nahm das Schicksal eine glückliche Wendung. Auch in ihrem Privatleben änderte sich einiges – zum Guten: Die seit 1964 verwitwete Autorin zog ihre fünf Kinder alleine auf und ermöglichte jedem von ihnen die gewünschte Berufsausbildung. Doch im August 1977, als sie in Chicago vor einer Versammlung über ihre Erfahrungen als alleinstehende Frau und Mutter referierte, lernte sie den Rechtsanwalt Ray Ploetz aus Minnesota kennen. Schon bei seinem nächsten Aufenthalt in New York lud er Mary Higgins Clark in die Tavern-on-the Green ein – zufällig genau das Restaurant, das auf den ersten Seiten von *Die Gnadenfrist* eine Rolle spielt. Mittlerweile ist aus dieser Freundschaft Liebe geworden, und bald werden Mary Higgins Clark und Ray Ploetz heiraten. Zur Zeit lebt Mary Higgins Clark in New York, doch sie und Ray wollen nach ihrer Heirat einen Teil des Jahres in Minnesota verbringen, wo Ray der stolze Besitzer einer Farm ist.

Auf die gemeinsamen Wochen in New York werden sie auf keinen Fall verzichten, denn die Autorin hängt sehr an ihrer Geburtsstadt. Hier kennt sie sich aus – und diese Tatsache dürfte dem aufmerksamen Leser der *Gnadenfrist* nicht entgangen sein. Auch der Lieblingsplatz in der Millionenstadt läßt sich unschwer erraten: Es ist der Grand Central Terminal mit seinem Menschengewimmel und der fast unüberschaubaren Menge von Gängen und Räumen. Die winzige Kammer im Herzen des Bahnhofs gibt es tatsächlich. Mary Higgins Clark hat sie auf ihren Streifzügen selbst entdeckt.

Das Kuckucksei

Eine Kurzfassung
des Buches von
Paul Wagner

Ins Deutsche übertragen von
Wolfram Schäfer

Illustrationen von
Yvon Le Gall

Frankreich am Vorabend des Zweiten Weltkrieges.

Die kleinen Dörfer der Vendée im äußersten Westen des Landes bleiben noch unberührt von den Wirren der Zeit, alles scheint friedlich und geordnet. In einem der bescheidenen Häuser begegnen wir einer kleinen Familie. Die Mutter sitzt am Kamin bei der Hausarbeit, der ältere Sohn erledigt seine Schulaufgaben, und der Kleine träumt von neuen Schuhen, die man ihm versprochen hat und die sein kleines Glück komplett machen könnten.

Doch plötzlich bricht diese heile Welt zusammen. Die Familie entzieht sich ihrer schützenden Aufgabe und verläßt den Kleinen, der ihr eine zu schwere Last geworden ist. Die Gesellschaft tritt an die Stelle der Familie und tut ihr Bestes. Aber die Gesellschaft kann die Mutter nicht ersetzen, und man sieht das Kind vom Waisenhaus zu einer herzlosen Familie, von dort zu verständnisvolleren Pflegeeltern ziehen. Die Bande des Herzens ersetzen die des Blutes, aber wenn auch diese zerreißen ...

Es ist seine eigene Geschichte als Fürsorgekind, die uns Paul Wagner hier erzählt. Und weil es eine wahre Geschichte ist und der Autor sich gehütet hat, einen rührseligen Ton anzuschlagen, ist ein fesselnder Bericht entstanden: Der junge Paul führt einen zähen Kampf, denn er will nicht immer als Fremdling gelten. Ein Fremdling, wie er aus einem Kuckucksei schlüpft, das den Pflegeeltern untergeschoben worden ist.

1. Kapitel

Es war Anfang März in einem kleinen Dorf der Vendée. Eines Abends saßen mein Bruder und ich nach dem Essen vor dem Kaminfeuer, das den Raum, in dem wir lebten, nur schwach erleuchtete, denn wir hatten kein elektrisches Licht. Meine Mutter setzte sich zu uns, nachdem sie einen heißen Ziegelstein in ein Tuch gewickelt und anstelle einer Wärmflasche in unser Bett gelegt hatte.

Draußen wehte ein heftiger Wind, und trotz des Stoffstreifens, der um die Eingangstür genagelt war, drang die eisige Luft ins Zimmer herein.

Meine Mutter setzte sich zwischen uns, stellte ihren Nähkasten auf ihre Knie und suchte Nadel und Wolle heraus, um Strümpfe zu stopfen. Sie gehörten meinem siebenjährigen Bruder Jean, und er brauchte sie für die Schule.

Ich sehe sie noch, wie sie sich meinem Bruder zuwandte, der den Kopf über sein Schulbuch gebeugt hatte, und zu ihm sagte: „Ich frage mich, wie du es fertigbringst, so große Löcher in deine Strümpfe zu kriegen."

Mein Bruder blickte auf und antwortete:

„Ich hab es nicht absichtlich getan, Mama."

Wie genau ich mich noch an diesen Abend erinnere! Mein Herz war voller Zuneigung für diese beiden Menschen, an denen ich hing und die mich liebten. Mit einem Gefühl stillen Glücks betrachtete ich meine Mutter, wie sie ihre Arbeit versah. Ich habe ihr geliebtes Gesicht noch vor mir, das sich mir zuneigt, um mich zu küssen.

Mein Bruder war in seiner Ecke in die Lektüre vertieft. Man hörte nur das Rascheln, wenn er die Seiten umblätterte. Während ich bald zum Feuer, bald zur Mutter hinüberschaute, muß ich einen Augenblick eingeschlafen sein, denn mir schien, daß ich schon lange geschlummert hatte, als sie mich auf ihren Schoß nahm, mich zärtlich in die Arme schloß und mit Küssen bedeckte. Doch ihr Gesicht war so traurig, und ihre Augen standen voller Tränen, daß ich bekümmert war.

„Warum weinst du, Mama?“ fragte ich zaghaft.

„Es ist nichts, mein Liebling“, antwortete sie und zog ein Taschentuch aus ihrer Schürzentasche, um sich die Tränen abzuwischen. „Du bist noch zu jung, um das zu verstehen, aber ich möchte, daß du später weißt, daß ich immer das Äußerste für dich getan habe. Ich wünschte, dein Herz bliebe gut und du könntest mir den Kummer verzeihen, den ich dir antun muß.“

Trotz aller Anstrengungen, die ich an jenem Abend machte, meine Mutter zu begreifen, konnte ich den Sinn ihrer Worte nicht erfassen. Diese überschäumenden Zärtlichkeitsbekundungen, die ich mir nicht erklären konnte, lösten in mir große Verwirrung aus.

Während der ganzen Zeit war mein Bruder reglos in seiner Ecke sitzen geblieben. Als er jedoch aufstand und herkam, um uns gute Nacht zu sagen, sah ich, daß auch er geweint hatte. Meine Mutter raunte ihm zu: „Gib deinem kleinen Bruder einen Kuß, mein Liebling, und geh schnell schlafen, morgen mußt du früh aufstehen und in die Schule.“

Jean blickte mich einen Moment an, dann verließ er mit gesenktem Kopf das Zimmer. Mit dem Ärmel seiner Jacke trocknete er sich das Gesicht ab.

„Warum ist Jean so betrübt?“ fragte ich Mama und drückte mich an ihre Schulter.

„Weil er nicht in die Schule will“, erwiderte sie und streichelte mir übers Haar.

„Und ich? Wann gehe ich zur Schule?“ fragte ich leise.

Meine Mutter schwieg, dann antwortete sie mit zitternder Stimme: „Morgen fahren wir nach La Roche und kaufen dir ein Paar Schuhe, die du für die Schule anziehen kannst, ja?“

Diese Mitteilung erfüllte mich so mit Freude, daß ich meinen Kummer vergaß und meine Mutter innig küßte. Darauf drückte sie mich fest an sich und begann zu schluchzen.

Erschrocken fragte ich: „Was ist, Mama?“

„Nichts, mein Liebling“, sagte sie und versuchte, eine fröhliche Miene zu machen.

SU

Da es schon spät war, erhob sie sich – noch immer hielt sie mich in ihren Armen – und brachte mich zu Bett. Ich blieb noch lange wach und preßte meinen kleinen Stoffbären an mich. Meine Mutter saß neben mir auf der Bettdecke, lächelte mir zu und wartete, bis ich tief eingeschlafen war.

Als sie am nächsten Morgen lächelnd ins Zimmer trat, sprang ich aus den Federn und warf mich ihr an den Hals. „Mein geliebtes Kind, mein Schatz", sagte sie und küßte mich. Dann führte sie mich in die Küche, in die Nähe des Kamins, um mich zu waschen und „schönzumachen".

Unterdessen war mein Bruder, der sich bereits angezogen hatte, für den Schulweg gerüstet. Trotzdem wartete er noch einen Augenblick, bevor er mich umarmte und dann davonrannte.

Ich trank meine Milch ganz vorsichtig, um nicht meine schönen Sonntagskleider zu bekleckern. Anschließend verließen wir das Haus. Meine Mutter setzte mich in das Korbstühlchen, das auf dem Gepäckträger ihres Fahrrads befestigt war, und ermahnte mich, mich so wenig wie möglich zu bewegen.

Während sie radelte, betrachtete ich hier und da die kleinen niedrigen Häuser am Straßenrand und, so weit das Auge reichte, die unendliche, grünende Landschaft, die sich um uns herum erstreckte. Ich fühlte mich glücklich. Ich hätte viel darum gegeben, auf dem Fahrrad meiner Mutter sitzen bleiben und den ganzen Tag durchs Land reisen zu können, doch schon näherten wir uns der Stadt.

Als wir die belebten Straßen von La Roche erreichten, ängstigte mich der Anblick all dieser Autos, die an uns vorbeirollten, und der Leute, die sich auf den Bürgersteigen drängten. Ich drehte nur immer den Kopf nach rechts und nach links, um neugierig die vielen neuen Dinge zu betrachten.

Schließlich kamen wir vor einem großen grauen Haus an, das recht eindrucksvoll und unheimlich zugleich war. Ein schwarzes Gittertor gab den Weg auf einen feuchten und kalten Hof frei. Eisenstäbe schützten die Fenster im Erdgeschoß. Über der Eingangstür flatterte eine Fahne wie ein alter Lappen. Während meine Mutter mich aus meinem Sitz befreite, fragte ich, indem ich vor Freude über die Reise lachte: „Sind wir da, Mama?"

„Ja, mein Liebling", antwortete sie, ohne mich anzublicken.

Schüchtern fragte ich: „Kaufen wir jetzt meine Schuhe?"

„Das machen wir später, mein Kind, erst müssen wir jemanden besuchen", erwiderte sie mit belegter Stimme.

Ich schaute sie verständnislos an, während sie eine Tür öffnete und einen dunklen Flur betrat. Dieser führte zu einer Treppe, die mit einem roten Läufer belegt war. Sie stieg langsam die Stufen in den ersten Stock hinauf; dann hielten wir vor einer Tür, an der ein Schild angebracht war. Meine Mutter zögerte einen Augenblick, sah mich traurig an und klopfte zaghaft, bis uns eine Stimme zum Eintreten aufforderte.

Ein kleiner, dürrer, graugekleideter Herr erhob sich, um uns mit einem aufgesetzten Lächeln zu empfangen. Er trat wortreich auf uns zu, aber als er mir zur Begrüßung die knochige Hand entgegenstreckte, wandte ich mich energisch ab. Dieser Herr mit seinen tiefliegenden schwarzen Augen unter dichten Brauen gefiel mir nicht.

Meine Mutter tadelte mich wegen meiner Unhöflichkeit, und der Herr, der sich Bourneau nannte, sagte, ich sei ein launischer kleiner Junge. Meine Mutter flüsterte mir zu, ich solle mich in den Sessel setzen, der in einer Ecke des Zimmers stand, was ich auch ohne zu zögern tat, um den schrecklichen Herrn Bourneau nicht mehr hören und sehen zu müssen.

Ich nahm auf der Kante des Sessels Platz, und während ich das ältliche und schmutzige Mobiliar musterte, vernahm ich das Geräusch einer Tür, die sich hinter mir öffnete. Neugierig blickte ich mich um und sah, wie eine Dame eintrat, durch das Zimmer kam und sich vor mich hinsetzte. Sie war jünger als meine Mutter und trug einen beigefarbenen Mantel und ein grünes Halstuch. Wohlwollend lächelnd sah sie mich an und fragte: „Wie heißt du denn, kleiner junger Mann?"

„Paul", antwortete ich und senkte den Kopf.

Mit den Fingerspitzen hob sie mein Kinn.

„Aber du brauchst doch keine Angst vor mir zu haben, Paul!"

Um mir Mut einzuflößen, machte sie mir ein Kompliment wegen meines Anzugs. Ich fühlte meine Befürchtungen weichen. Schließlich verschwanden sie ganz, als sie mir sagte, daß ich ein hübscher kleiner Junge sei.

Da ich nun zutraulicher wurde, erklärte ich ihr, daß ich in die Stadt gekommen sei, um Schuhe für die Schule zu kaufen, und daß Mama mich begleite. Bei diesen Worten drehte ich mich um, um von meiner Mutter ein Zeichen der Zustimmung zu erheischen, doch zu meinem großen Erstaunen bemerkte ich, daß sie nicht mehr im Zimmer war. Erschrocken stand ich auf, suchte sie aber vergebens. Erst allmählich wurde mir klar, daß sie ohne mich gegangen war. Da packte mich eine furchtbare Angst, und ich begann laut zu schluchzen.

Die Dame nahm mich auf den Schoß und versuchte, mich zu trösten; und während sie mir mit einem kleinen bestickten Taschentuch das tränenüberströmte Gesicht trocknete, murmelte sie:

„Nun weine nicht, mein kleiner junger Mann, deine Mama ist nicht verschwunden; wir gehen gleich wieder zu ihr."

Mit diesen Worten zog sie mich aus dem Zimmer. Als wir auf der Straße waren, brachte sie mich in ihr Auto. Wieder durchquerte ich die Stadt. Ich suchte in der Menschenmenge das geliebte Gesicht meiner Mutter zu entdecken, doch die Bilder huschten zu schnell an mir vorbei.

Der Wagen hielt vor einer weißen Schranke, wie an manchen Bahnübergängen. Meine Fahrerin hupte, worauf aus einem Schilderhaus ein älterer Mann trat, der wie unser Briefträger gekleidet war. Er grüßte respektvoll, wobei er seine Mütze abnahm, und sagte:

„Guten Tag, Fräulein Guégan, Sie führen uns einen neuen kleinen Zögling zu?"

Jenseits der Schranke erhob sich ein riesiges, strenges, kaltes und stilles Gebäude. Die Allee, die zum Eingang führte, lag verlassen. Der spärliche Rasen hatte einen schmutziggrauen Ton. Die wenigen Grashalme tanzten im Wind.

Das Auto fuhr an der Freitreppe vor. Mich packte plötzlich eine schmerzliche Ahnung. Ich hatte den Eindruck, daß es mit meinen Kinderfreuden endgültig vorbei war, wenn sich diese Tür einmal hinter mir geschlossen hatte. Ich hielt mich an meinem Sitz fest, und es bedurfte vieler Geduld und mancher Versprechung, um mich aus dem Wagen zu locken. Ich gehorchte erst, als man mir zugesichert hatte, daß meine Mutter drinnen mit den Schuhen auf mich wartete.

Wir gingen einen langen eisigen Flur entlang, der mit Fliesen gekachelt war, von denen unsere Schritte widerhallten. Fräulein Guégan, die mich an der Hand hielt, führte mich in ein Zimmer, in dem uns eine Nonne erwartete, die an einem kleinen Tisch saß und einen Federhalter in der Hand hielt. Während ich weinend an der Tür stehenblieb, erhob sich die Ordensschwester, musterte mich schweigend, näherte sich dann Fräulein Guégan und murmelte: „Armer Kleiner!"

Nachdem uns Fräulein Guégan verlassen hatte, geleitete mich die Schwester in ein sehr sauberes, kleines Zimmer, in dem vier weiße Betten, zwei große eiserne Schränke und zwei Stühle standen. Über der Eingangstür hing ein mächtiges schwarzes Kruzifix. Aus Verzweiflung darüber, mich an diesem Ort zu befinden, war ich derart außer mir, daß ich plötzlich laut aufschrie. Die Nonne versuchte, mich zu beruhigen, und säuselte:

„Nun, mein kleiner Mann, beruhige dich; wenn du brav bist, bekommst du einen Bonbon, und später wirst du auch deine Mama wiedersehen."

Da ich mich wehrte, zog sie mir kurz entschlossen meine Kleider aus. Mein ganzes Strampeln nützte nichts, sie steckte mich ins Bett und verließ den Raum.

Sobald sie draußen war, sprang ich aus den Federn, lief zu der verschlossenen Tür und schlug heulend mit den Fäusten dagegen. Als ich mich heiser geschrien und alle Tränen aus mir herausgeweint hatte, setzte ich mich auf den Fußboden und wartete ab, ob jemand kommen würde.

Nach einer ganzen Weile ging die Tür auf. Ich werde mich immer an den merkwürdigen Alten erinnern, der auf zwei Krücken vor mir auftauchte. Er hatte die gleiche Briefträgeruniform an wie der kleine Mann am Eingangstor; an den Füßen trug er unförmige Pantoffeln, deren Polster bis über die Fesseln reichten. Sein Gesicht war von tausend Falten durchgraben, und wenn er lachte, sah man seine Augen nicht mehr. Er schaute mich einen Moment erstaunt an, und dann fragte er mit zitternder und fistelnder Stimme ganz ruhig:

„Was machst du denn da auf der Erde, kleiner Mann?"

Ich starrte ihn wortlos an. Nur ein krampfartiges Schluchzen schüttelte mich, während er mit ungeheurer Güte fortfuhr: „Bleib da nicht sitzen, du wirst dich erkälten!"

Und er reichte mir seine faltige und weiche Hand, um mir beim Aufstehen zu helfen. Auf dem Weg zum Bett streichelte er mir die Wange. Zum erstenmal, seit mich meine Mutter allein gelassen hatte, spürte ich eine warme und freundschaftliche Gegenwart. Er legte mich hin, deckte mich sorgfältig zu und setzte sich auf einen Stuhl, den er ans Bett heranrückte. Dann hörte ich ihn brummeln:

„Es ist schon ganz schön erbärmlich, einen armen Kerl so allein zu lassen."

Er steckte seine Hand in eine seiner Jackentaschen und zog Naschwerk hervor, das er in Zeitungspapier eingewickelt hatte. Es war eine halbe Makrone, die er sicher „für später" verwahrt hatte. Er reichte sie mir mit einem Lächeln.

„Hier, iß das, junger Mann, das schmeckt."

Ich nahm sie und aß sie mit Vergnügen. Als er sah, daß ich mich beruhigt hatte, fragte er mich, wer ich sei und woher ich komme; aber als ich ihm von Mama erzählte, schüttelte er traurig den Kopf. Er setzte seine Befragung fort, bis sich die Tür öffnete und eine Schwester erschien.

Sie fragte kurz: „Was machen Sie denn hier, Pater Florentin?"

„Ich bin gekommen", sagte der alte Mann wie ein Junge, den man bei einem Streich ertappt hat, „weil der Kleine geschrien hat; er hatte Angst, ganz allein."

„Darum haben Sie sich nicht zu kümmern; Ihr Platz ist um diese Zeit im Gemeinschaftsraum."

Pater Florentin erhob sich mühsam. Er schien sich nicht wohl zu fühlen. Ich hätte die Schwester gerne gebeten, ihn bei mir zu lassen, aber das ging sicher nicht. Ich sah den Alten zur Tür gehen, wo er mit der Hand eine kleine Geste machte, die mir zu sagen schien: bis bald. Die Schwester schloß die Tür und kam zu mir; mit etwas wohlwollenderem Ton meinte sie: „Sei schön brav, mein Kleiner; ich bring dir eine große Tasse Schokolade und ein Marmeladenbrot."

Ich blieb einen Augenblick stumm, dann wagte ich sie schüchtern zu fragen, ob ich Mama wiedersehen würde. Doch sie gab eine ausweichende Antwort.

„Du mußt schön artig sein; die Heilige Jungfrau, die die Mama des kleinen Jesus ist, wird von nun an über dich wachen."

Nachdem die Schwester gegangen war, setzte ich mich auf mein Bett und dachte verzweifelt an mein vergangenes Leben, das nun abgeschlossen schien. Ich war mittlerweile sicher, weder meine Mutter noch meinen Bruder Jean in unserem weißen, frisch gekalkten Haus wiederzusehen, auch nicht den Garten mit seinen Obstbäumen, seinen großen Sträuchern und seinen Kaninchenställen. Mir kamen die Tränen, als ich mir all das ins Gedächtnis rief, und ich weinte, wenn ich ängstlich daran dachte, was man mit mir machen würde, so allein in diesem kleinen Zimmer; und immer wieder stellte ich mir die Frage: Warum hat meine gute Mutter mich verlassen? Was habe ich nur getan, um eine so furchtbare Strafe zu verdienen? Das werde ich nie begreifen.

Die Tage, die ich in dem alten Spital der Barmherzigen Schwestern verbracht habe, der Zuflucht der Greise und allein gelassenen Kinder, zählen für mich zu den traurigsten meiner Kindheit.

Nie werde ich meinen untröstlichen Kummer an diesem unheilvollen Ort vergessen, dieses Hin und Her der Schwestern, die die Tür öffneten ohne ein Lächeln, die halbe Stunde Spaziergang auf dem finsteren Hof, bei dem einen die Schwestern mit ihren Hauben, in ihr Gebetbuch vertieft, begleiteten, und das Murmeln der Stimmen, das in den freudlosen Gängen erlosch.

Der einzige Trost in meinem Elend war Pater Florentin. Er verdrückte sich aus dem Gemeinschaftsraum, und mit einem Finger auf den Lippen erschien er in meiner Tür. Sobald ich ihn eintreten sah, erstrahlte mein Gesicht bei seiner heiteren Erscheinung. Auf seine Stöcke gestützt, humpelte er an mein Bett heran. Nie werde ich sein kurzes triumphierendes Lachen vergessen, wenn er sich zu mir herabbeugte, um mir einen Kuß auf die Stirn zu geben. Dann öffnete sich seine rechte Hand und zeigte einen Bonbon, den ich eilig in den Mund schob. Er fragte, wie es mir gehe, und um mich zu zerstreuen, erzählte er mir die kleinen Begebenheiten des Tages. Während ich meinen Bonbon lutschte, hörte ich ihm begierig zu, aber ich wagte ihn nicht zu fragen, wie lange er schon in diesem Haus war, aus Angst wahrscheinlich, er könne mir antworten, daß er als kleiner Junge wie ich hierhergekommen sei und man ihn vergessen habe.

War es ein Montag, ein Dienstag ... ? Ich weiß es nicht mehr, aber an jenem Nachmittag sah ich während des halbstündigen Erholungsspaziergangs auf dem Hof eine Schwester an die Kollegin herantreten, die mich überwachte. Ich begriff, daß von einer Dame die Rede war, die sich bei der Oberin gemeldet hatte. Ich dachte gleich, es handele sich um meine Mutter, die gekommen war, um mich nach Hause zurückzuholen. Dieser Gedanke setzte sich in mir fest und wurde immer stärker, als die Schwester, der ich anvertraut war, meine Hand nahm und sagte: „Komm, mein Kind, wir wollen Mutter Augusta besuchen."

Während ich ihr folgte, fragte ich fröhlich:

„Ist meine Mama gekommen?"

Die Schwester schwieg einen Augenblick, bevor sie antwortete: „Ich weiß es nicht, mein Kind."

Ungeduldig drängte ich zur Oberin. Ehe wir bei ihr eintraten, ordnete die Schwester mit der Hand meine Haare, zog meine Ärmel zurecht und zupfte an meiner kleinen Jacke. Dann klopfte sie an die Tür.

Als wir das Zimmer betraten, suchte ich gleich nach meiner Mutter, aber ich erblickte nur eine strenge Nonne hinter ihrem Schreibtisch und eine unbekannte Dame, die mich anschaute. Ihre schwarzen Brauen, die über der spitzen Nase zusammenliefen, und ihre kleinen grauen Augen verliehen ihr etwas Bösartiges. Sie trug einen blauen Mantel und einen Hut, der ihre schmutziggrauen Haare kaum verbarg. Als sie ihre kleinen molligen Hände nach mir ausstreckte, um nach mir zu fassen, wich ich instinktiv zurück. Mutter Augusta, die mich beobachtet hatte, kam näher und sagte begütigend:

„Hab keine Angst, mein Kleiner, diese Dame will dir nur Gutes."

Daraufhin ließ ich mich von der korpulenten Dame aufheben, die mir immer noch nicht gefiel. Sie nahm mich in die Arme und trällerte:

„Oh, wie niedlich er ist!"

Und sie erstickte mich mit einem dicken, dumpf klingenden Kuß. Ich zog eine Grimasse.

Die Oberin sagte entschieden:

„Ich freue mich für dich, mein Kleiner, der liebe Gott schenkt dir soeben eine neue Mama."

„O ja!" rief die Dame aus, „ich habe meinem Mann noch nichts davon gesagt, aber ich nehme ihn mit, er ist zu süß."

Ich verstand nicht, wie es möglich sein konnte, daß diese unbekannte Person es wagte, sich als meine Mutter zu bezeichnen. Für mich gab es nur eine, die, die ich liebte und die mich erzogen hatte. Ich begann lautlos zu weinen. Die Dame drückte ihre Wange an mich und sagte affektiert:

„Weine nicht, mein kleines Kind, gleich steigen wir in ein großes Auto und machen eine schöne Reise, ja?"

Dann blickte sie mich an und fügte hinzu:

„Du wirst nicht allein sein; ich habe einen kleinen Jungen wie dich zu Hause. Er heißt Guy."

Da ich immer noch schluchzte, sagte die Oberin lächelnd:

„Das ist nur eine Kinderlaune, Frau Maillard."

Darauf legte sie Frau Maillard auf dem Schreibtisch ein großes Blatt vor, das sie ausfüllte und unterschrieb. Als wir den Raum verließen, weinte ich wahrscheinlich immer noch.

Die Schwester, die inzwischen mein Bündel gepackt hatte, öffnete uns die Tür und wünschte uns gute Reise. Während wir losmarschierten, fühlte ich oft den Blick von Frau Maillard auf mir ruhen; ich wußte nicht, wohin sie mich führte, und wagte keine Fragen zu stellen. Trotz allem fühlte ich mich erleichtert, dieses triste Altersheim verlassen zu haben, selbst wenn ich nun diese neue Mama akzeptieren mußte. In diese Überlegungen war ich vertieft, als plötzlich ein wunderschönes Geschäft meine Blicke auf sich zog.

Beim Anblick all dieser Süßigkeiten, die die Regale der Konditorei füllten, blieb ich wie gebannt stehen: „Oh, Kuchen!"

Frau Maillard beugte sich zu mir und sagte:

„Möchtest du ein Stückchen haben?"

Ich leckte mir nur genüßlich die Lippen.

Wir betraten das Geschäft. Da ich jedoch unschlüssig vor all den schönen Dingen stand, äußerte Frau Maillard gönnerhaft:

„Such dir das größte aus, mein Kind."

Meine Freude und meine Gier mußten ihr ungeheures Vergnügen bereiten, denn sie blickte mich mit der Zufriedenheit von Leuten an, die Gutes tun. Nie hatte ich etwas so Wohlschmeckendes gegessen.

Wir kamen an einen Platz, auf dem riesige Autos parkten. Männer in grauen Jacken verstauten inmitten des Geschreis und des Straßenlärms

Gepäckstücke auf den Wagendächern. Ich war verblüfft von all diesem Treiben und hoffte, in einen dieser Busse steigen zu können. Schüchtern formulierte ich Frau Maillard gegenüber diesen Wunsch. Sie antwortete in einem Ton, aus dem die Freude herausklang, mich zufriedenzustellen:

„Natürlich, mein Kleiner, nehmen wir einen Bus, um nach La Chapelle-en-Bry zu fahren, wo unser Haus steht."

Wir warteten am Bordstein, bis unser Autobus kam und vor uns hielt. Er war ganz blau, mit weißen Streifen, und das Dach ächzte bereits unter seiner Gepäcklast.

Da wir als erste einsteigen und uns Plätze aussuchen konnten, bat ich Frau Maillard, gleich hinter dem Fahrer sitzen zu dürfen, wo ich seine Bewegungen beobachten konnte. Die Sitze befanden sich direkt über den Rädern, was nicht allzu bequem war. Trotzdem gab Frau Maillard etwas widerwillig nach, um mir einen Gefallen zu tun.

Voller Neugier und Erstaunen, die Nase an die Scheibe gedrückt, verfolgte ich die Landschaft und die Dörfer, durch die wir geschwind hindurchfuhren. Gegen Ende der Reise schlief ich dann ein.

Als wir in La Chapelle-en-Bry eintrafen, weckte mich Frau Maillard. Es begann dunkel zu werden. Sie stieg aus, nahm mich an die Hand und zog mich schlammige Wege entlang, die von großen Steinhaufen gesäumt waren. Wir kamen an einer Kirche vorbei, die wie ein altes verlassenes Schloß aussah, an Häusern, durch deren verschlossene Läden Lichtstreifen hindurchschimmerten, an einem Platz, um den herum Bäume standen, die sich im Wind wiegten. Ich war so erschöpft, daß meine Beine begannen, ihren Dienst zu versagen. Schließlich faßte ich mir ein Herz und fragte Frau Maillard, ob es noch weit sei.

„Nein, mein Kind", antwortete sie, ohne den Schritt zu verlangsamen.

Wir machten noch mehrere Umwege, bis wir vor einem kleinen Garten ankamen, der von einem Zaun umhegt war.

„Da ist unser Haus", sagte Frau Maillard. Sie öffnete den Riegel des Holztores, und wir folgten einem kleinen Gehweg, den auf beiden Seiten Grünpflanzen säumten.

Als wir durch die Haustür traten, sah ich in einem langen, niedrigen

Zimmer, das vor Sauberkeit glänzte, einen Tisch mit einem rotweiß karierten Wachstuch, einen großen Schrank, eine hohe Standuhr, die mit hübschen Blumen bemalt war, ein Buffet, auf dem ein Korb mit Früchten stand und Zeitschriften lagen, dann am Kamin einen ausladenden Sessel, weiter hinten einen weißen Küchenherd und ein gleichfarbiges Waschbecken.

Ich betrachtete das alles, als ich einen hübschen kleinen Jungen bemerkte, mit blonden Haaren und blauen Augen, der sich aus dem Sessel erhob. Er schien sechs Jahre alt zu sein. Er näherte sich uns und musterte mich neugierig.

Frau Maillard fragte den Knaben, ob sein Onkel schon zurück sei.

„Er ist Zigaretten holen gegangen", erwiderte er.

„Ja, ja, er ist noch im Café!" brummelte sie.

Der kleine Junge senkte den Kopf und antwortete nicht. Zu mir gewandt, fragte er: „Wie heißt er denn?"

„Paul", entgegnete Frau Maillard, „und er ist dein neuer kleiner Bruder."

Als ich das vernahm, konnte ich mir nicht verkneifen zu sagen: „Nein, mein Bruder ist in Langles und meine Mama auch."

Frau Maillard warf mir einen verärgerten Blick zu, und ich spürte, daß die Bemerkung fehl am Platze war. Sie trat zu mir und sagte:

„Du hast keine Mama mehr, Paul, ich werde an ihre Stelle treten, von nun an mußt du mich Tante nennen."

Lautlos fing ich an zu weinen. Frau Maillard versuchte, mich zu trösten.

„Nun aber Schluß! Ich mag kleine Kinder nicht, die weinen."

Ich mußte mich in den Sessel am Feuer setzen; und während sie sich entfernte, sagte sie zu Guy:

„Paß auf ihn auf, mein Liebling."

Nachdem sie das Zimmer verlassen hatte, suchte Guy mir Mut zu machen: „Du mußt nicht weinen, Paul; nicht weinen!"

„Ich will meine Mama wiederhaben", schluchzte ich.

Guy schaute mich ängstlich an. Ich sah, wie er zu dem Schrank ging, ihn öffnete und etwas herausnahm, was ich nicht erkennen konnte, weil meine Augen so voll Tränen standen. Als er wieder zu mir kam und mir einen Pappkarton zeigte, der niedliche kleine Rennwagen enthielt, einen roten, einen blauen und einen grünen, hörte ich auf zu weinen. Dieweil ich neugierig diese kleinen, nie gesehenen Maschinen bestaunte, erklärte Guy mir, wie sie funktionierten. Er drehte an einem Schlüssel, der sich in der Nähe der Hinterräder befand, setzte den Wagen auf den Fußboden, und dann beschrieb das Auto einen großen Kreis um Guy. Ich war so verwundert, daß ich aufsprang, um den Rennwagen näher zu betrachten.

Wir hatten ein Weilchen gespielt, als Guy plötzlich aufstand und einem Mann entgegenstürzte, der zur Tür hereintrat. Dieser Mann machte einen merkwürdigen Eindruck auf mich. Er war klein, mager und ging gebeugt. Seine filzige Mütze, die er bis zu den Ohren herabgezogen hatte, verlieh ihm einen enormen Kopf. Der untere Teil des Gesichts war mit einem grauen Bart bedeckt, ein buschiger Schnurrbart verbarg die Lippen, und seine großen blauen Augen waren blutunterlaufen. Über seinem fleckigen, abgenutzten Pullover trug er eine knopflose, kastanienbraune Jacke. Seine zerknitterten schwarzen Hosenbeine waren wie seine groben Holzschuhe mit Schlamm bespritzt.

Dieses Männchen kam auf mich zu und fragte mit rauher Stimme:

„Wie heißt du, mein Junge, und was machst du hier?"

Guy gab schnell an meiner Stelle die Antwort:

„Er heißt Paul und ist mein neuer kleiner Bruder."

Der Alte brachte sein Erstaunen zum Ausdruck:

„Ah, sieh an, damit hatte ich nicht gerechnet!" Dann bückte er sich und gab mir einen schmatzenden Kuß. „Willkommen, mein Junge."

Sein Bart kratzte mich an der Wange, und sein Atem strömte starken Weingeruch aus. Ich wischte mir verstohlen mit dem Handrücken über den Mund. Diese Geste amüsierte ihn wohl, denn er lachte schallend auf und sagte: „Das kratzt, mein Junge, was! Das kratzt!"

Von diesem fröhlichen Ausbruch angezogen, kehrte Frau Maillard in das Zimmer zurück. Mit hartem und bösem Blick pflanzte sie sich vor dem armen Mann auf und schimpfte auf ihn ein. Er zuckte nur mit den Achseln. Frau Maillard schien durch diesen passiven Widerstand besiegt und beruhigte sich schließlich. Sie warf ihm offenbar vor, er gehe zu oft ins Café.

„Eins steht ja wohl fest: Das bißchen Geld, das uns bleibt, verschleuderst du mit allen Trunkenbolden des Landes."

Der gute Mann schüttelte den Kopf und erwiderte sanft: „Aber nein, ganz bestimmt nicht."

Da er noch immer mitten im Zimmer stand, fuhr sie fort, während sie sich zur Küche hin bewegte:

„Du könntest ja den Tisch decken, wenn du nicht zu betrunken bist."

Der Mann öffnete das Buffet, holte vier Teller heraus, stellte sie auf den Tisch und brachte dann die Gläser. Unterdessen hatte Frau Maillard das Gas angezündet. Sie wandte ihren Kopf kurz in meine Richtung und sagte dann zu ihm:

„Du fragst ja nicht mal, warum ich den da mitgebracht habe; du setzt dich darüber hinweg, natürlich, denn du hast ja keine Last damit, aber ich warne dich gleich: Rühr mir keinen Pfennig von dem Fürsorgegeld an!"

Ich verstand die genaue Bedeutung dieser Worte nicht, doch ich hatte die dunkle Ahnung, daß man mich irgendwie an dieses Paar verkauft hatte.

Vater Maillard stellte nun einen Liter Rotwein in die Mitte des Tisches.

„So. Der Tisch ist gedeckt", sagte er und warf einen Blick zu seiner Frau hinüber. „Wir können essen, wenn wir wollen."

„Jetzt hast du's auf einmal eilig, die Füße unter den Tisch des Hauses zu setzen", entgegnete Frau Maillard, die immer noch streitsüchtig war. Dann fügte sie an unsere Adresse in milderem Ton hinzu:

„Sind eure Hände sauber, Kinder?"

„Ja, Tante, ich habe sie eben erst gewaschen", antwortete Guy.

„Gut, mein Liebling. Und du, Paul?"

Ich sah mir meine Hände an; sie waren nicht schmutzig, aber automatisch wischte ich sie am Revers meiner Jacke ab. Diese Geste machte Frau Maillard ungehalten. Sie belehrte mich, daß ein gut erzogenes Kind so etwas nicht tun dürfe, und mit befehlendem Zeigefinger wies sie auf den Spülstein und einen grobleinenen Lappen, der daneben hing.

„Geh dir die Hände waschen! Und in Zukunft möchte ich dir das nicht noch einmal sagen müssen."

Frau Maillard möge mir verzeihen, aber ein freundliches Wort von ihr, das in diesem Augenblick, nachdem sie mich gescholten hatte, ausgesprochen worden wäre, hätte vielleicht in meinem verletzten Kinderherzen wenn auch keine Sohnesliebe, so doch eine Art Respekt aufkeimen lassen, eine zärtliche Achtung für diese Unbekannte, die um jeden Preis meinen Charakter umformen wollte.

Wir setzten uns zu Tisch. Frau Maillard schöpfte jedem von uns mit einer großen Kelle sämige Suppe auf den Teller. Dann begann sie von dem Ausflug in die Stadt zu erzählen.

„Heute morgen", sagte sie, „habe ich Herrn Bourneau gesehen, als ich zur Fürsorge kam. Er war sehr liebenswürdig, da habe ich nicht gezögert, ihn an meinen Brief zu erinnern, in dem ich ihm mitgeteilt hatte, daß das Geld, das ich kriege, nicht ausreicht, um ein Kind zu erziehen. Die sollen endlich begreifen, daß man mit ihren siebentausend Franc pro Monat ihre Bälger nicht wie kleine Prinzen aufziehen kann."

Vater Maillard antwortete nicht. Er goß ein Glas Wein in den Rest seiner Suppe. Das überraschte mich. Er bemerkte, daß ich mein Gesicht verzog, hielt mir aus Spaß einen Löffel voll dieses gefärbten, dünnen Gebräus hin und sagte lachend:

„Hier, mein Junge, iß! Da wächst man schneller, wenn Wein in der Suppe ist."

Frau Maillard zuckte mitleidig mit den Achseln und nahm ihren Bericht wieder auf.

„Mit einem Gutschein für Schuhe und Socken für Guy, den mir Herr Bourneau schließlich genehmigt hatte, ging ich zum alten Spital, wo ich Fräulein Guégan begegnete. Sie fragte, wie es unserem kleinen Guy gehe. Ich habe ihr geantwortet, daß er sehr artig und herzig sei."

Und um die letzten Worte zu unterstreichen, wandte sie sich zu Guy, der ihre Aussagen sichtlich genoß:

„Siehst du, mein Liebling, ich habe dich gegenüber Fräulein Guégan gelobt, weil ich sehr zufrieden mit dir bin."

Guy errötete vor Freude und senkte den Blick auf seine Serviette. Frau Maillard fuhr fort:

„Daraufhin hat mich Fräulein Guégan geradeheraus gefragt, ob ich nicht einen kleinen Jungen sehen wolle, der ihr kürzlich anvertraut worden sei. ‚Sie werden sehen', sagte sie, ‚er ist noch klein, aber sehr niedlich, ich bin sicher, daß er Ihnen gefallen wird.' Sie hat derart darauf bestanden, daß ich ihn mir ansehen mußte. Und als ich ihn dann im Büro von Mutter Augusta gesehen habe, hat es mich einfach überwältigt, weil er so hübsch war."

Nach Beendigung der Mahlzeit bat Guy Frau Maillard um die Erlaubnis, aufstehen zu dürfen. Mit wohlwollendem Lächeln wurde sie ihm gewährt. Er ging zum Kamin, wo wir die kleinen Spielzeugautos liegengelassen hatten. Ich wollte ebenfalls hinüber, aber Frau Maillard unterband mein Drängen.

„Hast du um Erlaubnis gebeten, Paul?"

Gedemütigt, murmelte ich schüchtern:

„Kann ich mit Guy spielen, Frau Maillard?"

„Zu wem sprichst du? Habe ich dir nicht bereits gesagt, daß du mich Tante nennen sollst?"

Herr Maillard griff zu meinen Gunsten ein:

„Laß ihn doch gehen, er ist es noch nicht gewöhnt."

„Kümmre dich um deine eigenen Angelegenheiten! Du wirst mir doch nicht zeigen wollen, wie ich die Kinder zu erziehen habe?"

Dann wandte sie sich mir zu und fuhr fort: „Also, ich warte."

„Darf ich mit Guy spielen gehen, Tante?" wiederholte ich unterwürfig.

„Ja, aber nicht lange."

Frau Maillard räumte den Tisch ab, spülte das Geschirr, fegte das Zimmer sorgfältig aus, kam zu uns und sagte:

„Jetzt ist es Zeit, schlafen zu gehen."

Guy legte die Autos in den Pappkarton zurück und führte mich zu einem kleinen Raum am Ende des Hauses. Dieses Zimmer war bescheiden eingerichtet. Ein großes Bett mit einer dicken roten Zudecke stand neben einem Schrank, der höher als breit war, und einer Kommode, auf der eine Fotografie von Guy im Sonntagsstaat prangte.

Während ich mich auszog, teilte mir Frau Maillard, die uns nachgekommen war, mit, daß ich meine Kleider nicht irgendwie hinlegen, sondern mir ein Beispiel an Guy nehmen solle, der sie sorgsam zusammengefaltet über eine Stuhllehne hängte.

Ich mußte an der Wand schlafen. Sie deckte uns zu, küßte uns und wünschte uns eine gute Nacht. Dann löschte sie das Licht und ging.

Sobald sie das Zimmer verlassen hatte, fragte Guy mich leise: „Wie ist dein richtiger Name?"

„Paul Guillet."

„Und wo bist du gewesen, bevor du hierhergekommen bist?"

„In Langles, mit meiner Mutter und meinem Bruder."

„Warum hat dich deine Mama verlassen? Liebte sie dich nicht mehr? Warst du nicht nett zu ihr?"

„Doch."

Ich fühlte, wie mir die Tränen in die Augen traten, und mit unsicherer, schwacher Stimme fügte ich hinzu:

„Ich weiß nicht, warum sie mich allein gelassen hat."

„Wirst du sie danach fragen, wenn du groß bist?"

„Ja, wenn sie mich noch sehen will."

„Ich, ich werde meine nie wiedersehen, weil jetzt meine wirkliche Mutter die Tante ist, und dann weiß ich nicht, wo sie ist. Ich war zu klein, als sie mich zur Fürsorge gebracht hat", schloß Guy gleichgültig das Gespräch ab.

Als ich am nächsten Morgen aufwachte, lag ich allein in dem großen Bett. Guy war schon zur Schule gegangen. Wenige Minuten später kam Frau Maillard herein. Sie öffnete die Läden. Draußen war ein sonniger Tag. Dann trat sie zu mir ans Kopfende.

„Diesmal mag es noch angehen", sagte sie und hauchte einen Kuß auf meine Stirn, „aber sonst liebe ich diese Faulenzerei im Bett nicht."

Und sie fügte hinzu: „Jetzt beeil dich und zieh dich an, bevor dein Frühstück kalt wird."

Auf dem Küchentisch erwarteten mich eine dampfende Tasse Milchkaffee und ein Butterbrot. Da ich großen Hunger hatte, verschlang ich buchstäblich mein Brot unter den Blicken von Frau Maillard, die sichtlich beunruhigt zu mir sagte:

„Iß nicht so schnell, kleiner Vielfraß, du wirst noch ersticken."

Angesichts meines Appetits begann sie sicher zu bedauern, mich bei sich aufgenommen zu haben.

Während ich mein Frühstück beendete, bereitete sie am Spülstein einen großen Bottich mit warmem Wasser für mich vor und begann, mich dann ausführlich und energisch abzuschrubben, als hätte ich den ganzen Dreck des alten Spitals an mir. Als ich reingescheuert war, die

Haut glänzte und das Gesicht rot strahlte, erteilte Frau Maillard mir die Erlaubnis, im Garten spielen zu gehen. Sie ermahnte mich jedoch, mich nicht schmutzig zu machen, nicht in die Pflanzen zu treten und dem Brunnen nicht zu nahe zu kommen.

Da ich nichts berühren und nichts tun durfte, setzte ich mich auf die Bank an der Hauswand und spielte mit zwei kleinen Kieselsteinen, die ich auf der Erde gefunden hatte. Ich hätte mich gerne mit den Rennwagen von Guy beschäftigt, aber Frau Maillard verweigerte mir diese Gunst. Es waren die persönlichen Spielsachen meines Bruders, und ich hatte nicht das Recht, sie während seiner Abwesenheit anzufassen.

Mittags kam Guy aus der Schule; als erstes gab er seiner Tante einen langen Kuß, dann setzte er den Ranzen ab und stellte ihn sorgfältig auf den Sessel. Ich ließ die Schulmappe nicht aus den Augen; ich hoffte, eines Tages eine ähnliche zu besitzen, und dieser Gedanke war wie Balsam für mein Herz.

Jetzt, nach Jahren, denke ich gelegentlich, daß Frau Maillard im Grunde keine schlechte Frau war. Zu Anfang versuchte sie, behutsam mit mir umzugehen, um mich an sie zu gewöhnen, aber ich widersetzte mich immer wieder ihrer Zuneigung, denn für mich zählte nur eine Person: meine Mama in Langles. Ich weiß nicht, wie oft ich abends im Bett nach ihr gerufen habe. Ich blieb untröstlich. Deshalb begriff Frau Maillard, daß sie nie meine ganze Zuneigung erwerben konnte; sie fühlte sich gekränkt, weil ich ihre mütterlichen Empfindungen nicht erwiderte, und verhärtete sich gegen mich. Sie sah nur noch meine Fehler. Allein Vater Maillard, der abends von seiner Arbeit heimkam (er war tagsüber Knecht auf einem nachbarlichen Bauernhof), verstand meine Not. Er hätte mich gerne getröstet, doch seine Frau ließ ihm nicht die Zeit, sich meines Schicksals zu erbarmen.

„Laß diesen Bastard in Ruhe", sagte sie. „Ich kann mir nicht helfen, aber das ist ein Tunichtgut."

Ich wurde verbittert und begann Frau Maillard zu verabscheuen. Diese Empfindlichkeit schlug in Haß um, als sie mich eines Tages ungerechtfertigt ohrfeigte.

Eines Nachmittags ging ich an der Wand unseres Hauses entlang, als ich ein 50-Centime-Stück unter den Kieseln glitzern sah. Ich hob es schnell auf und steckte es in meine Tasche. Dann rannte ich zu dem kleinen Kramladen am Ende der Straße. Ich kannte ihn gut, weil ich hier schon oft mit Frau Maillard Einkäufe gemacht hatte.

Die Krämerfrau fragte mich lächelnd:

„Was darf's denn sein, mein Junge?"

„Bonbons", antwortete ich, ohne zu zögern.

Ich trat heran, um ihr, auf den Zehenspitzen stehend, den Glasbehälter zeigen zu können, der die schönsten und größten Bonbons enthielt, die aus Karamel.

Sobald ich wieder auf der Straße war, stopfte ich zwei oder drei von ihnen auf einmal in den Mund, um sie wie ein Stück Brot zu kauen und hinunterzuschlingen. Noch unterwegs steckte ich einige in meine Hosentasche, um sie abends heimlich im Bett zu lutschen.

Als ich die Tür öffnete, erblickte ich Frau Maillard, rot vor Wut. Sie stürzte auf mich zu und schrie:

„Wo kommst du her, Paul? Komm her."

Ängstlich trat ich näher.

„Also, wo kommst du her? Ich höre."

„Ich habe Bonbons gekauft."

„Bonbons? Mit welchem Geld denn?"

„Mit einer Münze, die ich draußen am Haus gefunden habe", antwortete ich mit schwacher Stimme.

„Ein gefundenes Geldstück? Kleiner Lügner! Das Geld hast du mir gestohlen."

Aus Leibeskräften rief ich aus: „Nein, nein, das ist nicht wahr!"

Aber Frau Maillard glaubte mir nicht. Sie begann mich zu schlagen. Ich versuchte, die Ohrfeigen abzuwehren, doch die Schläge, die sie mir verabreichte, taten so weh, daß ich anfing zu heulen. Da nahm sie mich beim Arm, schüttelte mich wütend und schrie:

„Wo hast du die Bonbons, he? Wo hast du sie hingesteckt?"

Da ich vor lauter Weinen nicht sprechen konnte, durchsuchte sie meine Taschen und holte alle Karamelbonbons heraus, die zu Klumpen zusammengeklebt waren. Während sie mich als kleinen Dieb, Nichtsnutz und Bastard beschimpfte, zerrte sie mich ins Haus, um mich ins Bett zu stecken.

Als ich ausgezogen in meinen Kissen lag, verließ sie den Raum und schlug dabei die Tür so fest zu, daß ich einen Augenblick glaubte, das ganze Haus würde zusammenbrechen. Ich blieb still weinend liegen und hatte den Kopf unter der Decke vergraben.

Am nächsten Morgen sagte Frau Maillard, als sie mich weckte: „Ich werde dich der Fürsorge zurückgeben, ich kann dich nicht länger hierbehalten."

Meine Leidenszeit dauerte noch mehrere Monate, bis Frau Maillard eines Morgens, als ich wie immer meine Alltagskleider anziehen wollte, Einhalt gebot:

„Nein, Paul, heute ziehst du deinen guten Anzug an."

Dann ging sie zum Schrank. Ich folgte ihr mit den Augen und erwartete eine weitere Erklärung, aber sie blieb stumm. Während des Frühstücks fragte ich sie, warum ich an einem Wochentag meine Sonntagskleider anziehen solle.

Sie wich meiner Frage aus.

„Ich bitte dich lediglich, dich draußen auf die Bank zu setzen und zu warten."

Immer stärker beunruhigt und verwirrt, gehorchte ich.

Ich saß schon ein Weilchen da und achtete darauf, meinen Anzug nicht schmutzig zu machen, da sah ich eine unbekannte Dame, die das Gartentor öffnete und hereintrat. Sie war eine kleine zarte Person; ihr Gesicht strahlte Güte und Wohlwollen aus. Sie kam auf mich zu, und ihr Anblick erweckte mein Vertrauen, so daß ich sie anlächelte. Einen Augenblick glaubte ich, sie würde mich küssen, und das hätte mir unendlich gefallen, doch sie beschränkte sich darauf, mir vorsichtig die Hand zu reichen, die nicht viel größer als meine war. Dann sprach sie mich an. Ihre Stimme war weich und gedämpft. Sie verstand es, mit kleinen traurigen Kindern zu reden.

„Bist du der kleine Paul?" fragte sie mich lächelnd.

„Ja, der bin ich", antwortete ich, ohne zu zögern.

Sie strich mir über das Haar und fuhr fort:

„Würde es dir gefallen, wenn ich dich mit mir nehmen würde?"

Ich wagte keine Erwiderung und glaubte, nicht richtig gehört zu haben. Da ich kein Wort sagte, fügte sie hinzu:

„Hat es dir die Sprache verschlagen?"

„O nein", entgegnete ich und schüttelte den Kopf.

SAVON
BOUILLON
KUB
POTAGE
CAFE
LA
POULE AU
POT
POMMES
DE
TERRE
Kilo
0,45
la botte

„Also würdest du gerne bei mir wohnen?"

Mit Tränen in den Augen antwortete ich fast mit einem Schrei:

„O ja! Bitte nehmen Sie mich mit!"

Sie nickte zustimmend und verließ mich, um mit Frau Maillard zu sprechen.

Nach geraumer Zeit, die mir sehr lang vorkam, erschien Frau Maillard und rief nach mir. Ich rannte in mein Zimmer und sah auf dem Tisch mein fertiggeschnürtes Bündel. Frau Maillard schien mir verändert, viel friedfertiger. Ihr Gesicht jagte mir keine Furcht mehr ein. Sie sagte zu mir:

„Paul, von nun an wird Frau Robin für dich sorgen."

2. Kapitel

Wir hatten La Chapelle-en-Bry geraume Zeit hinter uns gelassen, als Frau Robin, die langsam neben mir ging und beide Hände auf den Lenker ihres Fahrrads gestützt hielt, mich fragte, ob ich mich auf den Sattel setzen wolle.

„Ich bin nicht müde", sagte ich.

„Du weißt, mein kleiner Paul, daß wir noch lange nicht da sind."

„Wie heißt das Land, wohin wir gehen?"

„La Boissière, da steht unser Haus, mein Liebling."

„Ist es hübsch?"

„Es ist ein altes Haus, aber es wird dir gefallen."

Ich betrachtete die Landschaft um uns herum. Ich fand sie sehr schön, mit ihren grünen Wiesen, ihren blühenden Sträuchern und ihren kleinen Waldstücken, aus denen Vogelschwärme in den Himmel aufstiegen. Hin und wieder begegneten wir einem Wagen, der von Ochsen gezogen wurde, die ein Bauer mit einer Peitsche antrieb. Als uns ein Auto überholen wollte, sagte Frau Robin zu mir: „Paß auf, Paul, halt dich schön hinter mir!"

Da rannte ich am Straßenrand entlang und ahmte dabei das Brummen eines Motors nach. Frau Robin sah mir belustigt zu.

Wir mußten noch lange marschieren. Dann kamen wir zum Ortseingang. Wir gingen an einem Hof vorbei, in dem Holzbohlen und

Bretter aufgestapelt waren. Es war ein Sägewerk. Etwas weiter links befand sich ein Café und gegenüber davon ein Krämerladen. Frau Robin deutete auf ein Haus, dessen Putz verwittert war.

„Das ist unseres", sagte sie. „Du dürftest Hunger haben."

„Ein bißchen", antwortete ich und blickte auf das Haus.

Frau Robin ließ ihr Fahrrad an der Mauer stehen und öffnete das Holztor, das auf einen kleinen Hof mit einem blühenden Garten führte. An der Hauswand rankten Rosen empor und bildeten ein Gewölbe über dem Eingang. Links lag ein schöner Nutzgarten mit Obstbäumen, Gemüse- und Blumenbeeten; im Hintergrund befanden sich der Hühnerhof und die Kaninchenställe.

Ich sah das alles, bevor ich die vier Steinstufen hinabstieg, die in den Hauptraum wiesen. Dieser Raum diente gleichzeitig als Küche, Eßsaal und Schlafzimmer. Der Boden bestand aus festgestampfter Erde. Beim Eintreten gewahrte man einen rechteckigen, gewachsten Tisch und hinten zwei große Betten, die durch einen Schrank voneinander getrennt waren, und ein Buffet. In der Küchenecke, beim gußeisernen Herd, standen zwei Wassereimer, die Frau Robin morgens und abends an der Gemeindepumpe füllen mußte, ein runder Tisch mit einem Wachstuch, wo die Familie ihre Mahlzeiten einnahm, denn der schöne rechteckige wurde nur zu Festlichkeiten benutzt. Links gab es ein Fenster, das auf das Sägewerk hinausblickte; in einer Ecke stand ein kleines Eisenbett mit einem weißen Bezug. Die Zimmerdecke war von großen Balken durchzogen, die auf dicken rauchgeschwärzten Pfeilern ruhten.

Nachdem ich das alles betrachtet hatte, setzte ich mich auf einen Stuhl am Fenster. Ich war von dem langen Marsch erschöpft. Die unermüdliche Frau Robin holte zwei Gedecke aus dem Buffet, die sie auf den Tisch legte, dann ein Stück Brot und einen Teller mit Aufschnitt.

Nach dem Essen schlief ich bis fünf Uhr. Ich wurde von einem mageren kleinen Jungen geweckt. Er schien neun Jahre alt zu sein, doch sein Schulkittel war ihm offensichtlich zu groß. Er schaute mich lange an, ehe er sagte: „Du bist also Paul?"

Frau Robin antwortete an meiner Stelle:

„Ja, Claude, das ist der kleine Paul, du kannst ihm einen Kuß geben und ihn von jetzt an als deinen Bruder betrachten."

Nachdem wir vorgestellt waren, hatte Claude seine Hefte und Bücher aufgeschlagen und sich in die Nähe des Fensters gesetzt. Er machte seine Hausaufgaben. Ich trat zu ihm und fragte ihn:

„Gehen wir zusammen in die Schule?"

„Ja", erwiderte er, „aber wir werden nicht in derselben Klasse sein."

Ich ließ Claude in Ruhe seine Aufgaben erledigen und gesellte mich zu Frau Robin, die sich am Herd zu schaffen machte. Wie gut es hier roch!

Ich fragte, was es zu essen gebe.

„Eine gute Suppe", sagte sie, „und dann eine große Schüssel Kohl mit einem Stück Speck."

„Hmm, das ist prima!"

„Wir essen in wenigen Minuten", versprach sie.

Während ich ihr zuschaute, wie sie drei Gedecke auflegte, erkundigte ich mich:

„Ißt Herr Robin nicht mit uns?"

„Nein, Paul, aber ich denke, daß er beizeiten heimkommen wird, denn er wird ja neugierig sein, dich kennenzulernen."

Als das Mahl zubereitet war, wies Frau Robin mir einen Platz neben sich am Tisch zu und legte ein Kissen auf meinen Stuhl, damit ich die richtige Höhe hatte. Dann sah ich, wie sie den großen Brotlaib nahm und mit der Messerspitze ein Kreuz darauf machte, bevor sie ihn anschnitt. Ich fragte sie, was das zu bedeuten habe.

„Es ist das Brot vom lieben Gott, mein kleiner Paul", sagte sie, „und wir müssen ihm immer dankbar sein für alles, was er uns gibt."

Nach dem Essen stand Claude auf, ohne um Erlaubnis zu bitten, und seine Mutter machte ihm keinerlei Vorwürfe. Er holte sein Erdkundebuch und setzte sich an den Kamin.

Frau Robin schien unruhig zu sein. Sie schaute ins Feuer, dann sagte sie mit einem Blick zur Tür:

„Was mag er nur tun? Er hatte mir doch versprochen, beizeiten zu Hause zu sein. Wenn er um neun Uhr nicht hier ist, legt ihr euch schlafen."

Zu Claude gewendet, fuhr sie fort:

„Hast du deine Aufgaben für morgen gemacht?"

„Ja, Mama, aber ich hatte heute nicht viel auf, weil wir bei Herrn

Lambert wieder den Graben neben dem Pausenhof ausheben mußten. Er hat gesagt, das sei wegen der Deutschen, mit denen man rechnen müsse. Glaubst du, daß sie bis hierher kommen?"

„Ich fürchte, schon."

Ich fragte Frau Robin:

„Was sind das denn, die Deutschen?"

Überrascht über meine Unwissenheit, sah Claude mich an. Frau Robin erklärte mir:

„Das sind Leute wie wir, Paul, aber sie leben in einem andern Land. Anscheinend ist es für sie zu klein geworden, und deshalb machen sie Krieg und töten die Menschen, um ihren Platz einzunehmen."

„Glauben Sie, daß sie mich auch töten?"

„Nein, mein lieber Paul, wir sind da, um dich zu beschützen." Dann warf sie wieder einen Blick zur Tür und fügte hinzu:

„Mir ist, als hätte ich das Gartentor gehört. Das ist vielleicht euer Onkel."

Ich bekam auf einmal starkes Herzklopfen. Ich rückte an Frau Robin heran, streckte meine zitternde Hand zu ihr aus und fragte: „Wenn es die Deutschen sind, müssen wir uns dann verstecken?"

Frau Robin lachte auf, um mich zu beruhigen.

„Aber Paul, du brauchst doch keine Angst zu haben!"

Als die Tür geöffnet wurde und ich schwere Schritte die Stufen zum Zimmer herabkommen hörte, rührte ich mich nicht und hielt die Augen auf meine Schuhspitzen gesenkt, bis ich die beruhigende Stimme von Claude vernahm:

„Onkel Fernand! Sehen Sie mal, Paul ist eingetroffen!"

„Aber was hat er denn, er ist ja so verschüchtert?" fragte der Mann erstaunt.

„Wir haben gerade von den Deutschen gesprochen", antwortete Frau Robin, „und als du hereinkamst, hat er sicher gedacht, sie seien es und wollten ihm was antun."

Nun tönte die volle Stimme von Onkel Fernand durch den Raum: „Ich möchte doch mal sehen, ob es hier jemand wagen würde, einem so netten kleinen Kerl etwas anzutun!"

Ich hob den Kopf und erblickte den Hausherrn, der lächelnd auf mich zukam. Er war groß und stark, mit leicht gebeugten Schultern.

Seine kleinen Augen funkelten schelmisch; was mich jedoch am meisten beeindruckte, waren seine weißen, gelockten Haare, die mir als die schönsten der Welt erschienen. Seine braune Leinenjacke war mit Eisenknöpfen bis zum Hals geschlossen. Seine Hosenbeine waren hinter schwarzen Ledergamaschen verborgen. Er sah mich an und sagte:

„Mußt noch Suppe essen, wenn du so groß werden willst wie ich." Und er fuhr mir freundschaftlich mit der Hand durch die Haare. Frau Robin, die solange geschwiegen hatte, sagte nun zu ihrem Mann:

„Ich freue mich, daß dir das Kind gefällt."

Herr Robin zog seine Schnürstiefel aus. Er reichte sie Claude, der sie unter den Tisch stellte, damit sie am Feuer nicht hart wurden. Wir blieben noch ein Weilchen vor dem Kamin beieinander, und dann gingen wir schlafen.

Frau Robin führte mich zu dem kleinen Eisenbett, über dem die freundliche weiße Decke lag, wartete, bis ich ausgezogen war und mich hingelegt hatte, um mir einen zärtlichen Kuß zu geben. Ich schlief mit dem Gedanken ein, daß mir nun nichts Trauriges mehr widerfahren konnte in einer Familie, die mich liebte und mich wie ihresgleichen behandelte.

WAS mich an Claude sehr wunderte, war die Tatsache, daß er Herrn Robin mit „Onkel Fernand" angeredet hatte, während er zu Frau Robin „Mama" sagte. Als wir am nächsten Morgen auf dem Weg zur Schule waren, die ich nun auch besuchen durfte, bat ich Claude um eine Erklärung. Er sah mich aus den Augenwinkeln an und gestand mir mit gesenktem Kopf: „Er ist nicht einmal mein Onkel."

Da ich mehr erfahren wollte, fragte ich:

„Aber Frau Robin ist doch deine Mama?"

„Sicher", antwortete er erstaunt. „Sie ist meine richtige Mutter, aber mein Vater ist gestorben, als ich fünf Jahre alt war. Und dann, als ich sieben war, hat Mama sich mit Onkel Fernand verheiratet."

Eine Woche nach meiner Ankunft bei der Familie Robin saßen wir morgens, vor Schulbeginn, beim Frühstück, als die Tür aufging und ein Mann die Stufen zum Wohnraum herabkam. Er war grün gekleidet und trug eine Mütze mit zwei weißen Litzen und einem breiten Schild. Mehrere Auszeichnungen schmückten seine Jacke, die in der

Taille von einem Koppel zusammengehalten wurde. Bei seinem Anblick drückte uns Frau Robin rasch ganz fest an sich, wie um uns zu schützen, und sagte: „Habt keine Angst, Kinder!"

Ohne von uns weiter Notiz zu nehmen, machte der Mann seine Runde durch den Raum, dann warf er einen Blick an die Decke. Er wies mit dem Finger darauf.

Frau Robin nahm an, er wolle Licht haben; sie beugte sich deshalb zu Claude und sagte zu ihm: „Geh und mach Licht an."

Claude gehorchte sofort, aber als der Mann sah, daß die Lampe anging, begann er sehr laut in einer fremden Sprache zu reden. Ich bekam Angst vor dieser Person, die gar nicht mehr aufhörte zu schreien. Plötzlich tauchten zwei weitere Männer in ähnlichen Uniformen auf. Sie führten ein kurzes Gespräch.

Als sie uns verließen, fing ich an zu weinen, ohne genau zu wissen, warum. Frau Robin nahm mich auf den Schoß, um mich zu trösten.

Claude, der neben mir stand, sagte prahlerisch zu seiner Mutter: „Ich habe sie gleich erkannt. Das sind Deutsche, aber ich hab keine Angst vor ihnen gehabt."

Auf einmal vernahmen wir Schritte über uns. Frau Robin hob den Kopf und rief erschrocken:

„Sie sind auf dem Speicher, aber wie sind sie hinaufgekommen?"

„Sie haben vielleicht eine Leiter gefunden", sagte Claude, der nicht klein beigab, „und dann sind sie durch die Luke von der Straße aus hineingestiegen."

„Aber, mein Gott, das geht doch nicht", klagte Frau Robin, „sie werden durch den Boden krachen, denn das Holz ist verfault."

Sie drückte uns an sich und fügte hinzu:

„Was soll nur aus uns werden, meine armen Kinder?"

Onkel Fernand, der auf dem Feld arbeitete, kam erst zum Mittagessen zurück. Bei seinem Eintritt suchte er uns zu beruhigen, doch ich fühlte, daß ihn im Grunde etwas quälte. (Später erfuhr ich, daß er sein Jagdgewehr in einer Tasche unter den Dachziegeln versteckt hatte.) Als er zum Speicher hinaufstieg, warteten wir schweigend, was geschehen würde.

Nachdem er eine Weile mit den Deutschen verbracht hatte, kehrte mein Onkel gelassen zurück und zerstreute unsere Befürchtungen.

„Ich habe ihnen begreiflich gemacht, daß sie da oben nicht bleiben können, daß es zu gefährlich für sie ist... und für uns. Stellt euch nur vor, sie werfen da einen Zigarettenstummel weg, dann werden wir alle geröstet wie Spanferkel!"

Bei diesem Gedanken zitterte die ganze Familie. Frau Robin fragte ängstlich: „Was haben sie geantwortet?"

„Oh, von ihrem Kauderwelsch habe ich kein Wort verstanden, aber ich glaube, daß sie gesehen haben, was ich sagen wollte, und daß sie ihre Quadratlatschen woanders hintragen werden."

Und als sei alles wieder in Ordnung, fügte mein Onkel hinzu: „So, genug damit, jetzt muß ich wieder an meine Arbeit."

Aber bevor er ging, sah ich, daß er die Schranktür öffnete, eine halbvolle Flasche herausholte, in der eine dicke, braune, ganz aufgequollene Birne schwamm. Er schenkte sich ein großes Glas voll von dieser Flüssigkeit ein und kippte es mit verzerrtem Gesicht in einem Zug hinunter. Ich dachte, es handle sich um eine Art Medizin, die wieder Mut macht.

„Ich muß wohl ein gutes Versteck für meine Pulle finden, denn wenn die Deutschen erst mal ihre Klauen darauf gelegt haben, fackeln sie nicht lange."

„Das wäre mir egal", antwortete Frau Robin, „ich würde sogar sagen, daß sie dir damit einen Dienst erweisen würden."

„Ach, es geht doch nicht um den Schluck Alkohol jeden Morgen. Das ist nur zur Ermutigung."

Darauf verließ mein Onkel das Haus. Als er auf der Straße den langen Zug von Militärfahrzeugen und Soldaten vorüberziehen sah, sagte er noch: „Paßt gut auf! Claire, behalt die Kinder in deiner Nähe!"

„Sei auch du vorsichtig, Fernand!" entgegnete Frau Robin und blickte ihm nach.

Da wir noch nicht gegessen hatten und auch nichts vorbereitet war, öffnete Frau Robin eine Büchse Streichwurst und beschmierte dicke Brote damit, die wir am Kamin in uns hineinstopften. Sie entschuldigte sich bei uns:

„Heute abend gibt es was Besseres, Kinder; ich werde ein Huhn schlachten, denn jetzt lohnt es sich nicht mehr, das Geflügel zu halten, die Deutschen werden sich sowieso daran gütlich tun."

„Werden sie auch unsere Kaninchen essen?“ wollte Claude wissen.

„Sicher, den einen Tag Hühnchen, den anderen Tag Hasen.“

So aßen wir von diesem Zeitpunkt an täglich Fleisch. Nur zwei kleine Legehühner und ein alter Hahn blieben von dem Blutbad verschont.

Die Deutschen blieben eine Zeitlang im Dorf, dann verschwanden sie eines Morgens, wie sie gekommen waren.

Frau Robin vergaß nie, mich zu küssen, wenn ich mit Claude in die Schule ging. Wenn es am Morgen galt, mich herauszuputzen, brauchte sie bei mir doppelt so lange wie bei ihrem Sohn. Sie wollte immer, daß ich gut gekleidet und tadellos gekämmt sei. So war ich stets sehr unglücklich, wenn ich mich einmal in der Pause bei einem besonders wilden Spiel schmutzig machte oder mir meinen Kittel zerriß, denn ich wollte meiner Tante keinen Kummer bereiten, weil ich sie sehr lieb hatte. Dann kam ich abends verschüchtert nach Hause. Dennoch hat sie mich niemals geschlagen. Sie sagte nur mit sanfter Stimme, aus der man einen ganz leichten Vorwurf heraushören konnte: „Paul, du bist jetzt ein großer Junge, also versuch aufzupassen.“

Diese Worte, die für mich schlimmer als eine Strafe waren, rührten mich zu Tränen. Ich schwor, ihr keinen Kummer mehr zu machen, und ich wollte immer versuchen, ihre Zärtlichkeit und ihre Zuneigung zu bewahren.

Wenn sie etwas in der Nähe zu besorgen hatte, nahm sie mich mit und stellte mich den Leuten im Dorf vor. Sie sagte dann, ich sei ihr neuer Sohn und ich sei sehr liebenswürdig und sehr intelligent. Ich war stolz, in ihrer Begleitung spazierenzugehen und mich durch so viele gute Eigenschaften auszuzeichnen.

Hatte Claude diese Zärtlichkeitsbeweise bemerkt, die seine Mutter mir überreich erwies? Sicherlich! Ich glaube heute, er mußte eine gewisse Eifersucht empfinden.

Herr Robin arbeitete in der schönen Jahreszeit und vor allem während der Weinernte nur dreimal in der Woche auf den Feldern. In der übrigen Zeit beschäftigte er sich mit unserem Garten und den Reben.

Kurz vor der Weinlese hatte mein Onkel zwei Fässer in dem kleinen Hof gereinigt und mit der Öffnung nach unten zum Trocknen auf

Bohlen gestellt. Als ich tags darauf aus der Schule kam, rief er mich zu sich. Ich eilte zu ihm, um zu erfahren, was er von mir wollte. Aber als ich näher kam, sah ich, daß er mich zornig anblickte.

„Komm her!" sagte er mit harter Stimme.

Sein Ton flößte mir Angst ein, ich blieb unbeweglich stehen. Da gab er mir ohne jede Erklärung zwei Ohrfeigen. Es war das erste Mal, daß er die Hand gegen mich erhob, und ich war doppelt überrascht, weil ich nicht wußte, was ihn zu diesem Gewaltausbruch getrieben hatte. Meine Tante, die mich normalerweise verteidigte, kam hinzu, als sie mich weinen hörte, aber sie schaltete sich nicht ein, also mußte ich etwas Schreckliches getan haben. Ich überlegte, was ich falsch gemacht haben könnte, konnte jedoch keinen Fehler entdecken.

Am Abend erfuhr ich dann, was meinen Onkel zu der Züchtigung bewogen hatte. Claude, der vor mir aus der Schule gekommen war, hatte nach dem Mittagessen erzählt, daß er mich gesehen habe, wie ich Erde in die Fässer geworfen haben soll. Er hatte sogar versichert, daß er versucht habe, mich daran zu hindern, aber ich hätte weitergemacht, ohne seinen Rat zu befolgen. Nun, alle hatten seine Geschichte geglaubt.

An jenem Abend begriff ich, daß Claude mich verabscheute, denn als wir allein waren, gab er zu, daß er die Erde in die Fässer geworfen hatte.

„Ich wollte, daß du bestraft wirst", sagte er, „weil ich, sobald ich die kleinste Dummheit gemacht habe, gescholten werde oder Prügel bekomme, während für den Herrn immer Entschuldigungen gefunden werden. Der Herr hat keine Eltern, der Herr ist nicht immer glücklich gewesen... Der arme Kleine, er ist so empfindsam, man darf ihm nichts sagen."

Haßerfüllt fügte er hinzu:

„Willst du wissen, was ich von dir halte? Du bist ein Bastard, weil deine Mutter... die ist ein Nichts. Ich mag dich nicht, ich werde dich nie leiden können, du bist nicht mein Bruder."

Claude bekümmerte mich sehr an jenem Abend. In der Folgezeit wurde er mehrfach rückfällig; er beschuldigte mich böser Taten, damit ich bestraft würde. Trotzdem sagte ich der Tante nie etwas darüber, doch ich schwor mir, mich zu rächen.

Donnerstags, wenn schulfrei war, und während der Ferien liefen wir gewöhnlich auf den Feldern umher, kletterten auf Bäume oder sammelten Fallobst im Garten. Claude begleitete mich immer. Einmal entdeckte ich ein Nest auf dem Gipfel eines Baumes; schnell forderte ich ihn auf, hinaufzuklettern und nachzusehen, ob das Nest bewohnt war. Ich hatte dabei meinen kleinen Hintergedanken. Ich half ihm, am Stamm emporzuklimmen, damit er den ersten Ast erreichte, der sich etwa zwei Meter über dem Erdboden befand. Dann ermutigte ich ihn, bis zum Nest vorzudringen; es gelang ihm, doch rief er mir zu:

„Es ist leer."

Das überraschte mich nicht, denn die Brutzeit war lange vorüber. Daran hatte er nicht gedacht. Und jetzt wartete ich auf ihn. Ich hatte mich mit einem langen Stock bewaffnet, und als Claude den untersten Ast wieder erreicht hatte und auf die Erde springen wollte, schlug ich auf seine Beine ein. Er brüllte auf:

„Bist du verrückt! Ich sag es der Mama."

Ich stellte mich taub, und jedesmal, wenn er sich herablassen wollte, peitschte ich zu. Endlich ließ ich ihn herunterkommen, aber vorher ließ ich ihn schwören, zu Hause nichts zu sagen und mich nicht mehr Bastard zu nennen. Er hat Wort gehalten.

Ich glaube, wenn Claude nicht einige Zeit später das Haus verlassen hätte, um sich anderswo als Knecht zu verdingen, wäre ein Drama zwischen uns nicht zu verhindern gewesen. Ich sah ihn nur noch sehr selten, und das tat uns beiden ganz gut.

Nach seinem Weggang kehrte das ruhige und glückliche Leben ins Haus zurück. Kam ich am Spätnachmittag aus der Schule, aß ich mein Butterbrot und machte mich dann an meine Hausaufgaben. Ich war nicht sonderlich begabt, doch das störte mich nicht weiter. Ich zog es vor, der Tante behilflich zu sein, für sie Holz zu hacken und Wasser zu holen. Ich mußte den Weg zur Gemeindepumpe mehrmals machen, um die beiden großen Reserveeimer zu füllen. Ich erledigte kleine Besorgungen, und die Sonntage verbrachte ich mit Onkel Fernand auf der Jagd, beim Fischfang oder im Weinberg.

Mein Onkel war ein geschickter Jäger; ich erinnere mich nicht, ihn jemals mit leeren Händen nach Hause kommen gesehen zu haben. Er war auch ein versierter Wilddieb. Bevor die Jagd begann, beobachtete ich ihn, wie er seine Schlingen präparierte. Er tauchte den Messingdraht in verschiedene Kräuterlösungen, die er zuvor gebraut hatte und die das Wild anlocken sollten. Bei Einbruch der Nacht legten wir die Fallen dann im Wald aus.

Meine Tante schien beunruhigt über unsere Unternehmungen, aber wenn am nächsten Morgen mein Onkel, der vor Tagesanbruch aufgestanden war, mit einem Hasen oder einem Wildkaninchen zurückkam, war sie schon recht zufrieden.

Manchmal ging ich auch donnerstags oder am Abend zu einer Nachbarin, Frau Ferrand, die in ihrem hohen Alter allein in einem großen Haus wohnte, und hackte für sie Holz, jätete das Unkraut in ihrem Garten oder machte für sie Besorgungen. Dann kam ich mit einer Butterstulle und einem Stück Schokolade zurück und hatte ein Zehncentimestück in der Tasche, das ich stolz meiner Tante zeigte, ehe ich es in den kleinen Kasten warf, der mir als Sparbüchse diente.

Besonders am ersten Januar füllte sich dieses Kästchen. Mit einer leeren Konservenbüchse in der Hand zog ich durchs Dorf und wünschte allen Bewohnern ein gutes neues Jahr. Ich ging in die Häuser und sagte mit meinem fröhlichsten Lächeln:

„Ich wünsche Ihnen ein gutes und glückliches Jahr, Madame."

Dann antwortete man:

„Das wünsche ich dir auch, mein Junge."

Ich ging nicht weg, ohne mein Geldstück und eine Apfelsine erhalten zu haben. Weniger Glück hatte ich beim Herrn Pfarrer, der mir immer nur einen verschrumpelten Apfel und seinen Segen schenkte. Sobald ich zu Hause war, zählte ich meine Barschaft, und die Tante teilte meine Freude.

Zu Beginn jedes Jahres erhielt ich von der Fürsorge eine komplette Aussteuer. Hin und wieder empfingen wir auch den Besuch von Fräulein Guégan, die stets unangemeldet und meistens zum Mittagessen kam. Sie sprach lange mit meiner Tante, warf einen Blick in das Berichtsheft und fragte mich dann, ob ich ein braver Junge sei. Sie ging sogar in die Schule und stellte Herrn Lambert entsprechende Fragen. Hinterher erzählte er mir von ihrem Besuch:

„Fräulein Guégan hat mich gefragt, ob du ein guter Schüler bist. Leider habe ich nicht mit Ja antworten können. Du bist zu nachlässig,

Paul. Und wenn du so weitermachst, glaube ich nicht, daß du dein Abgangszeugnis erhältst."

Herr Lambert war ein kleiner Mann mit einer kreischenden Stimme. Er schüchterte mich arg ein, und vielleicht war ich deswegen nicht immer bei der Sache; denn sowie er seine Stimme erhob, verlor ich mein Selbstvertrauen. Erst wenn ich wieder zu Hause war, fiel diese Unsicherheit von mir ab.

Es WAR im September, als sich auf einen Schlag alles bei uns veränderte. Onkel Fernand, der schon dreiundsechzig Jahre alt und von der Arbeit verbraucht war, wurde plötzlich krank. Der Arzt verordnete ihm eine Menge Medikamente, die jedoch keinerlei Wirkung zeigten. Ich weiß nicht, ob mein Onkel zu Beginn seiner Krankheit ahnte, daß er nie wieder gesunden würde; aber eines ist sicher: er wollte die Zeit voll genießen, die ihm das Leben noch ließ. Ich habe ihn zum Beispiel nur selten rauchen sehen: jetzt qualmte er ein Päckchen Zigaretten pro Tag und trank sich jeden Abend voll. Die Tante litt sehr darunter, ihn in diesem Zustand zu sehen. Sie versuchte, ihn zur Vernunft zu bringen, aber er antwortete immer wieder:

„Laß mich in Ruhe, bitte, und kümmre dich nicht um das, was ich tue."

Gesundheitlich ging es ihm täglich schlechter. Der Arzt hatte ihm den Wein ausdrücklich verboten. Diese Entbehrung wurde für meinen Onkel jedoch unerträglich, so daß er fürchterliche Wutanfälle bekam, die ihn noch mehr schwächten. Manchmal glaubte ich, er müsse sterben. Das nahm mich derart mit, daß ich meine Tante anflehte, ihm Wein zu geben, wenn auch nur einen Tropfen, damit er sich nicht so elend fühlte. Frau Robin wollte davon nichts hören; sie behauptete, er würde noch stärker leiden, gäbe sie seinem Drängen nach.

Onkel Fernand wurde so schwach, daß er bald nicht mehr die Kraft hatte, nach Alkohol zu verlangen. Und dann kam eines Nachmittags eine Nachbarin atemlos in die Schule, um mir mitzuteilen, daß Herr Robin mich zu sprechen wünsche. Ich rannte los, ohne Herrn Lambert um Erlaubnis zu bitten, denn ich hatte die schlimme Ahnung, daß mein Onkel im Sterben liegen mußte, wenn er nach mir verlangte.

Als ich das Zimmer betrat, fand ich ihn reglos auf seinem Bett. Ich näherte mich und bemerkte, daß er nur noch schwach atmete. Ich nahm behutsam seine Hand. Da öffnete er die Augen, sah mich eindringlich an und bewegte seine Lippen. Kraftlos murmelte er:

„Paul, ich werde jetzt sterben, gib mir ein letztes Glas Wein." Da ich mich nicht rührte, fügte er hinzu: „Schnell, Paul, schnell."

Ich stürzte zum Buffet, nahm eine Flasche und ein Glas und füllte es zur Hälfte. Dann eilte ich zum Bett zurück, stützte dem Sterbenden den Kopf und setzte das Glas an seine Lippen, das er gierig austrank. Ich sah, wie sich sein Gesicht verfärbte und sich schrecklich zusammenzog; ein furchtbarer Husten zerriß ihm die Brust. Der ganze Körper verkrampfte sich; dann starb er. In meiner Verwirrung hatte ich ihm ein Glas Essig zu trinken gegeben.

MEIN Onkel war noch nicht unter der Erde, als der Sohn seiner ersten Frau, mit dem er sich schon lange zerstritten hatte, bei uns aufkreuzte, um sich dessen zu bemächtigen, was er für sein Eigentum hielt. Kaum war er da, öffnete er ohne Rücksicht auf Frau Robin, die von Weinkrämpfen geschüttelt dasaß, den Schrank, nahm das Jagdgewehr, die Patronentasche und ein paar Kleidungsstücke, die mein Onkel hinterlassen hatte. Wir waren so sehr überrascht von diesem unverschämten Eindringen, daß keiner von uns zu protestieren wagte.

Meine Tante war vom Tod ihres Mannes so getroffen, daß sie an der Beerdigung nicht teilnehmen konnte. Sie blieb in Gesellschaft von zwei Nachbarinnen zu Hause. Als ich vom Friedhof zurückkehrte, trat ich zu ihr und legte ihr meinen Arm um den Hals. Sie schien mir in diesem Augenblick so zerbrechlich und so verwundbar wie ein Kind. Mit schwacher Stimme, die vom Schluchzen unterbrochen wurde, murmelte sie:

„Siehst du, Paul, nun sind nur noch wir beide da, laß mich bitte nie allein in diesem Haus, ich brauche dich."

Ich schwor ihr, immer bei ihr zu bleiben, was auch geschehen möge.

Am Fenster sitzend, verbrachte die Tante ganze Stunden und starrte vor sich hin. Jeden Sonntagnachmittag kam Claude. Er redete ihr gut zu: „Mama, du hast nicht das Recht, dich gehenzulassen; ich bitte dich, Mama, du mußt unseretwegen leben. Wenn ich das nächstemal wiederkomme, will ich dich bei Kräften und beruhigt antreffen."

Der Unterricht in der Schule begeisterte mich noch immer nicht, aber ich arbeitete jetzt verbissen, um mein Abschlußzeugnis zu bekommen. Die Fürsorge hatte mich benachrichtigt, daß ich ein Handwerk lernen könne, wenn ich die Prüfung bestände, andernfalls müßte ich als Knecht auf einem Bauernhof arbeiten, was ich nicht wollte. Mein Lehrer, Herr Lambert, war mittlerweile zufrieden mit mir und wollte mich für das Examen melden.

Frau Robin hatte nach dem Tod ihres Mannes den Weinberg verkauft. Der Erlös und das Geld, das sie für mich von der Fürsorge erhielt, bewahrten uns vor der Armut. Sicher, es gab selten Fleisch zu essen, doch gute Suppen und große Schüsseln voll Kohl genügten uns.

Der Gesundheitszustand meiner Tante blieb bis zum Frühjahr schwankend, mit den ersten schönen Tagen gewann sie allerdings ihre Kräfte wieder. Donnerstags gingen wir über die Felder spazieren. An den Wegen blühten Weißdorn und Akazien. Auf den Wiesen pflückte ich die ersten Blumen. Und am Abend kehrten wir müde, aber zufrieden heim.

Am Sonntagnachmittag ging ich mit Marie-Ange aus. Sie war älter als ich und fand mich ein bißchen dumm und ungehobelt, ich hingegen bewunderte die Blüte ihrer fünfzehn Lenze, die ihr den Anstrich einer jungen Dame verliehen. Sie war Friseuse. Ihre mandelförmigen, blauen Augen, ihre Haare, die bis auf die Schultern herabfielen, und ihr hübsches geblümtes Kleid machten aus ihr eine kleine Prinzessin. Ich liebte sie von ganzem Herzen.

Der Tag der Abschlußprüfung rückte endlich heran; wir mußten ihr uns zu dritt stellen. Wir fuhren mit dem Fahrrad in die Stadt, und Herr Lambert begleitete uns. Ich hatte das Rad meines Onkels genommen; da der Sattel für mich zu hoch war, strampelte ich rittlings auf dem Rahmen.

Es war ein ruhmreicher Tag für mich, denn ich bestand als einziger von uns die Prüfung. Sobald ich das Ergebnis erfuhr, schwang ich mich freudetrunken auf mein Fahrrad und trat schnell den Heimweg an. Meine Tante wartete ungeduldig auf mich; da ich mit der Absicht, sie auf die Folter zu spannen, nichts sagte, schaute sie mich ängstlich an.

„Geschafft, Tante, ich hab bestanden!“

Bei diesen Worten breitete sie die Arme aus, drückte mich an sich und küßte mich. Um dieses Ereignis zu feiern, gab es Fleisch zu Mittag und einen schönen Schokoladenkuchen, den sie vorbereitet hatte . . . vielleicht als Trostpreis. Während der Mahlzeit sprachen wir über meine Zukunft. Herr Radeau, der Schmied, suchte gerade einen Lehrling. Am nächsten Tag bat mich Frau Robin, ihn zu holen; sie wollte mit ihm über mich reden.

Ich begab mich zur Schmiede. Um in die Werkstatt zu gelangen, mußte man einen ungepflasterten, unsauberen Hof überqueren, der mit Eisenstücken übersät war. In einer Ecke warteten Pflüge, Eggen und Mähmaschinen darauf, repariert zu werden. An der Mauer entlang lagerten Eisenstangen verschiedener Größe. Im Hintergrund des Hofes befand sich ein kleiner Schuppen, wo bei schlechtem Wetter die Pferde beschlagen wurden. Die Werkstatt wirkte klein und überfüllt durch den Schmiedeofen, der mit Kohlenstaub und Eisenspänen bedeckt war, und den gewichtigen Amboß, der auf einen alten Baumstamm geschraubt war. Am meisten aber beeindruckte mich der gewaltige Blasebalg, an dem eine lange Stahlkette hing, die in einen Griff mündete. Nahe am Fenster war die Werkbank aufgestellt, die voller Feilen, Hämmer, Meißel, Zangen und Blechscheren lag. Ich hatte Zeit, dieses ganze Durcheinander zu betrachten und den beißenden Geruch einzuatmen, der mir im Hals ein Kratzen verursachte; schließlich erschien der Besitzer.

Herr Radeau trug eine Leinenhose, die einst blau gewesen, jetzt aber so fleckig und voller Wagenschmiere war, daß sie sicher von alleine stehen konnte. Ein ärmelloses Unterhemd gab zwei kräftige, muskulöse Arme frei. Der Schmied war etwa fünfzig Jahre. Sein schlechtrasiertes Gesicht mit der vorstehenden Kinnlade, den kleinen, tiefliegenden Augen unter der flachen Stirn, die Starrsinn ahnen ließ, erinnerte an das Aussehen eines Orang-Utans. Auf beiden Seiten des kahlen Schädels bedeckte je ein braunes Haarbüschel zur Hälfte die Ohren.

„Tag, Kleiner, was willst du?“ fragte er mich mit Grabesstimme.

Ich sagte ihm, daß meine Tante, Frau Robin, ihn zu sich bitte.

„Gut! Sag ihr, daß ich gleich kommen werde, wenn ich meine Arbeit beendet habe.“

„Jawohl, Herr Radeau!“ erwiderte ich und entfernte mich rückwärts. Ich rannte nach Hause zurück. Die Tante pflückte im Garten junge Erbsen.

„Er kommt gleich, nach der Arbeit.“

„Sehr gut, ich hoffe, daß ich mit ihm einig werde.“

Da Herr Radeau nicht gerade einen guten Eindruck auf mich gemacht hatte, wagte ich Frau Robin zu fragen, ob sie glaube, daß ich für das Schmiedehandwerk auch wirklich geeignet sei.

„Sicher doch, das ist ein gutes Handwerk, und dann kannst du in meiner Nähe bleiben; später wirst du bestimmt eine schöne Stellung finden.“

Als der Schmied kam, bot die Tante ihm ein Glas Wein an.

„Da sage ich nicht nein“, meinte er. „Bei meiner Plackerei hat man oft eine trockene Kehle wegen des vielen Schmutzes, den man schluckt.“

Er hatte das Glas ausgetrunken, ehe Frau Robin das Gespräch überhaupt eröffnet hatte.

„Wenn ich Paul hinübergeschickt habe, um Sie zu mir zu bitten“, begann sie, „so deshalb, weil ich wissen wollte, ob Sie noch immer einen Lehrling suchen.“

Herr Radeau musterte mich kurz und sagte dann:

„Sollte es sich um ihn handeln, so erscheint er mir ein bißchen schmächtig für diese Art von Arbeit, das ist ein harter Job.“

Meine Tante ließ nicht locker:

„Man darf Paul nicht nach seinem Äußeren beurteilen, Herr Radeau, er ist ein beherzter Junge, vor der Arbeit hat er keine Angst, und dann sähe ich es gern, wenn er in meiner Nähe bliebe; ich stehe jetzt allein, ich hab nur noch ihn.“

Der Schmied erinnerte sich plötzlich an den Tod meines Onkels und äußerte sein Beileid. Dann fügte er, um Entspannung bemüht, hinzu:

„Ach, die Mütter sind doch alle gleich, sie möchten ihre Kleinen immer so lange wie möglich an ihrem Rockzipfel halten.“

„Paul ist nicht mein Sohn, er ist ein Fürsorgekind“, entgegnete meine Tante und schenkte dem Schmied das zweite Glas Wein ein.

Radeau schüttelte langsam und mitfühlend den Kopf.

„Oh, Verzeihung, das wußte ich nicht.“

Und gleichsam entschuldigend fügte er hinzu: „Wenn Ihr Junge sich für die Schmiede interessiert, kann ich ihn ja auf Probe einstellen; nur warne ich dich, Kleiner, das ist ein ermüdendes Handwerk, und ich liebe keine Drückeberger."

Ich schwieg. Frau Robin fragte mich mit überzeugendem Ton:

„Es würde dir doch gefallen, bei Herrn Radeau zu arbeiten, nicht wahr, Paul?"

Ich spürte, daß eine zustimmende Antwort der Gipfel ihrer Wünsche war, und deshalb antwortete ich, ohne zu zögern: „Natürlich, Tante, sehr!"

„Wenn es so ist, bin ich einverstanden", sagte Radeau und klopfte mir auf die Schulter.

„Wenn Sie Paul in die Lehre nehmen wollen", ergänzte Frau Robin zaghaft, „müssen Sie mit ihm wegen der Formalitäten zur Fürsorge gehen."

Der Schmied schien einen Augenblick unwillig zu sein.

„Nun, Papierkram und öffentliche Gebäude mag ich nicht. Aber wenn es sich eben nicht vermeiden läßt, bringen wir es so schnell wie möglich hinter uns, Dienstag vielleicht."

Nachdem er das dritte Glas Wein hinuntergeschüttet hatte, verabschiedete sich Herr Radeau. Als er gegangen war, sagte meine Tante freudestrahlend: „Du wirst sehen, mein Kleiner, bei Herrn Radeau hast du es gut; er ist ein bißchen grobschlächtig, aber sicher ein ordentlicher Mann; er wird dich lehren, beste Arbeit zu leisten, und abends kommst du zum Schlafen nach Hause."

Frau Robin schien mir so überglücklich, daß ich nicht zuzugeben wagte, daß mir dieses Handwerk kaum gefiel. Ich hoffte, mich mit der Zeit daran zu gewöhnen und es womöglich liebzugewinnen.

Es WAR Anfang Juni. Das Wetter war schön. Am Sonntag kam ein Autobus der Vendée in La Boissière vorbei, um Leute aufzunehmen, die ans Meer wollten. Man mußte sich dazu im Tabakgeschäft anmelden und seinen Platz im voraus bezahlen, der nur drei Franc kostete.

Ich war nie an der See gewesen, und meine Tante hatte mir diese Reise als Belohnung für meine bestandene Prüfung ermöglicht. Marie-Ange war gerne bereit, mich zu begleiten. Ich hatte natürlich keine

Badehose, doch Frau Robin bestärkte mich darin, daß es meine Unterhose auch tun würde.

Der Strand von Aiguillon lag etwa hundert Kilometer von uns entfernt. Man mußte also sehr früh aufstehen, wenn man den Tag ganz auskosten wollte. Während der Fahrt fragte mich Marie-Ange, ob ich schon am Meer gewesen sei und ob ich schwimmen könne.

„Ich kann es", sagte sie, „ich hab es letztes Jahr in Sables von Papa gelernt."

Ich hatte mich im Sommer lediglich im Fluß getummelt, wo ich eine nicht sehr tiefe Stelle kannte. Ich hatte mir ein Bündel Schilfrohr abgeschnitten, mich ausgezogen und dann daraufgelegt wie auf ein Floß. Dann hatte ich mich mit den Händen vorwärts bewegt, mit denen ich auf Grund kam. Natürlich konnte ich das Marie-Ange nicht erzählen, auch nicht, daß ich das Meer zum ersten Male sah. Marie-Ange deutete zum Horizont und sagte:

„Schau, Paul, man kann das Meer noch nicht sehen, aber es ist nicht mehr weit. Wenn wir dort sind, springen wir gleich hinein."

„Au ja!" erwiderte ich ohne jede Begeisterung.

Als der Bus hielt, gab es beim Aussteigen Gedränge. Die Leute rannten, um die ersten am Strand zu sein. Ich folgte Marie-Ange; wir kletterten die Düne empor, und da lag endlich das Meer vor mir.

Wie angenagelt stand ich beim Anblick dieser Größe. Hier gab es so viel Wasser, daß es bis zum Himmel reichte. Die Leute schwammen, andere hatten sich im warmen Sand ausgestreckt, Kinder backten Sandkuchen. Ich war wie geblendet und konnte den Blick nicht von der bewegten, grünlichen und manchmal bläulichen Masse wenden, die – so weit das Auge reichte – in der Sonne schillerte. Ich drehte mich um. Marie-Ange war nicht mehr an meiner Seite. Also suchte ich meine Freundin und entdeckte sie am Strand, sie trug die Schuhe in der Hand. Ich rannte ihr nach.

„Was treibst du denn, du Bummelant?" sagte sie. „Beeilen wir uns, daß wir eine Kabine kriegen."

„Glaubst du, daß das nötig ist?"

„Natürlich, ich werd mich doch nicht nackt an den Strand setzen."

Sie deutete auf eine Art kleiner Baracke, vor der die Leute Schlange standen, und sagte: „Geh und verlang eine Kabine."

Bald kam ich mit einem Schlüssel und einer Karte zurück, die aber nur für den halben Tag galt. Sie hatte mich fünfzig Centime gekostet. Es blieb mir lediglich ein Franc übrig. Als Marie-Ange die Kabine betrat, wollte ich ihr folgen, doch sie wies mich zurück: „Na, na, warte, bis ich mich umgezogen habe, dann kommst du dran."

Ich spielte einen Augenblick den Aufpasser vor der Tür. Als ich sie herauskommen sah, untadelig in ihrem weißen Badeanzug, starrte ich sie mit großen Augen und offenem Mund an. Es war das erste Mal, daß ich sie so knapp bekleidet erblickte. Sie lächelte selbstsicher, ohne ihre Haare hochzubinden, die einen Teil ihres Gesichts verdeckten. Ich hatte starkes Herzklopfen. Und da ich sprachlos blieb, rief sie mir zu:

„He, du kannst dich umziehen, die Kabine ist frei!"

Ich ging hinein, aber während ich meine Kleider ablegte, erfaßte mich ein wachsendes Schamgefühl. Ich hatte nichts von einem jungen Apoll. Ich war ein kleiner magerer, muskelarmer Kerl, meine Haut war glatt und weiß wie Wachs. Zu allem Unglück stellte ich fest, daß die Hosenbeine meiner Unterhose zu weit waren. Ich versuchte, sie hochzuziehen, aber das Gummiband war ein wenig ausgeleiert, sie rutschte immer in die Ausgangslage zurück. Schließlich trat ich hinaus. Marie-Ange musterte mich einen Augenblick von oben bis unten und brach dann in Gelächter aus. Ich wurde rot bis zu den Haarwurzeln. Sie fragte mich, ob ich die Absicht habe, so zu baden.

„Natürlich", antwortete ich beschämt.

„Die Leute werden sich über dich lustig machen, wenn sie dich in diesem Aufzug sehen."

Ich hätte in den Boden versinken mögen, beharrte jedoch: „Wenn es ihnen nicht gefällt, brauchen sie ja nicht hinzugucken." Marie-Ange hörte meinen letzten Satz nicht mehr. Sie war zum Meer gerannt. Ich trottete hinter ihr her, hielt die Unterhose mit der Hand fest und genierte mich vor den spöttischen Blicken der Badegäste. Ich hatte es eilig, ins Wasser zu kommen, damit ich wenigstens wie ein Schwimmer aussah.

Die erste Berührung mit dem salzigen kühlen Naß ließ mich erstarren. Dennoch bewegte ich mich zitternd vorwärts. Dann versuchte ich endlich zu schwimmen. Ich schloß die Augen, hockte mich hin und streckte die Arme aus. Dabei bekam ich so viel Salzwasser in den

Mund, in die Nase und in die Ohren, daß ich hustend und spuckend auf allen vieren zum Strand zurückkrabbelte und den Beschluß faßte, nicht wieder ins Wasser zu gehen.

Ich rannte in die Kabine zurück und zog mich schnell wieder an. Da Marie-Ange sich in der Menge der Badenden verloren hatte und ich sie nirgends erblickte, legte ich mich in den Sand und atmete mit vollen Lungen die würzige Brise, die von See her wehte.

Später kam Marie-Ange zu mir und fragte mich, warum ich mich schon wieder angezogen hätte. Ich antwortete ihr, daß ich mich nicht ganz wohl fühle. Mittags wollte sie nicht mit mir essen, so stieg ich traurig in unseren Bus und vertilgte meine zwei belegten Brote, mein Stückchen Schinken und einen Apfel.

Nach dem Essen streckte ich mich wieder im Sand aus. Marie-Ange saß bei dem Sohn des Cafébesitzers, einem gewissen André Bonnardot. Er stand in dem Ruf, der größte Radaubruder seiner Schule zu sein, und dieser Ruhmestitel paßte vorbildlich zu seiner künftigen Rolle als Hahn im Korb bei uns im Dorfe. Er hatte sie zum Mittagessen eingeladen. Sie beachtete mich kaum. Ich war eher verärgert als bekümmert und bedauerte fast, sie an die See mitgenommen zu haben.

AM MONTAG suchte ich Herrn Radeau auf, um ihn zu fragen, wann wir bei Fräulein Guégan sein wollten und wie wir dahin kämen. Ich fand den Schmied in seinem Schuppen, wo er ein großes Zugpferd beschlug. Der Besitzer des Tieres hielt mit Hilfe eines Riemens den Hinterhuf fest. Der Geruch von verbranntem Horn erfüllte die Luft. Als der Rauch abzog, sagte Herr Radeau lachend:

„Das ist gut für die Lungen, Vater Julien!"

Der Mann antwortete nicht. Seine Augen tränten wie die meiner Tante, wenn sie Zwiebeln schälte. Der Schmied drehte sich zu mir um und rief: „Du willst wohl sehen, wie's hier zugeht, Junge?"

„Ja, Herr Radeau!" antwortete ich.

„Du siehst, kein Honigschlecken."

„Weiß Gott!" bemerkte der Bauer. „Sowie wir fertig sind, geh ich einen heben. Euer verdammter Rauch trocknet einem die Kehle aus!"

Es herrschte einen Augenblick Schweigen. Ich nutzte es, um Herrn Radeau an unsere Reise nach La Roche zu erinnern.

„Ach, stimmt ja, verflixt, das hatte ich ganz vergessen."

„Na, das gefällt euch wohl! Während die einen arbeiten, können die andern spazierengehen", meinte Vater Julien.

„Oh, auf diesen Spaziergang könnte ich verzichten", erwiderte Radeau. „Glauben Sie nicht, daß mir das Spaß macht, bei der ganzen Arbeit, die ich habe; aber da ich den da einstellen will, muß ich wegen des Lehrvertrags in die Stadt." Und leise fügte er hinzu: „Er ist ein Fürsorgekind."

Vater Julien schaute mich plötzlich an, als hätte ich etwas Böses getan. Er überlegte einen Augenblick, dann sagte er mit einer Geste der Ergebenheit: „Ja, dann muß es wohl sein."

Herr Radeau ging auf diese Schlußfolgerung nicht ein, sondern sagte: „Wir können nicht vor dem Essen abfahren, denn morgen früh muß ich erst noch das Pferd des Bauern Thomas beschlagen."

Er fragte mich, ob ich ein Fahrrad habe.

„Ich habe das von meinem Onkel", entgegnete ich, „aber es ist schon ein bißchen klapprig."

„Jedenfalls", warf Julien ein, der Onkel Fernand gut gekannt hatte, „schwankt es nicht so wie er."

„Ich habe meinen Onkel nie betrunken gesehen", erwiderte ich knapp.

„Er war nicht dein Onkel, er war überhaupt nicht verwandt mit dir, dieser Mann, denn du bist ja ein Findelkind."

Ich senkte schweigend den Kopf.

Herr Radeau wendete ein:

„Nun, das geht mich nichts an. Ich borge dir das Rad meiner Frau."

Ich kehrte nach Hause zurück und teilte Frau Robin mit, um wieviel Uhr und wie wir nach La Roche reisen wollten.

„Der ist ja verrückt", sagte meine Tante. „Du kannst niemals fünfzig Kilometer mit dem Fahrrad fahren."

„Ich werde es halt versuchen, denn wenn ich es ablehne, wird er glauben, ich habe keinen Mut."

Am nächsten Tag nach dem Essen begab ich mich in meinem blauen Anzug, den ich auf Wunsch meiner Tante anziehen mußte, um bei Fräulein Guégan korrekt zu erscheinen, zu Herrn Radeau. Er saß mit seiner Frau vor einer großen Schüssel Kartoffelbrei und einer Bratenplatte. Die Ellbogen auf den Tisch gestützt, schaufelte er das Essen gierig in sich hinein. Seine rundliche und ein wenig geziert wirkende Frau, die ihm gegenübersaß, schaute mich überrascht an.

„Du bist ja schon fertig", sagte Herr Radeau, ohne seine Mahlzeit zu unterbrechen.

„Ja, Herr Radeau, es ist halb zwei."

„Ich glaubte heute morgen schon fast, ich werde nie mehr fertig, es war wie verhext."

„Das... das ist wahr", stotterte Frau Radeau. „Man... man weiß n-n-nie, wann man... man in diesem Haus e-e-essen kann. Ich kann das E-e-essen zum Mittag f-f-fertig haben, er... er kommt immer zu... zu spät."

Der Schmied beobachtete mich aus den Augenwinkeln, um meine Reaktion abzulesen. Dauernd über ihre Worte stolpernd, bat sie mich, Platz zu nehmen, und am Ende der Mahlzeit fragte sie, ob ich auch Kaffee möge. Ihr Mann wollte ihn mit altem Calvados hinunterspülen; doch ich lehnte ab. Ich hatte den Eindruck, in der Achtung von Frau Radeau zu steigen, die mit ihrem Gatten schimpfte und ihm vorhielt, daß ich doch noch ein Junge sei und daß Alkohol mir nur schaden könne.

Als wir aufbrachen, war es bereits nach zwei Uhr. Die ersten Kilometer fuhr es sich ganz gut. Ich konnte Herrn Radeau selbst bei Steigungen leicht folgen; doch die Übersetzung seines Rades war größer als meine, ich mußte zweimal so schnell strampeln, was mich außer Atem brachte. Der Schmied mochte mich ruhig ermuntern, ich konnte mit ihm nicht mehr Schritt halten.

Endlich kamen wir in La Roche an. Ich war in dieser Stadt nicht wieder gewesen, seit meine Mutter mich zur Fürsorge gebracht hatte.

Das Präfekturgebäude tauchte vor uns auf. Da war dieselbe alte Treppe mit ihrem abgetretenen und ausgelaugten Läufer. Herr Bourneau war nicht zugegen. Fräulein Guégan empfing uns in ihrem Büro.

„Ich habe deinen Brief bekommen, Paul", sagte sie lächelnd, „und ich möchte dich zu deiner bestandenen Prüfung beglückwünschen. Du hast eine Belohnung verdient. Was ziehst du vor: ein Sparbuch oder eine Uhr?"

„Ein Sparbuch, Fräulein Guégan", antwortete ich errötend.

„Sehr schön, wir schicken dir eins mit dreihundert Franc.“ Dann rief sie eine junge Frau zu sich und bat sie, einen Lehrvertrag mit drei Jahren Laufzeit auszufertigen. Während dieser Zeit war Herr Radeau verpflichtet, mich zu ernähren und zu kleiden. Die Entlohnung für meine Arbeit sollte meinem Lehrmeister überlassen bleiben.

Fräulein Guégan erzählte ihm viel von mir und betonte, daß sie nie über meine Führung zu klagen gehabt habe. Sie war davon überzeugt, daß ich ein guter, arbeitsamer und aufrichtiger Lehrling werden würde.

Als wir wieder auf der Straße waren, nahmen wir schweigend unsere Fahrräder, die am Bürgersteig standen. Herr Radeau führte mich zu den Autobussen der Vendée.

„Wir fahren mit dem Bus zurück“, sagte er, „es tut auch mir gut, mich ein bißchen auszuruhen.“

Als ich mich in La Boissière von dem Schmied verabschiedete, ermahnte er mich:

„Also bis morgen früh bei der Arbeit! Klar, Kleiner?“

„Um wieviel Uhr muß ich anfangen?“ fragte ich.

„Um sechs. Wenn du dieses Handwerk lernen willst, mußt du im Morgengrauen den ersten Schlag tun.“

3. Kapitel

ICH war nun zwölf Jahre alt, und ich erinnere mich noch des merkwürdigen Unbehagens, das mich erfaßte, als ich schlaftrunken diese Schmiede betrat, die die Hölle für mich werden sollte. Bei meinem Eintreten war Herr Radeau damit beschäftigt, das Schmiedefeuer zu entfachen. Er befahl mir, die ganze Werkstatt zu säubern und die Werkzeuge an ein großes Holzbrett zu hängen, in das Nägel eingeschlagen waren. Während ich seinen Auftrag ausführte, beobachtete ich den Meister.

Er stand am Herd, wo er eine Eisenstange erhitzte. Dann zog er die Stange aus dem Feuer, legte sie auf den Amboß und schlug mit einem dicken Hammer heftig auf das glühende Eisen ein, das er in alle Richtungen drehte, um ihm die längliche, spitze Form eines Pfriems zu verleihen. Wie um einen Teufel stoben um ihn die Funken, und schon jagte er mir Angst ein. Er steckte die Stange ins Feuer zurück, das er mit dem Blasebalg aufleben ließ. Zu all diesen Tätigkeiten sang er einen Militärmarsch, dessen Text ich kaum verstand.

Um acht Uhr trat dann seine stotternde Frau ein. Mit ihrem Lokkenkopf, der dem eines Schäfchens glich, und ihrem geschminkten Gesicht sah sie wie eine alte, dicke Puppe aus. Sie blieb in der Tür stehen und rief in den Höllenlärm hinein:

„Eu-eu-euer Frühstück ist f-f-fertig, Männer."

„Wir kommen", brüllte Herr Radeau.

Er schickte mich zur Pumpe, um einen Eimer Wasser zu holen, damit wir uns die Hände waschen konnten.

Zum ersten Mal bekam ich morgens einen Teller kräftige Suppe und zwei Spiegeleier. Nur Frau Radeau machte sich das übliche Frühstück. Sobald wir das Essen heruntergeschlungen hatten, kehrten wir in die Schmiede zurück. Ein Bauer, der auf einer Ecke des Ambosses saß, erwartete uns. Als er uns erblickte, sagte er:

„Eine halbe Stunde warte ich jetzt schon auf euch."

„Wenn es so eilig ist, Joly, hättest du ja ins Haus kommen können", entgegnete Radeau.

Zu mir gewendet, fügte er hinzu: „Paul, hol mir den Werkzeugkasten aus dem Schuppen, wir werden seinen Gaul beschlagen."

Zu dem Bauern sagte er:

„Du brauchst nicht zu warten, wenn du so Dringendes zu tun hast."

„Das würde ich gern tun", antwortete Herr Joly, „aber dein Kollege scheint mir zu schmächtig, um Pferdebeine festhalten zu können."

„Was glaubst du denn", erwiderte der Schmied, der sich getroffen fühlte, „ich hab doch keinen Spatz eingestellt, was, Kleiner?"

Ich hob stolz den Kopf, um die gute Meinung zu bestätigen, die er von mir hatte.

„Komm, schau zu, wie er damit fertig wird", sagte Herr Radeau und zog den Bauern zum Schuppen hinüber. Als ich vor dem Pferd stand, war ich mir keineswegs so sicher. Es war ein schweres Zugpferd, das mich mit großen verstörten Augen anblickte.

Radeau erklärte mir, daß ich vor allem mit dem Tier sprechen müsse, wenn ich mich ihm nähere, und daß ich es dann streicheln solle.

Danach zeigte er mir, wie ich es anstellen mußte, um das Bein des Pferdes anzuheben.

„Siehst du, du hältst den Huf mit verschränkten Fingern und das Pferdebein fest zwischen den Schenkeln. Also los, versuch es!“ Ich tat, wie er mich geheißen hatte. „Sehr gut. Das ist doch nicht zu schwer?“

„Das zieht hauptsächlich in den Armen und in den Hüften“, antwortete ich schnaufend.

„Das kommt, weil du es nicht gewohnt bist“, erwiderte Herr Radeau. Dann drehte er sich zu dem Bauern um und sagte:

„Schau nur, das ist kein Schwächling.“

Herr Joly beruhigte sich, und das erfüllte mich mit Stolz. Während ich mit aller Kraft das Pferdebein hielt, entfernte der Schmied das alte Eisen vom Huf. Er führte die Zangenenden zwischen Horn und Eisen ein und zog dann mit einem Ruck. Ich ließ los, da ich fürchtete, vornüber zu fallen.

„Was soll das!“ rief Herr Radeau.

Der Bauer hatte Mitleid mit mir: „Warte, laß mich das mal machen; mußt den kleinen Kerl doch nicht gleich ermüden.“

„Ach wo! Der stellt sich nur dämlich an“, entgegnete der Schmied.

Ich nahm das Bein des Tieres wieder auf. Ich wollte um jeden Preis Herrn Radeau Lügen strafen und ihm zeigen, daß ich weder ungeschickt noch ein Schwächling war. Dennoch fühlte ich, wie meine Knie weich wurden, und fürchtete, den Huf nicht mehr lange halten zu können. Herr Joly sah, daß ich zitterte, und bot noch einmal seine Hilfe an, aber Herr Radeau lehnte ab:

„Laß ihn, Joly! Er muß das lernen. In seinem Alter habe ich das auch schon gekonnt; und ich hätte keinen Pferdehuf losgelassen, wenn ich mit meinem Vater arbeitete. Er hätte mich über den ganzen Hof tanzen lassen.“ Und er fuhr hitzig fort: „Ich kann wohl sagen, daß ich hart erzogen worden bin. Heutzutage ist die Lehre ein Honigschlecken. Du bist dir über dein Glück gar nicht im klaren, Kleiner!“

Endlich war das Pferd beschlagen. Herr Radeau, der ebenso schwitzte wie ich, wischte sich den Schweiß von der Stirn und sagte zu dem Bauern:

„Los, komm, wir kippen uns einen hinter die Binde.“

Damit zog er ihn zum Keller hinüber. Ich machte mich wieder ans

Aufräumen, was mich bis zum Mittagessen beschäftigte. Während der Mahlzeit las Herr Radeau kauend seine Zeitung. Frau Radeau fragte mich aus, wie man sich so als allein gelassenes Kind vorkomme. Sie konnte nicht begreifen, wie eine Mutter – und sei sie auch noch so arm – sich für immer von ihrem Kind trennen konnte.

„D-d-das sind doch k-k-keine Frauen. Sein... sein Kleines w-w-wegzugeben, so etwas regt m-m-mich auf, weil ich nie das G-g-glück hatte, eins... eins zu haben.“

Herr Radeau ließ sich in seiner Zeitungslektüre nicht stören, bis sie auf einmal erklärte, daß sie ihren Mann nie geheiratet hätte, wenn sie gewußt hätte, daß er impotent sei.

Der Schmied hob den Kopf und sagte:

„Willst du nicht bald damit aufhören, vor dem Jungen solchen Unsinn zu erzählen?“

Dieser Einwand hatte zur Folge, daß Frau Radeau zänkisch wurde wie ein kleiner Kläffer. Sie versicherte, daß es ihr an Liebhabern nicht gefehlt habe.

„Ich w-w-war als j-j-junge Frau immer n-n-nach der Pariser M-m-mode gekleidet.“

„Ja, deswegen habe ich mich ja auch in dich verliebt, und so gefällst du mir auch heute noch, mein Dickerchen“, entgegnete Herr Radeau versöhnlich.

Ich genierte mich schrecklich. Ich wagte kaum, die Speisen anzurühren. Der Schmied begriff meine Lage:

„Gib nichts darauf, du wirst schon noch anderes darüber hören!“

Den ganzen Nachmittag verbrachte ich an einer Mähmaschine, bei der ich den Dreck von den Rädern und Schneidevorrichtungen entfernen mußte. Als Herr Radeau kam, um nach dem Stand meiner Arbeit zu sehen, fand er mich voller Wagenschmiere.

„Mein Gott, hast du dich zugerichtet! Ich werde meine Frau bitten, dir einen Arbeitsanzug zu kaufen. Bis dahin mußt du dich mit einer Schürze aus einem alten Sack behelfen. In der Kammer sind noch welche!“

Mein erster Arbeitstag endete um acht Uhr abends. Ich aß schnell meine Suppe, denn ich hatte es eilig, zu meiner Tante heimzukehren und ihr alles genau zu erzählen, was sich bei den Radeaus zugetragen hatte. Mit einem gutmütigen Lächeln hörte sie mir aufmerksam zu. Dennoch ließ mir etwas keine Ruhe, da war ein Wort, dessen Bedeutung ich nicht verstand. Ich fragte Frau Robin, was „impotent" wohl bedeute.

„Warum fragst du das?" erwiderte sie erstaunt.

„Beim Mittagessen hat Frau Radeau ihren Mann als impotent bezeichnet."

Ich hatte den Eindruck, daß meine Tante ihr Lachen zurückhalten mußte.

„Das sind Sachen der Erwachsenen, und dann redet man eben viel, wenn man wütend ist."

Zu Anfang fiel es mir schwer, mich an meinen neuen Arbeitsrhythmus zu gewöhnen. Ich bekam nicht genug Schlaf, meine Müdigkeit nahm ständig zu, und Herr Radeau gab mir immer mehr zu tun. Ich führte alles mit der größtmöglichen Gewissenhaftigkeit aus, aber da mich der Schmied nie lobte, wußte ich nicht, ob er mit mir zufrieden war.

Eines Tages fragte er mich, wie ich meine Sonntagnachmittage verbringe. Ich gestand ihm, daß ich ernsthaft für die Jugendmeisterschaften im Radrennen trainierte, die am 14. Juli, also am Nationalfeiertag, von der Gemeinde durchgeführt wurden. Zu meinem großen Erstaunen hielt er dies für eine sinnvolle Freizeitgestaltung:

„Ich bin auch viel radgefahren, als ich jung war", sagte er.

Und er bot mir an, sein Fahrrad zu benutzen, das in besserem Zustand war als das Fahrzeug meines Onkels, zumal es eine Gangschaltung besaß und leichter bereift war. Ich nahm mit Freuden an.

Für die Feiern zum 14. Juli hatte die Gemeindeverwaltung in La Bossière alles gut vorbereitet. Am Morgen war ein Fanfarenzug unter den Klängen von Militärmärschen durch die Hauptstraßen des Dorfes marschiert. Auf dem Platz vor dem Rathaus hatte der Bürgermeister zu einem festlichen Umtrunk gebeten. Auch ich war als Teilnehmer an dem Rennen eingeladen, aber ich wollte mich vor dem Wein in acht nehmen, wie es mir mein Meister geraten hatte:

„Vor allem trink keinen Wein, da bekommst du bleierne Beine."

Auf dem Platz waren viele Attraktionen aufgebaut. Ein Klettermast mit angehängten Preisen, Schaukeln, eine Schießbude, Losstände, ein Autokarussell für Kinder und auf einem Podium eine Musikkapelle. Und all die Köstlichkeiten waren mit Fahnen und bunten Bändern geschmückt.

Fünfzehn Jungen gingen an den Start zu dem berühmten Radrennen. Um uns herum hörte ich Bemerkungen, die mich nicht gerade ermutigten. „Hast du den Kleinen gesehen, der ist noch nicht trocken hinter den Ohren. Der schafft die vierzig Kilometer nie!"

Stolz hob ich zum Ausdruck des Selbstvertrauens den Kopf, um ihnen zu zeigen, daß ihre Beurteilung der Grundlage entbehrte.

Der Bürgermeister stand an der Startlinie. Sobald er die Fahne gehoben hatte, entstand ein wildes Durcheinander. Zu Anfang hatte ich Mühe, hinter dem Fahrer zu bleiben, den ich mir als Schrittmacher ausgesucht hatte. Er hieß Riton und war der Favorit des Wettbewerbs. Der Lauf war sehr schnell, doch ich strampelte verbissen und stellte mir Marie-Ange vor, der ich imponieren wollte. Nach unserem Ausflug ans Meer hatte ich sie von Zeit zu Zeit gesehen, aber sie machte sich immer rarer. Ich traf sie öfter am Arm des berühmten André, der sie am Strand zum Essen eingeladen hatte. André, der Sohn des Cafébesitzers, war auch bei diesem Rennen mein Konkurrent, und ich wollte ihn wenigstens auf diesem Felde schlagen. Leider hielt er stets die Spitze. Bei der dritten Runde hatten die meisten bereits aufgegeben. Jedesmal, wenn wir die Ziellinie passierten, riefen die Zuschauer:

„Los, Riton! Los, André! Strengt euch an!"

Dann hörte ich plötzlich Herrn Radeau, der die Schreie übertönte und mir zubrüllte: „Los, Bengel, du schaffst sie alle, tritt in die Pedale, verdammt noch mal!"

„Hast du gesehen, der ist immer noch dabei, der wird gewinnen", sagte ein anderer.

Diese Worte spornten mich ungeheuer an. Ich fühlte mich leichter; es war, als hätte ich Flügel. Herr Radeau hatte mir geraten:

„Wenn du in der letzten Runde noch im Rennen bist, mußt du auf dem kleinen Hang kurz vor dem Ziel alle Kräfte einsetzen."

Als die letzte Runde eingeläutet wurde, waren wir nur noch zu dritt. Zu meiner großen Freude war André am Seitenstreifen der Straße ausgerutscht. Ich weiß nicht, welche unsichtbare Hand mich lenkte; als ich jedenfalls den großen Gang einlegte, schoß ich wie ein Pfeil davon und ließ die beiden Gegner, ohne mich umzusehen, hinter mir zurück. Mit verzerrtem Gesicht ging ich den Hang an; in den Waden und in den Schenkeln spürte ich unerträgliche Schmerzen, weil die Übersetzung zu groß war, aber ich wollte nicht in einen kleineren Gang schalten, da ich fürchtete, auf der Zielgeraden eingeholt zu werden.

Ich überquerte die Ziellinie mit einem Vorsprung von dreißig Metern und war Sieger. Als ich den Fuß auf die Erde setzte, fühlte ich, wie mir der Boden wegglitt. Herr Radeau kam zur rechten Zeit; er hielt mein Rad und stützte mich mit der anderen Hand, bis ich wieder zu Atem kam. Die Tochter des Schulmeisters Lambert, ganz in Weiß und Rot gekleidet, überreichte mir einen Gladiolenstrauß, der fast ebenso groß war wie sie. Ich hätte einen Kuß von Marie-Ange vorgezogen, die ich verzweifelt unter den Leuten suchte, die mich zu meinem Erfolg beglückwünschten, aber sie war zu ihrem geliebten André geeilt, um ihn über sein Pech hinwegzutrösten. Dennoch war ich glücklich. Für ein paar Minuten war ich zum Helden des Tages geworden. Das wurde mir bewußt, als ich zwischen dem Bürgermeister und dem Lehrer im Spalier der Dorfbewohner zum Rathaus schritt, wo ich als Belohnung für meinen Sieg drei Franc erhielt. Doch ich hatte nur einen Gedanken: mit meinem Blumenstrauß nach Hause zu rennen und meiner Tante von meinem Erfolg zu berichten. Sie küßte mich, in ihren Augen standen Tränen. Sie stellte die Blumen in einer großen Vase mitten auf den Tisch. Dann gab sie mir ein Glas gezuckerter Milch, damit ich wieder zu Kräften kam. Darauf wollte ich zum Festplatz zurück, um mich an den Attraktionen zu erfreuen.

Ich kam noch rechtzeitig zum Ball und setzte mich in die Nähe des Podiums, wo die Kapelle entfesselte Rhythmen schmetterte. Da ich nicht tanzen konnte, wagte ich nicht, ein Mädchen aufzufordern. Sie hätte sich bestimmt über meine Unerfahrenheit lustig gemacht. Ich blieb eine ganze Weile allein, kein Mensch schenkte mir mehr die geringste Aufmerksamkeit. Dann sah ich die dicke Frau Radeau in einem gelbgeblümten Kleid mit ihrem Mann Walzer tanzen. Als sie an mir vorbeikam, lächelte sie mir charmant zu, unterbrach den Tanz und sagte zu mir: „W-w-warum tanzen Sie n-n-nicht, j-j-junger Held?“

„Weil ich es nicht kann, Frau Radeau.“

„Ich... ich werd es Ihnen z-z-zeigen."

Sie löste sich aus dem Arm ihres Mannes und zog mich mit in einen Wirbel, den sie mit solcher Vehemenz ausführte, daß ich den Boden unter den Füßen verlor. Die Zuschauer sahen uns zu und lächelten. Als die Kapelle schwieg, drehte sich mir der Kopf.

Ich wollte mich hinsetzen, aber Herr Radeau trat zu uns und sagte: „Kommt, trinken wir einen, ich geb einen aus." Dann fügte er hinzu, während er seine Frau und mich zu dem Getränkestand am Rande der Tanzfläche führte: „Ich bin zufrieden mit dir, Bengel, weil du all diesen jungen Bauern das Hinterrad gezeigt hast."

Ich antwortete ihm, daß ich viel Glück gehabt hätte.

„Kein Stück, du warst der Stärkere. Nicht wahr, Joséphine?"

Es war das erste Mal, daß er seine Frau in meiner Gegenwart mit ihrem Vornamen anredete. Er mußte ausgezeichneter Laune sein.

Er lobte mich für mein Rennen, dann tranken wir. Frau Radeau zog mich erneut auf die Tanzfläche. Sie führte mich geduldig und fand, daß ich Fortschritte machte, obwohl ich ihr oft auf die Füße trat.

„Das macht nichts", sagte sie, wenn ich mich entschuldigte. Nachdem wir dreimal hintereinander getanzt hatten, kam Herr Radeau und erinnerte seine Frau daran, daß es Zeit zum Abendessen sei.

Als das Ehepaar Radeau gegangen war, sagten ältere Kameraden spöttisch zu mir:

„Sieh da, die dicke Mutter Radeau hat wohl ein Auge auf dich geworfen, sie hat ja mit dir keinen Tanz ausgelassen."

„Da ist doch nichts dabei", sagte ich unbefangen, „sie ist meine Chefin."

Sie brachen in Lachen aus.

Ich ging nach Hause. Meine Tante und ich setzten uns zu Tisch.

Nach dem Essen fragte ich, ob sie mit zum Feuerwerk ginge, doch sie wollte nicht. Sie fühlte sich nicht recht wohl. Schon seit einigen Tagen klagte sie über ihre Leber und über unerträgliche Schmerzen. Mir tat es weh, sie leiden zu sehen; ich bot deshalb an, bei ihr zu bleiben, aber sie sagte, es werde sicher bald besser werden.

„Schau dich auf dem Fest noch mal um, und komm nicht zu spät nach Hause, du mußt morgen früh zur Arbeit."

Ich küßte sie zärtlich und rannte zum Rathaus.

Die letzte Stunde des Volksvergnügens nahte. Die Leute versammelten sich zum Schlußakt. Endlich traf der Feldhüter in seiner Galauniform ein. Er stellte sich in die Mitte der Schaulustigen und trommelte zum Angriff. Das war das Signal. Die erste Rakete stieg in den Himmel. Ein Donnerschlag, und Bündel von Sternen fielen über die entzückte Menge herab. Auf die rote Rakete folgte eine blaue. Das Finale bildete eine Feuerwerksrosette, ein betörender Strauß bunter Farben. Die Leute klatschten Beifall. Ich auch, aber wenn ich ehrlich sein sollte, war ich etwas enttäuscht. Ich hatte mir etwas Großartigeres vorgestellt, denn in meinem Geschichtsbuch hatte ich einen Bericht über die Feste in Versailles gelesen. In meiner Naivität hatte ich angenommen, unsere Gemeinde könnte uns etwas Vergleichbares bieten.

Ich rannte nach Hause. Fast bereute ich es, wegen dieses geringfügigen Anlasses so lange wach geblieben zu sein. Ich öffnete lautlos die Tür, um meine Tante nicht zu wecken. Während ich auf Zehenspitzen zu meinem Bett schlich, ging das Licht an. Frau Robin, die nicht schlafen konnte, hatte es angemacht. Ihr müdes Gesicht und ihre angegriffenen Züge erschreckten mich. Sie versuchte zu lächeln und fragte mich, ob das Feuerwerk schön gewesen sei.

„Ja, es ging", antwortete ich ohne Begeisterung.

Die Morgenstunden des nächsten Tages bereiteten mir viel Mühe. Als ich in die Schmiede kam, brummelte Herr Radeau, ohne mich anzusehen, kaum einen Gruß vor sich hin. Plötzlich ließ mich seine Grabesstimme erzittern:

„Da, nimm das, das wird dich munter machen, denn heute morgen hast du ja Löcher statt Augen im Kopf."

Ich drehte mich um, denn sein Ton erschreckte mich. Er drückte mir den Griff des Blasebalgs in die Hand und fügte bissig hinzu: „Man kann sich nicht die ganze Nacht auf dem Jahrmarkt herumtreiben und dann frisch für die Arbeit sein."

Wortlos betätigte ich den Blasebalg.

Wenig später erschien ein Bauer mit seinem Pferd, das ein Hufeisen verloren hatte. Er begrüßte mich freundlich:

„Nun, wie geht's, Radrennmeister?"

Herr Radeau unterbrach sein Kompliment:

„Im Radrennen mag er ein Meister sein, hier als Lehrling ist er es gegenwärtig nicht. Diese Feste bekommen ihm nicht, er macht heute morgen alles falsch."

Herr Romain verteidigte mich: „Sei ein bißchen nachsichtig, Radeau! Er muß sich doch ab und zu mal amüsieren."

Der Schmied behandelte mich weiterhin, als sei ich unbeholfen oder wollte mich vor der Arbeit drücken, während wir das Pferd von Herrn Romain beschlugen. Von Zeit zu Zeit blinzelte der Bauer mir zu, als wolle er mich dazu ermuntern, der schlechten Laune meines Chefs keine Bedeutung beizumessen.

Endlich rief uns Frau Radeau zum Mittagessen. Der Zorn des Schmieds hatte mir den Appetit verschlagen. Er selbst stocherte in seinem Essen herum. Er erhob sich, ohne das Fleisch aufgegessen zu haben, und ging in sein Zimmer, um sich hinzulegen.

Als er draußen war, vertraute seine Frau mir an:

„E-es sind seine Ein... Eingeweide, die ihm z-z-zu schaffen machen. W-w-wenn er ver... verstimmt ist, hat... er Leibschmerzen."

MEIN erster Sieg hatte mich stolz gemacht. Auch hatte ich den Ehrgeiz, später einmal ein echter Radrennfahrer zu werden.

Im Verlauf der Woche erfuhr ich, daß am Sonntag in einem kleinen Nachbardorf ein Amateurrennen stattfinden sollte. Ich beschloß, daran teilzunehmen, und fragte meinen Chef, ob er mir wieder sein Rad leihen würde, doch diesmal lehnte er es ab. Schade, denn so mußte ich das meines Onkels nehmen. Es hatte zwar keine Gangschaltung und keine Rennradbereifung, aber da ich erneut meine Fähigkeiten unter Beweis stellen wollte, achtete ich auf solche Kleinigkeiten nicht. Herr Radeau hatte mich gebeten, ihm am Sonntagmorgen zur Hand zu gehen. Ich weigerte mich.

„Wie du willst", sagte er, „aber dann kriegst du kein Taschengeld."

Er hatte auch zwei oder drei Anspielungen auf die Fürsorge gemacht, die er davon unterrichten wollte, daß ich meinen Beruf ein wenig zu leicht nähme. Da ich ihm jedoch geantwortet hatte, daß in meinem Vertrag die Sonntagsarbeit nicht vorgesehen sei, beließ er es dabei.

Der Start des Wettkampfes war auf fünfzehn Uhr angesetzt. Auf der Hinfahrt wiederholte ich mir andauernd: Heute mußt du einen guten

Platz belegen, du darfst die Leute aus unserem Dorf nicht enttäuschen, die auf dich vertrauen, und auch die gute Tante nicht, die sich freuen würde, wenn sie den Blumenstrauß des Siegers in ihre hübsche Vase stellen könnte.

Ich erreichte La Mainborgère und fragte eine Dame, die im Eingang ihres Hauses stand, nach dem Austragungsort des Rennens.

„Auf dem Platz, mein Junge, da siehst du ein großes Café."

Sie fügte hinzu: „Ich hoffe, du willst an dem Rennen nicht teilnehmen, denn du bist noch zu jung für diesen Sport."

„O doch, Madame", antwortete ich stolz. „Ich habe schon ein Rennen gewonnen."

Die gute Frau beharrte nicht darauf und murmelte nur:

„Na gut, na gut!"

Ich erkannte das große Café an den vielen Fahrrädern, die an der Mauer lehnten. Ich blieb stehen und betrachtete sie, wie sie in der Sonne blinkten. Sie waren blau, rot, grün und weiß. Schon bei ihrem Anblick mußte man denken, daß diese kleinen Wunderwerke nur wirklichen Meisterfahrern gehören konnten. Wachsende Panik bemächtigte sich meiner, mein schöner Traum schmolz dahin. Wie konnte ich hier noch hoffen zu gewinnen? Die Leute würden sich über mich lustig machen, wenn ich mit einem so vorsintflutlichen Fahrrad daherkäme. Verschämt stellte ich mein Rad abseits an einen Baum. Und dann wagte ich mich doch in das große Café.

Als ich den Saal betrat, sah ich mehrere junge Leute in blauen Trainingsanzügen. Einige tranken Kaffee, andere Fruchtsäfte.

Ich ging an die Theke und fragte eine Kellnerin schüchtern, ob sie mir ein Glas Limonade servieren könne.

„Sofort, mein Herr."

Ich hatte einen kleinen Tisch im Hintergrund des Raumes entdeckt, in dessen Nähe drei Fahrer miteinander diskutierten. Dort setzte ich mich mit meinem Glas hin. Während ich mir den Anschein gab, mich für ihre Reden nicht zu interessieren, ließ ich mir doch keine Silbe entgehen.

„Du weißt, daß er im Augenblick gut fährt, Renaud. Letzten Sonntag hat er in Avrillé gewonnen."

„Ja, das ist ein irrer Typ: Während des ganzen Rennens hat man den

Eindruck, daß er sich so dahinschleppt, und dann beim Spurt, dschum, schießt er davon!"

„Wo fährst du am Sonntag, Maurice?"

„Zu Hause, in Langles, und ich werde wohl alles drangeben, denn da sind ein paar böse Gegner."

Als ich hörte, daß Maurice das Dorf Langles erwähnte, trat mir meine frühe Kindheit wieder vor die Augen. Vergessene Bilder lebten auf: unser Haus, meine Mutter. Dieser Maurice kannte sie vielleicht. Ob sie noch lebte? Plötzlich faßte ich einen Entschluß. Ich neigte mich zu Maurice hinüber.

„Darf ich Sie etwas fragen, mein Herr?"

Maurice schaute mich neugierig an und erwiderte:

„Ja, was willst du denn?"

„Ich habe gehört, wie Sie eben von Langles gesprochen haben. Ich kenne da unten Leute. Vielleicht sind Sie Ihnen einmal begegnet. Ich heiße Paul Guillet."

Da rief Maurice überrascht aus:

„Du bist das? Der kleine Paul aus Langles?"

„Ja, der bin ich", sagte ich bewegt.

„Aber das gibt's doch nicht!" erwiderte Maurice, erhob sich und setzte sich mir gegenüber. „Das nenne ich eine Überraschung! Und du lebst jetzt in diesem Nest?"

„Nein, ich wohne in einem anderen kleinen Dorf, in La Boissière."

Maurice konnte es immer noch nicht fassen.

„Wenn ich heute abend nach Hause komme und erzähle, daß ich dich getroffen habe, wird sich deine Mutter aber freuen, denn, weißt du, wir haben über dich gesprochen."

„Sie haben über mich mit..." Ich mußte einen Moment innehalten, da ich das Wort „Mama" nicht über die Lippen brachte.

„Hör mal, wir sind Nachbarn. Und du bist wegen des Rennens hierhergekommen?"

Nach kurzem Zögern sagte ich leise:

„Nein, ich bin am 14. Juli bei uns gefahren und hab gewonnen; das hat mich ermutigt. Ich habe gedacht, ich könnte es hier versuchen."

Drei Augenpaare musterten mich jetzt interessiert. Maurice schwieg. Ich fragte deshalb: „Ist es ein großes Rennen?"

„Fünfzig Kilometer", meinte Maurice. Dann fragte er mich, ob ich ein Rennrad habe.

„Noch nicht, ich habe ein altes Fahrrad, aber es ist noch gut in Schuß."

„Also brauchst du das als erstes", folgerte Maurice. „Komm, schau dir meins an", fügte er hinzu, „du wirst sehen, wie pfundig das ist."

Als wir draußen waren, zeigte Maurice mir sein hübsches blaues Rennrad, das eine Fünfgangschaltung hatte.

Darauf fragte er mich, wo ich mein Rad habe.

„Da hinten, an dem Baum."

Er blickte in die Richtung, die ich angab.

„Aber mit diesem Schrotthaufen kannst du doch nicht fahren!"

„Ich habe kein anderes."

„Hör her, du kannst ja ruhig an den Start gehen, das hält dich im Training." Er warf einen Blick auf seine Uhr. „Hast du dich wegen der Rückennummer eingetragen?"

„Nein", gestand ich freimütig.

„Aber du brauchst eine Nummer, sonst lassen sie dich nie fahren. Also los, komm!"

Er führte mich in einen kleinen Nebenraum des Cafés, wo sich die Rennleitung befand und die Teilnehmer in Listen eingetragen und mit einer Rückennummer ausgestattet wurden. Dann nahm Maurice sein Rad, begleitete mich zu meinem, und wir gingen zum Startplatz, wo sich bereits eine große Menschenmenge drängte. Ich genierte mich fürchterlich. Einige Teilnehmer lächelten ironisch, als sie mich sahen. Ich hörte, wie die Nummer zwölf sagte:

„Hast du den Knirps gesehen? Der will wohl mit seinem Drahtesel in die Erdbeeren."

Ich tat gleichgültig, aber ich wurde rot wie Klatschmohn. Maurice sagte:

„Laß sie nur reden! Eines Tages kannst du ihnen vielleicht die Zunge rausstrecken. Aber auch vorläufig würde ich ihnen nichts schenken."

Wir waren etwa dreißig Fahrer. Ich hielt mich an Maurice. Ich hatte so viel Angst, daß ich es überhörte, als der Starter rief: „Los!"

Das ganze Feld raste davon. Es war ein scharfer Lauf; ich hielt mich mit höchster Geschwindigkeit auf den Spuren der Vordermänner; doch sosehr ich auch in die Pedale trat, der Abstand zum Hauptfeld wurde immer größer. Motorräder folgten den Fahrern und überholten mich, ohne Rücksicht zu nehmen. Wegen eines einzelnen konnten sie nicht langsamer fahren. Dennoch radelte ich verzweifelt weiter. Plötzlich hörte ich das Hupen eines Autos, das freie Bahn forderte. Instinktiv wich ich zum Straßenrand aus, der Wagen fuhr an mir vorbei, und als ich mich umblickte, sah ich drei Rennfahrer heranrasen. Es war die Spitzengruppe, die mich eben überrundete. Ein vierter Teilnehmer überholte mich, ich erkannte Maurice.

Ich rief ihm nach: „Los, Maurice!"

Ich begriff, daß das Rennen für mich verloren war. Ich gab nach der ersten Runde auf. Herrn Radeau und den anderen würde ich erzählen, daß ich eine Panne gehabt hätte.

Als ich wieder im Dorf war, nahm ich meine Rückennummer ab und legte mein Fahrrad, das sowieso keiner gestohlen hätte, einfach in den Graben. Dann ging ich zu Fuß zum Ziel.

Endlich tauchte das Auto auf, das die Strecke freihielt. Ein Mann stand auf dem Rücksitz, hatte einen Lautsprecher in der Hand und rief den Leuten zu, beiseite zu treten, um die Spitzenfahrer nicht zu behindern. Ich erkannte das Trikot von Maurice, der sich über seinen Lenker gebeugt hielt. Ich dachte: Siehst du, er wird gewinnen! Ich beneidete ihn.

Der Endspurt begann. Maurice kam nicht so gut weg, denn wenige Meter vor dem Ziel konnte ein Fahrer im grünen Dreß ihn um eine halbe Radlänge überholen. Ich lief zu meinem Kameraden, um ihn zu seinem zweiten Platz zu beglückwünschen, aber er schien wütend.

„Ich bin wie ein Esel gefahren", sagte er zu mir. „Ich hätte mich nie schlagen lassen dürfen. Ich habe zu früh angegriffen."

„Trotzdem warst du ungeheuer stark", entgegnete ich, um ihn zu trösten.

Bald darauf trennten wir uns und drückten uns herzlich die Hand. Maurice versprach, meiner Mutter von mir zu berichten und ihr zu sagen, daß es mir nicht zu schlecht ergangen sei.

Mit Einbruch der Nacht kehrte ich nach Hause zurück. Meine Tante erwartete mich voller Ungeduld. Als sie sah, daß ich unbeschadet

PART
ALCYON
15
8
21
ALCYO

heimkam, hellte sich ihr Gesicht auf. Sie küßte mich und fragte, wie der Tag verlaufen sei.

„Nicht so gut. Das Rennen war hart, und ich habe nicht Schritt halten können, vor allem wegen meines Fahrrads."

Frau Robin tröstete mich mit einem lieben Lächeln.

„Mach dir nichts draus, das nächste Mal gewinnst du wieder."

Einen Augenblick fühlte ich mich versucht, ihr von meiner Unterhaltung mit Maurice über meine Mutter zu erzählen, doch eine Art Scham hielt mich zurück.

Ich wollte der guten Frau, die mich wie ihren eigenen Sohn liebte, keinen Kummer bereiten, während meine wirkliche Mutter mich verlassen hatte.

Am nächsten Morgen empfing Herr Radeau mich mit einem ironischen Lächeln.

„Nun, Radrennmeister, ich hoffe, du hast uns den Siegespokal heimgebracht."

Stotternd erwiderte ich, daß ich das Rennen wegen einer Panne aufgegeben hatte.

Mit scharfer Stimme entgegnete er:

„Ich mag Lügner nicht. Ich habe gestern abend im Café den jungen Vallot getroffen, der in La Mainborgère gewesen ist und mir von deiner Leistung erzählt hat. Das war ja wohl erbärmlich. Wir haben uns den halben Abend darüber amüsiert. Lerne also erst mal, mit einem Hammer umzugehen, dann werden wir sehen, ob du auf einen Sattel steigen kannst."

Ich hatte mir angewöhnt, nach dem Mittagessen, wenn Herr Radeau seine Siesta machte, auf einen Sprung nach Hause zu gehen, wo mir meine Tante eine Tasse Kaffee vorsetzte. Für kurze Zeit konnte ich so richtig ausspannen.

An jenem Tag reichte Frau Robin mir einen Brief, der an mich adressiert war.

„Das ist für dich", sagte sie. „Der Briefträger hat ihn heute morgen gebracht. Ich frage mich nur, wer dir schreiben könnte."

Ohne den Brief zu öffnen, wußte ich, von wem er stammte. Ich brannte darauf, seinen Inhalt kennenzulernen. Da ich mich nicht entschließen konnte, ihn zu öffnen, sagte meine Tante, die noch ungeduldiger war als ich:

„Na, was wartest du? Möchtest du nicht wissen, was man von dir will?"

Ich riß den Umschlag auf. Ich hatte richtig vermutet: es war ein Brief von meiner Mutter. Ich las ihn stehend. Frau Robin beobachtete mich ängstlich. Als ich die Lektüre beendet hatte, wendete ich mich meiner Tante zu. Mein Gesichtsausdruck schien sie zu überraschen, denn sie fragte mich beunruhigt:

„Es ist doch nichts Schlimmes?"

Gefaßt antwortete ich:

„Nein. Der Brief ist von meiner Mutter. Ich habe in La Mainborgère einen Jungen getroffen, der sie kennt."

„Aber warum hast du mir das nicht erzählt?"

„Ach Gott, meine Mutter... mit der Zeit..., das sagt mir nichts mehr."

Und da ich fühlte, daß meine Tante nicht von sich aus nach dem Inhalt des Briefes gefragt hätte, las ich ihn ihr vor.

„Mein lieber Sohn,
welch ungeheure Freude war es für mich, als Maurice am Sonntagabend kam, um mir zu sagen, daß er Dich gesehen hat. Natürlich mußt Du Dich fragen, warum ich nach so vielen Jahren des Schweigens an Dich schreibe. Glaub mir, mein Kind, wenn ich gewußt hätte, wo Du warst, hätte ich schon lange versucht, mich mit Dir in Verbindung zu setzen; denn mir hat es sehr weh getan, mich von Dir zu trennen, wie es Dir Deinerseits nicht leichtgefallen sein wird. Was hast du nur alles erdulden müssen, mein armer Kleiner! Aber Du warst noch zu jung, um es zu verstehen. Vielleicht bist Du mir noch böse? Wenn Du die Wahrheit weißt, wirst Du sehen, daß ich nicht anders handeln konnte.

Jetzt bitte ich Dich, die traurigen Tage Deiner Kindheit zu vergessen, und flehe Dich an, mich besuchen zu kommen. Es wäre wirklich eine große Freude für mich, Dich in meine Arme zu schließen, denn Du hast mir sehr gefehlt.

Mein lieber Sohn, ich bitte Dich herzlich, zu mir zu kommen. Ich habe Dir so viel zu sagen, und ich möchte, daß Du weißt, daß ich Dich immer geliebt habe.

Es umarmt Dich in Liebe

Deine Mama"

Meine Tante hatte mir gebannt zugehört. Einen Augenblick verharrte sie schweigend, dann fragte sie mich: „Was wirst du nun tun?“

„Ich weiß es nicht“, antwortete ich und drehte den Brief unwillkürlich zwischen meinen Fingern, „ich weiß es nicht.“

„Es ist nicht leicht“, fuhr sie fort, „und ich möchte dir keinen Rat geben, der dich in deiner Entscheidung beeinflussen könnte. Ich glaube, du bist jetzt groß genug, um zu wissen, was du zu tun hast.“

Ich wollte ihr erst sagen, daß ein Wiedersehen nach so langer Zeit wohl nutzlos sei, denn ich war überzeugt, daß Frau Robin ebenso dachte.

Und ich hatte recht, denn sie meinte: „Offensichtlich hat sie lange gebraucht, um sich zu erklären. Eines ist sicher, ich hätte nie so gehandelt wie sie. Wenn sie jetzt Gewissensbisse hat, kommen sie ein wenig spät.“

Ich schloß mich ihrer Meinung an und versicherte ihr, daß ich nicht nach Langles fahren würde. Noch am Abend würde ich schreiben. Meine Tante schien erleichtert, bat mich jedoch, meine Entscheidung gut zu überdenken, um sie später nicht bereuen zu müssen. Ich protestierte:

„Das ist alles wohlüberlegt: Meine Mutter zählt nicht mehr für mich. Sie haben mich erzogen, und Sie sind es, die ich liebe.“

Bei diesen Worten brach Frau Robin in Tränen aus und schloß mich in ihre Arme. Ich war bewegt und hätte beinahe selbst geweint.

Doch plötzlich kam mir ein Zweifel.

„Meinen Sie nicht, daß mich die Fürsorge zwingen kann, Sie zu verlassen, wenn die hören, daß meine Mutter mich zu sehen wünscht?“

Die Überlegung stimmte uns etwas ängstlich; dann sagte meine Tante schicksalsergeben:

„Wir werden sehen, aber wenn es einen lieben Gott gibt, wird er uns recht geben.“

Wie angekündigt schrieb ich meiner Mutter eine recht kühle Antwort. Ich teilte ihr mit, daß ich sie nicht zu sehen wünsche, daß es mir gutgehe in meinem neuen Zuhause, daß ich glücklich sei und man mir viel Zuneigung entgegenbringe. Das beste, was sie von nun an tun könne, sei, mich für immer zu vergessen.

Ihr zweiter Brief ließ nicht auf sich warten. Er war herzzerreißend.

Mein kleiner Paul,
für das, was geschehen ist, bin ich nicht verantwortlich. Ich schwöre es Dir beim Kopf meines Sohnes Jean. Ich bitte Dich noch einmal von Herzen, mich besuchen zu kommen, damit ich Dir die ganze Wahrheit sagen kann. Du hast nicht das Recht, mich vorher zu verurteilen. Sollte es mir nicht gelingen, Dich zu überzeugen, kannst Du mir für immer adieu sagen. Ich küsse Dich zärtlich.
Deine Mama, die nie aufgehört hat, Dich zu lieben.

Meine Tante und ich waren beide von diesem eindringlichen Appell erschüttert. Sie sagte:

„Paul, ich glaube nun, daß du deine Mutter besuchen mußt."

Daraufhin entschloß ich mich, am folgenden Sonntag nach Langles zu fahren. Der Weg war sehr weit, aber wenn ich rechtzeitig aufbrach, konnte ich zu Mittag dort sein. Frau Robin war einverstanden, doch sie bat mich, noch am selben Abend zurückzukehren, damit Herr Radeau nicht wegen meiner Abwesenheit beunruhigt werde.

„Er braucht nicht zu wissen, wo du hingehst", sagte sie.

Als mich der Schmied am Samstagabend bat, ihm am Sonntagmorgen bei einer dringenden Arbeit zur Hand zu gehen, fiel es mir sehr schwer, ihm zu antworten, daß mir das unmöglich sei.

„Du willst dich wohl wieder auf der Straße kaputtmachen. Ich habe deine Fahrerei allmählich satt."

„Ich werde kein Rennen fahren, ich muß Freunde meiner Tante besuchen."

„Lüg doch nicht", entgegnete Herr Radeau, „sie hetzt dich doch gegen mich auf, aber ich werde sie mal heimsuchen und ihr erzählen, was ich von ihr halte."

Frau Radeau ergriff Partei für ihren Mann. „Das... das ist wahr, Sie b-b-brauchen die F-f-familie dieser Alten nicht zu... zu b-b-besuchen. Sie ist sch-schließlich eine F-f-fremde für Sie."

„Ich verbiete Ihnen, Frau Robin eine Alte zu nennen! Ja! Ich verbiete es Ihnen; Sie haben kein Recht dazu..."

Ich war leichenblaß vor Zorn, und Frau Radeau wich erschrocken zurück, als ich auf sie zuging.

Herr Radeau hielt mich gewaltsam am Arm zurück und sagte entschieden: „Ich rechne morgen früh mit dir, Punktum, Schluß!"

„Ich werde nicht kommen", erwiderte ich, während ich mich losmachte.

Der Schmied war eine Sekunde sprachlos, dann schrie er mich mit Donnerstimme an: „Wenn ich je erfahre, daß du zum Rennen gegangen bist, benachrichtige ich sofort die Fürsorge, denn ich bin es leid, dich die ganze Woche in der Werkstatt schlafen zu sehen."

Darauf ging ich wortlos hinaus. Ich war so wütend über das Verhalten der beiden, daß ich meiner Tante alles erzählen wollte, doch da sie mir müde vorkam und ihre Schmerzen nicht nachlassen wollten, verschwieg ich die Sache.

Am nächsten Morgen machte ich beim Aufbruch so wenig Lärm wie möglich, um Frau Robin nicht aufzuwecken. Auf der Straße fegte mir eine frische Brise entgegen, aber der Tag versprach warm zu werden.

Kurz vor Mittag erreichte ich Langles. Plötzlich hatte ich alles wieder klar vor Augen. Ich erkannte die Straßen, obwohl sie mir schmaler erschienen und die Häuser und Bauernhöfe kleiner. Mein Fahrrad führte mich wie von selbst auf den Weg zu unserer Wohnung. Ich stellte mein Rad an der Mauer ab. Die Haustür stand offen. Ich warf einen vorsichtigen Blick ins Innere. Am Küchentisch saß eine Frau, die mir den Rücken zukehrte und damit beschäftigt war, Gemüse fürs Mittagessen zu putzen. Ich trat über die Schwelle.

Als hätte sie meine Gegenwart geahnt, drehte sie sich um und sah mich erstaunt an. Und noch bevor ich ein Wort gesagt hatte, schien sie mich zu erkennen.

„Paul!" murmelte sie, „du bist es, Paul!"

„Ja, ich bin's", antwortete ich mit belegter Stimme.

Sie stand von ihrem Stuhl auf und hielt sich am Tisch fest, um nicht umzusinken. Dann machte sie ein paar Schritte auf mich zu.

Ihre Augen füllten sich plötzlich mit Tränen. Sie streckte mir die Arme entgegen und flüsterte: „Mein Liebling, da bist du endlich!"

Ich ließ mich nahezu gleichgültig von ihr in die Arme nehmen, und als sie mich freigab, fühlte ich mich erleichtert. Sie zog mich zum Sessel, wo ich Platz nehmen mußte, und wiederholte mehrfach:

„Mein Liebling, mein kleiner Liebling, wie groß du geworden bist, wie du dich verändert hast; du bist ja fast ein Mann!"

„Ich werde dreizehn, wie du wissen solltest", sagte ich ruhig und fügte hinzu: „Ich bin gekommen, weil du mich darum gebeten hast. Was hast du mir so Wichtiges mitzuteilen?"

Sie suchte den Augenblick vertraulicher Mitteilungen hinauszuzögern. „Du mußt doch großen Hunger haben nach der weiten Reise, die du hinter dir hast."

Ich bat um ein Glas Wasser. Ihre Hand zitterte, als sie es mir reichte. Ich hatte es eilig, zu erfahren, was sie von mir wollte. Deshalb wiederholte ich meine Frage.

Sie sah mich fest an, wartete einen Augenblick, als müsse sie den Atem anhalten, dann sagte sie mit gebrochener Stimme: „Paul, ich bin nicht deine Mutter."

Ich stand wie versteinert. Ich war auf alles gefaßt, aber nicht auf diese Eröffnung. Schließlich brachte ich mühsam hervor:

„Sie... Sie sind nicht meine Mutter? Sie heißen nicht Frau Guillet?"

Sie schüttelte traurig den Kopf.

„Nein, nein, mein Kleiner. Ich bin Frau Blainot."

Ich war so verdattert, daß ich meinen Blick nicht von dieser Frau lösen konnte, die da vor mir stand. Tränen rannen ihr über die faltigen Wangen. Sie machte sich nicht mehr die Mühe, sie abzuwischen.

„Du bist im Mütterheim von La Roche geboren, Paul. Deine Mutter, der du unerwünscht kamst, suchte jemanden, um dich großzuziehen. Ich hatte es von einer Nachbarin erfahren. Zu jener Zeit war gerade mein Mann gestorben. Wir haben viel Geld ausgegeben, um ihn zu retten; nun stand ich mit Jean allein da. Das bißchen Unterhalt, das ich für deine Versorgung erhielt, brauchte ich bitter nötig..."

Ich unterbrach sie: „Aber warum konnte meine Mutter sich nicht um mich kümmern?"

Frau Blainot lächelte traurig.

„Sie war noch ein Mädchen und sicher aus einer bürgerlichen Familie, die sich damit nicht einverstanden erklärt hätte."

„Haben Sie denn meinen Vater gekannt?"

„Ich weiß nicht, ob der Soldat, der sie begleitete, wenn sie dich jeden Sonntag besuchen kam, dein Vater war; man hat mir nie etwas davon gesagt."

Zaghaft fragte ich: „Haben Sie Fotos von... meinen Eltern?"

„Kein einziges. Sie kamen heimlich, und sie verbrachten nur einen Augenblick bei dir. Deine Mutter brachte Wäsche und bezahlte regelmäßig das Pflegegeld, also verlangte ich keine Erklärungen.“

Ich wollte, daß sie mir meine Mutter beschreibe.

„Sie war sehr jung, hübsch, mit blonden Haaren und immer gut gekleidet. Oft lachte sie, wenn sie dich anblickte. Ihr Soldat dagegen lächelte höchstens, wenn er dich wortlos betrachtete. Du ähnelst ihm überhaupt nicht. Er hatte lockige Haare und sehr dunkle Hautfarbe.“

Sie stützte sich auf die Sessellehne und fuhr fort:

„Ich habe dich erzogen und gepflegt wie meinen Sohn, Paul. Deine Mutter kam dich weiterhin besuchen, aber ich fühlte, daß sie sich immer weniger für dich interessierte. Eines Tages kam sie überhaupt nicht mehr. Ich habe mich nicht weiter darüber aufgeregt, aber am Sonntag darauf kam sie wieder nicht. Ich dachte deshalb, es müsse etwas Ernsthaftes dazwischengekommen sein. Man hatte mir erzählt, daß sie in einem kleinen Hotel in La Roche wohnte. Ich bin hingegangen, und dort hat man mir geantwortet, daß sie abgereist sei, ohne eine Adresse zu hinterlassen. Die Tage und Monate verstrichen, trotzdem gab ich die Hoffnung nicht auf, daß sie zurückkehren würde. Nun, ich habe mich getäuscht. Meine Ersparnisse schmolzen dahin, wieder hatte ich keinen einzigen Sou. Ich konnte dich nicht bei mir behalten, Paul. Also habe ich die Entscheidung getroffen, die du kennst.“

Eine ganze Weile herrschte Schweigen. Ich hatte den Eindruck, eine ungeheure Leere um mich zu spüren. Unwillkürlich fragte ich, wie es Jean gehe.

Meine Frage lenkte etwas ab und brachte eine fröhlichere Note in die gespannte Atmosphäre. Frau Blainot berichtete:

„Er ist jetzt ein hübscher junger Mann. Er arbeitet auf einem benachbarten Bauernhof.“

Während sie sich an den Kochtöpfen zu schaffen machte – es gab einen Hasenbraten –, fragte sie, was ich seither alles durchgemacht hätte. Ich antwortete ausweichend, irgendwie ging sie das nichts mehr an.

Nach dem Mittagessen traten wir wegen des herrlichen Wetters hinaus in den Garten. Ich fand, daß hier weniger Obstbäume standen als früher. Als ich das aber erwähnte, meinte sie, es sei nichts verändert worden.

Als wir wieder im Haus waren, fragte ich, ob sie Fotos von mir als Kleinkind habe. In dem Familienalbum, das sie aus einer Schublade der Kommode holte, sah ich einen kleinen lachenden Kerl, der einen dikken Ball an sich drückte.

„Das war dein Lieblingsspielzeug", sagte sie. „Du warst damals drei Jahre alt." Sie nahm das Bild heraus und reichte es mir. „Nimm es mit, es gehört dir."

Ich steckte das einzige Zeugnis meiner Kindheit sorgfältig in meine Brieftasche und erhob mich. Unbeweglich standen wir da und genierten uns, denn wir hatten uns nichts mehr zu sagen. Ich machte den ersten Schritt. Ich ging auf die Frau zu, die ich für meine Mutter gehalten hatte, und küßte sie auf beide Wangen.

Bevor ich abfuhr, fragte mich Frau Blainot mit einer Zurückhaltung, aus der der Zweifel herausklang:

„Ich hoffe, du besuchst mich mal wieder."

„Natürlich", erwiderte ich. Aber ich betrachtete sie jetzt als eine Fremde.

Es war bereits Nacht, als ich zu Hause ankam. Meine Tante wartete schon ungeduldig auf mich.

„Mein armer Kleiner", sagte sie, „du siehst ja halb tot aus." Ich konnte mich kaum noch auf den Beinen halten. Frau Robin brachte mir ein großes Glas Milch, das ich in einem Zug hinunterstürzte. Mit dem Appetit fühlte ich auch meine Kräfte zurückkehren. Ich setzte mich zu Tisch. Meine Tante schaute mich an, und ich begriff, daß sie vor Ungeduld starb, endlich zu erfahren, was sich in Langles zugetragen hatte. Als ich ihr sagte, daß Frau Blainot nicht meine Mutter war, sah ich ihr Gesicht vor Glück erstrahlen.

Ganz bedächtig meinte sie: „Unter diesen Umständen hast du gut daran getan, sie zu besuchen; nun bist du wenigstens von einem Zweifel befreit."

Dann fragte sie zögernd, ob Frau Blainot von meiner richtigen Mutter gesprochen habe.

„Ja", erwiderte ich, „sie hat mich im Alter von drei Jahren verlassen. Seither hat Frau Blainot nichts mehr von ihr gehört. Doch das läßt mich völlig gleichgültig."

Daraufhin zeigte ich ihr das Foto.

„Ich werde es in den Glasrahmen stecken mit den Bildern von deinem Onkel und von Claude. So habe ich dann meine ganze Familie um mich."

Wir unterhielten uns noch lange nach dem Abendessen. Ich hatte die Schüsseln alleine leeren müssen, meine Tante hatte nur an einem Apfel geknabbert. Meine Müdigkeit war wie weggeblasen, aber Frau Robin hörte mir nur mit Anstrengung zu, und ihr armes Gesicht war von Erschöpfung gezeichnet.

„Es scheint Ihnen nicht sehr gut zu gehen, Tante", sagte ich beunruhigt.

„Ja, ich war den ganzen Tag krank. Aber ich habe so viel Tabletten genommen, bis ich mich etwas besser gefühlt habe."

Als ich am nächsten Morgen in die Schmiede kam, war der unermüdliche Herr Radeau bereits bei der Arbeit. An seinem brummigen Empfang merkte ich, daß er meine Arbeitsverweigerung am Sonntag noch nicht ganz verwunden hatte. In mürrischem Ton verlangte er eine Handreichung von mir, und als ich nicht gleich losstürzte, um ihm das gewünschte Werkzeug zu bringen, fauchte er mich böse an.

Da ich schwieg, beruhigte er sich ein wenig. Eine halbe Stunde verging. Dann flammte sein Zorn wegen einer schlecht angezogenen Schraube wieder auf. Da gab ich meine Beharrlichkeit auf und gestand ihm, daß, wenn ich den Kopf weniger bei der Arbeit hätte als sonst, es wegen der Sorge sei, die mir der Gesundheitszustand meiner Tante bereite. Er starrte mich finster an, was mir wieder Schrecken einjagte, und sagte: „Konntest du das nicht eher sagen? Ich bin doch kein Unmensch, oder? Was hat denn deine Tante?"

„Sie war gestern sehr krank."

„Ach, da brauchst du dich nicht zu beunruhigen, die Frauen haben immer was zu klagen", erwiderte er gleichgültig.

Doch vierzehn Tage später fand ich meine Tante abends, als ich nach Hause kam, stöhnend im Bett, ihr Zustand machte mir angst. Ich holte schnell unsere Nachbarin, Frau Ferrand, die ihr ein paar Tropfen von einem Schmerzmittel eingab. Sie bekam wieder etwas Farbe, aber sie litt immer noch. Als sie mich so betroffen sah, versuchte sie mich zu beruhigen, als sie für einen Augenblick bei Atem war: „Hab keine Angst, mein Kleiner, es sind nur Leberbeschwerden! Ich muß etwas gegessen haben, was mir nicht bekommen ist." Dennoch bat ich Frau Ferrand, den Doktor holen zu lassen.

Am Tag darauf sah ich mittags, wie ein Auto vor unserem Haus hielt. Ein Mann stieg aus; in der Hand hatte er eine schwarze Ledertasche. Es war Doktor Pillot. Er war schon recht alt, sein weißes Haar war kurz geschnitten, und sein Gesicht strahlte viel Güte aus.

Als er eintrat, ging Frau Ferrand ihm ehrerbietig entgegen. Er gab ihr die Hand und verneigte sich leicht wie ein vornehmer Herr. Dann begab er sich ans Bett meiner Tante; seine Miene drückte nichts weiter als innere Ruhe aus.

„Nun, wo fehlt es denn, gute Frau?"

Verschüchtert antwortete meine Tante: „Oh, Herr Doktor, ich glaube, es handelt sich vor allem um eine große Müdigkeit, und dann habe ich immer eine empfindliche Leber gehabt."

„Ach, das ist das Los vieler Frauen", stellte der Arzt lächelnd fest. „Dann wollen wir uns das mal ansehen."

„Paul", sagte Frau Robin, „du solltest zu deiner Arbeit zurückkehren. Wenn du zu lange wegbleibst, wird dein Chef ungehalten sein."

„Ja, geh arbeiten, mein Junge, und mach dir keine Sorgen wegen deiner Tante, das geht schon alles gut."

Nach diesen begütigenden Worten verließ ich beruhigt das Haus.

Herr Radeau, der den Wagen des Arztes gesehen hatte, fragte mich, was der Doktor gesagt habe.

„Ich weiß es nicht. Ich bin weggegangen, bevor er mit der Untersuchung begonnen hat; jedenfalls sagte er, es sei nichts Schlimmes."

„Oh, das sagen sie nur, um die Leute zu beruhigen; du wirst schon noch früh genug die schlechten Nachrichten erfahren."

Diese entmutigenden Worte erfüllten mich mit Unruhe. Ich wollte den Meister um die Erlaubnis bitten, wieder zu meiner Tante gehen zu dürfen, um das Ergebnis der Untersuchung sofort zu erfahren, als ein Bauer mit seinem Pferd kam, das beschlagen werden mußte. Danach mußten wir eine Mähmaschine reparieren und verschiedene andere Kleinarbeiten verrichten, die den Rest des Tages ausfüllten.

Als ich gegen acht Uhr mit klopfendem Herzen heimkam, schien meine Tante ruhig; Frau Ferrand war nach Hause gegangen.

„Der Doktor meinte, ich sei sehr erschöpft, mein Kleiner. Er hat mir Spritzen verordnet, die die Schwester mir alle zwei Tage geben soll."

„Aber ist es denn nichts Ernsthaftes, was Sie haben, Tante?" fragte ich zitternd.

„Überhaupt nicht, und schließlich hat er mir nicht viel gesagt; doch ich soll ihn rufen lassen, wenn es nicht besser wird."

Das klang nicht gerade sehr überzeugend; dennoch versuchte ich mir einzureden, daß meine Tante bald wieder aufstehen und ihre Tätigkeiten verrichten würde.

Darin täuschte ich mich jedoch. Trotz der Arzneien trat keine Besserung ein. Frau Ferrand kam jeden Tag, leistete meiner Tante Gesellschaft und pflegte sie. Wenn ich abends von der Arbeit heimkehrte, saß ich lange an ihrem Bett und hielt ihre Hand. Sie lächelte mir liebevoll zu, und in ihren guten Augen standen Tränen. Ihr Sohn Claude war von ihrer Krankheit unterrichtet worden und besuchte seine Mutter so oft wie möglich. Er kam mit dem Motorrad, wenn er seine tägliche Arbeit auf dem Bauernhof geleistet hatte, und setzte sich eine Weile an ihr Bett. Immer wieder sagte er:

„Das ist nichts Ernstes, Mama, es ist nur eine akute Leberentzündung."

Ich beobachtete Claude heimlich. Er brachte mir keinerlei Sympathie entgegen. Für ihn war ich ein Fremdling in der Familie, und die Leiden seiner Mutter hatten mich nicht zu interessieren. Vierzehn Tage blieb meine Tante ans Bett gefesselt, als der Arzt zum zweitenmal kam. Angesichts ihres Zustandes beschloß er, sie in ein Krankenhaus zu überweisen, um sie dort untersuchen und röntgen zu lassen. Meine Tante verharrte einen Augenblick schweigend, als sie das hörte.

Ihre Hände begannen zu zittern. Dann sagte sie schwach: „Glauben Sie, daß es so schlimm ist, Herr Doktor?"

Dr. Pillot versuchte, sie zu beschwichtigen:

„Das ist nur eine einfache Vorsichtsmaßnahme. Der Krankenwagen wird Sie heute nachmittag abholen."

Meine Tante war bestürzt.

„Aber mein armer kleiner Paul", sagte sie, „was soll aus ihm werden, wenn er ganz allein in diesem Haus ist?"

Frau Ferrand erwiderte, daß sie nachts hier schlafen wolle, und fügte hinzu: „Wenn man Sie so hört, könnte man meinen, Sie wollten für lange weg, dabei handelt es sich nur um eine Angelegenheit von zwei oder drei Tagen, nicht wahr, Herr Doktor?"

„Ja, höchstens", erwiderte der Arzt ausweichend, während er sich die Hände in der Schüssel wusch, die ihm Frau Ferrand hingestellt hatte.

Ich stand am Fenster und blickte hinaus, damit meine Tante meine Angst nicht gewahrte. Doch sie rief mich zu sich, nahm meine Hand und sagte mit einem erzwungenen Lächeln:

„Wenn du erfährst, daß ich lange wegbleiben muß, komm mich bitte im Krankenhaus besuchen, mein Liebling."

Ich schwor ihr, sie so oft zu besuchen, wie es eben ging. Meine Tante fuhr fort:

„Wegen deiner Wäsche kannst du dich an Frau Ferrand wenden, sie wird sich ihrer annehmen, das werde ich gleich noch mit ihr regeln."

Frau Ferrand begleitete Dr. Pillot bis zum Gartentor. Ich beobachtete sie durch die Scheibe in der Tür. Sie sprachen leise miteinander. Als sie wenige Minuten später zurückkam, erklärte sie mit fast fröhlicher Stimme: „Sie brauchen sich überhaupt nicht zu beunruhigen, der Doktor hat mir versichert, daß nichts Schwerwiegendes vorliege." Dann packte sie die Kleidungsstücke zusammen, die meine Tante mit ins Krankenhaus nehmen sollte.

Da ich wieder zur Arbeit mußte, verabschiedete ich mich von meiner Tante. Ich wollte lieber schon weg sein, bevor die Ambulanz kam. So hätte die Trennung mich zu sehr bewegt und ich hätte die Tränen sicher nicht zurückhalten können.

4. Kapitel

Mein Gott, welche Leere empfand ich an diesem ersten Abend in unserem Haus! Angekleidet warf ich mich auf mein Bett und lag lange schluchzend da. Ich fühlte mich so allein, daß es mich merkwürdig an meinen ersten Abend in dem alten Spital erinnerte. Frau Ferrand suchte mir über meinen Kummer hinwegzuhelfen. Sie versicherte, daß der Doktor recht daran getan habe, meine Tante ins Krankenhaus bringen zu lassen, daß sie dort gut gepflegt würde und daß ich sie bald gesund wiedersehen würde. Ich hörte ihr zu, und trotz meiner großen Verwirrung war der Schlaf mit der Zeit stärker; ich schlief ein.

Das Ergebnis der Durchleuchtung war eindeutig. Meine Tante mußte sofort operiert werden. Große Steine drückten gefährlich auf die Gallenblase. Wie ich von Frau Ferrand erfuhr, verlief der chirurgische Eingriff normal. Diese Nachricht erfüllte mich mit großer Freude, denn ich sah meine Tante bereits auf dem Wege der Genesung. Ich bat Herrn Radeau sogleich, ins Krankenhaus fahren zu dürfen. Etwas widerwillig erteilte er mir die Erlaubnis.

Als ich den Gemeinschaftssaal betrat, hatte ich den Eindruck, mich unter Gespenstern zu befinden. Meine Tante mußte mich rufen, ehe ich sie erkannte. Ihr armes Gesicht war noch eingefallener; es zeigte eine unheilvolle gelbe Färbung. Dennoch ging ich lächelnd auf sie zu. Ich hatte ihr einen Nelkenstrauß gekauft, den ich ihr mit einer Schachtel Butterkekse überreichte. Ihre Freude, mich wiederzusehen, schien überwältigend. Wir küßten uns innig. Dann sagte sie zu mir: „Nun, Paul, wie geht es zu Hause? Kommst du einigermaßen zurecht?"

„Ja, mit Hilfe von Frau Ferrand klappt alles, Sie brauchen sich keine Sorgen zu machen."

„Oh, sie ist wirklich eine liebe Frau, ich werde immer daran denken, was sie für uns alles getan hat", sagte meine Tante.

Darauf fragte ich, wie sie sich fühle.

„Ach, ich bin noch etwas schwach, aber das ist normal nach einer solchen Operation. Glücklicherweise bin ich an einen guten Chirurgen geraten, der sanft, zuvorkommend und tüchtig ist. Er selbst hat mich verbunden, und mit so viel Feingefühl! Er hat mir versprochen, daß ich bald entlassen werde."

Der Klang ihrer Stimme schien mir jedoch nicht sehr überzeugend. Auch mochte ich die Art nicht, mit der die Schwestern mich empfingen. In ihren Worten spürte ich immer ein gewisses Mitleid.

Seit einem Monat lag meine Tante nun im Krankenhaus, und sie fühlte sich genauso schwach wie zu Anfang. Eines Tages, als ich auf dem Hof der Schmiede mitten bei der Arbeit war, sah ich Frau Ferrand aufgelöst hereinstürzen. Sie verkündete mir, daß meine Tante noch am selben Nachmittag mit dem Krankenwagen nach Hause kommen würde. Diese Nachricht erfreute mich natürlich, und ich machte mich mit doppeltem Eifer an mein Werk.

Ich sah meine Tante erst am Abend. Ich rannte fröhlich auf sie zu, um sie zu umarmen. Aber an ihrem Bett blieb ich erschrocken stehen. Ich erkannte sie nicht wieder. Dabei hatte ich sie erst drei Tage zuvor und – wie mir schien – bei guter Gesundheit gesehen. Jetzt fand ich sie in einem Zustand vor, der mir Angst einflößte. Ihr ausgemergeltes Gesicht zeigte keine Farbe mehr, und ihre großen wirren Augen starrten mich an. Trotzdem fragte ich sie so gleichmütig wie möglich, wie es ihr gehe.

Sie antwortete mir mit rauher Stimme, daß die Fahrt sie erschöpft habe, daß sie aber hoffe, sich morgen schon etwas wohler zu fühlen.

Ich blieb in ihrer Nähe, schweigend, denn ich sah, daß jede Unterhaltung sie ermüdete. Ihr Atem ging stoßweise, ihr Gesicht zog sich manchmal zusammen. Ich fragte beunruhigt:

„Haben Sie immer noch Schmerzen?"

„Ab und zu. Ich weiß nicht, was ich im Bauch habe, aber da zieht es überall. Der Doktor hat mir gesagt, daß das normal sei, doch ich wollte, es hörte auf."

Sie deutete ein Lächeln an und flüsterte:

„Das geht vorüber, sei beruhigt! Es geht schon besser."

Das glaubte ich ihr nur zur Hälfte, denn sobald das Licht ausgelöscht war, vernahm ich ihr Stöhnen.

Es war eine qualvolle Nacht. Ich lag lang wach und lauschte auf die Anzeichen ihres Leidens, das sie quälte. Sobald eine längere Stille eintrat, rief ich leise nach ihr. Ich hatte Angst, sie könnte einmal keine Antwort mehr geben.

Schließlich schlief ich ein. Als ich erwachte, zeigte die Uhr auf sieben. Ich lief zum Bett meiner Tante; die Decke hob sich regelmäßig über der atmenden Brust; doch die Augen blieben fest geschlossen.

Ein namenloser Schrecken bemächtigte sich meiner. Ohne mich weiter anzukleiden, eilte ich zu Frau Ferrand hinüber. Als sie mich in diesem Aufzug erblickte, ließ sie ihre Arbeit liegen und rannte in unser Haus.

Meine Tante lag im Sterben. Ich wußte jetzt, daß bald alles vorbei sein würde. Nie habe ich einen so lebhaften Schmerz empfunden. Mir rannen die Tränen über die Wangen. Ich sah nicht einmal, wie Frau Ferrand hinausging, um den Priester zu holen. Leiderfüllt starrte ich auf das letzte Aufflackern der Lebenskraft jener Frau, die meine wahre Mutter gewesen ist.

Sie starb vor dem Eintreffen des Pfarrers, dem zwei Chorknaben folgten, die das Öl und das Kreuz trugen. Der Priester nahm dennoch die Segnung vor. Dann kamen die Nachbarn. Ich sah sie nur wie im Traum. Jemand sagte: „Wir müssen ihren Sohn benachrichtigen."

Claude traf ein paar Stunden später ein. Er warf sich über den Leichnam seiner Mutter, küßte sie und murmelte mit tränenerstickter Stimme: „Mama, Mama."

Er schneuzte sich lautstark, dann gab er mir ein Zeichen, ihn auf den Hof zu begleiten. In der Trauer versöhnt, setzten wir uns wie zwei Alleingelassene auf die kleine Gartenmauer.

Schließlich fragte er mit gewollt fester Stimme:

„Hat sie gelitten?"

„In den letzten Augenblicken, ein bißchen..."

Der Rest meiner Worte ging in Schluchzen unter.

„Ich will zum Rathaus gehen und den Todesfall eintragen lassen, dann gehe ich wegen eines Sarges beim Schreiner vorbei."

„Sie verdient eine schöne Beerdigung", sagte ich tränenerstickt.

„Das möchte ich auch, aber wir sind nicht gerade reich."

„Ich bezahle den Kranz und das Kreuz", fügte ich hinzu. „Ich werde meinen Meister um einen Vorschuß bitten."

Die ganze Nacht wachten wir bei der Toten. Als der Morgen dämmerte, waren meine Tränen versiegt. Ich trat in den Hof. Die Morgenluft tat mir gut. Ich mußte meinen Meister benachrichtigen, der bereits wutentbrannt sein mußte. Doch er hatte von meinem Unglück schon gehört, denn er empfing mich voller Mitleid.

„Nun, was erzählt man sich, die Claire ist dahingegangen? Sie war alles in allem eine brave Frau."

Die dicke Frau Radeau näherte sich uns. Einen Moment glaubte ich, sie wolle mich küssen; ich wich automatisch zurück; doch sie beschränkte sich darauf, ihre rundliche Hand auf meine Schulter zu legen und mich mit Sanftmut zu bedauern. Und ohne Übergang fragte sie mich, ob das Datum der Beerdigung schon feststehe. „W-w-weil ich nicht w-w-weiß, w-w-was ich anziehen soll. Jedenfalls w-w-werden nicht viel L-l-leute dasein. Frau R-r-robin kannte niemanden."

Noch heute höre ich die Kirchenglocken läuten. Der Trauerzug bewegt sich die Hauptstraße entlang. In der Kirche ist der Sarg von brennenden Kerzen umgeben. Schließlich stehen wir um das Grab versammelt. Der Pfarrer weiht ein letztes Mal den Sarg. Claude reicht mir schluchzend den Weihwedel. Er weint während der ganzen Zeremonie. Unter den Trauergästen bemerke ich Frau Ferrand, die ihr Taschentuch an die Augen drückt. Neben ihr steht die dicke Frau Radeau in einem lila Kleid und mit einem dunklen breiten Hut; sie gleicht einer großen Aubergine. Ich gewahre auch Marie-Ange, die mich mit feuchten Augen anblickt. Ich finde, sie ist stärker geworden, und wie ich ihre runde Taille betrachte, senkt sie errötend den Kopf. Sie hat André heiraten müssen, den Sohn des Cafébesitzers Bonnardot. Manche von denen, die am Grab vorbeischreiten, rempeln mich leicht an. Während ich mit trockenen Augen wie angewurzelt stehe, höre ich eine Bäuerin, die mit ihrer Nachbarin spricht:

„Der ist nicht sehr gerührt, man sieht, daß er nicht ihr Sohn ist."

„Nein, das ist der von der Fürsorge, der bei Radeau arbeitet."

„Ach, sieh an! Das wundert mich nicht. Man weiß nicht, wo die alle herkommen."

Es ist vorbei; Erde wird auf das Grab geworfen; dann löst sich die Trauergemeinde auf. Wer Angehörige auf dem Friedhof hat, nimmt die Gelegenheit wahr, um die Gräber zu besuchen. Schließlich kehren die Frauen nach Hause zurück, und die Männer beenden den Tag im Café. Ich bleibe an Claudes Seite, der sich nicht von der Stelle rührt. Frau Ferrand kommt zu uns. Sie nimmt uns beim Arm.

„Kommt, meine Kinder, dadurch, daß ihr hierbleibt, ändert sich nichts mehr. Wir essen bei mir zu Abend."

Am Friedhofstor erwartet uns Frau Radeau. Mit mitleidiger Miene tritt sie auf mich zu. Da ich nun ein Waisenkind bin, ist sie bereit, mich bei sich aufzunehmen.

„W-w-wir haben ja Platz f-f-für dich zum Schlafen. D-d-du wirst d-d-dich bei uns w-w-wohl fühlen."

Sie begleitet uns bis zur Wohnung von Frau Ferrand. Unterwegs stellt sie fest, daß es eine schöne Beerdigung gewesen sei und daß sie nicht gedacht hätte, so viele Leute dort zu sehen. Niemand antwortet ihr. Als sie sich entfernt, zuckt Frau Ferrand mit den Achseln. Ich weiß nicht, ob aus Mitleid oder Verachtung...

Nach dem Abendessen schlug uns Frau Ferrand vor, bei ihr zu übernachten, doch wir lehnten ab. Wir wollten in dem Haus von Frau Robin schlafen, denn wir wußten, daß es das letzte Mal war. Tatsächlich gehörte es nun dem Sohn von Herrn Robin, Louis dem Habgierigen. Er hatte seine Rechte geltend gemacht und angekündigt, daß er es so bald wie möglich beziehen wolle, und deshalb war das Dringendste, was wir zu tun hatten, die Möbel wegzuschaffen, die er uns großzügig überlassen hatte. Frau Ferrand stellte ihren Speicher zur Verfügung, um sie unterzustellen. Claude wollte sie für seinen künftigen Hausstand aufbewahren. Er ging mit einem Mädchen, wie er mir sagte, das auf dem Hof lebte, wo er arbeitete. Seine Zukunft war also bereits vorgezeichnet, meine dagegen wurde immer problematischer. Wieder einmal blieb mir nichts, als mein Bündel zu packen und bei den Radeaus unterzuschlüpfen. Darüber war ich nicht gerade begeistert, aber was blieb mir anderes übrig?

NACH dem Tod meiner Tante begann für mich ein mühseliges Leben. Von nun an gehörte ich den Radeaus, ich wurde ihr Eigentum, ihr Diener, ihr Prügelknabe. Solange ich eine Familie gehabt hatte, behandelte Herr Radeau mich mit einer gewissen Achtung; vielleicht fürchtete er, ich könnte mich bei meiner Tante beklagen. Jetzt stand ich allein auf der Welt, und seine Skrupel schmolzen wie Schnee in der Sonne.

Ich arbeitete wie ein Sträfling. Da ich immer noch in der Lehre war, gab er mir am Wochenende gerade soviel frei, wie es ihm genug erschien, um meine Arbeit zu entlohnen. Mein Taschengeld war gering, denn jedesmal behielt er einen Teil ein, bis der Vorschuß abgezahlt war, den er mir für den Kranz und das Kreuz gewährt hatte. Abends um neun Uhr stieg ich auf den Speicher, wo sich meine Schlafkammer befand. Kaum hatte ich sie betreten, warf ich mich auf das kleine Eisenbett und versank in tiefen Schlaf. Oft stellte ich morgens fest, wenn ich von der Kühle geweckt wurde, daß ich mich nicht einmal ausgezogen hatte.

Mein Arbeitstag begann jetzt um fünf Uhr morgens. Kaum hatte mein Chef die Schmiede betreten, putzte er mich herunter: das Feuer brenne nicht richtig, die Werkzeuge seien nicht weggeräumt, der Fußboden sei nicht sauber. Wenn ich schüchtern zu ihm ging und ihn fragte, was ich tun solle, schrie er mich wütend an: „Muß man dir denn alles sagen, kleiner Idiot? Bring mir einen Hammer, und zwar schnell! Dich werd ich schon noch hinkriegen, keine Angst!"

Ich wich zurück, zitternd vor diesen Drohungen. Das geschah von nun an jeden Tag. Um acht Uhr sollte eigentlich die Frühstückspause sein, aber seit ich bei meinem Meister wohnte, sagte er, wenn es soweit war: „Ich geh mal zur Post telefonieren, ich bin in einer Viertelstunde wieder da, mach inzwischen meine Arbeit fertig."

Die Geschichte mit der Post währte eine Woche, dann war ein Besuch zu machen, oder es galt, Rechnungen zu schreiben. Zu Anfang glaubte ich ihm. Ich war sogar erleichtert, wenn er mich einen Augenblick allein ließ. War er wieder zurückgekehrt, zog sich die Arbeit ohne Pause bis dreizehn Uhr hin. Mit leerem Magen versuchte ich durchzuhalten. Eines Morgens, als mich seine wiederholte Abwesenheit neugierig machte, wartete ich ein paar Minuten, dann ging ich ihm nach. Als ich die Küchentür öffnete, sah ich zu meiner großen Überraschung Herrn Radeau vor einem opulenten Mahl sitzen. Da packte mich eine fürchterliche Wut. Wie ein Wilder brüllte ich:

„Sie widerlicher, dreckiger Lügner! Sie erfinden also diese Geschichten von der Post und den Rechnungen, um mich um mein Frühstück zu bringen, das ist gemein! Ich werde die Fürsorge benachrichtigen und sagen, wie Sie mich behandeln. Sie sollten sich schämen!"

Er stand auf und schrie los:

„Wirst du wohl deinen Mund halten, verdammt noch mal!"

Aber nichts konnte mich mehr zurückhalten. „Ich verachte Sie, ich hasse Sie!" Und dann fügte ich als höchste Beleidigung hinzu: „Sie sind ja impotent!"

In diesem Augenblick kreuzte die dicke Frau Radeau auf, die der laute Streit angezogen hatte. Sie versuchte, einige Sätze von sich zu geben, die durch ihre Stotterei jedoch unverständlich blieben. Herr Radeau kam auf mich zu und trat mir mit voller Wucht in den Unterleib. Ich krümmte mich vor Schmerzen. Nach allem, was ich zu ihm gesagt hatte, trachtete er offenbar danach, mich umzubringen. Ich wollte davonlaufen, doch Frau Radeau schloß die Küchentür. Jetzt war ich gefangen. Der Schmied hob mich an den Haaren vom Boden auf und traktierte meinen Kopf und meinen Körper mit Schlägen und Tritten. Seine donnernde Stimme dröhnte mir in den Ohren. „So? Ich geb dir nichts zu essen, du Miststück? Du willst die Fürsorge bemühen? Oh, ich werd dir zeigen, ob ich impotent bin! Ich werd dich zerdrücken wie eine Laus!“

Ich brüllte so sehr vor Schmerz, daß Herr Radeau fürchtete, ich könnte die Nachbarn aufmerksam machen. Er drückte mir seine Hand wie einen Knebel auf den Mund. Ich nutzte das aus und biß ihn, bis er blutete. Er stieß einen schrecklichen Schrei aus und ließ von mir ab. Sowie ich mich frei sah, griff ich zum ersten Gegenstand, der mir in die Hände fiel. Es war ein halbvoller Teller Suppe. Ich warf ihn mit aller Kraft auf meinen Peiniger. Er wich aus, und der Teller zerschellte an der Wand. Der Schmied stürzte sich auf mich, er riß mich mit aller Gewalt zu Boden, und als ich auf der Erde lag, bombardierte er mich mit Fußtritten. Frau Radeau bekam es zuerst mit der Angst. Sie schrie:

„Halt ein! Du wirst ihn noch totschlagen!“

Herr Radeau hielt inne. Er keuchte wie der Blasebalg in seiner Schmiede. Er war einem Schlaganfall nahe, die Augen traten ihm aus dem Kopf. Seine Frau beugte sich über mich. Als sie merkte, daß ich noch atmete, gewann sie ihre Kaltblütigkeit zurück.

„D-d-du hast nur be-bekommen, was du ver-verdient hast, kleiner W-w-wildling, und d-d-du kannst zufrieden sein, w-w-wenn wir nicht die Po-polizei holen ... D-d-denn Strolche wie du en-enden im Ge-gefängnis.“

Ich fand nicht den Mut, etwas zu entgegnen. „Los, steh jetzt auf!“ sagte Herr Radeau. „Ich glaube, diese Lektion hat dir gereicht.“

Ich versuchte, mich aufzurichten, aber mir tat alles so weh, daß ich auf allen vieren zur Tür kroch. Frau Radeau packte mich an den Schultern und hob mich auf. Einen Augenblick blieb ich an die Wand gelehnt, dann verzog ich mich auf meinen Speicher und schloß mich ein. Im Spiegel betrachtete ich mein geschwollenes Gesicht. Ich blutete an den Lippen und an den Ohren. Da erschrak ich. Ich nahm mein Handtuch, tunkte es in die Wasserschüssel und machte mir kalte Umschläge. Dann legte ich mich auf mein Bett, fand aber nicht die richtige Lage, denn mein ganzer Körper war ein einziger Bluterguß. In diesem Augenblick beschloß ich, Herrn Radeau zu töten.

NACHDEM meine Entscheidung über das Schicksal meines Meisters gefallen war, brauchte ich nur nach der Methode zu suchen, die zur Vollstreckung am besten geeignet war. Es gab in der Schmiede genügend gefährliche Werkzeuge, die zu einem Verbrechen dienen konnten. Ich schlüpfte aus meiner Kammer und schlich vorsichtig an der Küche vorbei in die Werkstatt. Ich wollte keinerlei Aufmerksamkeit auf mich ziehen, um genügend Zeit für die Durchführung meines Anschlags zu haben.

Ich ging direkt auf die Werkbank zu, um die Mordwaffe auszusuchen, als mein Blick zufällig auf den elektrischen Bohrer fiel. Es war ein ganz neues Gerät, das an die zehn Kilo wog. Herr Radeau wollte nicht, daß ich es anfaßte, denn er fürchtete, ich könnte es fallen lassen. Ich brauchte also nicht damit zu rechnen, daß ich mich seiner bedienen mußte, um Löcher in die Eisenplatten zu bohren, die für ein Tor bestimmt waren und vom Schmied seit dem Morgen montiert wurden. Es genügte, die Erdung abzuklemmen und ein wenig Wasser in den Stromkreislauf zu bringen, um Herrn Radeau einen Schlag zu versetzen, der einen Ochsen töten würde. Ich hatte die ideale Lösung gefunden, und niemand konnte mich verdächtigen. Mein Chef würde einfach beim Umgang mit einem defekten elektrischen Gerät ums Leben kommen.

Als er endlich die Werkstatt betrat, wartete ich, bis er mir eine Aufgabe zuweisen würde. Und wenige Augenblicke später trug er mir mit strenger Stimme auf, die Angeln des Tores glattzufeilen. Während ich mich an die Arbeit machte, legte Herr Radeau zwei Bleche auf die Werkbank, mit denen die Torpfosten befestigt werden sollten. Ich beobachtete ihn aus den Augenwinkeln. Mit Hilfe eines Zirkels maß er genau die Stellen aus, wo er die Löcher für die Nieten anbringen mußte. Sobald er die Punkte mit einer Stahlspitze markiert hatte, klemmte er das Eisen in den Schraubstock, nahm einen Bohreinsatz und griff zu dem elektrischen Gerät. Mein Herz schlug mir bis zum Hals. Herr Radeau hatte den Bohrer fest in der Hand und setzte nun die Spitze ein.

Ich ließ ihn nicht aus den Augen. Er brauchte jetzt nur noch den Kontakt am Handgriff auszulösen, was er umgehend tat.

Das Brüllen eines wilden Tieres begleitete das Dröhnen des Motors. Herr Radeau klammerte sich im höchsten Schmerz an den Griff des Bohrers. Er blieb vor mir stehen, seine Augen traten aus den Höhlen, der Körper wurde von krampfartigen Zuckungen geschüttelt. Dennoch gelang es dem Meister, sich von der Maschine zu lösen, die neben ihm zu Boden fiel. Die Spitze brach dabei ab. Herr Radeau stützte sich auf die Werkbank, sein Gesicht war schweißgebadet.

Starr vor Angst, hielt ich den Blick auf diesen Mann gerichtet, dessen Lebensgeister langsam wieder erwachten. Er drehte sich um, sah mich an und sagte mit rauher Stimme: „Gib mir den Stecker!"

Ich reichte ihn ihm mit zitternder Hand. Er entriß ihn mir und schraubte das Gehäuse auf: da merkte er, daß der Erdkontakt gelöst worden war. An seinem Blick sah ich, daß er mich totschlagen würde und ich keine Chance mehr hatte. Ich wich erschrocken zurück. Er kam auf mich zu, seine Pranken auf meinen Hals gerichtet, und sagte haßerfüllt: „Verdammtes kleines Stück Dreck, wolltest mich töten, wie?"

Ich hatte jetzt die Wand im Rücken und fühlte die Beine unter mir zusammenknicken. Ich wollte entfliehen, aber Herr Radeau hielt mich am Gürtel meiner Hose fest. Er hob mich gewaltsam vom Boden auf und schleuderte mich gegen die Tür. Ich fiel auf die Zementplatten, wo ich kraftlos liegenblieb. Der Schmied packte mich am Kragen und spuckte mir ins Gesicht.

„Hör gut zu, was ich dir sage! Ich werde nicht die Fürsorge benachrichtigen, denn ich bin schließlich für dich verantwortlich, kleine Ratte, aber ich schwöre dir, daß du in Zukunft spuren wirst. Bei der geringsten Schweinerei, die du machst, drehe ich dir wie einem Huhn den Hals um!"

Darauf ließ er mich los. Ich rappelte mich mühselig auf. Da streckte er den Arm aus und brüllte: „Ab mit dir in dein Zimmer!"

Er fürchtete sicher, daß Kunden kommen und mich in diesem elenden Zustand erblicken könnten.

Erschöpft vor Müdigkeit und Kummer, kehrte ich in meine Kammer zurück. Ich erwartete nichts mehr vom Leben; das einzige, was mir noch zu tun blieb, war die Beseitigung meiner selbst, um meinen Leiden und meiner einsamen Verzweiflung ein Ende zu setzen.

Ich ging zum Fenster, öffnete es und, gestützt auf die Fensterbank, holte ich Schwung, um mich ins Leere zu stürzen. Bei dieser Höhe, aus dem zweiten Stockwerk, wäre ich auf der Stelle tot. Ich stand schon im Fensterrahmen und drohte das Gleichgewicht zu verlieren, als der Selbsterhaltungstrieb sich als stärker erwies. In der letzten Sekunde konnte ich mich am Pfosten des Fensterladens festhalten. Das Verlangen, mich selbst umzubringen, war mir endgültig vergangen.

Ich sprang in die Kammer zurück und schloß das Fenster. Ich zitterte bei dem Gedanken an die Tat, die ich hätte vollbringen können. Mir wurde auf einmal die Sinnlosigkeit dieser Handlung klar. Herr Radeau verdiente es nicht, daß ich mich selbst vernichtete und er mich nicht länger zu ertragen brauchte. Er hatte jetzt gesehen, wozu ich fähig war, um mich zu verteidigen. Das wird er so schnell nicht vergessen, dachte ich. Ruhig zog ich mich um und wusch meine Wunden aus. Dann legte ich mich beruhigt auf mein Bett... Ich schlummerte ein paar Stunden. Da mir beim Erwachen der Magen knurrte, ging ich in die Küche hinab, wo die Radeaus bereits am Tisch saßen.

Als ich eintrat, bemerkte ich bei Frau Radeau ein leichtes Zittern. Ihr Mann mußte sie informiert haben. Der Schmied blickte mich ernst an, ohne ein Wort zu sagen. Ich setzte mich an den Tisch, und Frau Radeau legte mir eilfertig ein Gedeck hin. Die Suppe dampfte noch in der Terrine. Ich nahm mir eine Kelle voll. Das Ehepaar Radeau aß weiter. Man hörte nur noch das Geräusch der Löffel auf dem Grund der Teller. Als sie fertig waren, wartete Frau Radeau nicht, bis ich meine Suppe aufgegessen hatte, sondern brachte gleich den nächsten Gang. Es gab Kutteln. Ich mochte dieses Gericht nicht, dennoch bediente ich mich reichlich. Ich tat alles, damit mir mein Chef Vorwürfe machte und aus seiner Gleichgültigkeit heraustrat; doch die Mahlzeit verlief ohne Zwischenfall. Ich schloß daraus, daß sich für mich etwas geändert hatte, vielleicht zum Guten.

IN DEN folgenden Monaten schien der Schmied mich zu ignorieren. Ich hatte auch gemerkt, daß Frau Radeau sich nicht sicher fühlte, wenn sie zufällig mit mir allein war.

Nach dem Abendessen ging ich hinaus, um ein wenig Luft zu schnappen. Unausbleiblich lenkten mich meine Schritte zum Haus von Frau Robin. Louis der Habgierige hatte die Kletterrosen entfernt, die, wie er sagte, die Wand zu feucht machten, und die Fassade mit einem grellen Gelb angestrichen. Ich wagte nicht, daran zu denken, was er innen alles verändert haben mußte. Er hatte ein Bild meiner glücklichen Kindheit für immer zerstört.

Ich hatte mich in meiner Arbeitszeit inzwischen Herrn Radeau angepaßt. Ich führte meine Tätigkeit unbeanstandet aus. Ich hatte sogar eine gewisse Geschicklichkeit erworben. Herr Radeau konnte mir nichts mehr vorwerfen. Ich kam auch nicht mehr eine Stunde vor ihm in die Werkstatt, und er machte mir keine Vorhaltungen. Wie er legte ich eine Dreiviertelstunde Mittagspause ein, und ich hatte meinen freien Sonntag, selbst wenn ich manchmal lieber gearbeitet hätte. Ansonsten unternahm ich nicht viel; ich hätte mich mit Freunden im Café treffen können, doch ich versuchte, soviel Geld wie möglich für meine Abreise zu sparen; denn ich war fest entschlossen, mit Ablauf meines Vertrags keine Minute länger bei den Radeaus zu bleiben.

Als der letzte Monat anbrach, begann Herr Radeau zu meiner großen Überraschung in freundschaftlichem Ton mit mir zu reden und mich sogar zu loben. Eine Woche vor meiner Abreise fragte er mich, ob ich nicht bei ihm bleiben wolle. Er bot sich an, mir den Lohn eines guten Arbeiters zu bezahlen und die gewerkschaftlich festgelegte Arbeitszeit zu respektieren.

Ich sah ihm in die Augen und sagte entschlossen:

„Es wird der schönste Tag meines Lebens sein, wenn ich Ihr Hoftor hinter mir zumache, und eine solche Glückseligkeit ist unbezahlbar."

Damit drehte ich mich um und räumte die Werkzeuge auf.

Ich wollte nach La Roche, hatte jedoch keine Vorstellung, was ich in dieser Stadt tun sollte. Bei unserem letzten gemeinsamen Abendessen versuchten Herr und Frau Radeau noch einmal, mich zum Bleiben zu bewegen, aber ich lehnte es schlankweg ab und stieg in meine Kammer hinauf, um mein Bündel zu schnüren.

Am nächsten Morgen stand ich sehr früh auf und verließ heimlich dieses verhaßte Haus. Ich hängte meine Sachen an den Lenker meines alten Fahrrads. Bevor ich La Boissière den Rücken kehrte, besuchte ich ein letztes Mal das Grab meiner guten Tante. Vielleicht würde ich den stillen, blühenden Friedhof nie wiedersehen. Bis an mein Lebensende werde ich jedoch diese allzu kurzen Jahre des Glücks im Gedächtnis behalten. Das liebe Bild des Ehepaars Robin wird in meiner Erinnerung immer gegenwärtig sein, um mir in Augenblicken künftiger Trauer oder Verdrossenheit Mut einzuflößen.

Nachdem ich einen kleinen Marktflecken durchfahren hatte, riß plötzlich die Kette meines Fahrrads... Mein armes Stahlroß war am Ende seines Daseins angelangt... Also beschloß ich, mich von ihm zu trennen. Ich wollte es nicht am Straßenrand einem Schrotthändler zur Beute überlassen. Es verdiente einen edleren Abgang. Am Ende des Dorfes hatte ich einen Teich entdeckt. Nach kurzem Zögern warf ich das Rad in das schlammige Wasser. Es versank. Ich hatte den Eindruck, einer Beerdigung beizuwohnen. Doch ich tröstete mich schnell mit dem Gedanken an das schöne Rennrad, das ich mir später kaufen würde, wenn sich die Dinge gut anließen. Dann nahm ich mein Bündel auf die Schulter wie früher die Handwerksburschen und machte mich in entgegengesetzter Richtung auf den Weg zum Bahnhof.

NACH einiger Zeit, die mir unendlich lang vorkam, erreichte der Zug La Roche. Ich fühlte mich schrecklich allein in dieser Menschenmenge, die zum Ausgang strömte. Fast hätte ich Lust gehabt, wieder nach La Boissière zurückzukehren, doch ich verscheuchte diesen dummen Gedanken wieder und verließ den Bahnhof.

Ich verirrte mich mehrfach in den unbekannten Straßen und mußte zweimal nach dem Weg fragen, ehe ich vor dem traurigen Gebäude der Fürsorge stand. Bevor ich es betrat, überlegte ich mir, wie ich Fräulein Guégan meinen endgültigen Weggang bei den Radeaus anzeigen sollte. Mir wurde klar, daß sie mich in das alte Spital schicken würde, bis ich eine neue Beschäftigung gefunden hätte. Dieser Gedanke ließ mich erschaudern. Lieber wollte ich mir frei die Arbeit suchen, die mir am besten gefiel. Ich entfernte mich schnell und bog in die nächstbeste Straße ein. Mir blieb im Augenblick nichts anderes zu tun, als ein kleines Hotel ausfindig zu machen, das nicht zu teuer war, denn meine Barschaft betrug nur fünfundzwanzigtausend Franc. Dann konnte ich in aller Ruhe nach einer Beschäftigung suchen und Fräulein Guégan darüber berichten. Ich hielt den erstbesten an, der mir begegnete, und fragte, ob er ein preiswertes Hotel in dieser Gegend kenne. Er nannte mir gleich eines.

Es war ein kleines, ältliches Gebäude. Ich betrat einen verräucherten Schankraum und ging zur Theke, wo ein junges, brünettes Mädchen beschäftigt war.

„Man hat mir gesagt, daß man bei Ihnen ein Zimmer finden könnte."

„Wir nehmen nur Pensionsgäste. Das macht monatlich fünfzehntausend inklusive."

Ich war einverstanden und bat, mir das Zimmer zu zeigen. Das Mädchen führte mich zur Treppe. Wir stiegen in den dritten Stock hinauf. Das Zimmer war winzig, aber sauber. Möbliert war es mit einem Eisenbett, über dem eine grüne Steppdecke lag, einem kleinen Schrank aus hellem Holz und zwei Korbsesseln. In einer Ecke vervollständigte ein Waschbecken, dessen Wasserhahn undicht war, das Mobiliar. Im Vergleich zu dem, was ich bei den Radeaus gehabt hatte, befand ich mich im Paradies.

Ich brachte meine Sachen in dem Schrank unter und ging schnell hinab. Im Restaurant saßen bereits viele Pensionsgäste bei Tisch: Arbeiter, Hilfskräfte, Lastwagenfahrer.

Ich setzte mich neben einen stämmigen Kerl mit sonnverbranntem Gesicht und vorspringendem Kinn. Er gähnte mehrmals, dann erklärte er mit rauher Stimme:

„Ich bin todmüde, ich bin die ganze Nacht durchgefahren, es sind bereits siebzehn Stunden, daß ich kein Auge zugekriegt habe; was sagst du dazu, Dédé?"

Dédé war der blonde junge Mann, der uns gegenübersaß. Er trug einen von den blauen Trainingsanzügen, wie ich sie von den Radrennfahrern kannte. Er fragte mich: „Sind Sie ein neuer Gast?"

„Ja, ich bin gerade aus La Boissière gekommen; ich suche Arbeit."

„Ich arbeite bei einem Fahrradhändler", sagte Dédé, „und sonntags fahre ich als Amateur. Interessieren Sie sich fürs Radrennen?"

Ich log, als ich ihm erklärte, ich hätte bereits zwei gewonnen. Ich fühlte, daß ich in ihm einen Kameraden gefunden hatte. Als er mir vorschlug, mich seinem Chef vorzustellen, war ich begeistert. Dieser führte einen großen Laden, in dem man immer Lehrlinge brauchte. Ich gestand kleinlaut, daß ich in der Fahrradmontage keine Kenntnisse besaß.

„Das lernt sich schnell", antwortete Dédé, „und dann fehlt es an Handlangern; komm heute nachmittag mit, ich stell dich vor."

Nach dem Essen begleitete ich Dédé zu seinem Arbeitsplatz. Mir war bange, aber Dédé beruhigte mich: „Nur keine Angst. Der Chef ist ein dufter Typ."

Wir kamen an das Schaufenster eines großen Geschäfts. Über der Eingangstür prangte ein imposantes Schild mit dem Namen des Inhabers: „Laruelle, Fahrradgroßhandlung". Dédé ging in ein Büro und sprach mit einem Herrn mit leicht ergrauten Schläfen. Der warf mir einen kurzen Blick zu, öffnete die Glastür und kam mir mit ausgestreckter Hand entgegen. Er war ein großer Mann mit breiten Schultern und energischen Gesichtszügen.

„Guten Tag, ich bin Herr Laruelle."

Ich grüßte ihn ehrerbietig.

„Also Sie wollen Ihr Glück versuchen, junger Mann?"

„Das ist mein einziger Wunsch, Monsieur!"

Bei dieser Begeisterung mußte Herr Laruelle lächeln. „Ich habe vielleicht etwas für Sie; würde es Ihnen gefallen, im Lager zu arbeiten?"

„Aber sicher", entgegnete ich. Ich strahlte angesichts dieses unerwarteten Vorschlags.

„Aber erwarten Sie nicht, daß Sie hier ein Vermögen verdienen können, vor allem zu Anfang nicht."

„Das ist mir gleich, Herr Laruelle, wenn ich nur ab und zu trainieren kann."

„Einverstanden, ich stelle Sie ein."

Plötzlich überfiel mich die Angst. Mir fiel ein, daß ich ihm die Wahrheit über meinen Familienstand sagen mußte. Herr Laruelle sah, wie ich bleich wurde, und fragte beunruhigt:

„Ist etwas nicht in Ordnung, junger Mann?"

Die Worte kamen mir nur schwer über die Lippen.

„Ich... ich bin von der Fürsorge."

Dieses Geständnis, das mir schrecklich erschien, ließ ihn jedoch gleichgültig. Er hob lediglich die Arme zum Zeichen der Bedeutungslosigkeit. „Mich stört das nicht weiter, Sie haben das Recht zu leben wie jeder andere."

Ich fühlte mich so glücklich, daß ich ihm am liebsten um den Hals gefallen wäre. Herr Laruelle blieb noch ein paar Minuten mit mir im Gespräch. Begeistert erzählte er von seiner Mannschaft. „Ich habe etwa zehn Mann, alles junge Leute, und einige machen phantastisch mit. Jeden Sonntag nehme ich sie zu irgendeinem Rennen mit. Ich will eine Mannschaft mit Durchschlagskraft, die fähig ist, mit den großen Marken zu wetteifern. Deshalb interessieren Sie mich. Ich hoffe, Sie enttäuschen mich nicht! Andernfalls... Übrigens machen wir morgen eine Tour, um zu sehen, wie Sie fahren."

„Ich hatte wenig Zeit zum Training, Herr Laruelle", sagte ich leicht beunruhigt, „aber ich mache das Unmögliche wahr, um Ihnen zu zeigen, daß an mir was dran ist."

Der Nachmittag verging in euphorischer Stimmung. Meine Arbeit war nicht schwer. Ich mußte die Bestellungen entgegennehmen, die die Sekretärin vorbereitete, die verlangten Ersatzteile im Lager heraussuchen und zusammenpacken.

Als es sieben Uhr läutete, kam Dédé zu mir. Ich wußte nicht, wie ich ihm danken sollte, und stotterte vor Dankbarkeit.

„Nicht doch", sagte er, „laß nur! Wenn man jemandem helfen kann, muß man es tun. Du hättest genauso gehandelt wie ich, stimmt's?"

Ich hatte Tränen in den Augen bei soviel Liebenswürdigkeit.

„Warte! Komm, ich zeig dir eine Überraschung", fuhr er fort und zog mich in eine Ecke der Werkstatt.

Gebannt stand ich vor einem phantastischen roten, chromblitzenden Rennrad.

„Das ist dein Rad, ich hoffe, es gefällt dir."

Da trat Herr Laruelle ein.

„Wie finden Sie Ihr neues Rad?" rief er mir zu.

„Wunder...wunderschön, aber gehört es wirklich mir?"

„Gegenwärtig gehört es der Firma, es wird Ihnen geliehen; versuchen Sie, es zu verdienen, dann wird es Ihnen geschenkt."

Ich ging zu Fuß in mein Hotel zurück, das Fahrrad führte ich an der Hand. Ich fand es so schön und so zerbrechlich, daß ich nicht aufzusteigen wagte – aus Angst, es abzunutzen. Zum erstenmal in meinem Leben hatte ich das Gefühl, einen seltenen Gegenstand zu besitzen, der die allgemeine Aufmerksamkeit erregte.

Am nächsten Morgen erwartete mich mein neuer Chef fünf Minuten vor acht vor seinem Geschäft. Er saß am Steuer eines roten Sportwagens, auf dem groß der Name „Laruelle" prangte. Als er mich kommen sah, das Rennrad an der Hand, stieg er aus und wünschte mir lächelnd guten Morgen.

„Nun, Paul, zufrieden mit Ihrem Rad, fährt es gut?"

Ich wagte nicht zu sagen, daß ich es noch nicht ausprobiert hatte.

„O ja, Herr Laruelle, sehr gut!" erwiderte ich.

„Schön, das werden wir ja sehen. Wir fahren ein paar Kilometer in Richtung Sables hinaus. Da gibt's einige Steigungen, das ist eine recht gute Übung. Also auf den Sattel!"

Als ich mein Rad bestieg, bekam ich es mit der Angst zu tun. Ich merkte, daß Herr Laruelle mich im Rückspiegel seines Autos beobachtete. Kaum waren wir aus der Stadt heraus, taten mir bereits die Beine weh. Ich holte ein wenig auf, und als ich eine Steigung kommen sah, nahm ich sie fast im Spurt. Bei der Abfahrt hoffte ich, weiter an Boden zu gewinnen; leider kam eine Schotterstrecke, so daß ich fast das Gleichgewicht verloren hätte. Ich wußte nicht, was ich tun sollte, und riß die Gangschaltung herum: es knackte, und die Kette sprang ab. Ich stieg ab. Ich schnaufte wie ein Pferd. Herr Laruelle hielt an und stieg aus. Seine Haltung war reserviert.

„Sie haben noch viel zu lernen."

„In einigen Tagen wird es bessergehen", antwortete ich atemlos.

„Das will ich hoffen. Also weiter!"

Ich radelte eine Weile im Stehen und meinte, mich dadurch ausruhen zu können, aber ich war erschöpft. Glücklicherweise überholte mich mein Chef auf dem Rückweg und rief mir zu: „Wir haben genug Zeit verloren, fahren Sie auf eigene Faust zurück."

Ich verstand nicht recht, was er damit sagen wollte, aber sobald ich den Wagen nicht mehr sah, stieg ich ab und fuhr nur noch die abschüssigen Strecken auf dem Rad.

Ich erreichte das Geschäft mit viel Verspätung. Herr Laruelle erwartete mich.

„Kommen Sie, ich habe mit Ihnen zu reden!“

Ich folgte ihm klopfenden Herzens in sein Büro. Als er sich gesetzt hatte, sah er mich an und sagte ganz offen: „Wenn ich Ihnen einen guten Rat geben darf, lassen Sie das Radfahren sein. Auf den ersten Blick habe ich gesehen, daß Sie in diesem Sport nichts auszurichten haben. Sie werden verstehen, daß ich Sie nicht hierbehalten kann; es ist mir nicht wichtig, ob Sie ein aufmerksamer und tüchtiger Lagerist werden, aber die Stelle ist vor allem künftigen Champions vorbehalten, und das werden Sie nie.“

Ich hätte mich gerne verteidigt, doch die Worte blieben mir im Halse stecken. Abschließend erklärte Herr Laruelle:

„Sie können jetzt gehen, wenn Sie wollen. Ich werde Ihnen trotzdem Ihren Arbeitstag bezahlen.“

Die Sekretärin händigte mir einen Umschlag aus und warf mir einen gleichgültigen Blick zu. Ich fand nicht den Mut, in die Werkstatt zu gehen, um Dédé zu begrüßen. Ich war zu sehr aus der Fassung gebracht. Ich zog meinen Kittel aus und verließ das Geschäft. Der einzige Ausweg, der mir übrigblieb, war die Rückkehr zur Fürsorge. Ohne weiter zu zögern, machte ich mich dorthin auf und trat durch die Tür, die ich bei meiner Ankunft in La Roche nicht zu öffnen gewagt hatte.

Es war noch immer derselbe dunkle, verlassene Flur. Ich stieg die Treppe mit dem roten Läufer hinauf und stand schließlich vor der Tür, an der der Name von Herrn Bourneau zu lesen war.

Ich faßte mir ein Herz und klopfte an. Eine Stimme bat mich einzutreten. Ich erkannte den Mann, der hinter seinem antiquierten Schreibtisch saß, nicht auf den ersten Blick; dennoch war es eine alte Bekanntschaft: Herr Bourneau persönlich, nur zehn Jahre älter. Nach kurzem Schweigen fragte er mich: „Wer sind Sie bitte?“

„Ich heiße Paul Guillet“, sagte ich mit so schwacher Stimme, daß ich meinen Namen wiederholen mußte.

„Sie gehören hier zu uns?“

„Ja, Monsieur. Ich bin gekommen, weil ich meine Lehre abgeschlossen habe und nun ohne Arbeit bin.“

Herr Bourneau schien von meiner Antwort überrascht.

„Wer hat sich bisher um dich gekümmert?“

„Herr Radeau in La Boissière.“

Herr Bourneau runzelte die Brauen. Mit diesem Namen verband er nichts. Er rief einen Angestellten und ließ sich meine Akte bringen. Während sie herausgesucht wurde, fragte er mich:

„Wie alt bist du jetzt?"

„Fünfzehn Jahre, Monsieur."

In diesem Augenblick legte ihm der Angestellte meinen Lebenslauf vor. Herr Bourneau las ihn sehr aufmerksam durch, dann hob er den Kopf und sagte zu mir: „Tatsächlich, du hast eine dreijährige Lehre bei Herrn Radeau gemacht, dem Schmied von La Boissière."

Mit dem Ton eines Untersuchungsrichters fuhr er fort:

„Warum bist du dort weggegangen?"

Da ich schwieg, fügte er in entschiedenem Ton hinzu:

„Antworte mir, Paul, wenn ich dich etwas frage!"

Ich nahm mich zusammen und sagte, daß ich bei Herrn Radeau nicht länger bleiben wollte, weil die Arbeit dort recht hart gewesen sei.

Herr Bourneau lachte auf: „Du hast wohl erwartet, daß man dich wie ein kleines Kind verhätscheln würde? Auf diese Art wird man nicht zum Mann. Und was willst du jetzt tun?"

„Ich weiß es nicht, Monsieur."

Etwas ruhiger fuhr er fort:

„Wie lange bist du denn schon hier? Ich ersehe aus deiner Akte, daß deine Lehrzeit am 17. endete, und heute haben wir den 19. Nun?"

„Ich bin seit zwei Tagen in La Roche."

„Und heute suchst du uns erst auf! Was hast du in der Zwischenzeit gemacht? Wo bist du gewesen?"

Ein bitteres Schuldgefühl stieg in mir auf. Stotternd antwortete ich:

„Im Hotel... Ich war in einem kleinen Hotel am Marktplatz."

Das Gesicht meines Befragers wurde plötzlich purpurrot. Er erhob sich und stützte sich mit einer Hand auf den Schreibtisch, als brauche sein vor Zorn zitterndes Skelett mehr Halt.

„Du weißt wohl nicht, daß du keinerlei Freiheiten hast und daß wir bis zu deiner Volljährigkeit für dich verantwortlich sind? Also mit fünfzehn Jahren verläßt du einfach so, ohne jedes Motiv, deinen Arbeitgeber und strolchst zwei Tage in einer fremden Stadt umher! Schau mich an, wenn ich mit dir spreche!" Er drohte mir mit ausgestrecktem Zeigefinger. „Wenn du hier den starken Mann spielen

AVIS

willst, findest du in mir den richtigen! Gott sei Dank gibt es staatliche Institutionen für kleine Rebellen wie dich."

Da ich demütig und unterwürfig blieb, legte sich seine Wut.

Er setzte sich wieder hin, dachte einige Sekunden nach und sagte dann mit dem Ausdruck plötzlicher Erkenntnis:

„Ich frage mich, wo man dich unterbringen kann. Vorläufig wirst du ins Spital zurückkehren; die Schwestern werden schon eine Beschäftigung für dich finden."

Bei diesen Worten schrie ich fast: „Nein, Monsieur, nein! Schicken Sie mich nicht in das alte Spital zurück!"

Herr Bourneau unterbrach meinen Protest in schroffem Ton:

„Du gehst da hin, wo man dich hinschickt. Was hast du denn gegen das Spital? Bist du vielleicht früher dort unglücklich gewesen? Hast du bei den Schwestern irgendwas entbehrt? Willst du zur Sünde der Faulheit auch noch den Fehler der Undankbarkeit hinzufügen?" schloß er beredt.

5. Kapitel

Als ich zum zweitenmal in meinem Leben vor dem Eingang des alten Spitals stand, war ich so verzweifelt, daß ich die verwünschte Umgebung meiner Kindheit einfach nicht wiedererkannte.

Schließlich befand ich mich vor dem Büro der Mutter Augusta. Mein Herz klopfte so stark, daß ich eine Sekunde den Gedanken hatte, von diesem schrecklichen Ort für immer zu entfliehen, aber ich faßte Mut und pochte an die Tür.

Eine kreischende Stimme bat mich einzutreten. Ich erblickte Mutter Augusta hinter ihrem Schreibtisch, der mir gegenüberstand und mit Papieren überladen war. Sie war jetzt eine hochbetagte Nonne, schrumpelig wie ein alter Apfel. Da sie über mein Erscheinen nicht überrascht schien, wußte ich, daß sie von Herrn Bourneau über meine Ankunft bereits unterrichtet worden war und nicht gerade ein schmeichelhaftes Bild von mir gezeichnet bekommen hatte. Es herrschte kurzes Schweigen, während die Schwester mich ohne jede Freundlichkeit betrachtete. Endlich setzte sie zum Angriff an: „Nun gut", sagte sie.

„Wie mir scheint, sind die Dinge nicht so gelaufen, wie wir gehofft hatten."

Ich versuchte, einen leisen Protest anzumelden, den sie jedoch sofort unterband.

„Du hast nicht nur keinen Nutzen aus den guten Lehren zu ziehen gewußt, die wir dir am Anfang deines Lebens reichlich zuteil werden ließen, sondern du hast auch durch Lüge und Faulheit gesündigt." Sie klopfte mit ihrer knochigen Hand auf eine Akte, die vor ihr lag. „Nie, verstehst du mich, niemals verlieren wir unsere Zöglinge aus dem Blickfeld. Ihr Schicksal steht uns vor Augen, und wir gruppieren sie entweder auf der Seite des lieben Gottes oder auf der des Teufels ein."

Ich hörte ihr gar nicht mehr zu. Angesichts meiner Gleichgültigkeit wurde Mutter Augusta der Sache müde. „So, nun werden wir für dich eine Beschäftigung in unserem Hause finden, während Herr Bourneau eine neue Arbeitsstelle für dich suchen wird."

Daraufhin nahm sie den Telefonhörer ab und bat Schwester Désirée in ihr Büro, die wenige Augenblicke später eintrat. Sie war ein kleines munteres und lebendiges Wesen. Mutter Augusta sagte zu ihr, als sie vor dem Schreibtisch stand:

„Der Junge wird in der Küche arbeiten. Richten Sie ihm das kleine Zimmer neben dem Vorratsraum her; bei dieser Gelegenheit können Sie die überflüssigen Kästen entfernen, die da umherstehen."

Schwester Désirée antwortete zaghaft:

„Es ist recht klein, meine Mutter, und es hat kein Fenster."

„Nun, wenn es zu warm ist, braucht man ja nur die Tür aufzulassen."

Mit diesen ermutigenden Worten war unsere Unterredung beendet. Ich verließ hinter Schwester Désirée das Büro. Meine neue Kammer glich eher einem Wandschrank, der tief genug war, um ein Eisenbett und einen Korbstuhl aufzunehmen. Zum Waschen stand mir morgens vor sechs und abends nach neun Uhr der Spülstein in der Küche zur Verfügung.

Zu meiner großen Überraschung glänzte die Küche. Zweimal am Tag wurde sie gründlich saubergemacht. Zwei große Fenster, die auf einen Hof wiesen, tauchten sie in fröhliche Farben, wenn draußen die Sonne strahlte.

Die jungen Schwestern teilten den Waisen und Greisen knauserig ihre Nahrung zu. Nur eines gab es im Überfluß: Suppe. Sie wurde mit alten Brotkrusten und Mehl angedickt. Das einzige Stückchen Fleisch war dünn wie Zeitungspapier. Vor jedem Essen kam dann eine Schwester, warf einen Blick in die Töpfe und bestimmte, in wie viele Teilchen dieses Stück Rindfleisch noch zu schneiden war.

An einem sonnigen und heiteren Oktobermorgen erschien Schwester Désirée in der Küche. Sie teilte mir mit, daß Mutter Augusta mich in ihrem Büro erwarte. „Paul", sagte sie mit ihrer meckernden Stimme, „pack deine Sachen zusammen. Herr Bourneau wünscht, dich um elf Uhr bei sich zu sehen."

Ich lief zum Küchenchef, um mich eiligst zu verabschieden. So sehr war ich erfüllt von der Sorge, rechtzeitig im Büro des Herrn Bourneau zu erscheinen und dort endlich etwas über mein weiteres Schicksal zu erfahren.

Ich legte den Weg in zehn Minuten zurück. Atemlos stand ich vor Herrn Bourneau. Als er mich erblickte, schaute er zuerst auf seine dicke Uhr, um zu überprüfen, ob ich pünktlich war. Mein frühes Erscheinen schien ihn zufriedenzustellen, denn er bat mich, Platz zu nehmen. Schließlich sagte er:

„Paul, ich habe für dich einen neuen Arbeitgeber gefunden. Er wird jeden Augenblick kommen. Ich habe ihm viel von dir erzählt, und ich möchte auf keinen Fall enttäuscht werden."

Ironisch fügte er hinzu: „Ich hoffe, daß dir diesmal die Stellung paßt und daß du sie nicht aufgibst. Überdies werden wir dich überwachen. Dein neuer Chef ist Herr Plachard. Er wohnt in Lésenay, etwa vierzig Kilometer von La Roche. Er will dich für deine Arbeit bezahlen, und außerdem hast du freie Unterkunft."

Schüchtern warf ich ein: „Aber was für eine Arbeit ist das?"

„Herr Plachard wird dir deine neue Beschäftigung besser erklären können als ich; aber ich warne dich, das ist keine Arbeit, bei der man sich auf die faule Haut legen kann. Und dann glaube ich, daß diese etwas harte Tätigkeit deinen schlechten Charakter zügeln und einen guten Arbeiter aus dir machen wird."

Plötzlich klopfte es an der Tür. Herr Bourneau rief: „Herein!"

Ich blickte mich um und sah einen etwa vierzigjährigen Mann. Sein feingestreifter blauer Anzug schien mir recht teuer. Er trug einen grauen Filzhut. Sein schwarzer Bart, der das Kinn rahmte und bis zu den Schläfen reichte, unterstrich noch sein rundes Gesicht, das dem Mann zusammen mit den dicken, fleischigen, roten Lippen ein gutmütiges Aussehen verlieh.

Herr Bourneau erhob sich ehrerbietig, um den Ankömmling zu begrüßen. Der Besucher eröffnete die Unterhaltung. Ohne mich aus den Augen zu lassen, fragte er: „Das ist doch nicht der junge Mann, von dem Sie mir erzählt haben?"

„Aber sicher, Herr Plachard."

Mit herablassender Miene stellte Herr Plachard fest: „Die Beschäftigung, die ich ihm zugedacht habe, verlangt Arbeiter, die... sagen wir, körperlich weiter entwickelt sind. Wie alt ist der Kleine?"

Lebhaft antwortete ich: „Ich bin fünfzehn Jahre alt, Monsieur."

Herr Bourneau bellte mich an:

„Steh auf, wenn man mit dir spricht!"

Herr Plachard sah mich immer noch ein bißchen mitleidig an. Er meinte: „Schau an, er scheint am kürzesten Tag des Jahres produziert worden zu sein."

Herr Bourneau kicherte beifällig, während Herr Plachard fortfuhr:

„Gut, man kann es ja versuchen; wenn du keine Angst vor der Arbeit hast, wird es schon klappen."

Ich erwiderte, daß ich mein Bestes tun werde.

Herr Plachard wandte sich an Herrn Bourneau: „In Ordnung, ich nehm ihn mit."

Herr Bourneau zog die Schublade auf, in der der maschinengeschriebene Vertrag wartete. Herr Plachard zückte einen wunderbaren Federhalter, der aus Gold sein mußte, um den Kontrakt zu unterschreiben.

Herr Bourneau strahlte und schüttelte ihm schnell die Hand.

„Bis bald", sagte er, „und nochmals besten Dank für alles, was Sie für uns getan haben."

Dann reichte er mir die Fingerspitzen und fügte hinzu: „Und nun möchte ich von dir nichts mehr hören, Paul, es sei denn, etwas Gutes."

Ich habe mich inzwischen an extreme Empfindungen im Leben gewöhnt, aber als ich an jenem Tag in dem blauen Sportwagen neben Herrn Plachard Platz genommen hatte und das Auto dann wie ein Pfeil davonschoß, glaubte ich, mein letztes Stündchen habe geschlagen. Ich hatte mich in das Polster gedrückt und hielt den Atem an bei dieser überspannten Fahrweise. Wie er das Lenkrad traktierte und beschleunigte, wenn er andere Autos bei jeder Straßenlage und ohne sich um irgendwelche Verkehrszeichen zu kümmern, haarscharf überholte, das verstärkte noch meinen ersten Eindruck. Ich war an einen Geschwindigkeitsfanatiker geraten. Er lachte vor Vergnügen.

Wir folgten der Nationalstraße in Richtung Cholet. Als ich eine Kurve kommen sah, hoffte ich, er würde das Gas wegnehmen, aber im Gegenteil, er erhöhte die Geschwindigkeit. Die Reifen quietschten, der Wagen neigte sich derart, daß er nur noch auf zwei Rädern fuhr. Um ein Haar entgingen wir einer Katastrophe. Herr Plachard hatte auch noch die Stirn, grinsend zu sagen: „Es ist nicht immer leicht, diese Kurve zu nehmen, aber ich glaube, sie hat ihren Meister gefunden. Hast du gemerkt, daß ich nie unter hundert gegangen bin?“

Ich sehnte mich nach dem Ende dieser Fahrt. Herr Plachard fuhr langsamer; wir erreichten Lésenay. Fast am Ausgang des Ortes hielt der Wagen vor einem zweiflügligen Portal, das verschlossen war. Da ich, von den Ereignissen dieser Reise durchgeschüttelt, im Auto sitzen blieb, sagte Herr Plachard trocken:

„Nun, glaubst du, das Tor geht von allein auf?“

Ich stieg aus und stieß das Tor auf, das den Weg auf einen Hof freigab, der mit Kies bedeckt war. Hinter den Türpfosten waren mehrere Gummiwalzen aufgestapelt. Im Hintergrund des Hofes sah man ein ältliches rotes Backsteingebäude: das mußte die Werkstatt mit den Büros sein. Herr Plachard gab Gas und schoß in den Hof. Plötzlich hörte man wütendes Bellen. Herr Plachard brüllte:

„Ruhig, Attila!“

Das Bellen verstummte, und Herr Plachard forderte mich auf, ihm zu folgen. Er führte mich in eine Art Büro. An den Wänden, die vom Rauch des Ofens geschwärzt waren, der in einer Ecke bullerte, hingen Fetzen alter Plakate; der Fußboden, der stellenweise durchgebrochen schien, war mit großen schwarzen Gummiplatten abgedichtet; in der Nähe des Fensters stand ein wuchtiges Regal mit Aktenstapeln. Hinter einem schmutzigen Schreibtisch saß eine Sekretärin an der Schreibmaschine. Sie war eine kleine, dürre Frau ohne jede Anmut. Ihre Haare zeigten noch Spuren verschiedener Färbungen. Das war das einzig Originelle an ihr. Bei unserem Eintritt unterbrach sie ihre Arbeit, um mich erstaunt zu mustern. Herr Plachard machte uns miteinander bekannt: „Fräulein Poitevin. Ein Neuer, den ich eingestellt habe."

Dann begab er sich zu der Tür auf der anderen Seite. Als er sie öffnete, erschien etwas Großes, Schwarzes im Büro. Das Fräulein stieß einen Schreckensschrei aus. Ein riesiger Schäferhund stürzte sich bellend auf seinen Herrn. Ich wich zurück, denn der Hund begann die Zähne zu fletschen, als er mich sah. Herr Plachard hielt ihn am Halsband fest. Außer sich, schrie er: „Wer hat diesen Hund losgemacht?"

Eine Stimme aus der Werkstatt antwortete im selben Ton:

„Niemand. Zehnmal haben wir dich schon gebeten, eine stärkere Kette zu kaufen. Dein Köter reißt sie alle durch."

Herr Plachard antwortete nicht. Er verließ das Büro und kam zehn Minuten später mit einem stämmigen Kerl zurück, der ein großes stirnloses Gesicht und einen wilden Haarschopf hatte. Sein Gesicht sowie seine gewaltigen Pranken waren schwarz beschmiert. Seine Kleidung bestand aus einem schmutzigen Arbeitsanzug und ausgetretenen Schnürstiefeln. Ohne Gruß taxierte er mich verächtlich. Herr Plachard trat zu mir und sagte, indem er auf das Individuum zeigte:

„Ich stelle dir deinen Vorgesetzten vor, Herrn Albert Magnier."

Der andere brummte mit rauher Stimme: „Du engagierst sie jetzt von der Wiege weg?"

Herr Plachard umging die Frage:

„Zeig ihm zuerst das Zimmer, wo er schlafen soll, und weis ihm dann eine Beschäftigung zu, damit er sich einarbeitet."

Der Vorarbeiter gab nicht auf, er fügte hinzu:

„Das hier ist kein einfacher Job, und wenn man dich bittet, Arbeiter einzustellen, heißt das nicht, daß man Knirpse haben will. Der eignet sich doch höchstens dazu, die Werkstatt auszufegen."

„Das geht schon", entgegnete Herr Plachard versöhnlich, „mach nur, was ich dir gesagt habe, Albert."

Der Werkmeister gab mir grob ein Zeichen, ihm zu folgen. Wir schritten durch ein enges Lager, das mit Kästen vollgestopft war, die

Kanister, Korbflaschen und Gummiwalzen enthielten; ängstlich fragte ich mich, wo ich hier hingeraten war. Das Lager grenzte an eine Kammer, in der ein Bett mit einem Eisengittergestell stand, auf dem einige Decken lagen. Außerdem erblickte ich einen eisernen Spind und in einer Ecke ein Waschbecken, in dem eine vertrocknete Spinne lag. Ein Krimi und Sportzeitungen lagen auf dem Nachttisch herum.

„Das ist deine Bude", sagte der Meister. „Wäsche ist im Schrank."

Ich legte mein Bündel hin und wollte mein Bett machen, aber Herr Magnier hinderte mich daran:

„Nein, das kannst du abends erledigen. Jetzt komm mit mir."

Wir brauchten nur durch eine Tür zu gehen, dann waren wir in der Werkstatt. In der Mitte standen zwei große Tische, einfache Werkplatten auf Holzböcken, auf denen man Hämmer, Zangen, Meißel, Handfeger und alte Konservenbüchsen mit Pinseln erblickte. Gummireste, Stoffstreifen und aufgerollte Matten übersäten den Boden. Schwarzer Staub, der beim Schleifen des Gummis abfiel, bedeckte alles mit einer dicken Schmutzschicht. Eine starke Glühlampe, die selbst im Sommer ständig brannte, lieferte das nötige Licht für die Werkstatt.

Drei Arbeiter waren in diesem Raum tätig. Als ich eintrat, gafften sie mich neugierig an. Herr Magnier stellte mich mit einer weitausholenden Geste vor: „Und hier, Jungs, ist der glückliche Fund von Herrn Plachard!" Die Arbeiter lachten auf.

„Das ist ja ein Apoll, den du uns da zuführst", sagte einer.

„Aber nein, das ist der Sohn Tarzans", rief ein aufgeschwemmter Dicker aus, dessen mondrundes Gesicht nicht gerade Intelligenz ausstrahlte.

Er hieß Bernard Gourdon. Er watschelte mit seinen kurzen Beinen auf mich zu. Ich blickte ihn schweigend und ohne zu zittern an.

Als er nah vor mir stand, sagte er:

„Er hat dich sicher mit Rabatt gekriegt."

Die Belegschaft lachte schallend auf, der Dicke noch heller als die anderen. Ich erwiderte stolz, daß ich wie ein Arbeiter bezahlt werde und daß ihn das im übrigen nichts anginge.

Gourdon schien einen Moment aus der Fassung gebracht, dann rief er aus: „Ich werd dir eines Tages zeigen, was mich hier angeht, du Rotznase!"

Darauf führte mich der Meister zu einem großen rostigen Zylinder, dessen Enden auf schweren Holzkästen ruhten. Er trug mir auf, mit einer Drahtbürste den ganzen Rost zu entfernen und dann einen Lappen zu nehmen und ihn „mit dem da" blankzuputzen.

Dabei wies er auf eine Flasche, die auf der Ecke des Tisches stand. Der dicke Bernard, der meine Abfuhr noch nicht verdaut hatte, nahm die Flasche und sagte, während er sie mir unter die Nase hielt:

„Los, hol mal tief Luft, Kleiner, das duftet ländlich."

Der ekelerregende Geruch machte mich fast ohnmächtig. Ich rang nach Atem, weinte und hustete gleichzeitig; die anderen krümmten sich derweil vor Lachen. Als ich mich einigermaßen erholt hatte, sagte der Meister:

„Hier muß man bei allem, was man einatmet, aufpassen. Das ist Ammoniaklösung. Das ist vielleicht für Gummi gut, aber für uns ist es schlimmer als Arsen."

Ich antwortete nicht. Ich machte mich an meine Arbeit, als der kleine Magere, der mich einen Apoll genannt hatte, zu mir gewandt ausrief: „Sagt mal, Jungs, der Neue hat doch was vergessen. Weißt du nicht, daß man seinen Einstand gibt?"

Ich schwieg, während der dicke Bernard kreischte:

„Hast du nicht verstanden, daß du einen Liter ausgeben mußt?"

Ich erwiderte verschüchtert, daß ich nicht genug Geld bei mir habe.

„Das macht nichts: gegenüber gibt man dir Kredit. Du sagst Mutter Juliette, sie soll eine Schiefertafel für dich anlegen. Du zahlst, wenn du deinen Lohn gekriegt hast."

Ich fügte mich, und als ich hinausging, sagte der Dicke: „Du kannst gleich zwei Liter nehmen, ich hab eine trockene Kehle."

Hinter der Theke stand eine kleine, etwas schwerhörige Frau. Sie wollte erst nicht glauben, daß ich bei Herrn Plachard arbeitete, aber schließlich gab sie mir die beiden Rotweinflaschen, und ich lief in die Werkstatt zurück. Der Meister öffnete eine Flasche und reichte sie mir mit den Worten: „Dir gebührt die Ehre, Fliegengewicht!"

Ich sagte ihm, daß ich normalerweise Wasser in meinen Wein gieße.

Das löste ein allgemeines Gelächter aus. Der Dicke wand sich vor Vergnügen. „Da hast du aber Pech, denn hier dient das Wasser nur zu äußerlicher Anwendung."

Um nicht als Memme zu gelten, trank ich einen Schluck und gab die Flasche an meinen Nachbarn weiter. Die zwei Liter wurden in Rekordzeit hinuntergespült. Darauf machte sich jeder wieder an seine Arbeit. Ich bürstete unter den aufmerksamen Blicken des Meisters den Rost von dem Zylinder. Da meine Bewegungen ungeschickt waren, riß Herr Magnier mir die Drahtbürste aus der Hand, schrubbte wie verrückt und sagte: „Das kann doch nicht so schwer sein, man muß nur mit geölten Gliedern rangehen."

Bei diesem Tadel schoß mir das Blut in die Wangen. Und um einen Lacherfolg zu bekommen, fügte er hinzu:

„Ich weiß wahrhaftig nicht, wo Plachard den aufgegabelt hat, jedenfalls ist es kein großartiges Geschenk, was er uns gemacht hat." Dann warf er mir an den Kopf: „Wo kommst du überhaupt her?"

„Von der Fürsorge", antwortete ich mechanisch.

„He, habt ihr das gehört? Er kommt von der Fürsorge. Wieder so einer, den seine Hure von Mutter an der Straßenecke liegengelassen hat."

Bei diesen Worten packte mich unsägliche Wut. Ich schrie:

„Ich verbiete Ihnen, so etwas zu sagen. Ich, ich würde Sie nie fragen, wo Sie herkommen. Mir ist es Wurscht, ob Sie der Sohn von einem Niemand oder einer angesehenen Familie sind, was mich übrigens wundern würde."

Ich zitterte vor Zorn. Zum erstenmal hatte ich als Mann aufbegehrt. Die Arbeiter schauten sich an, ohne etwas zu sagen. Doch Herr Magnier kam auf mich zu und bedrohte mich mit erhobenen Fäusten. Voller Trotz wich ich keinen Zentimeter zurück. In diesem Augenblick trat einer der Arbeiter zwischen uns. Er war noch jung und sah intelligenter aus als seine Kollegen. Er wandte sich in scharfem Ton an den Meister: „Er hat recht, sein Privatleben geht uns nichts an. Hier zählt nur die Arbeit. Wenn er die schlecht macht, hast du das Recht, ihn anzuschnauzen."

Herr Magnier beruhigte sich ein wenig; trotzdem forderte er ihn auf, sich um seinen eigenen Dreck zu kümmern, anstatt das Waisenkind zu verteidigen. Der andere drehte sich um und erklärte: „Es ist halb eins, ich geh jetzt essen."

Bevor sie hinausgingen, blieben sie am Eingang stehen und trugen ihren Weggang auf einer Karte ein, indem sie diese in den Schlitz einer Stechuhr steckten. Da ich in der Werkstatt stand und nicht wußte, was ich tun sollte, kam der junge Mann, der sich für mich eingesetzt hatte, zu mir und zog mich mit den Worten weg:

„Los, komm mit uns, wir wollen bei Juliette was essen."

Ich folgte meinem neuen Kollegen, und wir betraten das schon volle Restaurant. Alle kannten sich bei ihrem Namen und Spitznamen. So erfuhr ich, daß Herr Magnier „Pranke" hieß, Henri, der kleine Magere, wurde „Draht" genannt, Bernard „der Dicke" und mein Kamerad, Yvan Lenoir, „Ivanhoe". Unser Tisch war bereits gedeckt, und unser Mittagessen schien mir reichlich.

Sobald die Mahlzeit beendet war, ging „Draht" zur Theke und holte die Würfel. Meine Kollegen forderten mich auf mitzuspielen, doch ich lehnte ab, da ich die Regeln nicht kannte und mir vor allem der Einsatz zu hoch war. Wer verloren hatte, mußte den Kaffee und eine Runde bezahlen. „Draht" wurde schließlich Sieger. Yvan mußte sich geschlagen geben, er rief die Wirtin und bestellte fünf Kaffee und fünf Rum. Der dicke Bernard wandte ein, daß ich eigentlich nicht mittrinken dürfe, weil ich nicht mitgespielt hatte, aber Yvan verteidigte mich wieder.

„Ich gebe hier die Runde aus, also halt die Klappe, du Großmaul!"

In kleinen Schlucken kostete ich von dem Rum, bei dem sich mir der Magen umdrehte, und ich bewunderte, mit welcher Schnelligkeit die Kollegen ihr Glas geleert hatten. Als wir wieder in der Werkstatt waren, machte ich mich erneut an meinen Zylinder und bürstete ihn eifrig ab, um mich nicht ein zweites Mal von Herrn Magnier tadeln lassen zu müssen. Während ich meine Aufgabe erfüllte, beobachtete ich manchmal meine Kollegen, die hin und wieder innehielten und mir bei der Arbeit zusahen, aber es fiel kein gehässiges Wort mehr. Ich war sogar angenehm überrascht, als Yvan zu mir kam und mir einen alten grauen Pullover reichte, den ich anziehen sollte, um mich nicht schmutzig zu machen. Er fügte hinzu:

„Ich kann dir keine Hose leihen, aber ich werde dir ein Geschäft zeigen, wo du im Ausverkauf Blue jeans findest."

Ich bedankte mich bei ihm, doch er winkte ab und sagte nur: „Wenn du mal was brauchst, gib mir ein Zeichen."

Sie wandten sich jetzt alle verschiedenen Tätigkeiten zu. Der dicke Bernard und „Draht" brachten aus dem Hintergrund der Werkstatt eine Gummirolle von fünfzehn Meter Länge, die sie auf den Tisch legten. Der magere Henri schnitt das Band auf, das die Rolle zusammenhielt, die nun wie eine Feder aufsprang und sich in der ganzen Länge entrollte. Mit einem eisernen Lineal und einem Bleistift zeichnete er nach einer Papierschablone kleine Rechtecke auf die Gummidecke. Als eine Reihe von Rechtecken markiert war, schnitt der dicke Bernard mit einem elektrischen Gerät diese Muster aus. Dichter schwarzer Rauch und der Geruch von verbranntem Gummi verbreiteten sich um sie herum. Bernards Handrücken und sein Gesicht bedeckten sich mit einer Staubschicht, die er mit einem Roßhaarpinsel von Zeit zu Zeit entfernte.

In einer anderen Ecke der Werkstatt reinigte Yvan eine lange Gummimatte mit Hilfe eines Lappens, den er in Lösungsmittel getaucht hatte. Herr Magnier wiederum bereitete eine Mixtur vor, die wie Schokoladencreme aussah. Das war der Leim, der dazu diente, die Gummistreifen Yvans auf dem Gummiteppich zu befestigen. Die mit ihrer Arbeit beschäftigten Kollegen achteten nicht mehr auf mich; nur Herr Magnier warf ab und zu einen Blick zu mir herüber, um mich zu überprüfen. Als ich meinen Zylinder abgebürstet hatte, nahm ich einen Lappen, tunkte ihn in Lösungsmittel und putzte das Eisen vollends blank.

Darauf holte Herr Magnier einen Behälter voll Leim, den er angerührt hatte, und strich mit einem breiten Pinsel den Zylinder mit einer feinen Schicht Klebstoff ein. Er erklärte mir, das sei notwendig, damit die Gummischicht hielt, die darumgelegt werden sollte. Er fügte hinzu: „Du kannst übrigens das Band abschleifen, das darüberkommt. Such dir eine Ecke aus, wo du arbeiten kannst."

Während ich im Hintergrund der Werkstatt mit meinem Band beschäftigt war, klebten der dicke Bernard und „Draht" die von Yvan präparierten Gummistücke auf. Dann schlugen sie mit dem Holzhammer darauf, damit die Teile fest aneinanderhafteten. Ich erfuhr, daß sie ein Förderband anfertigten und daß unsere Arbeit in der Werkstatt darin bestand, diese Gummirollen in rollende Teppiche zu verwandeln, die in Fabriken zu Transportzwecken verwendet wurden.

Die Uhr schlug sieben. Die Arbeiter hatten ihre Tätigkeit beendet und unterhielten sich beim Händewaschen. Ich wartete darauf, mich auch waschen zu können, als Herr Plachard die Werkstatt betrat, zu mir kam und mich fragte, wie der erste Tag verlaufen sei. Er tat dies in freundschaftlichem Ton, was mich ermutigte, ihm zu antworten, daß ich sehr zufrieden sei. Mit einem Lächeln zog er eine Fünffrancnote aus der Tasche und reichte sie mir. Ich glaubte zuerst, er wolle mir eine Vorauszahlung auf meinen Lohn geben, doch so großzügig war er nicht, denn er bat mich, zur Metzgerei zu gehen und Fleisch für seinen Hund zu kaufen.

Die Arbeiter, die uns zuhörten, lachten auf und riefen:

„Haben Sie Ihren Köter denn versichert, Chef? Wenn er dieses Fliegengewicht sieht, ist er imstande, ihn mit einem Happen zu verschlingen."

Diese Worte ermutigten mich nicht gerade, Herrn Plachard zu folgen, der darauf bestand, daß ich ihn in die Ecke neben der Werkstatt begleitete, wo der Hund angebunden war. Er sollte sich an mich gewöhnen. Aber sobald wir uns dem Tier näherten, machte es einen so kräftigen Satz, daß ich glaubte, es würde ein zweites Mal seine Kette zerreißen. Ich hielt mich, zitternd vor Angst, hinter Herrn Plachard. Der Hund bellte wie verrückt.

Der Chef herrschte ihn an: „Wirst du wohl still sein, Attila!"

Da das Tier nicht aufhörte, nahm Herr Plachard es am Halsband und traktierte es mit so schrecklichen Faustschlägen und Fußtritten, daß der arme Attila vor Schmerzen aufheulte.

„Das wär's, den hätten wir geschafft", sagte der Chef ruhig, „du kannst hingehen, Kleiner, der tut dir nichts mehr."

Ich zögerte einen Augenblick, dann näherte ich mich langsam dem armen zitternden und jaulenden Tier. Ich ging mit ausgestreckter Hand zu Attila hin und redete ihm zu. Es gelang mir, ihn mit den Fingerspitzen zu kraulen. Der Hund akzeptierte meine Freundschaft voller Furcht und ohne Begeisterung. Über seinen Körper liefen immer noch Schauer. In diesem Moment beschloß ich, aus ihm einen verständigen und lieben Kameraden zu machen. Ohne Zeit zu verlieren, lief ich zum Metzger, holte das Fleisch und war zehn Minuten später zurück. Die Kollegen waren gegangen; nur Herr Plachard wartete auf mich, um mir die letzten Anweisungen zu geben. Ich durfte nicht vergessen, das Tor zu schließen, das Licht zu löschen, bevor ich mich schlafen legte, und morgens den Ofen anzumachen, ehe die Sekretärin eintraf.

Sobald ich allein war, gab ich dem Hund zu fressen, der mir fast zahm entgegenlief. Darauf nahm ich mir vor, bei Mutter Juliette essen zu gehen; bevor ich jedoch aufbrach, sah ich noch einmal nach Attila. Er schien ganz ruhig, zufrieden mit seiner Mahlzeit. Ich streichelte ihn am Kopf, kraulte ihn bei den Ohren und am Hals. Er nahm diese Zeichen der Zuneigung mit einer gewissen Befriedigung entgegen. Der Hund hatte mich akzeptiert, dessen war ich sicher; deshalb meinte ich, er habe ein wenig Freiheit verdient. Ich machte ihn los, damit er auf dem Hof umherlaufen konnte. Dann ging ich auf die Straße, achtete darauf, daß das Tor gut verschlossen war, und begab mich ins Restaurant.

Die Arbeiter waren noch dort. Sie standen am Tresen und tranken ihren Aperitif. Ich setzte mich allein an einen Tisch. Mutter Juliette brachte mir Reste vom Mittagessen, und Yvan kam zu mir, um mir guten Abend zu wünschen. Er sagte mir, daß er in einer kleinen Kammer am Rande des Dorfes wohne, heute jedoch mit seiner Verlobten speisen wolle.

„Übrigens kannst du sie am Sonntag kennenlernen, wenn du willst; du wirst sehen, sie ist ein hübsches Ding."

Ich willigte begeistert ein. Mit frivoler Miene fügte er hinzu:

„Ich werd sie fragen, ob sie für dich nicht eine Freundin in deinem Alter hat."

Anschließend verließ ich das Restaurant. Als ich mich dem Hoftor näherte, hörte ich, wie mir der Hund entgegenstürzte. Ohne zu öffnen, rief ich seinen Namen, damit er mich an der Stimme erkannte. Da fing er wütend an zu bellen. Er war plötzlich wieder wild geworden. Ich machte vorsichtig die Tür ein Stückchen auf, weil ich dachte, er würde sich beruhigen, wenn er mich sah, aber er warf sich mit gebleckten Zähnen in die Öffnung und versuchte, mich zu beißen. Ich schlug das Tor schnell wieder zu; ich war ratlos. Da kam mir der Gedanke, Mutter Juliette um Rat zu fragen.

Die Wirtin war erstaunt, mich zurückkehren zu sehen.

„Haben Sie etwas vergessen, Kleiner?"

Ich erzählte ihr mein Mißgeschick. Mutter Juliette hatte Mitleid.

„Das beste wird sein, wenn Sie Herrn Plachard benachrichtigen. Er wohnt in einem großen weißen Haus in der Rue Paul-Baudry. Es ist nur eine Viertelstunde zu Fuß bis dorthin."

Ich fand das Haus schließlich, nahm allen Mut zusammen und drückte auf den Klingelknopf. Ich hörte drinnen Geräusche, dann öffnete Herr Plachard die Tür.

„Was machst du denn zu dieser Stunde bei mir?"

Ich berichtete ihm, was geschehen war. Das versetzte ihn in heftige Wut. Er donnerte mich an: „Wie kann man nur so dämlich sein! Du weißt doch, daß der Hund scharf ist, und machst ihn trotzdem los. Du verdientest, zu ihm in den Hof gesteckt zu werden. Also, komm!"

Da sein Auto halb auf dem Bürgersteig geparkt war, gab es beim Anfahren einen ordentlichen Stoß, und als wir ankamen, bremste Herr Plachard so ruckartig, daß ich fast mit dem Kopf an die Scheibe geschlagen wäre. Er stieg aus, schritt zum Tor, stieß es auf und schlug es vor meiner Nase wieder hinter sich zu.

Als ich den Hund heulen hörte, begriff ich, daß Herr Plachard dabei war, ihm eine neue Züchtigung zu verabreichen. Ich wartete einen Augenblick, bis mich der Chef in den Hof rief. Er behandelte mich wie den dümmsten Esel. Wortlos senkte ich den Kopf. Dann ließ er mich einfach stehen.

Ich begab mich in meine kleine Kammer; erschöpft von den Ereignissen dieses ersten Tages, zog ich mich aus und schlüpfte unter die feuchten Decken, aber vergebens suchte ich Schlaf zu finden. Verzweifelt schaltete ich das Licht wieder an und blätterte in der erstbesten Illustrierten, die auf dem Nachttisch lag. Ich war verblüfft und empört zugleich. Was ich für Sportzeitschriften gehalten hatte, entpuppte sich als pornographische Magazine. Schöne Frauen in Farbe verbargen fast nichts. Mit zitterndem Finger schlug ich die Seiten um. Wenn ich erwartet hatte, durch derartige Lektüre besser einschlafen zu können, hatte ich mich getäuscht. Dennoch übermannte mich nach einer Weile der Schlaf, ohne daß ich es merkte.

Die Kälte weckte mich am nächsten Morgen, noch bevor der Wekker geklingelt hatte. Ich sprang aus dem Bett und zog bibbernd meine

Hosen an. Es dämmerte bereits, eine frische Brise trieb ein paar Papierschnipsel über den Hof. Im Restaurant von Mutter Juliette brannte schon Licht, und ich beschloß, bei ihr erst einmal einen heißen Kaffee zu trinken. Als die Arbeiter in der Werkstatt eintrafen, hatte ich den Ofen schon längere Zeit brennen, die Werkstatt ausgefegt und die elektrische Heizung eingeschaltet.

Es war ein ruhiger Vormittag. Ich mußte meinem Kollegen Yvan helfen, der ein abgenutztes, verschlissenes Förderband ausbesserte. Mit einem Messer ritzte er die Gummischicht um die Risse herum ein und zog sie dann mit einer Art Schraubenzieher herunter. Damit hatte er eine erste Leinenschicht bloßgelegt, die er mit Hilfe einer Zange entfernte. So konnte er die zweite Schicht reinigen und ein neues Stück Latex aufkleben, das genau in den Schnittrahmen paßte. Ich bewunderte seine Geschicklichkeit und ließ ihn das wissen. Er zuckte mit den Achseln und sagte gleichmütig: „Weißt du, das ist keine Hexerei, in einem Monat kannst du das genauso gut wie ich.“ Und etwas leiser fügte er hinzu: „Aber ich glaube nicht, daß ich diesen Job mein ganzes Leben lang ausübe. Am liebsten würde ich mal Industriezeichner werden. Das ist ein schöpferischer Beruf, verstehst du! Ja, das ist eine Stellung!“

Yvan bildete sich weiter. Da seine Zeugnisse nicht hinreichten, nahm er beim Lehrer des Ortes Unterricht; er mußte noch einen beruflichen Eignungsnachweis erbringen.

Ich beobachtete ihn heimlich; er hatte die eigensinnige Stirn und das eckige Kinn der Hartnäckigen. Ich hatte den Eindruck, daß auch er nicht vom Leben verhätschelt worden war, denn trotz seiner lustigen Reden blieben seine Augen traurig.

Nach langem Schweigen drehte er sich zu mir um und sagte: „Und du? Was möchtest du mal werden?“

Verwirrt von dieser unerwarteten Frage, gab ich eine ausweichende Antwort: „Im Augenblick hab ich keinerlei Vorstellung; ich habe ja nur mein Schulzeugnis, und damit kommt man nicht sehr weit.“

„Wieso? Mach es doch wie ich und lern weiter. Wenn du willst, kann ich mit dem Lehrer, Herrn Martin, darüber sprechen. Du wirst sehen, er ist sehr nett und seine Frau auch, sie hat den gleichen Beruf wie er.“

6. Kapitel

DIE Tage und Wochen vergingen. Um mich auf die Probe zu stellen, übertrug Herr Magnier mir immer schwierigere Aufgaben. Doch ich erledigte sie zu seiner Zufriedenheit. Die anderen Kollegen ließen mich nun in Ruhe. Sie wußten, daß ich mich verteidigen konnte.

Ich hatte Maryvonne Debœuf, Yvans Verlobte, kennengelernt. Sie war eine mollige Bretonin, amüsant und lebhaft. Ihr Kaninchenfellmantel, den sie beim Ausgehen trug, ließ sie wie ein dickes Wollknäuel erscheinen. Sonntags gingen wir auf unseren Straßen spazieren. Sie schritten Hand in Hand und blieben alle zehn Meter stehen, um sich Zärtlichkeiten zuzuflüstern. Ich hatte den Eindruck, überflüssig zu sein; sie brauchten keinen Anstandswauwau. Yvan war sehr verliebt und stolz auf seine Braut, deren Vater Wachtmeister bei der Gendarmerie war.

Mitten im Winter hatte Herr Magnier einen zusätzlichen Ofen in der Werkstatt aufstellen lassen. So saß ich abends im Warmen, wenn ich meinen Kopf über meine Hefte und Bücher gebeugt hielt. Durch Yvans Vermittlung hatte Herr Martin sich bereit erklärt, mich weiter auszubilden, und ich hatte mich mit Eifer an die Arbeit gemacht. Wie viele verlorene Zeit mußte aufgeholt werden! Aber der Lehrer setzte großes Vertrauen in meine Fähigkeiten, und bald hatte ich meinen Freund Yvan eingeholt. Infolge meines langen Aufbleibens war ich oft müde, das wirkte sich auf meine Arbeit in der Werkstatt aus, und zeitweiliges Brennen im Magen und Schwindelanfälle verdarben mir manchmal den Tag. Eines Nachts, nachdem ich bis ein Uhr gelernt hatte, bekam ich eine schreckliche Kolik. Ich schrie und dachte sterben zu müssen. Ich warf mich mit dem Bauch auf mein Bett und versuchte vergeblich, jemanden herbeizurufen, der meine Schmerzen lindern konnte. Aber ich war so allein, daß mir kein einziger geliebter Name auf die Lippen kam. Gott sei Dank legte sich dann das Unwohlsein allmählich.

Die Arbeiter hatten oft Außendienst, und ich wäre gerne einmal mitgegangen. Aber unser Meister hielt mich noch nicht für qualifiziert genug. Eines Morgens, als die Kollegen von der Stechuhr kamen, stellten wir erstaunt fest, daß der magere Henri noch nicht da war. Seit einiger Zeit hatte sich seine Gesundheit verschlechtert. Er wurde von einem plötzlichen trockenen Husten geschüttelt, der ihm fast die Lunge aus dem Leibe riß und ihn oft minutenlang schwächte.

Es war inzwischen neun Uhr, und Herr Magnier ordnete an, daß ich mit dem dicken Bernard den Außendienst versehen sollte. Wir mußten über vierzig Kilometer weit zu einem Mühlenbetrieb und ein Transportband auf einem Rollengestell befestigen. Ich konnte also endlich einmal außerhalb dieser verpesteten Atmosphäre arbeiten, eine andere Umgebung sehen und mich ein wenig entspannen.

In der Nacht hatte es eine Weile geschneit, und nun fiel ein feiner Regen wie ein eisiger Vorhang über die Lande. Während ich dem Dikken half, das Transportband und die nötigen Werkzeuge auf ein altes Auto zu laden, gab Herr Magnier mir noch genaue Anweisungen: die Spannung des Bandes zu prüfen, ehe es rechtwinklig abgeschnitten wird, und den Gummi nicht zu weit abzuschleifen.

Ich öffnete das Tor, der Dicke fuhr den Wagen auf die Straße, ich setzte mich neben ihn, und nun konnte das große Abenteuer beginnen. Wegen der geringen Sichtweite war es auf den Straßen recht gefährlich. Bernard klemmte sich hinter das Lenkrad, und wir fuhren nicht schneller als fünfundzwanzig Stundenkilometer. So tuckerten wir bis zum nächsten kleinen Dorf, wo der Dicke mich aufforderte, ihm Bescheid zu sagen, sobald ich ein Café sah. Er hatte leichten Schüttelfrost und meinte, ein schöner Grog sei das richtige Mittel gegen Grippe. Wir hatten kaum zehn Kilometer hinter uns, da legten wir bereits eine Viertelstunde Pause ein.

Als wir an der Mühle ankamen, schlug es schon halb zwölf. Ich nahm an, wir könnten uns nun gleich an die Arbeit machen, doch der Dicke bremste meinen Eifer.

„Wir essen erst noch was, das stärkt die Nerven."

Also begaben wir uns auf die Suche nach einem Restaurant. Unsere Wahl fiel auf eine Raststätte, an die ich mich wegen des vorzüglichen Essens noch immer erinnere. Es war mit dem Fraß von Mutter Juliette überhaupt nicht zu vergleichen. Die Vorspeisen waren wirklich „verschieden", und der Rinderbraten mit Karotten verriet einen guten

Koch. Der Dicke bestellte eine doppelte Portion Fleisch, und hätte ihm die Kellnerin die Käseplatte nicht weggenommen, wäre kein Krümel daraufgeblieben. Als wir gespeist hatten, verbreitete sich satte Zufriedenheit auf seinem biederen Gesicht. Er reckte sich, schlug sich auf den Wanst und sagte: „Ich glaub, ich mach 'ne kleine Siesta, du auch?"

Ich erwiderte, daß es besser wäre, wenn wir uns wegen des schlechten Straßenzustands ein wenig beeilten.

Um halb zwei trafen wir auf der Montagestelle ein. Die Arbeiter des Mühlenbetriebs hatten noch Mittagspause, so daß der Dicke sagte:

„Siehst du, Kleiner, was uns fertigmacht, ist diese Gewissenhaftigkeit."

Es war immerhin sechs Uhr, als die Montage beendet war. Ich hatte Bernard die meiste Arbeit abgenommen, doch das lag ganz in meiner Absicht, was ich ihn wissen ließ, als wir den Rückweg antraten:

„Sag, Bernard", fragte ich geradeheraus, „läßt du mich den Wagen ein Stückchen fahren?"

Er zögerte.

„Ach, weißt du, ein Unfall ist schnell gebaut, und da du keinen Führerschein hast, kann es Schwierigkeiten geben."

Ich entgegnete, daß es ein Wetter sei, bei dem man keinen Polizisten vor die Tür schickt, und daß uns nichts passieren könne, wenn er neben mir saß und mich anleitete.

Schließlich ließ er sich überreden. Er hielt am Straßenrand an und wechselte mit mir den Platz. Bevor wir wieder anfuhren, stockte ich jedoch einen Augenblick. Ich wußte nicht, was ich machen sollte, und wagte Bernard nicht zu fragen. Trotzdem sagte ich beschämt:

„Muß ich da drauftreten, damit es losgeht?"

„Natürlich", antwortete der Dicke. „Wenn du vorwärts willst, trittst du doch nicht auf die Bremse! Und paß bei den Gängen auf, du hast ja gesehen, daß sie sich schwer einlegen lassen."

Ich beruhigte ihn mit einem energischen Kopfnicken, und während ich allen Mut zusammennahm, trat ich das Gaspedal durch. Das Auto schoß sprunghaft nach vorne, und der Dicke stieß einen Schrei aus, der beinahe den aufheulenden Motor übertönte.

„Menschenskind! Du hast doch keinen Fünfzehntonner in den Händen!"

Ich nahm gleich den Fuß vom Gashebel, und der arme Karren blieb mit abgewürgtem Motor mitten auf der Straße stehen. Der dicke Bernard meckerte weiter: „Anlassen, anlassen, Menschenskind! Du wirst uns doch nicht mitten auf der Straße stehenlassen. Wenn da ein Fahrzeug kommt, gibt's einen Zusammenstoß."

Ich versuchte, ihn zu beruhigen, obwohl ich nicht wußte, was ich jetzt zu tun hatte. Schließlich stellte er den Zündkontakt her und riet mir, vorsichtiger zu beschleunigen.

„Tipp das Pedal nur an, tritt es nicht durch!"

Dann schaltete er in den ersten Gang, und das Auto setzte sich ruckartig in Bewegung. Bernard schien immer weniger sicher.

„Fahr mehr rechts!"

Ich gehorchte und zog das Lenkrad herum. Die rechten Räder berührten den Seitenstreifen. Der Dicke brüllte:

„Paß auf! Und geh in den zweiten, du machst die Mühle ja kaputt!"

Ich wußte nicht, von welcher Mühle er redete, aber ich versuchte immerhin, den zweiten Gang einzulegen. Das Getriebe knackte und knirschte.

„Auskuppeln, Mensch, tritt die Kupplung!" schrie der Dicke. Mehr schlecht als recht gelang mir schließlich die Operation. Bernard hielt seine Hände an die Stirn wie die Klageweiber.

„O wei, o wei! Ich habe keine Lust, mit meiner Gesundheit zu spielen. Halt an, damit ich mich wieder ans Steuer setzen kann."

„Ich habe diese Marke noch nie gefahren", log ich schamlos, „aber gleich wird's schon gehen."

Ich saß bereits weniger verkrampft an meinem Lenkrad, und ohne Schwierigkeiten schaffte ich den dritten Gang. Der Wagen rollte nun ruhig auf der verlassenen Straße. Der dicke Bernard gewann ein wenig Vertrauen zurück. Um nicht an Geschwindigkeit zu verlieren und diese verdammten Gänge nicht wechseln zu müssen, ließ ich den Fuß auf dem Gaspedal und steuerte geradewegs in einen Nebel hinein, in dem die Scheinwerfer immer weniger ausrichten konnten. Ich hatte die Absicht, dem Dicken vor dem nächsten Dorf das Steuer wieder zu übergeben. Ich drehte mich zu ihm hinüber, um ihm diese Entscheidung mitzuteilen, als ein Auto mit Fernlicht und hoher Geschwindigkeit genau auf uns zu kam. Bernard rief mir zu, ich solle mich ganz rechts halten. Das tat ich auch, aber ich lenkte – durch die Scheinwerfer des entgegenkommenden Fahrzeugs geblendet – immer weiter nach rechts, so daß wir direkt in den Graben fuhren.

Bernard war durch den Unfall zuerst benommen, dann sammelte er sich wieder und begann zu jammern.

„Oh, ich hab mir sicher was gebrochen!"

Eigentlich hätte ich beunruhigt sein müssen, aber irgendwie mußte ich plötzlich wie ein Verrückter loslachen. Wütend fuhr er mich an: „Du alter Idiot! Hilf mir lieber, mich zu befreien. Du siehst doch, daß die Tür von dem Strauch eingeklemmt ist."

Ich half dem Dicken und zog ihn mit aller Kraft heraus. Als er auf der Erde stand, betastete er all seine Glieder, dann tat er ein paar vorsichtige Schritte, um sich zu versichern, daß er noch heil war.

Ohne ein Wort zu sagen, ging er zum Auto und bückte sich, um das Vorderteil an der Stoßstange hochzuheben. Doch auch mit vereinten Kräften gelang es uns nicht, die Räder vom Boden zu lösen. Sie hatten sich in den schlammigen Graben hineingebohrt.

„Das schaffen wir nie", sagte ich gleichgültig. „Laß uns eine Werkstatt suchen, dann kann man den Wagen mit einem Kran rausziehen."

„So? Und wer soll das bezahlen?"

„Plachard, das gehört zu den Betriebsunfällen."

„Na, dann sieh du zu, wie du mit ihm klarkommst, denn du bist ja schuld."

„Verzeih, du aber auch, du durftest mich nicht ans Steuer lassen."

Bernard stand bei dieser Bemerkung wie vom Blitz getroffen. Völlig verwirrt, stotterte er: „Das ist ja . . . also, du bist ja drollig!"

Bis zum nächsten Dorf war es gut ein Kilometer. Glücklicherweise gab es eine Tankstelle, in der noch Licht brannte.

„Ist hier jemand?" rief der Dicke.

Ein kleiner Mann in einem verschmierten Kittel tauchte unter einer Karosserie auf und schaute uns argwöhnisch an.

„Was wollen Sie denn?"

„Wir saßen in unserem Wagen, der Kleine und ich, und da kam ein Laster so nah an uns vorbei, daß er uns in den Graben abgedrängt hat. Er hätte uns töten können, dieser Lump, und er hat noch nicht mal gehalten."

„Sachschaden?“ fragte der Tankwart, ohne sich aus der Ruhe bringen zu lassen.

„Nun, die Vorderräder sitzen im Graben fest.“

Der kleine Mann erhob sich, ging zu einem Lieferwagen, der auf der Ladefläche eine Abschleppvorrichtung trug, und sagte:

„Gut, ich hol euch da raus.“

Zehn Minuten später waren wir bei dem zurückgelassenen Wagen und befreiten ihn aus seiner Lage. Bernard setzte sich gleich ans Steuer. Vorsichtig fuhr er an; die Spur stimmte nicht mehr.

Während der Fahrt erklärte er, wir sollten Herrn Plachard dieselbe Geschichte erzählen wie dem Tankwart und daß wir die Nummer des Lasters bei dem Wetter nicht erkennen konnten. Ich dankte ihm für diese sympathische Lüge. Abends um zehn kamen wir in der Werkstatt an.

Als Bernard Herrn Plachard am nächsten Tag vorwarnte, daß er eine Rechnung von einer Tankstelle erhalten würde, erwiderte der Chef nur: „Hoffentlich kostet das nicht soviel wie das ganze Auto, dann hättet ihr es lieber auf der Straße stehenlassen und zu Fuß gehen sollen.“

Der Dicke antwortete ihm sehr ernst, daß er gerne ordentliche Arbeit leiste, da er ein ehrbarer und gewissenhafter Arbeiter sei.

Der Winter schwand und räumte milderen Temperaturen seinen Platz. Meine Magenschmerzen quälten mich hin und wieder immer noch, doch auf Anraten meines Freundes Yvan linderte ich sie mit Natronpulver.

Es WAR ein sonniger, warmer Donnerstag, als das Drama begann. Aus dem Büro vernahmen wir plötzlich eine lautstarke Auseinandersetzung; wir erkannten die Stimme von Herrn Plachard, der offenbar die Sekretärin anfuhr. Wir waren überrascht, denn er behandelte sie sonst sehr zuvorkommend. Sie war für die Abwicklung der Buchhaltung unentbehrlich, und das wußte er.

„Mein Gott, was geht da vor?“ sagte Herr Magnier.

Da die Diskussion immer lauter wurde, ging er zur Tür und öffnete sie einen Spalt. Nun konnten wir die bewegten Reden aus dem Büro hören. Soviel wir verstanden, handelte es sich um einen bestimmten

Geldbetrag, der verschwunden war. Herr Plachard brüllte: „Mein Gott noch mal! Wenn ich Ihnen doch sage, daß ich das Geld hier in meine Schublade gelegt habe, bevor ich gestern ging! Sie waren ja hier, Sie haben gesehen, wie ich es hineingetan habe."

Die Sekretärin schrie, daß sie nicht immer Zeit habe, um zu beobachten, was er in ihrer Nähe treibe.

„Aber ich hab es vor Ihrer Nase hineingelegt", donnerte der Chef.

„Vielleicht, aber deshalb ist es doch nicht meine Schuld, wenn Ihr Geld nicht mehr an seinem Platz ist. Oder wollen Sie mich etwa bezichtigen?"

„Ich bezichtige Sie nicht, Fräulein Poitevin", fuhr Herr Plachard wütend fort, „aber ich möchte wissen, wo meine Piepen geblieben sind! Sie sind doch nicht davongeflogen!"

Wir hörten Faustschläge auf dem Tisch und Tritte gegen die Stühle. Fräulein Poitevin begann zu schluchzen. In diesem Moment trat Herr Magnier ins Büro.

„Ah, du kommst gerade recht", sagte Herr Plachard. „Man hat mir heute nacht zwanzigtausend Franc geklaut. Den Betrag für den Wechsel von *Cofima*."

„Das ist kein Grund, ehrbare Leute zu beschuldigen." Der Meister deutete auf die arme Sekretärin, die in Tränen aufgelöst war. „In diesem Betrieb gibt es keine Diebe, dafür stehe ich gerade."

Herr Plachard beruhigte sich ein wenig, rächte sich jedoch ein letztes Mal am Mobiliar. Dann hörten wir die Stimme von Fräulein Poitevin, die erklärte:

„Nie bin ich so behandelt worden. Ich gehe lieber, als mich noch einmal einer solchen Beschimpfung auszusetzen."

Ich konnte mir vorstellen, daß sie wie die Statue der Verzweiflung hinter ihrem Schreibtisch stand, bereit, ihre Stelle um ihrer Ehre willen zu opfern. Dann vernahmen wir, wie die Haustür zugeschlagen wurde. Herr Plachard hatte das Büro verlassen. Er stieg in sein Auto und jagte wie ein Verrückter davon.

Der Zwischenfall hatte keine unmittelbaren Folgen. Der Chef machte nie wieder eine Anspielung auf diesen Vormittag. Auch die Sekretärin setzte ihre Kündigungsabsicht nicht in die Tat um. Der Vorfall war abgeschlossen.

Dreimal in der Woche ging ich abends nach dem Essen zu meinem Lehrer, Herrn Martin. Sein Haus erinnerte mich an das in La Boissière, wo ich für kurze Zeit glücklich gewesen war. Die Augen von Frau Martin ähnelten denen meiner Tante, denn sie strahlten die gleiche Güte aus.

Sie war eine kleine, sanftmütige Frau, die tätig und würdevoll seit fünfundzwanzig Jahren zu ihrem Mann aufblickte. Herr Martin trug einen Bürstenschnitt, und sein glattes, fast faltenloses Gesicht zeigte die Blässe eines Intellektuellen, der sein Leben den Büchern gewidmet hatte. Er hatte eine langsame Ausdrucksweise und große Achtung vor der französischen Sprache. Er bewunderte Rousseau, Anatole France und den alten Victor Hugo, lobte aber auch Maupassant und Stendhal. Mit der Zeit war es ihm gelungen, mich zum Reden zu bringen und meine traurige Vergangenheit kennenzulernen, doch er hatte soviel Takt, mich nicht zu bemitleiden.

Eines Tages fragte er mich, für welchen Beruf ich mich interessierte.

„Ich weiß es nicht... Wenn ich all meine Prüfungen bestehe, könnte ich vielleicht Lehrer werden wie Sie."

Herr Martin gab zu, daß das ein interessanter Beruf sei, aber auch ein schwerer, der ein langes und hartes Studium erforderte.

„Jedenfalls werde ich nichts tun, ohne Sie vorher um Rat zu fragen", sagte ich.

Frau Martin wohnte hin und wieder meinem Unterricht bei. Sie fragte mich dann nach meiner Gesundheit und ob ich genügend zu essen bekomme.

In diesem Punkt konnte ich sie beruhigen. Seit einigen Monaten hatte ich mich körperlich entwickelt, ich war größer geworden. Doch da meine Kleider nicht mitgewachsen waren, wollte einfach nichts mehr passen. Frau Martin hatte meine Not bemerkt. Sie hatte einen Anzug aufbewahrt, den ihr Sohn Emmanuel nur selten getragen hatte, als er in meinem Alter war. Sie machte ihn mir zum Geschenk. Die Hose war ein wenig zu lang für mich, aber das konnte schnell behoben werden. In dieser Kleidung überraschte ich eines Sonntags meinen Freund Yvan und seine Verlobte, als wir zusammen ausgingen. Beide waren begeistert angesichts meines flotten Aussehens. Zur Feier des

Tages lud ich sie zu einem Eis in die Konditorei ein. Bei dieser Gelegenheit kündigte Yvan mir seine Hochzeit für Anfang Juni an.

„Du bist der erste, der diese große Neuigkeit erfährt."

Ich beglückwünschte sie von Herzen zu diesem Entschluß.

„Natürlich gehörst du zu unseren Gästen", sagte Yvan, „zusammen mit den Kameraden."

WIR schrieben den Monat Mai. Der triste Winter war sonnigen Tagen gewichen, und wir hatten so viele Aufträge, daß unser Meister beschlossen hatte, nur noch einen Mitarbeiter zum Außendienst zu schicken.

An jenem Abend saß ich wie immer über meine Bücher und Hefte gebeugt.

Ich war mit einer schwierigen Rechenaufgabe beschäftigt. Mein Freund Yvan, der am Morgen zu einer entfernten Montagestelle gefahren war, hatte mich gebeten, das Tor nicht zu verschließen, falls er spät zurückkommen sollte. Als ich den Wagen in den Hof rollen hörte, zeigte mein Wecker bereits auf halb elf. Ich ging Yvan zur Tür entgegen.

„Ich dachte schon, ich würde nicht fertig werden", sagte er übellaunig. „Und dann hatte ich in Mouilleron auch noch eine Panne. Der Chef könnte mal die Reifen auswechseln lassen; wenn das so weitergeht, fahren wir auf den Felgen."

Während er redete, hatte er aus seiner Werkzeugtasche sein Anwesenheitsheft gezogen, in das er die Art der Tätigkeit und seine Arbeitszeit eintrug. Da das Heft vollgeschrieben war, bat er mich, ihm die Büroschlüssel zu geben, damit er sich ein neues holen konnte. Ich gab sie ihm gern. Weil er nicht gleich zurückkehrte, nahm ich an, daß er die Stelle nicht fand, wo die Notizhefte aufbewahrt wurden. So ging ich zu ihm, um ihm bei der Suche zu helfen.

Als ich das Zimmer betrat, war Yvan dabei, in der Schreibtischschublade herumzukramen. Er hatte mich sicher nicht kommen hören. Ich blieb erstaunt stehen, denn es war die persönliche Schublade von Herrn Plachard, in der er seine Papiere aufhob und manchmal etwas Bargeld. Ich schlich mich vorsichtig hinter meinen Freund, doch er schien meine Gegenwart zu spüren und drehte sich um. Ich sah gerade noch, wie er mit zitternder Hand ein Bündel Banknoten verschwinden ließ.

Ich war so überrascht, daß ich kein Wort herausbrachte. Ich glaubte, mich zu täuschen oder meinen Freund bei einem Spaß erwischt zu haben. Sekundenlang herrschte eine bedrückende Stille, dann schleuderte Yvan mir entgegen: „Gefällt dir hier was nicht, Bengel?"

Ich erkannte die Stimme meines Kameraden nicht wieder. Er sprach schneidend, hart, nach Gangstermanier. Sein Blick war erbarmungslos. Die ganze Freundschaft, die sich einst darin gespiegelt hatte, war dem Ausdruck des Hasses gewichen. In unsicherem Ton sagte ich:

„Was machst du da, Yvan?... Das Geld in deiner Hand..., du hast kein Recht..."

Yvan unterbrach mich brüsk, starrte mich an und kam auf mich zu: „Hör mir zu, Rotznase, wenn du je plapperst, dann setzt es was, daß du es dein Leben lang spüren wirst!"

Yvan hatte das Banknotenbündel in die Tasche gesteckt. Diese schreckliche Wahrheit entsetzte mich derart, daß es in meinem Kopf wie in einem Glockenturm dröhnte. Ich stürzte in mein Zimmer, ohne daran zu denken, die Bürotür zu schließen. Yvan floh und ließ mich mit meiner Verzweiflung allein.

In dieser Nacht konnte ich nicht schlafen. Jedesmal, wenn ich die Augen schloß, sah ich die schreckliche Szene im Büro vor mir, vor allem aber den erbarmungslosen Blick meines Freundes. Ich stand früh auf und wartete ungeduldig auf das Eintreffen der Kollegen. Der dicke Bernard kam zuerst. Ich war beinahe versucht, ihm anzuvertrauen, was in der Nacht vorgefallen war, doch ich erinnerte mich an Yvans Drohung und verhielt mich ruhig. Als Yvan mit den anderen die Werkstatt betrat, erschien er gelöst und zu Späßen aufgelegt. Er hatte einen Scherz für den Dicken parat und kam mit seinem freundschaftlichen Blick auf mich zu; er wollte mir die Hand geben, doch ich wendete mich ab, als wollte ich etwas holen.

Der Tag begann friedlich. Herr Magnier hatte uns einen wichtigen Auftrag angekündigt, und wir waren sehr beschäftigt, als Herr Plachard eintraf. Von schlimmen Vorahnungen bewegt, sah ich erschrocken zu Yvan hinüber. Er hatte meinen Gedanken sicher erraten, denn er blickte haßerfüllt zurück. Der Chef brauchte nicht lange, um den Diebstahl zu bemerken. Als ich die Bürotür zuschlagen hörte, spürte ich, daß eine Katastrophe hereinbrach.

Er betrat die Werkstatt. Die Arbeiter hoben die Köpfe. Er versuchte, ruhig zu bleiben, und rieb sich die Kinnbacken, die zu zittern begannen. Dann sagte er ganz langsam: „Ich hatte dreißigtausend Franc in meine Schublade gelegt, sie sind nicht mehr da." Er wartete einen Augenblick und fügte hinzu: „Wer hat das getan? Ich will die Wahrheit wissen. Hier ist ein Schweinehund unter euch, und ich gebe ihm fünf Minuten, um sich zu stellen."

Plötzlich richtete sich sein Blick auf mich, und ich begann wie ein Schuldiger zu zittern. Nun richteten sich alle Augen auf mich. Ich stotterte: „Ich ... ich bin es nicht gewesen, Monsieur, ich schwöre es."

Der Ton von Herrn Plachard ging unter die Haut, es war schrecklich, als er sagte:

„Und dennoch bist du die einzige Person, die Zugang zum Büro hat, wenn alle weg sind."

Mir trat der Schweiß auf die Stirn, und ein krampfhaftes Beben ließ nicht mehr von mir ab. Herr Plachard packte mich und schleppte mich in meine Kammer. Er räumte alle Möbel aus, warf meine armseligen Sachen, meine Hefte und Bücher umher. Als er meinen neuen Anzug entdeckte, brüllte er triumphierend auf. Er zeigte ihn der ganzen Runde und kreischte:

„Das ist ein Beweisstück, da ist mein Geld geblieben, das man mir kürzlich gestohlen hat." Mit erhobener Hand kam er auf mich zu. „Du kannst nicht das Gegenteil behaupten, kleines Miststück. Du hast das Geld genommen!"

Er hob mich hoch wie eine Feder und schüttelte mich. Ich blieb stumm und betroffen. Er zog mich zu der Tür am anderen Ende der Werkstatt, hinter welcher der Hund seinen Verschlag hatte. Er öffnete sie mit einem Fußtritt, und Attila fing wütend an zu bellen und zerrte an seiner Kette. Herr Plachard stieß mich zu dem Tier, das mich ansprang, als wollte es mir die Kehle durchbeißen. Vor Schrecken brüllte ich auf. Der Chef rief:

„Gestehe, oder ich werf dich meinem Hund vor!"

Ich war krank vor Angst und Verzweiflung, ich mußte mich übergeben. Als der Meister sah, in welchem Zustand ich mich befand, trat er zu uns, blickte Plachard ins Gesicht und befahl ihm einzuhalten.

„Genug! Du kannst auch anders vorgehen, um die Wahrheit zu erfahren."

Mit diesen Worten riß er mich aus den Klauen von Herrn Plachard und reichte mir einen Lappen, damit ich mir den Mund abputzen konnte. Der Chef machte Miene, sich auf mich zu stürzen, aber der Dicke schaltete sich ein und stellte sich zwischen uns.

„Wir haben Ihnen doch gesagt, daß Sie den kleinen Kerl nicht mehr quälen sollen!" schrie er.

Unter dem Schutz von Herrn Magnier und dem dicken Bernard kam ich wieder in die Werkstatt. Der Meister half mir, mich auf eine Kiste zu setzen.

„Ruh dich eine Minute aus, Kerlchen, dann sehen wir weiter." Darauf blickte er mir in die Augen und begann, mich ernsthaft zu verhören. „Also ist es wahr, daß du das Geld nicht genommen hast?"

„Ich schwöre es Ihnen, Herr Magnier, ich schwöre es Ihnen."

„Dennoch gibt es nur eine Person, wie Herr Plachard gesagt hat, die ungestört das Büro betreten kann. Und das bist du. Ist das richtig?"

Ich nickte.

Der Meister fuhr fort:

„Und niemand anderes ist nach Feierabend ins Büro gegangen?"

Ich antwortete nicht gleich, und in den folgenden Sekunden entstand eine beängstigende Stille. Ich gab Yvan eine letzte Chance, sich zu erkennen zu geben. Er tat es nicht. Darauf gab ich mir einen Ruck und sagte: „Doch. Yvan hat das Büro betreten, als er um halb elf von der Montage zurückkam."

Diese Enthüllung erregte Aufsehen. Herr Magnier ließ sich wiederholen, was ich behauptet hatte. Da baute Yvan sich vor uns auf, und ich konnte nur staunen, wie jemand so gut den Schein wahren konnte: sein Gesicht strahlte vollkommene Überraschung und größte Unschuld aus.

„Du bist ja verrückt! Was erzählst du denn da? Als ich zurückkam, waren alle Lichter aus, und du hast geschnarcht wie ein Murmeltier, ich wollte dich nicht aufwecken."

„Lügner! Ich habe nicht geschlafen, und du hast mich um die Büroschlüssel gebeten, weil du dir ein neues Heft holen wolltest."

Herr Plachard, der sich vorübergehend beruhigt hatte, verfolgte die Szene wie ein Amtsrichter. Yvan spielte nun den Wütenden.

„Soll ich dir die Fresse polieren, um dich zu lehren, irgendwelche Geschichten über mich zu erzählen? Was habe ich dir getan, daß du mich so beschuldigst?" Er wendete sich an Herrn Plachard. „Seit zwei Jahren arbeite ich hier, Chef, haben Sie sich je darüber beklagen müssen, daß ich unehrlich gewesen sei?"

„Das ist doch ganz einfach", sagte Herr Magnier, „wenn der Junge sich wegen der Uhrzeit sicher ist, hol dein Heft, du hast doch die Ankunft notiert?"

„Natürlich", antwortete Yvan. Und in seiner Stimme schwang ein triumphierender Ton, der mich erstarren ließ. Er holte seine Tasche aus seinem Spind und öffnete sie. Dann zog er vor aller Augen ein altes, abgenutztes Heft hervor, das er zwischen zwei Fingern präsentierte.

„Hier ist mein Heft, und ich kann nur darauf hinweisen, daß es entgegen den Angaben dieses kleinen Miststücks mein altes ist. Und da steht meine Ankunftszeit. Elf Uhr zwanzig. Um halb elf lag ich noch in Mouilleron mit einer Panne fest."

Ich hatte es mit einem abgefeimten Schurken zu tun. Ganz überlegt hatte er die Geschichte mit dem Heft vorgetäuscht und in das alte eine falsche Uhrzeit eingetragen, um mich reinzulegen, wenn ich aussagen sollte. Herr Plachard grinste.

„Haben Sie sich nun überzeugt, meine Herren, der Kerl hat nie aufgehört zu lügen."

Der Meister sah mich traurig an:

„Wenn du das getan hast, steht es übel, Kleiner."

Mit Tränen in den Augen blickte ich ihn an:

„Ich schwöre Ihnen, Herr Magnier, daß ich immer die Wahrheit gesagt habe. Ich habe nie etwas gestohlen; der neue Anzug ist ein Geschenk von Frau Martin."

„Was ist denn das nun wieder für eine Erfindung", unterbrach mich Herr Plachard, „wer ist diese Frau Martin?"

„Die Frau des Lehrers, bei dem ich Unterricht nehme."

„Ach, der Herr studiert überdies! Ein Dieb, aber ein Intellektueller. Dann gebe ich dir mal den Rat, einen Blick in das Strafgesetzbuch zu werfen, wenn es zu deinen Schulbüchern gehört, da kannst du die Strafe nachlesen, die dich erwartet. Denn von nun an wirst du es mit der Polizei zu tun haben."

Abermals war es Herr Magnier, der mich rettete.

„Das ist eine Angelegenheit, die wir unter uns regeln müssen", sagte er. „Du bist zwar sicher, daß der Knirps schuldig ist, aber das ist noch kein Grund, ihn ins Gefängnis zu stecken, wo er unter Umständen noch schlechter wird. Also gib ihm eine letzte Chance, und laß ihn bis zum Monatsende arbeiten. Vergiß, was vorgefallen ist."

Ich dankte Herrn Magnier aus tiefstem Herzen, denn er hatte mich mit so viel Menschlichkeit verteidigt. Herr Plachard war großzügig.

„Wenn es euch gefällt, mit einem Dieb zusammenzuarbeiten, bitte, ihr tut es auf eigene Gefahr."

Dann fügte er verächtlich von oben herab hinzu: „Hast aber Glück, kleiner Schurke, daß du einen Verteidiger wie Albert hast. Gut, ich werde niemandem etwas sagen; deine Gewissensbisse werden dir hoffentlich genügen, wenn du überhaupt noch ein Gewissen hast. Du kannst hier noch vierzehn Tage arbeiten; danach kannst du dich woanders umsehen, du kommst schon noch an den Galgen! Aber die dreißigtausend Mäuse, die du mir geklaut hast, ziehe ich dir vom Lohn ab. Ich bin gutmütig, aber kein idealistischer Menschenfreund!"

Nachdem Herr Plachard gegangen war, nahmen die Arbeiter ihre Tätigkeit wortlos wieder auf. Ein schwarzes Schaf war unter ihnen, und meine Gegenwart schien ihnen peinlich.

Yvan setzte seine Arbeit fort, als sei nichts geschehen. Er mied meine Blicke. Da ich nicht arbeitete, sagte Herr Magnier trocken zu mir: „Los, hör jetzt auf zu flennen, und heb dir deine Gewissensbisse für später auf."

Zwischen zwei Schluchzern erwiderte ich:

„Ich heule nicht deswegen, Herr Magnier, sondern weil man mich zu Unrecht beschuldigt. Ich schwöre Ihnen, daß ich die Geldscheine in Yvans Hand gesehen habe."

Der Meister sah mich ernst an.

„Vorsicht, Bengel, solche Dinge sagt man nicht ohne Beweise."

Ich schaute Yvan fest in die Augen, holte Atem und schleuderte ihm ins Gesicht: „Ich schwöre es, und ich will auf der Stelle tot umfallen, wenn es nicht wahr ist, selbst wenn Yvan mir eine schreckliche Tracht Prügel angedroht hat, falls ich die Wahrheit sagen sollte."

Dann wich ich schnell zurück, denn ich ahnte einen Angriff des Schuftes. Sein Gesicht wurde krebsrot, er schrie: ,,Du Saukerl, nun ist aber Schluß!"

Herr Magnier hielt ihn energisch zurück.

,,Wollen wir doch sachlich bleiben", sagte er. ,,Der Kleine behauptet, daß du um halb elf zurückgekommen bist, das läßt sich überprüfen; ich werde bei der Auftragsfirma anrufen."

Er ging zum Telefon, das sich im Büro befand. Während er sich entfernte, fügte er hinzu: ,,Ich bin weder für ihn noch für dich, ich bin für die Wahrheit."

Yvan sagte nichts mehr, aber in seinen Augen las ich einen so wilden Haß, daß ich für meine Haut nicht viel gegeben hätte, wenn wir allein gewesen wären. Einige Minuten später kehrte Herr Magnier zurück.

Er fragte ihn: ,,Um wieviel Uhr bist du gestern von *Sofatel* weggefahren?"

Yvan zögerte einen Augenblick, dann erwiderte er: ,,Halb neun, Viertel vor neun."

,,Ich habe eben mit der Zentrale gesprochen, die mir bestätigte, daß du Punkt acht Uhr abgefahren bist."

,,Das ist möglich", warf Yvan ärgerlich ein, ,,wegen zehn Minuten wird man sich nicht streiten."

,,Das sind keine zehn Minuten, das ist eine dreiviertel Stunde", entgegnete Herr Magnier knapp.

,,Nehmen wir an, ich bin zu der Zeit weggefahren, die sie angeben, aber die Panne in Mouilleron, die zählen Sie wohl nicht?"

,,Du hast doch keine ganze Stunde gebraucht, um sie zu beheben?"

Yvan erstickte fast vor Zorn.

,,Ihr seid jetzt alle gegen mich, bloß wegen dieses verdorbenen Kerls, von dem man nicht mal weiß, wo er herkommt. Ich wiederhole, daß ich um zwanzig nach elf zurück war, Schluß, aus."

Der dicke Bernard, der bisher nur wortlos zugehört hatte, trat hinzu und bemerkte schließlich:

,,Du wolltest doch nicht den Chef um ein paar Arbeitsstunden beschummeln? Jetzt verstehe ich, daß du mehr Lohn kriegst als ich."

„Du verdienst nicht einmal, daß man dir antwortet", rief Yvan aus und zuckte verächtlich mit den Achseln.

Dann drehte er sich zu mir um und zischte haßerfüllt:

„Wir beide rechnen später miteinander ab."

Darauf erklärte Herr Magnier mit schneidender Stimme:

„Wenn du dem Kleinen was antust, bevor er geht, bekommst du es mit mir zu tun!"

IN DEN folgenden Tagen wurde die Stimmung in der Werkstatt unerträglich. Ständig fühlte ich Yvans Blicke auf mir ruhen. Glücklicherweise waren wir nie allein. Der Meister richtete nur das Wort an mich, wenn er mir eine Arbeit auftrug; lediglich der magere Henri bemerkte jedesmal, wenn er bei mir vorbeikam:

„Wenn ich an das Ding denke, das du gedreht hast, kann ich es einfach nicht glauben; wo ich dich doch immer für ein Unschuldslamm gehalten habe."

Es blieb mir noch genau eine Woche, bevor ich mein Bündel schnüren mußte. An jenem Vormittag verstrichen die ersten Stunden in Frieden und Stille. Wir waren zu dritt in der Werkstatt: der Meister, Yvan und ich.

Ich stanzte im Hintergrund Gummiflicken aus. Yvan besserte in der Nähe von Herrn Magnier ein abgenutztes Band aus. Ich war nicht weit vom Fenster weg, und so sah ich, wie Mutter Juliette das Tor öffnete und auf die Werkstatt zukam. Das wunderte mich, denn es war das erste Mal, daß sie in unseren Arbeitsbereich eindrang. Als sie eintrat, wendete sie sich an Herrn Magnier und sagte zu ihm:

„Ich soll Ihnen mitteilen, daß Herr Vollard angerufen hat, er will Sie dringend sprechen."

Ich dachte sofort daran, daß ich dann mit Yvan allein sein würde. Mit bittender Miene wandte ich mich an den Meister:

„Haben Sie nicht etwas zu besorgen, das ich erledigen kann, solange Sie fort sind?" fragte ich ihn.

„Zum Donnerwetter, nein!" erwiderte er. „Wir haben hier genug zu tun, es genügt, daß ich wegmuß."

Ich geriet immer mehr in Panik. Herr Magnier verstand meine Unruhe. Deutlich sagte er zu Yvan: „Ich muß für einen Augenblick weg, ich lasse euch beide allein. Ich habe dein Ehrenwort, daß du den Kleinen in Ruhe läßt?"

Yvan zog die Schultern hoch und entgegnete mit gleichgültiger Miene: „Ja, ja, schon gut, man wird deinen Liebling nicht gleich martern."

Nachdem Herr Magnier gegangen war, verstrichen die Minuten in beängstigender Stille. Ich beobachtete Yvans Bewegungen genau. Plötzlich erzitterte ich. Yvan sah mich an, seine schmalen Lippen verzogen sich zu einem bösen Lächeln. Langsam kam er auf mich zu. Ich erstarrte vor Angst. Gemächlich näherte er sich, ohne mich aus den Augen zu lassen; er genoß meine wachsende Furcht. Dann packte er mich am Arm. Er mußte spüren, wie sehr ich zitterte; er sagte: „Oh, sieh an! Du hast wohl Bammel?... Jage ich dir soviel Angst ein?"

Ich murmelte: „Bitte, lassen Sie mich in Ruhe. Ich werde nichts mehr sagen, und in einer Woche bin ich weg, dann sehen Sie mich nie wieder."

„Ich hoffe, Bursche, aber jetzt habe ich noch deine dreckige Visage vor mir." Ich biß die Zähne zusammen. „Und wenn ich dir nun deine dreckige kleine Schnauze poliere?"

Gegen meinen Willen stieß ich einen Schrei aus.

„Das werden Sie nicht machen, Sie haben es Herrn Magnier versprochen."

„Nichts habe ich versprochen, ich habe nichts geschworen, und dann werde ich ja bald diesen Laden verlassen, also pfeife ich auf Albert. Aber bevor du hier weggehst, kriegst du noch was ab, das schwöre ich dir!"

Ich gab eine erbärmliche Figur ab.

„Herr Yvan, schlagen Sie mich nicht; ich schwöre Ihnen, daß ich nie wieder sagen werde, was ich im Büro gesehen habe."

Yvan schüttelte mich am Revers meiner Jacke und lachte.

„Bravo, Kleiner! Aber das genügt nicht. Ich will, daß du vor allen gestehst, daß du gelogen und das Geld genommen hast."

Ich heulte vor Wut und Verzweiflung. Ich konnte mich nicht entschließen zu versprechen, was Yvan von mir verlangte, doch als ich zögerte, packte er mich am Hals und schrie mich mit schrecklicher Stimme an: „Du wirst das tun, oder ich schlag dich zusammen!"

Ich brüllte nun meinerseits: „Ja, ja, ich tue es heute abend. Ich verspreche es Ihnen. Ich werde lügen, um Ihnen einen Gefallen zu erweisen."

Yvans Griff lockerte sich, mein Gegner frohlockte. Plötzlich spürte ich jedoch, daß etwas vorging. Ich hob das Gesicht zu meinem Peiniger; er war leichenblaß geworden, seine Augen starrten auf einen Punkt oberhalb meiner Schulter. Ich drehte mich um und erblickte den Meister, der im Türrahmen stand und die Szene beobachtete. Yvan versuchte zu fliehen, aber Herr Magnier faßte ihn noch und gab ihm zwei so gewaltige Ohrfeigen, daß er zu Boden fiel. Noch bevor er sich wieder aufgerappelt hatte, nahm ihn sich der Meister erneut vor. Um ihn ganz unschädlich zu machen, versetzte er ihm einen so brutalen Schlag ins Gesicht, daß ihm das Blut aus dem Munde floß. Herr Magnier zwang ihn in die Knie, indem er die Arme von hinten unter Yvans Achseln schob und die Hände in seinem Nacken zusammenschloß.

Yvan wehrte sich nicht mehr. Da schrie ihn der Meister an: „Und jetzt will ich, daß du den Jungen um Verzeihung bittest für das, was du ihm anzutun gewagt hast. Du wirst mir nachsprechen, hast du verstanden?"

„Ich bitte dich um Verzeihung, Paul", stöhnte Yvan.

Herr Magnier fuhr fort:

„Ich habe Herrn Plachard das Geld gestohlen."

Der andere wiederholte es mit röchelnder Stimme.

„Ich bin ein Schuft, ein Schandkerl, ein Feigling, und all das werde ich auch Herrn Plachard sagen."

Merkwürdigerweise erweckte Yvan jetzt mehr Mitleid als Abscheu in mir. Traurig betrachtete ich diese klägliche Larve, die sich einmal mein Freund genannt hatte.

Eine halbe Stunde später traf Herr Plachard ein. Als er über den Vorfall unterrichtet war, sah er Yvan mit verzerrtem Gesicht an und sagte:

„Schade, ich werde mich von einem guten Arbeiter trennen müssen. Sag, die erste Sache mit den zwanzigtausend Franc, geht die auch auf dein Konto?"

Yvan antwortete nicht, aber sein Schweigen verriet mehr als ein Geständnis.

„Schön, du hörst heute abend auf. Ich hoffe, du hast die insgesamt fünfzigtausend Franc noch nicht verschleudert; jedenfalls ziehe ich sie dir von deinem Lohn ab. Fräulein Poitevin wird dir die Rechnung machen."

Er wollte sich entfernen, besann sich jedoch eines anderen. Ich hatte den Eindruck, als wolle er Katz und Maus spielen. Zu Herrn Magnier gewendet, fügte er hinzu:

„Und wenn wir die Polizei benachrichtigen?"

Der Meister erklärte zurückhaltend:

„Mach, was du willst; die Polypen und ich sind keine Freunde, ich sehe sie lieber woanders als hier."

Darauf sagte Plachard zu mir:

„Und was sagst du dazu? Ich behalte dich natürlich."

Ich war großzügig. Ich meinte, Yvan habe genug gebüßt. Herr Plachard äußerte hingegen: „Man muß es zumindest der Gendarmerie mitteilen."

„Nein, Monsieur, das ist nicht nötig. Yvan ist jetzt hinreichend bestraft."

Eine sadistische Freude spiegelte sich auf dem Gesicht des Chefs.

„Ich spreche nicht von den Gendarmen im allgemeinen, sondern von einem bestimmten", sagte er.

Yvan stieß einen herzzerreißenden Seufzer aus.

Ich sah den ganzen Schwall von Ereignissen, den ein einziger Anruf bei Wachtmeister Debœuf auslösen mußte, seinem künftigen Schwiegervater. Ich stellte mir ihn an seinem Schreibtisch in der Gendarmerie vor, wie er die Nachricht erfährt und ihm der Atem stockt, so daß er den Hörer nicht wieder auflegt. Seine Kollegen, die durch dieses Verhalten beunruhigt sind, bedrängen ihn mit lästigen Fragen. Dann der Zusammenbruch des armen Wachtmeisters und der Schlußsatz: „Mein Schwiegersohn ist ein gemeiner Dieb."

Herr Plachard setzte seinen Plan nicht in die Tat um, und Wachtmeister Debœuf erfuhr nicht sofort von den Aktionen seines künftigen Schwiegersohns, aber die öffentliche Meinung übernahm es, ihn zu unterrichten. Denn sobald der dicke Bernard und der magere Henri von den sensationellen Vorfällen hörten, verbreiteten sie die Neuigkeit weiter, und bald war der ganze Ort auf dem laufenden. Die

Liebe Maryvonnes widerstand diesem Ansturm. Sie willigte trotz allem in die Verbindung mit Yvan ein, doch, von der Familie verstoßen, mußte das Paar seine Schande in einer Großstadt verbergen, wo es sich leichter unerkannt leben läßt.

Ich hatte in der Werkstatt jetzt nur noch Freunde. Ich gehörte zu ihnen, und wenn sie Späße mit mir machten, geschah es freundschaftlich und mit Zuneigung. Dem Meister gegenüber bewahrte ich eine tiefe Dankbarkeit, hatte er mir doch erklärt, er habe nie daran geglaubt, daß ich den Diebstahl begangen hätte.

„Man muß schon so verrückt sein wie Plachard, um vom Ton der Wahrheit nicht bewegt zu werden. Ich habe lange herumgetüftelt", sagte er mir, „ehe ich den Weg gefunden hatte, Yvan zu einem vollen Geständnis zu bringen und es selbst zu hören. Deshalb hatte ich die Geschichte mit dem Anruf inszeniert. Ich bin gleich heimlich zurückgekehrt, und den Rest kennst du."

DER Monat August kam immer näher, und damit die Betriebsferien. Die Freunde sprachen begeistert von ihrem bevorstehenden Urlaub. Das stürzte mich in tiefe Traurigkeit, denn dann würde ich wieder allein sein.

„Die Seeluft würde dir guttun", meinte eines Tages der Lehrer.

„Aber ich kenne doch niemanden, und das kostet schließlich viel Geld."

Frau Martin schaute mich schweigend an, und nach einem Weilchen erklärte sie: „Vielleicht gibt es eine Möglichkeit, kostenlos schöne Ferien zu verbringen und obendrein etwas zu sparen."

Sie blickte ihren Mann an. „Fräulein Michalon braucht sicher noch einen jungen Helfer."

Das Ehepaar Martin erzählte mir dann, daß dieses Fräulein Michalon die Leiterin eines Ferienlagers war und geeignete Mitarbeiter suchte. Diese sollten die Arbeiterkinder betreuen, die von verschiedenen Organisationen ans Meer geschickt wurden. Dieser Vorschlag gefiel mir, aber ich hatte mich noch nie mit jungen Menschen befaßt, und das verlangte vielleicht besondere Kenntnisse. Frau Martin beruhigte mich: „Es genügt, ihr Vertrauen zu gewinnen und sie zu verstehen; überdies haben Sie einen älteren Erzieher zur Seite, der die eigentliche

Verantwortung trägt. Ich werde gleich morgen an Fräulein Michalon schreiben, die sich in der Kolonie der ‚Seewölfe' aufhält."

Bereits Ende der Woche erhielt ich einen Brief von Fräulein Michalon, in welchem sie dem Vorschlag des Ehepaars Martin zustimmte. Ich sollte Kost und Logis bekommen sowie zehntausend Franc, die als Taschengeld bestimmt waren. War ich mit diesen Bedingungen einverstanden, sollte ich mich am ersten August in La Faute-sur-Mer einfinden, das Fahrgeld würde mir bei meiner Ankunft zurückerstattet. Ich antwortete ihr umgehend, daß ich bereit sei, und von diesem Augenblick an konnte ich endlich an meinen ersten Urlaub denken. Ich kaufte mir schnell eine modische Badehose und ein paar bunte Hemden, um chic auszusehen. Doch ich weiß nicht, ob ich genügend Geschmack besaß; jedenfalls war das Ehepaar Martin überrascht, als ich sie ihnen zeigte.

„Oh, wenn man jung ist, kann man alles tragen", erklärte Frau Martin wohlwollend.

Dann kam der Tag vor der Abreise. Wir feierten den Beginn der Betriebsferien bei Mutter Juliette. Ich hatte mehr als sonst getrunken, und alle amüsierten sich über meine Ausgelassenheit. Wir trennten uns spät am Abend, und alle waren freudig gestimmt.

DAS Haus der „Seewölfe" lag vor den Dünen in einem Kiefernwald. Das hölzerne Gatter am Eingang des Geländes trug den Namen des Lagers. Ich folgte dem Fahrweg mit einer gewissen Beklommenheit. Schließlich erblickte ich ein großes, dreigeschossiges Gebäude, das dem Sommersitz einer Adelsfamilie ähnelte.

Als ich die leere Halle betrat, sah ich ein geräumiges, unpersönlich wirkendes Zimmer, das als Empfangsbüro eingerichtet war. Aber es war niemand da. Rechts führte eine breite, weiße Steintreppe in die oberen Geschosse. Ich machte mich durch Rufen bemerkbar. Darauf kam aus der ersten Etage eine junge blonde Frau herab, die von der Sonne gebräunt war und ein leichtes helles Kleid trug. Sie fragte mich, was ich wünsche. Ich zeigte ihr den Brief von Fräulein Michalon.

„Ach, Sie sind der neue Mitarbeiter. Sehr erfreut, ich bin Fräulein Claudine. Ich erledige hier die Post." Sie fügte hinzu: „Die Kinder sind gerade am Strand, da hat man mal ein Weilchen Ruhe, denn zur

Essenszeit ist hier die Hölle los." Sie lächelte charmant. „Aber keine Angst, unsere kleinen Teufel sind brave Kinder, und ich bin sicher, daß Sie trotz Ihres jugendlichen Alters gut mit ihnen zurechtkommen werden."

Als wenige Minuten später Fräulein Michalon hinzutrat, schien auch sie wegen meiner Jugend ein wenig verwirrt.

„Im allgemeinen sind unsere Assistenten ein wenig älter. Aber Herr Martin hat ja für Ihre Eignung garantiert, und Autorität kann man in jedem Alter ausüben."

Meine Tätigkeit war nicht sehr ermüdend. Ich hatte rund zwanzig Kinder zwischen sechs und acht Jahren zu überwachen. Sobald das Frühstück eingenommen war, ging ich mit ihnen zu den Waschräumen und half ihnen anschließend beim Bettenmachen, dann brachen wir gut gelaunt zu einem zweistündigen Spaziergang im Wald auf. Die Kleinsten hatten oft Mühe zu folgen. Wenn einer nicht mehr konnte, nahm ich ihn auf meinen Rücken. Manchmal gingen wir auch in den nächsten Ort, wo man Postkarten, Andenken und alle möglichen Süßigkeiten kaufen konnte. Leider mußten wir dann viele wahre Tantalusqualen ausstehen, denn sie waren Kinder von armen Leuten. Wie gerne hätte ich ihnen all ihr Verlangen nach Leckereien erfüllt, doch ich besaß ja auch nicht viel mehr als sie.

Nach dem Mittagessen wurde Siesta gehalten. Bis halb vier mußte man sich ausruhen, damit die Speisen verdaut waren, wenn man an den Strand ging. Zu Anfang bedeutete das eine Prüfung für mich, denn da ich nicht schwimmen konnte, blieb ich bibbernd am Ufer. Hatten sie dann genug gebadet, überließ ich die Kinder sich selbst. Während sie Sandburgen bauten oder am Strand umherliefen, gesellte ich mich zu den anderen Helfern, um mit ihnen zu diskutieren. Die meisten von ihnen waren Studenten. Sie hatten gleich gemerkt, daß ich nicht so gebildet war, zumal ich ihnen nicht folgen konnte, wenn sie schwierige literarische Fragen erörterten. Sie sahen mich ein bißchen von oben herab an. Die Helferinnen wiederum gaben mir zu verstehen, daß sie mit Jungen meines Alters nicht ausgingen.

Die besten Freunde blieben die Kinder. Ich verstand es, ihre Aufmerksamkeit mit einfachen Geschichten zu erregen oder sie mit erfundenen Spielen zum Lachen zu bringen. Meine kleine Truppe mochte mich, und manchmal vergaßen sie mein Alter und nannten mich „Paulchen".

Die glücklichen Tage vergingen mit unglaublicher Schnelligkeit. Nun stand ich bereits vor der Abfahrt. Fräulein Michalon ließ mich wissen, daß sie mit mir sehr zufrieden gewesen sei. Sie hätte es gerne gesehen, wenn ich meinen Aufenthalt hätte verlängern können; doch leider war das nicht zu machen. Aber dank der Erfahrungen, die ich sammeln konnte, wollte ich nun darauf hinarbeiten, Lehrer zu werden.

Die Rückkehr zu Herrn Plachard bedeutete kein Vergnügen, und der erste Arbeitstag schien nicht enden zu wollen. Die Erinnerung an den Urlaub ließ die Arbeit nicht gerade schneller von der Hand gehen. Der dicke Bernard war um fünf Kilo schwerer zurückgekommen und schwarz wie ein Senegalese. Er sprach begeistert von seinen Ferien im Süden. Der magere Henri war weniger enthusiastisch. Er verfluchte das schlechte Wetter, das ihn in seinem bretonischen Hotel festgehalten hatte. Fräulein Poitevin hingegen gab sich, piekfein gekleidet, den Anstrich einer jungen Dame und trällerte selbstverloren den neuesten Schlager vor sich hin.

Meine Studien nahm ich mit viel Eifer wieder auf. Frau Martin beglückwünschte sich zu ihrer Idee, mich zu den „Seewölfen" geschickt zu haben. Ich hatte jetzt eine frischere Hautfarbe und den Kopf voller konstruktiver Ideen. Ich hatte den Martins meinen Entschluß mitgeteilt, Lehrer werden zu wollen, und sie stimmten begeistert zu.

„Erst mußt du aber dein Examen machen", sagte Herr Martin. „Das wird nicht schwer sein, aber dann hast du noch das Abitur vor dir, und ich verheimliche dir nicht, daß du dafür ein härteres Programm zu bewältigen hast. Auf alle Fälle kannst du jedoch mit meiner Unterstützung rechnen."

Am Abend ging ich gleich nach dem Essen in meine Kammer und vertiefte mich in meine Bücher.

So zogen die Tage und Monate dahin, aufgeteilt in meine Tätigkeit in der Werkstatt und meine nächtlichen Studien. Manches Mal überfiel mich große Müdigkeit, und meine Magenschmerzen setzten wieder ein. Ich trank viel Kaffee, um mich wach zu halten.

Mit dem Frühling begannen sich die ersten Ängste zu melden. Sie waren der Auftakt zum Examen, das Anfang Juni stattfinden sollte. Obwohl mir Herr Martin versichert hatte, daß ich gut vorbereitet sei, hegte ich Besorgnis. Schließlich war der große Augenblick gekommen.

Die schriftliche Prüfung wurde in der Oberschule von Lésenay abgehalten. Man überreichte jedem von uns einen Umschlag, der die Fragen enthielt, die es zu beantworten galt. Fiebernd machte ich mein Kuvert auf und strahlte vor Freude. Diese Fragen kannte ich. Zuversichtlich machte ich mich ans Werk. Als ich fertig war, empfand ich ein Gefühl des Wohlbehagens und des Stolzes. Neben mir saßen Knaben aus ordentlichen, vielleicht reichen Familien, und ich, der unterprivilegierte, arme Junge, sollte zu ihresgleichen gehören.

Ich bekam eine recht gute Note für diese erste Prüfung. Blieb noch das Mündliche. Mein Prüfer war ein Freund von Herrn Martin, ich war ihm dort einmal begegnet, und ich hatte keine Angst, ihm die Fragen aus der Geschichte und Geographie zu beantworten, die er mir stellte. Eine Woche später wußte ich, daß ich bestanden hatte.

Auf den Rat von Herrn Martin suchte ich Herrn Bourneau auf, um ihm mein erstes wichtiges Zeugnis zu zeigen. Er beglückwünschte mich mit spitzen Lippen, ernüchterte mich aber gleich darauf, indem er auf die wenigen Vorteile hinwies, die mir ein einfaches Zeugnis einbrachte.

„Ich habe in meinem Büro junge Leute, die viel weiter sind als du, und sie haben noch immer einen bescheidenen Posten." Die drei Schreiber, die im Zimmer saßen, stimmten ihm mit ernster Miene zu.

„Aber Herr Bourneau", sagte ich, „ich habe die Absicht, mein Studium fortzusetzen." (Herr Bourneau unterdrückte ein Grinsen.) „Ich muß nun eine höhere Schule besuchen, zum Beispiel in Nantes ..."

Er unterbrach mich:

„Du bist unverbesserlich, mein armer Kleiner. Du bist doch viel zu alt, um dir ein langes und schwieriges Studium erlauben zu können. Und wie willst du in einer großen Stadt leben?"

Ich kam zu dem heiklen Punkt meines Besuchs:

„Herr Bourneau, ich dachte, mit Ihrer Unterstützung könnte ich vom Staat ein kleines Stipendium erlangen."

„Ein Stipendium?“ Er wurde plötzlich puterrot, als mache ihm jemand das Erbe streitig. „Du glaubst wohl, daß der Staat, der soviel für dich getan hat, für euch...“ (mit einer weiten Geste umschrieb er die elende Kohorte von kleinen Waisenkindern, die seine Welt darstellten) „... daß der Staat nichts anderes zu tun hat, als einen unbeständigen Spätberufenen zu fördern?“

Ich versuchte, ihm begreiflich zu machen, daß es ja auch Ausnahmen gebe, aber Herr Bourneau blieb hart.

„Besteh nicht drauf. Es gibt ein Sprichwort, das lautet: ‚Überlassen wir die Beute nicht dem Schatten!‘ Fahr nur fort, dich allein weiterzubilden, ich sehe darin nichts Schädliches, solange es deine Arbeit nicht beeinträchtigt; aber erhoffe dir nicht mehr, sonst wirst du enttäuscht.“

Ein hilfreiches Wesen rettete mich aus meiner bejammernswerten Lage. Danke, Fräulein Michalon! Aufgrund der Vermittlung ihres Bruders erhielt ich die Stelle eines Boten im Rathaus von Nantes. Meine Tätigkeit erlaubte mir, Abendkurse zu besuchen. Und sowie ich volljährig würde, wäre ich der Vormundschaft von Herrn Bourneau entronnen.

Ich reichte Herrn Plachard meine Kündigung ein. Feierlich wurde ich verabschiedet. Meine Kollegen sahen mich ungern gehen, insbesondere mein dicker Bernard, der mir verstohlen ein Glas Marmelade zusteckte. Herr Magnier knuffte mich, versicherte mich seiner Sympathie und fügte sogar hinzu, daß er gerne einen Jungen gehabt hätte, der mir ähnelte. Das war eines der Komplimente in meinem Leben, die mich am meisten gefreut haben; und mir brach die Stimme, als ich diesen lieben Kameraden Lebewohl sagte.

Paul Wagner

Im *Kuckucksei* sind wir Paul Wagner durch das Auf und Ab seiner Jugendjahre gefolgt. Wir haben miterlebt, wie er von einer Pflegestelle zur anderen geschoben wird. Viele Leser werden sich nun fragen, wie der bewegte Lebensweg des Waisenjungen weitergeht.

Die Bekanntschaft mit der gütigen Lehrerfamilie verschafft Paul den Zugang zu einer neuen, ihm bislang verschlossen gebliebenen Welt: der Welt der Literatur und der Musik. Mit großem Eifer widmet er sich diesen neuen Wissensgebieten, und daher fällt es ihm leicht, auch die Abendschule erfolgreich abzuschließen. Im Jahr 1960, als er einundzwanzig ist, zieht es Paul Wagner zum Theater. Wie alle jungen Franzosen mit großen Plänen fährt er nach Paris, wo er Schauspielunterricht nimmt. Schon bald erhält er seine ersten großen Rollen. Bei den „Amis du Théâtre de France“ tritt er in zahlreichen Molière-Stücken auf.

Heute ist Paul Wagner in ganz Frankreich bekannt, denn er spielt nicht nur in den berühmten Theatern von Paris, sondern er geht auch oft auf Tourneen. Trotzdem findet er noch Zeit, interessante Rollen in Film und Fernsehen zu übernehmen.

Seine Bücher *Das Kuckucksei* (1973), *Graine d'Homme* (1974), *L'Enfant et les Magiciens* (1976) und *L'Éducateur* (1978) haben in Frankreich großen Anklang gefunden, und man kann nur hoffen, daß sie bald alle in Deutschland erscheinen werden.

KALAHARI

EINE KURZFASSUNG
DES BUCHES VON
HENRY KOLARZ

ILLUSTRATIONEN VON
MICHAEL MÄNZ

Jan Feuchtenbeiner, Sicherheitschef der Diamantenmine von Orapa im ehemaligen Betschuanaland, wird von einer Befreiungsorganisation erpreßt: Er soll den Afrikanern verraten, mit welchem Flugzeug die nächste Lieferung Rohdiamanten nach Gaborone, der Hauptstadt Botswanas, geschafft werden soll. Um seine Haut zu retten, spielt Feuchtenbeiner mit und sieht zu, wie 400 000 Karat Rohdiamanten in zwei Metallkoffern über der öden Kalahari aus dem Flugzeug geworfen werden. Die Folgen seines Handelns werden Feuchtenbeiner erst ganz allmählich, doch schließlich mit tödlicher Gewißheit klar.

I.

„Du brauchst mir nur ein Zeichen zu geben, Jan, und ich drehe ab auf Westkurs." Der Pilot dämpfte die Stimme, so daß nur der hinter ihm sitzende Jan Feuchtenbeiner ihn verstehen konnte. „Der Sprit würde bis Südamerika reichen, und wir hätten fürs ganze Leben ausgesorgt."

Der Pilot streifte mit einem diskreten Seitenblick die beiden Aluminiumkoffer, die mit stählernen Armbändern und Ketten an Feuchtenbeiners Handgelenke geschmiedet waren. Es gehörte zu den Regeln ihres Spiels, daß Jan Feuchtenbeiner die Anspielung ignorierte und der Pilot sich hütete, danach zu fragen, ob die Koffer an diesem Tag mit Diamanten oder nur mit Kieselsteinen gefüllt waren.

Natürlich wußten beide, daß eine Erörterung dieser Frage, auch nur im Spaß, sie ihre hochbezahlten Jobs gekostet hätte, den Piloten der firmeneigenen Cessna King Air ebenso wie den Sicherheitschef der Diamantenmine von Orapa. Die Direktion der *De Beers Botswana Mining Company*, die Scherze auf Kosten der Sicherheit nicht schätzte, hatte lange Ohren. Zwei dieser Ohren gehörten Philip de Swaert, dem technischen Direktor von Orapa, der heute den Flug in die Hauptstadt der Republik Botswana, Gaborone, begleitete.

Feuchtenbeiner streckte seine Beine aus und schaute auf die Uhr. In neunzig Minuten würden sie auf dem kleinen Flugplatz in Gaborone landen; ein Landrover hätte zwei Tage gebraucht, um die fünfhundert Kilometer zwischen Orapa und der Metropole zurückzulegen. Sie flogen noch über dem Ostrand der Kalahari mit ihren verdorrten Dornbüschen. Ein Rudel Antilopen flüchtete in einer ockerfarbenen Staubwolke vor dem Lärm der Motoren. Im Umkreis eines der wenigen Brunnen, die noch etwas Wasser gaben, hatten durstige Rinder das gelbe Savannengras bis auf den letzten Halm niedergetreten. Seit acht Monaten hatte es hier nicht mehr geregnet.

Wenige Minuten später erreichte der Pilot den fruchtbaren Landstreifen am östlichen Saum Botswanas, entlang der Eisenbahnlinie, die Rhodesien und Südafrika miteinander verbindet. Jetzt brauchte er nur noch eine halbe Stunde dem schnurgeraden Schienenstrang bis Gaborone zu folgen. Links und rechts auf die Sitze neben sich hatte Feuchtenbeiner die Metallkoffer gestellt, hochkant. Auf dem Flughafen in Gaborone würde er die kostbare Fracht an die Sicherheitsbeamten der Zentrale übergeben und sie dann auf dem direkten Weg zum Tresor im Verwaltungsgebäude der *Anglo-American Corporation* begleiten.

Im Laufe der Zeit hatte Feuchtenbeiner sich abgewöhnt, über die stets gleichbleibende Akribie der Prozedur zu lächeln. Sie war lästig, aber – immerhin – niemand in Gaborone wußte, ob Feuchtenbeiner an diesem Tag in den beiden Aluminiumkoffern die Monatsausbeute von Orapa oder wieder nur, wie fast immer, einen und einen halben Zentner Kieselsteine in die Tresore der Anglo-American bringen würde. Niemand außer Feuchtenbeiner und Bill Scranton, dem Generalmanager in Orapa. Heute war es ein Leerflug.

Die King Air verlor an Höhe, und Feuchtenbeiner blickte hinunter auf Gaborone: eine vor dreizehn Jahren aus dem Busch gestampfte Reißbrettsiedlung von 25000 Einwohnern, ein akkurates Viereck, bestehend aus Einkaufsstraße, der Mall, einem kleinen Regierungsbezirk, dem Palast des Präsidenten, Sir Seretse Khama, sowie drei Dutzend Kirchen und einigen tausend Wohnhäusern. Eine Straße umschloß von allen vier Seiten die Stadt wie ein Asphaltring, an dessen Rändern übergangslos der Busch begann. Gaborone war weiß Gott nicht der Nabel der Welt, aber Feuchtenbeiner hatte seine Bedürfnisse nach urbanem Leben den Gegebenheiten anzupassen gelernt. Immerhin war Gaborone die Metropole und das Hotel Holiday Inn der einzige Platz in dem menschenleeren Land, der zumindest einigen Komfort und Abwechslung bot.

Der Pilot drehte eine Schleife über dem Stausee, der die Stadt mit Wasser versorgte. Dann setzte er auf der Landebahn auf.

Als die King Air ausgerollt war, fuhren Piet und Balthasar, die Sicherheitsbeamten, mit dem gepanzerten Transportwagen der Anglo-American dicht an die Maschine heran. Balthasar, die Maschinenpistole im Anschlag, blickte sich erst um, bevor er Jan Feuchtenbeiner ein Zeichen gab.

Erst dann kletterte der Sicherheitschef aus der Maschine, als letzter.

Die angeschmiedeten Metallkoffer unter den Armen, legte er die wenigen Meter bis zu dem Panzerwagen geduckt zurück, in kraftvollen Sätzen. Zehn Minuten später quittierte der für die Sicherheit zuständige Direktor im sechsstöckigen Bürohaus der *Anglo-American*, dem höchsten Gebäude im ganzen Land, Feuchtenbeiner den Empfang von zwei Metallkoffern, deren Inhalt er sorgfältig im Tresorraum verschloß: 79 versiegelte und verplombte Ledersäckchen mit rund 360000 Karat Kieselsteinen.

Feuchtenbeiner rieb sich die geschwollenen Handgelenke. Erst jetzt war seine Mission beendet. Nachdem Balthasar ihn am Holiday Inn abgesetzt hatte, tauchte Feuchtenbeiner aufatmend in die keimfreie Exklave von Luxus und Zivilisation ein, Klimaanlage und Dämmerlicht hinter getönten Scheiben, Golf, Tennis, Swimming-pool, Roulette und Bakkarat, Showband und livrierte Kellner. Meggy an der Rezeption übergab ihm wortlos den Koffer, der immer für ihn bereitstand: Waschzeug, Pyjama, zwei Hemden, Tropenanzug, Schlips, Badehose. Feuchtenbeiner war im Holiday Inn bekannt.

Diesmal hatte er ein Zimmer mit direktem Zugang zu Park und Swimming-pool bekommen. Bis zur Öffnung des Restaurants war noch eine Stunde Zeit. Er drehte ein paar Runden im Pool.

Um 19 Uhr betrat er das Restaurant. Die Hoteldirektion stellte, gemessen an botswanischen Sitten, hohe Ansprüche an die Garderobe der Gäste. Wer ohne Jackett und Krawatte Einlaß in Restaurant, Bar oder Kasino begehrte, wurde von den uniformierten Hauspolizisten zurückgewiesen. In dem gedämpften Licht des Speisesaals entdeckte Feuchtenbeiner keinen Bekannten, zu dem er sich gerne hätte setzen mögen. Er wählte einen Einzeltisch, bestellte zwei Martinis, südafrikanischen Räucherlachs und ein Steak.

Der schwarze Oberkellner lächelte ihn unbefangen an. Das Personal verhielt sich hier anders als zu Hause in Johannesburg. Kein unterdrückter Haß, keine Unterwürfigkeit gegenüber dem weißen Gast. Nach dem Diner nahm Feuchtenbeiner noch einen dritten Martini an der Bar. Zu Hause in Orapa, wo er mit June ein Fertighaus vom Typ F bewohnte, hätte er sich jetzt mit einem Drink hinter der Zeitung vergraben, um nicht mit seiner Frau reden zu müssen. Er war ihre nörgelnden Klagen über das eintönige Leben im Diamanten-Getto leid, über Orapas starre gesellschaftliche Hierarchie, den Klatsch über das immer gleiche Dutzend Leute, das ewige Bridge, Squash und Golf mit immer denselben Partnern. Jedermann in Orapa beneidete Jan Feuchtenbeiner um seinen Job als Sicherheitschef, weil es der einzige Job war, der regelmäßige Abstecher in das amüsantere Gaborone gestattete.

Feuchtenbeiner trank seinen Martini aus und schlenderte hinüber zum Spielkasino. Es war noch früh, erst drei der acht Roulettetische waren besetzt. Er war kein Spieler. Im Grunde reizte ihn am Glücksspiel nur, daß es zu Hause in Südafrika verboten war. Er begnügte sich damit, fünfzig Rand in Chips umzutauschen und sie nacheinander beharrlich auf die Zahl 35 zu setzen. 1935 war sein Geburtsjahr.

Am zweiten Tisch wechselten die Croupiers. Sheila übergab gerade an Denise. Feuchtenbeiner schob ihr fünf Zehnrandscheine hin, und sie tauschte das Geld wortlos in grüne Chips ein. Es war ein stummer, aussichtsloser Flirt, seit zwei Jahren schon. Denise reagierte auf sein Lächeln mit freundlicher Gleichgültigkeit.

Um den Umsatz zu heben, beschäftigte das Kasino nur junge Mädchen als Croupiers, die mit ausdruckslosen Gesichtern und unglaublicher Fingerfertigkeit nach jedem Spiel die Chips vom Billardtuch räumten und zu handlichen Stapeln häuften. Feuchtenbeiner war selbstkritisch genug, seine Chancen bei Denise realistisch einzuschätzen. Er hatte mindestens acht Kilo zuviel Speck auf seinem grobschlächtigen Körper, die Haut war großporig und voller Sommersprossen, der Nacken übersät mit Furunkelnarben, und die farblosen Wimpern und Augenbrauen gaben seinem grobgeschnittenen, stets geröteten Gesicht einen fast albinohaften Zug.

„Bitte, machen Sie Ihr Spiel."

Feuchtenbeiner schob einen neuen Chip auf die 35. Auf der anderen Tischseite beugte sich eine Afrikanerin vor. Sie hielt einen gelben Chip zwischen Daumen und Zeigefinger und ließ ihn auf seinen grünen fallen.

Sie sah nicht aus wie eine der schwarzen Frauen, die hier diskret ihrem Gewerbe nachgingen, für Eingeweihte erkennbar an ihrem auffallenden Make-up und an ihren Perücken, die glattes, volles Haar vortäuschen sollten. Sie trug die landesübliche Pfefferkorn-Frisur: winzige Haarknötchen zwischen schnurgeraden Scheitelalleen mit vielen

Kreuzungen und mit abstehenden Stacheldraht-Zöpfchen. Sie sah ihn aus ihren schwarzen Augen ernst und prüfend an.

„Siebenundzwanzig rot."

Denise räumte das Spielfeld ab, schob einem Inder seinen Gewinn zu und steckte einen Chip in den Trunk. „Fürs Personal, danke schön. Bitte, machen Sie Ihr Spiel."

Einen Augenblick lang streiften sich ihre Hände über der 35. Er zuckte zurück. Der gelbe Chip der Afrikanerin deckte seinen grünen zu, und sie lächelte, als wollte sie deswegen um Entschuldigung bitten.

In der Berührung ihrer feingliedrigen Finger hatte so etwas wie verhaltene Zärtlichkeit gelegen. War es Absicht? Von ihrem Gesicht war es nicht abzulesen. Sie folgte gebannt dem Lauf der Kugel, und als die Kugel zur Ruhe kam, stieß sie einen hohen Triller des Entzückens aus.

„Fünfunddreißig schwarz."

Denise schob ihm und ihr je einen Stapel Chips zu. Es lag etwas wie Kumpanei, wie Unternehmungslust im Blick der Afrikanerin. Sollte er sie an die Bar einladen? Im Umgang mit Frauen stellte Feuchtenbeiner sich immer ein wenig linkisch an. Als er verstohlen zum Ausgang blickte und ihr Lächeln Einverständnis signalisierte, zog er seinen Schlüssel mit der eingestanzten Zimmernummer aus der Tasche und legte ihn neben sein Häufchen Chips. Sie nickte. Seine Hände waren feucht, als er den Gewinn an der Kasse in Bargeld umtauschte und das Kasino verließ. In seinem Zimmer zog er die Vorhänge zu und deckte das Bett auf. Dann kühlte er sein Gesicht mit kaltem Wasser.

Er öffnete die Tür und spähte auf den leeren Flur hinaus. Beim Gedanken, daß jemand die Afrikanerin beim Betreten seines Zimmers beobachten könnte, trat ihm Schweiß in die Achselhöhlen. Im Holiday Inn wimmelte es von südafrikanischen Spitzeln. Einem gewöhnlichen Buren würden sie einen Verstoß gegen die Apartheidgesetze durchgehen lassen, im Ausland jedenfalls. Für den Sicherheitschef der zweitgrößten Diamantenmine der Welt mußten andere Maßstäbe gelten.

Ob er eine Flasche Wein bestellen sollte? Ach was, nur nicht viel Federlesens mit einer Schwarzen. Ein paar Minuten später klopfte es. Nachdem er sich vergewissert hatte, daß der Hotelflur noch immer menschenleer war, zog er die Afrikanerin herein. Seine Mundwinkel entgleisten zu einem schiefen Lächeln.

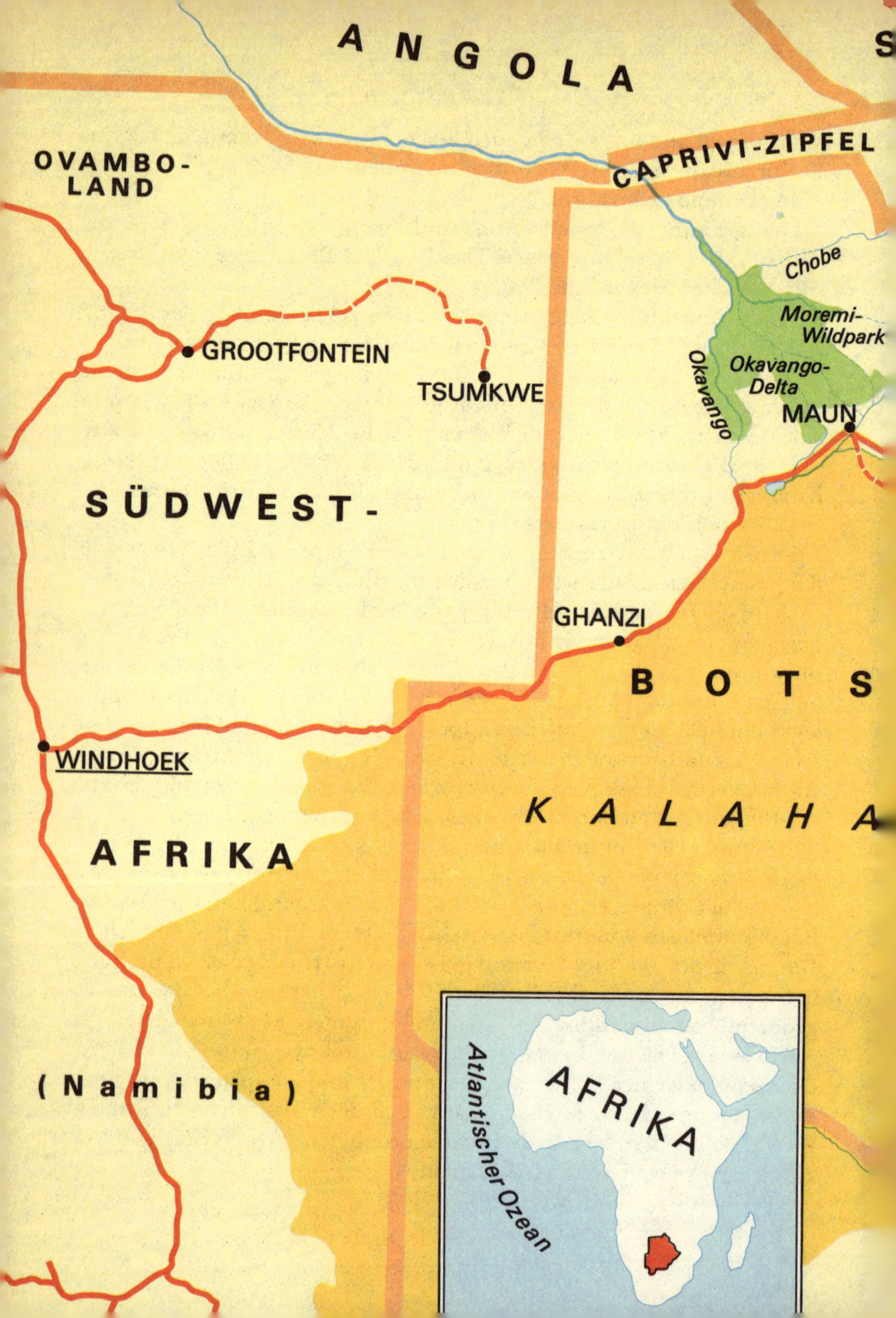
ANGOLA
OVAMBO-
LAND
CAPRIVI-ZIPFEL
Chobe
Moremi-
Wildpark
Okavango-
Delta
Okavango
MAUN
GROOTFONTEIN
TSUMKWE
SÜDWEST-
AFRIKA
(Namibia)
GHANZI
BOTS
KALAHA
WINDHOEK
AFRIKA
Atlantischer Ozean

Sambesi
SAMBIA
KAZUNGULA
LIVINGSTONE
KASANE
Viktoria-Fälle
Chobe-Nationalpark
SALISBURY
RHODESIEN
NATA
BULAWAYO
Makgadikgadi-Pfannen
Botletle
PLUMTREE
Tate
RAKOPS
MOPIPI
ORAPA
FRANCISTOWN
Xau-See
LETLHAKANE
Shashe
WANA
SEROWE
RI
Eisenbahnlinie
PIETERSBURG
GABORONE
LOBATSE
PRETORIA
Molopo
MAFEKING
JOHANNESBURG
SÜDAFRIKA

„Wie heißt du?"

„Dikeledi."

„Was bedeutet das?" Er wußte, daß die Vornamen der Afrikaner immer etwas ausdrückten.

„Tränen."

Er grinste. „Komischer Name für ein so hübsches Mädchen."

Sie hob ihren Kopf. „Und du?"

„Was – ich?"

„Hast du keinen Namen?"

„Jack Griffith."

„Kommst du aus Südafrika?"

„Aus England. Ich habe dich noch nie im Kasino gesehen, Dikeledi." Er bot ihr einen Sessel an und eine Zigarette.

„Ich möchte etwas Musik hören." Sie sprach ein fast akzentfreies Englisch.

Feuchtenbeiner drückte auf eine Taste des Zimmerradios. Mantovanimusik vom Band.

Dikeledi sog schweigend an ihrer Zigarette. Dann stand sie auf und drückte die Zigarette aus.

„Wo willst du hin?"

„Ins Bad."

„Nimm das grüne Handtuch."

Während das Wasser rauschte, zog Feuchtenbeiner die Jacke aus, hängte sie auf den Bügel in den Schrank und band die Krawatte ab. Er knipste alles Licht aus bis auf die Stehlampe am Fenster. Die Klimaanlage fauchte wie ein alter VW. Er stellte sie ab, füllte sich ein Glas mit Eiswasser und zog sich aus.

Als Dikeledi aus dem Bad zurückkam, war sie nackt. Während sie prüfend durch das Zimmer ging, die Musik etwas lauter stellte und alle Lampen wieder anknipste, betrachtete Feuchtenbeiner anerkennend ihren schlanken Körper. Aber Dikeledis Gesicht drückte nichts aus als unbeteiligte Aufmerksamkeit. Als sie im Bett lagen, schob sie die Bettdecke weg. Dann verfiel sie in totale Passivität; mit zur Seite geneigtem Kopf ließ sie reglos alles über sich ergehen, und als es vorüber war, in weniger als einer Minute, erhob sie sich sofort, verschwand im Badezimmer und ließ Feuchtenbeiner mit seiner Ernüchterung allein im Bett zurück. Er legte einen Zweirandschein auf die Kommode vor dem Spiegel. Mehr war diese Episode nicht wert gewesen. Eigentlich eine Fehlinvestition.

Als sie, wieder im Kleid und mit aufgefrischtem Make-up, aus dem Bad zurückkam, setzte sie sich vor den Spiegel, schob die Banknote beiseite und ordnete ihre abstehenden Zöpfchen, ohne von Feuchtenbeiner Notiz zu nehmen.

Es kam ihm so vor, als sei sie leicht belustigt. Feuchtenbeiner war es nicht. Man verhielt sich nett zu ihnen, versuchte, diese Kaffern wie fast gleichwertige Menschen zu behandeln, und das war nun der Dank.

Und als sie grußlos das Zimmer verließ, beschlich Feuchtenbeiner das unbestimmte Gefühl, die Episode mit der schwarzen Dikeledi würde ihn mehr kosten als die zwei Rand, die er ihr zugedacht hatte.

DAS Kuvert war weiß und trug keinen Absender. Feuchtenbeiner wog es einen Augenblick in der Hand. „Wer hat das abgegeben?"

„Ein Boy", antwortete Meggy an der Rezeption.

Am Frühstückstisch schlitzte Feuchtenbeiner das Kuvert mit dem Brotmesser auf. Es enthielt einen Satz Farbfotos. Kaum hatte er einen Blick auf das oberste Foto geworfen, stopfte er die Bilder rasch ins Kuvert zurück. Er sprang auf, und während er ohne Frühstück zurücklief in sein Zimmer, versuchte er sich einzureden, daß sich jemand einen geschmacklosen Scherz mit ihm erlaubt hatte. Er verscheuchte das Zimmermädchen und riegelte die Tür zu. Dann breitete er die Fotos auf dem ungemachten Bett aus und betrachtete sie einzeln. Es waren acht Fotos, leicht unterbelichtet, aber scharf. Sie waren vom Fußende des Doppelbettes aufgenommen und zeigten ihn und das Kaffernmädchen von gestern nacht in allen Phasen ihres freudlosen Geschlechtsakts.

Feuchtenbeiner holte tief Luft. Jetzt wurde ihm manches klar. Beispielsweise, warum diese Dikeledi die Bettdecke weggeschoben und alle Lichter wieder angeknipst hatte, bevor sie in sein Bett gekrochen war. Feuchtenbeiner versuchte, den Spiegel an der Wand abzunehmen. Festgeschraubt. Wahrscheinlich war die Rückseite durchsichtig.

Er lief hinaus in den Garten. Die gläserne Schiebetür zum Nebenzimmer stand offen. Das Zimmer war nicht bewohnt. Das Kopfende des Doppelbettes stand an der Wand, die an sein Zimmer grenzte.

Jemand hatte in aller Eile das faustgroße Loch in der Wand zugegipst und übertüncht. Die Farbe war noch frisch. Wer auch immer das gewesen sein mochte, er hatte es nicht für wichtig gehalten, sonderliche Mühe auf die Beseitigung seiner Spuren zu verwenden.

Feuchtenbeiner nahm das Telefon ab. „Meggy, wer hatte letzte Nacht das Zimmer neben mir? Nummer dreiundzwanzig."

„Ich seh mal nach. Zimmer dreiundzwanzig hatte ein Mr. January aus Francistown. Ist etwas nicht in Ordnung? Hat man Sie gestört?"

„Nein, nein. Wollt's nur wissen. Wo finde ich Mr. January jetzt?"

„Heute früh abgereist."

„Steigt er öfter hier ab?"

„Ich habe ihn noch nie bei uns gesehen."

Feuchtenbeiner legte auf und ging wieder hinüber in sein Zimmer. Er riß die Fotos in kleine Stücke, warf die Schnipsel ins Klosett und zog die Spülung. Einen Augenblick lang flüchtete er sich in die Illusion, er habe mit diesen Beweisstücken die gesamte Affäre in die Kanalisation gespült. Dann wusch er sein Gesicht mit kaltem Wasser, und als das Telefon klingelte, nahm er gefaßt den Hörer ab. Mr. January schien keine Zeit verlieren zu wollen. Wenigstens würde er jetzt erfahren, woran er war. An dem verwaschenen Akzent erkannte Feuchtenbeiner, daß die Stimme einem Schwarzen gehörte.

„Haben Sie heute schon Ihre Post gelesen?"

Feuchtenbeiner versuchte zu lachen. „Ich hab mir gerade die Bilder angeschaut, Mr. January. Fabelhaft getroffen. Darf ich sie behalten?"

„Gern, Mr. Feuchtenbeiner."

„Können Sie mir auch die Negative überlassen? Ich würde mir gern noch ein paar Abzüge machen lassen. Für meine Sammlung."

„Darüber kann man reden."

„Ihre Unkosten ersetze ich Ihnen natürlich." Feuchtenbeiner biß sich auf die Unterlippe. Vielleicht war das etwas zu voreilig. Auf keinen Fall durfte er den Eindruck erwecken, daß es ihm etwas ausmachte. Dann würde sich der Bursche mit ein paar Pula zufriedengeben. Diese Kaffern waren ja anspruchslos.

„Freut mich, daß Sie mir den kleinen Scherz nicht übelgenommen haben, Mr. Feuchtenbeiner." Der Anrufer ließ ein paar Sekunden verstreichen. „June hat sicher auch Humor."

Der Kerl kannte den Namen seiner Frau. Er schien gründlich recherchiert zu haben. „Meine Frau? Die nimmt so was nicht tragisch."

„Und ich hatte schon Angst, sie würde Ihnen eine Szene machen, wenn ich ihr einen Satz der Fotos zukommen lasse."

„Ach was!"

„Dann haben Sie sicher auch nichts dagegen, wenn Bill Scranton ein paar Abzüge kriegt."

Der Kerl kannte sogar den Namen des Generalmanagers von Orapa. Feuchtenbeiner wischte sich die feuchte Handfläche an der Hose ab.

„Es ist nicht wegen der Moral", sagte Mr. January. „Aber ein Sicherheitschef, der sich so leicht in eine Falle locken läßt... Glauben Sie, daß der noch tragbar wäre?"

Feuchtenbeiner raffte sich zu einer schwachen Gegenoffensive auf. „Auf Erpressung steht Gefängnis."

„Aber ich will doch gar nicht Ihr Geld, Feuchtenbeiner."

„Okay. Sie haben Ihren Spaß gehabt. Jetzt rücken Sie diese verdammten Negative raus und alle Abzüge. Dann bleibt die Sache unter uns, und wir vergessen das Ganze."

„Einverstanden. Aber nicht sofort, Feuchtenbeiner. Ich finde, eine kleine Gefälligkeit sind Sie mir schuldig. Es kostet Sie nur ein Wort."

„Ich verstehe nicht."

„Das Wort: heute."

Endlich war es heraus. Genau das hatte Feuchtenbeiner befürchtet. Er dachte nach. Klaren Kopf behalten, nicht bluffen lassen. „Sie irren sich, January. Diese Information könnte ich Ihnen gar nicht geben, selbst wenn ich wollte. Ich erfahre ja selbst nie, wann."

„Na, na, Feuchtenbeiner. Jetzt sind Sie aber zu bescheiden. Nach meiner Kenntnis wissen nur Sie und der Generalmanager Bescheid, wann die Monatsproduktion nach Gaborone geflogen wird. Gewöhnlich sagt er's Ihnen am Tag vor dem Transport. Das weiß doch jedes Kind in Orapa."

„Selbst wenn's so wäre. Der Termin würde Ihnen überhaupt nichts nützen. Die Sicherheitsmaßnahmen sind perfekt. De Beers ist kein drittklassiger Supermarkt, den man mit der Pistole in der Hand überfallen kann."

„Lassen Sie das meine Sorge sein. Alles, was ich von Ihnen verlange, ist der genaue Termin. In Ihrem Garten in Orapa steht ein Rizinusstrauch. Er hat sieben Stengel. An dem Tag, an dem Sie erfahren, daß der nächste Transport nach Gaborone kein Leerflug sein wird, knicken Sie einen Stengel. Und damit wir ganz sichergehen, knipsen Sie in Ihrer Küche das Licht an. Dreimal kurz hintereinander. Genau um ein Uhr nachts. Mehr brauchen Sie nicht zu tun."

„Damit kommen Sie nicht durch, Mann! Der Flugplatz in Orapa ist bewacht, der Flugplatz in Gaborone auch. Unsere Leute sind schwer bewaffnet."

„Sie täten besser daran, uns Erfolg zu wünschen, Feuchtenbeiner. Sollten wir scheitern, kriegen De Beers, Ihr Chef Scranton und Ihre Frau illustrierte Post."

„Sie haben keine Chance, Mann!" brüllte Feuchtenbeiner in die Sprechmuschel.

„Sie wiederholen sich."

Feuchtenbeiner setzte sich aufs Bett. „Nehmen wir mal an, Sie schaffen's. Welche Garantie habe ich?"

„Mein Wort. Einen Tag später finden Sie ein verschlossenes weißes Kuvert mit den Negativen in Ihrem Postfach."

„Das Wort eines Erpressers..."

„Das Wort eines afrikanischen Patrioten, Sir."

Und bevor Feuchtenbeiner antworten konnte, hatte der Anrufer aufgelegt. Der Telefonhörer glitt Feuchtenbeiner aus der nassen Hand, und als er aufstand, spürte er, daß er keinen trockenen Faden am Leibe hatte. Er riß sich die Sachen vom Körper und stellte sich unter die Dusche. Das kalte Wasser half ihm, seine Gedanken zu sammeln.

Niemand würde ihn wegen eines Schäferstündchens mit einem schwarzen Mädchen in Botswana juristisch belangen. Aber moralisch wäre er erledigt. Der Sicherheitschef der zweitgrößten Diamantenmine der Welt ließ sich in einer kompromittierenden Situation mit einer Schwarzen fotografieren.

Es gab natürlich die Möglichkeit, sich Bill Scranton anzuvertrauen. Der würde dann seine Vorkehrungen treffen, und das hätte ein Scheitern des Anschlags auf den Diamantentransport zur Folge. Und wenn dann die Fotos auftauchten, mußte er die Verfehlung seines

Sicherheitschefs an die Zentrale nach Johannesburg melden. Dazu war er verpflichtet, wollte er nicht seinen eigenen Job riskieren.

Wenn er großzügig war, würde er ihm vielleicht noch ein halbes Jahresgehalt als Abfindung auf den Weg geben. Aber nirgendwo in Afrika würde er wieder einen vergleichbaren Job bekommen. Ein erpreßbarer Sicherheitschef wäre nicht nur für sämtliche südafrikanischen Firmen untragbar, ein für allemal. Sie würden ihm nicht einmal mehr einen Job als Nachtwächter anvertrauen. Jan Feuchtenbeiner drehte die Dusche zu und trocknete sich ab. Er mochte das Problem drehen und wenden, wie er wollte – er saß in einer Falle, aus der es keinen Ausweg gab.

Doch, vielleicht einen, aber der war höchst ungewiß. Er mußte dafür sorgen, daß der aberwitzige Anschlag in Orapa gelang.

II.

DER Afrikaner spürte die Kälte wie Schlangenbisse, als er auf dem Weg vom Rollfeld zum Abfertigungsgebäude in seinen leichten Halbschuhen knöcheltief durch den weißglitzernden Schnee stapfte. Obwohl ihn der sowjetische Konsul, der ihm in der sambischen Hauptstadt Lusaka das Visum erteilte, vor dem Moskauer Winter gewarnt hatte, war Tutuma unzulänglich vorbereitet, soweit es seine Garderobe betraf.

Die Empfangshalle des Flughafens Scheremetjewo war schlecht geheizt, und Tutuma entsann sich der Wollmütze, die ihm ein fürsorglicher Freund in Lusaka zugesteckt hatte. Er zog sie aus der Manteltasche, stülpte sie sich über beide Ohren und wartete auf den Beamten vom Außenministerium, der ihn abholen sollte.

„Es lebe der afrikanische Freiheitskampf!“

Tutuma fuhr herum. Der Russe mit der Pelzmütze strahlte ihn an, nahm ihn in den Arm und drückte ihm drei herzhafte Küsse auf die Wangen. „Ich bin Wolodja. Haben Sie einen guten Flug gehabt?“ Er sprach ein akzentfreies Englisch.

„Ich heiße Tutuma“, murmelte der Afrikaner.

„Ihr Gepäck?“

Tutuma zeigte auf einen Skai-Koffer, und Wolodja nahm ihn auf.

,,Gehen wir." Draußen tippte Wolodja einen Chauffeur an, der am Steuer seines Wagens, Marke Wolga, eingeschlafen war. Der Fahrer sprang aus dem Wagen und verstaute Tutumas Koffer im Gepäckraum. Nachdem sie im Fond Platz genommen hatten, lehnte sich Wolodja zurück und stieß einen teilnahmsvollen Seufzer aus. ,,Sie werden müde sein. Ich bringe Sie in Ihr Hotel, und dann ruhen Sie sich aus. Wenn Sie Lust haben, schauen wir uns heute abend Moskau an."

Auf der vierzigminütigen Fahrt ins Stadtzentrum plauderte Wolodja über Afrika und das Moskauer Klima. Tutuma hörte zerstreut zu. Ihn beschäftigte die Frage, warum ihn der sowjetische Botschaftsrat in Lusaka aufgesucht und nach Moskau eingeladen hatte. ,,Sie werden eine Reihe bedeutender Persönlichkeiten kennenlernen, die Ihnen sehr interessante Vorschläge unterbreiten können", hatte der Diplomat angekündigt.

Endlich hielt der Wolga vor einem modernen Hotel. ,,Das ist das Hotel Intourist", sagte Wolodja. Er griff nach Tutumas Koffer und trug ihn in die Hotelhalle. Tutuma folgte ihm, etwas betreten. Es mutete ihn sonderbar an, daß der Weiße darauf bestand, den Koffer zu tragen. Zu seiner Überraschung entsprach das Hotelzimmer mit seiner unpersönlichen Einrichtung dem internationalen Holiday-Inn-Standard, den Tutuma aus Bulawayo und Gaborone kannte.

Wolodja stellte den Koffer ab. ,,Das Außenministerium wünscht, daß Sie sich wohl fühlen. Wollen Sie einen Drink?"

,,Vielleicht einen Tee."

Während sie auf den Etagenkellner warteten, erfrischte sich Tutuma im Bad.

,,Tutuma klingt sehr melodisch", rief Wolodja hinter der angelehnten Badezimmertür.

,,In unserem Volk ist es Brauch, die Kinder so zu benennen, wie man gerade empfindet, wenn sie zur Welt kommen. Also Glück, Geschenk, Dank – aber auch Leid, Tränen, Einsamkeit."

,,Eine schöne Sitte. Und was heißt Tutuma?"

Der Afrikaner kam aus dem Badezimmer. Er trocknete seinen Oberkörper ab. ,,Haben Sie schon einmal ein Buschfeuer miterlebt, Wolodja?"

Wolodja schüttelte den Kopf.

„Es braust, es brüllt, daß Sie Ihr eigenes Wort nicht verstehen. Und das heißt in Setswana Tutuma." Er lächelte. „Ich muß schrecklich gebrüllt haben als Baby."

Wolodja lachte. „Dann haben Sie sich als Baby verausgabt", bemerkte er mit einer Anspielung auf Tutumas sanfte Stimme.

Inzwischen hatte der Kellner den Tee gebracht, und der Russe spürte, daß das Eis langsam zu schmelzen begann. Mit einem Blick auf Tutumas noch immer unbekleideten Oberkörper sagte er: „Sie haben eine glatte Haut, Tutuma. Ich zeig Ihnen mal was." Er knöpfte sein Hemd auf und entblößte seinen über und über zernarbten Bauch. „Sieht aus wie ein Relief, nicht wahr. Ein deutscher Granatsplitter in der Schlacht bei Kursk. Hat mir völlig den Darm zerfetzt. Der Feldchirurg hat es zusammengenäht. Aber er hat die falschen Enden erwischt. Da mußten sie mir den Bauch noch mal aufschneiden und die Darmenden wieder trennen und ein zweites Mal zusammennähen." Wolodja knöpfte sich das Hemd wieder zu. „Der Tee wird kalt."

DAS Gutachten des Wolodja Naumow, Oberst im KGB, zugeteilt der Hauptabteilung für afrikanische Beziehungen, trug den Vermerk „vorläufig".

> Der Empfehlung unseres Büros in Lusaka kann nach den bisherigen Kenntnissen voll beigepflichtet werden.
>
> Der Unterzeichnete hat in ersten Ausforschungsgesprächen festgestellt, daß die Bildung des Tutuma für die in Aussicht genommene Position ausreicht. Tutuma hat auf der Universität in Salisbury ein Jurastudium erfolgreich abgeschlossen. Seine englischen Sprachkenntnisse sind ausgezeichnet. Er verfügt über hohe Intelligenz und schnelle Auffassungsgabe. Ideologisch steht er dem afrikanischen Humanismus des Staatspräsidenten von Sambia, Kenneth Kaunda, nahe, doch scheint er auch für die marxistisch-leninistischen Lehren aufgeschlossen.
>
> Trotz seines Lebensalters (Tutuma ist erst zweiunddreißig Jahre alt) verfügt er über das erforderliche Maß an Würde, Charisma und revolutionärer Energie. Seine Haltung gegenüber der weißen Herrschaftsschicht in Rhodesien ist – durch persönliche Erlebnisse geprägt – kompromißlos kampfbetont. Wie die Außenstelle Lusaka berichtet, erfreut sich Tutuma bei seinem Volk hoher Popularität. Als Sohn eines Häuptlings kann er in seinem Katanga-Stamm auf bedingungslosen Rückhalt bauen.

General Korotkow legte den Bericht beiseite. „Ist das alles?“

„Ich hatte ja nur einen Abend mit ihm“, sagte Wolodja.

„Und Sie meinen, es lohnt sich, den Mann aufzubauen...“

„Unbedingt, General.“

„Manchmal habe ich das Gefühl, daß Sie Dienstliches und Privates nicht immer auseinanderhalten können. Väterliche Gefühle, was?“

Wolodja hob die Schultern. „Das wär zuviel gesagt. Aber ich mag ihn.“

„Was wir in Rhodesien brauchen, ist kein Adoptivsohn, sondern ein Mann, der unserer Außenpolitik nutzt. Arrangieren Sie heute abend ein Essen. Tutuma, Sie, ich und der Unterstaatssekretär vom Außenministerium.“ General Korotkow erhob sich. „Und sorgen Sie dafür, daß dieser Tutuma nicht versehentlich mit unserem Gast aus Südafrika zusammentrifft.“

Eine Stunde später traf sich General Alexander Korotkow in den Parkanlagen am Ufer der Moskwa mit seinem gleichrangigen Kollegen aus Südafrika, dem General Erik van Zyl. Der Südafrikaner hatte trotz der schneidenden Kälte auf einem Treffpunkt unter freiem Himmel bestanden. Was er seinem sowjetischen Kollegen zu erzählen hatte, vertrug keine Abhör-Mikrofone. Und eine geheime Bandaufnahme des Gesprächs, in die falschen Hände lanciert, würde ihn, das wußte van Zyl, mit absoluter Sicherheit seinen Posten als stellvertretender Leiter des *Bureau of State Security* (BOSS) kosten.

Die Begrüßung zwischen den beiden Generalen verlief geschäftsmäßig und ohne vorgetäuschte Herzlichkeit.

„Ich will ganz offen sein“, sagte van Zyl. „Einflußreiche Gruppen in unserem Land glauben nicht recht daran, daß Amerika unter seinem neuen Präsidenten den Buren das Überleben in ihrem Land garantieren kann. Die Amerikaner könnten uns einer schwarzen Regierung zum Opfer bringen. Einer strikt antikommunistischen schwarzen Regierung natürlich. Das dürfte aber auch nicht im sowjetischen Interesse liegen.“

„Mag sein. Sie werden mir die Feststellung nicht verübeln, daß wir die augenblickliche Regierung in Südafrika auch nicht gerade als Sachwalter unserer Interessen betrachten.“

Van Zyl überhörte den Spott. „Das muß nicht so bleiben. Angenommen, die Sowjetunion garantierte das Fortbestehen der südafrikanischen Republik unter weißer Herrschaft, dann würden wir auf Rhodesien und Südwestafrika leichten Herzens verzichten können. Wir brauchen sie dann nicht mehr als Pufferstaaten gegen die schwarzen Terrorbewegungen. Wir hätten nichts dagegen, wenn Sie dort marxistische Regierungen einsetzen würden."

„Zimbabwe – oder wie Sie es nennen: Rhodesien – ist ein unabhängiges Land."

„Formell ja. Aber Sie wissen doch genausogut wie ich, daß Rhodesien in vierzehn Tagen zusammenbricht, sobald wir Ian Smith unsere Unterstützung entziehen."

„Unsere Regierung wäre möglicherweise an einem Flottenstützpunkt am Kap interessiert."

„Darüber ließe sich reden. Auch über unsere Chromvorkommen. Wenn Sie unser Chrom bekommen und das rhodesische dazu, verfügen Sie praktisch über alle Chromvorräte der Welt."

Der KGB-General lächelte. „Dann würden die Autos im Westen künftig mit weniger Zierleisten fahren müssen."

Zum erstenmal lächelte auch der Südafrikaner. Dieser durchtriebene Bolschewik sprach von Zierleisten und tat so, als wüßte er nicht, wie unentbehrlich Chrom für die Rüstung ist.

„Ich werde Ihre Anregungen an das Politbüro weitergeben", sagte Korotkow. „Man wird Ihnen die Antwort in Pretoria übermitteln."

NACH dem sechsten Trinkspruch verspürte Tutuma ein flaues Gefühl im Magen, und seine Konzentration ließ allmählich nach. Er hatte sich vorgenommen, bei seinen Verhandlungen mit den Russen keinen Alkohol zu trinken, doch die Gebote der Höflichkeit standen seinem Vorsatz im Wege.

Vor zwei Stunden hatte ihn Wolodja abgeholt, und sie waren quer über die Straße ins „Aragwi" am Puschkin-Platz gegangen, ein georgisches Spezialitätenrestaurant. Während Tutuma in dem Fisch herumstocherte, zog der Unterstaatssekretär ein Foto aus seiner Brieftasche und reichte es Tutuma über den Tisch. „Meine Frau. Der dahinten ist mein Ältester. Studiert auf der Militärakademie."

„Haben Sie auch Familie, Tutuma?" fragte Korotkow.

„Ich war verheiratet. Meine Familie ist umgebracht worden."

„Von weißen Rhodesiern?"

„Von schwarzen Afrikanern. Man hatte sie in ein Wehrdorf gepfercht. *Protected village* nennen sie das, aber in Wirklichkeit ist es ein Internierungslager mit einem hohen Stacheldrahtzaun und Ausgangssperre nach achtzehn Uhr. In der Nacht sind schwarze Guerillas eingedrungen und haben den Dorfältesten aus seiner Hütte geholt und abgeführt. Dann haben sie eine Handgranate in die Menge geworfen und sind geflüchtet. Wir hatten zwanzig Tote. Meine Frau war darunter und mein kleiner Sohn."

„Warum machen Freiheitskämpfer so was?" fragte Wolodja in das betroffene Schweigen hinein.

„Es waren keine Freiheitskämpfer. Es waren schwarze Soldaten der weißen Armee, gekaufte Subjekte. Man hat sie in Zivilkleider gesteckt. Sofort nach dem fingierten Überfall haben weiße Soldaten den Stammesältesten angeblich befreit. Aber sie haben nur in die Luft geschossen. Das Ganze war eine blutige Komödie. Die Bewohner des Wehrdorfs sollten lernen, daß die schwarzen Freiheitskämpfer ihre Feinde sind und daß nur die Weißen sie beschützen können." Tutuma starrte auf seinen Teller. „Es war glatter Mord, und ich habe ihn mitansehen müssen."

„Wie haben Sie herausbekommen, daß es ein Komplott der Weißen war?" fragte der Unterstaatssekretär.

„Ich habe später einen schwarzen Soldaten ausfindig gemacht, der dabei war. Er hat gestanden. Vor dem Massaker war ich noch ein unpolitischer Jurist. Ich wollte Anwalt werden. Nach dem Massaker bin ich in den Busch gegangen, um von Botswana aus in der Westregion Zimbabwes, so heißt Rhodesien bei uns, eine zweite Guerillafront gegen die weißen Rhodesier aufzubauen. Unsere *Zimbabwe Liberation Army* (ZLA) hat sechstausend Leute. Und täglich werden es mehr. Was uns noch fehlt, sind Waffen. Maschinenpistolen, Granatwerfer, Munition."

Korotkow nickte. „Und Raketen. Und Panzer. Und Instrukteure."

„Natürlich werden wir die Waffen bezahlen", sagte Tutuma.

Korotkow hob die Augenbrauen. „Bezahlen? Von Freunden nehmen wir kein Geld. Wir werden eure Freiheitskämpfer ausrüsten. Über die Einzelheiten können wir später reden."

„Wir – mein Volk und ich –“, sagte Tutuma, „wissen Ihr großzügiges Angebot zu schätzen.“ Wie sollte er nur den Russen beibringen, daß er sich nicht in ihre Abhängigkeit begeben wollte? „Trotzdem möchte ich die Waffen lieber bezahlen.“

Die Russen schwiegen verblüfft.

„Ein Geschenk von Freunden braucht den Stolz Ihres Volkes nicht zu verletzen“, sagte Korotkow nachdenklich nach einer Pause. „Aber wenn Sie darauf bestehen, so könnte eine Bezahlung nach Kriegsende ins Auge gefaßt werden. Natürlich nicht in Geld, das werden Sie zum Aufbau Ihres Landes nötiger haben als die Sowjetunion. Wir denken da eher an Naturalien, an Ihre Bodenschätze zum Beispiel.“

„An Gold?“

Korotkow winkte ab. „Das auch. Und an Chrom.“

„Vielleicht könnten wir einen Liefervertrag abschließen“, schlug der Unterstaatssekretär vor, als sei es ihm gerade eingefallen. „Über Ihre gesamte Produktion. Sie liefern an uns, dann brauchen Sie sich nicht um andere Abnehmer zu bemühen. Natürlich bezahlen wir den Weltmarktpreis.“

„Etwas mehr“, warf Korotkow ein. „Unser Freund erhält für jede an uns ausgelieferte Tonne einen Bonus von – na, sagen wir zehn Prozent.“

So benebelt er auch war – Tutuma war die gespannte Aufmerksamkeit seiner Partner nicht entgangen, seit von Chrom die Rede war. Warum waren sie so versessen auf Chrom? Was war so wertvoll an dem Zeug, daß sie sogar gutes Gold verschmähten? Der Unterstaatssekretär lächelte. „Als Regierungschef würde Ihnen natürlich eine Provision zustehen. Das ist so üblich.“

Tutuma wischte sich überrascht über den Mund. „Ich und Regierungschef! Da gibt es andere mit viel älteren Rechten und reicherer Erfahrung. Ich bin doch viel zu jung dafür.“

„Ihre Bescheidenheit ehrt Sie, mein Freund. Aber unsere Regierung hat sich nun einmal für Sie entschieden.“

Tutuma rieb sich das Kinn. „An Geld bin ich nicht interessiert. Und über Lieferverträge sollten wir vielleicht erst verhandeln, wenn Zimbabwe frei ist. Ich hoffe, Sie werden es nicht mißverstehen, wenn ich es zunächst einmal für besser halte, daß wir die Ausrüstung unserer Befreiungsarmee bezahlen. Und zwar vorher.“

Die Russen lächelten mitleidig. „Haben Sie eine Ahnung, was das kosten würde?“

„Würden zehn bis zwölf Millionen Dollar fürs erste reichen?“

Korotkow faßte sich als erster. „Damit könnte man etwas anfangen.“

„In Naturalien.“

„Aha. Tee, Mais, Tabak, Rinder.“

„Nein. Diamanten. Ich liefere Ihnen zwischen dreihunderttausend und vierhunderttausend Karat Rohdiamanten für fünfunddreißig Dollar pro Karat. Das ist ein Freundschaftspreis. Sie können die Diamanten unter Ihre eigene sibirische Ausbeutung mischen. Und dafür bekommen wir Waffen von Ihnen im gleichen Wert.“

Korotkow schüttelte verdutzt den Kopf. „Das klingt ziemlich phantastisch, mein Freund. Wie kommen Sie an einen derartigen Schatz?“

Doch auch ein halbes Dutzend weiterer Trinksprüche konnten Tutumas Zunge an diesem Abend nicht lösen. Und so ließ er die Russen mit dem beunruhigenden Eindruck zurück, daß dieser junge Afrikaner aus dem Busch mehr Selbstbewußtsein besaß, als sie erwartet hatten. Zu korrumpieren war er jedenfalls nicht. Ob und wieweit er zu manipulieren war, mußte sich noch zeigen.

„Wolodja hier wird mit Ihnen Kontakt halten“, sagte der General tags darauf beim Abschied auf dem Flughafen. „Benennen Sie uns einen Verbindungsmann, über den wir Sie erreichen können. Es ist besser, wenn wir nicht direkt miteinander verkehren.“

„Wie lange wird es dauern, bis Sie liefern können?“

„Irgendwann im Februar.“

Während der KGB-General den Afrikaner auf beide Wangen küßte, blieb sein Blick an einem Passagier hängen, der am anderen Ende der Halle saß und in einer englischen Zeitung blätterte. „Kommen Sie, Tutuma.“ Korotkow drängte seinen Gast durch die Tür in den Nebenraum. „Wir haben noch Zeit für einen Tee.“

Durch den Lautsprecher hörten sie in russischer und englischer Sprache die Ansage: „Lufthansa gibt die verspätete Ankunft der Boeing 707 Flug Nummer 659 aus Tokio bekannt. Der Weiterflug nach Frankfurt, planmäßiger Abflug siebzehn Uhr fünfundvierzig, wird sich um etwa drei Stunden verzögern.“

Der General nahm Wolodja am Ärmel und redete leise in russischer Sprache auf ihn ein. „Ich denke, der ist längst weg! Drei Stunden Verspätung! Wieso erfahre ich nichts davon?"

„Van Zyl wird von Grischa betreut, und Grischa weiß nichts von Tutumas Besuch."

„Verdammte Heimlichtuerei! Hat Tutuma was gemerkt?"

„Nein. Woher soll er auch den zweiten Mann von BOSS kennen?"

„Und van Zyl?"

„Er hat von seiner Zeitung nicht aufgesehen."

General Erik van Zyl nahm zerstreut von der Boden-Stewardeß die Bordkarte entgegen. Er hatte einen dreistündigen Flug nach Frankfurt vor sich mit Anschluß nach Johannesburg.

Es würde nicht einfach sein, den Mann auf dem Karteifoto wiederzuerkennen, denn für van Zyl sahen alle Kaffern gleich aus. Immerhin, ein paar Merkmale hatte er in seinem Gedächtnis gespeichert. Den dichten krausen Haarkranz über der auffällig hohen gewölbten Stirn. Den Ho-Tschi-Minh-Schnurrbart mit den herabhängenden Enden. Den teerschwarzen Teint, das intelligente Gesicht. Die saloppen lindgrünen Jeans, den orangefarbenen Nicki und den gefütterten Trenchcoat. Der Mann war eher klein und sein tänzelnder Gang unverwechselbar. An seinem kleinen Finger hatte er einen modischen Ring aus Elfenbein getragen.

Niemand war in Protokollfragen so penibel wie die Sowjets. Wenn der Chef der KGB-Hauptabteilung für afrikanische Angelegenheiten sich persönlich zum Flughafen bemühte, um einen Gast mit Küssen und Umarmungen zu verabschieden, mußte mehr dahinterstecken als nur eine höfliche Geste.

III.

Der Staub hüllte ihn ein wie Nebel, drang ihm in Lunge, Augen und Nase. Die Straße gab Dieter keine Chance zu beschleunigen, um dem Staub davonzufahren, den der Wind vor ihm hertrieb. Genaugenommen war es eine kaum benutzte Fahrspur, die irgendein Landrover einmal, dem Pfad der Rinderherden folgend, vor Jahrzehnten durch die Savanne von Serowe nach Letlhakane in den Sand gemahlen hatte.

Wie fast alle Straßen und Wege in Botswana, war diese Verbindung während der Regenzeit selbst für Fahrzeuge mit Geländegang und Vierradantrieb unpassierbar, aber der letzte Regen war vor acht Monaten gefallen, und als Dieter Hahn in Serowe gestartet war, hatte noch nichts auf das Ende der Trockenheit hingedeutet. Natürlich hätte Dieter auch die Allwetterstraße benutzen können, die von der Hauptstadt Gaborone in weitem Bogen über Francistown und Nata nach Maun führte. Aber er mochte nicht auf ausgefahrenen Pfaden ans Ziel kommen. Außerdem hoffte er, auf der Abkürzungsroute am Ostrand der Kalahari Großwild zu begegnen. Doch alles, was er bisher entdeckt hatte, waren ein paar Paviane und Antilopen gewesen.

Der Anderthalbtonner, den er nach Maun fahren sollte, war bei der Abfahrt in Gaborone fabrikneu gewesen. Helmuth Dieckmann hatte ihn vor einem Jahr angefordert und nach einem Dutzend Anträgen schließlich vom Deutschen Entwicklungsdienst bewilligt bekommen. Er brauchte ihn dringend, um die Lehrfarm seiner Jugendbrigade weit außerhalb von Maun inspizieren und das dort gezogene Frischgemüse zum Markt transportieren zu können.

Dieter Hahn, gerade mit vier weiteren neuen Entwicklungshelfern aus Deutschland angekommen, bot sich an, den Anderthalbtonner die tausend Kilometer zum Okavango-Becken, dem Binnendelta des Okavango in der Nähe von Maun, hinaufzuchauffieren. Der Dienst an seinem Projekt begann ohnehin erst im März, und Dieter wollte die acht Wochen bis dahin nutzen, um mit dem Land, in dem er zwei Jahre freiwilligen Entwicklungsdienst leisten wollte, etwas vertrauter zu werden.

Bis Letlhakane konnte es nicht mehr weit sein, aber das Kühlwasser kochte, und Dieter mochte den neuen Wagen nicht überstrapazieren. Er hielt an, stieg aus, sammelte ein paar Stück sonnengebleichtes Holz, schichtete es auf und steckte es an. Es brannte sofort wie Zunder.

Dieter kletterte auf die Ladefläche und füllte aus einem der beiden Plastikkanister einen Topf mit Wasser. Nachdem er das Teewasser aufgesetzt hatte, wusch er sich den Staub aus dem Gesicht. Er schlitzte eine Dose mit Pilchards, südafrikanischen Sardinen in Tomatensoße, auf und schnitt eine Scheibe Brot ab. Bis vor einem Vierteljahr hatte er zu Hause bei seinen Eltern gewohnt; er war nicht gewohnt, für sich selbst zu sorgen, und genoß das Gefühl, sich jetzt auch in dieser Hinsicht von seinem Elternhaus abzunabeln. Der patriarchalische Vater, die betuliche Mutter, die Enge Deutschlands mit all den Problemen, die nichts wogen im Vergleich zu der Aufgabe, die er hier übernommen hatte – das alles lag in weiter Ferne. Nach langer Zeit war Dieter wieder ganz mit sich im reinen.

Nachdem er gegessen hatte, hängte er sich die Rollei um und ging durch das Elefantengras ein Stück in die Kalahari hinein. Seine Augen würden sicher noch lange brauchen, bis sie sich an die Farben der Steppe gewöhnt hatten. Vorerst ermüdete ihn noch das ausgeblichene Grau der toten Äste, das fahle Gelb des Elefantengrases, das staubige Ocker der dürren Erde. Er setzte sich ins Gras und ließ die Stille auf sich wirken, eine Stille, wie er sie so vollkommen noch nie zuvor erlebt hatte. Am Horizont weidete eine Zebraherde, und ein Strauß drehte mit wippendem Steiß einen weiten Kreis um ihn. Dieter schob die Brille auf die Stirn, blickte durch den Sucher und stellte Entfernung und Blende ein. Für ein brauchbares Foto war die Entfernung zu den grasenden Zebras noch zu groß. Aber er stand gegen den Wind. Wenn er Glück hatte, würde die Herde sich weiter auf ihn zu bewegen.

Der Strauß war inzwischen näher gekommen. Dieter hob die Kamera und machte ein paar Schnappschüsse von dem Vogel, dessen langer Hals wie ein Schnorchel aus dem Gefieder ragte. Er war jetzt nur noch zwanzig Meter entfernt, sein Kopf war absonderlich winzig, er wippte im Takt seiner langen Schritte.

Dieter konzentrierte sich auf die Zebraherde. Jetzt hob der Leithengst den Kopf, als witterte er Gefahr. Dieter duckte sich tief hinter den kahlen Baum, an dem er stand. Wieder kam ihm der Strauß in die Quere. Er war jetzt auf ungefähr zwölf Meter herangekommen, und es sah aus, als kreiste er immer noch hartnäckig um ein unsichtbares Ziel in Dieters Nähe. Bei der nächsten Runde kam er schon auf fünf Meter heran, und Dieter machte sich mit einem halblauten „Ksch, ksch" bemerkbar. Wenn der aufdringliche Vogel so weitermachte, verscheuchte er ihm noch die Zebraherde.

Doch der Strauß schien keine Notiz von ihm zu nehmen. Sein Kopf blickte weiter geradeaus, die Spirale wurde wieder eine Windung enger, und allmählich wurde Dieter bewußt, daß er selbst es war, der am Ende der Spirale stand. Als der Strauß sich ihm von hinten näherte, trat Dieter ein paar Schritte zurück und stellte sich hinter den Stamm. Der Strauß blieb stehen, den Kopf seitlich zur Steppe gewandt.

„Na – und nun?“ sagte Dieter. Übermütig deutete er eine Verbeugung an: „Gestatten – Dieter Hahn.“

Der Strauß stand reglos und starrte hinaus in die Steppe – ein grotesk unproportioniertes Geschöpf mit seinen nackten Beinen, die das runde, glänzendschwarze Gefiederknäuel trugen. Am häßlichsten fand Dieter den Hals – ein fleischfarbener Schlauch, auf dem der viel zu kleine Kopf saß mit einer Art Gänseschnabel und weit auseinanderstehenden braunen Augen unter Wimpern, so unnatürlich lang, daß sie wie aufgeklebt wirkten.

Als Dieter sein T-shirt auszog und es schwenkte, um den Vogel fortzuscheuchen, flappte der drei- oder viermal mit seinen Stummelflügeln und riß den Schnabel auf zu einem ärgerlichen Zischlaut. Die Szene holte einen längst vergessenen Vorfall aus Dieters Kindheit in seine Erinnerung zurück: das Zischen eines Ganters, der ihn auf einem Bauernhof schmerzhaft in die Waden gezwickt hatte. Nur, dieser Ganter hier war etwa zehnmal so groß.

Dieter zog sich noch einen Meter tiefer unter den Schirm aus Zweigen und Ästen zurück, während er darüber nachdachte, wie er den hartnäckigen Besucher am besten loswerden konnte. In das tiefhängende Geäst des unbelaubten Baumes, unter dem Dieter Deckung gesucht hatte, konnte der Strauß mit seiner unförmigen Taille kaum eindringen. Dieter wedelte noch einmal mit seinem T-shirt, diesmal energischer, und machte wieder: „Ksch, ksch!“

Der Strauß hüpfte ein paarmal in die Höhe, plusterte sein Gefieder auf, flatterte wild mit den Flügeln, pendelte mit dem nackten Hals vor und zurück und stieß ein heiseres Brüllen aus. Dann steckte er den Kopf durch die Zweige und versuchte, nach Dieter zu picken. Als er entdeckte, daß er ins Leere hackte, schien seine Wut in Hysterie umzuschlagen. Er zog den Kopf zurück und trampelte auf der Stelle wie ein ungebärdiges Kind. Dann bezog er seine alte Position, wandte den Kopf zur Seite und bot ein Standbild ratloser Einfalt.

Auch Dieter verhielt sich ruhig, um den Strauß nicht zu reizen. Er fühlte sich nicht gerade behaglich in seiner Position, war aber überzeugt, den Strauß bald ausmanövrieren zu können.

Was mochte in dem winzigen Kopf dieses Urweltvogels vorgehen? Würde er aufgeben, oder überlegte er sich eine neue Angriffstaktik?

Der Waffenstillstand dauerte ungefähr eine Viertelstunde. Endlich wandte sich der Strauß um und trabte gemächlich davon. Nach zwanzig Metern machte er plötzlich kehrt und rannte, Anlauf nehmend, frontal auf Dieters Baum zu. Aber bevor er in das Geäst einbrechen konnte, bremste er ab, blieb ein paar Sekunden lang ratlos stehen, trabte zurück und nahm einen neuen Anlauf.

Dieses Manöver wiederholte er mehrere Male. Als er eingesehen zu haben schien, daß die Festung des Feindes mit dieser Methode nicht einzunehmen war, ging er zu einer neuen Taktik über: Er begann, den Baum zu umkreisen, in immer schnellerem Trab, offenbar auf der Suche nach einem Durchschlupf.

Im inneren Zirkel um den Baumstamm vollzog Dieter die Runden des Vogels nach. Wenn er darauf achtete, daß der Stamm immer schützend zwischen ihm und dem Strauß blieb, würde ihm kaum etwas passieren. Er blickte über seine Schulter. Wenn es ihm gelänge, den Ford vor dem Strauß zu erreichen, konnte er sich in das Führerhaus einriegeln und einfach davonfahren. Dieter schätzte die Entfernung zu dem Anderthalbtonner auf wenigstens fünfhundert Meter. Er war ein leidlich guter Mittelstreckler, aber mit einem Strauß würde es nicht einmal ein Olympiasieger aufnehmen können. So begnügte er sich weiterhin damit, in Ruhe abzuwarten. Schließlich würde ihn der Strauß nicht den ganzen Tag belagern wollen. Irgendwann würde er Hunger bekommen, die Geduld verlieren und sich trollen.

Nach einer Weile verlangsamte der Strauß seinen Trab und verlegte sich wieder aufs Belagern. Dieter sah sich nach Hilfe um, aber er wußte, daß es fast hoffnungslos war. In Serowe hatte man ihm eingeschärft, sich ausreichend mit Wasser und Reservebenzin zu versorgen, weil höchstens dreimal wöchentlich ein Wagen auf dieser entlegenen Fahrspur verkehrte.

Nach und nach schien der Strauß das Interesse an ihm verloren zu haben. Er hatte sich auf zwanzig Meter entfernt und zupfte mit seinem Schnabel friedlich an den Grashalmen.

Wenn es ihm gelänge, auf den Baum zu klettern? Droben in der Krone konnte ihm der Strauß nichts anhaben. Um die Aufmerksamkeit des Vogels zu testen, reckte Dieter vorsichtig einen Arm in die Höhe. Als habe er nur darauf gewartet, preschte der Strauß sofort wieder auf den Baum zu. Diesmal versuchte er sogar das Geäst zu durchbrechen, und als er im Dickicht steckenblieb, hüpfte er außer sich vor Wut auf und ab. Ein paar Federn blieben an den Zweigen hängen.

Der aufgebrachte Strauß zischte, flatterte und trampelte auf der Stelle, die Karikatur einer unsäglich häßlichen Ballerina in einem schwarzen Ballettröckchen über monströs langen Beinen. Der Anblick dieser exzentrischen Choreographie ließ Dieter für Augenblicke die unbehagliche Situation vergessen. Er mußte gegen einen erstickenden Lachreiz ankämpfen.

Diesmal dauerte es länger, bis der Strauß sich beruhigte. Und Dieter begann daran zu zweifeln, daß die Zeit für ihn arbeitete. Er mußte irgend etwas unternehmen.

An Kraft und Schnelligkeit war ihm dieses archaische Geschöpf überlegen, an Ausdauer auch, so schien es jedenfalls. Nicht weniger als den Schnabel fürchtete Dieter die beiden riesigen Zehen an jedem Fuß, verhornte Klauen, mit denen der Strauß einem Menschen mühelos die Bauchdecke aufreißen kann. Dieter hatte nichts als seine Intelligenz dagegenzusetzen.

Wenn er nun doch die Flucht wagte, von Deckung zu Deckung springend bis zum Lastwagen? Als erstes Etappenziel visierte Dieter einen Busch an. Der war zwar niedriger als der Baum, seine dichten Zweige schienen aber hinreichend Schutz zu bieten.

Doch der Strauß stand so ungünstig, daß er Dieter mühelos den Fluchtweg abschneiden würde. Dieter mußte versuchen, ihn auf die andere Seite des Baumes zu locken. Er zog das T-shirt aus, knüllte es zusammen und warf es dorthin, wo er den Strauß haben wollte. Dankbar für ein Objekt, an dem er seine Wut auslassen konnte, rannte der Vogel hinüber zu dem Hemd, trat danach und zauste es mit seinem Schnabel. Dieter nutzte den Augenblick. Bevor der Strauß seine Taktik durchschaut hatte, war er zwanzig Meter enteilt. Hinter sich hörte er die Schritte des Vogels, aber er war sicher, daß sein Vorsprung ausreichen würde.

Vor dem Busch warf Dieter sich zu Boden und rollte sich unter die sperrigen Zweige. Der Strauß hatte auf den letzten Metern abgebremst. Er starrte Dieter mit einem unsagbar törichten Ausdruck an.

Die Zweige waren undurchdringlich wie ein Stacheldrahtverhau. Dieters Arme und sein bloßer Oberkörper waren aufgerissen. Blut perlte und mischte sich mit dem Schweiß zu einer ätzenden Lauge, die in den frischen Striemen auf seiner Haut höllisch brannte. Dieter fluchte leise vor sich hin. Ausgerechnet ein Dornbusch, daran hätte er denken müssen. Alle Büsche trugen hier Dornen. Er brach ein paar Zweige ab und bündelte sie zu einer Rute.

Der Strauß stand regungslos neben dem Busch, den Blick seitlich in die Ferne gerichtet. Erst nach einer halben Stunde, die Dieter fast wie ein Tag vorkam, setzte er sich endlich in Bewegung. Er fing an, den Dornbusch zu umkreisen. Offenbar wollte er die Festung auf durchlässige Stellen inspizieren.

Hinter Dieters Rücken, wo die Zweige etwas schütterer standen, blieb er stehen und langte prüfend mit einem Fuß hinein. Dieter schlug mit seiner Rute nach dem Fuß. Gleich darauf wußte er, daß er einen Fehler begangen hatte. Denn der Strauß reagierte mit furiosem Geflatter und heiserem Gebrüll. Nachdem er in den sperrigen Zweigen ein paar Federn gelassen hatte, kreiste er wieder um den Busch, in einem weiteren Radius als bisher.

Dieters Kehle war trocken, zum erstenmal verspürte er Durst. Wenn der Strauß nicht aufgab oder keine Hilfe kam, mußte er wohl allmählich verdursten, in Sichtweite des Anderthalbtonners mit zwei vollen Wassertanks zu je hundertfünfzig Litern auf der Ladefläche.

Bis zum nächsten Busch in Richtung Ford würde er knapp hundert Meter zurückzulegen haben. Um dort vor dem Vogel anzukommen, brauchte er einen Vorsprung von wenigstens einem Drittel der Strekke.

Dieter kroch unter den Zweigen hervor und sprintete los. Der Moment war gut abgepaßt, denn der Strauß mußte erst das Stück von seinem Standort bis zu dem Busch aufholen und um den Busch herumlaufen. Da hatte sich Dieter dem nächsten Busch schon auf sechzig Meter genähert.

Ein Endspurt, hinter sich das bedrohlich näher kommende Trappeln des Straußes, ein Hechtsprung durch eine schmale Lücke in den Dornenverhau – fürs erste hatte er es geschafft. In wahnsinnigem Tempo drehte der Strauß seine Runden um die neue Deckung, mit hüpfendem Steiß und vorgerecktem Hals. Der neue Dornbusch war kleiner und auch lichter als der vorige. Es gab zwei nicht ganz dichte Stellen, und plötzlich machte der Vogel kehrt, stürmte auf die erste Lücke zu, bremste staubend ab und trat mit dem linken Fuß nach Dieter. Er verfehlte ihn um höchstens zehn Zentimeter, Dieter hatte sich geistesgegenwärtig auf die andere Buschseite gerollt. Verdammt, das war knapp!

Der Strauß lief um den Dornbusch herum und probierte es durch die Bresche auf der anderen Seite. Wieder warf Dieter sich auf die dem Strauß abgewandte Seite. Mit jeder Körperdrehung rissen ihm die Dornen frische Striemen in Brust, in Rücken und Arme, aber Dieter nahm sie nicht wahr, weil der Strauß jetzt dazu überging, ihn abwechselnd mal durch die eine, mal durch die andere Lücke zu attackieren. Mit jedem Angriff vergrößerte er die Bresche ein wenig, kamen die Beine ein Stück näher, Sehnenstränge unter schuppiger Hornhaut, die sich am unteren Ende verdickten und in die beiden mächtigen Zehen mit hufähnlichen Klauen mündeten.

Als der Strauß Dieter zum erstenmal traf, dabei die Jeans aufschlitzte und eine klaffende Wunde in seinen Oberschenkel riß, spürte Dieter so etwas wie wirkliche Todesangst. Die Falle war zu. Von drei Seiten schloß ihn undurchdringliches Dornenverhau ein, und von vorn attackierte ihn der Strauß. Ganz nahe hörte er jetzt dieses seltsame Löwengebrüll, dazwischen das Zischen und schrille Quaken eines Ganters. Er erkannte den Strauß nur noch durch einen rosa Schleier. Ein Film aus Blut und Schweiß hatte sich über seine Brillengläser gelegt.

Er nahm die Brille ab und wälzte sich liegend hin und her. Alles durfte passieren, nur kein Volltreffer; ein Hieb in Brust oder Bauch würde ihn verteidigungsunfähig machen. Dann wäre er dem rasenden Strauß vollends ausgeliefert. Er konnte nur noch ausweichen.

Nach einer Viertelstunde schien der Strauß müde. Er zog seinen Fuß heraus und trabte wieder rund um den Busch. Offenbar hatte er es nicht mehr so eilig, den Gegner zu töten, jetzt, da die Zeit ganz offensichtlich für ihn arbeitete.

Dieters Plan, etappenweise von Busch zu Busch bis zu dem Anderthalbtonner zu flüchten, war nicht aufgegangen. Das war ihm jetzt klar. Aber mindestens ebenso klar war ihm, daß er in dieser Mausefalle keine Stunde mehr überleben würde. Jetzt half nur eins: Er mußte blindlings um sein Leben rennen.

Der Start gelang. Wieder verlor der Strauß ein oder zwei Schrecksekunden, bevor er sich an die Verfolgung machen konnte. Einen Augenblick lang glaubte Dieter, er könnte es schaffen, obwohl er fühlte, wie seine Beine schwerer wurden und die Lunge zu bersten drohte. Bis zum Ford waren es nur noch hundert Meter.

Da stolperte er. Instinktiv rollte er sich zusammen, schützte mit seinen Armen den Kopf. Der Strauß landete seinen ersten Volltreffer, unterhalb der letzten Rippen, und Dieter blieb ein paar Sekunden der Atem weg. Doch er taumelte noch einmal auf die Beine, und es gelang ihm, den Straußenhals mit beiden Händen zu umklammern und auf den Boden zu drücken.

Der Strauß kippte auf die Seite und keilte noch im Liegen wild aus. Er riß den Schnabel weit auf, und was sich vorher wie Löwengebrüll angehört hatte, klang jetzt eher wie ein ersticktes Krächzen. Dieter spürte die harten knorpeligen Halswirbel unter den Fingern, er versuchte, sie mit aller Kraft zu drehen, zu wringen wie ein nasses Handtuch. Der Strauß keilte verzweifelt aus, aber seine Hiebe gingen ins Leere.

Dann spürte Dieter ein dumpfes Knacken unter seinen Händen. Irgend etwas war zerbrochen. Die Tritte wurden schwächer und schwächer, schwangen aus wie das Pendel einer abgelaufenen Standuhr.

Jetzt, da der Strauß ihm nichts mehr anhaben konnte, verließen auch Dieter die Kräfte. Nur seine Finger umklammerten noch immer den schlaffen Hals. Er spürte, daß er gesiegt hatte, aber sein Denken mißtraute der Wahrnehmung. Erst als der Strauß sich nicht mehr rührte, ließ Dieter los. Er hatte nicht mehr die Kraft, sich davonzuschleppen, und blieb erschöpft liegen.

Eine halbe Stunde später kroch er auf allen vieren zu dem Anderthalbtonner, kletterte auf die Ladefläche und schüttete sich ein paar Becher Wasser aus dem Tank über Kopf und Oberkörper. Er verschüttete das meiste. Kalter Schweiß brach ihm aus allen Poren, ihm wurde schwindelig, und als er wieder die Augen aufschlug, sah er über sich das Gesicht eines Schwarzen, der neben ihm hockte und ihn gleichmütig anschaute.

„Ich habe ihn getötet."

Der Afrikaner verzog keine Miene.

„Meine Brille. Ich muß meine Brille holen." Dieter wälzte sich von der Ladefläche. Schwankend ging er voran. Der Afrikaner folgte ihm. Neben dem toten Strauß blickte er ihn zweifelnd an.

„Er hat mich angegriffen." Dieter zeigte auf seinen zerschundenen Oberkörper. „Hier, hier – überall."

Im Dornbusch fand Dieter seine Brille wieder. Die Fassung war verbogen, die Gläser waren verschmiert, aber noch heil.

„Da drüben muß mein Fotoapparat liegen." Sie gingen hinüber zu dem Baum, an dem der Kampf begonnen hatte.

Der Schwarze fand die Kamera und reichte sie Dieter. „Er hat Sie ganz schön zugerichtet", sagte er in akzentfreiem Englisch. „Sie müssen zum Arzt."

„Wie weit ist es noch bis Letlhakane?"

„In Letlhakane gibt es keinen Arzt, aber ein Telefon. Der Arzt kommt aus Orapa, das sind nur vierzig Kilometer."

„Dann fahre ich lieber durch bis Orapa."

Der Afrikaner lächelte. „Sie lassen keinen nach Orapa rein. Nur, wer dort arbeitet."

Sie waren inzwischen wieder bei dem toten Strauß angelangt. „Es ist ein Hahn", sagte der Afrikaner. „Er hat schwarze Federn. Vielleicht sind Sie seinem Gelege zu nahe gekommen. War er allein?"

„Ja."

„Oder er war ein Einzelgänger. Wenn ein Hahn keine Henne findet, ist er sehr reizbar. Dann greift er jeden an, der in sein Revier eindringt."

Am Ford angekommen, fragte der Afrikaner: „Wie sind Sie hierhergekommen?"

„Ich bin Entwicklungshelfer aus Deutschland und soll den Wagen nach Maun bringen."

„Nach Maun? Dann hätten Sie besser über Francistown fahren sollen."

„Ich dachte, auf dieser Route erlebe ich mehr."

„Sie haben recht gehabt."

„Soll ich Sie ein Stück mitnehmen?"

„Ja. Aber es ist besser, wenn ich fahre."

Eine Stunde später kamen die ersten Hütten von Letlhakane in Sicht. Der Afrikaner hielt an. „Sie werden dort Weiße finden, die Sie fragen können. Ingenieure. Die errichten dort eine neue Diamantenmine."

„Kommen Sie nicht mit?"

Der Afrikaner nahm seinen Proviantbeutel, stieg wortlos aus und verschwand hinter den Büschen. Er schien nicht von hier zu sein. Die Botswaner hatten gewöhnlich kurzes Haar, das sich auf ihren Köpfen kräuselte und von den Weißen deshalb Pfefferkornfrisur genannt wurde. Das Haar seines Begleiters war dicht und voll.

Komischer Bursche, dachte Dieter. Läßt niemanden an sich herankommen. Vielleicht mag er mich nicht, weil ich ein Weißer bin. Trotzdem hätte ich ihn wenigstens nach seinem Namen fragen sollen.

Aber selbst wenn Tutuma ihm seinen Namen genannt hätte, hätte Dieter nicht viel damit anfangen können.

IV.

OBWOHL er im Augenblick andere Sorgen hatte, wurmte es Jan Feuchtenbeiner doch, daß er mit 2:5 Spielen im Rückstand lag. Den ersten Satz hatte er schon mit 4:6 verloren. Bill Scranton verstand es, mit seiner sicheren, unterschnittenen Rückhand den Ball so lange im Spiel zu halten, bis der Gegner die Geduld verlor und sich zu einem riskanten Drive hinreißen ließ.

Als sie sich beim Seitenwechsel neben dem Netzpfosten begegneten, streifte ihn Bill mit einem forschenden Seitenblick. „Du hast wirklich schon besser gespielt, Jan. Du schlägst zu unkontrolliert."

Feuchtenbeiner trocknete sich ab. Seine Handflächen schwitzten so stark, daß ihm das Racket beim Aufschlag regelmäßig aus der Hand glitt. Dabei war es um diese frühe Tageszeit noch erträglich kühl. Die Sonne war erst vor einer Stunde aufgegangen.

„Ich treff den Ball zu selten in der Mitte."

„Oder willst du mich etwa gewinnen lassen, weil ich der Boß bin?“

Feuchtenbeiner schüttelte verdrossen den Kopf. Absurder Gedanke! Für ihn gab es kein Spiel, sondern nur Kampf. Gewinnen oder verlieren – nichts anderes zählte.

Drei Minuten später war das Match zu Ende. Bill hatte ihm den Ball dreimal auf Rückhand serviert, Feuchtenbeiners Returns waren von der Netzkante in sein eigenes Feld zurückgefallen, und gleich den ersten Matchball hatte Bill mit einem listigen Stopp verwandelt.

Feuchtenbeiner reichte Bill die Hand, knurrte ein mühsames „Gratuliere“ und wollte sich sofort in seinen Range Rover zurückziehen.

„Augenblick noch, Jan. Habe ich dir schon gesagt, daß du morgen voll fliegst?“

Feuchtenbeiner fuhr herum. „Wieso morgen?“

„Abflug sechzehn Uhr. Diesmal werden es fast vierhunderttausend Karat sein; nimm lieber noch einen Mann mit, der dir beim Ein- und Ausladen hilft.“

„Ich schaff das schon allein, Bill“, sagte Feuchtenbeiner.

Der Generalmanager führte die Einsilbigkeit seines Sicherheitsbeauftragten auf dessen Niederlage zurück. „Wir haben alle mal einen schlechten Tag, Jan. Unter normalen Umständen fegst du mich ja vom Platz.“

Sie gingen in die Garderobe, und als sie geduscht hatten, lächelte Bill: „Na, abgekühlt? Manchmal habe ich das Gefühl, du würdest dir eher die Zunge abbeißen als zugeben, daß dein Gegner gut in Form war.“

„Okay, Bill. Du warst gut in Form.“ Feuchtenbeiner hätte am liebsten seinen Schläger auf Bills Kopf zertrümmert. Seit achtzehn Tagen hatte er es zu verdrängen versucht, und jetzt war es soweit. Noch war es nicht zu spät, sich Bill anzuvertrauen. Er atmete tief durch. „Muß das wirklich morgen sein?“

„Hast du was dagegen?“

„Nur so ’n komisches Gefühl... mehr ’ne Ahnung, da könnte was passieren.“

„Du bist ein bißchen nervös in letzter Zeit. Was kann schon passieren? Außer uns beiden weiß ja keiner, daß die Attrappen morgen zu Hause bleiben. Und die Sicherheitsvorkehrungen sind hundertprozentig. Du hast sie doch selbst ausgetüftelt." Damit war für Bill das Thema erledigt.

Feuchtenbeiner wurde zu Hause von June mit jener beflissenen Zuvorkommenheit empfangen, die nichts Gutes ahnen ließ. Gewöhnlich begann sie ihre Tage schweigsam und mürrisch, eine Frau, die ebenso widerwillig ihre Hausfrauenpflichten absolvierte wie ihre sonstigen ehelichen Pflichten, routiniert und freudlos, zu schwach, sich gegen das Leben in der keimfreien Öde Orapas aufzulehnen, und zu stark, sich damit abzufinden. So lebte sie seit Jahren neben ihm her, und ihre einzige Gegenwehr bestand in einem ständig zur Schau getragenen, aber nie ausgesprochenen Vorwurf.

Feuchtenbeiner konnte sich ihre Unzufriedenheit nicht recht erklären. Besaß sie in der streng hierarchischen Struktur Orapas nicht einen respektablen Rang? Bewohnten sie nicht ein komfortables Haus? Hatten sie nicht eine schwarze Haushälterin, eine Köchin und einen Boy, der jede Woche dreimal den Garten besorgte?

Niemand hinderte June daran, Bridge zu spielen, an den Teestunden der anderen Direktorenfrauen teilzunehmen, sich zum Squash-Spielen zu verabreden oder zum Golf. Das Flugzeug aus Gaborone brachte zweimal wöchentlich einen neuen Tonfilm mit, es gab den Supermarkt, den modernsten und bestsortierten im ganzen Land. Und schließlich gab es noch die Allwetterstraße zum sechzig Kilometer entfernten Mopipi-Stausee, der Orapa mit Wasser versorgte und in dem sie jederzeit baden konnte, wenn ihr danach zumute war.

So war Feuchtenbeiner schon seit geraumer Zeit dazu übergegangen, Junes ewigen Mißmut einfach als die Launen einer undankbaren, unausgefüllten Frau abzutun.

Neben seinem Frühstückstee lag unübersehbar ein Zettel, dessen Text nur aus einem Wort bestand: „Wann?"

Mr. January hatte sich wieder in Erinnerung gebracht, die Stimme am Telefon im Holiday Inn. Erst vor drei Tagen hatte er Feuchtenbeiners Sekretärin angerufen und sie beauftragt, ihrem Chef folgende, für den Nichteingeweihten harmlos klingende Bestellung auszurichten: „Der Fotograf hat angerufen. Er möchte wissen, wohin er die Fotos schicken soll."

„Den Wisch habe ich unter der Windschutzscheibe vom Range

Rover gefunden", sagte June beiläufig. „Wenigstens war sie nicht so geschmacklos, auch noch ihren Namen darunter zu schreiben."

Feuchtenbeiner gab mit einem Achselzucken zu verstehen, wie lächerlich er den Verdacht fand. Eine Liebschaft ausgerechnet in Orapa, einem Getto, wo jeder der zweihundert weißen Männer und achtzig weißen Frauen über jeden Schritt der anderen Bescheid wußte.

„Ist es Pieters Sekretärin?"

„Laß mich mit dem Quatsch in Ruhe."

„Wie lange geht das eigentlich schon?"

„Da ist keine andere Frau, June. Ich bin doch nicht verrückt – in meiner Position." Feuchtenbeiner blickte auf seine Armbanduhr, schob die halbgegessenen Spiegeleier beiseite und wischte sich den Mund ab. „Ich muß ins Büro."

„Kommst du zum Essen?"

„Ich esse im Kasino."

„Wir sprechen noch darüber."

Zum Teufel mit ihrer verdammten Eifersucht. Draußen im Garten knickte er im Vorbeigehen den Stengel der Rizinusstaude. Die Aktion hatte etwas Unwiderrufliches. Es war eines der beiden verabredeten Signale für den Erpresser.

Feuchtenbeiner schwang sich in seinen Range Rover und fuhr hinüber zum Schlagbaum am östlichen Tor von Orapa. Er selbst hatte die Sicherungsmaßnahmen für die Mine mitentworfen und legte großen Wert darauf, daß sie strikt eingehalten wurden. Schriftlichen Besuchsanträgen von Gästen wurde nicht stattgegeben, bevor er sein ausdrückliches Okay gegeben hatte. Feuchtenbeiner beschränkte die Ausgabe von Passierscheinen auf die wenigen Gäste der Zentrale aus Johannesburg oder auf Regierungsmitglieder von Botswana.

Die Diamantenmine selbst mit dem Flugplatz und seinem Herzstück, dem *Recovery House*, lag in der inneren Sicherheitszone, durch einen elektrisch geladenen Zaun von den Wohnhäusern und den sozialen und sportlichen Einrichtungen Orapas abgetrennt. Für diesen Bereich gab es einen roten Passierschein, der an Fremde so gut wie nie ausgegeben wurde. Der äußere Sicherheitsbereich bestand aus der sauberen kleinen Wohnstadt und einer Zone aus wildem Buschland, die sich fünf Kilometer weit bis zu dem Zaun erstreckte. Zwei vergitterte Tore mit Schlagbäumen trennten Orapa im Osten und Westen der durchgehenden Straße von der Umwelt.

De Beers hatte eine eigene Sicherheitspolizei, die an den beiden Toren die Zu- und Abgänge kontrollierte und dem örtlichen Befehlshaber Jan Feuchtenbeiner unterstellt war. Am Schlagbaum stieg er aus und ging auf den schwarzen Sergeanten zu. „Viel Betrieb heute?"

„Kaum, Sir." Der Sergeant zeigte auf einen sandfarbenen Anderthalbtonner. „Da ist einer, der will sich nicht abweisen lassen."

Der Fahrer des Anderthalbtonners kam lächelnd näher. „Der Polizist will mich nicht durchfahren lassen."

Da der Mann ein Weißer war, zwang Feuchtenbeiner sich zu der Andeutung eines Lächelns. „Haben Sie einen Passierschein?"

„Wozu? Ich will ja nur durchfahren."

„Wohin?"

„Nach Rakops."

„Da müssen Sie außen rum. Dies ist Privatgelände der De Beers Botswana Mining Company. Was wollen Sie in Rakops?"

„Ich bringe den Ford nach Maun." Dieter Hahn zog seinen Paß aus der Tasche. „Ich bin deutscher Entwicklungshelfer."

Feuchtenbeiner warf einen flüchtigen Blick auf den Paß und gab ihn zurück. „Tut mir leid, Mr. Hahn." Ohne ein weiteres Wort stieg er in seinen Range Rover und legte den Gang ein.

Die belanglose Begegnung hatte kaum drei Minuten gedauert, Feuchtenbeiner konnte sich später, als dieser deutsche Entwicklungshelfer plötzlich für ihn Bedeutung gewann, nur vage an das Gesicht des abgewiesenen Besuchers erinnern. Im Augenblick bewegten ihn andere Sorgen, und er fuhr so schnell wie möglich nach Orapa zurück.

Von weitem sah die Gesteinshalde mit den glattgestrichenen Seitenwänden aus wie eine Pyramide. Die Halde mit dem Abraum war mindestens fünfzig Meter hoch und eine Art Wahrzeichen von Orapa; zertrümmerte Felsbrocken, zerkleinert, gemahlen, gesiebt, gewaschen, auf Förderbändern geröntgt, wieder gewaschen, sortiert, und das ein dutzendmal, bevor sie als graubrauner Brei auf dem letzten der vielen Förderbänder und schließlich im Allerheiligsten ankamen, dem Recovery House, auf den Tischen der sechs schwarzen Sortierer, die mit Pinzetten die winzigen Diamanten aus dem wertlosen Gestein pickten.

Vor dem dreifach gesicherten Recovery House stieg Feuchtenbeiner aus. Am elektronisch gesicherten Gatter des Zaunes, der das Haus umgab, erwartete ihn Laurens. Es war 11 Uhr 30, und die Inspektion des Allerheiligsten gehörte zu Feuchtenbeiners täglicher Routine. Laurens hatte die Zugänge zu dem fensterlosen Tresorraum zu überwachen, in dem die Ausbeute jedes Fördertages gesammelt und bis zum Abtransport nach Gaborone im Panzerschrank deponiert wurde.

Laurens schloß die Stahltür des Tresors auf, ein schwarzer Kollege betätigte das zweite Schloß. Nur beide Schlüssel zusammen bewirkten das Sesam-öffne-dich. Diese zusätzliche Sicherung beruhte auf dem Kalkül, daß ein Weißer nie mit einem Schwarzen gemeinsame Sache machen würde.

Bevor Laurens und Feuchtenbeiner die Röntgenschleuse zum Tresorraum passierten, schickten sie den schwarzen Sicherheitspolizisten fort. Laurens betätigte die Kombination des Panzerschranks. Er war fast randvoll mit Diamanten, grob vorsortiert nach Industrieware und Schmucksteinen und in weiche, verplombte Lederbeutel gefüllt. Vierhunderttausend Karat, die auf der Londoner Diamantenbörse zum Durchschnittspreis von je einundvierzig Dollar gehandelt werden würden – falls sie London erreichten.

Den Abend verbrachte Feuchtenbeiner mundfaul in seinem Haus, und als June ihm wieder mit ihrer Eifersucht zuzusetzen begann, entzog er sich ihren Sticheleien mit einem Hinweis auf starke Kopfschmerzen. Eine halbe Stunde vor Mitternacht folgte ihm June ins Schlafzimmer. Feuchtenbeiner stellte sich schlafend, damit er keine Fragen beantworten mußte.

Bald hörte er im Bett neben sich Junes regelmäßige Atemzüge. Behutsam schob er die Decke beiseite, stieg aus dem Bett und schlüpfte aus dem Schlafzimmer. Im Dunkeln tappte er durch das Haus. Der Mond warf ein schwaches Licht durch das Küchenfenster. Das Leuchtzifferblatt des Weckers zeigte auf vier Minuten vor eins.

Feuchtenbeiner kauerte sich auf einen Hocker und spähte aus dem Fenster. Da draußen irgendwo lauerte irgend jemand auf sein Signal. Vorausgesetzt, der Anschlag gelang – wer garantierte ihm, daß man ihm die Fotos und die Negative auch wirklich zustellte? Was galt schon das Wort eines Erpressers?

Es war ein Uhr. Feuchtenbeiner tastete nach dem Schalter und knipste das Deckenlicht an, löschte es, knipste es noch einmal an, dann ein drittes Mal.

Er hatte es hinter sich gebracht. Jetzt konnte er nicht mehr zurück.

DER Piepton aus dem Walkie-Talkie schreckte Tutuma aus dem Schlaf. Er drückte die Sprechtaste.

„Bin auf der Westseite, an der Rysana-Pfanne."

„Er hat das Zeichen gegeben. Die Streife hat vor zwanzig Minuten das Westtor passiert."

„Ich komme."

Bevor er sich auf den Weg machte, überprüfte Tutuma die Verpakkung der zwanzig Dynamitstangen. Sie lagen in dem Proviantbeutel, dessen Öffnung er fest verknotet hatte, um das Dynamit vor Nässe zu schützen. Die bevorstehende Regenzeit kündigte sich schon mit schwülen Nächten an, und Tau lag auf dem Elefantengras der Kalahari. Tutuma legte die Dynamitstangen behutsam zurück in den Proviantbeutel und marschierte nach Osten.

Eine Stunde später tauchte im Dunkeln der Zaun auf, der Orapa von der Wildnis abgrenzte. Tutuma holte eine kleine Kneifzange aus seinem Overall und knipste den Draht dicht über dem Erdboden durch. Ein leises Surren ertönte, das sich in Schwingungen fortpflanzte und nach wenigen Metern erstarb.

Nachdem er durch das Loch im Zaun gekrochen war, legte er eine Handvoll Dornbuschzweige in die Lücke. Es war eine notdürftige Tarnung, doch für einen Tag sicherlich ausreichend. Früher oder später würden sie das Loch ohnehin entdecken.

Vom Zaun bis nach Orapa hatte er noch die fünf Kilometer durch das buschbestandene Niemandsland zurückzulegen. Bald hoben sich die Silhouetten der ersten Häuser gegen die Morgendämmerung ab.

Bisher war es eine bessere Pfadfinderübung. Der gefährliche Teil des Unternehmens stand noch bevor. Am Rande des Golfplatzes legte sich Tutuma unter einen Busch und wartete auf den Tag, von dem er glaubte, daß er den Krieg um Zimbabwe entscheiden werde.

NACH der durchwachten Nacht fühlte Feuchtenbeiner sich krank. Der Tag im Büro hatte mit einem Anruf des Generalmanagers begonnen: Der Flug verschiebe sich um zwei Stunden, weil Gaborone vor 19 Uhr keine Landeerlaubnis erteilen könne. Die Maschine des Präsidenten Sir Seretse Khama wurde aus Johannesburg zurückerwartet. Feuchtenbeiner empfand die zwei Stunden als Galgenfrist.

Das Klingeln des Telefons schreckte ihn aus seinem Brüten. Noch bevor er den Hörer abgenommen hatte, wußte er, wer am anderen Ende der Leitung war. „Sind Sie allein im Büro?" Sofort erkannte er die Stimme des Mannes, der sich Mr. January nannte.

„Ja."

„Der Abflug, wann ist er genau?"

„Um achtzehn Uhr. Hören Sie, Mr. January, angenommen, jemand will den Transport nach Gaborone überfallen..., selbst wenn es gelingen sollte und die Täter kämen davon... Es wäre sinnlos. Sie würden die Beute niemals losschlagen können."

„Meinen Sie?"

„Haben Sie schon mal was von der CSO gehört? Die Central Selling Organization in London. Die gehört De Beers und der Anglo-American, und diese beiden Gesellschaften wiederum gehören Harry Oppenheimer. Derselbe Oppenheimer, der auch die Mine in Orapa besitzt. Wo immer in der Welt also ein Schmuggler oder Dieb Diamanten verkaufen will, er wird es immer mit der CSO zu tun haben. Oppenheimer hat das Weltmonopol von der Förderung bis zu den Schleifereien, lückenlos, verstehen Sie? Wer versucht, irgendwo einen größeren Posten Rohware zu verkaufen, der würde sofort aufgespürt. Die CSO hat überall ihre Aufkäufer. Und einen schwarzen Markt gibt es nicht. Schon gar nicht für vierhunderttausend Karat."

Feuchtenbeiner wartete auf eine Reaktion. „Hallo, sind Sie noch dran?"

„Sprechen Sie weiter."

„Deshalb gibt es nichts Aussichtsloseres auf der Welt, als De Beers zu bestehlen. Die CSO wird Sie überall aufspüren. Und was wollen Sie mit einer Beute anfangen, die genauso unverkäuflich ist wie – sagen wir mal – die Mona Lisa?"

„Also um achtzehn Uhr, sagten Sie?"

„Mr. January, der Flugplatz von Gaborone wimmelt von Polizei! Der Präsident kommt heute aus Südafrika zurück. Sie werden scheitern!"

„Das wäre schlimm, Feuchtenbeiner. Schlimm für Sie."

Feuchtenbeiner hatte kaum noch einen trockenen Faden am Leib. Der Countdown lief.

Um 17 Uhr 28 quittierte er im Recovery House die Übernahme von siebenundachtzig Beuteln voller Diamanten. Laurens war der dritte Mann, der von dem Transport erfuhr, aber erst jetzt, im letzten Augenblick. Obwohl Feuchtenbeiner das vom Generalmanager unterzeichnete Transportdokument vorlegte, vergewisserte sich Laurens durch einen Anruf bei Bill Scranton, ob auch alles seine Richtigkeit habe. Feuchtenbeiner selbst hatte diese Rückversicherungsmaßnahme vor vier Jahren eingeführt. Laurens half ihm beim Aufladen der beiden Aluminiumkoffer, die zusammen gut achtzig Kilogramm wogen.

Bis zum Rollfeld hatte der Range Rover achthundert Meter zurückzulegen. Die King Air stand einsam draußen, nur ein schwarzer Mechaniker machte sich an einem der beiden Motoren zu schaffen. Der Pilot fehlte noch. Feuchtenbeiner war sicher, daß der Überfall entweder auf dem Flughafen in Gaborone oder auf der drei Kilometer langen Fahrt vom Flughafen zum Gebäude der Anglo-American in der Mall stattfinden würde. Wahrscheinlich beim Umladen auf dem Flugplatz.

Nach menschlichem Ermessen konnte das Unternehmen nicht gelingen. Feuchtenbeiner würde nicht umhinkommen zu schießen. Und er war ein glänzender Schütze, das wußte jeder in Orapa, ein Fehlschuß würde auffallen. Andererseits mußte er die Täter heil entkommen lassen. Sicher hatten sie Komplizen, die sich dadurch rächen würden, daß sie Bill später die Fotos zuspielten.

Er könnte sich mit den Ketten an den Handgelenken herausreden, die ihn mit den Koffern verbanden und ihn am Schießen gehindert hätten.

Aber der Pilot! Und Piet und Balthasar, die Sicherheitsoffiziere in Gaborone, waren ja auch bewaffnet. Und die brauchten auf Erpresser keine Rücksicht zu nehmen.

Laurens kletterte mit ihm in die Kabine, hievte die beiden Koffer auf die Sitze hinter dem Piloten und schloß die Ketten um Feuchtenbeiners

Handgelenke. Bis Gaborone gab es für ihn keine Möglichkeit, sich der Last zu entledigen, denn außer Laurens besaßen nur Piet und Balthasar Schlüssel für die Handschellen. Wer unterwegs die beiden Koffer stehlen wollte, der mußte Jan Feuchtenbeiner mitstehlen.

Er versuchte, es sich zwischen den beiden Koffern so bequem wie möglich zu machen.

Zehn Minuten später kam der Pilot. „Der Präsident ist vor fünf Minuten gelandet. Gaborone ist freigegeben.“ Er kletterte nach hinten. „Alles okay? Ich schließe die Einstiegluke.“

Der schwarze Mechaniker steckte von draußen seinen Kopf durch die Luke. „Warten Sie. Es kommt noch ein Passagier.“

„Ich habe aber keinen auf der Liste.“

Hinter dem Wagen des Mechanikers trat ein zweiter Schwarzer hervor, ebenfalls im Overall. Er trug unter dem Arm einen Werkzeugkasten und über der Schulter einen Proviantbeutel. Er griff in den Beutel und zog einen sandfarbenen Stab heraus, der einer riesigen Zigarre ähnelte. „Ich fliege mit.“

Und als der Pilot nach seiner Luger greifen wollte, sagte der Schwarze leise: „Lassen Sie die stecken. Wissen Sie, was ich in der Hand halte? Dynamit. Und ich habe noch neunzehn Stück davon in dem Beutel.“

Der Pilot wich zurück, der Mechaniker und Tutuma schwangen sich durch die Luke ins Flugzeug.

„Mein Freund wird Ihre Waffen einsammeln. Werfen Sie die Motoren an und starten Sie.“

Während der Mechaniker die Luke verriegelte und sich die Pistolen aushändigen ließ, sah der Pilot hilfesuchend auf Feuchtenbeiner. Der nickte nur. „Tu, was er sagt.“

Feuchtenbeiner wandte sich an den Schwarzen mit der Dynamitstange. „Wo wollen Sie hin?“

„Nach Serpa Pinto. Ihnen passiert nichts, wenn Sie meine Anordnungen befolgen.“

Der Mechaniker setzte sich neben den Piloten und ließ die Armaturen nicht aus den Augen. „Südkurs wie immer. Ich kann Instrumente lesen.“

Tutuma nahm den Platz hinter Feuchtenbeiner ein. „Erklären Sie dem Piloten, welche Wirkung eine Dynamitstange hat, wenn man sie auf den Boden wirft."

„Aber Sie gehen dabei mit drauf", sagte der Pilot.

Tutuma betrachtete nachdenklich die Stange in seiner Hand. „Wollen Sie es darauf ankommen lassen?"

„Tu, was sie dir sagen", wiederholte Feuchtenbeiner.

Der Pilot machte sich umständlich an den Armaturen zu schaffen.

„Beeilen Sie sich! Wir bluffen nicht."

„Ich muß erst die Instrumente prüfen. Außerdem habe ich keine Landeerlaubnis für Angola."

Der Mechaniker sprang von seinem Sitz auf und drückte einen Kipphebel herunter. „Die Funksprechanlage! Er hatte sie eingeschaltet."

„Oh", sagte der Pilot, „ist mir gar nicht aufgefallen."

Tutuma packte den Piloten am Kragen und hielt ihm drohend die Dynamitstange vor die Nase. „Dies war Ihr erster und letzter Trick. Sie gehen jetzt auf Südkurs wie immer, und später, sobald wir außer Sichtweite sind, drehen Sie auf Nordwest. Los!"

Der Pilot gehorchte. Dreißig Sekunden später hob er die Cessna in die Luft, und nach weiteren fünf Minuten machte er eine weite Schleife nach Nordwest. Sie flogen der untergehenden Sonne entgegen.

Tutuma wandte sich zu Feuchtenbeiner. „Bleiben Sie ruhig. Wir sind keine Verbrecher. Wir halten uns an Abmachungen, gleichgültig, ob sie in der Luft getroffen werden oder im Hotel Holiday Inn."

Feuchtenbeiner verstand die Anspielung. Der Mann wollte ihm zu verstehen geben, daß er bereit war, das Pfand einzulösen, vorausgesetzt, Feuchtenbeiner sorgte für einen störungsfreien Ablauf der Aktion. Jetzt, da er es nicht mehr mit einem gesichtslosen Phantom zu tun hatte, sondern mit einem leibhaftigen Feind, wich die Spannung allmählich, und er empfand fast so etwas wie Dankbarkeit.

Bill Scranton drehte gerade seine Feierabendrunden im Direktionspool, als er dringend ans Telefon gerufen wurde. Laurens war am Apparat: „Die Bodenkontrolle hat über Bordfunk Fetzen eines Gesprächs empfangen. Hörte sich so an, als würde die King Air nach Angola entführt."

„Wissen Sie Einzelheiten?"

„Nein."

„Halten Sie's bis auf weiteres geheim, Laurens. Und stellen Sie eine Verbindung mit Johannesburg her."

Scranton nahm sich nicht die Zeit zum Anziehen. Wenige Sekunden später hatte er ein Vorstandsmitglied von De Beers an der Leitung. Der stellte sofort durch zur Kommandozentrale der konzerneigenen Sicherheitspolizei.

Johannesburg hatte Hunderte von Einsatzplänen für alle Eventualfälle parat, und es dauerte keine fünf Minuten, bis die Air Force ihre Vorbereitungen getroffen hatte. Von drei Flugplätzen stiegen Mirage-Jäger auf – von Mafeking im Süden, dicht an der botswanischen Grenze, von Pietersburg im Osten und von Tsumkwe, der Wüstenpiste in Südwestafrika, die seit den Unruhen im Ovamboland zu einem Militärflugplatz ausgebaut worden war. Sechzehn Minuten nach dem Alarm waren die Mirage-Jäger in der Luft. Der Vorsprung der langsameren King Air fiel nicht ins Gewicht. Sie würde mehr als eine Stunde brauchen, um die vierhundert Kilometer zwischen Orapa und der Grenze nach Angola zurückzulegen. Zeit genug, ihr vorher den Weg abzuschneiden.

Zuerst hielt Tutuma es für ein Gewitter. In Sekunden schwoll das ferne Donnergrollen an zu einem ohrenbetäubenden Dröhnen. Die King Air schwankte in einer Druckwelle. Im Bordfunk rauschte und knatterte es. Dann quäkte eine Stimme: „Drehen Sie ab auf Westkurs, und folgen Sie uns."

Tutuma starrte aus dem Fenster. Im Schein der letzten Sonnenstrahlen blinkte der metallene Rumpf der Mirage auf und der weiße Helm des Piloten.

„Stellen Sie das Ding ab!"

Der Pilot gehorchte.

„Wie lange brauchen Sie bis Angola?"

„Mindestens fünfzig Minuten." Der Pilot bemühte sich um einen sachlichen Ton. „Das sind Mirage-Jäger. Die haben Raketen und sind mindestens achtmal so schnell wie wir. Sehen Sie - da kommen noch drei. Sie haben nicht die geringste Chance."

„Gehen Sie tiefer, und bleiben Sie dicht über dem Boden", sagte Tutuma. „Es wird gleich dunkel."

„Das nützt Ihnen nichts. Die haben Radar."

Die Mirages formierten sich zu einem neuen Anflug. Eine neue Druckwelle erschütterte die Kabine der King Air wie ein Erdbeben.

„Wollen Sie uns umbringen?" schrie Feuchtenbeiner.

Tutuma griff unter seinen Sitz, wo er den Werkzeugkasten verstaut hatte. Er öffnete den Deckel und tastete so lange, bis er die Stahlschere gefunden hatte.

Feuchtenbeiner hielt ihm bereitwillig seine Handgelenke hin, als Tutuma die Stahlschere an den Kettengliedern ansetzte. Die Schneiden der Schere hinterließen zuerst nur schwache Kerben. Tutuma preßte die Hebel noch einmal mit aller Kraft. Doch erst beim dritten Versuch knackte der Stahl, und die Schneiden schlossen sich. Beim zweiten Koffer ging es schneller.

Tutuma tippte dem Mechaniker auf die Schulter. „Wir springen ab."

Der Mechaniker schüttelte den Kopf. Er schien bewegungsunfähig vor Angst. „Ich kann nicht."

„Du mußt!" Tutuma wandte sich an den Piloten. „Wo sind die Fallschirme?"

Der Pilot deutete stumm unter die leeren Sitze in der Reihe hinter ihnen. Feuchtenbeiner erhob sich und half Tutuma beflissen beim Anlegen des Fallschirms. Tutuma drückte dem Sicherheitschef seinen Proviantbeutel in die Hand. „Festhalten. Aber gehen Sie behutsam damit um. Ein Wunder, daß die Dinger noch nicht explodiert sind bei dem Geschaukel hier." Er riß den Mechaniker vom Sitz. „Komm, mit dem Fallschirm geht's ganz einfach."

Der Mechaniker schüttelte störrisch den Kopf. „Ich kann nicht springen."

„Willst du, daß sie dich foltern?"

„Trotzdem." Der Mechaniker ließ sich auf den Boden fallen und blieb dort liegen wie ein Stein.

„Dann bring dich wenigstens um." Tutuma warf ihm Feuchtenbeiners Pistole hin. Mit seiner Stahlschere zerschlug er die Funksprechanlage des Piloten. Dann schleppte er die beiden Aluminiumkoffer zum Heck und entriegelte die Luke. Der Luftzug warf ihn fast um. Tutuma klammerte sich an den Lukenrand und stieß mit dem Fuß nacheinander die beiden Koffer hinaus. Sekunden später sprang er selbst hinterher.

Es war dunkel, und er konnte die Flughöhe schlecht abschätzen. Kurz nachdem der Fallschirm sich geöffnet hatte, spürte Tutuma einen Ruck. Der Fallschirm hatte ihn aufgefangen.

Über sich hörte er das Dröhnen der Mirage-Jäger. Ob sie seinen Absprung bemerkt hatten?

Er blickte nach unten und versuchte, sich auf den Moment des Aufpralls zu konzentrieren. Er wußte, daß es hier in der Kalahari keine hohen Bäume gab, in denen sich der Fallschirm verfangen konnte, allenfalls mannshohe Dornbüsche.

Im nächsten Augenblick schlug er auf den Erdboden auf. Im linken Knöchel spürte er einen heftigen Schmerz. Er blieb eine Weile liegen, bis der Schmerz ein wenig nachgelassen hatte. Dann rappelte er sich auf, entledigte sich der Gurte, faltete den Fallschirm und vergrub ihn mit den Händen im Boden.

Es war eine ungewöhnlich leichte, torfige Erde. Kein Busch, kein Halm im Umkreis, soweit er es im Dunkeln erkennen konnte.

Tutuma rieb sich den Knöchel. Der Schmerz hatte etwas nachgelassen. Wahrscheinlich war es nur eine Verstauchung. Morgen früh würde es ihm sicher bessergehen.

Außerdem schien es wenig Sinn zu haben, jetzt im Dunkeln nach den beiden Koffern zu suchen. Er legte sich auf die Erde. Sie war federnd weich, trocken und reflektierte noch immer etwas von der tagsüber gespeicherten Sonnenwärme.

Die King Air war nicht mehr zu hören, nur noch das schwache Grollen der Düsenjäger von weitem, wie ein fernes Gewitter. Vielleicht wäre es doch besser gewesen, die Maschine mitsamt ihren Insassen in die Luft zu sprengen. Wenigstens Moses hätte er erschießen sollen. Allmählich wurde ihm klar, daß es leichtsinnig gewesen war, dies dem Mechaniker selbst zu überlassen. Falls er wieder versagte und den Südafrikanern lebend in die Hände fiel, wäre er eine Gefahr für die ZLA, die Zimbabwe Liberation Army.

Tutuma hatte die Gabe, sofort einzuschlafen, wenn er wollte. So nutzte er die wenigen Stunden, die ihm bis Sonnenaufgang blieben. Er wußte, daß er in den nächsten Tagen alle Kraft brauchen würde, wenn er seine verunglückte Mission noch zu einem erfolgreichen Ende bringen wollte.

V.

WÄHREND des Weiterflugs übernahm Feuchtenbeiner das Kommando. Der schwarze Mechaniker neben dem Piloten ließ sich widerstandslos die Waffen abnehmen. Feuchtenbeiner stieß ihn an. „Wie heißt du?"

Der Schwarze schwieg. Feuchtenbeiner packte ihn an seinem Overall und holte aus zu einem Schlag.

Der Pilot drehte sich um. „Laß ihn! Er heißt Moses. Arbeitet seit drei Monaten auf dem Flugplatz. Du kannst ihn ja ausquetschen, wenn wir unten sind."

„Wohin fliegen wir überhaupt?"

„Nach Südwest. Windhoek vielleicht, ich weiß nicht. Bis zur Grenze sind es siebzig Minuten."

Eine Mirage raste dröhnend an ihnen vorbei. Feuchtenbeiner versuchte, dem Piloten zuzuwinken, daß alles okay sei.

Feuchtenbeiner packte Moses wieder am Kragen. „Wie heißt der andere? Los, los!"

Nach einem aufmunternden Knuff in die Rippen gab Moses einen Namen preis: „Kgosi."

„Was bedeutet der Name?"

„Chef."

„Und wie heißt er richtig?"

„Kgosi."

„Wie lange kennst du ihn schon?"

„Ein paar Stunden. Er ist erst heute gekommen."

„Woher?"

„Von draußen durch den Zaun."

Der Pilot rieb sich den Nacken. „Ich zerbrech mir die ganze Zeit den Kopf, warum sie gerade heute die Cessna kapern wollten."

„Ich kann dir nur soviel verraten: auf die Maschine hatten sie's bestimmt nicht abgesehen."

Der Pilot nickte. „Dann müssen sie also einen Tip bekommen haben. In deiner Haut möchte ich jetzt nicht stecken, Jan", sagte er.

GEGEN Morgen wurde es empfindlich kühl.

Als die Kälte in seine Füße und Hände kroch, wachte Tutuma auf. Die Sonne war noch nicht aufgegangen. Er hatte keine Decke bei sich, keinen Kompaß, kein Wasser und keinen Proviant, nur seinen dünnen Overall. Eigentlich sollte er um diese Zeit längst in Serpa Pinto sein, tief im befreundeten Angola. Die Diamanten hatten in Luanda einem sowjetischen Kurier übergeben werden sollen.

Die Diamanten! Tutuma sprang auf.

Die King Air war mit Nordwestkurs geflogen. Er brauchte also nur der Morgendämmerung entgegenzulaufen und sich ein wenig weiter rechts zu halten.

Als es heller wurde, machte er sich auf den Weg. Der Schmerz im linken Knöchel hatte nachgelassen. Orapa und die südafrikanische Polizei waren sicher längst alarmiert. Sie würden Suchflugzeuge losschicken und Hubschrauber. Sie würden, sobald sie seinen ungefähren Standort ausgemacht hatten, Hunde auf seine Spur setzen.

Tutuma sah sich um. Kein Baum, kein Busch, nicht einmal Savannengras, in dem er sich verbergen konnte. Seine Schritte federten nicht mehr auf Torfmull, er ging jetzt auf einer steinharten, mit einer Schicht von feinstem Staub bedeckten Salzkruste. Eine halbe Stunde später entdeckte er von weitem den ersten der beiden Koffer. Das Metall reflektierte die Sonnenstrahlen wie ein Spiegel.

Der Koffer war beim Aufprall aufgesprungen, die Lederbeutel lagen verstreut im Umkreis von zehn Metern herum. Tutuma sammelte die Beutel ein, löste von einem die Plombe und schaute hinein. Gelbgrauer Grieß, jeder Stein kaum größer als grober Sand. Vorsichtig biß Tutuma auf eins der Körner. Ein Stück Zahnschmelz splitterte ab. Industriediamanten. Zumindest hatte Feuchtenbeiner nicht gelogen.

Tutuma legte die Lederbeutel in den verbeulten Koffer und verschloß ihn notdürftig. Er würde die Koffer nicht mitschleppen können. In der Sonne waren sie von jedem Flugzeug aus weithin sichtbar.

Hundert Meter weiter nördlich fand Tutuma, inmitten der Salzkruste, eine kleine Mulde mit torfigem Boden. Er hob mit den Händen eine Grube aus, groß genug für beide Koffer. Den zweiten Koffer entdeckte er unweit vom ersten. Er hatte ein paar Dellen, war beim Aufprallen aber nicht aufgesprungen wie der andere. Tutuma verscharrte beide Koffer, sammelte anschließend zwei Dutzend faustgroße Steine und legte sie wie einen losen Wall um das Versteck. Nur für den Eingeweihten erkennbar, markierten die Steine in groben Umrissen die Landesgrenzen Zimbabwes mit dem charakteristischen Horn im Westen.

Als er damit fertig war, marschierte Tutuma nach Norden. Er hatte etwa achttausend Schritte in einer Art Dauerlauf zurückgelegt, als er fern im Osten eine Staubwolke entdeckte, die sich langsam auf ihn zu bewegte.

DIETER HAHN hatte das Fenster seines Anderthalbtonners hochgekurbelt, um nicht noch mehr Staub zu schlucken. Der Wind trieb den Staub, den die Räder aufwirbelten, vor sich her.

Es war heiß in der Fahrerkabine. Dieter wischte sich mit dem Handrücken über das Gesicht. Eigentlich hätte er seine Reise unterbrechen sollen. Der weiße Arzt, der aus Orapa nach Letlhakane gekommen war, hatte ihm Ruhe verordnet, damit er sich von den Prellungen und Schürfwunden, die ihm der Strauß zugefügt hatte, erholen konnte. Besonders die Wunde unterhalb der letzten Rippe, wo ihn der Strauß mit seiner Klaue getroffen hatte, sah schlimm aus. Aber er hatte sich schon nach einem Tag kräftig genug gefühlt, um weiterzufahren.

Der neue Ford hatte Dieter bisher nicht im Stich gelassen. Als er den Mopipi-Damm umfahren hatte, erwies sich die Straße wieder nur als eine kaum erkennbare Fahrspur. Er fuhr mit höchstens zwanzig Stundenkilometern. Seit einer Viertelstunde hatte er die Geschwindigkeit fast verdoppeln können. Der Boden war hier hart wie eine Schotterpiste.

Der Afrikaner vor ihm hockte am Rand der Fahrrinne und hob müde die Hand.

Dieter hielt an und kurbelte das Fenster herunter. „Hab ich Sie nicht schon mal gesehen?"

„Ja, vor zwei Tagen.“ Tutuma lächelte. „Nachdem Sie dem Strauß den Hals umgedreht hatten.“

„Natürlich, das waren Sie. Warum sind Sie in Letlhakane so schnell verschwunden? Ich konnte mich nicht mal richtig bedanken.“

Tutuma ging auf die Frage nicht ein. „Wo sind wir hier?“

„Das müßten Sie doch viel besser wissen.“ Dieter griff nach der Karte und stieg aus. „Vorhin bin ich an einem See vorbeigekommen. Da ungefähr. Aber auf der Karte ist kein See verzeichnet.“

„Sechzig Kilometer westlich von Orapa?“

„Ja.“

„Dann war es der Mopipi-Stausee. Den gibt's erst seit vier Jahren. Früher floß der Botletle in den Xau-See. Dann haben ihn die Leute aus Orapa umgeleitet in die Mopipi-Senke und eine Pipeline gelegt, aus der sie Orapa mit Wasser versorgen.“

„Dann befinden wir uns jetzt also auf dem Grunde des Xau-Sees?“

Tutuma nickte. „Früher gab es hier Großwild und Flamingos. Jetzt ist eine Salzwüste daraus geworden.“ Er hob ein paar Steine auf, schichtete sie und legte eine Art Wegweiser nach Süden, von wo er gekommen war. Dann kletterte er auf den Beifahrersitz. „Ist Ihnen unterwegs jemand begegnet?“

„Nur ein Afrikaner mit ein paar Ziegen.“

„Kein Landrover oder Hubschrauber?“

Dieter schüttelte verwundert den Kopf. Er holte eine Dose Fanta aus der Ablage. „Haben Sie Durst?“

„Danke.“ Tutuma riß den Verschluß auf und trank die lauwarme Dose mit einem Zug leer. „Können wir fahren?“

Erst jetzt fiel Dieter auf, daß der Afrikaner sich selbst als Mitfahrer eingeladen hatte. Wahrscheinlich war das so üblich in einem Land ohne öffentliche Verkehrsmittel. Der Schwarze machte einen gebildeten Eindruck, nicht nur weil er so gut Englisch sprach.

Ein paar Kilometer weiter brach Dieter das Schweigen. „Verstehen Sie was von Autos?“

„Nicht viel. Warum?“

Dieter deutete auf Tutumas Overall. „Hab Sie erst für einen Mechaniker gehalten.“

Tutuma ging nicht auf die versteckte Frage ein.

Der Ford machte einen Satz, daß Dieter fast mit dem Kopf an die Decke stieß.

„Springhasen", sagte Tutuma. „Sie bauen Löcher. Die müssen Sie langsam umfahren. Sonst kann die Achse brechen."

Die vegetationslose Salzsteppe war inzwischen wieder in Trockensavanne übergegangen, wo spärliche Dornbüsche wuchsen, Kletten und schütteres gelbbraunes Gras.

Der Afrikaner murmelte etwas Unverständliches. Als sich die Fahrspur gabelte, sagte er: „Sie müssen der linken Spur folgen. Rechts geht's zum Dorf."

Dieter blieb auf der linken Spur. Offenbar lag dem Afrikaner viel daran, schnell voranzukommen. Dieter wurde unbändig neugierig auf seinen namenlosen Beifahrer. Der Kerl stand im Overall auf dem ausgetrockneten Grund eines Sees und wußte nicht einmal, wo er sich gerade befand. Ohne Wasser, ohne Proviant. Verlaufen konnte er sich kaum haben. Die Afrikaner, denen Dieter auf seiner Reise bisher begegnet war, trugen alle ihr Herz auf der Zunge. Aber der hier war verschlossen wie einer, der etwas zu verbergen hatte. Dieter unternahm einen neuen Versuch: „Übrigens: Ich heiße Dieter."

Endlich brach der Afrikaner das Schweigen. „Europäer, die hierherkommen, sehen sich gewöhnlich die Victoriafälle an." Es klang wie eine Frage.

„Ich bin erst eine Woche in Afrika. In sieben Wochen soll ich eine Brigade in Ghanzi übernehmen. Wenn ich vorher Zeit habe, will ich unbedingt nach Zimbabwe rüber und die Fälle sehen."

„Warum nennen Sie Zimbabwe nicht Rhodesien, wie es alle Weißen tun?"

„Zimbabwe ist der afrikanische Name, und es ist doch ein afrikanisches Land."

Der Afrikaner nickte zustimmend, verharrte aber weiter in seiner Reserve. „Ich habe Hunger", sagte er schließlich.

Dieter fuhr den Anderthalbtonner ein Stück in den Busch hinein und hielt im Schatten einer hohen Dornakazie. Der Afrikaner sammelte Holz, während Dieter den Grill mit dem Wasserkessel aufstellte. Das verdorrte Holz brannte rauchlos wie Zunder.

Dieter füllte den Kessel aus dem Plastiktank. Die Sonne hatte das

Wasser so weit vorgewärmt, daß es in weniger als einer Minute kochte. Er holte Aufgußbeutel und zwei Emaillebecher und goß den Tee auf. Das trockene Weißbrot bröselte auseinander, als er es aufschnitt.

Der Afrikaner starrte unverwandt auf eine Staubwolke, die sich von Westen näherte.

Jetzt sah auch Dieter die Wolke. „Wer ist das?"

„Wer es auch sein mag, er wird anhalten und mit Ihnen sprechen wollen. Das ist hier üblich. Ich habe eine große Bitte: Erwähnen Sie mich nicht." Bevor Dieter etwas sagen konnte, fügte er rasch hinzu: „Und stellen Sie jetzt keine Fragen." Damit nahm er seinen Becher und verkroch sich hinter einem Baum in der Nähe.

Ein paar Minuten später entpuppte sich die Staubwolke als ein Landcruiser der botswanischen Polizei. Ein Sergeant in adretten Shorts und khakifarbenem Buschhemd grüßte: „Dumela Morena."

Dieter hob freundlich eine Hand: „Dumela."

„Wo kommen Sie her?"

„Aus Gaborone. Ich soll den Ford nach Maun bringen, im Auftrag des Ministeriums für Jugend und Erziehung."

„Der Weg nach Maun ist nicht leicht zu finden."

„Ich habe eine Karte. Da ist die Straße eingezeichnet."

„Eine Straße!" Der Sergeant blähte belustigt seine Backen. „Ein ausgetrocknetes Flußbett ist das. Wenn Sie mit einer Panne liegenbleiben, müssen Sie vielleicht wochenlang auf Hilfe warten. Wenn Sie in Rakops sind, melden Sie sich am besten bei der Polizei. Das große Camp am Ortseingang. Good bye. Sala sentle."

„Tsamaya sentle." Dieter war froh, eine der wenigen Phrasen anbringen zu können, die er in Deutschland gelernt hatte.

Als der Landcruiser entschwunden war, tauchte der Afrikaner hinter seinem Baum wieder auf. Er musterte Dieter mit einem langen Blick. Dann fragte er leise: „Sie haben mir eben geholfen? Warum?"

Dieter antwortete nicht sofort. Auch er brauchte Zeit, um sich über sein Motiv klarzuwerden. „Vielleicht habe ich gespürt, daß Sie Hilfe brauchen. Vielleicht, weil Sie mir auch geholfen haben nach dem Kampf mit dem Strauß. Vielleicht wollte ich Sie auch nicht gleich wieder verlieren. Als Partner, meine ich. Es würde mir Spaß machen, zusammen mit Ihnen ein Stück zu fahren."

„Sie sind Weißer. Ein Weißer tut nichts, was ihm keinen Vorteil bringt."

„Natürlich will ich von Ihnen profitieren." Dieter lächelte. „Ich bin nach Afrika gekommen, um zu lernen, und hoffe, daß ich durch Sie manches besser verstehen werde. Sie sehen also: Ich bin genauso egoistisch wie alle anderen Weißen. Noch einen Tee?"

Der Afrikaner hielt ihm den Becher hin. „Wir können gern ein Stück zusammen fahren."

„Wohin wollen Sie denn?"

„Ich weiß noch nicht."

„Irgendein Ziel müssen Sie doch haben."

Der Afrikaner schlürfte den Tee und verschlang heißhungrig eine Dose Corned beef. Er schien gründlich nachzudenken. Nach einer Weile fragte er: „Auf welcher Seite stehen Sie politisch?"

„Ich habe mich freiwillig zum Entwicklungsdienst gemeldet, um den Botswanern zu helfen, sich von der wirtschaftlichen Umklammerung durch Südafrika zu befreien."

„Da haben Sie sich etwas vorgenommen." Es war dem Afrikaner nicht anzusehen, ob er es ironisch meinte.

„Man hat mir gesagt, daß es in Ghanzi für die Absolventen der Volksschule zuwenig Plätze auf weiterführenden Schulen gibt. In meiner Brigade sollen sie ein Handwerk lernen. Maurer oder Tischler oder Farmer."

„Wozu?"

„Damit Botswana künftig mehr im eigenen Land produzieren kann und nicht alles aus Südafrika oder Zimbabwe importieren muß. Genügt Ihnen die Antwort?"

Der Afrikaner nickte.

„Gut, Sie wollen den Botswanern helfen. Würden Sie auch mir helfen, mir ganz persönlich?"

„Sie meinen, ob ich Ihnen helfen würde, sich vor der Polizei zu verstecken?"

„Zum Beispiel."

„Einem Verfolgten würde ich helfen, einem Kriminellen nicht. Abgesehen davon, hatte ich vorhin nicht den Eindruck, daß man Sie sucht."

„Der Fall kann sehr bald eintreten. Ich bin politischer Flüchtling aus Zimbabwe.“

„Warum soll man Sie dann hier suchen? Botswana steht doch auf der Seite der schwarzen Unabhängigkeitsbewegung.“

„Sie wissen sehr wenig von der Realität im Süden Afrikas. Sehen Sie sich doch mal die Landkarte an. Botswana ist umgeben von feindlichen Regierungen: Im Norden und Westen Namibia, das die Südafrikaner lückenlos kontrollieren. Im Süden Südafrika selbst, und im Osten Zimbabwe, das noch immer Rhodesien heißt und von dem Rassisten Ian Smith beherrscht wird. Es gibt eine einzige Eisenbahn, die von Botswana zu den südafrikanischen Häfen führt, und die gehört den weißen Rhodesiern. Wenn sich Vorster und Smith verabreden, Botswana den Zugang zur Außenwelt zu versperren, brauchen sie nur die Straßen und die Eisenbahn zu blockieren. In wenigen Wochen wäre Botswana ruiniert.“

„Aber Sie haben im Norden noch die Fähre über den Sambesi . . .“

„Nur eine Fahrrinne im Fluß, zwanzig Meter breit. Von beiden Seiten im Schußfeld der Rhodesier und der Südafrikaner. Keine Schraube kommt da aus Sambia herein, wenn es die Weißen nicht wollen. Botswana ist eine unabhängige Republik auf Widerruf. Die Südafrikaner haben ihre Finger überall drin, in der Minenindustrie, in der Wirtschaft, in den Behörden. Verstehen Sie jetzt, warum ich auch der botswanischen Polizei nicht trauen kann?“

„Sind Sie wirklich so wichtig für die Südafrikaner?“

„Ab heute oder morgen werde ich der meistgesuchte Mann im südlichen Afrika sein.“ Es war etwas in der Stimme des Afrikaners, das Dieter davon überzeugte, nicht nur einen Wichtigtuer vor sich zu haben. Die Umstände ihrer Begegnung waren obskur genug.

Der Afrikaner deutete auf seinen Overall: „Haben Sie was anderes für mich anzuziehen?“

Dieter holte seinen Koffer von der Ladefläche und reichte dem Afrikaner eine Cordhose und ein blaues T-shirt. Das Hemd paßte, aber die Hose war viel zu weit. Den zusammengeknüllten Overall warf Tutuma in einen Busch.

„Ich heiße Tutuma“, sagte er . „Es ist besser, wenn ich in Rakops nicht gesehen werde.“

„Sie können sich auf der Ladefläche unter die Decke legen."

„Wie eilig haben Sie es, nach Maun zu kommen?"

„Nicht sehr eilig."

„Ich fürchte, man wird überall nach mir fahnden. Außer vielleicht ganz tief in der Kalahari. Da kommt nie einer hin."

„Ka-la-ha-ri." Unternehmungslust blitzte in Dieters Augen auf. „Klingt nicht schlecht, das Wort. Irgendwie nach viel Sand und viel Abenteuer."

VI.

Aus der Vogelschau erinnerte der Platz entfernt an eine Goldgräbersiedlung. Feuchtenbeiner erkannte im Mondlicht acht Wellblechbaracken und eine Start- und Landepiste mit einem Windsack, der jetzt schlaff herabhing. Kurz nach zwanzig Uhr setzte der Pilot die King Air ohne Schwierigkeiten auf. Rasch hintereinander landeten auch die Mirage-Jäger.

Nachdem Feuchtenbeiner den Kommandanten des Flugplatzes, einen Major in Uniform, kurz über das Vorgefallene ins Bild gesetzt hatte, verschwand der in einer der Baracken, um über Sprechfunk vom Oberkommando der Luftwaffe weitere Instruktionen einzuholen. Fünf Minuten später kam er zurück. „Ich soll Sie nach Pretoria fliegen lassen. Den Gefangenen auch."

Der Pilot vertrat sich ungeduldig die Beine. „Wo sind wir eigentlich?"

„In Tsumkwe. Luftstützpunkt in Südwestafrika", antwortete der Major knapp.

Nachdem er sich gestärkt und erfrischt hatte, wartete auf Feuchtenbeiner und seinen Gefangenen eine aufgetankte Mirage, die ihn nach Pretoria bringen sollte. Der Pilot der King Air hatte Anweisung erhalten, bis zum nächsten Tag zu warten und dann nach Orapa zurückzufliegen. Er wurde vergattert, über den Vorfall absolutes Stillschweigen zu bewahren. Orapa hatte inzwischen dem Tower in Gaborone einen Motorschaden gemeldet und die gegen zwanzig Uhr vorgesehene Landung der King Air abgesagt.

In Pretoria tagte noch am späten Abend der Staatssicherheitsrat. Im Hinblick auf die außenpolitische Situation verfügte er die fugendichte Geheimhaltung des Vorfalls.

Nach außen hin sollte alles so weiterlaufen, als wäre nichts geschehen.

Gegen zwei Uhr morgens landete die Mirage mit Feuchtenbeiner und Moses auf dem Militärflugplatz von Pretoria.

Ein Mercedes wartete auf dem Rollfeld, ein schweigsamer Chauffeur fuhr Feuchtenbeiner und den Gefangenen mehr als eine Stunde durch die Nacht.

Feuchtenbeiner war auf endlose Konferenzen mit hohen Polizeioffizieren in der Zentrale der Sicherheitspolizei in Pretoria vorbereitet. Statt dessen fand er sich in einem Farmhaus wieder, mit einer fast privaten Atmosphäre, dem brennenden Kaminfeuer in einer kostbar möblierten Wohndiele, in der Gesellschaft von drei Männern in legeren Holzfällerhemden.

Einer von ihnen stand sofort auf und führte Moses hinaus. Der zweite, etwa sechzig Jahre alt, saß abseits und sprach zunächst kaum ein Wort.

„Das ist Heinz", stellte ihn der dritte vor, offenbar der Ranghöchste.

Feuchtenbeiner spürte den Händedruck des Chefs wie einen Schraubstock. „Freut mich, Sie kennenzulernen." Aber der kühle Blick aus den Vogelaugen des Mannes entlarvte seine Worte als leere Floskel. „Die Regierung hat beschlossen, daß die Untersuchungen inoffiziell geführt werden. Es hat keinen Orapa-Zwischenfall gegeben. Bitte, halten Sie sich daran. Meine Behörde hat den Fall übernommen. Ich bin General van Zyl vom Büro für Staatssicherheit." Er bot Feuchtenbeiner einen Sessel an. „Was wir zunächst benötigen, Jan, ist ein detaillierter mündlicher Bericht. Das Protokoll nehmen wir später auf."

Feuchtenbeiner rieb sich den Schweiß aus dem Nacken. Bestimmt ließen sie ein verstecktes Tonband laufen. Er bemühte sich, so exakt wie möglich die Einzelheiten des Überfalls wiederzugeben, ohne sich in Widersprüchen zu verheddern. Van Zyl hörte aufmerksam zu, ohne auch nur ein einziges Mal zu unterbrechen, und Heinz schrieb von Zeit zu Zeit mit.

Als Feuchtenbeiner fertig war, fragte van Zyl: „Und Sie haben keine Chance gesehen, die Männer zu überwältigen?"

„Sie hatten Dynamit. Der Anführer schien entschlossen, es anzuwenden."

„Woher haben die Hijacker wissen können, daß Sie ausgerechnet gestern mit vierhunderttausend Karat nach Gaborone fliegen wollten?"

„Ich halte es für einen Zufall", sagte Feuchtenbeiner. „Wahrscheinlich haben sie geglaubt, daß bei jedem Flug nach Gaborone Diamanten in den Koffern sind."

Van Zyl wechselte einen ausdruckslosen Blick mit Heinz. „Mir scheint die Sache aber doch generalstabsmäßig aufgezogen. Das unbemerkte Eindringen in die Sicherheitszone, das Dynamit, das Fluchtziel Angola. Das waren keine Kaffern, die einer alten Dame auf der Straße mal eben die Handtasche klauen. Das sind geschulte Terroristen. Mich erstaunt, ehrlich gesagt, Ihre Beurteilung der Situation. Für mich ist sonnenklar, daß die Täter einen Tip bekommen haben."

Feuchtenbeiner gestand sich ein, daß er einen taktischen Fehler gemacht hatte. „Ich bin nur ein Sicherheitsbeauftragter ohne strategische Ausbildung. Natürlich haben Sie von Ihrer Warte aus einen besseren Überblick."

Van Zyl lächelte dünn.

„Soweit ich informiert bin, wußten nur der Generalmanager und Sie von dem Transport."

„Und Laurens Hafner."

„Wer ist das?"

„Der Sicherheitsbeauftragte, dem das Recovery House untersteht."

Feuchtenbeiner sah, daß Heinz sich den Namen aufschrieb.

„Wann hat Hafner davon erfahren?"

„Als ich die siebenundachtzig Beutel im Tresorraum abholte. Er hat sie mir ausgehändigt, und ich habe den Empfang quittiert. Genau nach Vorschrift. Ich glaube, es war siebzehn Uhr achtundzwanzig."

„Also eine halbe Stunde vor dem Abflug." Van Zyl dachte ein paar Sekunden nach, seine Stirn kräuselte und glättete sich wieder schnell. „Um einen derartigen Coup vorzubereiten, braucht man mehr Zeit."

„Das Ganze muß ja nicht von Orapa ausgegangen sein."

„Was wollen Sie damit andeuten, Jan?"

„Bei der Anglo-American in Gaborone kann ja auch irgend jemand Bescheid gewußt haben. Und bei der Konzernspitze in Johannesburg ebenso."

Heinz machte sich Notizen.

„Wir werden das nachprüfen", sagte van Zyl. „Haben Sie jemals mit Dritten über den Termin gesprochen? Mit Ihrer Frau vielleicht?"

„Ich kenne meine Vorschriften genau. Meine Frau hatte keine Ahnung, daß wir gestern keinen Leerflug hatten."

Van Zyl schien sich mit dieser Antwort vorerst zufriedenzugeben. „Dieser Moses . . . haben Sie seine Personalien überprüft, bevor er eingestellt wurde?"

„Natürlich. Er ist seit drei Monaten Mechaniker auf dem Flugplatz."

„Und Sie haben den Mann als unbedenklich eingestuft?"

„Wir haben fast zweitausend Schwarze in Orapa, die habe ich nicht alle im Kopf. Ich müßte mir erst die Akte kommen lassen. Da fällt mir ein: Moses wird bestimmt schon in Orapa vermißt. Wie wollen Sie seine Abwesenheit erklären, wenn der Vorfall geheim bleiben soll?"

„Ist alles schon in die Wege geleitet. Moses ist entschuldigt, der Generalmanager ist eingeweiht. Übrigens – was halten Sie von Bill Scranton?"

„Mir steht über Mr. Scranton kein Urteil zu", antwortete Feuchtenbeiner steif.

„Sobald Sicherheitsaspekte berührt sind, steht Ihnen durchaus ein Urteil zu."

„Trotzdem möchte ich mich dazu nicht äußern. Sie müssen verstehen, ich bin mit ihm befreundet. Wir spielen jeden Morgen Tennis, aber wer kann einem anderen Menschen schon ins Herz sehen." Er glaubte, sich damit geschickt aus der Affäre gezogen zu haben.

Van Zyl drehte das Deckenlicht an und ging hinüber zu einem Tisch, auf dem eine Karte von Botswana lag. „Ich möchte gern, daß Sie mir zeigen, wo nach Ihrer Meinung der Anführer mit den beiden Koffern abgesprungen ist."

Feuchtenbeiner überlegte. „Es war dunkel, und ich weiß nicht genau, wie lange wir schon unterwegs waren. Vielleicht eine halbe

Stunde oder so.“ Er tippte mit dem Zeigefinger auf ein Gebiet etwa hundertfünfzig Kilometer nördlich der Absprungstelle. Er mußte unter allen Umständen verhindern, daß sie den Mann erwischten.

„Sind Sie sicher, daß es nicht weiter westlich war?“

„Es müßte ungefähr dort gewesen sein. Über den Makgadikgadi-Pfannen. Da gibt's nur Salzwüste im Umkreis von hundertachtzig Kilometern. Er kann also nicht weit gekommen sein.“

Van Zyl sah unzufrieden aus. „Nach der Meinung Ihres Piloten muß der Mann ungefähr hier abgesprungen sein.“ Er zog einen Kreis, in dessen Mittelpunkt der Xau-See lag.

„Es ging ein bißchen hektisch zu, verstehen Sie. Kann sein, daß ich mich da geirrt habe. Oder der Pilot. Wir waren froh, daß der Mann raus war. Da haben wir nicht mehr so sehr auf unsere Position geachtet.“

„Egal. Wir kriegen ihn. Seinen Namen wissen Sie nicht?“

Feuchtenbeiner schüttelte den Kopf. „Ich weiß nur, daß er sich Kgosi nennt. In Setswana heißt das soviel wie Chef. Ich habe ihn nie zuvor gesehen.“

„Geben Sie uns eine Beschreibung von dem Mann.“

„Ungefähr dreißig Jahre alt, höchstens ein Meter siebzig groß. Khakifarbener Overall. Tiefschwarze Hautfarbe, sehr hohe Stirn, stark gewölbt. Er machte einen gebildeten Eindruck. Sprach akzentfreies Englisch. Und sonst noch . . . Ja, einen Schnurrbart. So einen mit herabhängenden Spitzen.“

Van Zyl hielt einen Augenblick die Luft an. „Trug er vielleicht einen Ring aus Elfenbein am kleinen Finger?“

„Er hatte überhaupt nichts bei sich außer seinem Overall. Und einen Ring habe ich nicht gesehen. Haben Sie einen bestimmten Mann im Verdacht?“

Van Zyl winkte ab. „War nur so eine Idee.“ Er stand auf. „Es ist schon vier Uhr. Sie sollten noch ein paar Stunden schlafen, bevor Sie morgen nach Orapa zurückfliegen. Ein paar Leute von uns werden Sie begleiten. Oben ist ein Gästezimmer für Sie hergerichtet.“

In dieser Nacht kam keiner der Anwesenden auf der Farm zur Ruhe. Feuchtenbeiner nicht, der schlaflos seine Vernehmung rekapitulierte, um herauszufinden, ob ihm vielleicht ein Fehler unterlaufen war.

Moses nicht, der sich bei einem ersten Verhör durch einen Agenten des Bureau of State Security (BOSS) geweigert hatte, seine und die Identität von Kgosi preiszugeben, und im übrigen auf der wenig glaubhaften Version beharrte, der ihm bis dahin unbekannte Kgosi habe ihn erst wenige Stunden vor dem Überfall angeheuert.

Van Zyl und Heinz nicht, die anhand der dürftigen Fakten eine vorläufige Strategie ausarbeiteten: Vier BOSS-Agenten sollten mit einer Sondermaschine nach Orapa fliegen, um von dort aus die Fahndung nach dem flüchtigen Kgosi zu betreiben. Um unnötiges Aufsehen zu vermeiden, sollten sie als Sicherheitsinspektoren von *De Beers* auftreten, die routinemäßig die Anlagen von Orapa zu überprüfen hätten.

Nach dem Frühstück stattete van Zyl dem Gefangenen Moses einen Besuch ab.

„Meine Mitarbeiter haben mir berichtet, daß Sie mehr oder weniger zufällig in die Sache hineingeraten sind", sagte er jovial. „Ich glaube Ihnen das, Moses. Sie haben eine Dummheit begangen, Schwamm drüber. Aber wir müssen natürlich ein Protokoll über die Angelegenheit anfertigen. Am besten, Sie schreiben es selbst. Sie schildern Ihre Beteiligung an dem Überfall und versichern, daß Sie so etwas nie wieder tun werden. Wenn alle Formalitäten erledigt sind, lassen wir Sie frei."

Moses starrte den General ungläubig an. „Sie lassen mich laufen?"

Van Zyl lachte.

„Wir sind nicht die Unmenschen, als die uns die kommunistische Propaganda hinzustellen versucht."

„Ein Protokoll . . . Ich habe nur drei Jahre Englisch gehabt auf der Schule."

„Schreiben Sie es ruhig in Ihrer Stammessprache. Mit Ihren eigenen Worten, und so ausführlich wie möglich. Lassen Sie sich Zeit."

Nachdem ein Agent Kugelschreiber und Papier gebracht hatte, machte sich Moses mit großem Eifer an die Arbeit. Es konnte kaum schaden, wenn seine Darstellung aktenkundig wurde. Auch Tutuma würde sicher nichts dagegen haben. Und falls dieser weiße Mann glaubte, ihn hereinlegen zu können, hatte er sich geirrt. Er mußte nur stur bei seiner Geschichte bleiben.

Draußen wandte sich van Zyl an den Agenten, der Moses verhört hatte. „Sobald er mit dem Protokoll fertig ist, bringen Sie mir das Papier und nehmen ihn noch einmal in die Mangel. Dann aber richtig. Ich brauche seinen vollen Namen, seine Heimatadresse und alle Einzelheiten über seine Familie."

Als die Sonne nicht mehr so hoch stand, spannte der weiße Mann seinen schwarzen Regenschirm auf und kroch aus dem Schatten des Wassertanks etwas näher an den Drahtzaun heran.

Er trug zwar dieselbe Bezeichnung wie die echten weißen Männer – Monna sweu, was auf setswana weißer Mann bedeutete –, aber er war ein unechter Weißer. Ein Missionar, bei dem Monna sweu einiges Englisch lernte, hatte von Pigmentstörungen gesprochen und ihn einen Albino genannt.

Eines Tages schenkte ihm ein weißer Händler Geld für eine Ziege. Und bevor er Rakops verließ, erteilte er Monna sweu dafür einen Auftrag: Sobald sich irgend etwas Neues in Rakops ereignete, sollte es Monna sweu, auch wenn es noch so unwichtig erschien, über Sprechfunk an einen Mann in Francistown melden.

Kein Platz in Rakops schien Monna sweu zur Erfüllung seiner Aufgabe besser geeignet als der Zaun am Gefängnis-Camp, denn wenn etwas passierte oder sich gar einmal ein Fremder in das Dorf verirrte, erfuhr es die Polizei zuerst. So hockte er denn tagaus, tagein unter seinem Regenschirm und rührte sich nicht vom Fleck; es sei denn, um Beobachtungen nach Francistown zu melden oder um sich mit seiner Ziege zur Nachtruhe zu begeben, unten am ausgetrockneten Flußbett.

Monna sweu spähte in das Camp hinein, um besser verstehen zu können, worüber der Fremde mit dem Polizeichef plauderte. Vor zwei Stunden war der Fremde mit seinem Lastwagen vom Osten her nach Rakops gekommen. Seither sprach er auf englisch mit dem Captain, der unentwegt gestikulierte und mit dem Kopf schüttelte.

Der Fremde hatte einen Bart, seine Haut war voller Sommersprossen, das Kopfhaar glatt, die Lippen schmal und seine Augen hell. Er trug eine von diesen blauen Hosen mit blanken Knöpfen und ein kariertes Hemd. Er war ein richtiger Weißer. Wie stellten sie es nur an, daß ihre Haut, sobald sie der Sonne ausgesetzt wurde, nicht sofort wie Feuer zu glühen begann?

Es war jetzt etwas Wind aufgekommen, der die Unterhaltung des Polizeichefs mit dem Fremden deutlicher herübertrug, so daß der Albino die Worte besser verstehen konnte.

„Es ist bodenloser Leichtsinn", hörte er den Polizeichef sagen. „Erst im letzten Jahr sind drei Touristen mit einem Landrover in die Kalahari gefahren. Unterwegs hatten sie eine Panne, und alles, was wir nach Wochen gefunden haben, waren ihre abgenagten Skelette."

„Ich will ja nur ein kleines Stück hineinfahren", sagte der Fremde. „Der Ford ist neu, und außerdem habe ich einen Kompaß."

„Sie brauchen keinen Kompaß, Mr. Hahn, sondern einen Führer. In der Kalahari gibt es keine Straßen und keine Menschen. Ich gebe Ihnen einen Polizisten mit."

„Vielen Dank, Captain. Ich schaff das schon."

Bevor sich der Polizeichef verärgert abwandte, sagte er: „Füllen Sie vorher wenigstens Ihre Wasserbehälter. Damit können Sie Ihr Leben um ein paar Tage verlängern."

Dieter fuhr den Ford dicht an den Wassertank heran. Ein Polizist schloß einen Schlauch an den Hahn, aus dem das Wasser in die beiden halbleeren Reservetanks aus durchsichtigem Plastik hinüberfloß, die auf der Ladefläche festgezurrt waren. Nachdem der Polizist ihm auch noch ein paar Kannen Benzin in den Tank gegossen hatte, fuhr Dieter hinunter zum Bett des Botletle, der um diese Jahreszeit noch kein Wasser führt und wo Tutuma auf ihn wartete.

Den ganzen Tag lang waren Flugzeuge und Hubschrauber über den Makgadikgadi-Pfannen gekreist, ohne auf der weißgrauen Salzkruste auch nur die geringste Spur von Leben zu entdecken. Die Salzkristalle reflektierten die Sonnenstrahlen millionenfach. Ohne Wasser hätte der flüchtige Hijacker in der glühendheißen, schattenlosen Einöde wohl nur wenige Stunden überleben können. Nachdem der erste Tag seit dem Überfall ergebnislos verstrichen war, gab General van Zyl von seinem Hauptquartier aus Order an Orapa, die Flüge weiter nach Süden und Westen auszudehnen, bis nach Rakops hin und bis an den Nordrand der Kalahari.

Ein Zeichner hatte inzwischen nach den Angaben des Piloten, Feuchtenbeiners und van Zyls ein Phantombild angefertigt, das BOSS an seine sämtlichen Agenten und Spitzel in Botswana verteilen ließ.

Van Zyls tüchtigste Verhörspezialisten hatten Moses den ganzen Tag über in die Mangel genommen. Vergebens hatte sich Moses auf das Versprechen des Generals berufen, ihn nach der handschriftlichen Fixierung des Sachverhalts und nach Erledigung der Formalitäten laufenzulassen. Unter der Folter erwies er sich als erstaunlich schmerzunempfindlich.

Erst am Nachmittag gab der Gefangene zu Protokoll, er heiße Moses Nkala, sei Oberleutnant der rhodesischen Befreiungsarmee ZLA und wohne in Plumtree, einer kleinen rhodesischen Stadt an der Grenze zu Botswana.

General van Zyl erbat von den Kollegen der rhodesischen Special Branch II eine Bestätigung der Angaben Moses'. Am späten Abend kam die telefonische Antwort aus Salisbury: Ein Moses Nkala sei tatsächlich in Plumtree gemeldet, er arbeite jedoch zur Zeit als Flugzeugmechaniker in Botswana. Er sei verheiratet mit einer Lehrerin namens Naledi. Politisch oder kriminell sei er nie in Erscheinung getreten.

Van Zyl nahm sich Moses' handgeschriebenes Protokoll vor, das in Ndebele geschrieben war. Er studierte die Handschrift, zählte die Buchstaben und stellte zufrieden fest, daß alle wichtigen Vokale und Konsonanten in dem Protokoll vertreten waren.

Danach bestellte van Zyl den Leiter der Abteilung VI (Nationale Auswertung, Forschungen und Spezialstudien) zu sich. Er übergab ihm das Moses-Protokoll und einen Briefentwurf. „Den Brieftext möchte ich gern in Ndebele übersetzt haben, nicht wörtlich, nicht sinngemäß. Hauptsache ist, daß Handschrift, Grammatik, Diktion und Orthographie genau mit dem Protokoll übereinstimmen. Wird Ihr Labor das hinkriegen?"

Der Leiter der Abteilung VI bezeichnete dies als eine Lappalie für seine geschulten Graphologen und afrikanischen Sprachexperten.

Dann forderte van Zyl bei der Abteilung V (Personal und Verwaltung) einen Agenten vom Matabele-Stamm an, der BOSS ergeben war.

Gegen Morgen bekam er ihn. Er hieß Edson Mojo, war siebenundzwanzig Jahre alt, ledig und Wanderarbeiter.

Als der General kurz vor Mitternacht den schwarzen Agenten Mojo instruiert hatte, legte er sich mit dem beruhigenden Gefühl aufs Ohr, Gott habe ihm einen Plan gegeben, mit dessen Hilfe er einen der gefährlichsten Anschläge auf die herrschende Ordnung im Süden Afrikas abwenden könne.

Der BOSS-Agent Roger Niehoujs und seine drei Mitarbeiter wurden in Orapa mit etwa dem gleichen Enthusiasmus empfangen, den die Firmenleitung unangemeldeten Steuerfahndern entgegengebracht hätte. Aber da sie einen vage gefaßten schriftlichen Auftrag von De Beers in Johannesburg vorwiesen, sie sollten die Sicherheitseinrichtungen inspizieren, fand man sich bald mit ihnen ab. Nur Feuchtenbeiner, der mit ihnen im Flugzeug gekommen war, und Generalmanager Scranton waren in den wirklichen Zweck des Besuches eingeweiht. Und der inzwischen aus Tsumkwe zurückgekehrte Pilot der überfallenen Cessna King Air hütete sich wohlweislich, darüber zu sprechen. Er hielt sich an die offizielle Version, Feuchtenbeiner und er hätten den Flug nach Gaborone routinemäßig absolviert.

So nahm in Orapa alles seinen gewohnten Lauf. Es gab ein paar Fragen an die leitenden Manager, wer über die genauen Termine des monatlichen Diamantentransports nach Gaborone informiert sei, wer Zutritt zur roten Sicherheitszone habe, wer auf dem Flughafen arbeiten dürfe und welche Freundschaften Feuchtenbeiner pflege.

Als Niehoujs nach dem Lunch gerade mit Feuchtenbeiner die Personalkartei durchging, meldete der Pilot eines Suchflugzeugs über Funk, er habe in der nördlichen Kalahari einen Lastwagen gesichtet, in diesem Terrain gebe es für ein Flugzeug jedoch keine Landemöglichkeiten. Niehoujs ließ sich die genaue Position durchgeben – fünfundsiebzig Kilometer westsüdwestlich von Rakops. Dann rief er den Flugplatz an: „Der Pilot soll den Hubschrauber startklar machen. Wir fliegen in zehn Minuten."

„Ich hole nur schnell meine Elefantenbüchse", sagte Feuchtenbeiner.

„Für Sie ist kein Platz im Helikopter."

„Wenn wir ein bißchen zusammenrücken, geht's schon."

„Sie haben mich nicht verstanden. Ich habe Befehl, niemanden mitzunehmen."

„Das mag für Außenstehende gelten. Aber doch nicht für mich. Ich bin für die Sicherheit in Orapa zuständig –"

„Sie irren sich, Jan", unterbrach Niehoujs. „Seit gestern ist BOSS dafür zuständig." Er ließ Feuchtenbeiner stehen und fuhr hinüber zum Flugplatz.

Eine Stunde später hatte der Hubschrauber das beschriebene Gelände erreicht. Der Pilot zeigte auf einen grauen Punkt, der sich langsam durch das gelbe Elefantengras pflügte. Als sie auf fünfzig Meter heruntergegangen waren, erkannten sie, daß es der Lastwagen war. Auf dem Dach saßen zwei Schwarze.

Der Pilot setzte den Helikopter vorsichtig auf. Die Rotorblätter wirbelten, das mannshohe Elefantengras legte sich einladend nieder, ein paar Zebras, die in der Nähe geweidet hatten, galoppierten davon.

Der Pilot und Niehoujs entsicherten ihre Maschinenpistolen. Sie brauchten nicht lange zu warten, bis der Lastwagen heran war.

Der Lastwagenfahrer stoppte, kletterte aus der Kabine und sprang ins Gras. „Dr. Livingstone, wie ich annehme." Grinsend drückte er dem Piloten und dem konsternierten Niehoujs die Hände, noch bevor die ihre Maschinenpistolen beiseite legen konnten.

„Ich bin Jim Rockwell, das ist meine Frau Linda, und der da", – er deutete auf einen kleinen Mann, der mit seinem dichten schwarzen Bart, seinem langen Schopf aus Korkenzieherlocken, den er vergeblich mit einem roten Hippietuch zu bändigen versuchte, seiner Knollennase und seinen schwarzen freundlichen Augen wie ein Zwerg aus dem Märchen von Schneewittchen aussah – „der da scheint eine Art Ureinwohner der Kalahari zu sein. Sie können ihm ruhig die Hand geben, Gentlemen. Er ist gutartig."

„Ich bin Bob", sagte der Zwerg in reinstem Westküsten-Amerikanisch. „Dürfen wir Ihnen eine Tasse Tee anbieten?"

Niehoujs plinkerte ungeduldig. „Wer sind die Schwarzen da oben?"

„Der stille Mensch dort heißt Klick-Klack." Jim ließ zwei stimmlose Schnalzlaute hören.

„Klick-Klack?"

„Oder so ähnlich. Unser Führer. Buschmann. Spricht nur Buschmann-Dialekt. Und der andere da ist Dits. Er übersetzt uns, was Klick-Klack sagt."

Die beiden Schwarzen glichen nicht im geringsten dem Fahndungsbild, das van Zyl von dem Flugzeugentführer hatte zeichnen lassen. Niehoujs zog das Fahndungsbild aus der Brusttasche. „Haben Sie den zufällig getroffen?"

Bob musterte die Zeichnung. „Netter Mensch. Falls wir ihm noch begegnen – sollen wir ihm was ausrichten?"

Niehoujs riß ihm barsch die Zeichnung aus der Hand. „Was suchen Sie hier überhaupt?"

„Buschmänner – was denn sonst. Wir sind Archäologen. Amerikaner." Jim wandte sich indigniert an seine Frau. „Da freut man sich wie ein Kind, nach drei Wochen endlich wieder einen Menschen zu treffen. Und dann – so was."

Niehoujs und der Pilot räumten das Feld. Stirnrunzelnd blickte Jim dem davonfliegenden Helikopter nach. „Der Kerl hatte eine Fresse wie der Scheißbulle, der uns bei der Vietnam-Demonstration auf dem Campus zusammengeschlagen hat."

Nach einer kurzen Rast setzten sie ihre Reise fort. Die Fahrspur nach Rakops, seit Jahren nicht mehr benutzt, war kaum zu erkennen. Sie behalfen sich mit dem Kompaß und vor allem mit den Hinweisen des Buschmannführers, der buchstäblich jeden Strauch in dieser Einöde zu kennen schien.

Sobald sie vom Weg nach Rakops abzuweichen drohten, schlug Klick-Klack mahnend mit der flachen Hand auf das Verdeck der Fahrerkabine und brachte sie wieder auf den richtigen Kurs.

Gegen Abend stieß Klick-Klack den Dolmetscher an und stieß ein paar Schnalzlaute aus.

Dits zeigte nach Osten. „Er sagt: ‚Besuch kommt.'"

Jetzt hörten auch die Amerikaner in der Ferne das Singen eines Motors, der sich im Geländegang durch die Steppe quälte. Dann brach Dieters sandfarbener Ford wie ein Büffel durch das Gestrüpp und blieb zwanzig Meter vor ihnen stehen.

Dieter winkte. „Hallo."

„Hallo", antwortete Bob.

Sie gingen aufeinander zu, und Bob reckte seine ein Meter sechzig zu voller Länge. „Sind Sie Polizist, Steuerbeamter, Bure?"

Dieter lachte. „Ich heiße Dieter Hahn und bin Deutscher."

Bob grinste. „Mach dir nichts draus, Dieter. Ich kenne sogar sympathische Japaner."

Linda kam herbeigeeilt. „Bob meint das nicht so. Der hält das für Humor."

„Fährst du ganz allein hier spazieren, Dieter – oder was?" fragte Bob.

„So was Ähnliches. Bin freiwilliger Entwicklungshelfer, brauche aber erst in ein paar Wochen in meinem Projekt zu erscheinen." Dieter zögerte, dann rief er zu seinem Ford hinüber: „Tutuma, komm raus! Die Leute sind okay." Tutuma wickelte sich aus einer Decke und kletterte von der Ladefläche.

„Die Südafrikaner sind hinter ihm her", sagte Dieter.

Dits, der mit Klick-Klack gerade das Feuer schürte, hielt sich mit einer Geste zwischen Erschrecken und Ehrerbietung die Hand an die Brust.

Tutuma warf Dieter einen vorwurfsvollen Blick zu. „Du bist unvorsichtig."

„Vor denen brauchst du dich nicht zu verstecken."

„Es sind Weiße." Bevor er sie begrüßte, wechselte Tutuma ein paar Worte in Setswana mit Dits. Danach schien er eine Spur entspannter. „Also Wissenschaftler seid ihr?"

„Archäologen. Wir suchen Buschmänner."

Tutuma verzog das Gesicht. „Masarwa sucht ihr. Wozu?"

„Sie sollen noch heute so leben wie unsere Vorfahren in der Steinzeit. Wir finden, das ist eine faszinierende Aufgabe für Wissenschaftler, die letzten Menschen zu erforschen, die noch in voller Harmonie mit der Natur leben."

„Masarwa haben keinen Platz mehr im modernen Afrika. Sie lernen nichts, und sie wollen nichts lernen. Sie sind unnütz."

Bob knetete grollend seinen Bart. „Ich kenne jedenfalls kein Volk, das unter Lebensbedingungen, wie die Buschmänner sie in der Kalahari vorfinden, existieren könnte."

„Schakale können auch in der Kalahari überleben."

„Es sind aber keine Schakale, sondern Menschen, Afrikaner wie ihr!" rief Dieter. „Und ihr habt sie in diese trostlose Steppe verjagt, so wie die Buren euch verjagt haben."

„Du wirst uns doch nicht mit diesen Wilden vergleichen wollen."

„Du nennst sie Wilde, und die Buren nennen euch Wilde. Ich bin gegen jeden Rassismus. Auch gegen euren."

„Du bist ein Romantiker wie viele Weiße, die hierherkommen, um uns zu lehren, wie wir leben sollten. Aber was verstehst du schon von Afrika? Du bist gerade erst zehn Tage hier. Wir brauchen keine Lehrmeister aus den USA oder aus Europa. Wir wollen so leben, wie wir es für richtig halten. Wenn ihr uns unbedingt helfen wollt, dann gebt uns Waffen. Auf eure Ideologien können wir verzichten."

„Schluß mit der Politik!" rief Linda. „Das Essen ist fertig."

Die Männer holten sich von Linda je einen Schlag Stew, und nach dem kräftigen Gericht aus Kartoffeln, Paprika und Corned beef gab es für jeden noch einen Emaillebecher voll Nescafé mit Trockenmilch und Zucker. Nach dem Kaffee schüttete Jim in den ausgewaschenen Kochtopf ein paar Hände voll Maiskörner, die knarrend in siedendem Öl explodierten. Aus den Körnern wurde flockiges Popcorn, und alle griffen zu.

Nur Klick-Klack hielt sich scheu abseits. „Er ist schon drei Wochen bei uns", sagte Bob. „Aber meinst du, der läßt einen von uns an sich herankommen? Irgendwo hat er eine besondere Art von Würde, obwohl er längst domestiziert ist. Ein schwarzer Rinderzüchter hat ihn uns für die Expedition abgetreten. Sonst arbeitet er das ganze Jahr für eine Decke, täglich etwas Maisbrei und eine Handvoll Tabak. Es gibt keine billigere Arbeitskraft als einen Buschmann. Sogar ein Esel kostet mehr Unterhalt."

Klick-Klack schaute zu ihnen hinüber aus seinen klaren Antilopenaugen, in denen weder Freundschaft noch Mißtrauen zu lesen war. Er trug einen Umhang aus undefinierbaren Fetzen gegerbter Tierhaut. Seine Haut schien eine Nummer zu groß geraten, wie bei einem jungen Hund.

„Wenn sie nach wochenlangem Fasten ein Stück Wild erlegen", sagte Bob, „dann schlagen sie sich den Bauch voll, bis die runzlige Haut prall und glatt wird. Niemand kann soviel auf einmal essen wie ein Buschmann. Du mußt sie mal sehen am Ende der wildreichen Regenzeit. Dann sehen sie aus wie kleine Tonnen. Von dem Fett, das sie gespeichert haben, zehren sie dann den ganzen Winter."

Die kleine Gestalt des Buschmanns war athletisch proportioniert mit fein modellierten Händen und Füßen. Sein Gesicht mit den winzigen Ohren und den schrägstehenden Augen über den hohen Backenknochen hatte einen ausgeprägt mongolischen Zug.

„Habt ihr wildlebende Buschmänner getroffen auf eurer Expedition?"

Bob zupfte verdrossen an seinem Bart. „Wir hatten Pech. Drei Wochen und kein Buschmann. Entweder sind sie uns ausgewichen, oder wir sind nicht tief genug in die Kalahari eingedrungen. Wir haben die falsche Jahreszeit erwischt. Dieses gottverdammte Elefantengras ist reif geworden, und ein paar tausend Samen haben sich in den Kühlerlamellen unseres Datsuns festgesetzt. Der Grill war verstopft, der Motor überhitzt. Anhalten, auskühlen lassen, den Grill ausbauen, mit der Drahtbürste säubern, mit unserem kostbaren Trinkwasser ausspülen und mit der Luftpumpe durchblasen. Und das drei-, viermal am Tag. Das nervt, Mann! An manchen Tagen haben wir keine dreißig Kilometer geschafft. Und wie seid ihr vorangekommen?"

„Wir sind erst heute früh von Rakops gestartet. Über Mittag haben wir wegen des Flugzeugs die Karre stehenlassen und Gestrüpp und Savannengras darübergelegt, damit man sie aus der Luft nicht gleich erkennt."

„Hatten die es auf euch abgesehen?"

„Klar, auf wen denn sonst", knurrte Jim. „Sie haben uns ja das Fahndungsfoto von Tutuma unter die Nase gehalten."

Tutuma blickte alarmiert auf. „Ein Fahndungsfoto?"

„Es war eine Zeichnung. Ich habe Tutuma erkannt. Was hast du denn ausgefressen? Hühner geklaut?"

„Es ist politisch", sagte Dieter.

„Uns haben sie auch mal wegen der Politik gesucht, weil wir gegen den Vietnamkrieg waren. Heute weiß jeder, daß wir damals recht hatten, aber die Patrioten sind die anderen, die uns zusammengeknüppelt haben."

Äußerlich wirkte Jim so vertrauenerweckend wie ein Bandit aus einem Italowestern, mit seinem abenteuerlich verbeulten Schlapphut, seinen zerrissenen Jeans, seinem grauen T-shirt und dem Vollbart, der bei jeder heftigen Kopfbewegung staubte wie ein Mop. Aber in seinen

Augenwinkeln verbargen sich unter der Dreckkruste Humor und Humanität. „Brauchst keine Angst zu haben, Tutuma. Wir haben damals Deserteure versteckt, und wir werden auch dich nicht in die Pfanne hauen. Und sei es nur, weil wir grundsätzlich was gegen Bullen haben. Mir fällt da was ein. Wir fahren morgen zurück zu unserem Basis-Camp in der Nähe von Nata. Sollen wir Tutuma mitnehmen?“

Tutuma überlegte ein paar Sekunden. „Jetzt ist es noch zu gefährlich für mich. Ich kann mich nicht unter Menschen wagen.“

„Wie lange wolltet ihr hierbleiben?“

„Ein paar Tage. Eine Woche vielleicht.“

„Seid ihr überhaupt auf so was eingerichtet? Habt ihr genug Wasser?“

„Ich glaube schon“, sagte Dieter.

„Habt ihr zu essen?“ fragte die praktische Linda, die sich gerade nach dem Zähneputzen den Mund ausspülte und mit dem Rest des Wassers aus dem Emaillebecher vorsichtig ihren Waschlappen benetzte, um damit den gröbsten Staub aus ihrem runden Gesicht zu wischen. Unter der Staubschicht kamen ein paar Sommersprossen zum Vorschein.

„Wir sehen uns das morgen früh mal genauer an“, entschied Jim. „Auf alle Fälle können wir euch ja Lizzy dalassen.“

Linda funkelte ihn entrüstet an. „Du willst ihnen Lizzy geben! Sie kriegen von uns, was sie wollen, aber Lizzy wird nicht geschlachtet!“

„Das ist doch sentimentaler Unsinn, Linda“, sagte Jim. „Dafür haben wir sie ja schließlich mitgenommen.“

„Wer zum Teufel ist Lizzy?“ fragte Dieter.

Bob zeigte auf die angepflockte Ziege. „Unsere lebende Speisekammer.“

„Wo schlaft ihr?“ wollte Jim wissen.

„Ich habe einen eigenen Schlafsack. Eure Leute vom Peace Corps haben mir in Gaborone Gepäck für ihre Freiwilligen in Maun mitgegeben. Da ist auch ein Schlafsack dabei. Tutuma hat ihn schon letzte Nacht benutzt.“

„Mein Zelt reicht für drei“, sagte Bob.

Jim löschte die glimmenden Reste des Feuers mit Sand, während Dieter Bob half, das Zelt aufzustellen. Jeder erhielt von Linda noch ein viertel Liter Wasser zum Waschen und Zähneputzen zugeteilt, bevor sie in ihre Schlafsäcke krochen.

Dieter legte sich draußen in den noch warmen Sand, und Klick-Klack hielt sich, wie immer, ein Stück abseits.

Ein Löwe brüllte, und irgendwo in der Nähe stimmten Hyänen einen schaurigen Kanon an, und Lizzy ließ ein dünnes ängstliches Mekkern vernehmen.

Jim und Bob überließen Dieter die Hälfte ihres Proviants und ihrer Reiseapotheke und einen Sack mit unfermentiertem Tabak. „Damit wollten wir eigentlich bei den Buschmännern gut Wetter machen", sagte Jim. „Jetzt haben wir keine Verwendung mehr dafür. Falls ihr durch Zufall auf Buschmänner stoßen solltet, könnte euch der Knaster nützlich sein."

Jim nahm ihnen das Versprechen ab, sie in ihrem Basis-Camp zu besuchen, sobald die Luft rein sei, und zum Schluß sagte er sehr ernst: „Aus der Kalahari sind schon viele nicht mehr zurückgekehrt. Ohne Führer wärt ihr ein Festschmaus für die Geier. Deshalb möchten wir euch Klick-Klack vererben. Er wird euch sicher wieder herausbringen."

Bob band die angepflockte Ziege los und drückte Tutuma wortlos das lose Ende der Leine in die Hand.

„Ach ja, Lizzy", sagte Jim. „Ich habe mit Linda noch mal darüber gesprochen. Sie meint auch, daß Lizzy bei euch gut aufgehoben ist."

Als sie in ihren Datsun Patrol einstiegen, warf Linda einen tränenfeuchten Abschiedsblick auf die gleichmütig wiederkäuende Ziege, dann einen beschwörenden auf Dieter. „Aber ihr dürft Lizzy wirklich nur dann aufessen, wenn ihr kurz vor dem Verhungern seid."

Dann brach sich der Datsun, mit Jim, Bob und Linda im Fahrerhaus und Dits auf dem Dach, Bahn durch die Dornbüsche und verschwand bald in einer Staubwolke.

Dieter und Tutuma sahen ihnen eine Weile schweigend nach. Klick-Klack hockte auf dem Boden, passiv wie immer, und Lizzy wandte sich mit kläglichem Meckern wieder den Gräsern zu.

VII.

KURZ vor sechzehn Uhr rollte der Zug der Rhodesia Railways auf dem Bahnhof von Plumtree ein. Plumtree machte nicht den Eindruck eines Ortes, der viel Kurzweil bieten könnte. Eine Teerstraße mit trostlosen Häusern, zwei Tankstellen, ein Gemischtwarenladen, ein Konfektionshaus mit verstaubten Schaufensterdekorationen, ein Postamt, eine Polizeistation und am Ende der Straße die von Militär bewachte Internatsschule für die Kinder der weißen Farmer.

Edson Mojo und Johan Vermaak waren die einzigen Passagiere, die in Plumtree aus dem Zug stiegen, Vermaak aus einem der bequemen Erste-Klasse-Abteile, Mojo aus einem der vierten Klasse. Unterwegs hatten sie sich strikt an General van Zyls Anweisung gehalten, jeden Kontakt miteinander zu vermeiden. Schließlich hatten beide, der schwarze Agent und sein weißer Führungsoffizier, ihre Instruktionen schon vor der Abreise auswendig gelernt.

Während Vermaak sich dem einzigen Hotel hundert Meter neben den Gleisen zuwandte, machte Mojo sich mit seinem Bündel auf die Suche nach einem Wagen, der ihn zu dem schwarzen Wehrdorf mitnahm. Außerhalb von Plumtree wurde er von einem Lastwagen, vollbesetzt mit schwarzen Landarbeitern, mitgenommen. Von abends sechs bis morgens sechs wurden die Schwarzen in das Wehrdorf eingeschlossen, um sie, wie die rhodesischen Behörden vorgaben, vor Überfällen der Terroristen zu schützen. Alles Leben in diesem riesigen, von hohen Zäunen und Wachtürmen umgebenen Lager mit den provisorischen Hütten aus Lehm und Elefantengras spielte sich innerhalb des Zaunes ab, selbst der Gottesdienst und der Schulunterricht, und wer nach achtzehn Uhr außerhalb des Lagers angetroffen wurde, riskierte, von einem weißen Wachsoldaten abgeknallt zu werden wie ein Schakal. Ein Lastwagen brachte sie morgens zur Maisernte auf die umliegenden Farmen und abends zurück.

Die weißen Wachmänner am Eingangstor stellten keine Fragen. Als Mojo seine Identitätskarte vorzeigte, die ihn als Wanderarbeiter auf der Heimreise aus den südafrikanischen Goldminen auswies, winkten sie ihn durch.

Es war für Mojo ein Kinderspiel, Naledi Nkalas Hütte zu finden. Die junge Lehrerin war im Wehrdorf überaus beliebt, und jedermann konnte ihm den Weg zu ihr weisen.

Mojo fand sie vor ihrer runden Lehmhütte im Zentrum des Dorfes, wo sie, umgeben von Kindern, aus ihrem Kofferradio Musik hörte.

„Ich bin Edson Mojo. Schick die Kinder weg. Ich habe dir eine Botschaft zu überbringen."

Als die Kinder fort waren, gingen sie in die Hütte, und Mojo nestelte einen zusammengefalteten Zettel aus seinem Brustbeutel. „Lies das, Naledi."

Naledi las halblaut den in Ndebele geschriebenen Brief. „Nimm den Überbringer dieses Schreibens auf. Er hat mein Vertrauen. Es ist etwas schiefgegangen. Sobald ich kann, werde ich mich bei Dir melden, aber im Augenblick muß ich mich versteckt halten. Es ist wichtig, daß der Überbringer eine Botschaft von mir an meine Freunde weitergibt. Zeig ihm bitte den Weg. Es lebe die Freiheit von Zimbabwe! Dein M."

Sie hielt das Papier prüfend gegen das Feuer. In ihrem Gesicht wechselten Sorge, Zweifel und Erleichterung. „Es ist seine Schrift, und es sind seine orthographischen Fehler", sagte sie schließlich. „Wo hält Moses sich versteckt?"

„In Angola. Ich habe ihn in Balundaland getroffen, an der Grenze nach Zaire. Er kann dort nicht weg. Die Unita kontrolliert das Gebiet. Außerdem sind die Südafrikaner hinter ihm her. Aber ich soll deinen Freunden etwas ausrichten, es ist dringend."

Eine steile Falte erschien auf ihrer glatten Stirn. Sie hatte ein flächiges breites Gesicht mit wachen schwarzen Augen und ihre kurzen Haare zu einem Geflecht kunstvoller Zöpfchen arrangiert. „Warum nicht mir – ich bin seine Frau."

„Für dich hat er mir nur den Brief gegeben."

„War er allein?"

„Ja."

„Kein Freund bei ihm? Vielleicht ein Mann mit einer hohen Stirn?"

„Es stimmt, er hat von einem Freund erzählt. Er nannte ihn Kgosi, und er hat von irgendwelchen Koffern gesprochen und von einem Flugzeug, das an einer falschen Stelle gelandet sein soll."

„Und wo ist Kgosi?"

„Wenn ich richtig verstanden habe, ist er mit den Koffern verschwunden. Mehr darf ich dir nicht verraten."

Naledi sprang auf. „Warte hier." Sie lief davon und kehrte zehn Minuten später mit einem älteren Matabele, einem Bantuneger aus dem Matabele-Stamm, zurück.

Der Matabele gab sich keine Mühe, seinen Argwohn zu verbergen. Ohne sich vorzustellen, nahm er Mojo sofort ins Kreuzverhör: „Hast du Moses schon vorher gekannt?"

„Nein. Ich hab ihn zufällig dort getroffen. Er hat mich angesprochen. Er sah gehetzt aus, so als würde er gejagt."

„Wie kommt es, daß Moses ausgerechnet zu dir Vertrauen gefaßt hat?"

„Ich bin Mitglied des *African National Congress* in Soweto. Mehr darf ich nicht sagen." Mojo öffnete sein Hemd und entblößte seine Brust. An einem Elefantenhaar, das er um den Hals trug, baumelten vier Pavianzähne.

Der Matabele lächelte wie erlöst und entblößte seinerseits die Brust. Er trug ein gleichartiges Amulett, das geheime Erkennungszeichen des African National Congress. Er umarmte Mojo.

Auch Naledi war beruhigt. „Entschuldige mein Mißtrauen, Edson", sagte sie. „Der Brief kam mir so . . . merkwürdig vor. Es ist Moses' Handschrift und auch seine Diktion. Aber Moses ist ein zärtlicher Ehemann, und bisher hat er in keinem Brief vergessen zu erwähnen, daß er meine Augen liebt, weil sie so sanft blicken wie die einer Gazelle." Sie sah verlegen zur Seite.

Mojo war auf diesen Einwand gefaßt. „Er fürchtete, daß man mich unterwegs aufgreifen und den Brief finden würde. Deshalb keine Anrede und keine Worte, die auf den Empfänger hätten hindeuten können."

„Das leuchtet mir ein", sagte der Matabele. „Aber nun Schluß mit dem Versteckspiel, Bruder. Was ist mit Moses wirklich geschehen?"

„Ich sagte schon, er war auf der Flucht. Was er mir sonst noch anvertraut hat, das darf ich eigentlich nur seinem Chef erzählen."

„Das verstehe ich nicht ganz", sagte der Matabele. „Der Chef war doch mit ihm in Angola."

„Meinst du den Mann, den er Kgosi nannte?"

„Ja. Kgosi ist Tutuma."

Mojo spürte, daß er allmählich zum Kern vordrang. „Dann ist Tutuma also der Mann, mit dem er das Flugzeug aus Orapa entführt hat . . ."

„Ja", antwortete der Matabele ungeduldig. „Hat er dir nicht erzählt, warum Tutuma nicht mehr mit ihm zusammen war?"

„Er hat es mir erzählt." Mojo kratzte sich unschlüssig am Kopf. „Aber ich darf es nur seinem Chef persönlich berichten, niemandem sonst."

„Er wird January gemeint haben", sagte Naledi. „Du mußt morgen nach Botswana. Nach Francistown. Ich geb dir eine Botschaft mit für January. Das ist sein Kriegsname. In Wirklichkeit heißt er anders. January ist der zweite Mann in unserer Bewegung, eine Art Generalstabschef."

„Wann geht der Zug nach Francistown?"

„Ihr könnt den Zug nicht nehmen. Ihr müßt zu Fuß über die Grenze."

„Ihr? Kommt jemand mit?"

„Ungefähr zwanzig Kinder aus meiner Schule. Ich vertraue sie deiner Obhut an." Und als er sie verständnislos ansah, sagte sie: „Die Kinder wollen an Tutumas Seite kämpfen. Ich nehme nur die älteren. Immer dann, wenn sich ein zuverlässiger Begleiter findet, schicke ich Rekruten nach Botswana."

„Wo soll ich die Kinder abliefern?"

„Bei January. Der bringt sie ins Ausbildungslager in Botswana. Im Busch."

„Erlaubt das die Regierung von Botswana?"

„Das ist keine Aktion, bei der wir irgendwelche Regierungen um Erlaubnis fragen können."

Am nächsten Morgen verließ Naledi mit achtzehn Schulkindern, vierzehn Jungen und vier Mädchen im Alter von dreizehn bis siebzehn Jahren, das Wehrdorf, zum praktischen Botanikunterricht, wie sie dem weißen Posten am Tor erläuterte. An dem vereinbarten Platz außer Sichtweite der Posten stieß Mojo zu ihnen. Nach zweistündigem Fußmarsch durch den Busch übergab Naledi ihm ein Säckchen mit Maismehl. „Für den Fall, daß ihr unterwegs Hunger bekommt. Wir sind jetzt in Botswana. Bis Francistown sind es noch ungefähr fünfzig Kilometer." Sie zeigte nach Südwesten. „Am besten haltet ihr euch an die Bahnlinie. Geht einfach den Schienen nach."

Bevor sie zurückkehrte in ihr Dorf, drehte sie sich noch einmal um. „Paß gut auf die Kinder auf, Edson. Sie ziehen in den Krieg."

JAN FEUCHTENBEINER hatte einen und einen halben Tag die Sohle des ausgetrockneten Xau-Sees nach dem Hijacker abgesucht, ohne Erfolg. Dabei war er sicher, in der richtigen Gegend gesucht zu haben. Bevor er gestern früh von Orapa gestartet war – angeblich zu einem Jagdurlaub im Moremi-Wildpark –, hatte er noch einmal gründlich nachgerechnet. Die Flugzeit von Orapa bis zum Absprung des Hijakkers, die Fluggeschwindigkeit und der Kurs – alle Daten ergaben immer wieder, daß nur ein Gebiet von höchstens fünfzig Quadratkilometern in Frage kam. Und wie weit kam ein Mann zu Fuß mit achtzig Kilogramm Gepäck? Da war freilich die Fahrspur von Orapa nach Rakops, die das Gebiet durchschnitt. Ein Komplize hätte den Mann unterwegs in seinem Wagen mitsamt den Diamanten erwartet haben können. Aber der Hijacker wollte das Flugzeug ja nach Angola dirigieren, das plötzliche Auftauchen der Mirage-Jäger war unvorhersehbar, auch der Absprung mit dem Fallschirm im Dunkeln.

Mehr Sinn ergäbe die Sache, wenn der Diamantenräuber bald nach dem Absprung auf einen Wagen gestoßen wäre, der ihn aufgelesen hätte. Ein Wagen auf dem Weg nach Rakops.

Feuchtenbeiner schloß die Augen, um sich besser konzentrieren zu können. Da war doch jemand, der nach Rakops wollte. Am Osttor von Orapa. Ein freiwilliger Entwicklungshelfer aus Deutschland, der einen Passierschein forderte, weil er keine Lust hatte, den holprigen Weg außen herum zu nehmen. Ein sandfarbener Anderthalbtonner.

Der erste Mensch, den Feuchtenbeiner in Rakops sah, war der Albino. Monna sweu hockte wie immer mit seiner Ziege unter seinem aufgespannten Regenschirm am Zaun des Polizeicamps, im langen Schatten, den der Wassertank um diese Tageszeit warf; denn es war Abend.

Feuchtenbeiner brachte seinen Range Rover zum Stehen und stieg aus. „Gibt's hier so was wie ein Hotel oder eine Bar?"

Monna sweu schüttelte den Kopf.

„Wo kann ich erfahren, ob mein Freund schon da ist?"

„Ich kann sagen. Wenn Fremder kommt, fährt hier vorbei."

„Ein Schwarzer mit einer hohen Stirn . . ."

„Kein fremder Schwarzer hiergewesen. Aber großer Vogel, der brüllt und pfeift und trägt zwei weiße Männer." Der Albino ließ seine Arme über dem Kopf kreisen. „Macht Wind, und Wind macht viel Staub. Haben nicht gefunden weißer Mann mit Lastwagen."

Feuchtenbeiner hob den Kopf. „Welche Farbe hatte der Lastwagen?"

„Farbe wie Sand."

„Ist der Mann allein in die Kalahari gefahren?"

„Polizeichef schimpfen, weil allein gefährlich. Aber Dits sagt, weißer Mann nicht allein. Dits hat gesehen, schwarzer Mann bei weißer Mann mit Lastwagen in Kalahari."

Feuchtenbeiner zwang sich zur Ruhe. „Wo hat er sie gesehen?"

Der Albino deutete nach Südwesten. „Sonntagspfannen."

Feuchtenbeiner ging zu seinem Range Rover und holte einen Stapel Landkarten. Er suchte eine Weile, dann blieb sein Zeigefinger auf einem Punkt westsüdwestlich von Rakops stehen.

„Hast du gehört, wohin sie wollen?"

Der Albino schüttelte den Kopf. Feuchtenbeiner schenkte ihm eine Zigarette.

Unten am Fluß schlug er sein Lager auf. Er schlief nicht sehr lange. Im ersten Morgengrauen startete er den Range Rover, und zehn Minuten später hatte er die letzten Hütten von Rakops hinter sich gelassen.

Er hatte keine Zeit mehr zu verlieren. Wenn der Hijacker erst den BOSS-Agenten in die Hände fiel, würden die ihn sehr bald zum Sprechen bringen.

Feuchtenbeiner strich über den glatten, kalten Lauf seiner Elefantenbüchse. Er würde eine sichere Hand brauchen.

DEN ganzen Tag über hatten sich Dieter und Tutuma am Steuer abgelöst. Es gab längere Strecken, wo die Springhasen so viele Löcher gegraben hatten, daß der Buschmann, die Augen auf den Boden gerichtet, vorauslaufen mußte. Dennoch rumpelte der Anderthalbtonner von Zeit zu Zeit in ein Loch, die Erschütterung ließ sie jedesmal von ihren Sitzen so jäh emporschnellen, daß sie sich am Dach der Fahrerkabine die Köpfe stießen.

Stunde um Stunde lief Klick-Klack wie ein Jagdhund voraus mit langen Schritten und vornübergebeugtem Rumpf, und Dieter fragte sich mit wachsender Sorge, wie lange es wohl dauern mochte, bis der Buschmann erschöpft umfiel. Doch Klick-Klack ließ keine Anzeichen von Müdigkeit erkennen.

Je tiefer sie in die Kalahari eindrangen, desto karger wurde die Vegetation. Die Mopanebäume mit ihren ledrigen Zwillingsblättern hatten längst aufgehört, die Büsche reichten gerade noch bis zur Kühlerhaube des Fords, viele von ihnen waren verdurstet, entlaubte, grauweiß bizarre Ruinen mit bösartigen Dornen, die tiefe Schrammen in die Haut rissen. Auch das Savannengras wuchs hier niedriger, so daß die Stoßstange die Halme schon niederdrückte, bevor die feinen Samen in den Kühler wirbeln konnten. Obwohl der Motor schon seit Stunden im Geländegang lief, blieb das Kühlwasser immer knapp unter 100 Grad.

Plötzlich blieb Klick-Klack stehen und drehte seinen Kopf in alle Richtungen wie ein Wild, das Witterung aufgenommen hat. Seine Nasenflügel blähten sich, und Dieter las in den schrägstehenden Augen des Buschmanns so etwas wie Beunruhigung.

Klick-Klack machte auf dem Absatz kehrt und zeigte nach rückwärts. Das Gras hinter ihnen brannte. Ein niedriges Flämmchen, kaum sichtbar in der gleißenden Sonne, kroch wie eine Lunte langsam auf sie zu.

Dieter und Tutuma sprangen vom Wagen und traten zusammen mit Klick-Klack das Feuer aus. Fünfzig Meter weiter rückwärts züngelte ein anderes Flämmchen an einem toten Dornbusch hoch, der sofort zu brennen anfing. Dieter holte vom Lastwagen eine Decke und erstickte damit das Feuer.

„Wir haben Glück gehabt", schnaufte Tutuma, nachdem sie die glimmende Fährte niedergetreten hatten. „Hätten wir es später gemerkt, dann hätte sich das Feuer zu einem Buschbrand ausgebreitet." Er bückte sich und verfolgte die Spur verkohlter Grashalme zweihundert Meter weit zurück. „Hier hat es angefangen. Es war der Auspuff. Ein Funke hat einen trockenen Halm entzündet. Zum Glück hatten

wir keinen Wind, sonst stünde rundherum längst alles in Flammen."

„Und wir auch."

Tutuma nickte. „Machen wir Pause?"

Zehn Minuten später kaute Dieter lustlos auf dem klitschigen Brot herum, das sie in Rakops erstanden hatten. Mit Sardinen in Tomatensoße, heißem Tee und frischer Ziegenmilch war es einigermaßen genießbar.

Klick-Klack nahm nur einen Emaillebecher Tee mit viel Zucker. „Auf Honig und Zucker sind sie ganz versessen", sagte Tutuma. „Aber Fischkonserven mögen sie nicht. Ich wette, daß Klick-Klack noch nie einen Fisch gesehen hat."

„Ich werde ihm eine Dose Corned beef öffnen."

Aber Klick-Klack hatte sich längst in die Büsche geschlagen. Nach einer Viertelstunde kam er zurück mit einem Arm voller Pflanzen, an deren Strünken goldgelbe Knollen hingen, etwa so groß wie Golfbälle. Er riß das Kraut ab und legte die Knollen in den heißen Sand neben der Glut.

Dann riß er eine lange Ranke aus dem Boden. Er pflückte die Früchte, bauchige Schoten, bis er genügend für ein Mahl zusammenhatte. Dann schälte er die daumengroßen Kerne aus den Schoten und legte sie zu den Knollen in die Asche. Es dauerte lange, bis sie gar wurden. Sein gleichmütiger Blick schweifte umher und blieb ein paar Sekunden an einem Busch hängen. Er sprang auf und brach eine biegsame Rute ab, an deren Ende er einen spitzen Haken befestigte. Er lief umher und suchte unter den toten Ästen einen Stock. Neben einem Springhasenbau kauerte er nieder. Mit der Rute stocherte er in dem Sandloch umher.

Was dann geschah, passierte so rasch, daß Dieter es nur ahnen konnte. Neben dem Loch lag plötzlich ein blutbeflecktes Fellbündel. Klick-Klack hatte den Springhasen mit einem glatten, zielsicheren Schlag auf den Kopf getötet.

Ein zweiter Springhase flitzte aus dem Bau. Mit ein paar riesigen Känguruhsätzen, ängstlich quiekend, hüpfte er auf seinen langen Hinterbeinen davon.

Der erlegte Springhase war ein ausgewachsenes Tier, dessen gedrungener Rumpf fast ein Meter lang und dessen buschiger Schwanz mindestens noch einmal so lang war. Die Vorderpfoten waren unproportional kurz und mit kräftigen Scharrnägeln bewehrt. Er ähnelte einem Bastard aus Biber, Ratte und Känguruh. Dieter gab Klick-Klack sein Taschenmesser. In kürzester Frist hatte der Buschmann den Springhasen geschickt enthäutet und ausgeweidet.

Das Fleisch, an dem eisernen Spieß gegrillt, den Jim ihnen geschenkt hatte, schmeckte zart und saftig wie ein Osterlamm. Die Knollen schmeckten neutral, ein wenig fad, im Gegensatz zu den Bohnen, deren Geschmack Dieter an geröstete Pistazien erinnerte.

Unbeeindruckt von seiner Umgebung gab sich Klick-Klack mit der den Buschmännern eigenen Inbrunst dem Essen hin. Unbeirrbar schmatzend schien er nur damit beschäftigt, sich ein Fettdepot für magere Zeiten anzulegen.

Ein leichter Wind war aufgekommen, und Dieter betrachtete fasziniert eine Staubsäule, die mit beträchtlicher Geschwindigkeit über den Boden der Steppe wirbelte. Die Windhose war wenig mehr als mannshoch und bewegte sich im Zickzackkurs, um schließlich zusammenzufallen und hundert Meter weiter wieder aufzuerstehen.

„Ein Botswaner ist gestorben“, sagte Tutuma. „Seine Seele findet keine Ruhe.“

„Hübscher Aberglaube.“

„Du nennst es Aberglaube, aber für uns ist es Realität.“

Dieter sah überrascht auf. „Glaubst du wirklich an so etwas?“

„Ich wollte, ich könnte es noch.“ Tutumas Stimme klang noch leiser als sonst. „Die weißen Professoren der Universität in Salisbury haben es mir ausgetrieben. Es ist, als hätten sie mir mit dem Aberglauben – wie ihr es nennt – ein Stück meiner afrikanischen Identität unwiederbringlich genommen.“ Seine Augen hingen an der Windhose, die sich in diesem Augenblick in nichts auflöste. „Ich habe Jura studiert, englisches Recht. Darin ist kein Raum für Irrationales, für Dinge, die nicht logisch zu beweisen sind. Ihr Europäer habt uns nie verstanden, ihr habt euch nicht einmal die Mühe gemacht, es zu versuchen. Was wißt ihr über unsere Sprache? Über unseren Glauben? Über unser Wesen? Wir schwarzen Afrikaner hätten euch einäugigen Zivilisationsmenschen mit euren verkrüppelten Sinnen soviel geben können.“

„Deshalb bin ich doch hier, um zu lernen.“

„Ich will dir den guten Willen gar nicht absprechen, Dieter. Aber du kommst hundert Jahre zu spät. Was wollt ihr hier noch? Ihr habt doch längst den Zugang zu den Seelen der Menschen verloren. Nimm zum Beispiel eure Altersheime, auf die eure Sozialpolitiker so stolz sind. Kannst du dir eigentlich vorstellen, wie bedrückend diese Errungenschaft auf einen Afrikaner wirken muß? Schön, die Zimmer sind sauber, die Pflege ist anständig, und das Essen ist reichlich. Ihr habt sie lebendig begraben in diesen trostlosen Häusern, eure Eltern. Ihr haltet sie für nutzlos und laßt sie ihre Nutzlosigkeit obendrein noch spüren. Jeder Afrikaner fühlt sich beschenkt, wenn er seine Eltern bei sich behalten darf, er weiß sich in ihrer Schuld, weil er von ihrer Weisheit profitiert. Es gibt keine Familie, die ihr Brot nicht teilen würde mit einem noch so nichtsnutzigen, faulen Onkel, Vetter oder Bruder."

Während des Monologs hatte Dieter ein paarmal zu einer Erwiderung ansetzen wollen, aber im selben Augenblick die Kraftlosigkeit seiner Argumente gespürt. Betroffen stocherte er in der verglimmenden Glut.

Es war dunkel geworden, und der Buschmann hatte sich nach einigen zufriedenen Rülpsern auf ein Lager aus Savannengras gebettet. Sein leises Schnarchen gab den besänftigenden Kontrabaß in der Kalahari-Serenade, deren Melodie in dieser Nacht die wilden Hunde trugen.

Dieter holte die Schlafsäcke von der Ladefläche, und Tutuma löschte die Glut mit Sand. Sie leisteten sich noch den Luxus einer Schüssel Waschwasser, bevor sie sich eine Schlafmulde in den noch sonnenwarmen Sand wühlten.

VIII.

Dikeledi blickte auf von ihrer Schreibmaschine, auf der sie gerade einen Mietwagenvertrag tippte. Obwohl das Amulett des African National Congress, das Elefantenhaar mit den vier daran befestigten Pavianzähnen auf der Brust des Besuchers, ihr eigentlich hätte auffallen müssen, ließ sie nur ein knappes und abwartendes „Sir?" hören. „Naledi schickt mich", sagte Edson Mojo. „Ich soll die Kinder hier abliefern.

Das einzige Reisebüro in Francistown, mit einer Hertz-Rent-a-car-Agentur, hat man mir gesagt. Ich soll hier Mr. January treffen."

Dikeledis schwarze Augen musterten den Fremden wie durch ein Stacheldrahtverhau aus Argwohn und Vorbehalten. „Sorry, Sir – ein Mr. January arbeitet hier nicht", sagte sie. „Aber wenn Ihnen daran liegt, frage ich den Chef, Mr. Badubi." Sie stand auf, öffnete eine Tür und sprach in ein winziges Büro hinein. „Ein Mr. . . . wie war Ihr Name, Sir?"

„Mojo. Edson Mojo aus Plumtree."

Ein Afrikaner von etwa fünfunddreißig Jahren trat aus dem Büro in den kleinen Laden, ging auf Mojo zu und drückte ihm die Hand. „Was kann ich für Sie tun?"

Mojo nestelte einen zerknüllten Zettel aus seinem Brustbeutel und reichte ihn Badubi. Dieser überflog den Zettel und nickte: „Schließ den Laden", sagte er zu Dikeledi. „Naledi schreibt, daß sie den Überbringer in Plumtree überprüft haben. Er gehört zu uns und bringt achtzehn neue Rekruten." Dann wandte er sich wieder an Mojo. „Entschuldige, Bruder, Francistown ist voll von Spitzeln."

„Draußen am Bahnhof warten die Kinder", sagte Mojo. „Wir hatten einen anstrengenden Marsch von Plumtree. Sie sind völlig durchnäßt." Ohne eine Aufforderung ihres Chefs abzuwarten, verließ Dikeledi das Büro.

„Sie wird sich um die Kinder kümmern", sagte Badubi. „Bis morgen früh bringen wir sie hier unter, und dann fahre ich sie ins Camp zur Ausbildung. Komm, wir gehen. Du wirst Hunger haben."

Badubi hängte das Schild „Closed" an die Tür und schloß den Laden ab. „Kennst du Francistown?"

„Nein."

„Die Engländer erbauten die Stadt vor hundert Jahren, als sie am Tate-Fluß Gold gefunden hatten. Es war ein kurzer Rausch. Bald darauf entdeckten sie in Kimberley Diamanten. Sie haben die Minen hier geschlossen, und das ganze weiße Pack ist weitergezogen nach Transvaal. Damit war die Blütezeit von Francistown vorbei."

Auf den ersten Blick machte Francistown keineswegs den Eindruck einer erloschenen Stadt. Auf gewisse Weise wirkte die alte Goldgräbersiedlung sogar urbaner und gewachsener als die neue Metropole

Gaborone. Die Hauptstraße, in der sich Badubis Reisebüro befand, war nur einseitig bebaut, die andere, offene Seite bildete der Bahnhof, wo Hunderte von Botswanern mit ihren Bündeln der ungewissen Ankunft des nächsten Zuges harrten.

Badubi gehörte offenbar zum Establishment der Stadt. Die wenigen Weißen, denen sie begegneten, begrüßten ihn ohne eine Spur von Herablassung, und Badubi winkte unbefangen zurück. In seinem makellos gebügelten Khakianzug mit dem bunten Schlipsknoten, so groß wie eine Männerfaust, und seinen Lederschuhen mit Lochmuster ähnelte er ein wenig der Figur des Sporting Life aus dem Musical „Porgy and Bess". Er steuerte auf einen ziemlich neuen, kaffeebraunen Jaguar Mark X zu. „Ich weiß, er sieht protzig aus", sagte er. „Aber es ist wichtig, den Eindruck eines wohlhabenden Geschäftsmannes zu erwecken. Wer Geld hat, kann in den Augen der Weißen kein Revolutionär sein. Eine bessere Tarnung gibt es nicht."

Badubi wohnte in einem komfortablen Holzhaus im Kolonialstil, mit weißgestrichenen Säulen und einer schmiedeeisernen Balustrade um eine Veranda, im Schatten eines lachsrosa blühenden Tamariskenbaumes.

Er mischte aus dem öligen Orangensirup Squash, Wasser, Gin und Eis einen Drink. „Dikeledi macht uns nachher was zu essen. Nun erzähl mal. Wieso schickt Naledi dich und keinen Mann aus dem Wehrdorf?"

Mojo erzählte dieselbe Geschichte, die er Naledi schon aufgetischt hatte. Von seinem Geheimauftrag in Angola und seiner Begegnung mit Moses und der Nachricht, die Moses ihm an seine Frau mitgegeben hatte. „Er hat mir noch etwas aufgetragen und mir eingeschärft, die Nachricht an niemand anderen als an seine Chefs weiterzugeben. Naledi meinte, er könnte nur Mr. January gemeint haben. Wo finde ich diesen Mr. January?"

„Ich bin Mr. January. Das ist mein Kriegsname. Was für eine Nachricht hast du für mich?"

„Es betrifft Orapa. Zuerst hat alles nach Plan funktioniert. Moses und Tutuma haben das Flugzeug gekapert, den Piloten und diesen Sicherheitschef Feuchtenbeiner mit ihren Dynamitstangen in Schach gehalten und sie gezwungen, Kurs auf Angola zu nehmen. Nachdem sie die Grenze passiert hatten, hat Tutuma plötzlich das Flugzeug umdirigiert, noch bevor sie Serpa Pinto erreicht hatten. Auf einen Flugplatz dicht an der Grenze nach Zaire."

„Wieso?" January sah ihn verständnislos an. Er selbst hatte doch die Russen nach Serpa Pinto bestellt.

„Moses sagt, Tutuma sei ein Verräter. Ein Dieb. Er hat Feuchtenbeiner und den Piloten nach der Landung fortgejagt und dann Moses erklärt, er denke nicht daran, die beiden Koffer mit der Kriegsbeute abzuliefern. Er wollte mit Moses teilen und nach Zaire flüchten. Moses hat abgelehnt. Da hat Tutuma ihn mit der Pistole bedroht und ist verschwunden. In Richtung Osten. Später hat Moses beobachtet, wie das Flugzeug mit den beiden Weißen nach Botswana zurückgeflogen ist."

Mojo hatte diese Geschichte immer und immer wiederholt, bis er sie auswendig kannte. General van Zyl hatte ihm eingeschärft, mit keinem Wort von diesem Text abzuweichen und allen Fragen nach weiteren Details mit der Behauptung auszuweichen, mehr habe er von Moses nicht erfahren.

January schwieg eine Weile. Offenbar brauchte er Zeit, den Schock zu verarbeiten. „Irgendwas stimmt da nicht", sagte er schließlich. „Tutuma hat sich nie was aus Geld gemacht. Er hat nur für ein Ziel gelebt: Zimbabwe von den Weißen zu befreien. So sehr kann man sich in einem Freund nicht irren." Wieder versank er in tiefes Grübeln. „Wieso nach Zaire . . . Mobutu arbeitet doch mit Südafrika zusammen. In Zaire sitzen überall Oppenheimers Leute von der Central Selling Organization. Wie will er da auch nur einen Diamanten unbemerkt verkaufen?"

„Ich verstehe nichts von Diamanten", sagte Mojo. „Ich bin nur der Bote."

Dikeledi kam nach Hause. „Die Kinder sind untergebracht." Januarys betroffene Miene fiel ihr auf. „Ist was nicht in Ordnung?"

Während January dem Mädchen die Neuigkeiten erzählte, entschuldigte sich Mojo. Der Congress erwarte seinen Anruf. January schickte ihn zum Telefonieren ins Grandhotel.

In der Hotelbar bahnte sich Mojo durch die buntgemischte Gesellschaft aus Flüchtlingen, Spitzeln, weißen Deserteuren und schwarzen

Guerilleros aus Rhodesien, einheimischen Geschäftsleuten und Farmern einen Weg zum Telefon. Nach einem halben Dutzend Fehlverbindungen erreichte er endlich das Hotel in Plumtree, in dem sein Führungsoffizier Johan Vermaak abgestiegen war. Vermaak war mehr als zufrieden und kündigte an, er werde mit dem nächsten Zug nach Francistown folgen.

Mojo verbrachte die Nacht in Januarys Haus nach einem vergeblichen Versuch, den niedergeschlagenen Hausherrn und die weinende Dikeledi über den Verlust ihres Führers und der Kriegsbeute zu trösten. Kurz nach Sonnenaufgang luden January und Mojo die achtzehn Kinder auf einen Lastwagen. January trug jetzt zerschlissene Cordhosen und ein kariertes Holzfällerhemd.

Auf der Straße nach Maun, kurz vor Sebina, bog January nach Norden ab, überquerte den Shashe-Fluß an einer seichten Stelle und fuhr noch drei Stunden durch den weglosen Busch. Auf den letzten Kilometern wurden sie von einer Herde Paviane begleitet, die mit den vergnügten Kindern auf der Ladefläche um die Wette kreischten. Als vor ihnen in der Wildnis, völlig unvermutet und mit einer Wehr aus verdorrten Dornbüschen gegen grasendes Wild umgeben, ein großes Maisfeld auftauchte, kündigte January an: „Wir sind gleich da."

Im Herzen des gelben Maisfeldes entdeckte Mojo einen grünen Fleck. „Marihuana", erklärte January. „Mais allein bringt nicht genug Geld, um den Unterhalt des Camps zu finanzieren. Bisher kennt niemand unser Camp. Das einzige, was wir fürchten, sind Flugzeuge, die es von oben ausmachen könnten. Aber solange Botswana keine eigene Armee und keine Luftwaffe hat . . ."

Die ersten offenen Hütten kamen in Sicht. Pfähle, die Dächer aus Elefantengras trugen. Vor der größten Hütte hielt January. Mojo sprang hinunter und klappte die Rampe herab.

„Ich habe achtzehn Neue mitgebracht", sagte January zu einem Ausbilder, „kümmere dich um sie."

Während der Ausbilder mit den Kindern davonging, um sie in ihre Hütten einzuweisen, wandte sich January an Mojo. „Rekruten haben wir genug, um den Krieg zu entscheiden. Allein in den Lagern hier in der Gegend sind es 6500. Tutuma hat die Lager aufgebaut, er ist ein glänzender Organisator. Wie soll ich den Kindern nur beibringen, daß ihr Idol in Wirklichkeit kein Held, sondern ein Dieb und Verräter ist? Wenn unsere Aktion in Orapa geglückt wäre, hätten wir in ein paar Wochen genug Sam-7-Raketen, um an der Westgrenze von Zimbabwe eine zweite Front aufzubauen. Unsere Freunde in Sambia warten nur darauf, über den Sambesi nach Norden einzumarschieren. Mit unseren Truppen im Osten an der Grenze zu Moçambique werden wir die Weißen dann von drei Seiten in der Zange haben. Die Rhodesier sind fanatische Kämpfer. Wir unterschätzen sie nicht. Aber sie haben nicht genügend Soldaten, um an drei Fronten gleichzeitig Widerstand zu leisten."

„Wollt ihr die Kinder mit Messern auf den Feind loslassen?"

„Die Waffen werden wir schon kriegen, früher oder später. Aber ohne einen Führer bricht jede Revolution zusammen." Er legte beschwörend eine Hand auf Mojos Schulter. „Nur Moses, Dikeledi, du und ich wissen von Tutumas Verrat. Dabei muß es bleiben. Vorläufig jedenfalls."

General Korotkow schob Wolodja Naumow einen Aktendeckel über den Tisch. Wolodja überflog das Papier. „Entschuldigen Sie, General, aber ich verstehe das nicht. Was ist mit Tutuma?"

„Ich versteh's auch nicht", sagte Korotkow mit eisiger Miene. „Daß das Außenministerium Tutuma in Zimbabwe als Premierminister einsetzen will, ist Ihnen ja bekannt."

„Auf Empfehlung des KGB."

„Eben. Und das macht die Affäre etwas heikel. Ich habe mich auf Ihre Recherchen verlassen und auf Ihre Menschenkenntnis."

„Sie haben ihn selbst kennengelernt, General. Sie waren von dem Mann sehr beeindruckt. Und danach haben Sie meine Empfehlung ausdrücklich unterstützt."

Korotkow winkte ab. „Darauf kommt es jetzt nicht an. Ich will, daß Sie so bald wie möglich ausreisen. Ihr Paß und Ihr Lebenslauf liegen bei. Sie heißen James Pritchard, stammen aus Liverpool. Lernen Sie ihn auswendig, und vernichten Sie ihn. Sie kennen ja die Prozedur."

„Ich war lange nicht mehr im Ausland. Warum übernimmt das eigentlich keiner von unseren Leuten in Sambia?"

„Weil Sie der einzige sind, zu dem Tutuma eine menschliche Beziehung hat. Sie sind eine Art Vaterfigur für ihn. Auf das persönliche Vertrauen kommt es an."

„Ich weiß, daß Sie es nicht gerne hören, General, aber ich mag ihn wirklich."

„Meinetwegen. Solange Sie Ihre Pflichten darüber nicht aus den Augen verlieren. Die Dokumentenabteilung hat alles vorbereitet. Sie bekommen das komplette Reisegepäck eines Engländers der oberen Mittelklasse. Auch englische Garderobe. Zwei Tropenanzüge und alles, was Sie brauchen. Reiseschecks und ein reserviertes Flugticket für Mr. Pritchard liegen in London am Schalter der Aeroflot bereit. Abflug mit Zambia Airways übermorgen nach Lusaka. Dort steigen Sie um in die Maschine der Air Botswana nach Francistown. Einreisevisum brauchen Sie nicht, das gibt's in Botswana am Flugplatz."

„Schon übermorgen . . . ich hätte gern vorher mein Oxford-Englisch noch etwas aufpoliert."

„Keine Ausflüchte, Wolodja. Ihr Englisch ist perfekt."

„Und was sucht dieser Mr. Pritchard in Botswana?"

„Tourist. Will Afrika kennenlernen. Elefanten fotografieren. Die Behörden in Botswana sind nicht besonders wachsam. Und einem Engländer treten sie nicht gern auf die Füße, dazu waren sie zu lange britisches Protektorat. In dieser Hinsicht wird es also keine Probleme geben. Schwieriger wird es sein, Tutuma zu finden. Angeblich ist er bei dem mißglückten Versuch, das Flugzeug aus Orapa zu entführen, irgendwo über den Makgadikgadi-Pfannen abgesprungen und seitdem spurlos verschwunden, zusammen mit zwei Aluminiumkoffern voller Diamanten. Das meldet jedenfalls unser V-Mann bei BOSS in Pretoria. Möglich, daß diese Version stimmt, denn in Serpa Pinto ist die Maschine aus Orapa nicht angekommen. Oder . . ."

„. . . die Südafrikaner haben Tutuma gefangen und verhört."

„Tutuma ist nicht der Typ, der im Verhör plaudert."

„Vielleicht doch, unter der Folter. Dann wissen die Südafrikaner jetzt, daß ein Frachter mit sowjetischem Kriegsmaterial an Bord unterwegs ist. In vierzehn Tagen soll er in Beira entladen und die Ladung von Moçambique nach Sambia gebracht werden. Dann brauchen die Südafrikaner nur noch den geeigneten Augenblick abzuwarten, um der Weltöffentlichkeit die Sensation zu servieren: Die sowjetische

Regierung zettelt einen Raubüberfall an und läßt sich aus der Beute ihre Waffenlieferung bezahlen. Sie können sich vorstellen, Oberst, welche Folgen das für unsere Afrikapolitik hätte. Tutumas Bewegung und wir wären für Jahre aus dem Spiel. Zimbabwe würde eine schwarz-weiße Regierung erhalten. Wissen Sie, was das für die Sowjetunion bedeutet?"

„Die USA würden weiterhin Zugang zu den rhodesischen Chromvorkommen haben."

„Sehen Sie sich mal die Analyse des Verteidigungsministeriums an, Oberst." Korotkow zog das unterste Blatt aus dem Aktendeckel und schob es Wolodja hinüber. „Alles kann man ersetzen, nur Chrom nicht. Es gibt kein anderes Legierungsmittel, um Stahl zu härten und hitzebeständig zu machen. Ohne Chrom keine Rüstungsindustrie. Wir haben genug davon in Sibirien, wir verkaufen unsere Überschüsse sogar an die Amerikaner. Vierundneunzig Prozent der westlichen Chromvorkommen liegen in Südafrika und Zimbabwe. Wenn wir die in die Hand bekommen, haben wir das Weltmonopol. Dann könnten wir der amerikanischen Regierung unsere Abrüstungsbedingungen diktieren." Der General pochte energisch mit dem Knöchel auf den Tisch. „Eine einmalige politische Chance, Oberst. Deshalb drängt unser Außenministerium auf eine Revolution in Zimbabwe."

„Und dazu brauchen wir Tutuma. Falls er noch lebt . . ."

„Das müssen Sie jetzt herausfinden, Oberst. Sein Stellvertreter, dieser Mr. January, hat mit Lusaka Verbindung aufgenommen. January behauptet, daß Tutuma in den Besitz der Diamanten gekommen sei, sich jedoch vorläufig verborgen halten müsse, bis Gras über die Sache gewachsen ist. January verspricht, die Diamanten bald zu liefern, und drängt auf die Bewaffnung seiner Armee. Tutuma würde rechtzeitig zurückkehren, um den Oberbefehl zu übernehmen. Er scheint der einzige zu sein, der noch Kontakt mit Tutuma hat. Ich möchte, daß Sie ihm auf den Zahn fühlen. Er hat das Reisebüro in Francistown."

DIETER erwachte von einem erfrischenden Tropfen, der ihm auf die Stirn gefallen war. Er fühlte sich frei und unternehmungslustig wie an jedem Morgen nach einer Nacht in der Kalahari, und auch die Entdeckung, daß der Tropfen aus einer Portion Taubendreck bestand, konnte seine gute Stimmung nicht trüben. Er wickelte sich aus seinem Schlafsack und reckte sich der aufgehenden Sonne entgegen.

Der Sand, mit dem er gestern abend das Lagerfeuer gelöscht hatte, war noch warm. Eine dünne Rauchfahne kräuselte sich aus einem verkohlten Holzstück empor. Die Ziege lag ganz in der Nähe, käute wieder und starrte Dieter aus unergründlichen Bernsteinaugen an.

Dieter wandte sich der Morgentoilette zu. Solange ein Plastikkanister noch Wasser hergab und der andere voll war, leistete er sich den Luxus, sich mit Wasser zu waschen. Wenn es später knapp würde, müßte die Hygiene eben ein bißchen darunter leiden. Schon jetzt fühlte sich Dieter stets schmutzig, die Haare waren stumpf und strähnig.

Der Buschmann war fort zu einem seiner morgendlichen Ausflüge. Dieter sammelte Holz, fachte das Feuer an und setzte den gußeisernen Topf mit Wasser auf. Dann kramte er aus dem Proviantkarton eine Packung Knäckebrot und ein Glas Aprikosenmarmelade hervor.

Drüben neben dem Ford, wo Tutuma lag, regte sich noch immer nichts.

„He, Tutuma! Wenn ich für Rassengleichheit bin, heißt das noch lange nicht, daß nun die Schwarzen die Arbeitskraft der Weißen ausbeuten dürfen." Dieter ging zu ihm hinüber.

Tutuma lag stocksteif in seinem Schlafsack. Die Augen waren weit aufgerissen, sein schwarzes Gesicht hatte sich aschgrau verfärbt. Auf seiner Stirn perlte dicker Schweiß.

Besorgt beugte sich Dieter hinunter. „Hast du Fieber?"

Kein Muskel regte sich in Tutumas aschgrauem Gesicht, nur in seinen Augen lag so etwas wie eine flehentliche Warnung, und Dieter spürte, daß er Angst hatte. Todesangst. Dieter blickte sich verstört um, ob ein Raubtier in der Nähe sei, aber außer dem gerade zurückkehrenden Klick-Klack konnte er nichts entdecken.

Der Buschmann stutzte, dann verharrte er mitten in der Bewegung und setzte langsam und lautlos seinen Fuß auf den Boden.

Keine Frage, Klick-Klack wußte, was Tutuma widerfahren war. Mindestens eine Minute lang geschah nichts. Dann beugte sich Klick-Klack unendlich langsam nieder, und seine rechte Hand tastete, ohne daß er die Augen von Tutuma wandte, über den Sand, bis sie einen Stock zu fassen kriegte. Ebenso behutsam hob er den Stock auf. Tutuma schielte nach unten, als versuchte er mit aller Macht, sich in den Hals zu sehen.

Da schob sich der Kopf der Schlange aus dem Schlafsack, dicht neben Tutumas linker Wange – züngelnd, starre, kalte Augen zwischen olivfarbenen Schuppen. Zentimeterweise glitt sie heraus, wand sich über Tutumas Brust auf die Erde. Dann schlüpfte sie leicht und behende davon.

Klick-Klack ließ seinen Knüppel sinken und Tutuma seinen Kopf auf die Seite fallen. So blieb er eine Weile liegen, bevor er aus dem Schlafsack herauskroch. Sein nackter Körper war naßgeschwitzt. Er versuchte zu sprechen, brachte aber nur ein trockenes Krächzen hervor. Dieter holte ihm einen Becher Wasser.

Nachdem er getrunken hatte, sagte Tutuma: „Sie muß hineingekrochen sein, als ich schlief. Schlangen lieben Wärme. Irgendwann habe ich gespürt, wie sich etwas neben meiner Hand regte. Bei der geringsten Bewegung hätte sie sofort zugebissen." Er schüttelte sich. „Ich hatte furchtbare Angst, daß du sie aufscheuchst."

„Eine Kobra?"

„Schwarze Mamba. In unserem Dorf ist ein Mann von einer Schwarzen Mamba gebissen worden. Ein teuflisches Nervengift. Es lähmt die Atemmuskeln. Wir mußten mitansehen, wie der Mann in wenigen Minuten qualvoll erstickt ist."

Tutuma starrte ins Feuer. Er sprach nicht mehr und rührte auch keinen Bissen an. Nur Klick-Klack schleckte mit Behagen die Aprikosenmarmelade. Dieter gab ihm eine Handvoll Rohtabak, und Klick-Klack stopfte ihn in seine Pfeife, entzündete ihn an der Glut und schmauchte lustvoll den Knaster.

Unterdessen begann Dieter, die Ziege zu melken. Tutuma fing die Milch in seinem Emaillebecher auf. Er trank einen Schluck und bot auch Dieter davon an, aber der lehnte ab. Er hatte sich an den herben Geschmack von Ziegenmilch noch nicht gewöhnen können.

Sie luden ihre Ausrüstung auf. Tutuma setzte sich ans Steuer.

„Komischer Bursche, dieser Buschmann", sagte Dieter.

„Jims Dolmetscher hat mir erzählt, er sei nicht ganz wild und nicht ganz zahm. Im Winter, wenn die Kalahari ihn nicht ernähren kann, treibt er sich auf den Farmen herum, und im Sommer verschwindet er, um mit seinem Volk zu jagen. Buschmänner sind Nomaden. Sie können nichts weiter als jagen und Pflanzen sammeln. Und die paar tausend wilder Buschmänner, die das ganze Jahr über in der Kalahari umherstreifen, werden immer weniger. Denn auch bei den entlegensten Stämmen hat sich herumgesprochen, daß es auf den Farmen in der Trockenzeit Wasser gibt und Vieh, das man nachts forttreiben kann. Alle Buschmänner sind Diebe."

„Vielleicht liegt das daran, daß sie den Begriff Eigentum nicht kennen."

Sie fuhren schon eine ganze Weile im Schrittempo, weil sie wieder ein von Springhasen bevölkertes Gebiet passierten. Klick-Klack trabte voraus und gab Zeichen, sobald seine scharfen Augen einen Bau erspäht hatten. Doch immer öfter blieb er stehen, als wollte er Witterung aufnehmen. Schließlich bedeutete er Tutuma anzuhalten. Er kletterte aufs Kabinendach und hielt Ausschau nach vorn. Was er dort sah, schien ihn in höchste Unruhe zu versetzen.

Dieter und Tutuma stiegen zu Klick-Klack auf das Dach, aber sie sahen in der Richtung, die der Buschmann, aufgeregte Klick-Klack-Laute ausstoßend, ihnen wies, nur den Hauch eines zarten Staubschleiers. Während Dieter ein Fernglas aus einer Kiste kramte, rannte Klick-Klack voraus.

Dieter putzte das Fernglas, das, obwohl im ledernen Etui, mit feinstem Staub bedeckt war, schaute hindurch und reichte es Tutuma.

„Sieht aus wie eine Herde Impalas", sagte Tutuma. „Und ein Stück weiter ein paar Strauße. Sie scheinen sich langsam auf uns zuzubewegen."

„Meine Vorliebe für Strauße hat etwas gelitten, seit ich einen näher kennenlernen durfte", sagte Dieter.

Tutuma lachte leise. „Deiner war ein zänkischer alter Hahn. Normalerweise sind sie ganz friedlich."

Klick-Klack hatte sich schon einen Kilometer von ihnen entfernt. Schließlich blieb er stehen. Inzwischen war die Impala-Herde deutlich im Fernglas auszumachen und dahinter die plumpen Körper der Strauße, die ihr näher rückten.

„Es sind fünf Stück!" rief Tutuma. „Wenn ich nicht wüßte, daß es

Strauße sind, dann würde ich schwören, daß sie sich allmählich an die Impalas heranpirschen, um sie zu jagen."

„Einem Strauß traue ich jede Gemeinheit zu", knurrte Dieter. Die Prozession war jetzt so nahe herangekommen, daß Dieter mit bloßem Auge das Verhalten der Strauße beobachten konnte. Wie zufällig hatten sie sich – zu einem Halbkreis ausgeschwärmt und immer gegen den Wind – der Herde auf weniger als fünfzig Meter genähert. Plötzlich brach ein feister Antilopenbock, wie von einem unsichtbaren Schlag getroffen, in die Knie, fast gleichzeitig ein Weibchen. Die Herde stob auseinander, galoppierte mit weiten Sätzen davon und verschwand bald in einer Staubwolke am Horizont. Mit den fünf Straußen war eine unerklärliche Veränderung vorgegangen. Sie richteten sich aus ihrer gebeugten Haltung auf, rannten auf die beiden erlegten Impalas zu und rissen sich mit ihren Stummelflügeln, die sich auf einmal in menschliche Arme verwandelten, ihre Hälse aus.

Erst jetzt merkte Dieter, daß die langen Hälse in Wirklichkeit widerhakenbewehrte Speere waren, auf denen primitiv bemalte Attrappen von Straußenköpfen steckten. Irgendwo in dem Getümmel tauchte jetzt auch Klick-Klack auf.

„Das waren gar keine Strauße", rief Dieter. „Das sind ja Menschen!" Er startete den Motor.

„Warte. Laß erst Klick-Klack mit ihnen reden. Es sind Buschmänner."

Nun, da die Beute erlegt war, streiften die fünf Buschmänner ihre Straußenhäute ab. Unter dem Gefieder kamen Bogen und Köcher mit Pfeilen zum Vorschein.

Klick-Klack sprach mit ihnen, und ihre Aufmerksamkeit richtete sich jetzt auf den Anderthalbtonner, den sie in ihrem Jagdfieber bisher übersehen hatten. Nach einem aufgeregten Palaver war es Klick-Klack offenbar gelungen, die wilden Buschmänner von der Harmlosigkeit des Fords und dessen Insassen zu überzeugen, denn er winkte Dieter und Tutuma herbei.

„Fahr langsam, damit sie keinen Schreck bekommen", riet Tutuma. „Die meisten wilden Buschmänner haben noch nie ein Auto gesehen."

Aber sie waren weit davon entfernt, Angst zu zeigen. Als der Ford auf zwanzig Meter heran war, fielen die kleinen Männer vor Staunen hintüber, wälzten sich im Sand und brachen in kreischendes Gelächter aus. Dann betasteten sie aufgeregt klickend und schnalzend den Ford.

Dieter entsann sich der Tüte mit Rohtabak, die Bob und Jim ihnen als Tauschobjekt dagelassen hatten. Ohne große Umstände stopften die fünf Buschmänner und Klick-Klack ihre Pfeifen.

Dieter beneidete sie um die Unbefangenheit, mit der sie ihn musterten, zwanglos, unverkrampft, aufrichtig. Er wünschte sich in diesem Moment nichts mehr, als sich mit den kleinen Männern in ihren fremdartigen Schnalz- und Klicklauten unterhalten zu können. Ohne die Straußenkleider waren sie nackt, ihre walnußfarbige Haut war unter einer Schicht aus Asche, Staub und Pflanzensaft, mit der sie sich vor der Sonne schützten, faltig wie die junger Hunde. Trotz ihrer Jugend waren die Gesichter der fünf Buschmänner schon runzelig, ihre schrägen Mongolenaugen waren hinter dicken Wülsten verborgen, und Dieter glaubte einen schwachen Eindruck zu bekommen von der Härte ihres Lebens: Stets waren sie ungeschützt der prallen Sonne ausgesetzt, die die nackten Körper ausdörrte wie Backpflaumen. Ein Lebenszyklus zwischen Durst, Hunger und kurzen Perioden maßloser Freßorgien. Die eingefallenen Körper der fünf ließen auf eine längere Fastenzeit schließen, die nun fürs erste überstanden war.

„Ob sie gekränkt sind, wenn ich mir ihre Waffen ansehe?“

Tutuma zuckte mit den Achseln. Dieter lächelte sie fragend an und bückte sich nach einem Speer. Der Schaft bestand aus einem geraden Stock, die Spitze, mit wilden Sisalfasern fest an den Schaft gebunden, aus einem kunstvoll zugespitzten Knochen. Auf die gleiche Art waren die Pfeile präpariert, die in einem Köcher aus ausgehöhltem Holz steckten. Als Dieter mit dem Finger über die klebrige Pfeilspitze streichen wollte, riß ihm ein Buschmann blitzschnell den Pfeil aus der Hand und barg ihn hinter seinem Rücken.

„Willst du dich umbringen?“ schrie Tutuma Dieter an. „Du brauchst dir nur den Finger zu ritzen, und du stehst nie wieder auf!“

„Ob ich sie bitte, uns ein Stück mitzunehmen? Ich möchte mehr über sie erfahren.“

Tutuma rümpfte die Nase. „Sie stinken, und sie stehlen wie die Affen. Laß dich nicht auf so was ein.“

„Ich habe mich auch auf dich eingelassen.“

„Dann los." Tutuma kletterte unlustig in den Ford, und als habe er Dieters Wunsch erraten, begann Klick-Klack eine lange Diskussion mit den Buschmännern. Nach einer Weile schien er sie überzeugt zu haben. Sie schleppten ihre Waffen, Sammelbeutel und die Jagdbeute auf die Ladefläche, und nachdem Klick-Klack die Richtung gewiesen hatte, fuhr Tutuma los.

Eine Stunde später klopfte Klick-Klack vom Dach der Fahrerkabine aus hart auf das Blech. Tutuma hielt an, die Buschmänner sprangen ab und liefen zu einem Dornbusch. Mit ihren Händen gruben sie den Sand auf, bis drei Straußeneier zum Vorschein kamen. In die Eierschalen waren Löcher gebohrt, die fest mit Grasbüscheln zugestopft waren. Die Buschmänner entkorkten die Eier und tranken, sorgsam darauf bedacht, keinen Tropfen des kostbaren Inhalts zu verschütten.

„Sie haben ihre Wasserdepots überall", erklärte Tutuma. „Sonst würden sie auf der Jagd verdursten."

Einer der Buschmänner brachte Dieter und Tutuma ein Straußenei und bot ihnen zu trinken an. Dieter nahm das Ei behutsam in die Hand und trank. Dann kletterte er auf die Ladefläche und füllte ein Ei nach dem anderen mit Wasser aus dem Plastiktank.

Mit diesem Geschenk schien Dieter das Vertrauen der Buschmänner vollends gewonnen zu haben. Wieder gab es ein längeres Palaver zwischen Klick-Klack und den fünf Wilden. Es endete mit der gestenreichen Aufforderung an Dieter und Tutuma, sie zu ihrem Lager zu begleiten – aber ohne ihren Ford, dieses brummende Ungetüm aus Eisen.

Dieter hatte Bedenken, den ihm anvertrauten Ford einfach stehenzulassen, eine Spende des Deutschen Entwicklungsdienstes im Wert von 30000 Mark. Aber schließlich behielt seine Neugierde die Oberhand. Er verstaute alles von einigem Wert in der abschließbaren Fahrerkabine und deckte die Reifen mit Zeitungspapier und Kartonpappe ab.

Er nahm nur das Allernotwendigste mit auf den Weg: Zahnbürste, eine Decke, in die er je eine Dose Trockenmilch, Nescafé und ein paar Büchsen Corned beef eingewickelt hatte, eine mit Wasser gefüllte Feldflasche, den Kompaß und das Schweizer Offiziersmesser mit den zwölf verschiedenen Anwendungsmöglichkeiten. Schließlich machte sich die kleine Karawane auf den Weg, leichtfüßig voran die wilden Buschmänner, danach Klick-Klack und als letzte Dieter und Tutuma.

Als Dieter sich noch einmal umsah, bemerkte er auf der Ladefläche die Ziege, die ihnen nachstarrte. „Jetzt haben wir in der Eile Lizzy vergessen", rief er und lief noch einmal zurück, um sie zu holen.

EIN paar hundert Meter außerhalb von Rakops hatte sich die Fahrspur verwischt. Feuchtenbeiner war nur noch auf seinen Kompaß angewiesen. Am späten Nachmittag konnte er sich vergewissern, daß er auf dem richtigen Weg war. Unter einer Dornakazie lagen leere Dosen Corned beef. Verkohlte Holzreste steckten im Sand.

Feuchtenbeiner studierte die Karte und die Luftbilder. Sein Standort war etwa drei Kilometer von den Sonntagspfannen entfernt. Der Albino hatte also nicht gelogen.

Wie auch immer Feuchtenbeiner seine Informationen drehte und wendete, sie ergaben keinen schlüssigen Ablauf. Der Schwarze, mit dem man Dieter gesehen hatte, war der Hijacker, dessen war Feuchtenbeiner nun ziemlich sicher. Warum sonst hätte der Deutsche beim Polizeichef in Rakops den Eindruck erwecken sollen, ohne Begleitung in die Kalahari fahren zu wollen?

Das Zusammentreffen der beiden war Zufall, weil der nächtliche Fallschirmabsprung über der Kalahari im Plan des Flugzeugentführers nicht vorgesehen war, folglich der Deutsche den Kaffer dort auch nicht erwartet haben konnte. Aber es ging Feuchtenbeiner nicht in den Kopf, warum ein unbeteiligter Weißer einem aufgelesenen Verbrecher auf der Flucht helfen sollte, noch dazu einem Schwarzen. Wie auch immer es sich zugetragen haben mochte – wichtig war jetzt nur, den Schwarzen mitsamt seinem weißen Chauffeur für immer zum Schweigen zu bringen.

Es lohnte nicht mehr, heute abend weiterzufahren. Außerdem hatte Feuchtenbeiner Hunger.

Später fiel er in einen kurzen und tiefen Schlaf, und noch bevor die Sonne wieder aufging, sprang er erfrischt und hellwach auf. Er gönnte sich einen heißen Nescafé und ein paar Zwiebäcke, bevor er seinen Range Rover startete, um der Fährte zu folgen, die der Deutsche vor achtundvierzig Stunden hinterlassen hatte. Achtundvierzig Stunden waren für einen geübten Großwildjäger kein großer Vorsprung. Niedergedrücktes Elefantengras brauchte mehrere Tage, bis es sich wieder aufrichtete.

Schon am Nachmittag stieß Feuchtenbeiner auf die Überreste eines zweiten Biwaks des Deutschen. An dem stinkenden Fell erkannte er, daß das Gerippe neben dem abgebrannten Feuer zu einem Springhasen gehört hatte. In der noch warmen Asche fand er einen Rest von Glut. Erst mit der untergehenden Sonne brach er die Verfolgung ab. Wenn es weiterhin so glattging, konnte er die beiden vielleicht schon morgen im Visier haben.

In dieser Nacht fand er kaum Schlaf. Er spürte die Nähe der Verfolgten. Morgen würde er sich mit zwei Schüssen aus der wochenlangen Bedrängnis befreien.

Am nächsten Tag entdeckte Feuchtenbeiner schon gegen Mittag den Platz, der von vielen, auffallend kleinen Abdrücken menschlicher Füße übersät war. Nur Buschmänner hatten so kleine Füße. Sie hatten gejagt und ein Feuer entfacht. Die Asche war noch heiß. Die Reifenspuren verrieten ihm, daß der Anderthalbtonner gleich hinter dem Rastplatz eine andere Fahrtrichtung eingeschlagen hatte. Er hatte von West auf Süd gewechselt. Die Fußspuren der Buschmänner waren verschwunden.

Feuchtenbeiner fuhr weiter. Nach einer Weile, als er von der Fährte aufblickte, entdeckte er in der Ferne den Anderthalbtonner. Er hielt im Schutz einer Akazie an und blickte durch das Fernglas. Der Ford stand zwischen zwei verdorrten Dornbüschen, von den Insassen verlassen. Die Reifen waren abgedeckt.

Eine Panne? War ihnen das Benzin ausgegangen? Waren sie auf der Jagd? Feuchtenbeiner stieg aus, entsicherte seine Elefantenbüchse und pirschte sich an den Anderthalbtonner heran.

Im Umkreis des Fords waren Abdrücke von kleinen nackten Buschmannfüßen im Sand zu erkennen, dazwischen die von zwei Paar Tennisschuhen. Es sah nicht nach einem Kampf aus, eher nach einem gemeinsamen Marsch in südwestlicher Richtung. Die Tür zur Fahrerkabine war abgeschlossen, die offene Ladepritsche jedoch zugänglich. Sie hatten ihr Gepäck dagelassen. Wahrscheinlich kehrten sie bald von ihrem Ausflug zurück. Feuchtenbeiner sah auf den ersten Blick, daß die beiden Aluminiumkoffer mit den Diamanten nicht dabei waren.

Er kletterte auf die Pritsche. Seit dem Überfall vor drei Tagen hatte er sehnsüchtig auf den Augenblick gewartet, den verdammten Kaffer vor die Flinte zu bekommen. Feuchtenbeiner öffnete den Hahn des Plastiktanks und ließ das Wasser auf die Ladefläche laufen. Von der Rampe tropfte es hinunter in den Sand.

Als es restlos versickert war, fühlte er sich wohler. So billig sollte der Kaffer nicht davonkommen, nur mit einem glatten Kopfschuß. Der Bursche hatte ihm übel mitgespielt. Ein paar Stunden Durst und Todesangst würden ihm eine Lehre sein, daß man Jan Feuchtenbeiner nicht ungestraft hereinlegen konnte.

Er ging zurück zu seinem Range Rover, fuhr ihn ein paar hundert Meter zurück hinter einen Hügel und legte sich auf die Lauer.

IX.

DAS Lager der Buschmänner fügte sich so unauffällig in seine natürliche Umgebung ein, daß Dieter es erst bemerkte, als er nur noch hundert Meter davorstand. Die Hütten waren leicht gebaut: aus vier in den Boden gerammten Stecken, an deren oberen Enden ein Geflecht aus Gras und Buschwerk befestigt war.

Die Bewohner der kleinen Siedlung nahmen die Ankunft der Fremden mit einer Mischung aus Gleichmut und Neugier hin. Mehr Interesse zeigten sie für die Jagdbeute. Die fünf Jäger, Klick-Klack, zwei alte Männer und vier Buschmann-Frauen enthäuteten unverzüglich die beiden rehgroßen Gazellen mit einer beinernen, an den Rändern scharf geschliffenen Schaufel, die aus dem Schulterblatt einer großen Elenantilope gefertigt war. Mit ähnlichen Werkzeugen aus Tierknochen schnitten die Steinzeitjäger dort, wo ihre vergifteten Pfeile gesteckt hatten, das Fleisch heraus und vergruben es im Sand. Beim Ausweiden waren sie sorgfältig darauf bedacht, nichts umkommen zu lassen, Leber, Herz, Magen, Lunge, Kopf, nicht einmal den vom Kot befreiten Darm: Sie wrangen das halbverdaute Gras über aufgespannten Häuten aus und schlürften die Flüssigkeit. Dann lösten sie die Sehnen aus den Lenden und säuberten sie, um später mit ihnen ihre Bogen zu spannen.

Aus den freigelegten Knochen sogen sie schließlich das rohe Mark. Während die Männer das Fleisch über dem Feuer rösteten, begannen drei der Frauen, die Häute zu bearbeiten, indem sie die Innenseiten mit dem Saft einer Knolle einrieben. Im nächsten Winter würden ihnen die Häute als Kleidung dienen.

Einer der Buschmänner hatte das Blut der Impalas in einem Schildkrötenpanzer aufgefangen und ließ die Schale reihumgehen, bis die Männer den Inhalt ausgetrunken hatten. Sie alle sahen aus, als hätten sie schon lange keine richtige Mahlzeit mehr zu sich genommen. Der Älteste hustete. Er war mager und sah wie zerknittert aus, sein Hinterteil hing faltig herab, die Augen waren stumpf und müde nach einem Leben voller Entbehrungen.

Dieter sah sich im Lager um. Vor einer Hütte stampfte eine junge Frau in einem Holzmörser die Kerne einer Tsama, der wildwachsenden Wassermelone der Kalahari, zu Mehl. Sie war nackt bis auf ein zerfetztes Ledertuch, das oberhalb ihres Bauchnabels zusammengeknotet war und nur einen Teil ihres Hinterns bedeckte. Ihr einziger Schmuck bestand aus einer Kette aus durchlöcherten Straußeneierschalen.

Dieter fragte Tutuma, wo die Kinder der Buschmänner seien.

„Sie pflanzen sich kaum noch fort“, antwortete Tutuma. „In der Dürrezeit sind die Frauen ohnehin unfruchtbar, und wenn eine Frau in der Regenzeit ein Kind empfängt und es später in der Dürreperiode austrägt, nehmen es ihr die anderen Frauen sofort nach der Geburt weg und töten es.“

„Sie töten ihre Kinder?“

„Ein Kind in der Trockenzeit würde das Weiterleben des ganzen Stammes gefährden.“

Um das spärliche Feuer herum, an dem die Buschmänner die beiden Impalas rösteten, entstand Bewegung. Einer der Jäger lud die beiden Fremden gestenreich zum Mahl ein, während sich seine Gefährten ihre Hände wuschen, indem sie frischen Urin darüberlaufen ließen.

Dieter wandte sich irritiert ab. Dann stieg ihm der appetitliche Duft des Bratens in die Nase, aber vorher gab es eine Art Horsd'œuvre – dünne schwarze Streifen undefinierbarer Herkunft. „Schmeckt wie Räuchersprotten“, meinte Dieter. „Und sieht aus wie getrocknete Würmer.“

Tutuma grinste hinterhältig. „Falsch! Raupen von einer Motte.“

Dieter blieb der Bissen zwischen den Zähnen stecken. „Mach keine Witze!“

„Ehrenwort! Erst werden die Eingeweide zwischen Daumen und Zeigefinger rausgedrückt, dann wird die Raupe gekocht und zum Schluß getrocknet. Gilt als besonderer Leckerbissen.“

„Für Vögel vielleicht“, würgte Dieter.

„Runterschlucken“, befahl Tutuma. „Du wirst doch unsere Gastgeber nicht kränken wollen.“

Als der Braten gar war, säbelte sich einer nach dem anderen ein Stück ab, voller Behagen schmatzten sie das saftige Fleisch, ohne Hast und ohne Gier, so hungrig sie auch sein mochten. Die beiden Antilopen reichten aus, um alle zu sättigen. Sie nagten die Knochen ab und lutschten sie aus, bis nur noch eine unversehrte Keule übrigblieb. Sie lösten sie vom blanken Gerippe, einer trug sie hinüber zu der Hütte des Alten und legte sie dort nieder.

Dann stimmten die Frauen ein Lied an, und die Männer klatschten mit den Händen den Takt. Es war ein unendlich wehmütiges Lied mit vielen Strophen, und irgendwoher hatten die Frauen jetzt auch eine Art Harfe, einen hölzernen Resonanzboden mit vier Darmsaiten, auf den die junge Schöne mit einem Stöckchen schlug, während eine andere Frau mit dem Daumen eine Saite hinunterdrückte, um die Töne zu finden, aus denen sich die seltsam wilde und zugleich traurige Melodie formte.

Die ganze Zeit über starrte der Alte aus erloschenen Augen ins Feuer, auch noch, nachdem einer nach dem anderen zurückgegangen war in seine Hütte. Auch Dieter und Tutuma machten sich aus Gras ein Bett, und Dieter starrte in den Himmel, überwältigt von dieser unmittelbaren Konfrontation mit der Steinzeit, diesem aussichtslosen Kampf ums Überleben in einer unerbittlich harten Welt, in der es keinen Platz mehr gab für die ursprüngliche Lebensform von Naturvölkern. Einst hatten die Buschmänner den ganzen Süden Afrikas bevölkert, im Laufe der Jahrhunderte waren sie von den Bantu-Stämmen und den weißen Kolonisatoren zurückgedrängt worden in die öde Kalahari-Steppe, wo nur sie allein noch, dank ihrer Geschicklichkeit als Jäger und ihrer einzigartigen Kenntnis der wildwachsenden Pflanzen, ein Leben am Rande des Verhungerns fristeten. In trockenen Wintern flohen sie aus der lebensfeindlichen Steppe zu den Farmern, wo es Wasser gab. Aber da ihre Fähigkeiten dort nicht gebraucht wurden, blieben sie bettelnde Parias.

Dieter war nicht bereit, sich damit abzufinden. Er stieß Tutuma an. „Warum sollte es nicht möglich sein, den Buschmännern ein eigenes Reservat zu schaffen und sie auf eine Lebensform vorzubereiten, mit der sie sich auch in der Zukunft behaupten könnten?"

Tutuma gähnte verdrossen. „Du willst Buschmänner hier ansiedeln?"

„Warum nicht?"

„Das sind Nomaden."

„Unfreiwillige Nomaden."

Tutuma gluckste belustigt. „Seit Jahrhunderten ziehen Masarwa durch die Kalahari. Sie jagen und sammeln Früchte. Bis ein Entwicklungshelfer aus Deutschland kommt, um ihnen beizubringen, wie sie leben sollen. Als Farmer und Viehzüchter nämlich."

„Sicher bin ich nicht der erste, dem das eingefallen ist."

„Stimmt. Es hat schon Versuche gegeben."

„Und woran sind sie gescheitert?"

Tutuma zuckte die Achseln. „Buschmänner lassen sich nicht zähmen. Und den Sprung direkt aus der Steinzeit in eine moderne Agrargesellschaft – das hat noch keiner geschafft."

Als Dieter morgens erwachte, diskutierten die Buschmänner gerade lebhaft mit Klick-Klack. Es sah so aus, als wollten sie aufbrechen. Ihre Speere, Bogen und Pfeile steckten schon in den Sammelbeuteln aus gegerbter Tierhaut, die sie um ihre Taillen gehängt hatten. Die Frauen trugen wassergefüllte Straußeneier herbei in Netzen aus Sisalfasern.

Über Nacht war eine wunderliche Verwandlung mit ihnen vor sich gegangen. Ihre faltige Haut war jetzt glatt, ihre eingefallenen Bäuche waren prall, und ihre plissierten Gesäße hatten Fett angesetzt, von dem sie nach der reichlichen Mahlzeit noch Tage, vielleicht Wochen zehren konnten. Als sie weiterzogen, formlos und ohne sich von den beiden Fremden zu verabschieden, wandte sich Klick-Klack von ihnen ab und setzte sich neben Dieter wie ein gehorsamer Hund.

„Der Alte", rief Dieter. „Sie haben ihn vergessen."

Der alte Buschmann hockte hustend vor einer Hütte und starrte aus erloschenen Augen seinem davonziehenden Volk nach. Sein zerklüftetes Gesicht blieb ausdruckslos.

Tutuma dämpfte seine Stimme zu einem Flüstern. „Er hat Tuberkulose. Sie haben ihn zum Sterben zurückgelassen."

„Er braucht einen Arzt. Wenn wir ihn mitnehmen – vielleicht ist er noch zu retten."

Tutuma hielt Dieter am Hemd fest. „Wir haben nicht das Recht, in den natürlichen Ablauf einzugreifen. Es ist unabänderlich. Er stirbt nach den Gesetzen der Buschmänner. Sie haben alles getan, um ihm das Sterben zu erleichtern."

Die Hand des alten Mannes tastete nach den beiden mit Wasser gefüllten Straußeneiern, die ihn eine Weile vor dem Verdursten bewahren sollten. Die Keule der Impala würde ihn fürs erste vor dem Verhungern schützen. Am Eingang der Hütte lehnten ein Bogen und ein Köcher mit Giftpfeilen, mit denen er, solange es seine Kräfte noch zuließen, sich die Hyänen und Schakale vom Leibe halten konnte.

Dieter erhob sich, voller Unbehagen. „Laß uns gehen." Auf dem Weg zurück zu seinem Anderthalbtonner wandte er den Kopf nicht mehr.

Klick-Klack, der, die Ziege am Strick, voranging, führte sie in weniger als drei Stunden zu ihrem Ford. Als Dieter die in der Fahrerkabine eingeschlossenen Sachen wieder auf der Ladefläche verstaute, wollte er seine leere Feldflasche füllen. Doch der Hahn des Plastiktanks gab kein Wasser mehr her. Auch der andere Plastiktank hörte sich hohl an, als er mit der flachen Hand dagegenschlug.

„Tutuma!"

Gemeinsam hoben sie die beiden 150-Liter-Tanks hoch. Nur ein Rest Wasser schwappte noch auf dem Boden.

„Höchstens drei Liter", flüsterte Tutuma.

Dieter setzte sich entmutigt auf die Ladefläche.

„Die Hähne sind aufgedreht. Jemand hat das Wasser über die Ladefläche vergossen." Er befühlte den Boden seines Rucksacks. Er war noch feucht.

„Das Abschiedsgeschenk der Masarwa", meinte Tutuma. „Wir hätten den Wagen nicht unbeaufsichtigt stehenlassen dürfen."

„Wer so was macht, ist mehr als bösartig. Und unsere Buschmänner waren alles andere als das."

Klick-Klack hatte mitbekommen, was passiert war. Er bückte sich und begann den feuchten Sand zusammenzuscharren. Tutuma schaufelte den aufgehäufelten Sand in eine ausgebreitete Plastikplane. Dieter schüttete den Rest von sauberem Wasser aus dem einen Tank in den anderen. Dann hievten sie die Plastikplane mit dem feuchten Sand auf die Ladefläche und ließen das Wasser durch ein zur Tülle geformtes Ende der Plane in den leeren Tank tröpfeln. Es war nicht viel, was sie auf diese Weise gewannen, höchstens zwei Liter. Außerdem war das Wasser, obwohl sie es durch Dieters Taschentuch filterten, noch immer schmutzigbraun.

Klick-Klack tauchte hinter einem Busch auf; er trug drei Straußeneier.

„Das Depot der Buschmänner!" rief Dieter. „Klick-Klack hat es ausgebuddelt. Und du hast mich noch gewarnt, den Masarwa unser Wasser zu schenken." Behutsam löste er den Graspfropfen aus den oberen Enden der Straußeneier und schüttete das Wasser in den Plastiktank.

„Wieviel haben wir jetzt?" fragte Tutuma.

„Ich schätze, knapp zehn Liter sauberes Wasser. Das Dreckwasser ist für den Kühler. Wenn wir Glück haben, schaffen wir es bis Rakops. Zähneputzen fällt natürlich aus."

Tutuma schüttelte den Kopf. „Laß mir ein bißchen Wasser da und ein paar Dosen Corned beef."

„Was soll das heißen?"

„Nach Rakops fahre ich nicht. Es ist voll von ihren Spitzeln."

„Wir machen's wie auf der Herfahrt. Du bleibst unten am Fluß, und ich fahre allein ins Dorf."

„Inzwischen sind Bob, Jim und Linda mit ihrem Dolmetscher in Rakops gewesen."

„Die haben dichtgehalten. Darauf würde ich unser ganzes Trinkwasser verwetten."

Tutuma zögerte. „Es geht nicht um mich. Aber wenn ich nicht lebend zurückkomme, bricht unsere Bewegung auseinander!"

Dieter spürte, daß er an der Verschlossenheit seines Gefährten abprallen würde. Nach einer Pause sagte er: „Dich hier aussetzen, wie den alten Buschmann, das kommt nicht in Frage. Also – was schlägst du sonst vor?"

„Wir könnten uns vielleicht nach Norden durchschlagen, bis zur Straße von Francistown nach Maun. Das sind drei oder vier Tage."

„Mit zehn Litern Wasser?"

„Ich muß über die Grenze nach Angola oder Sambia."

Dieter brauchte eine Weile, bis er Klick-Klack mit Gesten klargemacht hatte, daß sie nach Norden wollten und nicht nach Nordosten, wo es Wasser gab. Zehn Minuten später brachen sie auf.

ALS Feuchtenbeiner erwachte, war die Sonne um den Range Rover, in dessen Schatten er sich niedergelegt hatte, herumgewandert. Jetzt schien sie ihm direkt ins Gesicht.

Er sah auf die Uhr. Ein Uhr mittags. Er sprang auf. So lange hatte er nicht schlafen wollen, allenfalls eine Stunde. Jetzt bedauerte er, daß er nach durchwachter Nacht gegen Morgen einem Anfall von bleierner Müdigkeit nachgegeben hatte.

Er griff nach Fernglas und Elefantenbüchse, ging zu der kleinen Anhöhe und spähte hinüber zu der Stelle, wo er gestern abend den Anderthalbtonner aufgespürt hatte.

Der Ford stand nicht mehr da. Feuchtenbeiner lud seine Sachen auf den Range Rover und fuhr hinunter zu dem Platz.

Die Reifenspuren des Fords wiesen nach Norden. Entweder hatten die beiden die Orientierung verloren, oder sie wollten Rakops umgehen.

Feuchtenbeiner war nicht unzufrieden. Das einzige, was ihn ein wenig ärgerte, war der verpaßte Augenblick ihrer Rückkehr. Er hatte sich auf das Gesicht des Flugzeugentführers beim Anblick der leeren Wassertanks gefreut. Der Abdruck ihrer Reifen war noch frisch. Weit konnten sie also nicht sein – eine Stunde, zwei Stunden, egal.

Feuchtenbeiner wusch sich, wechselte die verschwitzte Kleidung, rührte mit lauwarmem Wasser einen Nescafé an und vergaß auch nicht, ein paar Salztabletten zu schlucken, bevor er sich gemächlich an die Verfolgung machte.

In dieser Gegend war die Kalahari rot. Es war, als hätte man allen Rost der Welt zusammengetragen, fein gemahlen und hier abgelagert. Der rote Staub war Dieter in jede Hautfalte gekrochen, hatte auch Tutumas schwarze Haut überpudert, und selbst die helleren Partien in Lizzys weißbraunem Zottelfell waren getönt.

In der Fahrerkabine war es heiß und stickig. Dieter kurbelte das Fenster auf seiner Seite herunter, und in wenigen Minuten waren die kunstledernen Polster von einer roten Schicht überzogen. Das ausgetrocknete Flußbett, dem sie jetzt folgten, war voller Steine und rotem Sand. Klick-Klack war ihnen so weit voraus, daß sie ihn aus den Augen verloren hatten. Erst hinter einer Windung des Flußbetts tauchte er plötzlich wieder auf. Er kniete in einer Senke und wühlte aufgeregt mit den Händen darin herum.

Dieter und Tutuma stiegen aus. Klick-Klack zog aus einem Sammelbeutel einen Stab, den sie bisher bei ihm noch nicht gesehen hatten. Er war daumendick, etwas über einen Meter lang und innen hohl. Dann hob er mit einer Hand ein Loch aus, und erst als er so tief gegraben hatte, daß er den Arm bis zur Achsel hineinstecken konnte, umwickelte er das untere Ende der Röhre mit trockenem Gras. Er steckte sie in den Sand, schüttete das Loch wieder zu, trat den Sand fest und lief zurück zu dem Ford. Von der Ladefläche nahm er die drei leeren Straußeneier und stellte sie in den Sand neben die Röhre. Er kramte eine zweite Röhre aus seinem Beutel, dünner und kürzer als die erste, steckte ein Ende in die Öffnung des Straußeneis und das andere in den Mundwinkel. Dann nahm er das offene Ende der ersten Röhre in den Mund und fing an, daran zu saugen.

Minutenlang geschah nichts, dann plötzlich sprudelte ein Schwall klaren Wassers aus seinem Mundwinkel, lief den Stab hinab in das Straußenei, und als es vollgelaufen war, stellte Dieter rasch das zweite darunter.

Gleich darauf versiegte die Quelle. Schwer atmend, rollte der Buschmann sich auf die Seite. Dieter schüttete ihm etwas von dem gerade geförderten Wasser in den offenen Mund.

Sie richteten den Buschmann auf und stützten ihn, als er zum Anderthalbtonner taumelte und sich zwischen die Räder in den Schatten legte.

Dieter und Tutuma nutzten die Erholungspause zu einer kurzen

Rast. Klick-Klack verweigerte wieder die Sardinen, nahm aber den Maisbrei an, den Dieter ihm kochte, und schleckte dazu gierig eine Dose Orangenmarmelade leer.

Die schien ihn auch wieder auf die Beine gebracht zu haben, denn obwohl Dieter einladend mit der Hand aufs Kabinendach klopfte, zog der Buschmann es wieder vor zu laufen, in seinem unermüdlichen Dauertrab, dem Ford immer um ein paar hundert Meter voraus.

Für einen Mann, der sich im Busch auskannte, war die Verfolgung des Fords ein Kinderspiel. Solange die Büsche niedrig blieben, war der wendige Range Rover jedem Lastwagen überlegen. Jan Feuchtenbeiner orientierte sich an der roten Dunstwolke am Horizont und achtete darauf, gerade so viel Abstand zu halten, daß er nicht ins Blickfeld der Verfolgten geriet. Kurz vor Sonnenuntergang fiel die Staubwolke zusammen, ein sicheres Indiz, daß sie angehalten und ihr Nachtlager aufgeschlagen hatten.

Feuchtenbeiner wendete und fuhr achthundert Meter zurück, wo auch er sich auf die Nacht vorbereitete.

Bevor er sich zu Fuß auf den Weg machte, reinigte er sorgfältig den Lauf der Elefantenbüchse und putzte die Linsen des Fernglases.

Dann schlug er einen Bogen. Er wollte sich dem Lager der beiden von Westen nähern, gegen den Wind, wie er es auf der Großwildjagd immer getan hatte.

Eine halbe Stunde später entdeckte er den Ford, dicht neben dem Flußbett. Er pirschte sich auf ungefähr zweihundert Meter heran. Dann legte er sich bäuchlings in den Sand und betrachtete in aller Ruhe das Lager der beiden Flüchtlinge.

Der Kaffer sammelte Holz. Er trug jetzt Jeans und einen grünen Nicki. Als er sich aufrichtete, bekam Feuchtenbeiner sein Gesicht genau ins Visier: Es war der Hijacker, den sein Kumpan Kgosi genannt hatte. Eine heiße Welle der Wut stieg in ihm auf, aber er widerstand der Versuchung, den Mann sofort abzuknallen. Die Entfernung war zu groß, und er hatte das Zielfernrohr im Range Rover gelassen.

Feuchtenbeiner kroch auf allen vieren rückwärts, und erst als er aus dem Blickfeld der beiden war, ging er aufgerichtet zu seinem Range Rover. Das Zielfernrohr lag staubsicher verpackt im Ledereteui hinter dem Fahrersitz. Er montierte es auf die Elefantenbüchse.

Die Sonne war untergegangen, doch bevor die völlige Finsternis anbrach, stieg der Mond auf. Es war Vollmond, gerade hell genug, um den Weg zurück zu seinem Beobachtungsposten zu finden, und dunkel genug, sich ungesehen auf Schußnähe heranzupirschen.

Dieter schlürfte mit Trockenmilch angerührten Nescafé. Lizzys Euter hatte heute abend kaum Milch hergegeben. Wahrscheinlich hatten sie der Ziege tagsüber zuwenig Gelegenheit zum Grasen gegeben.

Die beiden Männer hatten keinen Appetit. Tutuma kaute an einem trockenen Knäckebrot und beobachtete Klick-Klack, der seine Nase hob wie ein witternder Hund.

„Er hat irgendwas", sagte Dieter. „So unruhig war er noch nie."

„Es werden die Schakale sein." Tutuma gähnte. „Mach das Feuer aus, bevor du schlafen gehst. Wir müssen morgen sehr früh aufbrechen. Sonst schaffen wir es nicht mehr mit unserem wenigen Wasser."

Obwohl sie seit dem Vormittag kein Wort mehr über das verschüttete Wasser verloren hatten, ahnte Dieter, warum Tutuma diesmal auf einem sparsamen Feuer bestanden hatte, gerade groß genug, um das Kaffeewasser zu wärmen, aber zu klein, um unwillkommene Gäste anzulocken.

Das Feuer war zusammengesunken zu einem Häufchen Glut, das seinen roten Widerschein auf das Gesicht des Deutschen warf. Wie er da saß, das Gesicht Feuchtenbeiner zugewandt, bot er ein exzellentes Ziel.

Feuchtenbeiner setzte das Gewehr wieder ab. Erst der Kaffer, dann der andere. Aber ein Dornbusch verstellte ihm die Sicht auf den Schwarzen. Er robbte ein paar Meter weiter nach rechts. Der Kaffer saß am Feuer, mit dem Rücken zu ihm. Er hatte Nicki und Hose schon ausgezogen, wahrscheinlich wollte er sich gleich schlafen legen.

Das Ziel war höchstens fünfunddreißig Meter entfernt, für einen Schützen seines Ranges kein Problem; und als er den Nacken im Fadenkreuz hatte, drückte er ab. Der Kaffer fiel vornüber mit dem Gesicht in die Glut. Es war ein glatter, sauberer Kopfschuß.

Nach einer Schrecksekunde sprang der Deutsche auf, riß den Oberkörper des Kaffers aus dem Feuer und beugte sich über ihn. So bot er ein ausgezeichnetes Ziel. Feuchtenbeiners Zeigefinger spürte den Druckpunkt, aber die letzten Millimeter schaffte er nicht. Plötzlich gab es da eine Schwelle. Immerhin war der Mann im Fadenkreuz ein Weißer.

Als Zeuge würde ihm der Deutsche kaum gefährlich werden können. Der Schwarze wird ihn kaum in seine Aktionen eingeweiht haben. Mit dem wenigen, was er vielleicht wußte, würde er keinen Schaden anrichten können – falls er überhaupt jemals aus der Kalahari herausfände, ohne Führer und ohne Wasser.

Feuchtenbeiner ließ die Büchse sinken. Ohne sich noch einmal umzuwenden, lief er zurück zu seinem Range Rover, warf den Motor an und fuhr davon.

Was Dieter im Arm hielt, war kein Kopf mehr, sondern ein formloser Brei aus Blut, Hirn und Knochensplittern. Aus unwirklicher Ferne registrierte er einen Ruf: „Weg da! Aus dem Licht!" Es dauerte eine Weile, bis er begriffen hatte, daß die Rufe von Tutuma kamen und daß sie ihm galten. Dann fühlte er sich beim Arm gepackt. „Weg vom Feuer!" Der Afrikaner riß ihn mit sich ins Dunkel. Im Laufen krümmte sich Dieter und übergab sich. Er ließ sich in einen Busch fallen. Die Dornen zerkratzten sein Gesicht. Als Tutuma ihn hochriß und ihn ins Gesicht schlug, rappelte er sich auf und folgte ihm taumelnd ein paar Meter. „Sie haben Klick-Klack erschossen." Er weinte.

Dieter hatte keine Ahnung, wie lange er an der Hand des Freundes blind durch das Dunkel gestolpert war. Irgendwann drückte ihn Tutuma zu Boden und warf sich daneben. Eine Weile blieben sie reglos liegen und horchten in die Nacht hinaus. Irgendwo in weiter Ferne war ein leises Brummen zu hören.

„Sie fahren weg", flüsterte Tutuma. Das Brummen wurde leiser und leiser, bis die Dunkelheit es aufsog, weit im Osten.

„Wer macht so was?" flüsterte Dieter. „Einen harmlosen Buschmann erschießen . . ."

„Ich war gemeint. Sie wollten uns beide abknallen, einen nach dem anderen."

Dieter starrte ihn an. „Wer?"

„BOSS."

„Er hat es gewittert", sagte Dieter nach einer Weile. „Hast du gesehen, wie er unruhig hin und her lief. Aber er hat es uns nicht sagen können."

Tutuma lauschte in die Finsternis. Als sich eine halbe Stunde nichts geregt hatte, erhob er sich. „Komm! Wir müssen so schnell wie möglich weg."

„Und Klick-Klack?"

Tutuma hob die Schultern.

„Wir können ihn doch nicht einfach liegenlassen!"

„Was schlägst du vor: ein christliches Begräbnis mit einem Salut der Südafrikaner?"

„Entschuldige, Tutuma. Ich werde mit dieser Situation nicht fertig."

„Die Schakale würden ihn sowieso wieder ausbuddeln."

Das Feuer war fast vollständig niedergebrannt, Dieter und Tutuma warfen in aller Eile ihre Habseligkeiten auf die Ladefläche des Fords. Dieter vermied es, den toten Klick-Klack noch einmal anzusehen.

„Fahr du", bat er. „Ich bin völlig fertig."

Eine Windhose stieg aus dem Boden und wirbelte neben dem Ford her wie ein Kreisel.

„Er ist noch immer bei uns", murmelte Dieter.

„Wer?"

„Der Geist des Buschmanns."

Tutuma antwortete nicht. Er starrte aus trüben Augen nach vorn. „Fühlst du dich jetzt besser?" fragte er schließlich.

Dieter zuckte die Achseln.

Auf ihrer kopflosen Flucht vor dem unsichtbaren Heckenschützen hatten sie eine halsbrecherische Nachtfahrt hinter sich. Sie waren nur dem Kompaß gefolgt, hatten alle Dornbüsche auf dem Wege einfach niedergewalzt, um keine Zeit zu verlieren, und jedesmal, wenn sie über eines der vielen Springhasenlöcher rumpelten, hatte Dieter um die Achsen des Lastwagens gefürchtet. Aber sie hatten gehalten.

Am Morgen fühlte er sich völlig zermürbt. Sein Hintern war wundgerieben, die strapazierten Beckenknochen schmerzten, er hatte Beulen am Kopf von den häufigen Stößen gegen das Wagendach.

Doch die aufgehende Sonne verscheuchte die Schimären der Nacht. Von einem Verfolger war nichts zu sehen, und plötzlich schien alles so unwirklich wie ein Alptraum. Nur die Blutflecken auf seiner Hose erinnerten Dieter an die Wirklichkeit.

Ein flimmernder Dunst hatte sich über den roten Staub gelegt, die Luft war ungewohnt schwer geworden. Elektrische Spannung lag in der Luft.

Im Westen tauchte eine weiße Wolke auf. Bald gesellten sich andere Wölkchen hinzu, verfärbten sich grau. Schon Minuten später bedeckten sie die Hälfte des Himmels und zogen einen schwarzen Vorhang vor die Sonne. Von einer Sekunde zur anderen wurde es dunkel.

Tutuma nahm seine Sonnenbrille ab und hielt an. Es war ihr erster Stopp seit zwölf Stunden. Steifbeinig sprangen sie ab und reckten ihre Glieder.

Die durstige Erde wies die ersten schweren Tropfen spröde ab, ließ sie im Staub zersprühen wie Quecksilberkugeln. Tausende neue kamen hinzu, und erst jetzt begann die Erde, sie wie ein Löschblatt gierig aufzusaugen.

„Hol die Tanks!“ rief Tutuma.

Von der Ladefläche des Fords rann ein kleiner Sturzbach hinunter in den Sand. Dieter hob die Tanks von der Ladefläche, schraubte sie auf und stellte sie unter den Strahl, und während sie langsam vollliefen, riß er sich die blutverschmierten Kleider vom Leib, T-shirt, Jeans und Unterhose, bis er nackt dastand, die Arme hochgereckt und das Gesicht andächtig dem Regen zugewandt, der das Grauen der letzten Nacht davonschwemmte. Tutuma hatte ebenfalls seine Kleidung abgeworfen, und sein glänzender Körper erinnerte Dieter an eine afrikanische Statue aus poliertem Ebenholz.

„Verstehst du jetzt, warum wir unsere Währung Pula getauft haben?“

„Was bedeutet das – Pula?“

„Es ist das Wort, das unseren ganzen Reichtum ausdrückt: Regen.“

Es war jetzt erheblich kühler, und als sie zu frieren begannen, flüchteten sie in die Fahrerkabine. Nach einer Stunde hörte der Regen auf, genauso unvermittelt, wie er gekommen war. Als sie wieder ausstiegen, versanken sie knöcheltief im roten Schlamm. Der Ford war blankgewaschen, auf der Ladefläche staute sich Wasser. Lizzy triefte und stank erbärmlich. Die Schlafsäcke waren durchgeweicht.

„Wir hätten wenigstens den Rucksack in Sicherheit bringen sollen“, sagte Tutuma.

Dieter schnürte den großen Rucksack auf. Den Inhalt konnte er nur noch auswringen und zum Trocknen ausbreiten. „Jetzt haben wir nichts zum Wechseln", sagte er.

So setzten sie sich nackt ans Steuer. Der Motor sprang sofort an, aber die Räder drehten durch. Der Regen hatte den Staub in einen Belag aus roter Schmierseife verwandelt.

„Stell den Motor ab", sagte Tutuma. „Schade um das Benzin."

Dieter sah aus dem Fenster. „Ob sie noch hinter uns her sind?"

„Möglich." Tutuma zuckte mit den Achseln. „Und wenn, dann stecken sie genauso im Schlamm wie wir."

X.

Jan Feuchtenbeiner kam mit kleinem Gepäck, einer Reisetasche aus Segeltuch, in Gaborone an. Er sah übernächtigt aus. Nach seiner Expedition in die Kalahari und der Rückkehr nach Orapa hatte er noch keine Gelegenheit bekommen, sich auszuruhen. Nach dem Fangschuß auf den Hijacker war er ohne Unterbrechung in seinem Range Rover zurückgefahren, die Nacht hindurch und den ganzen darauffolgenden Tag, und am späten Nachmittag des gestrigen Tages endlich in Orapa eingetroffen. Sein erster Weg hatte ihn in sein Büro geführt, wo ihm seine Sekretärin von einem weiteren Anruf des Fotografen aus Gaborone berichtet hatte. Der Mann habe ihr aufgetragen, ihrem Chef auszurichten, daß er ihn am Sonnabend in Gaborone treffen wolle, wo er ihm während der Abendvorstellung im Kino die Fotos aushändigen wolle.

Dieser January wurde immer frecher; ein verdammter Wahnsinn, ihn im Büro anzurufen. Die King Air war vor ein paar Stunden nach Gaborone geflogen. So war Feuchtenbeiner keine Wahl geblieben, als mit dem Range Rover bis Francistown und von dort mit dem Zug weiter nach Gaborone zu fahren. Zu Hause hatte er sich gar nicht erst blicken lassen. Sosehr er sich auch nach einem Bad, einer Rasur und frischer Kleidung sehnte, hatte er es doch vorgezogen, Junes bohrenden Fragen aus dem Wege zu gehen.

In Gaborone belegte er ein Zimmer mit Bad im Hotel President, schräg gegenüber dem Kino. Niemand nahm Anstoß an seinem verwahrlosten Äußeren. Der Anblick von Männern, die direkt aus dem Busch kamen, war hier etwas Alltägliches. Eine Stunde später saß er frisch gewaschen auf der Terrasse des President und verzehrte eine Riesenportion Heilbutt. Es war seine erste richtige Mahlzeit seit vier Tagen.

Eine halbe Stunde vor Beginn der Vorstellung ging Feuchtenbeiner hinüber und kaufte zwei Eintrittskarten im Parkett, wo die Weißen sich mit der schwarzen Oberschicht mischten. Er setzte sich auf den zweiten Platz in der letzten Reihe und belegte den Eckplatz daneben mit einer Ausgabe der *Botswana Daily News*. Erst als die Lichter ausgingen, nahm der Afrikaner lautlos den Eckplatz ein. Als Feuchtenbeiner instinktiv nach seiner Luger im Hosenbund greifen wollte, legte ihm January seine Hand auf den Oberschenkel.

„Sehen Sie geradeaus, Feuchtenbeiner."

Der Mann, der zu Januarys Stimme gehörte, war nicht sehr groß, trug einen hellen Anzug und eine Sonnenbrille. Mehr hatte Feuchtenbeiner in dieser Sekunde nicht erkennen können.

Feuchtenbeiner räusperte sich. „Haben Sie die Fotos?"

„Immer der Reihe nach. Erst will ich etwas von Ihnen hören."

„Da gibt's nicht mehr viel zu erzählen, January. Der Pilot hat die Funksprechanlage nicht abgestellt, und als euer Moses es gemerkt hat, war es zu spät. Gegen Mirage-Jäger kommt eine Cessna nicht an."

„Wo ist Moses?"

„Sie haben uns gezwungen, nach Südwestafrika zu fliegen. Und von da haben sie ihn nach Pretoria gebracht. BOSS hat die Untersuchung übernommen."

Zum erstenmal erlebte Feuchtenbeiner den Afrikaner sprachlos. „BOSS?" fragte er schließlich.

„Wie sollte ich es denn verhindern? Die Mirages haben uns abgefangen und nach Südwest umgeleitet."

„Was ist mit dem zweiten Mann?"

„Der ist doch abgesprungen. Mit dem Fallschirm."

„Wo?"

„Irgendwo über dem Xau-See."

„Und die Diamanten?"

„Die Koffer hat er vorher runtergeworfen."

Hier im Kino, auf Tuchfühlung mit seinem Verhandlungspartner, wirkte January keineswegs so selbstsicher wie am Telefon. „Hat er was von Zaire erwähnt?"

„Zaire? Nach Angola wollte er, nach Serpa Pinto. Aber dann sind uns diese verdammten Mirages in die Quere gekommen."

„Feuchtenbeiner, Sie werden doch nicht so selbstmörderisch sein, mir hier ein Märchen aufzutischen."

„Ehrenwort, January. An mir hat's nicht gelegen. Kann ich jetzt die Fotos haben?"

January griff in seine Brusttasche, holte ein weißes Kuvert heraus und übergab es ihm. Feuchtenbeiner öffnete das Kuvert und zählte nach. Es waren acht Fotos. Ob es auch die richtigen Fotos waren, konnte er im Dunkeln nicht ausmachen. Er streckte eine Hand aus. „Und jetzt die Negative."

„Ich habe Ihnen nur die Fotos versprochen", sagte January. „Von Negativen war nicht die Rede."

Feuchtenbeiner zwang sich zur Ruhe. „Was haben Sie damit vor?"

„Nichts. Vorausgesetzt, Sie haben mir keinen Bären aufgebunden."

„Ich hätt's wissen müssen. Erpresser halten sich nie an Spielregeln."

„Ein Krieg ist kein Tennis-Match." January nutzte das Getöse der Zuschauer, die lautstark Partei nahmen bei einer auf der Leinwand stattfindenden Karate-Schlacht zwischen Malayen und Chinesen, um sich durch den Seitenausgang abzusetzen.

UNTER einem Grandhotel westlichen Standards hatte sich Wolodja Naumow eigentlich etwas anderes vorgestellt. Das Telefon auf seinem Zimmer funktionierte nicht, der Warmwasserhahn spendete statt Wasser nur ein asthmatisches Krächzen. Als er das Bett aufschlug, flitzten Kakerlaken über das grauweiß gestärkte Laken die Bettpfosten hinab und unter den Schrank.

Vor einer Stunde hatte er sich ins Gästebuch des Hotels als „Mr. James Pritchard aus Liverpool" eingeschrieben. Naumow war auf Auslandseinsätze nicht mehr versessen. Mit fünfundfünfzig Jahren fühlte er sich zu alt für diese Arbeit, mit der unvermeidlichen Maskerade, den konspirativen Treffs, mit all dem Agenten-Hokuspokus. Der Klimawechsel machte ihm zu schaffen. Gestern war er bei klirrendem Frost in Moskau abgeflogen. Er schätzte den Temperaturunterschied auf mindestens fünfzig Grad, aber das war nicht das Schlimmste. Als viel unangenehmer empfand er die Schwüle, die sich nach dem Regen wie ein heißes feuchtes Tuch über Francistown gelegt hatte.

Es tröstete ihn, daß das Restaurant einigermaßen manierlich aussah. Die Tische waren weiß gedeckt, die schwarzen Kellner höflich und sauber. Man hatte ihm einen Platz am Tisch eines Weißen angewiesen, der sich als Johan Vermaak vorstellte und offenbar Bure war.

„Sie sind wohl gerade erst angekommen, Mr. Pritchard?"

„Man sieht's mir wohl an?" Wolodja lächelte entschuldigend. „Vor einer Stunde mit den Zambia Airways aus Lusaka."

„Was hat Sie ausgerechnet in dieses gottvergessene Francistown verschlagen?"

„Wollte schon immer mal eine alte Goldgräberstadt kennenlernen."

„Na, viel gibt's hier nicht mehr zu sehen. Wenn Sie wirklich was erleben wollen, dann sollten Sie lieber nach Südafrika fahren."

Und während Vermaak die touristischen Vorzüge seiner südafrikanischen Heimat pries, stocherte Wolodja appetitlos in dem Räucherlachs herum.

Rechts neben dem Nabel, wo sie ihm vor vierunddreißig Jahren den Bauch aufgeschnitten hatten, um die losen Darmenden wieder zusammenzunähen, schmerzte die Narbe.

Nach dem Essen schlug er eine Einladung Vermaaks aus, mit ihm einen Drink an der Bar zu nehmen. Er hatte keine Lust, seine Zeit mit einem geschwätzigen Handelsvertreter zu vergeuden, und schützte eine Kreislaufschwäche vor, was nicht einmal gelogen war.

Der Südafrikaner schien nicht sonderlich enttäuscht. Im Grunde interessierte ihn dieser langweilige Engländer nicht. Dabei hätten sie sich eine Menge erzählen können, denn sie hielten sich beide aus dem gleichen Grund in Francistown auf.

DER Zettel war in fehlerhaftem Englisch geschrieben, die Botschaft kurz: „January aus Gaborone zurück. Donerstag neu Transport Reckruten aus Schule Rodesien."

January faltete den Zettel, steckte ihn zurück in den durchsichtigen

Plastikbeutel und legte den Beutel unter den Stein, so wie er ihn vorgefunden hatte.

Edson Mojo war nicht besonders umsichtig zu Werke gegangen, als er die Nachricht für seinen Führungsoffizier Vermaak unter dem Knüppeldamm an der Straße nach Gaborone versteckte. Ein Freund Januarys, mit der Überwachung Mojos beauftragt, hatte den Matabele-Mann dabei beobachten können und January informiert, der sofort in seinem Jaguar zu der Fundstelle gerast war.

„Versteck dich hinter dem Baum, und paß auf, wer den Zettel abholt", ordnete er an, bevor er in die Stadt zurückfuhr.

Also stimmte Feuchtenbeiners Geschichte doch, und Mojos Version war erlogen. Sie hatten einen Spitzel eingeschleust. In einer ersten Aufwallung erwog er, den Verräter zu liquidieren, aber dann überlegte er, daß es klüger war, den Feind mit dessen eigenen Werkzeugen zu bekämpfen. Er würde Mojo eine Weile benützen, um die Südafrikaner mit falschen Informationen zu füttern. Das Ausbildungscamp im Busch, das Mojo nun kannte, mußte allerdings in aller Stille aufgelöst, das Reisebüro geschlossen, weitere Rekrutentransporte aus Zimbabwe mußten fürs erste abgeblasen werden.

Die Abwicklung würde ein paar Tage dauern. Danach mußte er ein neues Hauptquartier aufschlagen, in einem anderen Lager im Busch. Wenn die sowjetischen Waffen erst eingetroffen waren, benötigte er ohnehin keine Tarnung mehr. Nachdem BOSS so viele Interna aus der Organisation erfahren hatte, blieb nur noch die Flucht nach vorn.

Mit Tutuma war nun nicht mehr zu rechnen. Vielleicht hatte er sich beim Absprung über der Kalahari das Genick gebrochen, oder die Südafrikaner hatten ihn erwischt.

Dann eben ohne Tutuma. Alle Fäden liefen sowieso bei ihm, January, zusammen. Im Laufe der Zeit würden sich die Soldaten an den neuen Führer gewöhnen, an January.

Gewiß, Tutuma war populär, europäisch gebildet und integer. Doch strategisch war er Tutuma mindestens ebenbürtig, und mit dem Kredit des Mannes, der die Weißen aus dem Land gejagt hat, würde er später auch in die Aufgaben eines Staatsmannes hineinwachsen, fähig, das befreite Zimbabwe zu regieren.

Er schloß den Wagen ab und wollte ins Haus gehen.

„Hallo, Mr. Badubi.“

January schrak zusammen. Der weiße Mann, der auf der Terrasse gewartet hatte, zog höflich seinen Strohhut. „Ich möchte eine Reise nach Manila buchen.“ Es war die Parole, mit der sich der aus Lusaka avisierte Russe bei ihm einführen sollte.

„Steigen Sie ein.“ January ging zurück zum Jaguar und schloß ihn auf. „Ich zeige Ihnen die Stadt.“

Als sie ein paar hundert Meter gefahren waren, sprach er die Antwort auf die Parole aus: „In Manila wachsen die Vanillestengel auf Bäumen.“

Ein Lächeln erhellte die leidende Miene des Russen. „Ich heiße James Pritchard.“

„Entschuldigen Sie, daß ich Sie vorhin nicht ins Haus gebeten habe, Mr. Pritchard.“

„Das war sehr umsichtig. Im Auto kann man nicht abgehört werden.“

„Sie wollen sicher von mir erfahren, wo die Diamanten geblieben sind, Mr. Pritchard.“

„Ach, die Diamanten.“ Der Russe winkte ab. „Wir machen uns viel mehr Sorgen um Tutuma.“

„Tutuma ist wohlauf. Er hält sich im Busch versteckt. Sie können sich vorstellen, daß die Buren hinter ihm her sind. Er hat mir den Auftrag erteilt, die Waffen in Empfang zu nehmen und den Befreiungskrieg von Botswana aus zu starten. Unsere Leute sind ungeduldig, verstehen Sie. Sobald der Krieg begonnen hat, will Tutuma zu uns stoßen. Mit den Diamanten übrigens.“

Pritchard schien von dieser Idee nicht sehr begeistert. „Ich hätte vorher gern mit ihm gesprochen.“

„Ausgeschlossen! Das ist viel zu gefährlich für uns alle. Leider ist die Aktion nicht ganz planmäßig verlaufen.“

„Ich hätte gern die Einzelheiten erfahren.“

January erzählte ihm die Feuchtenbeiner-Version des Zwischenfalls, vom Eingreifen der Mirage-Jäger und von Tutumas Fallschirmlandung in der Kalahari. „Zuverlässige Freunde haben ihm weitergeholfen“, sagte er dunkel. Und bei der Andeutung ließ er es bewenden, so hartnäckig Pritchard auch nach weiteren Einzelheiten fragte.

Nachdem er den Russen in der Nähe des Grandhotels abgesetzt hatte, suchte January noch den Afrikaner auf, den er am Knüppeldamm zurückgelassen hatte. Er erfuhr, daß der Handelsvertreter Johan Vermaak aus Südafrika Mojos Zettel aus dem toten Briefkasten gefischt hatte. Wenigstens wußte er jetzt Bescheid.

Auf dem Platz vor dem Direktionskasino in Orapa bremste Feuchtenbeiner den Range Rover ab und steckte seinen Kopf aus dem Fenster. Der erste Bekannte, der ihm nach seiner Rückkehr über den Weg lief, war ausgerechnet der BOSS-Agent Roger Niehoujs. Er teilte Feuchtenbeiner mit, daß der Mann, nach dem er zu suchen hatte, Tutuma hieße, aber das habe ihm auch nicht weitergeholfen.

Feuchtenbeiner rieb sich den Nacken. „Wissen Sie, Niehoujs, ich glaube, der ist längst irgendwie verreckt."

Der BOSS-Agent blinzelte mißmutig. „Meinen Sie?"

„Na, wenn Sie ihn bisher nicht aufgestöbert haben . . ."

„Komisch, gestern dachten wir schon, wir hätten ihn. Das Flugzeug hat einen Schwarm Geier aufgescheucht. Da unten am Deception-Fluß, wo sich die Hyänen gute Nacht sagen. Ich bin natürlich sofort hin, mit dem Helikopter."

„Und?"

„Ein Skelett, so sauber wie im Biologieunterricht. Die Schakale haben ganze Arbeit geleistet."

„Hatte er die Koffer bei sich?"

„Welche Koffer?"

„Na, die mit den Diamanten."

„Was soll denn ein Buschmann mit Diamanten anfangen?"

„Es war also nicht dieser Tutuma?" Diese verräterischen Schweißausbrüche konnten ihn noch mal den Kopf kosten.

„Ich sag doch: ein Buschmann. Wir haben das Skelett ausgemessen. Der Mann war höchstens ein Meter sechzig groß und trug keine Schuhe. Nur einen Lederschurz und einen Sammelbeutel. Das Merkwürdige war: Er war gar nicht verdurstet. Kopfschuß. Sehe ich Sie nachher im Kasino?"

Feuchtenbeiner starrte dem BOSS-Agenten entgeistert nach. Er brauchte eine Weile, um diese Wendung zu verarbeiten. Er hatte Tutuma doch durchs Fernglas deutlich erkannt! Dann war er wieder zum Range Rover gegangen, um seine Elefantenbüchse zu holen. Als er zurückgekommen war, hatte Tutuma mit dem Rücken zu ihm gesessen. Natürlich hatte er sich nicht noch einmal vergewissert, ob es wirklich Tutuma gewesen war. Wo sollte denn plötzlich ein zweiter Kaffer hergekommen sein? Hatte er tatsächlich den falschen Mann erwischt? Dann wäre er jetzt noch übler dran als zuvor. Tutuma würde January bei der nächstbesten Gelegenheit über den Mordanschlag informieren. Schon morgen könnten die Fotos in Bill Scrantons Postfach liegen. Gestern im Kino hatte January von einem Anschlag auf Tutuma offenbar noch nichts gewußt. Sonst hätte er anders reagiert.

Es gab noch eine Chance. Der Deutsche wollte mit seinem Lastwagen nach Maun. Maun lag auf dem Weg nach Angola, und Angola war das Ziel, das Tutuma im Flugzeug angegeben hatte. Es war also gut möglich, daß die beiden noch immer zusammen waren. Jan Feuchtenbeiner war sicher, daß er diesmal den Richtigen erwischen würde.

Auf dem Postamt legte Mojo einen Benachrichtigungszettel vor. „Ich soll ein Paket für Mr. Badubi abholen."

Der Angestellte fischte das richtige Paket heraus. „Warum kommt er nicht selbst?"

„Er hat keine Zeit."

Mojo quittierte den Empfang und nahm das Paket an sich. Es war verschnürt und etwas kleiner als ein Schuhkarton. Mojo drehte das Paket um und warf einen Blick auf den Absender: Botschaft der UdSSR in der Republik Sambia. Poststempel Lusaka.

Mojo nahm das Paket unter den Arm und lief drei Blocks weiter zu dem Buchladen. Der Besitzer, ein Inder, war allein im Laden. Mit einer knappen Kopfbewegung bedeutete er, daß Mojo im Hinterzimmer erwartet werde. Mojo ging hinein und wartete, bis Vermaak, der mit der Reinigung seiner Fingernägel beschäftigt war, aufblickte.

Schließlich fragte der Bure: „Was gibt's?"

„Ich habe wichtige Neuigkeiten von January, Mr. Vermaak. Er hat mir vorhin erzählt, er will die Freiheitsbewegung auflösen, mitsamt den Ausbildungscamps im Busch. Er hat erfahren, daß die seit langem angekündigten Waffen nicht geliefert werden. Ohne Waffen und ohne

Tutuma ist die Errichtung einer zweiten Front zur Befreiung Zimbabwes aber für ihn sinnlos geworden."

„Was hast du da für ein Paket?"

„An January. Von der sowjetischen Botschaft in Lusaka."

„Zeig mal her." Vermaak drehte und wendete interessiert das Paket, hielt es an sein Ohr und schüttelte es. Dann klappte er sein Taschenmesser auf.

„Vorsicht! January darf doch nicht merken, daß wir es geöffnet haben."

Vorsichtig lockerte Vermaak mit der Messerspitze den Knoten der Verschnürung. Sofort nach der Explosion stürzte der Inder ins Hinterzimmer. Er trat auf Glasscherben und Mörtel. Es roch nach angesengtem Fleisch. Als sich die Schwaden des Mörtelstaubs gesetzt hatten, sah der Inder auf dem Boden einen abgerissenen Kopf liegen, den Kopf des Buren. Einen Meter weiter entdeckte er den blutigen Körper Edson Mojos.

Verglichen mit den achsbrecherischen Fahrspuren, auf denen er sich in der letzten Woche hatte fortbewegen müssen, erschien Dieter die Straße von Francistown nach Maun wie eine Autobahn. Der Belag bestand aus gestampftem Lehm und Steinen und war einigermaßen eben. Am Morgen hatten sie den Botletle-Fluß überquert und nach einer Stunde Fahrt über die steinharten Salzrippen der Makgadikgadi-Pfannen die Straße erreicht. Dieter bestand darauf, erst in östlicher Richtung nach Nata zu fahren, um den amerikanischen Archäologen die Ziege zurückzubringen, und Tutuma, der eigentlich westwärts nach Maun wollte, fügte sich schließlich und verkroch sich unter der Decke auf der Ladefläche. Er wollte nicht gesehen werden.

Für botswanische Verhältnisse war der Verkehr auf der Allwetterstraße lebhaft. Fast jede Stunde begegnete ihnen ein Wagen. In Gweta, einem Dorf mit ungefähr dreißig Lehmhütten, kaufte Dieter zwei Dosen Mirinda-Orangeade. Dann ging er hinüber zu einer weißgestrichenen Bude, vor der ein alter Afrikaner hinter einem vorsintflutlichen Fotoapparat stand.

Der Alte grinste ihn zahnlos an. „Foto, Monna? Ein Pula."

Als Dieter belustigt nickte, stellte ihn der Alte vor eine abgewetzte

Pappwand, auf die ein Löwe gemalt war. Der Kopf des Alten verschwand unter einem schwarzen Tuch, und eine Minute später war das Foto im Kasten. Dieter gab dem Alten eine Pula-Note und schrieb ihm die Postfachnummer von Helmuth Dieckmann in Maun auf.

Dann ging er zurück zu dem Anderthalbtonner und reichte Tutuma eine Limonadendose.

„Hat dich einer gesehen?"

„Ja."

„Und erkannt?"

„Ich hoffe nicht."

Es hatte zu regnen begonnen, der Staub verband sich mit dem Wasser zu einem schlüpfrigen Belag, auf dem die Räder kaum noch hafteten. Gegen Abend erreichten sie Nata, eine größere Ansammlung von Lehmhütten. Ein Afrikanerjunge wies ihnen den Weg zum Nata-Fluß, wo Bob, Jim und Linda ihr Basis-Camp aufgeschlagen hatten.

In einem offenen, mit Schilf bedeckten Unterstand hämmerte Bob auf die Tasten einer Schreibmaschine. Linda stand mit aufgekrempelten Jeans im Fluß und wusch den gußeisernen Kochtopf, und Jim lag fluchend unter dem Datsun Patrol.

Als erster erspähte Bob den Besucher. Er kam aus dem Unterstand gerannt und umarmte Dieter. Dann rief er zum Datsun hinüber: „Jim! Wir haben hohen Besuch!"

Jim kroch ölverschmiert unter dem Wagen hervor. „Dieter! Hat dich die Kalahari wieder hergegeben!"

Jetzt kam auch Linda vom Fluß. „Wo ist Lizzy? Hast du sie etwa aufgefressen?" Dieter deutete auf die Ziege, die stinkend und triefend auf der Ladefläche des Fords stand und keine Spur von Wiedersehensfreude bekundete.

„Und Tutuma?" fragte Jim.

„Fast hätten sie ihn erwischt." Tutuma tauchte unter der Decke auf. Er hörte schweigend zu, als Dieter den Amerikanern von dem Mordanschlag auf Klick-Klack erzählte. „Tut mir leid, wenn ich euch die Stimmung verderbe mit dieser Geschichte."

Jim spuckte wütend ins Feuer. „Und ob du uns die Stimmung versaut hast!"

Nach dem Essen, das sie schweigend an dem Blechtisch unter der großen Schirmakazie einnahmen, erwähnte Bob, daß der Direktor des Deutschen Entwicklungsdienstes in Gaborone sich große Sorgen um Dieter Hahn mache.

„Vielleicht solltest du deine Leute in Gaborone anrufen, Dieter. Es ist nicht gerade fair, sie so lange im ungewissen zu lassen."

Dieter putzte verlegen seine Brille. „Gibt's in Nata ein Telefon?"

„Ich fahre morgen sowieso nach Francistown", sagte Bob. „Einkaufen und den Bericht über unsere Buschmann-Expedition an die Uni absenden. Wenn du willst, nehme ich dir den Anruf nach Gaborone ab."

„Das wäre nett. Und was deinen Bericht betrifft – vielleicht können wir noch ein paar Einzelheiten beisteuern."

Er erzählte von ihrer Begegnung mit den Buschmännern. Es wurde eine lange Nacht, denn Bob, Jim und Linda ließen nicht locker, bis sie auch die letzte Einzelheit aus Dieter herausgepreßt hatten. Gegen Morgen kroch Dieter in das Zelt zu Tutuma, der schon vor Stunden schlafen gegangen war.

Vorhin am Feuer hatte der Rauch die Moskitos ferngehalten, aber hier im Zelt machte Dieter zum erstenmal ihre Bekanntschaft. Draußen in der trockenen Kalahari, wo ihnen die Brutplätze fehlten, hatte es keine gegeben. Als die unsichtbaren Geschwader ihn über und über zerstochen hatten, floh er ins Freie und sprang ins Wasser, um die höllisch brennenden Quaddeln auf seiner Haut zu kühlen. In seiner Kniekehle ertastete er eine Schwellung so groß wie eine Erbse. Sie entpuppte sich als eine vollgesogene Zecke, die sich in seine Haut eingebohrt hatte. Er drehte sie heraus und zertrat sie am Boden.

Nach dem Frühstück bat Tutuma die Archäologen um einen Kugelschreiber und ein Blatt Papier. Er schrieb das Blatt voll und gab es Bob. „Kannst du das in Francistown für mich erledigen?" Er beschrieb ihm den Weg zu Januarys Reisebüro. „Der Mann heißt Mr. Badubi. Ich muß mich darauf verlassen, daß die Nachricht keinem Falschen in die Hände fällt."

Bob warf einen Blick auf den Zettel. „Ist das der Entwurf für die Unabhängigkeitserklärung von Zimbabwe?"

„Das ist eine Sache, die nur Badubi und mich etwas angeht", sagte Tutuma abweisend.

In seiner Behörde galt Erik van Zyl als ein Mann ohne Leidenschaften, wenn man von seiner Vorliebe für Puzzles absah. Er besaß zwei Schränke voller Spiele aus aller Welt, und er hielt sich viel darauf zugute, noch vor keinem Puzzle kapituliert zu haben, so kompliziert es auch sein mochte.

Seit fünf Tagen spielte van Zyl ein anderes Puzzle, und daß es noch nicht gelöst war, lag seiner Meinung nach daran, daß er noch nicht über alle Teile verfügte. Die meisten hatte bisher der Matabele Edson Mojo geliefert. Von dessen Führungsoffizier Johan Vermaak wußte van Zyl, daß hinter dem Anschlag auf den Diamantentransport eine Guerilla-Organisation stand, deren Anführer Tutuma noch flüchtig war und deren zweiter Mann Teko Badubi hieß und sich Mr. January nannte.

Daß Edson Mojo nun ausfiel, war bedauerlich. Und daß ausgerechnet seine eigenen Auftraggeber Mojo ausgeschaltet hatten war auf eine jener Pannen zurückzuführen, die sich dem Kalkül jedes noch so umsichtig arbeitenden Geheimdienstes entzogen. Denn wer hätte schon voraussehen können, daß January ganz gegen seine Gewohnheit diesmal seine Post nicht selbst abholen und öffnen würde?

Es hatte einiges gegen den Plan gesprochen, January durch eine Paketbombe zu beseitigen, solange BOSS durch Mojo über alle Absichten des Feindes informiert wurde. Andererseits war Eile geboten. Wenn January seine Armee erst bewaffnet hätte, wäre es vielleicht zu spät gewesen. Die Köpfe mußten abgeschlagen werden, bevor die Organisation ernsthaften Schaden anrichten konnte.

Durch den Fehlschlag des Attentats war eine neue Lage entstanden. January war gewarnt, er würde untertauchen, seine Ausbildungscamps im Busch auflösen oder verlegen.

An dieser Ecke des Puzzles würde van Zyl vorerst keine neuen Einzelteile anlegen können. Aber zwei neue Puzzle-Teile waren von Gweta hinzugekommen. Der Fotograf hatte dem BOSS-Agenten in Francistown von einem Afrikaner berichtet, der auf der Ladefläche eines sandfarbenen Ford-Anderthalbtonners einen unter der Decke verborgenen Mann aufgespürt hatte. Und der hatte dem Phantombild Tutumas sehr ähnlich gesehen.

Der Anderthalbtonner gehörte dem deutschen Entwicklungshelfer

Dieter Hahn. Ein Foto dieses Deutschen, das ihn mit einem Papplöwen im Hintergrund zeigte, hatte der Informant beigelegt. Und die Nummer eines Postfachs in Maun, an die er das Foto schicken sollte – c/o Helmuth Dieckmann. Offenbar auch ein deutscher Entwicklungshelfer.

Wenn der Mann auf der Ladefläche Tutuma war, dann war der Deutsche vermutlich der Faden in dem Knäuel, an dem der Anführer der Guerilleros und zwei Koffer mit Rohdiamanten hingen.

Schließlich gab es noch ein Teilchen, von dem van Zyl noch immer nicht genau wußte, ob es in sein Puzzle paßte oder nicht: Jan Feuchtenbeiner. Orapa hatte ihm gemeldet, daß der Sicherheitschef, kaum von seinem Jagdausflug zurückgekehrt, sich schon wieder auf den Weg gemacht habe. Diesmal ins Okavango-Delta nördlich von Maun, angeblich, um Krokodile zu jagen.

Van Zyl hätte gern erfahren, hinter welchen Krokodilen Feuchtenbeiner her war. Vielleicht war eines davon schwarz. Noch eine Fährte, die nach Maun führte. Van Zyl beschloß, vier seiner tüchtigsten Leute dorthin zu entsenden.

Einen Tag nach dem mißglückten Attentat war January in den Busch hinausgefahren, um in aller Eile das Lager aufzulösen. Die Rekruten verteilte er auf die anderen Camps.

Der überraschende Besuch des amerikanischen Archäologen Bob war ihm nicht gelegen gekommen. Ein paar Tage früher wäre January glücklich über ein Lebenszeichen von Tutuma gewesen, aber wie die Dinge jetzt lagen, verwirrte ihn Tutumas handgeschriebene Botschaft mehr, als sie ihn freute. In der Sprache der Karanga und verschlüsselt, bestätigte Tutuma in wenigen Sätzen, was January von Feuchtenbeiner schon über den Verlauf des Orapa-Unternehmens erfahren hatte. Er schrieb, daß er sich auf dem Wege nach Angola befinde, weil ihm vorläufig der Boden in Botswana zu heiß sei und er mit den Sowjets über die Waffenlieferung verhandeln müsse. Falls January ihm eine Nachricht zukommen lassen wolle, könne er ihn noch einige Tage über den deutschen Entwicklungshelfer Dieter Hahn in Maun erreichen.

Nachdem January den Zettel gelesen hatte, verbrannte er ihn.

Warum mischte sich Tutuma ein, jetzt, da sich die Dinge auch ohne sein Zutun so blendend entwickelten?

Das Attentat hatte die Szenerie völlig verändert. Wer sprach denn noch von Tutuma? Schließlich war er, January, es gewesen, den die Südafrikaner in die Luft sprengen wollten. Jetzt war er aufgerückt. Einer mußte die Verantwortung übernehmen, für zwei Führer war kein Platz. Er verfügte über die Truppen. Und wer die Armee hat, hat die Macht.

Am nächsten Tag lud January Dikeledi zu einem Ausflug in seinem Jaguar ein. Als sie am Shashe-Staudamm ausgestiegen waren, sagte er: „Es ist gut, einen Menschen zu haben, dem man ganz und gar vertrauen kann. Man fühlt sich nicht so allein."

„Hast du Sorgen, Teko?"

„Es ist bitter, wenn man sich in einem Freund getäuscht hat."

„Tutuma?"

„Eigentlich wollte ich nicht mehr darüber sprechen."

„Du hast immer deine Sorgen mit mir geteilt, Teko."

Sie gingen eine Weile schweigend nebeneinander her, dann setzten sie sich unter einen Mopanebaum. January nahm einen Stein und warf ihn wütend ins Wasser. „Er hat uns für seine Zwecke ausgenutzt, dich und mich. Und jetzt besitzt er noch die Frechheit, uns einen Boten mit einer Nachricht zu schicken."

Dikeledi sah ihn verblüfft an.

„Der kleine Amerikaner, der mich gestern besucht hat, überbrachte einen Zettel von Tutuma."

„Zeigst du ihn mir?"

„Hab ihn verbrannt. Ich war so empört. Auf dem Zettel behauptet er, daß er mit dem Fallschirm über der Kalahari abspringen und die beiden Koffer mit den Diamanten verstecken mußte."

„Er konnte ja nicht ahnen, daß Moses uns längst die Wahrheit über seinen Verrat übermittelt hat", sagte Dikeledi nachdenklich. „Dann ist er also nicht in Zaire?"

„Er ist zurückgekommen nach Botswana, weil er sich hier mit einem Aufkäufer der Central Selling Organization von De Beers verabredet hat. In Zaire hat er nämlich keinen Käufer gefunden. Nur die CSO kann einen so gewaltigen Posten Diamanten abnehmen. Sie kaufen die

Diamanten einfach zurück. De Beers braucht nur einen Bruchteil ihres wahren Wertes zu zahlen, sagen wir mal, eine Million Dollar, und Tutuma hat dann immer noch genug, um sich irgendwo in der Welt damit niederzulassen und das Leben eines weißen Herrn zu führen."

„Wo hast du das her mit der Million Dollar und dem Aufkäufer?"

„Mein Vertrauensmann in Maun hat es mir berichtet. Der Aufkäufer wartet dort schon auf Tutuma und seine Diamanten."

„Bist du sicher, daß er die Wahrheit sagt?"

January nickte traurig. „Es gibt zu viele Beweise dafür. Der Aufkäufer in Maun, Mojos Bericht, die Tatsache, daß De Beers die Flugzeugaffäre bis heute geheimgehalten hat. Tutuma will uns hinters Licht führen, wie er es immer getan hat. Und weißt du, was die größte Unverfrorenheit ist? Ich soll mich mit ihm treffen. Wahrscheinlich will er mich über unsere Absichten aushorchen, um sie den Südafrikanern zu verraten. Vielleicht ist das im Kaufpreis inbegriffen."

January ließ Dikeledi etwas Zeit, all diese Neuigkeiten zu verarbeiten. Schließlich fragte sie ihn, ratlos und deprimiert: „Und was nun?"

„Er hält sich für schlau. Aber wir sind schlauer als er. Du wirst zu ihm fahren. Ich werde dir sagen, was du ihm erzählen sollst." Er zögerte. „Nur – Tutuma spricht mit tausend Zungen, das hat er auf der Universität von den Weißen gelernt. Er wird dich in ein neues Spinngewebe von Lügen einhüllen. Versprich mir eins, Dikeledi."

„Was?"

„Was immer er dir erzählen mag – du darfst ihm kein Wort glauben. Denk immer an deinen Auftrag."

„Welchen Auftrag?"

„Du mußt versuchen, ihm sein Geheimnis zu entlocken."

„Sein Geheimnis?"

„Das Versteck der Diamanten."

„Warum sollte er es mir verraten?"

January strich ihr sanft über die Oberschenkel. „Er mag dich, er hat es mir mal gesagt."

„Aber er weiß doch, daß ich deine Freundin bin."

„Deshalb hat er es ja bisher auch nie versucht."

Dikeledis Miene erstarrte. Sie entwand sich ihm, stand auf und strich sich den Rock glatt.

„Es ist auch für mich nicht leicht, Dikeledi. Aber wir brauchen die Diamanten. Sonst können wir die Waffen nicht bezahlen."

Dikeledi drehte sich zu ihm um. „Und wenn ich's herausbekommen habe?"

„Dann gib ihm das." Aus der Tasche seines Buschhemdes förderte er ein Stück Holz zutage. Bei näherem Hinsehen erkannte Dikeledi, daß es ein Stück Bambusrohr war, so lang wie ihr kleiner Finger. Das Ende war zu einer scharfen Spitze geschliffen. Aus der anderen Tasche holte January eine unscheinbare kleine Dose und schraubte sie auf.

„Was ist das?"

„Es ist ganz einfach. Du tauchst die Bambusspitze hinein und ritzt ihn damit im Schlaf. Er wird es kaum merken, vielleicht wird er nicht einmal aufwachen. Eigentlich hätte er einen schwereren Tod verdient."

Dikeledis Hand, die erst nach der Dose greifen wollte, zuckte zurück. „Das kann ich nicht, Teko. Ich bin kein Spinnenweibchen."

„Es ist viel, was ich von dir verlange, für eine Frau vielleicht zu viel." Er musterte sie mit einem langen, beschwörenden Blick. „Tu's für unser Volk, Dikeledi."

XI.

DAS Boot kämpfte sich mit hartem Tuckern gegen die starke Strömung nach Norden. Aufmerksam spähte Tutuma zu den Ufern hinüber. Bisher hatte er noch keine Insel gefunden, die ihm zusagte. Die Biologen der UNO schätzten die Inseln im Okavango-Delta auf zehntausend, von denen vielleicht ein Dutzend bewohnt waren. Das Wasser des Okavango-Deltas kam von Norden mit dem Okavango-Strom aus Angola, teilte sich hinter der botswanischen Grenze in Tausende von Flüssen, Lagunen, Kanälen und Seitenarmen und irrte durch ein Gebiet fast von der Größe Hollands.

Auf den ersten Kilometern am Rande des Deltas waren ihnen noch gelegentlich Menschen begegnet, einsame Jäger oder Fischer. Später waren sie nach Nordwesten abgebogen, in den Boro-Fluß, einen der wenigen halbwegs passierbaren Wasserläufe, der mitten hineinführte in das unübersichtliche Labyrinth aus Flußarmen und Lagunen. Hinter der zweiten Flußbiegung hatte Dieter Tutuma an Bord genommen. Dieters Angebot, ihn im Haus eines Entwicklungshelfers in Maun unterzubringen, hatte er abgelehnt. Im Delta, weitab von allen Menschen, fühlte er sich sicherer.

Endlich meinte Tutuma eine geeignete Insel gefunden zu haben, und Dieter steuerte mit abgestelltem Motor darauf zu. Tutuma sprang ins Wasser, das ihm bis zur Taille reichte, und schob das Boot über den Teppich aus weißen und blauen Wasserlilien in den Schilfgürtel.

Dieter war überrascht, daß er am Ufer auf festen Lehm trat. Die Insel war vielleicht vier Hektar groß. Auf der ihnen abgewandten Seite standen Palmen. Als er die Insel näher erforschen wollte, hielt ihn der Afrikaner zurück. „Laß uns lieber in der Nähe des Bootes bleiben." Tutuma fürchtete sich vor Krokodilen und Flußpferden, die gefährlich werden konnten, wenn man sie störte. „Ich war noch nie im Delta. Mir wär wohler, ich hätte ein Gewehr bei mir."

Dieter half Tutuma beim Sammeln von Papyrusblättern, aus denen der Afrikaner sich auf einem freien Platz ein Bett bereitete. Dann schwärmten sie aus, um trockenes Holz zu suchen.

Beim ersten Stich wußte Dieter sofort, daß dies kein Moskito sein konnte. Moskitostiche juckten und waren bei weitem nicht so schmerzhaft. Dieser Stich war wie von einer glühenden Nadel. Er klatschte sich auf den Nacken und zerdrückte ein Insekt, das entfernt einer Pferdebremse ähnelte. Ein Blutfleck blieb zurück, aber kein Jukken und keine Schwellung. Auch der plötzliche Schmerz war sofort vorüber. Auf einmal attackierte ihn ein ganzer Schwarm, und das Unheimliche war, daß diese Fliegen nicht zu hören waren. Sie ließen sich einfach von den Bäumen fallen.

Und während er wild um sich zu schlagen begann, flogen die lautlosen Stukageschwader immer neue Angriffe. Sein gelbes T-shirt bekam rote Flecken, die meisten Fliegen aber schienen eine eigenartige Vorliebe für seine blauen Jeans zu hegen, die bald über und über mit ihnen bedeckt waren. Hilfesuchend rannte Dieter hinüber zu Tutuma.

„Zieh die Jeans aus, und spring ins Wasser", riet der Afrikaner.

Dieter gehorchte, stieg aus den Hosen, und sobald er ins kristallklare Wasser tauchte, ließen die Fliegen von ihm ab.

„Warum haben sie dich nicht angefallen?“ rief er. „Mögen sie keine Schwarzen?“

Tutuma lachte. „Weil du blaue Jeans getragen hast. Tsetsefliegen sind ganz versessen auf Blau.“

Wegen der Tsetsefliegen, die im Blattwerk der Bäume auf Opfer lauerten, entzündeten sie ihr Feuer auf einer Lichtung.

„Es wird bald dunkel“, murmelte Tutuma. „Nachts schwärmen sie nicht aus.“ Er lauschte dem feinen Sirren, das die Luft erfüllte. „Hörst du? Da kommt die Ablösung. Moskitos.“

„Schlafkrankheit oder Malaria. Schöne Alternative.“ Dieter war müde und hungrig und verärgert, weil er wieder eine Nacht im Freien verbringen mußte, mit all den Moskitos, Tsetsefliegen und weiß der Teufel was noch für Ungeziefer. Er hatte sich auf das Bett gefreut, das im Haus von Helmuth Dieckmann auf ihn wartete. Maun verfügte sogar über elektrisches Licht, ein unerhörter Luxus für ein Dorf im Busch. Angeblich sollte es in Helmuths Haus sogar ein richtiges Wasserklosett und eine Badewanne mit einem aus einer Butangasflasche gespeisten Boiler geben.

Tutuma versuchte, ihn mit einem aufmunternden Blick zu trösten. „Heute gibt's frischen Fisch.“

Später, als es dunkel wurde, zog der Afrikaner einen brennenden Stock aus dem Feuer und hielt ihn wie eine Fackel über das Wasser. Sofort versammelte sich ein Schwarm Buntbarsche unter dem Licht. Tutuma schlug ein paarmal kräftig ins Wasser und holte ein halbes Dutzend betäubter Fische heraus. Als Vorspeise fing er ein paar Frösche, nahm sie aus und warf sie zu den Barschen auf den Grill.

Es wurde eine einsilbige Mahlzeit. Seit Klick-Klack vor seinen Augen erschossen wurde, waren Dieter die Nächte unter freiem Himmel unheimlich geworden. An das Konzert der Kalahari hatte er sich gewöhnt; die Geräusche im Sumpf wirkten noch fremdartiger, vielfältiger, bedrohlicher. Drüben vom Feigenbaum hörte er ein leises Schmatzen, das von einer fruchtfressenden Fledermaus herrühren mochte. Eine Eule rauschte auf leisen Schwingen über ihn hinweg. Auf der anderen Inselseite bellten die Paviane, und ganz in der Nähe brach ein Tier durch die Büsche. Ein gedämpftes „Plop“ begleitete von Zeit zu Zeit den Gesang der Zikaden – ein Fisch sprang aus dem

Wasser, um nach einem Insekt zu schnappen. Und über allem lag das gleichbleibende Läuten der Unken.

Am Morgen hatte Dieter es eilig wegzukommen. Tutuma nahm ihm das Versprechen ab, so bald wie möglich mit einem Moskitonetz, einem Buschmesser und frischem Proviant zurückzukehren.

„Was hast du hier überhaupt verloren, in diesem unheimlichen Sumpf?" wollte Dieter wissen. „Du willst doch nach Angola."

„Ich warte hier auf Nachricht. Ein Afrikaner wird in Maun zu dir kommen und nach mir fragen. Führ ihn bitte hierher."

„Woher soll ich wissen, daß es der Richtige ist?"

„Wenn er den Namen January erwähnt, kannst du ihm trauen."

Als Dieter den Motor des Bootes anwarf, legte ihm der Afrikaner die Hand auf die Schulter. „Du hast viel für mich getan, Dieter. Es ist das letzte, worum ich dich bitte."

Der Deutsche winkte noch einmal zurück. Von Abenteuern hatte er fürs erste genug.

HELMUTH DIECKMANN lag auf dem Estrich vor dem Schrank, eine selbstgebastelte Fliegenklatsche in der Hand.

„Ich bin Dieter. Ich bringe den Anderthalbtonner."

Helmuths freie Hand wedelte unbestimmt. „Setz dich irgendwohin." Er versuchte, unter den Schrank zu blicken. Sein dichter Bart, der ihm bis auf die Brust reichte, fegte dabei den staubigen Boden. „Komm raus, du Miststück!" sagte er.

Unter dem anderen Ende des Schranks flitzte eine Kakerlake hervor. Helmuth holte mit der Fliegenklatsche aus und – schlug daneben. Die Kakerlake entkam durch den Türspalt ins Freie.

Enttäuscht richtete Helmuth sich auf und reichte Dieter die Hand. „Hab dich eigentlich schon vor einer Woche erwartet." Ein paar Staubflocken hingen in seinem Bart. Er sah den Gast aus vertrauenerweckenden braunen Augen hinter einer dicken Hornbrille an. Helmuth war neunundzwanzig, wirkte aber zehn Jahre älter. Dieter mochte ihn auf Anhieb.

„Ich habe einen Umweg über Orapa und Rakops gemacht."

Helmuth schlurfte zum Kühlschrank in der Küche und mixte in einer Kanne Fruchtmark und Wasser. „Wie lange bleibst du?"

„Weiß noch nicht. Ich will mir mal deine Brigade anschauen. Soll selbst eine aufbauen in Ghanzi."

„Ich mach dir mein Arbeitszimmer frei."

Während Dieter seine Sachen von der Ladefläche holte, begutachtete Helmuth den Anderthalbtonner, den er in zähen Verhandlungen, die sich über zwei Jahre hingezogen hatten, als Spende des Deutschen Entwicklungsdienstes ergattert hatte. Jetzt war er endlich da. Helmuth grinste zufrieden. Er brauchte den Lastwagen für die Farm seiner Brigade, die eine Autostunde außerhalb Mauns lag, am Rande des Sumpfes. Die Schüler lernten dort, Bohnen, Mais, Kohl, Zwiebeln und Tomaten anzupflanzen. In Maun, wo ständig Mangel an Frischgemüse herrschte, hätte Helmuth die Produkte seiner Brigade gewinnbringend verkaufen können. Aber es gab keine Transportmöglichkeit, und das Gemüse verrottete draußen auf der Farm.

Bisher hatte er nur über eine Honda 90 verfügt, ein geländegängiges Kleinmotorrad, das zur Grundausstattung jedes freiwilligen Entwicklungshelfers gehörte. Helmuth schloß den Ford ab und ging zurück ins Haus. Es war ein rasch aus Fertigteilen aufgestellter Bau mit Wellblechdach, abseits von den Rundhütten der Afrikaner, mit Wasseranschluß und Strom. Ein Dach über dem Kopf war die einzige Leistung, die die Regierung für die weißen Entwicklungshelfer zu erbringen hatte. Ein kleiner Garten gehörte dazu, eine Lehmwüste, in der Unkraut wucherte.

Drinnen im Haus sah es nicht viel besser aus. Die Möbel im Wohnzimmer, drei kunstlederbezogene Stühle und eine Art Sofa, der wacklige Schrank, der Tisch, waren grob gezimmerte Produkte aus Helmuths Tischlerbrigade. Eine geflochtene Sisalmatte ersetzte den Teppich. In der winzigen Küche türmte sich schmutziges Geschirr mit angetrockneten Speiseresten. Überall klebten Kerzenstummel, und auf dem Estrich knirschte Sand.

Helmuth schlug ein paar Eier in die Pfanne und produzierte daraus eine Art Rühreier. „Ein großer Koch bin ich nicht gerade", entschuldigte er sich. „Aber es liegt auch an den Eiern. Die kommen aus Rhodesien und sind Ausschußware, eigentlich nur gebraten zu genießen." Er wischte sich den Bart ab. „Jetzt kann ich endlich eine Hühnerfarm bauen." Er räumte seinen Teller weg. „Wenn alles klappt, steht sie in drei Monaten. Dann gibt's frische Eier in Maun zu kaufen." Er sah auf die Uhr. „Ich muß weg. Unser Aufsichtsrat tagt."

Helmuth nahm den Anderthalbtonner mit und überließ Dieter seine Honda.

Nachdem Dieter abgewaschen und seinen Rucksack ausgepackt hatte, machte er sich auf den Weg, um Maun zu besichtigen. Die Straße bis zum Krankenhaus am Ortsende war geteert, zum erstenmal machte ihm das Fahren in Botswana Spaß. Die Afrikaner blickten ihm nach, sicher kannten sie alle Weißen hier im Ort und registrierten jedes neue Gesicht. Neben Riley's Bar fand er einen sauberen Laden, der von zwei Engländerinnen geführt wurde. Dieter kaufte ein Moskitonetz. Es sollte fünf Pula kosten, und Dieter ging über die Straße zur Standard-Bank.

Der Afrikaner am Schalter war in ein Gespräch mit einem Weißen vertieft, wohl einem Großwildjäger aus Südafrika, der sich ein vergnügtes Wochenende im angrenzenden Moremi-Wildpark machen wollte. Als Dieter zum Schalter trat, wich der Weiße ein paar Schritte zurück. Irgendwo hatte er diesen Mann schon gesehen, die grobschlächtige Statur, die Schweißflecken in den Achselhöhlen, die ausdruckslosen Augen in dem klobigen Gesicht, die roten Haare und farblosen Brauen. Wahrscheinlich in Gaborone. Dieter steckte seine eingetauschten Pulanoten ein und ging zurück in Riley's Shop.

Zuerst wollte Feuchtenbeiner dem Deutschen über die Straße folgen, dann hielt er es doch für gescheiter, auf Distanz zu bleiben. Zum Glück war er von dem Deutschen nicht wiedererkannt worden. Wahrscheinlich hatte er die belanglose Begegnung am Osttor von Orapa längst vergessen.

Um so besser. Früher oder später würde der Deutsche ihn ungewollt zu Tutuma führen. Feuchtenbeiner blieb so lange am Fenster der Bank stehen, bis Dieter Hahn auf seiner Honda davongebraust war.

In dem Laden erfuhr Feuchtenbeiner, daß der Kunde ein Moskitonetz gekauft hatte.

Ein Moskitonetz? Die Fenster in den Häusern der Weißen von Maun waren mit Fliegengittern ausgestattet. Netze brauchte man nur draußen im Delta. Und ins Delta gelangte man nur mit den Motorbooten, die Tony Graham von der „Island Safari Lodge" verlieh. Feuchtenbeiner brauchte in seinem Range Rover keine vierzig Minuten bis zu der strohgedeckten Lodge.

Ja, nickte Mrs. Graham, sie könne sich sehr gut an den Deutschen erinnern, der gestern ein Motorboot gemietet und es heute vormittag zurückgebracht hatte. Nein, er sei allein gefahren und habe auch den einheimischen Führer abgelehnt, den sie ihm angeboten hatte. Wahrscheinlich habe er die Gebühr für den Führer sparen wollen, sonst gebe es keine Erklärung für derartigen Leichtsinn.

Für Jan Feuchtenbeiner gab es noch eine andere Erklärung.

Als Dieter sich am anderen Morgen auf der Honda davonmachen wollte, trat ihm vor dem Haus eine Afrikanerin in den Weg. Sie war höchstens zwanzig und trug eine Tasche der Zambia Airways in der Hand. ,,Ich suche Mr. Dieter Hahn", sagte sie.

Sie hatte nichts von der devoten Haltung vieler Afrikanerinnen, die sie Männern, vor allem weißen Männern, gegenüber häufig an den Tag legen. Als sie ihre Zähne zu einem selbstbewußten Lächeln entblößte, fiel Dieter ihre außergewöhnliche Schönheit auf. Ihr graziler Körper war in ein hellgrünes Kattunkleid gehüllt, ihre Haut schimmerte matt wie Samt und hatte die Farbe von Kaffee, mit ganz wenig Milch versetzt. Dieter sah sie überrascht an. ,,Mich?" Sein Blick blieb auf dem kunstvollen Geflecht von Haarknötchen und Zöpfen zwischen den Kreuzungen ihrer vielen Scheitel hängen. Er mochte die landesübliche Frisur der afrikanischen Mädchen mit all ihren phantasievollen und heiteren Varianten.

,,Mr. January schickt mich."

,,Eigentlich hatte ich einen Mann erwartet", sagte Dieter.

Sie sah sich vorsichtig um. ,,Ich heiße Dikeledi. Ich möchte gern mit dir reden."

,,Wir fahren ein Stück raus."

Er ging ins Haus und holte Helmuths Sturzhelm, unter dem ihr schmaler Kopf bis zur Nasenwurzel verschwand. Mit Dikeledi auf dem Rücksitz fuhr er durchs Dorf. Ein paar hundert Meter hinter der Brücke, wo die Teerstraße endete und die Sandpiste nach Francistown begann, hielt er an. Sie setzten ihre Helme ab, gingen ein Stück und ließen sich abseits der Straße neben einem Dornbusch nieder. Die Nähe des Mädchens machte Dieter befangen, seit Wochen hatte er nicht mehr das Fluidum einer Frau gespürt. Dikeledi strahlte eine seltsame Mischung von Erotik und Schutzbedürfnis aus.

Er ertappte sich dabei, wie er unverhohlen ihr Knie anstarrte. Er nahm eine Handvoll Sand und ließ ihn durch die Finger rieseln, um seine Verlegenheit zu überspielen. Die Afrikanerin brach schließlich das Schweigen. „Tutuma hält sonst nichts von Weißen. Aber dir vertraut er.“ Und auf seinen fragenden Blick fügte sie hinzu: „Das hat er in dem Brief geschrieben, den uns Bob gebracht hat.“

„Tutuma ist mein Freund.“ Er hätte ihr gern erklärt, warum das so war, aber ihm fiel keine plausible Begründung ein. „Er stand an der Piste, die von Orapa nach Rakops führt, und winkte. Da habe ich ihn mitgenommen.“

Dikeledi schien überrascht. „Bist du sicher, daß es so war?“

„Natürlich. Vor zehn Tagen ungefähr. Er stand da in einem Overall und ohne Gepäck . . .“

„Vor zehn Tagen?“ unterbrach sie. Eine steile nachdenkliche Falte erschien über ihrer Nasenwurzel. „In der Kalahari?“

„Hat er euch das nicht geschrieben in dem Brief?“

„Und du bist nicht mit ihm von Norden gekommen? Aus Zaire?“

„Von Zaire hat er kein Wort gesagt. Nur, daß er nach Angola wollte.“

„Dieter, schwörst du bei Gott, daß du mir die Wahrheit sagst?“

Es war etwas in ihren Augen, das Belustigung in ihm nicht aufkommen ließ. Ein forschender, fast flehentlicher Blick. Es mußte ihr verdammt ernst sein. „Ich schwöre. Zufrieden?“

„Vor zehn Tagen zwischen Orapa und Rakops?“

„Ja. Wenn ich ganz genau sein soll, schon zwei Tage vorher.“ Er erzählte dem Mädchen von seiner flüchtigen Begegnung mit Tutuma nach dem Kampf mit dem Strauß, von dem Wiedersehen zwei Tage später und ihrer gemeinsamen Fahrt in die Kalahari, von Bob, Jim und Linda, von den Buschmännern und dem Mordanschlag, der eigentlich Tutuma gegolten hatte und dem dann Klick-Klack zum Opfer gefallen war.

Dikeledi ließ ihn keine Sekunde aus den Augen, und als er fertig war, sagte sie schlicht: „Ich glaube dir.“

„Es gibt für mich keinen vernünftigen Grund, dich anzulügen."

„Dann hat jemand anderes gelogen." Ein Schatten von Bitterkeit verdunkelte ihr schönes Gesicht, und Dieter spürte, daß es zwecklos wäre, sie um eine Erklärung für diesen plötzlichen Stimmungswandel zu bitten. „Laß mich nachdenken", bat sie.

Dikeledi setzte sich und wandte ihm den Rücken zu. Dieter sah ihr zu, wie sie mit dem großen Zeh Figuren in den Sand malte.

„Dikeledi", fragte er, „wie stehst du zu Tutuma?"

Sie überlegte ein paar Sekunden, und ihre Antwort war sibyllinisch: „Anders als vor einer halben Stunde."

„Ist er dein Freund?"

„Tutuma ist der Freund aller Menschen von Zimbabwe." Sie kaute an einem Grashalm und blickte zur Straße zurück, auf die Honda. „Ich möchte, daß du mich zu ihm bringst."

„Jetzt?"

„Sofort."

„Aber erst muß ich noch etwas besorgen. Für ihn."

Vor Helmuths Haus stieg er ab. „Warte, ich bin gleich wieder da."

Dieter holte das in Packpapier gewickelte Moskitonetz und das Buschmesser. Bevor er ging, kritzelte er eine Nachricht für Helmuth auf einen Zettel. „Fahre mit der Honda ins Delta. Weiß noch nicht, ob ich zum Abendbrot zurück bin. Dieter."

Auf dem Weg durchs Dorf fiel ihm ein windschiefes Holzschild ins Auge. Es verwies auf den Schlachter, den einzigen in Maun. „Tutuma hat mich gebeten, Proviant mitzubringen", sagte Dieter zu Dikeledi und ging hinein.

An der charakteristischen Palmengruppe erkannte Dieter, daß er die richtige Insel gefunden hatte. Er stellte den Motor ab, sprang aus dem Boot und zog es tiefer in die Schneise hinein, die er gestern im Schilf hinterlassen hatte.

Als Dikeledi merkte, daß ihm das lauwarme Wasser nur bis zum Oberschenkel reichte, stieg auch sie aus. Auf der Fahrt von der Island Safari Lodge bis zu Tutumas Versteck hatte sie mit ehrfürchtigem Staunen den Fluß betrachtet. In ihren zwanzig Lebensjahren hatte sie nicht annähernd soviel Wasser gesehen wie in diesen zwei Stunden.

Unterwegs fürchtete sie, das Boot könnte kentern. Sie konnte nicht schwimmen. Von Zeit zu Zeit blickte sie voller Unbehagen nach oben zu dem einmotorigen Flugzeug, das den Flußlauf des Boro in wenigen hundert Meter Höhe überquerte, am Horizont verschwand und dann nach einer Schleife zurückkehrte. Dieter beruhigte sie: In Maun seien Wissenschaftler stationiert, die im Auftrag der Welternährungsorganisation FAO die Topographie des Deltas erforschten.

Dieter zog Dikeledi ans Ufer, nahm sie bei der Hand und rannte mit ihr zu der Stelle, wo sich Tutuma aus Papyrusblättern das Lager bereitet hatte. Der Platz war leer. Ein paar Meter weiter, an der Feuerstelle, nichts als ein Haufen grauer kalter Asche, Fischgräten und leere Konservendosen. Dieter rief halblaut Tutumas Namen. Paviane lüfteten ihre roten schwieligen Hintern und ergriffen kreischend die Flucht.

„Bist du sicher, daß es die richtige Insel ist?"

„Natürlich."

Dikeledi starrte auf die verkohlten Holzstücke, die neben der Asche lagen. Sie lief zu der Stelle hinüber und beugte sich hinunter. „Sieh mal, Dieter."

„Verbranntes Holz. Na und?"

„Aber wie es angeordnet ist! Erkennst du das nicht?"

Er zuckte ratlos die Schultern.

„Es hat die Form von Zimbabwe. Ein Tropfen, der auf der Seite liegt. Das Horn zeigt nach Osten. Tutuma wollte uns ein Zeichen geben." Sie kroch auf dem Boden entlang, der verlängerten Spitze des Horns folgend, die auf eine leere Dose Corned beef wies. Sie hob die umgestülpte Dose auf und sah hinein. „Er hat uns eine Nachricht hinterlassen."

Mit wenigen Sprüngen war Dieter bei ihr. „Zeig her!"

Gemeinsam entzifferten sie den Text der Botschaft, der in englischer Sprache mit Kugelschreiber auf ein Blatt Papier geschrieben war. „Hier sind Leoparden. Such mich zwei Inseln weiter flußabwärts. Achte auf Rauchzeichen!"

„Leoparden!" Dikeledi rannte so schnell zum Ufer, daß Dieter Mühe hatte, ihr zu folgen. Sie wateten zurück zum Boot und schoben es aus dem Schilf in die Fahrrinne. Das Anlassen des Motors zerriß die Stille wie eine Explosion. Wenn Tutuma ein einigermaßen guter

Schwimmer war, hätte er sich nur von der Strömung treiben und an den Rand der Fahrrinne halten müssen, um ohne Mühe die nächste Insel zu erreichen. Die übernächste mochte vielleicht zwei Kilometer weiter flußabwärts liegen. Zum Glück hatte Dieter auf der Herfahrt in dieser Gegend keine Krokodile entdeckt.

Ein dichter schaumiger Teppich von Salvinien deckte das Wasser, kleeblattähnliche Schwimmpflanzen. Die geöffneten Kelche der Wasserlilien gaben dem grünen Velours weiße und blaue Farbtupfen.

Das Boot trieb langsam auf eine Landspitze zu, die den Fluß an dieser Stelle auf acht Meter verengte. Als Dieter das Ruder etwas drehte, um wieder die schmale Fahrrinne zu erreichen, entdeckte er den Mann.

Er war in diesem Augenblick aus dem Papyrusdickicht herausgetreten und winkte ihnen, sie sollten anlegen. Als Dieter nicht sofort gehorchte, hob er seine Elefantenbüchse und schoß.

Zentimeter vor dem Bug riß die Kugel ein Loch in den grünen Teppich, der sich sofort wieder schloß.

Dieter stellte den Motor ab. „Sind Sie verrückt geworden?“

Das Gesicht des Mannes lag im Schatten einer Schirmmütze. Trotzdem erkannte Dieter ihn an seinen Bewegungen. Er wandte sich an Dikeledi: „Keine Angst, das ist nur ein Großwildjäger. Ich habe ihn gestern in Maun gesehen. In der Bank.“

Die Afrikanerin starrte den Mann an. Mit einem Ausdruck, den Dieter bei ihr noch nicht gesehen hatte: Haß, Furcht und Ekel.

„Hierher!“ Der Mann wich ein paar Schritte zurück, um ihnen Platz zu machen. Neben ihm im Schilf lag ein Mocoro, mit dem er offensichtlich gekommen war, ein primitiver ausgehöhlter Einbaum mit einem schaufelartigen Paddel.

„Sie brauchen doch nicht gleich zu schießen“, sagte Dieter. „Wir hätten Sie auch so mitgenommen.“

Der Mann ignorierte ihn. „Wo ist er?“ Er sprach zu Dikeledi.

Stumm deutete sie flußaufwärts, auf die Insel, die sie vor wenigen Minuten verlassen hatten.

„Du wirst mich jetzt zu ihm hinbringen.“ Der Mann klappte den Schirm seiner Mütze hoch. Seine Augen überflogen Dieter von Kopf bis Fuß und kehrten sofort zurück zu Dikeledi. Anscheinend hatte er sich überzeugt, daß Dieter unter seinen Shorts und seinem T-shirt keine Waffe versteckt haben konnte. Er deutete auf Dikeledis Flugtasche. „Ausschütten!"

Sie riß den Reißverschluß auf, krempelte die Tasche um und schüttete den Inhalt auf den Boden des Motorboots. Der Mann nickte zufrieden. „Wir wollen keine Zeit verlieren. Zurück zum Heck."

Dikeledi sammelte den Inhalt der Tasche wieder ein. Dann stand sie auf und setzte sich neben Dieter auf die Bank neben dem Außenbordmotor. Ihre nackten Schultern schmiegten sich schutzsuchend an seinen Oberkörper.

Dieter fiel das Flugzeug ein, das vor einigen Stunden über ihnen gekurvt hatte. Er machte sich Vorwürfe, daß er nicht früher darauf gekommen war. Die Jagd auf Tutuma schien noch längst nicht abgeblasen. Er bewunderte Dikeledi um ihre Geistesgegenwart, mit der sie dem BOSS-Mann die falsche Spur gewiesen hatte.

Vorsichtig stieg der Mann ins Wasser. Die Hand am Abzug seiner Büchse, die Augen unablässig auf seine beiden Gefangenen gerichtet, watete er die zwei Meter durch die Schneise im Schilf auf das Boot zu.

Es würde einen Augenblick geben, in dem er verwundbar war: die Sekunden, die er brauchte, um über die Bordwand zu klettern. Vielleicht könnte man . . .

Dieter kam mit seinen Gedanken nicht zu Ende. „Für irgendwelche Tricks sind Sie nicht clever genug, Hahn. Ich treffe auch mit einer Hand." Dann drückte der Mann den Bug hinunter und stemmte sich mit einem Ruck hoch. Eine Sekunde lang hatte er Mühe, das Gleichgewicht zu halten, der Gewehrlauf, den er in seiner freien Hand hielt, richtete sich steil nach oben. Aber bevor Dieter den Augenblick nutzen konnte, hatte er seinen Körper und das Gewehr wieder unter Kontrolle. Die Chance war verpaßt. Jetzt waren sie zu dritt an Bord.

Seit der Mann aufgetaucht war, hatte Dikeledi noch kein Wort gesprochen. Sie hielt die Augen halb geschlossen und kaute an einem Stück Schilfrohr, das sie gepflückt hatte. Aber ihr Körper zitterte. Dieter spürte die Spannung, die von ihrer Schulter auf ihn übersprang.

Der Mann richtete seinen Gewehrlauf auf Dieters Brust. „Na los. Motor anlassen."

„Und dann?"

„Zu Tutuma."

Die Afrikanerin neben Dieter hörte zu atmen auf, einen Moment saß sie da wie eine Holzpuppe, dann löste sich ihr Körper aus der Starre. Das Stück Schilfrohr glitt ihr aus dem Mund.

Der Mann zuckte zusammen und schlug sich mit der flachen Hand gegen die linke Wange. „Scheißbiester!" Er betrachtete das Blut an seiner leeren Hand. Die Fliege war entkommen. „Hat Tutuma eine Waffe bei . . ." Mitten im Satz brach er ab und griff sich an den Hals. Seine Hände begannen zu zittern, langsam entglitt ihm die Büchse. Er versuchte, sie aufzuheben, aber es gelang ihm nicht. Plötzlich blickten seine Augen stumpf, kalter Schweiß brach ihm aus allen Poren.

Jan Feuchtenbeiner spürte die Lähmung, die einen Bereich seines Körpers nach dem anderen ausschaltete, erst die Arme, die Hände bis in die Fingerspitzen, dann weiter hinunterkroch, sich wie ein eiserner Ring um seine Brust legte, die Hüften erfaßte, die Lenden und schließlich die Füße, als hätte er Quecksilber in den Adern. Als der tödliche Krampf auf seinen Atemmuskel übergriff, war er noch immer bei vollem Bewußtsein, und sein letzter Gedanke galt den acht Fotos, die nun für die Erpresser jeden Wert verlieren würden. Er empfand ein unbestimmtes Gefühl von Erleichterung, bevor ihn die ewige Nacht einhüllte.

Der massige Körper kippte langsam zur Seite, hing zur Hälfte über den Bugrand im Wasser. Das Boot lag schief, schwankte und drehte sich zweimal im Kreis. Dieter sprang auf, um Feuchtenbeiner festzuhalten. „Laß ihn!" schrie Dikeledi. Sie gab Feuchtenbeiner einen letzten Stoß, schlaff glitt der Körper ins Wasser und trieb bäuchlings neben dem Boot her.

Sie riß Dieter zurück, mit einer Kraft, die er ihrem zierlichen Körper nie zugetraut hätte. Der Ausdruck von wildem Haß in ihrem Gesicht erschreckte ihn. „Er war ein Schwein. Er ist tot. Er hat es nicht besser verdient!"

„Hat er dir etwas getan?"

„Er hätte uns alle drei umgebracht."

„Aber man kann ihn nicht einfach so treiben lassen."

„Er ist tot."

Dieter versuchte einen klaren Gedanken zu fassen. Innerhalb weniger Tage war dies der zweite Mensch, der plötzlich auf unerklärliche

Weise gestorben war, vor seinen Augen. „Ich muß ihn nach Maun bringen."

Dikeledi stellte sich ihm in den Weg. „Willst du, daß sie dich als Mörder verhaften?"

„Du warst dabei, du kannst bezeugen, daß ich nichts damit zu tun habe."

„Ich geh nicht mit dir zur Polizei." Entschlossen schüttelte sie den Kopf. „Du kannst mich nicht dazu zwingen."

Vielleicht hatte sie recht. Wie sollte er einem schlichten botswanischen Polizisten glaubhaft machen, daß dieser Mann, der im Sumpf aufgetaucht war und sie mit dem Gewehr bedroht hatte, plötzlich tot umgefallen war, wie vom Blitz gefällt. „Wie konnte das überhaupt passieren?"

„Wenn ich ihn nicht getötet hätte, hätte er uns ermordet."

„Du?"

Sie hob das abgebrochene Schilfrohr auf, das ihr vorhin aus dem Mund gefallen war. „Damit. Ich habe ein Stück Bambus hineingesteckt und es ihm ins Gesicht geblasen."

Tatsächlich lag unter der Bank, auf der der Fremde vorhin gesessen hatte, ein fingerlanges Bambusrohr. Dieter hob es auf. Dikeledi öffnete die kleine Dose, die ihr January mitgegeben hatte. Sie war mit einer zähen braunen Paste gefüllt. „Ich habe die Spitze vorher hineingetaucht. Er hat es nicht bemerkt, weil er mir nur ins Gesicht gesehen hat, und nicht auf die Hände." Vorsichtig verschloß sie die Dose und steckte sie wieder zurück in die Flugtasche. „Es ist Buschmann-Gift."

Dikeledi blickte über den Fluß. Inzwischen hatte die Strömung die Leiche fünfzig Meter weit abgeschwemmt in die Fahrrinne, wo sie in den Sog geraten war, der sie rasch weiter flußabwärts trieb.

„Du hast den Mann gekannt."

„Er ist unser Feind."

Eine Idee schoß ihm durch den Kopf. „Kann er es gewesen sein, der Klick-Klack erschossen hat?"

„Ich weiß es nicht. Frag Tutuma."

„Er hat dich gehaßt. Ein südafrikanischer Geheimagent hätte sich anders verhalten. Kühler. Aber dieser Mann hatte einen ganz privaten Haß auf dich. Warum?"

„Frag Tutuma." Dikeledi wich seinem Blick aus. Sie schüttelte sich vor leisem Ekel und warf den Motor an. Sie setzte sich ans Ruder und steuerte das Boot flußabwärts zu der Insel, auf der sie Tutuma vermuteten.

XII.

TUTUMA mußte den Motor schon lange vorher gehört haben. Als das Boot auf die Insel zusteuerte, trat er aus dem Papyrusdickicht und winkte es heran. „Dikeledi!" rief er überrascht.

Sie lachte hinüber. „Ich hoffe, du bist nicht allzu enttäuscht."

Er kam ihnen ein Stück durch das Wasser entgegen. „Es war einsam ohne euch", sagte er. Dann umarmte er Dieter und das Mädchen. Es lag viel Herzlichkeit in seiner Geste.

„January kann nicht selbst kommen", sprudelte Dikeledi atemlos heraus. „Es ist viel passiert, ich erzähl dir alles."

„Dikeledi hat einen Mann getötet", sagte Dieter. „Vor zwanzig Minuten. Mit einem Bambusrohr."

„Es war Feuchtenbeiner", sagte sie. Noch immer atemlos, berichtete sie von den Ereignissen der letzten Stunde.

„Er ist ein Mörder", sagte Tutuma nachdenklich. „Ich bin sicher, daß er Klick-Klack erschossen hat."

„Gehörte er zu den BOSS-Leuten?"

Tutuma nickte. „Vielleicht."

„Dann werden die anderen auch nicht weit sein."

„Hier sind wir vorläufig sicher."

Tutuma zog das Boot in das hohe Schilf hinein, bis es vom Wasser her nicht mehr zu sehen war. „Ich hab frische Leopardenspuren auf unserer Insel gesehen. Deshalb bin ich hier. Ich habe mir ein Floß gebaut." Er ging voraus und deutete auf das primitive Floß, das hinter einer Baumgruppe lag: Papyrusstauden, die von Seilen aus geflochtenem Gras notdürftig zusammengehalten wurden. „Hast du mir das Buschmesser mitgebracht?"

Dieter gab es ihm, auch die Konserven und das Moskitonetz.

Als der Regen, der schon lange in der Luft gelegen hatte, plötzlich losbrach, zog Tutuma seine Besucher in einen Unterstand, dessen Dach er aus Papyrusblättern errichtet hatte. Dikeledi setzte sich ganz dicht neben Tutuma, und sie begannen miteinander Kalanga zu sprechen. Es war ein ernstes eindringliches Gespräch. Dieter fühlte sich ausgeschlossen.

Wenn Dikeledi noch letzte Zweifel an Tutumas Aufrichtigkeit gehegt haben mochte – in diesem Gespräch wurden sie ausgeräumt. Tutumas Bericht bestätigte, was sie schon von Dieter erfahren hatte. Sie war unendlich erleichtert. Man hatte January mit falschen Informationen gefüttert, um die Bewegung zu spalten. Das Mißverständnis war aufgeklärt. Nie wieder durfte eine Verstimmung zwischen den beiden Führern aufkommen. Deshalb erzählte sie Tutuma nur das, was die beiden Männer nicht entzweien konnte: von dem mißglückten Attentat auf January, dem Edson Mojo zum Opfer gefallen war, und daß January sich danach zu den Soldaten in den Busch zurückgezogen habe.

„Könnt ihr nicht ausnahmsweise mal Englisch sprechen", murrte Dieter.

„Entschuldige", sagte Tutuma. „Wir wollten nicht unhöflich sein, aber wir haben ein Problem, das wir lösen müssen. Hier werden uns früher oder später die Südafrikaner aufstöbern. Wir müssen weg. Spätestens morgen früh."

„Wegen Feuchtenbeiner?"

„Die Leiche treibt flußabwärts. Irgendwann wird sie an der Island Safari Lodge angeschwemmt werden oder in Maun."

„Du willst doch sowieso nach Angola . . ."

„Ja, aber das ist ein Problem. Zwischen dem Okavango-Delta und Angola liegt der Caprivi-Zipfel. Er gehört zu Südwestafrika, und das heißt, daß die südafrikanische Armee das Gebiet unter Kontrolle hat. Allein komme ich da nicht durch, aber wenn vom Norden her, von Sambia, unbeobachtet ein bewaffneter Kommandotrupp in Zivil einsickert und mich am Ufer des Chobe erwartet, würde ich's schaffen. In zwei Stunden könnten sie mich durchschleusen und auf dem Sambesi übersetzen nach Sambia. Ich habe dort einflußreiche Freunde."

„Wissen die denn, wo du jetzt steckst?"

„Das ist das Problem, Dieter. Ich müßte ihnen eine Nachricht zukommen lassen."

„Kann Dikeledi nicht . . ."

„Dikeledi ist zu bekannt. Die würde ebensowenig über die Grenze kommen wie ich."

„Und dein Freund in Francistown?"

„Der ist nicht erreichbar. Er hält sich im Busch versteckt." Tutuma zupfte nervös an seinem Schnurrbart. „Ich habe nur eine Chance, Dieter. Dreimal in der Woche gibt's von Maun einen Flug nach Gaborone. Und einen von Gaborone nach Lusaka. In ein oder zwei Tagen könntest du die Nachricht nach Lusaka bringen."

„Nein, Tutuma."

Es war nicht die Ablehnung, sondern deren schroffe Form, die Tutuma zu überraschen schien. „Hast du nicht gesagt, du bist mein Freund?"

„Irgendwo hört jede Freundschaft auf. Du kennst meine Sympathien für die Unabhängigkeitsbewegung. Aber den Kurier spielen in einem Krieg . . . Ich bin Entwicklungshelfer und kein Guerillero."

„Schade." Tutuma dachte einen Augenblick nach. „Es ist nur so, daß wahrscheinlich mein Leben davon abhängt. Jetzt, da wir Feuchtenbeiner erledigt haben, ist mir BOSS natürlich dicht auf den Fersen. Botswana ist für mich eine Mausefalle geworden."

„Ich könnte mit Dikeledi nach Maun zurückfahren. Von dort könnte sie nach Lusaka telefonieren."

„Geht nicht." Tutuma winkte ab. „Sprechfunkverkehr wird abgehört."

„Warte mal." Dieter sprang auf und lief aufgeregt auf und ab. „In Maun gibt's einen Entwicklungshelfer. Sigi. Und der ist Funkamateur. Jede Nacht sitzt er an seiner Anlage und spricht mit irgendwelchen anderen Funkamateuren in Australien, Europa und Amerika. Ganz Maun macht sich über seine Marotte lustig."

„Du meinst, der würde das für uns machen?"

„Bestimmt."

„Wir müßten nur den Funkspruch verschlüsseln", sagte Dikeledi.

Dieter sah sie überrascht an. „Verstehst du was davon?"

Tutuma lächelte. „Sie ist der Funker in unserer Organisation."

Und während Dikeledi und Tutuma in ihrer Kalanga-Sprache über den Text des Funkspruchs diskutierten, fühlte sich Dieter abermals ausgeschlossen. Es begann ihn zu ärgern, daß sie ihn, den Außenseiter, benutzten, sobald sie seine Hilfe benötigten, daß sie ihn aber nicht einbezogen. Und es irritierte ihn, daß er noch immer nicht viel mehr von Tutumas Funktion wußte als am ersten Tag ihrer Bekanntschaft.

Noch mehr Rätsel gab ihm Dikeledi auf. Sie saß auf dem Boden und notierte Ziffern auf ein Blatt Papier. Nichts mehr war übriggeblieben von ihrer Schutzbedürftigkeit. Als sie fertig war, übergab sie Dieter den Zettel. „Hast du etwas, wo du ihn sicher verstecken kannst?"

„Meinen Brustbeutel."

Die Botschaft bestand aus den Buchstaben CQ SAMBIA 9J1AX und langen Zahlenkolonnen in Fünfergruppen. Dieter faltete den Zettel sorgfältig und steckte ihn in den Brustbeutel.

„Kann ich mich fest darauf verlassen, daß dein Freund den Text morgen durchgibt?" fragte Tutuma.

Der Gedanke, seinen schwarzen Freund und dieses schöne Mädchen vielleicht nie mehr wiederzusehen, stimmte Dieter jetzt doch wehmütig. „Du kannst dich fest auf mich verlassen", sagte er. Und nachdenklich fügte er hinzu: „Aber es ist mein letzter Freundschaftsdienst."

„Dein vorletzter", korrigierte Tutuma. „Wenn meine Freunde den Funkspruch erhalten haben, werden sie einen Mann zu dir schicken. Du wirst ihn zu mir führen."

„Hierher auf diese Insel?"

„Nein, hier sind wir nicht mehr sicher. Ich habe Freunde unter den Bayeis. Männer mit einem Boot werden uns aus dem Delta herausbringen. Der neue Platz liegt am Ufer des Chobe. In drei Tagen können wir dort sein. Ein Affenbrotbaum zwischen Kasane und der Kazungula-Fähre. Ich werde ihn dir genau beschreiben. Du kannst ihn nicht verfehlen. Warte dort auf mich: Jeden Tag bei Sonnenuntergang werde ich in der Nähe sein. Aber sei vorsichtig. Es könnte sein, daß man dir folgt."

Dieter kratzte sich unschlüssig am Kopf. „Mir wär's wirklich lieber, ihr könntet jemand anderen damit beauftragen. Und überhaupt, woran erkenne ich denn euren Freund aus Lusaka?"

„Er wird sich mit einem Sprichwort zu erkennen geben: Wo Elefanten kämpfen, leidet das Gras."

Seit gestern hatten sich die Berichte der Agenten aus Botswana überstürzt. Im Dechiffrierraum war die Mittagspause ausgefallen, und auch Erik van Zyl verzichtete auf den Lunch. Leider hatte sich die Strategie, Feuchtenbeiner als Spürhund zu benutzen, der Niehoujs und seine Leute zum Versteck Tutumas bringen sollte, nur teilweise bewährt. Als Feuchtenbeiner gestern mittag in Maun überraschend eine einmotorige Piper Aztec gechartert hatte, schien Niehoujs seinem Ziel näher denn je. Feuchtenbeiner hatte seine Pilotenlizenz vorgelegt und darauf bestanden, die Maschine selbst zu fliegen.

Die V-Leute im Delta hatten gemeldet, daß er später mit der Piper auf Chiefs Island gelandet war. Dort hatte er ein Boot gemietet und war in Richtung Bobo-Island davongepaddelt. Kurz zuvor war dieser deutsche Entwicklungshelfer im Delta gesichtet worden. Er war mit einem geliehenen Motorboot den Boro-Fluß aufwärts gefahren, in seiner Begleitung eine schwarze Frau, deren Beschreibung genau auf eine gewisse Dikeledi paßte, Januarys Mitarbeiterin in Francistown.

Am nächsten Tag, also heute früh, habe er das Motorboot an der Island Safari Lodge wieder abgeliefert. Er sei allein nach Maun zurückgekehrt.

Feuchtenbeiner aber war auf Chiefs Island nicht mehr aufgetaucht, und auch Dikeledi war im Delta geblieben. Niehoujs hatte schon in aller Frühe mit einem Dutzend ortskundiger Männer eine diskrete Suchaktion in dem unübersichtlichen Gewirr von Inseln, Lagunen und Wasserläufen zwischen Chiefs Island und Bobo-Island veranlaßt. Bisher ohne Erfolg. Auf einer der Inseln, dessen war van Zyl sicher, mußte sich Tutuma verborgen halten. Solange die anderen drei Teilnehmer des Treffens im Delta unauffindbar blieben, gab es nur einen, an den man sich halten konnte: Dieter Hahn. Doch wie kam man an ihn heran? Am besten, so schlug van Zyls Berater Heinz vor, setzte man einen Schwarzen auf den Mann an. „Niehoujs muß sich da heraushalten", sagte er. „Eine diplomatische Verstimmung mit der Bundesrepublik können wir so gut gebrauchen wie ein Loch im Kopf."

„Du meinst, wir lassen das Schwarze machen?"

„Da gibt's doch diese Bar in Maun. Riley's. Ein paar Kaffern fangen ihn ab, wenn er nachts rauskommt, und nehmen ihn mit zum Verhör ins Delta oder in den Busch. Bisher hat unsere Art, höfliche Fragen zu stellen, noch jede Zunge gelockert."

SIGI arbeitete als Kraftfahrzeugmechaniker bei der zentralen Transportorganisation der Regierung und galt als der einzige Mensch in Maun, mit dem noch niemand Streit bekommen hatte. Seine Marotte war sein Funkgerät, an dem er ganze Nächte verbrachte, um mit anderen Funkamateuren in Europa, USA, Japan und Australien über das lokale Wetter zu plauschen. Als Dieter ihn an diesem Abend besuchte, berichtete ihm ein Funkfreund aus Berlin gerade über das Ergebnis des letzten Heimspiels von Hertha BSC, Sigi war in Berlin zu Hause.

Als Dieter nun in der Tür seines Hauses stand, bekam er gerade noch den Schluß der Botschaft aus Berlin mit. „. . . muß QRT machen. XYL wartet mit dem Essen. Alles Gute und beste 73. Hiermit verabschiedet sich DL6KJ von A2BZV. Over."

„Hat Hertha verloren?"

Sigi drehte sich um. „Det ooch. Willst 'n Squash?"

Er holte Sirup und Wasser aus dem gasbetriebenen Kühlschrank und stellte zwei Gläser auf den Tisch.

„Kein Wort habe ich von eurem Kauderwelsch mitbekommen. QRT, XYL, 73", sagte Dieter.

„Janz einfach", gab Sigi mit der Nachsicht des Fachmanns Auskunft. „QRT heißt Schluß machen. XYL ist 'ne Abkürzung von ex young lady – also eine Olle. 73 heißt Jrieße, und wat sich am Schluß wie Autonummern anjehört hat, sind sein und mein Rufzeichen."

Sigi hielt dann einen längeren Vortrag über seinen NCX-5-Transceiver, über seine Drei-Element-Richtantenne TH3MK2, über seine Frequenz 14 Megahertz, bis Dieter der Kopf schwirrte von all dem technischen Fachchinesisch.

Endlich konnte er zur Sache kommen: „Sag mal, Sigi – ich hätte da was durchzugeben . . ."

„Nach Deutschland?"

„Nach Sambia." Er holte Tutumas Zettel aus dem Brustbeutel, glättete ihn sorgfältig und reichte ihn Sigi. „Kannst du das für mich machen?"

Sigi las, hob die Augenbrauen und schob den Zettel angewidert beiseite. „Wenn ick det durchpuste, komm ick in Deubels Küche." Er musterte Dieter streng. „Spionage, wa?"

„Wieso?"

„Is 'n verschlüsselter Text. Zahlen in Fünfergruppen. Sieht doch 'n Blinder mit 'nem Krückstock. Für wen soll 'n det sein?"

„Für einen Freund. Einen sehr guten Freund."

„Eenen schwarzen Freund?"

Dieter nickte.

„Sach mal, du bist woll von 'ner Muffe jepiekt! Verschlüsselte Texte an Rebellenorganisationen funken! Wat steht 'n da überhaupt drin?"

„Machst du's, ohne zu fragen?"

„Mann, det kann mich die Lizenz kosten!"

„Und den Absender vielleicht das Leben, wenn du's nicht sendest."

„Det is vaboten, Dieter, inner janzen Welt ist det vaboten. Der Funkverkehr wird überwacht."

„Auch hier im Busch?"

„Na ja, janz so jenau nehmen ses hier vielleicht nich." Sigi trank seinen Squash aus und wischte sich den Mund. „Is wichtig, sachste?"

Dieter nickte. „Aber ich will nicht, daß du deine Lizenz riskierst."

„Ick bin doch nich von jestern." Sigi nahm den Zettel und schaltete sein Funkgerät ein. „Wo in Sambia?"

„Lusaka, glaub ich."

„Also Nordost." Er drehte an dem Einstellgerät, bis die Richtantenne auf Nordost stand. Dann rief er ins Handmikrofon: „CQ SAMBIA, CQ SAMBIA. Hier ruft A2BZV. A2BZV geht auf Empfang. Over." Mit schiefgelegtem Kopf lauschte er auf das Rauschen aus seinem Empfänger. Nach einigen Sekunden meldete sich eine quäkende, leicht verzerrte Stimme: „Hallo, A2BZV, hallo, A2BZV. Hier ist 9J1AX. Ich kann Sie gut empfangen. Bitte kommen Sie. Over."

Sigi drückte die Sprechtaste. „Hallo, mein Name ist Sigi. Mein QTH ist Maun. Ich empfange Sie hier mit fünf und acht bis neun. Ich brauche dringend Ersatzteile für meinen Bedford-Fünftonner und bitte Sie, mir folgende Teile zu beschaffen. Ich gebe jetzt die Bestellnummern durch . . ."

Als er sämtliche Zahlenkolonnen abgelesen hatte, holte er tief Luft: „Ich hoffe, Sie haben mich gut verstanden, und gehe auf Empfang. Over."

„Hier ist 9J1AX", antwortete die quäkende Stimme. „Habe Sie gut empfangen und werde mich bemühen, die benötigten Ersatzteile zu beschaffen. Bin morgen zur gleichen Zeit auf der gleichen Frequenz wieder auf Empfang. Alles Gute und beste 73. 9J1AX macht QRT mit A2BZV. Over."

Sigi schaltete den Transceiver ab und lehnte sich zufrieden zurück. „Na?"

„Klasse, Sigi. Ehrlich."

„Kostet dich 'n Bier bei Riley's."

Den folgenden Tag verbrachte Dieter mit Helmuth auf dessen Farmbrigade.

Am Abend brachte Sigi eine Funknachricht, die er von 9J1AX aus Sambia empfangen und deren Text er notiert hatte: „An Sigi, A2BZV. Haben Bestellung weitergegeben und sind bemüht, Ihren Auftrag auszuführen. Ich gebe Ihnen jetzt eine Liste der Ersatzteile, die wir derzeit auf Lager haben. Bitte notieren Sie . . ."

Aus den langen Zahlenkolonnen, die dem Klartext folgten, wurden weder Sigi noch Dieter klug. Dieter nahm den Zettel an sich und steckte ihn in den Brustbeutel. Sigi stellte keine Fragen mehr, aber er bat Dieter, seinen Freunden auszurichten, künftig werde er keine verschlüsselten Funksprüche mehr senden oder empfangen. Die Sache war ihm nicht geheuer. Er fürchtete ernsthaft um seine Lizenz.

Wolodja verließ sein Zimmer im Grandhotel nur, wenn es nicht zu umgehen war. Jeden Morgen nach dem Frühstück machte er seinen Rundgang. Zuerst schaute er bei dem kleinen Reisebüro vorbei, um sich zu vergewissern, ob dort noch immer das Schild „Geschlossen" hing. Anschließend überzeugte er sich mit einem Blick auf die geschlossenen Fensterläden, daß auch das weiße Holzhaus im Kolonialstil, in dem Mr. January wohnte, verlassen war.

Als January sich vor drei Tagen von ihm verabschiedet hatte, um, wie er sagte, seine Truppen in den geheimen Buschlagern zu inspizieren, hatte er seine baldige Rückkehr nach Francistown angekündigt. Seitdem war er verschollen, unauffindbar.

Selten war Wolodja sich so überflüssig vorgekommen in seinem Beruf wie hier in Francistown. Er nahm drei Dosen Fanta mit auf sein Zimmer, legte sich aufs Bett, spielte auf seinem Steckschach die Partie

Karpow gegen Petrosjan nach und drehte den Kofferempfänger an. Radio Botswana sendete in Setswana, Radio Bulawayo aus Rhodesien in Englisch. Die Klimaanlage funktionierte nicht. Wolodja fühlte sich matt. Er sehnte sich nach einem knackigen Moskauer Wintertag.

Früher einmal war er wie Tutuma gewesen. Da wollte er die Geschichte in Gang setzen oder wenigstens dabeisein, wenn sie bewegt wurde. Wolodja hatte sich immer als Bestandteil der sowjetischen Elite empfunden, voller Verachtung für die Bürokratie in der Zentrale hinter den dicken Mauern der Lubjanka.

Nun war er selbst ein Bürokrat geworden. Wertete Aufklärer-Berichte aus, stellte Akten zusammen. Seit ihm der Idealismus abhanden gekommen war, bekämpfte Wolodja die seltenen Anfälle von Depressionen mit dem Gedanken an seine baldige Pensionierung. Er wollte sich zurückziehen auf die Krim und dort neu beginnen, wo er vor fünfunddreißig Jahren aufgehört hatte: Erdbeeren züchten. Dann sollten sie ihn in Ruhe lassen mit ihrer Politik.

Es war nicht gut, soviel Zeit zum Nachdenken zu haben. Wolodja schraubte seinen Kugelschreiber auf und holte das zusammengerollte Seidenpapier mit dem Zahlencode heraus. Dann stellte er im Kofferradio die Kurzwellenfrequenz ein, auf der Lusaka sendete. Er sah auf die Uhr. In vier Minuten war es wieder soweit. Der Funkspruch kam pünktlich jeden Vormittag um 9 Uhr 30.

Diesmal war er ausführlicher als sonst, und Wolodja brauchte fast eine Stunde, bis er die Zahlengruppen entschlüsselt hatte. Im Klartext lautete der Befehl der Zentrale: Wolodja habe sich auf dem schnellsten Wege nach Maun zu begeben und dort Kontakt mit einem deutschen Entwicklungshelfer namens Dieter Hahn aufzunehmen, der ihn zu Tutuma führen werde. Tutuma warte am Chobe auf ihn, wo er mit seiner Hilfe über den Fluß setzen wolle. Ein Zivilkommando werde ihn und Tutuma am anderen Ufer erwarten, um sie durch den Caprivi-Zipfel nach Sambia zu begleiten. Die Details der Aktion würden ihm in den nächsten Tagen mitgeteilt. Ende.

Wolodja verbrannte den Zettel im Aschenbecher und spülte ihn durchs Klosett. Na endlich! Es bewegte sich was. Er hatte keine Ahnung, was ihn erwartete, aber alles war besser, als weiterhin nutzlos in diesem elenden Grandhotel herumzulungern.

Der Fremde mußte ihn schon eine ganze Weile aus dem Schatten eines Mopane-Baums beobachtet haben, bevor er hervortrat und zögernd auf Dieter zukam. „Sind Sie Mr. Hahn? Dieter Hahn?"

Dieter konnte die Augen des Mannes nicht sehen, sie lagen im Schatten der Krempe seines Strohhuts. Ein gequälter Zug um den Mund fiel ihm auf. „Warum?"

Der Fremde musterte ihn eine Sekunde lang, dann sagte er: „Ich komme aus Sambia. James Pritchard. Mein Name wird Ihnen nicht viel sagen. Vielleicht können Sie mit einem afrikanischen Sprichwort mehr anfangen: Wo Elefanten kämpfen, leidet das Gras."

Dieter stutzte. Im ersten Augenblick hatte er den Fremden für einen südafrikanischen Agenten gehalten, aber jetzt, als er die Parole nannte, fiel ihm ein, daß das ja der Satz war, den Tutuma ihm eingeschärft hatte. „Ehrlich gesagt, ich hatte eigentlich einen Schwarzen erwartet."

„Wir haben einen Funkspruch aufgefangen. Nun bin ich da."

„Wer schickt Sie?"

„Hat Tutuma Sie nicht informiert?"

Dieter zog es vor, darauf nicht zu antworten.

„Wollen wir nicht endlich das Versteckspiel aufgeben?" schlug Mr. Pritchard vor. „Schließlich habe ich Ihnen doch die Parole genannt."

„Sie haben einen Funkspruch erwähnt. Was war der Inhalt?"

„Tutuma hat Hilfe angefordert. Er will über den Chobe nach Sambia. Und nun bin ich da, und statt mich zu Tutuma zu bringen, stellen Sie mir Fragen, als ob Sie von nichts wüßten."

„Entschuldigen Sie, Mr. Pritchard", lenkte Dieter ein. „Ich wollte mich vergewissern, ob Sie nicht von der Gegenseite sind." Er holte den Zettel aus der Brusttasche, den ihm Sigi gestern übergeben hatte. „Lusaka hat inzwischen geantwortet."

„Darf ich mal sehen?" Wolodja warf einen Blick auf die Zahlenkolonnen. „Ich kenne den Code nicht, aber ich bin sicher, Lusaka hat Tutumas Plan gutgeheißen und sichert Unterstützung zu. So lauten jedenfalls meine Instruktionen. Wann können wir fahren?"

„Haben Sie einen Landrover oder etwas Ähnliches?"

„Den Landcruiser, mit dem ich von Francistown gekommen bin. Aber der ist fast Schrott. Mit dem möchte ich eigentlich nicht zweihundertfünfzig Kilometer durch den Busch fahren. Wir könnten natürlich auch nach Kasane fliegen. Aber die Linie gehört den Südafrikanern."

„Warten Sie bis zum Nachmittag, Mr. Pritchard. Vielleicht weiß ich dann eine dritte Möglichkeit."

Sigi wußte Rat. Am nächsten Morgen sollte ein Bedford der Provinzregierung nach Kasane fahren. Für zwei Pula Fahrgeld pro Person erklärte sich der afrikanische Chauffeur bereit, Mr. Hahn und Mr. Pritchard in das Dorf an der rhodesischen Grenze mitzunehmen, auf der kaum befahrenen Piste quer durch den Chobe-Nationalpark.

General Alexander Korotkow reiste mit einem Diplomatenpaß in Botswana ein. Ein Chauffeur holte ihn am Flugplatz in Gaborone ab und brachte ihn in die sowjetische Botschaft. Am nächsten Morgen machte sich Korotkow in einem gemieteten VW auf den Weg zu dem vereinbarten Treffpunkt nahe der siebzig Kilometer entfernten Grenzstadt Lobatse.

Auf ein Gespräch mit untergeordneten Chargen hatten die Südafrikaner sich nicht einlassen wollen; sie hatten ausdrücklich auf dem Leiter der KGB-Abteilung für afrikanische Angelegenheiten als Verhandlungspartner bestanden. Die letzten Kilometer auf der Teerstraße zur Grenze fuhr der General allein. Vom Grenzposten bis zur eigentlichen Landesgrenze, weithin sichtbar durch einen doppelten Stacheldrahtzaun markiert, lag ein Stück Niemandsland, das mit Betonklötzen gespickt war und nur slalom im Schrittempo durchfahren werden konnte. Ein paar hundert Meter vor dem Grenzzaun, am Fuß eines Hügels, geriet der eiserne Förderturm ins Blickfeld des Generals. An dem Tor im Zaun hielt er wie verabredet an, öffnete es und fuhr ein Stück den holprigen Seitenweg hinein, vorbei an einer alten Dampflok, die man vor zwölf Jahren, als die Manganmine stillgelegt wurde, einfach stehengelassen hatte. Auch General Erik van Zyl war verabredungsgemäß allein gekommen. Er trat aus dem Schatten des Förderturms und reichte seinem Kollegen die Hand.

„Hätte nicht geglaubt, daß wir uns so bald wiedersehen", sagte Korotkow. Er sah sich mißmutig um. „Nicht gerade besonders gemütlich, der Platz."

„Ich habe den kalten Park in Moskau auch nicht in bester Erinnerung", sagte van Zyl. „Vor vier Wochen in Moskau hatten Sie mir gar nicht erzählt, daß Tutuma auch da war. Schade, ich hätte ihn damals gern kennengelernt."

„Verzeihen Sie – wie hieß der Mann?"

Van Zyl lachte. „Aber Herr Kollege – Sie haben ihn doch selbst zum Flughafen gebracht. Haben Sie das vergessen? Ich habe Sie zusammen gesehen."

„Das müssen Sie verwechselt haben", knurrte Korotkow leicht irritiert. „Wenn sich zwei Menschen über einen dritten unterhalten, den sie beide nicht kennen, dann kann nicht viel dabei herauskommen. Ich schlage vor, wir wechseln das Thema."

„Okay. Knüpfen wir also an unser Moskauer Gespräch an. Wir haben das Thema ja damals ausführlich diskutiert: Eine Aufteilung unserer beiden Interessensphären im südlichen Afrika. Wir haben den ersten Schritt getan, und es wäre gut, wenn auch Sie uns einen Schritt entgegenkämen. Pretoria wartet auf einen Beweis für Ihre guten Absichten, eine deutliche Geste."

„Zum Beispiel?"

Van Zyl lief ein paar Schritte auf und ab. „Meine Regierung ist etwas irritiert über das widersprüchliche Verhalten Ihrer Organisation. Auf der einen Seite diskutieren wir, wie ich hoffe, ernsthaft, das Denkmodell eines friedlichen Ausgleichs unserer Interessen. Andererseits konspirieren Sie mit einem Mann wie Tutuma. Das hat die Bemühungen der Gruppe, die ich vertrete, stark behindert. Nennen wir sie mal die Tauben. Im Augenblick sehe ich nicht, wie wir die Falken daran hindern können, die Sowjetunion durch eine internationale Pressekonferenz vor aller Welt zu desavouieren."

Korotkow lächelte ungläubig.

„Wir halten Tutumas Komplizen in Gewahrsam, einen Afrikaner namens Moses Nkala. Die Falken möchten ihn der internationalen Presse präsentieren. Moses Nkala wird aussagen, daß er zusammen mit Tutuma im Auftrag der sowjetischen Regierung die Diamantenmine von Orapa beraubt hat."

„Das kann Ihr Moses nicht aussagen, weil es eine freche Lüge ist."

„Wir könnten einen Zeugen präsentieren, der seine Aussage stützt: den Piloten der beraubten Maschine. Wir würden Ihnen ein Foto des

Sicherheitschefs von Orapa vorlegen, Jan Feuchtenbeiner. Genauer gesagt: ein Foto von seiner Leiche. Sie ist gestern im Okavango-Delta angeschwemmt worden. Interessiert Sie der Name des Mörders?"

„Sie haben mich doch nicht den ganzen Weg aus Moskau machen lassen, um mir Räubergeschichten aufzutischen!"

„Tutuma. Der Mann, den die Sowjetunion als Regierungschef des befreiten Zimbabwe einsetzen will, ist ein ganz gewöhnlicher Räuber und Mörder. Selbst in der Politik gibt es noch moralische Kategorien, finden Sie nicht?"

„Lassen wir mal die Moral beiseite. Mir ist kein Tutuma bekannt. Und wenn dieser Mann wirklich Ihre Diamantenmine überfallen und einen Sicherheitsbeamten erschossen hat, so ist das ohne Wissen und Billigung der sowjetischen Regierung geschehen."

„Sie würden uns also Tutuma überlassen?"

„Ich dachte, ich hätte mich klar genug ausgedrückt. Ich kenne diesen Tutuma nicht."

„Nehmen wir mal an, wir hätten einen verschlüsselten Funkspruch aufgefangen, der in Maun abgesetzt wurde. Nehmen wir weiter an, wir kennen den Empfänger, der in Lusaka sitzt. Er hat das Rufzeichen 9J1AX."

„Ich soll Ihren Andeutungen wohl entnehmen, daß wir von Lusaka aus Verbindung halten mit diesem Tutuma. Was um alles in der Welt sollte uns dann veranlassen, den Mann an Sie auszuliefern? Wir müßten doch befürchten, daß Sie diesen Tutuma zusammen mit diesem Moses Dingsda auf einer internationalen Pressekonferenz vorführen, um die Afrikapolitik der Sowjetunion zu diffamieren."

„Kein vernünftiger Schachspieler würde einen Bauern schlagen, wenn das unweigerlich den Verlust seiner Dame zur Folge hätte."

„Sie würden Ihr langfristiges Ziel, mit der Sowjetunion zu einem Arrangement zu kommen, nicht für einen billigen propagandistischen Erfolg aufs Spiel setzen wollen – hab ich Sie richtig interpretiert?"

„Bleiben wir beim Schach: Sie opfern eine Figur, die für Sie ohnehin wertlos geworden ist, und gewinnen dafür eine bessere Position im strategischen Gesamtkonzept."

„Sie wollen auf ein Remis hinaus?"

„Ein faires Remis nutzt beiden und tut keinem weh."

Zwei Stunden später setzte General Korotkow in Gaborone einen Funkspruch auf. Ein Kurier der sowjetischen Botschaft flog nach Lusaka, wo der Funkspruch in der Chiffrierabteilung der dortigen Sowjetbotschaft verschlüsselt und an Mr. Pritchard abgesetzt wurde.

Auch BOSS änderte kurzfristig seine Dispositionen. Niehoujs in Maun erhielt Weisung, Dieter Hahn vorerst unbehelligt zu lassen. Die Entführung des deutschen Entwicklungshelfers war überflüssig geworden.

DEN ganzen Tag über sprachen sie kaum ein Wort miteinander. Wolodja saß mit verkniffenem Mund neben dem schwarzen Fahrer des Bedfords und starrte vergrämt auf die gewaltigen Zebraherden, die, kilometerlange Staubfahnen hinter sich herziehend, vor dem Fünftonner davongaloppierten. Unter der Operationsnarbe verspürte er wieder den schneidenden Schmerz im Darm. Fast jede halbe Stunde tippte er den Fahrer an, stieg aus und verschwand mit einer Rolle Toilettenpapier hinter einem Busch. Dieter war viel zu sehr mit sich selbst beschäftigt, um Mitleid mit dem Engländer zu empfinden. Er hatte eine böse Nacht hinter sich, war häufig schweißgebadet hochgeschreckt. Am liebsten wäre er liegengeblieben, irgendwo abseits im Schatten, wo er mit niemandem sprechen mußte. In seinem Gedächtnis klafften unerklärliche Lücken, zwischen ihm und der Außenwelt hatte sich eine Zone der Teilnahmslosigkeit aufgetan. Er erinnerte sich an die Stiche der Tsetsefliegen im Delta und fürchtete sich vor der Schlafkrankheit.

Am Zielort setzte der Fahrer seine beiden Passagiere in der Dorfmitte ab. Auf der Terrasse der „Chobe Safari Lodge" fand Dieter Dr. Keiser, der an einem weißgedeckten Tisch sein Dinner einnahm. Keiser hatte vor sechs Monaten für „Dienst in Übersee" die hiesige Gesundheitsstation übernommen. „Sie sehen schlecht aus, Landsmann", sagte er. „Schwierigkeiten mit dem Klima?"

„Bin vor ein paar Tagen von Tsetsefliegen gestochen worden", sagte Dieter. „Und jetzt fühle ich mich ganz beschissen."

Dr. Keiser legte sein Besteck beiseite. „Fieber, Müdigkeit, Konzentrationsschwäche, Durchfall?"

„Für Dünnschiß bin ich nicht zuständig. Den hat mein Bekannter, Mr. Pritchard aus Liverpool."

Dr. Keiser unterbrach sein Dinner und nahm die beiden Kranken mit in sein Buschhospital. Nachdem er ihnen Blutproben abgenommen hatte, verschwand er in seinem Labor. „Sie haben eine ganz ordinäre Kolik, Mr. Pritchard", beschied er Wolodja, als er zurückkam. „Haferschleim, Kohletabletten, Fleischbrühe, schwarzer Tee, Salztabletten und drei Tage Bettruhe. Komisch, dabei habe ich mir immer eingebildet, alle Engländer seien schon tropentauglich zur Welt gekommen." Dann wandte er sich an Dieter. „Sind Sie in letzter Zeit von einer Zecke gebissen worden?"

„Ja, in der Kniekehle." Dieter krempelte die Hose hoch und zeigte dem Arzt die noch immer sichtbare Schwellung.

„Klarer Fall. Südafrikanisches Zeckenfieber."

Der Arzt gab ihm eine Tüte mit Tabletten. „Viermal täglich zwei Stück und drei Tage Bettruhe. Ihr kriegt bei mir ein Zweibettzimmer mit täglicher Visite."

„Zeckenfieber – ist das gefährlich?"

„Halb so schlimm. In drei Tagen haben Sie's vergessen."

„Vielen Dank, Doc", sagte Wolodja. „Schade, daß wir Ihr Angebot nicht annehmen können. Wir sind nur auf der Durchreise und haben es eilig."

Dr. Keiser schien ernsthaft enttäuscht. „Ich habe mich so gefreut, mal andere Gesichter zu sehen. Seit vier Wochen sind Sie die ersten Europäer, die es hierherverschlagen hat." Dieter wäre gern noch geblieben, aber er war zu apathisch, um sich gegen den energisch zum Aufbruch drängenden Pritchard durchzusetzen. Tutuma wartete bei Sonnenuntergang am Ufer des Chobe, und in höchstens einer Stunde mußte die Sonne untergehen. Als Dieter den Arzt um seinen Landrover bat, stellte der keine langen Fragen nach dem Warum und Wohin.

Es gab nur eine leidlich ausgebaute Straße, die aus Kasane herausführte, zur Fähre nach Kazungula und weiter zur rhodesischen Grenze. Dieter folgte der Beschreibung, die Tutuma ihm bei seiner letzten Begegnung von dem Weg zum Treffpunkt gegeben hatte. Dank der Nähe des Stroms war die Vegetation beiderseits der Straße üppig, fast undurchdringlich. Sieben Kilometer außerhalb von Kasane entdeckte Dieter die Schneise, die Tutuma ihm beschrieben hatte und die von der Straße abführte durch den Dschungel zum Strom.

Am Ufer stand behäbig der archaische Affenbrotbaum, unter dem er auf Tutuma warten sollte. Dieter stellte den Landrover zweihundert Meter vorher ab, so daß der Wagen vom gegenüberliegenden Ufer nicht gesehen werden konnte, und ging das letzte Stück zu Fuß.

Ein paar Flußpferde schwammen scheinbar träge im Wasser, nur das Flattern ihrer winzigen Ohren verriet ihre Unruhe. Ganz in der Nähe entdeckte Dieter ein Boot mit zwei Paddeln, einen jener primitiven Einbäume, wie er sie aus dem Okavango-Delta kannte.

Unvermittelt, fast ohne Übergang, brach die Nacht herein, als hätte jemand einen schwarzen Vorhang rasch vorgezogen. Sie hatten Tutuma nicht kommen hören. Plötzlich stand er hinter ihnen. „Dieter", flüsterte er.

Dieter schrak zusammen, und Wolodja sprang auf die Beine.

„Wolodja?" fragte Tutuma verblüfft. „Bist du extra aus Moskau gekommen?"

Wolodja umarmte den Afrikaner und küßte ihn herzlich ab. „Alles ist vorbereitet, Tutuma", sagte er mit einem warnenden Seitenblick auf Dieter. „Aber stell jetzt keine Fragen."

Nachdem Tutuma auch Dieter umarmt hatte, zog er die beiden Neuankömmlinge ein paar hundert Meter landeinwärts hinter sich her zu einem schilfgedeckten Unterstand. Dieter erkannte die schmale Silhouette Dikeledis.

Das Mädchen schmiegte sich an Tutumas Schulter und lächelte Dieter zu, ihre Augen und Zähne schimmerten, drei leuchtende Punkte in der Finsternis. Dieter spürte den sanften Druck ihrer schmalen Hände.

„Sie hat Angst im Dunkeln", sagte Tutuma. „Und Feuer dürfen wir hier nicht machen."

„Wie lange seid ihr schon hier?"

„Seit heute mittag."

„Morgen früh bring ich euch rüber", sagte Wolodja. „Zwei Stunden vor Tagesanbruch. Unsere Leute werden euch am anderen Ufer erwarten."

Dikeledi griff noch einmal nach Dieters Hand. „Sie ist so heiß."

„Ich habe Zeckenfieber." Dieter hatte die Eindrücke des Tages wie durch einen Filter aus Watte wahrgenommen, unfähig, sie zu ordnen. Dennoch wurde er das unbehagliche Gefühl nicht los, daß irgend etwas nicht zusammenpaßte. Hatte Tutuma den Engländer nicht Wolodja genannt, und war nicht das Wort Moskau gefallen? Was wurde hier gespielt? In welches Komplott war er hineingestolpert in seiner Gutgläubigkeit?

Pritchard sah ungeduldig auf das Leuchtzifferblatt seiner Armbanduhr. „Ich muß noch mal zum Auto. Mein Nachtzeug holen."

„Warten Sie, Mr. Pritchard, ich komme mit."

„Nicht nötig. Sagen Sie mir lieber, was ich mitbringen soll." Es klang sehr bestimmt.

„Die Decke und meinen Schlafsack", sagte Dieter.

Als der Engländer im Dunkel verschwunden war, wandte sich Dieter an Tutuma. „Warum will er mich nicht dabeihaben?"

„Er wird einen Funkspruch auffangen wollen. Da gibt es noch einiges abzustimmen. Den Platz und den genauen Zeitpunkt des Übersetzens."

„Ein Funkspruch – von wem?"

Tutuma deutete stumm auf die andere Seite des Flusses.

„Wer sitzt da drüben? Die Russen?"

„Leg dich lieber noch ein paar Stunden aufs Ohr, Dieter."

„Bei mir hat er sich James Pritchard genannt. Aber Wolodja ist ein russischer Name."

Tutuma schwieg. Schließlich sagte er: „Sonst hilft uns ja niemand."

„Dann war der Funkspruch, den ich in Maun für dich abgeschickt habe, gar nicht an eure Unabhängigkeitsbewegung gerichtet, sondern an die Russen." Es war keine Frage, sondern eine Feststellung.

„Von den anderen bekommen wir nur gute Worte. Aber was wir brauchen, sind Waffen."

„Du hast mich von Anfang an belogen . . ."

„Wir haben Krieg, und du bist ein Weißer."

„Machst du da keine Unterschiede?"

„Wir Afrikaner haben die Schranken zwischen Schwarz und Weiß nicht errichtet."

Ein bitteres Gefühl der Ernüchterung stieg in Dieter auf. Er erhob sich und gab seinem Freund die Hand. „Viel Glück, Tutuma. Jetzt braucht ihr mich ja wohl nicht mehr."

Tutuma nahm seine Hand und hielt sie fest.

„Du kannst noch nicht gehen."

„Hast du Angst, daß ich euch verrate?"

Tutuma zögerte. „Es ist wegen Wolodja. Ihm wird das nicht recht sein. Er will kein Risiko eingehen."

„Glaubst du mir wenigstens, daß ich es nicht tun werde?"

„Ja."

„Ich auch", sagte Dikeledi spontan.

Trotzdem hielt Tutuma noch immer seine Hand fest.

„Wann läßt du mich gehen?"

Tutuma lockerte den Griff. „Sobald wir abgelegt haben. Zwei Stunden vor Sonnenaufgang."

Dieter hörte Wolodja zurückkommen. Der Russe brachte seinen Tropenkoffer mit, sein Radio, Dieters Schlafsack und eine Taschenlampe, warf die Sachen auf den Boden und lehnte sich an einen Baum. Er schien unzufrieden.

„Ist was nicht in Ordnung?" fragte Tutuma.

„Alles perfekt", muffelte der Russe. „Zwei Stunden vor Sonnenaufgang. Genau hier." Er nahm eine Decke unter den Arm und trollte sich ohne ein weiteres Wort.

Tutuma sah ihm nach. „Was hat er denn?"

„Bauchschmerzen", erklärte Dieter, griff seinen zusammengerollten Schlafsack und trug ihn davon. Am Fuß des Affenbrotbaums zog er sich aus, rollte den Schlafsack auf und wickelte sich hinein. Er wollte mit seiner Enttäuschung allein sein.

Tutuma hatte ihn ausgenutzt von der ersten Minute an, als er im Overall an der Piste in der Kalahari stand. Einen Chauffeur hatte Tutuma gebraucht, keinen Freund, und er war diesem undurchsichtigen Afrikaner auf den Leim gegangen. Nur kein Selbstmitleid. Schließlich hatte er es seiner eigenen Vertrauensseligkeit zuzuschreiben. Spätestens nach Klick-Klacks Ermordung hätte er ahnen müssen, daß hier ein Spiel gespielt wurde, dessen Regeln er nicht durchschaute. Statt dessen hatte er sich zum Laufburschen machen lassen, einen verschlüsselten Funkspruch an die Russen durchgegeben und schließlich sogar einen ihrer Agenten hierhergebracht.

Und er hatte andere hineingezogen. Sigi, der seine Amateurfunklizenz riskiert hatte, er hatte den Lastwagen, auf den Helmuths Brigade so dringend angewiesen war, leichtsinnig aufs Spiel gesetzt und gleichzeitig die ganze Entwicklungshilfe in Botswana.

So was wäre Sigi und Helmuth nie passiert. Sigi und Helmuth waren erwachsen, und erwachsen sein heißt: vorsichtig, vernünftig, angepaßt. „Zeit, daß du endlich erwachsen wirst", hatte ihm sein Vater immer wieder gepredigt. Aber wenn er vor drei Wochen dem Flüchtling in der Kalahari seine Hilfe verweigert hätte, wäre Tutuma schon längst abgeknallt worden. Dieter grauste bei der Vorstellung, wie die Welt wohl aussehen würde, wäre sie nur von Erwachsenen bevölkert, die in den abgesteckten Grenzen ihrer Möglichkeiten handelten.

Jetzt war das Abenteuer zu Ende, der Streß und das große Spiel, und alles, was Dieter blieb, war ein schales Gefühl der Ernüchterung und das Zeckenfieber. In ein paar Tagen würde sein Alltag beginnen, der Alltag eines deutschen Entwicklungshelfers in Botswana. Mühselige Millimeterarbeit. Er würde in Riley's Bar sitzen wie die anderen und sich Geschichten anhören; nur mit dem Unterschied, daß er seine Geschichte nicht erzählen durfte.

Lange vor Tagesanbruch kam vom gegenüberliegenden Ufer das erste Blinkzeichen. Zwei weitere folgten. Wolodja sah auf das Leuchtzifferblatt seiner Armbanduhr. Zwölf Minuten nach drei. Er ging ganz nahe ans Wasser heran und erwiderte das Signal mit seiner Taschenlampe.

Tutuma hockte auf dem Boden wie eine Katze vor dem Sprung. Der Chobe war an dieser Stelle höchstens fünfhundert Meter breit, die Strömung schwach, der Himmel bedeckt, die Bedingungen ideal. Sie würden nicht länger als zwanzig Minuten bis zum anderen Ufer brauchen, wo der Stoßtrupp aus sambischen Freiwilligen, die am Abend zuvor eingesickert waren, sie empfangen und durch den an dieser Stelle etwa vierundzwanzig Kilometer breiten Streifen Land, zwischen den südafrikanischen Posten hindurch, zum Sambesi schleusen würde. Dort sollten sie zusammen mit ihren Befreiern in vier Ruderbooten übersetzen auf sambisches Gebiet. So jedenfalls hatte ihn Wolodja instruiert. Langsam ließ Tutuma das Boot ins Wasser gleiten. Dikeledi stieg als erste ein, dann der Russe mit Koffer und Radio und Tutuma als letzter. Er stieß den Einbaum mit einer Stange vom Ufer, tauchte das Paddel ein und gab Dikeledi das andere.

Landeinwärts hörte er, wie der Motor des Landrovers angelassen wurde. Tutuma blickte zurück, kaum länger als eine Sekunde. „Er hätte wenigstens good bye sagen können."

Wolodja lauschte dem allmählich verklingenden Motorengeräusch nach. Seit er vor vier Stunden den Funkspruch empfangen hatte, war er mißgelaunt. Unverwandt starrte er auf das andere Ufer, dem sie sich langsam näherten.

Obwohl Dr. Keiser ihn mit Kohletabletten vollgestopft hatte, waren die Schmerzen zurückgekehrt, heftiger denn je. Wolodja fand nicht mehr die Kraft, gegen die aufkommende Welle des Selbstmitleids anzukämpfen. Warum hatten sie ausgerechnet ihn für dieses dreckige Geschäft ausgesucht? General Korotkow kannte doch seine Achillesferse, schließlich hatte er ihm oft genug vorgeworfen, Pflicht und private Gefühle nicht immer auseinanderhalten zu können. Warum hatten sie ihn nicht aus der Partie genommen, so wie früher, wenn das Objekt härter angefaßt werden mußte? Verrat an Freunden gehörte nicht zu seinen Pflichten, für so etwas gab es beim KGB Spezialisten.

„Schmerzen?" fragte Tutuma leise.

Wolodja preßte seine Hände auf den Unterleib. Er vertraut mir, dieser Idiot! Er glaubt noch, das Rad der Geschichte bewegen zu können, dieser verdammte Idealist. Sein Volk befreien, etwas aufbauen. Mit dreißig habe ich so was auch geglaubt. Wie eine Welle brach der Schmerz über Wolodja zusammen, nahm ihm für Momente die Luft. Er bettete den Kopf auf das schwarze feuchte Holz.

Tutuma hörte zu paddeln auf und beugte sich besorgt über den Russen. Er sprach etwas in Kalanga zu Dikeledi. Sie legte ihr Paddel beiseite und betastete Wolodjas Stirn.

„Kehrt um", brachte der Russe mühsam hervor.

„Noch ein paar Minuten, Wolodja, dann ist es geschafft."

„Ich hab's hinter mich gebracht. Aber du glaubst noch an das, was du tust."

„Bleib ganz still liegen. Gleich sind wir da."

„Dabei wirst du genauso enden wie ich . . ., aber du sollst eine Chance haben."

„Sag's mir nachher, Wolodja, wenn wir drüben sind in Sambia."

Wolodja richtete sich halb auf. „Du wirst nie in Sambia ankommen. Es ist eine Falle."

„Was sagt er?" fragte Dikeledi.

„Wirres Zeug. Er hat Fieber."

„Ich bin noch nie so klar gewesen, Tutuma. Du meinst, es sind deine Freunde, die auf uns warten. Nje chuja. Es sind die Südafrikaner."

„Aber der Funkspruch . . ."

„Da hab ich es auch erst erfahren." Wolodja griff nach Tutumas T-shirt, hielt es fest. „Frag nicht lange, kehr um!"

Tutuma zögerte noch. „Warum hast du uns erst rübergeschickt?"

„Befehl. Meine Leute haben ihren Handel mit den Buren gemacht. Sie brauchen dich nicht mehr. January ist der neue Mann."

„January?"

„Kehr um!" drängte jetzt auch Dikeledi. „Schnell, schnell!"

Tutuma wendete das Mocoro und paddelte zurück. „Ich hätte es wissen müssen, daß man keinem Weißen trauen darf", murmelte er.

Er drehte sich um. Am anderen Ufer war Bewegung entstanden. Halblaute Rufe in Afrikaans ertönten. Scheinwerfer flammten auf, irrten über die Wasseroberfläche, griffen mit weißen Fingern nach dem Boot und hielten es zitternd fest in ihrem Strahlenbündel. Leuchtkugeln stiegen in die Luft, und die Geräusche von Motorbooten zerrissen die Stille. Sie schossen bedrohlich auf den Einbaum zu, einäugigen Krokodilen gleich mit ihren Bugscheinwerfern.

Wolodja hielt sich geblendet die Hand vor das Gesicht. Jetzt tat es ihm leid, dem Moment seiner Schwäche nachgegeben zu haben, sicher nur ein Reflex seiner Schmerzen. Während er sich auf den Boden des schwankenden Einbaums duckte, tauchten Dikeledi und Tutuma ihre Paddel wie besessen ins aufgewühlte Wasser. So gewannen sie Meter um Meter.

Schüsse peitschten das Wasser, die Spritzer flogen ihnen in die Gesichter. Das erste Motorboot war auf fünfzig Meter heran, flankiert von den beiden anderen, die dem Boot von links und rechts den Fluchtweg abzuschneiden versuchten. Der Einbaum stieß hart gegen das Ufer. Tutuma und Dikeledi ließen die Paddel fallen und sprangen an Land. Als die Besatzung des ersten Motorboots das Ufer erreichte, hatte der Dschungel die beiden Afrikaner schon verschluckt.

Eine Weile jagten die Strahlen der Scheinwerfer am Ufer entlang, versuchten, in das Dickicht einzudringen, und blieben stecken in der dunklen Blätterwand.

Die Männer mit ihren umhängenden Maschinenpistolen streiften Wolodja mit ihren Blicken und rannten weiter in den dornigen Dschungel. Während er an Land kroch, erkannte Wolodja im Lichtkegel, daß es weiße Zivilisten waren.

Wolodja blieb allein, er hörte ihre Rufe aus immer weiterer Entfernung. Vom anderen Ufer wurde nicht mehr geschossen. Er rappelte sich auf und kroch auf allen vieren auf den Affenbrotbaum zu, stieß mit dem Kopf gegen die harte Rinde, fünfmal, sechsmal, bis ihm das Blut über die Stirn lief. Es tut nicht einmal weh, dachte er, bevor er das Bewußtsein verlor.

Ein paar Kilometer stromabwärts, am Vierländereck, wo Chobe und Sambesi zusammenfließen, hörten die Grenzposten diesseits und jenseits der Fähre die Schüsse. Da niemand wußte, warum eigentlich geschossen wurde, fielen die Südafrikaner, Rhodesier, Sambier und Botswaner erst einmal in den Schußwechsel ein. Daraus entwickelte sich ein kurzes nervöses Gefecht, bei dem niemand verletzt wurde, und dementsprechend beiläufig fielen auch die Zeitungsmeldungen über den Zwischenfall am Chobe aus.

Im Krankenhaus von Kasane hörte Dieter Hahn tags darauf von dem Zwischenfall. So was passierte hier öfter, meinte Dr. Keiser, dem sei weiter keine Bedeutung beizumessen. Vom Zeckenfieber geheilt, machte Dieter Hahn sich bald auf den Weg zu seinem Entwicklungsprojekt in Ghanzi.

Oberst Wolodja Dimitrowitsch Naumow erhielt nach seiner Rückkehr in Moskau einen strengen Verweis, weil er es bei der Erfüllung seines Auftrags in Botswana an Wachsamkeit hatte fehlen lassen. Im entscheidenden Augenblick hätte sich ein so erfahrener Offizier nicht von Tutuma und Dikeledi einfach niederschlagen lassen dürfen, befand das KGB und schickte Wolodja vorzeitig in Pension.

Auch BOSS reagierte verstimmt, denn Erik van Zyl nahm seinem sowjetischen Kollegen die Behauptung nicht ab, der Fehlschlag am Chobe sei nur auf das Versagen eines erkrankten KGB-Beamten zurückzuführen. So gewannen bei BOSS die Falken wieder die Oberhand, die vorläufig ein striktes Verbot weiterer Sondierungen mit der Sowjetunion durchsetzten.

Keine verläßlichen Nachrichten liegen über Moses Nkala vor, Tutumas Komplizen bei der Flugzeugentführung. Ein aus der Strafkolonie Robbeneiland bei Kapstadt entsprungener Gefangener will ihn dort erkannt haben, in einem separaten Trakt für Einzelhäftlinge.

Tutuma und Dikeledi gelang es, sich nach Südwestafrika abzusetzen, wo sie vorübergehend bei den schwarzen Freiheitskämpfern der *South West African People's Organization* (SWAPO) Unterschlupf fanden. Inzwischen versucht Tutuma, unter einem neuen Kriegsnamen auf sambischem Gebiet eine Unabhängigkeitsbewegung aufzubauen. Aber ohne Basis und ohne sowjetische Waffen wird er es schwerer haben als Moskaus neuer Günstling Mr. January, der jetzt von einem versteckten Buschcamp in Botswana aus die Befreiungsarmee ZLA auf den Endkampf in Rhodesien vorbereitet.

Die Gedächtnisskizze von dem Versteck in der Kalahari, in dem die vierhunderttausend Karat Rohdiamanten versteckt liegen, hatte Tutuma noch in jener Nacht am Chobe vernichtet. Er wollte nicht, daß das Papier den Südafrikanern in die Hände fiel. Die Diamanten hatten für ihn jede Bedeutung verloren; für einen so großen Posten hätte er ohnehin keinen Abnehmer gefunden.

De Beers hat den Verlust von vierhunderttausend Karat, nach vorsichtiger Schätzung mindestens zwölf Millionen Dollar wert, längst verschmerzt. Am 1. April 1977 hob die Verkaufsorganisation CSO den Weltmarktpreis für Diamanten um fünfzehn Prozent an.

Henry Kolarz

Sicherlich werden Sie sich an *Die Gentlemen bitten zur Kasse* erinnern, jenen dreiteiligen Fernsehfilm über die britischen Posträuber. Der Autor dieser bis heute erfolgreichsten Sendung des deutschen Fernsehens ist ... Henry Kolarz.

Mag dem Fernsehpublikum der Name Kolarz noch neu gewesen sein, den Lesern des *Stern* war er als Autor umfangreicher Serien längst ein Begriff. Kolarz' größte Erfolge *Wenn Joseph nicht gesungen hätte* und *Nachts um vier wird nicht geklingelt* sind später auch als Bücher erschienen, ein Zeichen, daß es sich schon bei diesen Serien um mehr als simplen Tagesjournalismus gehandelt hat.

Gemeinsam ist diesen Berichten und Kolarz' Romanerstling *Kalahari* die genaue Recherche. Sind auch die Hauptfiguren des Romans erfunden, die Fakten stimmen; Kolarz hat Botswana, das alte Betschuanaland, monatelang bereist, mit dem geübten Blick des Journalisten Informationen zusammengetragen und in seinen Roman eingebracht. Ob es sich um die Sicherheitsvorkehrungen der Diamantenmine von Orapa handelt oder um die Buschmänner der Kalahari: Kolarz gaukelt keine Realität vor, er umreißt sie treffend mit wenigen Worten.

Privat lebt der erfolgreiche Autor mit seiner Frau und seinem Sohn in einem gemütlichen alten Landhaus in Aumühle bei Hamburg. Gegenwärtig bereitet er die amerikanische Ausgabe von *Kalahari* vor.

Eine Kurzfassung
des Buches

Der Elefant im Schaukelstuhl, die Bärin im Kanu

von Earl und Liz Hammond
in Zusammenarbeit mit
Elizabeth Levy

Aus dem Amerikanischen von Jenny Hartmann

Mignon war an allem schuld. Denn Earl Hammond hatte nie daran gedacht, sein Zuhause in einen Tiergarten zu verwandeln. Bis seine Frau Liz die Bekanntschaft des indischen Elefantenbabys Mignon machte. Es war Liebe auf den ersten Blick. Mignon wurde die schwergewichtige, heißgeliebte neue Hausgefährtin der Familie Hammond.

Und nicht lange danach zogen Moose, der Hirsch, ein und Donna Rae, die Schimpansendame, schließlich Sascha, der Alaskabär mit dem goldbraunen Fell.

Um die Beschaffung der Riesenfuttermenge brauchten sich die Hammonds bald keine Sorgen mehr zu machen. Denn die Vierbeiner verdienten spielend ihren Lebensunterhalt.

Mignon besuchte Kindergeburtstage und Zirkusvorstellungen, zu ihrem Vergnügen und dem der Kinder. Aus Moose und Sascha wurden sogar Filmstars. Was auf der Leinwand so unproblematisch aussieht, erforderte von Earl viel Fingerspitzengefühl. Denn jeder Tierfreund weiß, daß ein wildes Tier nur unter Verlust seiner Persönlichkeit gezähmt werden kann. Wie aber kann man die Freundschaft und das Zutrauen der Vierbeiner gewinnen, ohne ihren Charakter zu ändern? Die Antwort darauf gibt dieser heitere Bericht über die tierliebende Familie Hammond und ihre ungewöhnlichen Hausgefährten.

1

In der Kellerecke eines Bauernhauses im Staate Pennsylvania steigt die Elefantendame Mignon aus dem Bett. Wahrscheinlich ist sie die einzige Elefantenkuh der Welt, die in einem Bett schläft. Lange dauert es nicht, bis sie sich langweilt und sich verlassen vorkommt. Sie hebt also den Rüssel und gibt einen kurzen Trompetenstoß von sich.

Über ihr schlafen Liz und Earl Hammond. Liz hört Mignon trompeten und knipst das Licht an. Sie tapst in die Küche und greift zu einer Zweiliter-Babyflasche. „Huhu, Pussilein, ich komme!" ruft sie die Kellertreppe hinunter. Dann holt sie eine Dose Kondensmilch und macht Mignons Milch fertig.

Mignon nuckelt am Riesensauger der Flasche, und Liz krault sie in den kleinen grauen Hautfalten rund um die Ohren. Als Mignon zu den Hammonds kam, wog sie nur hundertfünfzig Kilogramm. Jetzt hat sie es auf knapp eine Tonne gebracht und auf eine Schulterhöhe von einem Meter fünfzig. Beim Trinken schlingt sie den Rüssel um Liz' Arm und pustet ihr warme Luftküsse ins Gesicht.

„Auch in freier Wildbahn bleiben Elefanten oft ihr Leben lang bei der Mutter, vor allem die Elefantenkühe", erläutert Liz. „Die Mütter säugen sie zwei Jahre lang. Mignon ist eigentlich schon zu alt für die Flasche, aber ich gebe sie ihr noch immer mehrmals am Tag, morgens und abends. Damit wir auf ein gemütliches Schwätzchen beieinander sein können."

Wenn Mignon ihre Flasche ausgetrunken hat, füllt Liz sie wieder und wieder. Nach der vierten Flasche nimmt Liz den Rüssel in die Hand und bläst Mignon einen Kuß hinein. Dann gibt sie ihr einen Kopf Salat, acht bis zehn Äpfel, zehn Zwiebeln, zehn Mohrrüben, fünf bis acht Kartoffeln, drei Bananen, zwei ganze Brote und einen Eimer eiweißreiches Viehfutter. Danach ist es Zeit, den Kindern Frühstück zu machen.

Als Liz in die Küche geht, hört sie schon ein Tapsen auf dem Linoleumboden. Es ist Leonard, der kleine russische Bär, der in Stakkato-Hopsern herumspringt. Leonard gehört Liz' elfjähriger Tochter Niki, und die versucht, einen „Wachbären" aus ihm zu machen. Nach ein paar Übungsangriffen sperrt sie ihn wieder in seinen Käfig und macht sich mit ihrer Schwester Jenny auf den Schulweg.

Später am Vormittag füllt Liz ihre Taschen mit Marshmallows und geht zu Mignon hinunter. Es ist Zeit für ihren Spaziergang. Liz macht die Türen ihres Schlafstalls auf, und Mignon stapft die Treppe hinauf. Geschickt zwängt sie sich durch den engen Raum zwischen Tür und Geschirrspüler. Sie hat wirklich nicht viel Platz. Und wie in vielen Bauernhäusern ist die Küche sehr niedrig, so daß Mignon darin riesig wirkt.

Draußen ist der Boden hart gefroren und stellenweise sehr glatt. Mignon sucht sich extra die Eisflächen aus und saust und schlittert darauf herum, daß alle vier Beine in eine andere Richtung rutschen. Auf einer kleinen Weide kommt Moose, der Rothirsch, an den Zaun und nimmt ein Marshmallow in Empfang. Moose ziert alle Werbungen der Hartford-Versicherungsgesellschaft. Weiter hügelan öffnet Liz das Gatter zur Weide, und Mignon rast zu ihren Lieblingsbäumen, die sie sich so zurechtgebogen hat, daß sie sich bequem den Bauch an ihnen reiben kann.

Als Mignon noch klein war, hielt sie sich beim Spazierengehen immer mit dem Rüssel an Liz' Arm fest, wie ein kleines Kind, das von der Mutter an der Hand genommen wird. Aber jetzt ist sie in das Alter gekommen, in dem sie ihre Unabhängigkeit erproben will.

„Ich bemühe mich, jeden Tag einen langen Spaziergang mit ihr zu machen", sagt Liz. „In der Wildnis legen Elefantenherden jeden Tag etwa dreißig Kilometer zurück. Manchmal wünschte ich mir, ich gehörte zu einer Herde. Elefanten haben so ein Tantensystem – alle Elefantenkühe helfen den Müttern, ihre Kleinen aufzuziehen. Und meist jagen nicht die Mütter, sondern die Teenager die Kleinen herum, wenn sie nicht bei der Herde bleiben und Unfug anrichten.

Wäre ich eine richtige Elefantenmutter, dann würde ich ihr mächtig eins überziehen, wenn sie sich nicht benimmt – mit dem Rüssel. Das Problem ist, daß ich sie nicht auf eine vergleichbare Art zurechtweisen kann. Ich will sie nicht so roh behandeln, wie es manche Dompteure tun. Elefanten werden sehr gefährlich, wenn man grob zu ihnen ist. Sie versuchen, sich an jedem zu rächen, der sie mißhandelt hat."

Mignon schwingt ihren Rüssel hin und her, als sie darauf wartet, daß Liz sie einholt. Sie sieht wie ein reumütiges Kind aus. Als Liz sie für das Weglaufen ausschilt, stupst sie ihren Kopf gegen Liz' Bauch, während sie ihre Taschen mit dem Rüssel nach einem Bonbon durchwühlt.

Earl Hammond ist auch längst aufgestanden und in den hundert Meter entfernten Stall gegangen. Er füttert das Wildschwein, die Wölfe, den Schimpansen, den Luchs, den Appaloosahengst und baut dann weiter an neuen Scheunen.

Viel später, es ist schon beinahe Abend, beschließt Earl, mit Sascha einen Spaziergang zu machen.

Diese Exkursion ist nicht zu vergleichen mit Mignons und Liz' sorglosem Spaziergang. Denn Sascha ist eine Alaskabärin. Mit ihren drei Jahren wiegt sie über dreihundertsechzig Kilogramm und ist fast zwei Meter zehn groß, wenn sie sich aufrichtet. Ihre Tatzen sind beträchtlich größer als eine Menschenhand. Jede Tatze ist an die dreißig Zentimeter breit.

Earl bringt Sascha aus dem Stall auf eine eingezäunte Übungswiese. Beim Gehen spielt die Sonne auf ihrem dicken, goldbraunen Pelz. Alaskabären sind die größten der Welt. Sie sind unglaublich stark und können mit einem einzigen Tatzenhieb kleinere Bäume umhauen.

Saschas Krallen und Zähne wurden nicht gezogen wie die der Zirkusbären, und ihre Tatzen sind nicht gebrochen.

,,Manche Dompteure brechen Bärentatzen so, daß sie nicht mehr greifen können, auch nicht, wenn der Bruch geheilt ist", erklärt Earl. ,,Die Kraft der Bären liegt in Schultern und Rücken, aber sie können sie nur anwenden, wenn sie mit gekrümmter Tatze einen Haken versetzen.

Wenn man ein Tier nicht so halten kann, wie die Natur es geschaffen hat, sollte man die Finger von ihm lassen. Wer ein Tier ändert, indem er ihm zum Beispiel die Krallen zieht, der hat nur noch seine Hülle, nicht das Tier selbst. Sascha ist nicht zahm. Ich glaube, das gibt es auch gar nicht, ein zahmes Wildtier. Manchmal tut Sascha, was ich sage, aber sie ist kein Spielzeug zum Aufziehen."

Als sie auf der Weide angekommen sind, fängt es zu schneien an. Sascha schüttelt sich vor Vergnügen und streckt ihre lange Zunge weit heraus, um Schneeflocken zu fangen. Earl fährt ihr über den pelzigen Kopf. ,,Ja, du Brummbär, du hast den Schnee so gern – und Papi ist so gemein und bringt dich jetzt wieder rein." Er wirft ihr eine Leine um den Hals und führt sie zum Stall.

Am Tor stellt sich Sascha auf die Hinterbeine. Blitzschnell schlägt sie mit der Vordertatze nach Earl, dessen Bein sie nur um Zentimeter verfehlt. ,,Nein!" brüllt Earl und zieht ihr eins über die Schnauze. Sascha senkt die Tatze und schüttelt heftig den Kopf. ,,Tun wollte sie mir nichts", sagt Earl. ,,Sie wollte nur zeigen, wer hier der Boß ist, aber Sie sehen, wie launisch sie ist. Es macht Spaß, mit Bären zu arbeiten, aber man weiß verdammt selten, woran man mit ihnen ist."

Sascha kehrt ohne weiteren Zwischenfall in ihren Käfig zurück. Earl gibt ihr ein Dutzend Mohrrüben und Äpfel, zwei Brote, zwei Pfund Stint und einen kleinen Eimer voll Hundetrockenfutter. Nachdem er sich vergewissert hat, daß alle anderen Tiere in der Scheune wohlauf sind, nimmt er eine Dose Mineralwasser aus dem Kühlschrank und gibt sie der Schimpansin, Donna Rae. Das ist ihr Betthupferl. Dann macht er das Licht aus und geht ins Haus.

Liz und Earl Hammonds Farm ist kein Zoo, sie ist auch nicht zu besichtigen. Die Hammonds verbinden auf ihren fünfhundert Morgen die Landwirtschaft mit der Tierdressur. Sie nennen ihre Firma ,,Tierreich-Talentdienst GmbH“. Mignon, Sascha und Moose werden an Filmgesellschaften, Werbeagenturen und Schulen vermietet.

Der Elefant, der Bär und der Hirsch sind die Stars des Tierreichs. Die Statisten sind Robert, der Luchs, Donna Rae, die Schimpansin, eine Herde Appaloosapferde, fünfzig Stück Rindvieh, ein Dutzend Wildschweine, ein Lama namens Priscilla, ein kleiner Jaguar und ein Löwenjunges. Liz und Earl haben ein Tierreich geschaffen, in dem der Löwe das Bett des Elefanten teilt, wo Kühe und Elefanten miteinander spielen und wo die Menschen manchmal fast verrückt werden vor Freude, wenn sie ihren Traum wahr werden sehen.

Earl möchte aber doch darauf hinweisen, daß ein Elefant als Haustier eigentlich nie sein brennendster Wunsch gewesen ist. Sein Traum waren Bären, Luchse und Falken. Elefanten, sagt er mit Nachdruck, wären niemals in sein Haus gekommen, wenn er Liz nicht kennengelernt hätte. Liz stimmt zu, meint aber, daß ihr Traum nicht wahr geworden wäre, wenn sie Earl nicht kennengelernt hätte. Es sei ganz unwahrscheinlich, daß irgendein anderer Mann sein Wohnzimmer mit einem Elefanten geteilt hätte. Liz und Earl haben beide lange Jahre als Tierlehrer hinter sich. Dazu kommt noch, daß sie, als sie Mignon erwarben, einen Hauswirt hatten, der so viel über Elefanten wußte wie sonst kaum jemand auf der Welt.

1972 reisten die Hammonds mit einem kleinen Kinderzoo herum, aber ihr Standquartier war Volney Phifers Farm mit ihren siebenundzwanzig Morgen und ein Zoo in New Jersey. Volney, ein siebzigjähriger Witwer, war einer der ersten Tierlehrer in der Filmbranche gewesen. Den Metro-Goldwyn-Mayer-Löwen Leo hat er dressiert, und in vielen MGM-Filmen hat er mitgearbeitet, so zum Beispiel in *Die gute Erde*.

Liz und Earl mieteten sich eine Wohnung in Volneys Farmhaus und sorgten mit ihm für seinen ungewöhnlichen Tiergarten. Er hatte die verschiedensten seltenen Vögel, Schlangen, Alligatoren und Krokodile; ein paar zahnlose alte Löwen, Paviane, Grunzochsen; ein afrikanisches Stachelschwein; Dachse; Waschbären und ein kleines Rudel Hirsche. Die etwas zufällige Auswahl erklärt sich aus der Tatsache, daß Volney eine Art Altersheim für Zirkustiere führte.

Im Frühjahr 1972 fragte man die Hammonds, ob sie einen kleinen Kinderzoo auf Coney Island, dem Vergnügungspark vor New York, übernehmen wollten. An einem naßkalten Tag fuhren sie hinaus und waren entsetzt. „Lauter Flaschenscherben und Zementblöcke", sagt Liz. „Entsetzlich gefährlich für Kinder und für Tiere. Eine Sisyphusarbeit, das in Ordnung zu bringen.

Earl und ich wollten dem Mann schon absagen. Ich weiß nicht mehr, wann mir eigentlich die Idee kam. Ich nahm Earl beiseite und meinte: ‚Wir sagen ihm, wir nehmen an, wenn er uns einen Elefanten kauft'.

‚Was!' schrie Earl.

‚Wir sagen ihm, was für eine Anziehungskraft ein junger Elefant für den Zoo hätte, aber bezahlen muß er ihn.'"

In einem nicht so besonders üblichen, von zwei Anwälten ausgeheckten Vertrag erklärte sich der Besitzer bereit, Earl und Liz einen Elefanten zu kaufen, wenn sie dafür das Gelände in Ordnung brächten und mit ihren eigenen Tieren für den Sommer nach Coney Island kämen.

Als Volney von dem Vertrag hörte, setzte er sich mit seinen vielen Freunden im Tierhandel in Verbindung, damit sie nach einem gesunden kleinen Elefanten Ausschau hielten. Im Mai rief Bill Chase, ein Tierhändler aus Florida, an. Er habe gerade eine Ladung aus Thailand bekommen, und darunter sei ein zwei Monate alter weiblicher Elefant.

Am 31. Mai fuhren Liz, Volney und Jenny, die damals fünf Jahre alt war, mit ihrem Volkswagenbus los, um den Elefanten zu holen. Dreißig Stunden dauerte die Fahrt von New Jersey nach Florida. Sie erreichten die Lagerhalle nachts um halb zwei.

„Sechs Stunden später sah ich Mignon zum ersten Mal", erinnert sich Liz. „Es ist unvergeßlich. Sie war nicht größer als ein großer Windhund, keinen Meter hoch; ihre Haut war ganz bedeckt von langen Haaren, die wie Drähte aussahen. Ich war überrascht, wie weich die sich anfühlten. Ich machte die Tür zu ihrem Verschlag auf und ging hinein. Volney wollte mich daran hindern. Er schimpft immer mit mir, weil ich mich auf Tiere stürze, um sie zu bemuttern, aber ich konnte es nicht lassen. Ich setzte mich in eine Ecke des Verschlages und redete leise auf sie ein. Angefaßt hab ich sie nicht. Nach einer Weile kam sie zu mir und schnupperte. Ihren Rüssel ließ sie einfach schlaff hängen. Ich hab da beinahe fünf Stunden gesessen.

Als es Zeit zur Rückfahrt war, luden wir ihre Kiste in den Bus, und Jenny legte sich obendrauf und ließ ihre Finger durch die Latten hängen. Der kleine Elefant sollte wissen, daß er nicht allein war. Ab und zu rieb er seinen Kopf an Jennys Fingern. Obwohl es da oben heiß und ungemütlich wurde, blieb Jenny auf ihrem Platz.

Wir fuhren die ganze Nacht. Am Morgen machten wir Rast auf einem kleinen Parkplatz. Wir öffneten die Rückseite der Kiste, und Mignon kam herausgeschossen. Bevor ich noch wußte, was geschah, war sie meinen Händen entglitten. Ich rannte ihr nach und packte sie. Obwohl sie noch so klein war, kam es mir vor, als hielte ich ein durchgegangenes Pferd. Ich schrie Volney zu, er solle mir eine von den mitgebrachten großen Babyflaschen bringen. Als sie die sah, beruhigte sie sich und begann zu saugen.

Unser Tierarzt hat mir geholfen, das richtige Futter für sie zusammenzustellen. Elefantenmilch ist besonders fett. Sie enthält viel mehr Eiweiß als Kuhmilch. Deshalb war es auch immer schwer, Elefanten in Gefangenschaft aufzuziehen. Man gab ihnen auf vier Liter unbehandelte Kuhmilch einen halben Liter Sahne, vierundzwanzig Eigelb und vier Pfund zu Brei gekochten Reis. Aber nach der Erfindung hochfetter Kondensmilch waren wir in der Lage, drei Dosen Milch mit zwei Liter Wasser zu mischen und Vitamine und flüssiges Kalzium dazuzugeben.

Bei der zweiten Rast folgte mir Mignon schon, als ich ihr die Flasche vorhielt. Trotzdem war ich sehr dankbar, als wir zu Hause ankamen."

Als der Volkswagenbus vorfuhr, kamen Earl und Niki angelaufen. Liz öffnete den Verschlag, und Mignon stieg aus. Earl kniete sich neben sie und fuhr mit den Fingern die Falte zwischen Ohr und Schulter entlang. Er fand sofort heraus, wo sie kitzlig war. Mignon wand sich vor Vergnügen.

Liz und Earl geleiteten sie ins Haus. Zu ihrer Wohnung führten fünf wackelige Verandastufen hinauf. Earl ging voran und nahm Mignon beim Ohr, damit sie folgte. Mignon machte die Knie steif. Liz ging zu Earl und hielt ihr die Flasche vor. Mignon begann zu zittern. Die Stufen jagten ihr offensichtlich Furcht ein. Liz und Earl sahen sich an.

Dann nahm Earl Mignon hoch und trug sie über die Schwelle ihres neuen Heims.

„Daran werde ich mich mein Leben lang erinnern", sagt Liz. „Sie hat nicht gezappelt, sie hat sich nur angeschmiegt und den Rüssel auf seine Unterarme gelegt."

Earl Hammond ist in den Tierhandel hineingeboren worden. Sein Vater hatte jahrelang die Arktis erforscht und war dann auf Vortragsreisen kreuz und quer durch die Vereinigten Staaten gefahren. Er sprach über die Arktis und demonstrierte den Gebrauch von Hundeschlitten. Er führte eine ganze Menagerie von Tieren aus der Arktis mit sich. Außer Hunden hatte er Rentiere und verschiedene Bären dabei. Er traf Volney Phifer bei MGM, und die beiden wurden gute Freunde. Die Hammonds wohnten in Aurora in Nebraska, aber oft mußte die ganze Familie bei den Vorführungen helfen. Earl lernte einen Hundeschlitten zu fahren, als er erst fünf war. Merkwürdigerweise wollten seine Eltern aber nichts von Tieren als Hausgenossen wissen.

„Ich fiel immer in Ungnade, weil ich dachte, Tiere seien zum Spielen und Spaßmachen da. Manchmal ließ Vater einen jungen Schwarzbären an der Kette nach draußen; wir zwei kuschelten uns zusammen und hielten ein Mittagsschläfchen. Vater wußte enorm viel, und er pflegte seine Tiere fabelhaft, aber er hielt immer Distanz."

Liz' Eltern hatten ebenfalls nichts für Haustiere übrig, aber das war der einzige Punkt, in dem sie mit den Hammonds übereinstimmten. Liz ist mitten in New York, in Manhattan, aufgewachsen. Ihr Vater, William Leonard Grossman, war Professor für Transportwesen an der New Yorker Universität, aber das war nur eines seiner vielen Interessengebiete. Gelegentlich hielt er auch Vorlesungen über Philosophie und brasilianische Literatur. Außerdem war er Mitautor eines Jazzlexikons. Liz' Mutter, Mignon, war Malerin und Pianistin. Es war eine Familie, die sich für vieles interessierte, nur für Tiere nicht – und gerade Tiere übten auf Liz eine unwiderstehliche Anziehungskraft aus. Schon als kleines Kind hatte sie für Elefanten eine ganz besondere Vorliebe. Jeden Sonntag ging der Vater mit ihr in den Zoo und gab Dollar über Dollar aus, damit Liz auf dem Elefanten reiten konnte.

„Als ich etwa acht war, erzählte ich ihm, ich wolle selbst einen Elefanten haben, wenn ich einmal groß sei. Ich weiß noch, wie er mir in die Augen sah und sehr ernst sagte: ‚Es gibt genug Enttäuschungen im Leben, auch ohne daß du dir etwas wünschst, was du nie bekommen kannst.'"

Als Liz zwanzig war, las sie in der Zeitung über eine Agentur, die sich Tiertalentsucher nannte und Tiere für die Bühne dressierte. Man stellte Liz an, nachdem sie den Leuten vier Wochen lang wegen einer Arbeit in den Ohren gelegen hatte. Volney Phifer war Mitinhaber dieser Agentur, und Liz wurde eine dankbare Abnehmerin seiner Tiergeschichten. „Viele fanden, ich sei besessen von meiner Arbeit", sagt sie. „Ich glaube, es war eine ganz gesunde Besessenheit. Ich wußte plötzlich, was ich mit meinem Leben anfangen wollte, aber es gab unendlich viel zu lernen. Volney war wie ein Lexikon. Als er vorschlug, ich solle in seinem Farmhaus eine Wohnung mieten, ging ich begeistert darauf ein. Ich war verheiratet gewesen und hatte eine Scheidung hinter mir. Ich mußte für zwei kleine Kinder sorgen und dachte, auf dem Lande würde es uns viel bessergehen."

Ein paar Tage vor Weihnachten 1968 tauchte Earl Hammond auf Volneys Farm auf. Er reiste mit seinem eigenen kleinen Kinderzoo. Volney kannte er durch seinen Vater. Als Earl ankam, lag Liz mit Grippe im Bett. „Ich hörte jemanden im Wohnzimmer dröhnend lachen und erfuhr, daß es sich um den Sohn eines guten Freundes von Volney aus Nebraska handelte", erzählt sie. „Ich hätte auch gern jemanden meines Alters kennengelernt, aber ich fühlte mich zu schwach, um aufzustehen."

Earl saß unten mit Volney. Er hatte nur ein bis zwei Stunden bleiben wollen, aber er blieb und blieb. „Irgendwie wußte ich, daß ich erst die kranke Frau da oben kennenlernen mußte, bevor ich gehen konnte. Es war wie Hellseherei. Ein Supermarkt hatte mich mit meinem Zoo engagiert, und ich hätte längst unterwegs sein müssen. Ich blieb aber, bis ich Liz gesehen hatte. Sie lachte so wunderhübsch, auch als sie krank im Bett lag."

Liz besuchte Earl dann mit den Kindern, sooft sie konnte. Der Star des kleinen Zoos war eine Schimpansin, Donna Rae. „Ich hab Donna bekommen, als sie gerade zwei Jahre alt war", sagt Earl. „Es gab nichts, was sie nicht für mich getan hätte. Sie lernte Rollschuh laufen und die Eintrittskarten abreißen. Und sie sorgte für Ordnung unter den anderen Tieren.“

Donna Rae und Liz’ Tochter Jenny wurden auf den Reisen unzertrennlich. Donna hatte ein Dreirad. Manchmal gab Earl beiden Geld für ein Eis. „Sie waren damals etwa gleich groß“, berichtet Liz. „Donna trat die Pedale und hielt ihr Geld zwischen den Zähnen. Jenny stand hintendrauf und umklammerte Donnas Taille. Und ab ging es zum Eismann.“

Jeder Tag, den Liz und Earl miteinander verbrachten, machte ihnen bewußt, daß sie noch nie so glücklich gewesen waren. Sie beschlossen zu heiraten. Earl zog zu Liz und den Kindern auf Volneys Farm, und 1970 gründeten sie ihre Firma, die Tierreich-Talentdienst GmbH. Sie hofften auf Aufträge vom Fernsehen und von Werbeagenturen, aber ihr Hauptverdienst floß immer noch aus Auftritten in Einkaufszentren. Beide mochten nicht immer unterwegs sein. Da die Kinder inzwischen zur Schule gingen, suchten sie Arbeit möglichst nahe bei Volneys Farm.

Volney seinerseits freute sich, in Earl einen erfahrenen Tierpfleger gefunden zu haben. Vielleicht freute es ihn noch mehr, seine Erlebnisse vor einem neuen Publikum berichten zu können. Abends, wenn die Kinder im Bett waren, tauschten Earl, Liz und Volney ihre Tiergeschichten aus. Volney landete unweigerlich bei Elefanten. „Er hatte ein Herz für Elefanten“, erzählt Liz. „Er hat sich in Indien und Afrika mit ihnen beschäftigt, und in den zwanziger Jahren hat er als Elefantenspezialist beim Zirkus gearbeitet.“

Immer wenn ein Zirkus nach New Jersey kam, lud Volney die Hammonds zu einer Vorstellung ein. Wie klein der Zirkus auch sein mochte – Volney kannte unweigerlich jemanden von früher. Eines Tages brachte er sie zu einem seiner Lieblingstiere, Anna Mae, einer über siebzigjährigen Elefantenkuh. Sie sei ein besonders kluges, sanftes Geschöpf, erzählte er.

Liz hatte Jenny auf dem Arm und betrachtete Anna Mae in der Menagerie, während Volney und Earl mit dem Löwenbändiger sprachen. Plötzlich schlüpfte ein kleiner Junge unter dem Seil durch, das die Zuschauer von der Elefantenkuh trennte, und zog Anna Mae am Rüssel, als wäre es ein Glockenstrang. Liz war außer sich, sie hatte oft von Zirkuselefanten gehört, die Menschen schwer verletzt und sogar getötet hatten. Sie wußte nicht, ob sie hinlaufen und den Jungen packen oder ganz still stehenbleiben sollte. Ihre ganze Erfahrung befahl ihr, überlegt vorzugehen. Anna Mae schlang den Rüssel um den Jungen. Liz hielt den Atem an. Anna Mae sah sich um, als ob sie überlegte, was zu tun sei. Dann stieß sie den Jungen entschlossen in die Arme seiner Mutter zurück. Unter den zweihundert Zuschauern hatte sie die richtige Frau herausgefunden.

„Es hat mich einfach umgeworfen", erzählt Liz. „Es war, als ob sie sagte ‚Hier ist Ihr Kind, meine Liebe. Passen Sie doch besser darauf auf.'"

Anna Mae ließ Liz' Kindertraum von einem eigenen Elefanten wieder erwachen. Sie unterhielt sich nun ernsthaft mit Earl darüber. Wenn sie ihr Geld in einen jungen Elefanten investierten, meinte sie, bekämen sie sicher im Umkreis von New York genügend Engagements, so daß sie nicht mehr reisen müßten. Sie glaubte auch, daß ein Elefant für Werbefilme und Werbekampagnen interessant wäre.

Volney nahm ebenfalls an den Diskussionen teil. Auf seinen Reisen durch Indien hatte er mehrere Elefanten gesehen, die von Menschen aufgezogen worden waren. Die Elefanten der Maharadschas zum Beispiel, die bei feierlichen Anlässen eine wichtige Rolle spielten, wurden oft von den Familien der Elefantentreiber, den Mahuts, aufgezogen. Wegen der großen Hitze lebten die Familien und die Elefanten unter Obdächern ohne Wände. Die Stubenreinheit war kein so großes Problem, weil es sowieso nur Lehmböden gab. Diese Elefanten wurden immer sehr gutmütig und zutraulich.

Volney hatte sich auch schon als Tierimporteur für Zoos und Zirkusse betätigt, und es hatte ihn bedrückt, wie viele Jungelefanten auf der Reise oder während des ersten Jahres in der neuen Heimat gestorben waren. Sogar im Jahr 1970 lag die Sterblichkeitsziffer noch bei fünfzig Prozent. Volney war der Meinung, daß Elefanten eine Familie brauchten und daß es die beste Lebensversicherung für sie wäre, wenn man sie zum Mitglied einer Menschenfamilie machte.

Weil Liz so begeistert war, mochte Earl nicht nein sagen, aber er bekennt, daß er nie geglaubt hat, daß Liz' Traum in Erfüllung gehen würde. Das Haupthindernis war das Geld. Liz und Earl hatten kaum

Ersparnisse, und ein Elefant kostete mehrere tausend Dollar. Earl dachte, er könne Liz ruhig einen Elefanten versprechen, weil er meinte, so viel Geld würden sie doch nie beisammenhaben.

„Ich hätte es besser wissen müssen", sagt er. „Wenn Liz erst einmal ihr Herz an etwas gehängt hat, passieren die merkwürdigsten Dinge."

Am 4. Juni 1972 konnte man von Mignon sagen, daß sie das erste Elefantenkalb in der ganzen Welt war, das als Mitglied einer Menschenfamilie in einem Bauernhaus in New Jersey aufgezogen werden sollte.

IN DEN ersten Stunden im neuen Quartier war Mignon sehr niedergeschlagen. Manchmal schnupperte sie an einem Stuhl oder starrte den Fernseher an. Liz meinte, sie versuchte herauszufinden, was zu den lebendigen und was zu den leblosen Dingen gehörte.

Die anderen Tiere des Hauses unternahmen nichts, um Mignon willkommen zu heißen. Dog, Liz' englischer Windhund, tat so, als sei Mignon Luft. Die beiden Katzen waren starr vor Entsetzen, Robert, der Luchs, fauchte, sprang auf den Kaminsims und blieb dort.

Niki und Jenny dagegen waren außer sich vor Freude. Niki führte Mignon im Haus herum und erklärte ihr alles: „Das ist der Fernseher . . . das ist die Küche . . . Ich bin Niki."

„Die Kinder behandelten sie von Anfang an, als wäre sie ein Adoptivkind aus der Fremde, das nicht in unserer Sprache reden konnte. Wahrscheinlich war das genau richtig", sagt Liz.

„Earl und ich saßen auf der Couch und starrten sie an. Ich wußte gar nicht mehr so genau, ob wir da nicht mehr übernommen hatten, als wir bewältigen konnten. Dann kam ich einmal mit der Hand in ihr Maul, als ich ihr die Flasche gab. Sie begann gleich, an meinem Daumen zu saugen.

Ich merkte, wie sie sich entspannte, und begriff, daß ich zufällig entdeckt hatte, was sie trösten konnte. In dem Augenblick wurde ich ihre Mutter, glaube ich.

Ich beschloß, sie Mignon zu nennen, nach meiner Mutter. Sie war so damenhaft und empfindsam. Außerdem gedachte ich, meine Mutter ein wenig zu besänftigen. Sie hatte sich nämlich sehr aufgeregt, als ich ihr erzählte, daß wir mit dem Gedanken spielten, einen Elefanten zu

Der Neuankömmling Mignon begrüßt Jenny und „Dog“, den Windhund.

Hier stellt sich Mignon mit ihren neuen Freunden vor der Kamera in Pose.

kaufen. Sie war überzeugt, er würde auf ihren Enkelkindern herumtrampeln und ich sei nicht normal.

Als ich damals meine Eltern zum ersten Mal anrief, kam mein Vater ans Telefon. Mignon stand neben mir und trank aus ihrer Flasche. Ich hatte schon unterwegs gemerkt, daß sie zu trompeten anfing, wenn man ihr die Flasche fortnahm, bevor sie sie geleert hatte. Also zog ich ihr die Flasche aus dem Maul, und sie trompetete direkt in den Hörer.

‚Was war das?‘ fragte mein Vater.

‚Das ist mein Wohnzimmerelefant‘, antwortete ich.

Nach dem ersten Schock versprach er mir, nie wieder zu behaupten, daß manche Dinge niemals wahr werden.

Meiner Mutter verschlug die Überraschung fast die Sprache. Ich erzählte, daß ich den Elefanten nach ihr nennen wollte, und sie brachte nicht mehr heraus als ein leises ‚Das soll wohl ein Grund zur Freude sein‘. Sie wollte wissen, wie ich ihn stubenrein bekommen wollte, und ich schwindelte, als ich antwortete, Earl und ich würden niemals ein Tier aufnehmen, wenn wir es nicht dazu erziehen könnten.“

Während Liz mit ihren Eltern telefonierte, rollte Earl alle Teppiche zusammen und ersetzte sie durch Plastikmatten. In Wahrheit hatte keiner von beiden eine Ahnung, wie man einen Elefanten zur Stubenreinheit erzieht. Alle Fachleute, Volney eingeschlossen, waren überzeugt, daß es ein Ding der Unmöglichkeit sei. Elefanten könnten die betreffenden Muskeln nicht richtig kontrollieren. Aber da Liz von der Agentur her wußte, daß Tiere für die Bühne ja auch dazu gebracht wurden, sich zusammenzunehmen, glaubte sie, es müsse auch mit Mignon gehen.

Nach dem ersten Nachmittag war ihre Zuversicht allerdings erschüttert. „Bei Elefanten nimmt es wasserfallartige Ausmaße an. Nicht zu glauben, wieviel Flüssigkeit aus dem kleinen Tier kam. Es war, als hätten wir alle paar Stunden einen Dammbruch."

Am frühen Abend war Liz todmüde. Sie brachte Niki und Jenny ins Bett und ging dann ins Wohnzimmer, um Mignon gute Nacht zu sagen – Earl und sie hatten schon beschlossen, daß das Mignons Zimmer bleiben würde. Dann gingen sie ins Schlafzimmer, aber kaum hatten sie die Tür geschlossen, als sie einen durchdringenden Schrei hörten. Sie liefen zurück. Mignon rannte im Kreis herum, außer sich darüber, daß man sie allein gelassen hatte. Earl und Liz sahen sich an. „Ich machte das Schlafsofa für uns zurecht und ermahnte Earl, dies als ein Abenteuer hinzunehmen. Das einzige amerikanische Ehepaar, das seine Nächte mit einem Elefanten verbringt! Natürlich haben wir beide nicht gut geschlafen.

Morgens dachte ich, ein Eimer sei die Lösung für Mignons Toilettenproblem. Zunächst gab es die Schwierigkeit, ihr den Eimer unterzuschieben. Dann hoffte ich, sie würde begreifen, daß der Eimer und ihre Bedürfnisse zusammengehörten, so ähnlich wie bei der Erziehung eines Kleinkindes. Nur mußte der Eimer natürlich immer dasein, wenn sie ihn brauchte."

Um immer konsequent mit dem Eimer zur Stelle zu sein, mußte Liz wie ein Luchs Tag und Nacht auf der Lauer liegen. Deshalb schliefen Earl und sie weiterhin im Wohnzimmer. Mignon schlief auf einer Schaumgummiunterlage neben dem Bett. Jedesmal, wenn sie ein Bedürfnis verspürte, hörte Liz, wie sie sich auf der Matte unruhig herumwälzte. Liz erzog sich dazu, bei jedem dieser Geräusche aufzuwachen, nach dem Eimer zu laufen und ihn ihr unterzuhalten.

„Die ersten Wochen nahm sie mich ganz und gar in Anspruch.

Wenn die anderen schliefen, blieb ich auf und spielte mit ihr. In diesen späten Abendstunden lernten wir uns richtig kennen. Ich brachte ihr bei, die Beine zu heben und ihren Fuß auf mein Gesicht zu setzen, ohne das Gewicht darauf zu legen. Ich versuchte auch, ihr beizubringen, wie man den Rüssel benutzt. Ihrer war ein schlaffes kleines Ding, und sie hatte keine Ahnung, wozu er da war."

Elefanten haben wie Menschen eine lange Kindheit. Das Leben in der Herde ist kompliziert und voller Regeln. In Freiheit muß ein Elefant lernen, sich in das verschlungene Muster der Familienkonstellation einzufügen. Mignons neue Familie stellte sie insofern vor ähnliche Probleme, als sie nun zu verschiedenen Menschen in die richtige Beziehung treten und lernen mußte, wie sie sich benehmen durfte und wie nicht.

Nach mehreren Wochen hatte sie begriffen, zu welchem Zweck der Eimer da war. Sie klapperte mit ihm und wartete ein paar Sekunden, bis Liz den Eimer unter sie gestellt hatte. „Diese Sekunden waren für uns beide ein großer Erfolg", stellt Liz fest.

Als das Sauberkeitsproblem erst einmal gelöst war, entdeckten Earl und Liz, daß Mignon die Anpassung an ihren Alltag leichter fiel. Vom Fernseher war Mignon sofort fasziniert. Als sie gelernt hatte, mit ihrem Rüssel umzugehen, entdeckte sie auch, wie sich der Apparat an- und abstellen ließ. Bald lernte sie, auf einem Stuhl zu sitzen, vorzugsweise in einem altmodischen Holzschaukelstuhl.

„Ich glaube, sie hat uns das einfach abgeguckt", sagt Liz. „Sie stellte sich mit dem Rücken zum Stuhl und senkte ihr Hinterteil vorsichtig hinein. Sie sah genau wie eine dicke kleine Madame mit hochgestellten Füßen aus, sie schaukelte und sah fern mit uns. Wenn das Programm sie langweilte, stellte sie den Apparat einfach ab."

Mignon liebte Musik. Wenn Platten gespielt wurden, schwang sie ihren Rüssel im Rhythmus und schaukelte hin und her. „Janis Joplin hatte sie am liebsten", erzählt Liz. „Und die Beatles hörte sie auch gern."

Nach ein paar Wochen nahm Liz den Elefanten auch zu Besorgungen mit. Mignon paßte bequem hinten in den Volkswagenbus und schien das Fahren zu genießen.

„Als sie erst mal stubenrein war, konnte ich mit ihr wie mit einem gut gezogenen Hund ausgehen", sagt Liz. „Als sie ein bißchen älter war, haben wir sie sogar mit nach New York genommen. Sie ging rüsselschwingend zwischen uns und war begeistert von der Stadt. Manchmal führten wir sie sogar in ein Restaurant aus, dessen Besitzer ihr einen riesigen Salat servieren ließ, den sie dann sehr manierlich verspeiste."

Earl und Liz nahmen Mignon auch mit zu Liz' Eltern. Nach ein paar Wochen stellten sie fest, daß Liz' Mutter die Fragen von Passanten und Bekannten wie eine stolze Großmutter beantwortete: „Ja, sie ist stubenrein . . . Das einzige Elefantenkalb der westlichen Welt, das als Mitglied einer Menschenfamilie aufgezogen wird . . . Sie geht unglaublich sanft mit Kindern um . . . sehr intelligent . . . Ja, sie wurde nach mir genannt."

Nachdem Mignon sechs Wochen bei ihnen war, merkten Earl und Liz, daß sie einen Tag zum Ausspannen brauchten. Da Volney nicht da war, baten sie ein Ehepaar, das manchmal für ihn arbeitete, auf Mignon und die Kinder aufzupassen. Sie zeigten ihnen, wie Mignons Flasche bereitet wurde und womit sie am liebsten spielte. Dann fuhren sie ab, um den Tag in New York zu verbringen.

Spätabends kehrten sie zurück. Als sie sich dem Haus näherten, hörten sie Mignon schon trompeten. Es klang so jämmerlich, wie Liz es noch nie gehört hatte. Earl hielt vorm Haus, und Liz jagte die Stufen hinauf. Mignon war in dem winzigen Flur gefangen, denn ein Kindergitter sperrte sie vom Wohnzimmer aus. Sie hätte das Gitter leicht zerschmettern können, aber sie war brav dahinter geblieben.

Liz stürmte wütend ins Wohnzimmer zu dem Ehepaar. „Warum ist Mignon nicht hier in ihrem Zimmer?"

„Ach", sagten die beiden nur, „sie war uns beim Fernsehen immer im Weg."

Liz war außer sich, sie warf die Leute hinaus und wandte sich Mignon zu. Erst einmal sollte sie ihre Flasche bekommen. Sie atmete in großen Seufzern, und ihre Flanken waren eingefallen, so daß man die Rippen deutlich sah. Wenn kleine Elefanten sich ängstigen, trocknen sie nämlich schnell aus.

Earl kam herein, als Mignon noch an ihrer Flasche saugte. Liz bat ihn, bei ihr zu bleiben, bis sie eine zweite Flasche bereitet hatte. Als sie sich umwandte, wollte Mignon ihr nachlaufen. Earl merkte, daß sie mit leichter Schlagseite ging.

Liz hielt ihr Bananenbrei vor, aber den wollte sie nicht. Earl fand, Liz sollte sich nicht aufregen – Mignon sei eben noch etwas verstört. Sie gingen zu Bett, und Mignon schien friedlich einzuschlafen.

Aber am nächsten Morgen konnte sie kaum noch gehen. Dann bekam sie Krämpfe. Nach jedem Anfall rappelte sie sich auf, fiel aber gleich wieder um. Liz versuchte sie zu beruhigen, aber es war wie ein Zwang, sie mußte auf die Beine, und jeder neue Fall löste neue Krämpfe aus. Earl rief ihren Tierarzt an, der riet, Mignon sofort in sein Tierspital zu bringen.

Als sie ankamen, machte sich Dr. James Dorney sogleich an die Untersuchung. „Ich weiß nicht, was ihr fehlt", sagte er. „Vielleicht ist es eine Infektion, vielleicht Gift – auf jeden Fall ist es die Reaktion auf eine Vergiftung. Hoffen wir, daß wir herausfinden, was es ist, bevor sie uns stirbt."

Bevor sie uns stirbt. Die Wörter waren heraus, und andere ungebetene und schreckliche Gedanken kamen Liz in den Sinn: Fünfzig Prozent aller importierten Jungelefanten sterben . . . „Ich war so sicher gewesen, daß wir alles richtig gemacht hatten. Jetzt war ich mir kein bißchen mehr sicher. Ich fühlte mich hilflos und deprimiert. Das einzige, woran ich mich klammerte, war mein Glaube an Dr. Dorneys Fähigkeiten. So einen Tierarzt gab es nur einmal unter Millionen. Als junger Mann hatte er bei einem Tierimporteur gearbeitet und hatte also Erfahrungen mit Exoten. Darüber hinaus war er ungeheuer wissensdurstig und liebte seine Arbeit sehr."

In großer Eile rief Dorney mehrere amerikanische Elefantenexperten an und wandte sich sogar an eine Veterinärakademie in Indien. Alle sagten ihm das gleiche: Wenn Elefanten erst mal Krämpfe haben, ist es nur noch eine Frage der Zeit, bis sie sterben.

Nach dem letzten Telefongespräch hängte Dorney ein und meinte: „Alle sagen, sie wird sterben, aber ich tue mein möglichstes. Wollen Sie sich auf ein Experiment einlassen?"

„Tun Sie, was Sie tun können", sagte Liz.

Dorney wußte, daß er Mignon nicht viel Penicillin geben konnte, weil Elefanten recht allergisch dagegen sind. So begann er erst mal mit

Antihistaminen, dazu gab er Glukose, um sie bei Kräften zu halten. In den ersten Stunden konnte er nur darum kämpfen, Mignon von einer Minute zur anderen am Leben zu halten. Schließlich fand er zwei Elefantenspezialisten, Dr. Marty Dennis und Dr. Berenberg, die nicht so schwarzsahen. Sie wußten auch, welche Medikamente Mignon vertragen würde.

Der Tag schleppte sich hin. Mignons Zustand wurde nicht besser, aber auch nicht schlechter. Liz bat Earl, Kissen und Decken zu holen. Sie blieb achtundvierzig Stunden bei Mignon im Spital.

„Meine Erinnerung daran ist verschwommen. Ich hatte solche Angst, daß sie stirbt. Sie konnte kaum noch stehen. Wenn sie fiel, versuchte ich, meine Beine unter sie zu bringen, weil sie nicht allein wieder hoch konnte, und das regte sie sehr auf. Wenn ich achtgab, konnte ich mich beizeiten so setzen, daß sie mir in den Schoß plumpste. Dann konnte ich sie mit den Beinen hochstemmen und ihr aufhelfen. Nur wenn sie nicht seitwärts auf mich fiel, sondern mich mit dem Schulterknochen traf – das war ein Schlag! Aber ich war froh, daß sie auf den Beinen sein wollte. Das schien mir ein Zeichen dafür, daß sie heftig um ihr Leben kämpfte."

Als Mignon die ersten achtundvierzig Stunden überlebt hatte, meinte Dr. Dorney, daß sie nach Hause könne. Sie hatte keine Krämpfe mehr, und er hoffte, daß die vertraute Umgebung sie beruhigen würde. In freier Wildbahn sagt der Instinkt den Elefanten, daß sie auf den Beinen bleiben müssen, wie krank sie auch sein mögen. Denn wenn ein kranker Elefant nicht bei der Herde bleibt, stirbt er. Bei Mignon war es aber umgekehrt. Sie brauchte Schlaf, damit sich ihre zerrütteten Nerven beruhigten. Sie hätte leicht am Schock sterben können.

Earl fuhr Mignon heim und half ihr die Stufen hinauf. Niki und Jenny kamen und umarmten sie. Aber Mignon wandte sich von den Kindern weg und langte nach Liz. Ihre Furcht, daß Liz sie verlassen könnte, war geradezu ergreifend. Wenn Liz auch nur aufstand und in die Küche ging, um die Babyflasche zu holen, versuchte Mignon ihr unter schwächlichem Trompeten zu folgen.

Earl beobachtete Mignon und Liz von seinem Schaukelstuhl aus. Sie sahen beide erschöpft aus. Plötzlich stand er auf, schlich zu Mignon, lehnte sich gegen ihre Seite, so daß sie seitwärts auf das Ehebett fiel. Er legte seine Hand auf ihre Schulter und ließ Liz das gleiche tun. Jenny brachte ein Kissen, das sie unter Mignons Kopf schob. Minuten später lag Mignon in tiefem Schlaf.

„Es fiel mir ganz plötzlich ein", sagt Earl. „In den sechs Wochen, die sie bei uns war, hatten wir für sie die Herde bedeutet, an die sie sich halten mußte. Sechs Wochen lang hat sie uns in dem Bett schlafen sehen. Ich ahnte, daß es für sie den sicheren Hafen bedeuten mußte, den Ort, wo Mama und Papa sie nicht verlassen würden. Und so war es."

Liz legte sich neben Mignon, und beide schliefen stundenlang. An den folgenden Tagen blieb Liz ständig um Mignon und fütterte sie mit der Flasche und mit Bananen, damit sie wieder zu Kräften kam. Kaum war eine Woche um, stand Mignon wieder fest und sicher auf ihren Beinen.

Als Mignon soweit war, wollten Earl und Liz ihr Bett zurückhaben, aber der Elefant weigerte sich, auf der Schaumgummimatte zu schlafen.

Wenn Earl zu Liz unter die Decke schlüpfte, versuchte Mignon, sich daneben zu legen. Und wenn Earl ihr das verbot, stampfte sie im Kreis durch das Zimmer.

„Ich hatte nicht die Absicht, jeden Morgen mit einem Elefanten an meiner Seite aufzuwachen", sagt Earl. „Ich habe eine Matratze auf eine Unterlage aus Sperrholz und Ziegeln gelegt und Mignon erklärt, das sei nun ihr Bett. Verstanden hat sie es schon, aber sie mochte es nicht. In der ersten Nacht versuchte sie wieder, zu uns ins Bett zu krabbeln. Dann stand Liz auf und holte Laken und Kissen für Mignons Bett, und das schien sie schon eher zu akzeptieren. Aber ganz versöhnt hat sie sich damit nie.

Manchmal kam sie, wenn wir schliefen, und schlang ihren Rüssel um Liz. Einmal drehte ich mich nachts um und gab Liz einen Kuß auf die Wange. Die fühlte sich aber sehr komisch an. Ich hatte diesem Elefanten den Rüssel geküßt! Als ich aufsah, wußte ich, daß sie mich auslachte. Einen Moment wurde ich wütend. Aber dann hab ich auch gelacht."

2

MIGNONS Ankunft wurde natürlich in der Lokalpresse ausführlich erörtert. Als erst bekannt wurde, daß ein junger Elefant für verschiedene Gelegenheiten zur Verfügung stand, begann Mignon ihren Lebensunterhalt zu verdienen.

Ihr erster öffentlicher Auftritt fand schon fünf Tage nach ihrer Ankunft in New Jersey statt. Als der Sells-Grey-Zirkus in Port Richmond auf Staten Island seine Zelte aufschlug, kamen die Besitzer, alte Freunde von Volney, zu Besuch. Beim ersten Blick auf Mignon baten sie Earl und Liz, sie zu einer Vorstellung zu bringen. Zwar konnte sie noch keinerlei Kunststücke, aber die Zirkusbesitzer wußten, daß ein so kleiner Elefant ihr Publikum entzücken würde.

Am gleichen Abend zwängten sich Volney, Earl, Liz, Niki, Jenny und Mignon in den Volkswagenbus und fuhren nach Port Richmond. Das Zelt war auf einem großen Sportplatz, den eine Aschenbahn umgab, aufgebaut. Kurz vor der Pause nahm Earl das Mikrofon und ging in die Arena. Mit seiner tiefen Stimme und dem ländlichen Dialekt sagte er: „Ich bin in Nebraska geboren und hab ein Stadtmädchen geheiratet. Man hatte mich zwar vor Städterinnen gewarnt, aber ich hatte keine Ahnung, daß sie mir einen Elefanten ins Wohnzimmer setzen wollte. Aber im Ernst, meine Frau und ich sind in diesem Erdteil die ersten Menschen, die einen Elefanten in der Familie haben, und ich möchte Sie mit ihm bekannt machen."

Die Scheinwerfer schwenkten, Mignon wurde losgelassen, und Liz lief mit der Babyflasche vor ihr her. „Sie kam hinter mir hergestapft, den Rüssel vor sich ausgestreckt, und gab lauter komische Geräusche von sich, die nichts anderes hießen als ‚Mama, Mama, verlaß mich nicht!' Als wir in die Mitte kamen, hielt ich an, und alle Leute lachten und klatschten. Sie trank ihre Flasche, das war ihr einziges Kunststück. Damit hat sie immer noch den größten Erfolg."

Ihre ersten Honorare bekam Mignon für einen kurzen Auftritt bei Kindergeburtstagen. Sie war nicht so kräftig, daß man auf ihr reiten konnte, aber sie war so lieb und sanft, daß die Kinder schon begeistert waren, wenn sie nur bei ihr sein konnten. Dann rief eines Tages ein Anwalt aus New York an. Er hatte in der Zeitung von Mignon gelesen und wollte sie für etwa eine Stunde mieten. Die einzige Bedingung war, daß Mignon ein Häubchen trug und mit dem Rüssel eine Fahne schwenkte, auf der stand „Herzlich willkommen, Liebling".

Liz fragte den Anrufer, wo das stattfinden sollte und warum.

„Wir haben gerade ein Baby bekommen. Meine Frau ist mit ihm zu ihren Eltern in den Mittelwesten gefahren, und ich hab inzwischen das Kinderzimmer hergerichtet. Wenn sie nach Hause kommt, will ich sie mit einem Elefanten, als Baby verkleidet, im Kinderzimmer überraschen."

„Ich war mir gar nicht so sicher, ob sich seine Frau über einen Elefanten im Kinderzimmer freuen würde, aber dem Mann war es Ernst, und deshalb hab ich zugesagt."

Am Tag, als Mutter und Kind zurückkehren sollten, fuhren Earl und Liz mit Mignon nach New York. Als Liz und Mignon ausstiegen, waren sie sofort von einer Schar Kinder umringt, die gar nicht glauben konnten, daß plötzlich ein kleiner Elefant unter ihnen war.

Als sie auf das Etagenhaus zugingen, sah Earl einen grimmig dreinschauenden Wachmann vor dem Haus stehen. Er wußte gleich, daß alles nicht so einfach sein würde wie gedacht. Die Stadt New York hat sehr strenge Vorschriften darüber erlassen, wo exotische Tiere sich aufhalten dürfen und wo nicht.

Earl ging zu einer Telefonzelle, um seinen Kunden anzurufen, und der hatte sich in der Tat nicht nach den Vorschriften erkundigt. Er war sogar sicher, daß der Wachmann sie nicht hereinlassen würde. Aber sie könnten das Tier doch wohl hineinschmuggeln?

„Einen Elefanten schmuggeln?" fragte Earl.

„Sie war zwar noch klein, aber so winzig auch wieder nicht", erinnert er sich.

Unterdessen versteckte sich Liz mit Mignon und all den Kindern erst einmal hinter der nächsten Hausecke. Earl beobachtete, ob der Wächter seinen Posten wohl verlassen würde. „Schließlich ging er fort, und ich winkte Liz, die angerast kam, Mignon hinterher, so schnell sie ihre dicken Beine trugen.

Drinnen kamen wir in eine typische kleine New Yorker Wohnung.

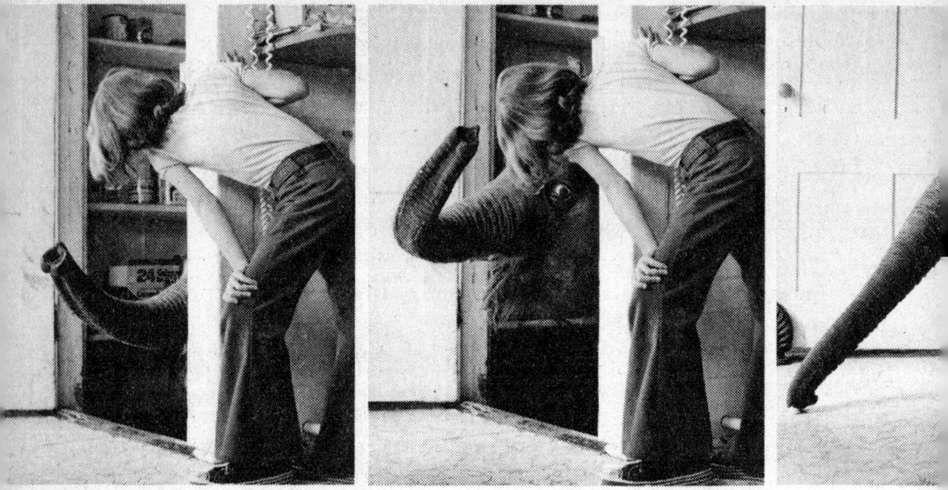

Jeden Morgen kommt Mignon aus dem Keller in die Küche . . .

Das Kinderzimmer hatte kaum neun Quadratmeter. Es war mit der Wiege, einem Laufstall, einer Wickelkommode, einem Spielzeugschrank und lauter Spieltieren ziemlich vollgestopft. Wir zwängten Mignon hinein, Liz setzte ihr das Babyhäubchen auf und übte mit ihr ein eher kraftloses Fahnenschwingen. Eine halbe Stunde verging, dann eine ganze. Der Anwalt rief den Flughafen an und erfuhr, daß das Flugzeug Verspätung hatte. Er bat uns zu warten, und wir hatten nicht das Herz, ihn zu enttäuschen. Es war sein erstes Kind, und das war für ihn etwas ganz Außerordentliches.

Mignon benahm sich fabelhaft. Sie stand zwischen all den zerbrechlichen Babysachen, trat auf nichts und stieß nichts um. Nach zwei Stunden kam die Frau schließlich. Ihr Mann führte sie ins Kinderzimmer. Mignon schwenkte die Fahne, hob einen Fuß und zog damit ihr ganzes Programm auf einmal ab. Die junge Mutter sagte wieder und wieder, sie fände es ‚toll, ganz toll'. Was hätte sie auch sonst sagen sollen? Ihr Mann dankte uns überschwenglich.

Als wir gingen, war der Wachmann wieder auf seinem Posten. Er

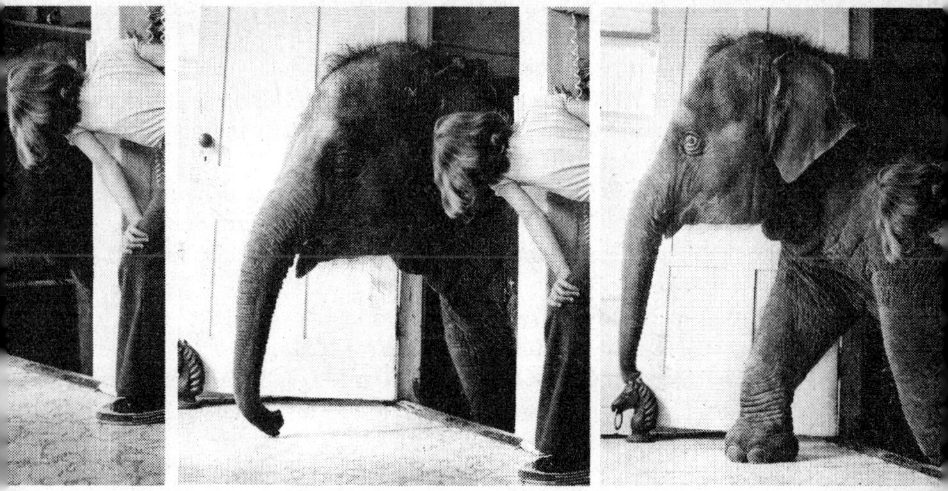

... wo Jenny sie schon sehnsüchtig erwartet.

riß Mund und Augen auf, als er einen Elefanten aus dem Haus kommen sah. Vor allem, weil er ihn nicht hatte hineingehen sehen. Er machte uns Vorhaltungen und sagte, Elefanten hätten keinen Zutritt zum Grundstück. Ich sagte, wir seien nicht auf dem Grundstück gewesen, sondern nur in einer Wohnung."

Alle Tierbändiger, die ihre Tiere mit dem Publikum zusammenkommen lassen, fürchten, daß jemand verletzt werden könnte. Liz und Earl wissen, daß die Versicherungsgesellschaft Mignon nicht mehr öffentlich auftreten läßt, wenn sie auch nur einmal jemanden verletzt – ganz egal, wie sehr sie provoziert worden sein mag. Aber da Mignon Menschen so gern hat, wissen sie auch, daß Mignon von sich aus niemals aggressiv wird. Mignon ist wirklich auch mit den zudringlichsten Kindern ungemein geduldig.

Eines Tages trat sie vor Tausenden Zuschauern im Central Park zugunsten behinderter Kinder auf. Im Publikum war auch ein zwölfjähriger autistischer Junge. Er konnte sich nur in gelegentlichen heftigen Ausbrüchen artikulieren. Als er nahe bei Mignon war, wand er sich plötzlich in Krämpfen und stieß unkontrolliert nach ihren Augen. Dann griff er nach ihrem Rüssel und quetschte ihn mit aller Kraft. Mignon sprang zurück und quiekte vor Schmerz. Aber sie beobachtete, wie zwei Krankenschwestern vergeblich mit dem Jungen fertigzuwerden versuchten. Da trat sie wieder vor, schlang den Rüssel um den Jungen und wiegte ihn sanft hin und her.

Liz streckte den Arm aus, um Mignon wegzuziehen, voller Angst, sie könne dem Jungen etwas tun. Aber als sie dem Jungen ins Gesicht sah, hielt sie inne. Das krampfhafte Zucken war verschwunden, und ein stilles Lächeln breitete sich aus. Nach etwa einer Minute ließ Mignon den Jungen los. Der sank zu Boden. Dann setzte er sich im Schneidersitz Mignon zu Füßen und blickte sie ruhig und zufrieden an.

Die Schwestern staunten. Sie berichteten Liz, daß man erst kürzlich entdeckt habe, wie gut das Wiegen sich auf autistische Kinder auswirke. Mignon hatte es instinktiv erfaßt.

MIGNON half nun freilich ihre enormen Lebensmittelrechnungen zu bezahlen, aber eine Familie von zwei Erwachsenen, zwei Kindern und einem Elefanten zu ernähren ist trotzdem keine Kleinigkeit. Earls und Liz' Arbeit war tagesfüllend. Liz begleitete Mignon bei ihren Auftritten, und Earl leitete den Kinderzoo auf Coney Island, der immerhin zwei Fahrstunden von ihrer Wohnung entfernt lag. „Den Sommer über hatten wir lausiges Wetter, immer gab es an Feiertagen Sturm und Regen. Wir hatten zwar einen Vertrag, aber wir bekamen wochenlang keinen Lohn. Schließlich sagte ich zu den Besitzern, ich müßte den Zoo woanders zeigen, um endlich zu Geld zu kommen", erzählt Earl.

„Kurz darauf klingelte mitten in der Nacht das Telefon. Der ganze Zoo auf Coney Island war gestohlen worden – alle meine Tiere. Glücklicherweise war mein Liebling, Donna Rae, die Schimpansin, bei uns zu Hause. Aber ich hatte Ziegen, Schafe, Ponys, einen kleinen Bullen und eine fünfzigpfündige südamerikanische Gelbfußschildkröte. Das war ein fabelhaftes Tier. Sie saß mir immer zu Füßen wie ein kleiner Hund, und wenn ich aufstand, lief sie mir nach."

Earl besprach für die lokalen Fernsehstationen ein Band, auf dem er um die Rückgabe der Tiere bat. Sie mußten ja eingehen, wenn sie nicht versorgt wurden. Am nächsten Abend rief eine Frau aus Brooklyn die Polizei an. Sie habe aus einem Wellblechschuppen merkwürdige Geräusche gehört. Die Polizei untersuchte den Schuppen und fand ihn voller Tiere, die alle unter der Hitze und dem Wassermangel sehr gelitten hatten. Earl konnte die meisten retten, aber ein paar wurden nie wiedergefunden, darunter auch die Schildkröte. Man kam nie dahinter, wer die Tiere gestohlen hatte und warum.

„Nachdem ich meine Tiere wiederhatte, beschloß ich, den Job auf Coney Island abzuschreiben. Mignon machte allmählich Karriere, und Liz brauchte oft meine Hilfe. Außerdem hatte ich dieses Herumvagabundieren satt. Mein Leben lang hatte ich davon geträumt, so viel Grund und Boden zu besitzen, daß ich darauf mit meinen Tieren nach meiner Weise arbeiten konnte. Der Diebstahl hat mir klargemacht, daß mir jede Lust fehlte, den Rest meines Lebens mit Tieren auf Supermärkten und in Vergnügungsparks herumzuziehen."

Kurz danach kam ein Anruf von Dancer, Fitzgerald und Sample, einer Anzeigenagentur, die gehört hatte, er besäße einen dressierten Schimpansen. Sie brauchten einen dressierten Schimpansen in einer Werbung für BP-Tankstellen. Die Agentur plante einen Werbefeldzug, bei dem jeder Tankstellenkunde einen Kugelschreiber in Form einer Banane bekommen sollte. Der Schimpanse sollte einen alten Modell-T-Ford in eine Tankstelle fahren, den Motor abstellen, tanken, auf die Windschutzscheibe zeigen, die gewaschen werden sollte. Dann sollte er ein Kreuz auf die Rechnung machen und mit dem Kugelschreiber in der Hand davonfahren.

Earl fuhr mit Donna Rae zu einer Vorstellung in der Agentur nach New York. Donna Rae hielt Earls Hand, bis sie dran waren, aber als sie erst einmal im Büro des zuständigen Abteilungsleiters waren, übernahm Donna Rae die Führung. Sie ging zu dem Abteilungsleiter und setzte sich ihm auf den Schoß. Sie besah sich den Kalender und die Bilder auf dem Schreibtisch, nahm den Telefonhörer ab und reichte ihn Earl. Alle waren entzückt von ihr und ihrer Freundschaft zu Earl.

Der Werbefilm machte Earl zum erstenmal mit dem Lieber-gestern-als-heute-Komplex fast aller Fernsehproduktionen bekannt. Der Film wurde sofort gebraucht. Man wollte wissen, wie schnell Donna Rae dressiert werden konnte. Earl meinte, eine Woche brauche er schon. Es würde am schwersten sein, Donna Rae beizubringen, das kleine Fiberglas-Modell T zu fahren. Der Abteilungsleiter beauftragte Earl, sofort zu beginnen.

„Na gut", sagte Earl. „Wann kann ich den Wagen haben?"

Peinliches Schweigen. Der Wagen war offenbar noch nicht ganz fertig. Fertig war er schließlich zwei Tage vor Aufnahmebeginn.

Der Wagen war im Maßstab eins zu vier gebaut und daher gut eineinhalb Meter lang. Earl brachte ihn in die Einfahrt und zeigte ihn Donna Rae. Von Natur aus neugierig, machte sie gleich die Tür auf und zwängte sich auf den Fahrersitz. Earl ließ den Motor an, der brüllte wie ein Diesellaster auf. Donna Rae sprang in Earls Arme und schnatterte vor Furcht. Earl redete ihr freundlich zu, wieder einzusteigen, aber sie weigerte sich.

„Sie wollte ja keine Schwierigkeiten machen, sie hatte bloß Angst. Ich stellte den Motor ab und ging ins Haus. Ich mußte Donna Rae, die auf Limonade, besonders Orangenlimonade versessen war, eine Sechserpackung spendieren, bis ich sie wieder im Wagen hatte. Dann übten wir Motor anlassen. Am Abend brauste sie begeistert in der Einfahrt herum."

Am Drehtag brach Earl schon früh auf, um Donna Rae an die neue Umgebung zu gewöhnen. Er machte sie mit dem Schauspieler, der den Tankwart spielen sollte, und mit dem Kameramann bekannt. Plötzlich erschien ein anderer Tierzüchter mit einem Schimpansen auf dem Arm.

„Wenn es überhaupt Spielregeln unter Tierzüchtern gibt, dann die, daß man niemals fremde Tiere zu einer Aufnahme mitbringt. Das kann leicht zu Kämpfen führen. Dieser Herr wußte aber, wie unerfahren ich im Fernsehgeschäft war. Er war in der Hoffnung gekommen, daß es mit Donna Rae schieflaufen und sein Schimpanse den Auftrag bekommen würde.

Ich war wütend, wollte aber kein Theater machen. Es blieb Donna Rae überlassen, der Situation Herr zu werden, und das tat sie. Sie spürte, daß sie der Star war, und übersah den anderen Schimpansen einfach.

Donna fuhr den Wagen in die Tankstelle und hielt genau da, wo sie sollte. Jedenfalls sieht es auf dem Bildschirm so aus. Sie hielt nämlich, weil sie wußte, daß ich mit einer Limonade für sie hinter einer der Zapfsäulen verborgen saß.

Dann versuchten wir aufzunehmen, wie der Tankwart ihr den Kugelschreiber gibt. Sie hat einen richtigen kleinen Daumen, aber er sitzt in einem anderen Winkel als bei einer Menschenhand. Der Kugelschreiber muß nach unten zeigen, damit sie ihn greifen kann. Bei manchen Schauspielern, so gut sie auch sonst sein mögen, hakt etwas aus, wenn sie mit einem Tier arbeiten sollen. Dieser reichte ihr den Kugelschreiber immer wieder mit der Spitze nach oben. Sie ließ ihn immer wieder fallen, und das machte sie schrecklich nervös."

Donna mußte die Szene ein halbes Dutzend Mal wiederholen, und immer war es noch nicht ganz richtig. Entweder stimmte die Beleuchtung nicht, oder die Kamera funktionierte nicht. Beim siebten Mal platzte ein Reifen, als Donna Rae in die Tankstelle fuhr. Sie schoß aus dem Wagen und in Earls Arme.

Die Mechaniker flickten den Reifen, und Earl schmeichelte Donna Rae eine weitere Wiederholung ab. Schließlich gab der Schauspieler ihr den Kugelschreiber auch so, daß sie ihn halten konnte. Als Zugabe malte Donna Rae ein makelloses Kreuz auf die Rechnung.

Obwohl es so schwierig war, fand ich das Erlebnis doch ungeheuer lohnend. Der Kunde war begeistert, aber noch schöner war es, einmal all die Begabungen zu nutzen, die Donna hat."

Beim nächsten Mal wurde Earl von der Hartford-Versicherungsgesellschaft engagiert. Deren Werbeabteilung schlug vor, Hartfords Markenzeichen, den Hirsch, zum Leben zu erwecken. Sie hatten eine Serie von Werbespots vor Augen, in denen ein Hirsch in Häuser, Autos und Läden späht und dadurch anschaulich machen soll, wie wichtig die verschiedenen Versicherungsarten sind.

Bisher hatte aber jeder Tierhalter, an den sie sich wandten, das für unmöglich gehalten, zumal sie einen Hirsch im vollen Schmuck eines Geweihs haben wollten. Hirsche werfen ja ihre Geweihe jedes Jahr ab. Das neue ist am schönsten während der Brunftzeit. Während dieser Zeit unterliegen die Tiere aber einem kräftigen Wechsel im Hormonhaushalt, und der macht sie sehr launisch und ungeeignet zur Arbeit.

Zu guter Letzt wandte sich die Firma an Earl. Der zeigte Volney das Skript und wollte wissen, was er davon hielt. „Wenn das überhaupt zu

Vor den Filmaufnahmen schickt Earl die Schimpansin auf Probefahrt.

machen ist – was ich bezweifle –, brauchst du sechs Monate oder auch ein Jahr", sagte er. Die Firma wollte aber in sechs Wochen zu drehen anfangen.

Earl entschloß sich, den Versuch zu wagen. „Ich arbeite mit den Tieren ganz anders als irgend jemand sonst. Ich war so besessen, daß ich dachte, es ginge . . . allerdings nur, wenn ich das richtige Tier fand."

Äußerlich unterscheidet sich Earls Methode nicht sehr von der anderer Dompteure. Er arbeitet auch mit Belohnungen – ein Leckerbissen für jedes gelungene Kunststück. Earls Spezialität ist aber, die Reaktion eines Tieres auf sich selbst oder umgekehrt auszunutzen. Er sucht sich Tiere, die auf ihn reagieren wie er auf sie.

Die Agentur gab ihm einen Vorschuß, damit er auf Hirschsuche gehen konnte. Seine und Volneys Beziehungen ausnutzend, schaute er sich also nach einem geeigneten Tier um. Er fand es in Tennessee in einem Jagdrevier. Es hatte ein wundervolles Geweih, hielt sich gut und war ausgesprochen fotogen. Leider hatte der Hirsch einen schwierigen Charakter.

„Er war weder unaufmerksam noch ungelehrig", erzählt Earl. „Er war nur stur und arrogant."

Fragt man Earl, wie er den Charakter eines Tieres erkennt, schaut er ungläubig auf. „Haben Sie denn keinen ersten Eindruck von Menschen? Bei Tieren ist es genau das gleiche. Jedes ist ein Individuum für sich. Wenn man weiß, was man will, gibt das Tier einem zu verstehen, ob es das richtige für den Zweck ist."

Earl kaufte den Hirsch und nannte ihn Moose. „Ich wußte, daß er nicht mehr lange gelebt hätte, wenn er dageblieben wäre. Für Jäger hätte sein Geweih eine fabelhafte Trophäe abgegeben."

Als sie wieder zu Hause waren, gewöhnte Earl dem Hirsch erst einmal die üblichen zwei festen Mahlzeiten am Tag ab. Er wurde nur gefüttert, wenn er Earl aus der Hand fraß oder wenn er ihm dahin folgte, wo Earl ihn haben wollte.

Jenny und Priscilla, das Lama, beschnuppern sich gegenseitig.

„Es fiel Moose sehr schwer, denn er ist von Natur aus nicht folgsam. Ich mußte ihn ganz umkrempeln und sein Vertrauen und seine Achtung gewinnen. Am Halfter wollte ich ihn nicht führen, um seine Wesensart nicht ganz zu verändern. Ich wußte, daß der Film wirkungsvoller wurde, wenn man ihm seine Arroganz ließ.“ Nach ein paar Tagen fraß Moose schon aus Earls Hand.

Die Werbeleute kamen zu Besuch, um Earl bei der Arbeit zuzuschauen. Mooses Schönheit beeindruckte sie sehr, nicht aber Earls Methode. Sie spähten durch den Zaun und sahen Earl in der Hocke vor seinem Hirsch sitzen und mit ihm reden. Manchmal kam er und fraß einen Apfel aus seiner Hand, aber meistens ignorierte er ihn. Es sah keineswegs so aus, als ob der Hirsch je tun würde, was sie mit ihm im Sinn hatten.

Earl stellte aber schon Fortschritte fest. Moose hatte zum Beispiel gelernt, an bestimmten Plätzen nach Futter zu suchen. In einem der Werbespots sollte er ein Dreirad auf dem Gehweg anstupsen, weil der Schöpfer dieses Einfalls fand, daß dies ein interessanter Anblick sein müsse. Earl schraubte den Sitz des Dreirades ab und montierte einen kleinen Behälter darunter, in den er Getreidekörner tat. Moose lernte sofort, den Sitz hochzuklappen, um an das Futter zu kommen.

Nach vier Wochen fuhr Earl mit Moose zu den Aufnahmen nach Kalifornien. Der Regisseur war ein unendlich geduldiger Mensch.

Wenn Moose zu einem bestimmten Punkt der Szenerie ging und dann stillstand, filmte er, was er gerade konnte. Earl solle sich keine Sorgen machen, sie würden dann schon die besten Teile raussuchen.

Am Tag, an dem Moose mit dem Dreirad aufgenommen werden sollte, hatte die Agentur einen künstlichen Hirschkopf parat und einen Bühnenarbeiter, der das Dreirad über den Gehweg stoßen sollte. Sie glaubten nicht, daß Moose seinen Auftrag ausführen konnte.

Earl brachte das umgebaute Dreirad zur Aufnahme. Diesmal hatte er allerdings den Sitz mit Draht zugebunden. Es könne losgehen, sagte er zum Regisseur. Moose kam den Gehweg entlang und ging auf das Dreirad zu. Als ob er das Skript gelesen hätte, stupste er an den Sitz und erwartete natürlich, daß er aufging. Als das nicht klappte, stupste er noch einmal und mit etwas mehr Kraft, worauf das Dreirad langsam über den Weg rollte. Alle Anwesenden brachen in Beifall aus. „Ein herrlicher Augenblick", erinnert sich Earl. „Auf nichts in meiner ganzen Laufbahn bin ich stolzer als auf dieses Kunststück. Moose und ich hatten so hart gearbeitet, um das zu erreichen. Und bedenken Sie, er war dabei nie an einem Zügel oder einer Leine geführt worden. Nichts hielt ihn. Er hätte jeden Moment ausbrechen und den aufgebauten Hintergrund zerstören oder sich selbst verletzen können. Er ist aber ganz ruhig geblieben. Was für ein herrliches Tier!"

WENN die Hartford-Werbung auch ein schönes Stück Geld eingebracht hatte, so mußten damit doch erst einmal Schulden bezahlt werden, und Earl hatte immer noch kein Kapital für eigenen Grund und Boden.

„Irgendwie war ich unzufrieden, als ich aus Kalifornien zurückkam. Liz und ich hatten zu hart gearbeitet, um uns nur gerade so über Wasser zu halten. Wir schienen nicht voranzukommen. Als ob wir auf der Stelle träten. Aber nach ein paar Tagen stand uns das Wasser wirklich bis zum Hals, und ich dachte nur noch ans nackte Überleben."

Volneys Farm liegt in einer Mulde eines Überschwemmungsgebietes in New Jersey. Volney war an Überschwemmungen gewöhnt. Immer lag ein Boot an der Rückseite seines Hauses vertäut. Aber Earl, der aus dem Binnenland von Nebraska kam, war entsetzt über die regelmäßig wiederkehrenden Überflutungen. Mehrmals schon hatte das Wasser Volneys Seerosenteiche erreicht und war bis zu den Tierkäfigen gestiegen. Die Tiere waren noch nie in Gefahr gewesen, aber Earl machte sich Sorgen.

Anfang November bekam New Jersey die Auswirkungen eines Wirbelsturms zu spüren. Das Heulen des Windes und die Sturmböen jagten Mignon Angst und Schrecken ein. Sie drehte sich im Kreise und quietschte in den höchsten Tönen. Liz begann auch, sich zu ängstigen. Als sie mit Earl hinausging, um nach den Tieren zu sehen, goß es dermaßen, daß es ihnen den Atem nahm. Earl sagte zu Volney, sie müßten die Tiere wohl auf höherem Gelände in Sicherheit bringen, aber Volney machte sich keine Sorgen – es sei doch nur ein Gewitter.

Selbst wenn es sich als unnötige Vorsorge herausstellen sollte, fand Earl, wäre es doch besser, die Tiere noch bei Tageslicht zu transportieren. Volney war beleidigt. Er besaß die Farm nun seit dreißig Jahren und ließ sich nicht gern hineinreden.

Am Ende stürzte Earl aus dem Haus und brüllte, dann brächte er eben nur seine Tiere fort, und Volneys könnten sehen, wo sie blieben. Die Tebinkas, deren Grundstück an Volneys Farm grenzte, wohnten in einem höher gelegenen Farmhaus und überließen Earl ihren Hinterhof für die Tiere. Er brachte sie dort alle in transportablen Käfigen unter.

Es dämmerte schon, als Volney endlich zugab, daß er seine Tiere besser auch in Sicherheit brächte. Die Sturmwolken hatten den Himmel verdunkelt. Hinter dem Haus hatte das Wasser den Seerosenteich überschwemmt, und die Flut schlug fast über Earls Kopf zusammen. Der Wind heulte, und Äste splitterten, als Earl mit Volney zu den Käfigen ruderte. Als sie dort aus dem Boot kletterten, rutschte Volney im Schlamm aus. Earl half ihm auf die Beine, aber als Volney auftreten wollte, knickte sein rechtes Bein weg. Eine Sehne war gerissen. Earl schleppte ihn zum Boot zurück und ruderte ihn zum Haus.

Drinnen goß Liz einen Whisky für Volney ein. Dann fragte sie Niki und Jenny, ob sie sie allein lassen könne, um Earl draußen zu helfen. „Sie benahmen sich fabelhaft", erzählt Liz. „Sie haben Kaffee gemacht und Suppe für Volney gekocht. Mignon haben sie auch getröstet. Sie waren gewöhnt, Verantwortung zu tragen, deshalb behielten sie in Notlagen auch einen klaren Kopf."

Als Liz und Earl zu den Käfigen kamen, standen die meisten Böden schon unter Wasser, und die Tiere waren sehr verängstigt. „Unter normalen Umständen durfte man kaum eines von Volneys Tieren anrühren", berichtet Liz. Er hatte Dachse, mehrere Paviane und andere Affen, afrikanische Stachelschweine – keines der Tiere war jemals angefaßt worden. „Earl und ich dachten, es würde sehr schwierig werden, aber es ging erstaunlich einfach. Als ob sie ahnten, daß wir ihre einzige Rettung waren. Wir nahmen jeder ein Boot und ruderten zu den Käfigen. Sowie wir die Türen öffneten, sprangen sie in den Kahn. Tiere, die sonst natürliche Feinde sind – Füchse und Hühner zum Beispiel –, saßen friedlich nebeneinander im Boot."

Als sie die kleineren Tiere in Sicherheit gebracht hatten, schlugen sie sich zu den Hirschen durch, deren Gehege höher gelegen war. Der vordere Teil stand schon unter Wasser, und die Tiere drängten sich weit hinten zusammen, starr vor Entsetzen. Waren sie auch dort vor dem Ertrinken sicher, so konnten sie doch vor Furcht sterben, wenn Earl sie nicht herausholte.

Die Tebinkas halfen Earl, aus Zaunteilen vom Kinderzoo einen Pferch zu bauen. „Dann", erzählt Liz, „erreichten wir halb schwimmend, halb durch das kalte Schlammwasser watend die Hirsche. Earl warf einem ein Tau um den Hals. Das Wasser war so tief, daß beide schwimmen mußten, aber das Tier schwamm brav neben Earl her. Das erstemal sah ich zu, wie Earl das machte, dann warf ich einem anderen Hirsch ein Tau um den Hals. Am schlimmsten war es, sie alle in den Pferch zu befördern, aber wir schafften es. Ich konnte es nachher kaum glauben. Wir hatten mehr als hundertfünfzig Tiere transportiert und keines verloren. Als ob wir gezaubert hätten."

Neben der Überschwemmung und Mignons Ankunft war das größte Ereignis des Jahres 1972, daß die alte Löwin Moira zwei Junge warf. Keiner hatte geahnt, daß sie trächtig war. Moira war fast achtzehn Jahre alt, und jeder glaubte, sie sei jenseits von Gut und Böse. Und dann sah Earl, als er sie füttern kam, zwei winzige Junge, die keine fünfundzwanzig Zentimeter lang waren. Er lief ins Haus und holte Liz und Volney. Volney freute sich sehr. Aber als die drei die beiden Kleinen an ihrer Mutter herumkrabbeln sahen, wurde Liz aufmerksam. Sie sah, daß die Jungen winselten, wenn sie an Moiras Zitzen lagen. Offenbar hatte Moira in ihrem Alter keine Milch mehr. Liz nahm die Kleinen also mit ins Haus und ernährte sie mit der Flasche.

Niki und Jenny waren ganz verliebt in die Löwenkinder und hätschelten und herzten sie in jeder freien Minute. Mignon hingegen war außer sich vor Eifersucht. Sie sah, wie Liz mit ihnen redete und ihnen die Flasche gab, und machte sich gekränkt davon und schmollte. Sie wollte nichts damit zu tun haben.

Nach ungefähr drei Wochen beobachtete Liz aber eine Veränderung. Eines der Kleinen, das sie Löwenzahn getauft hatten, war immer öfter bei Mignon zu finden. Löwenzahn kletterte an Mignons Bein hoch, und Mignon half mit dem Rüssel nach. Wenn er zu ihren Füßen spielte, kitzelte Mignon ihn mit einem warmen Luftstrahl aus ihrem Rüssel. Bald schlief Löwenzahn bei Mignon, die ihm immer Platz machte und aufpaßte, daß sie ihn nicht erdrückte.

Jetzt wurde Liz aber eifersüchtig. „Es war das erste Mal, daß Mignon für jemanden außer mir etwas übrig hatte. Die beiden wurden unzertrennlich. Löwenzahn durfte alles. Er raste unter ihr herum, und sie bremste so haarscharf, daß sie niemals auf ihn trat."

Als die Löwen älter wurden, brachte Liz sie in ein größeres Gehege. Und als Löwenzahn das erstemal draußen schlief, suchte Mignon im ganzen Haus nach ihm. Sie kam zu Liz und stieß sie mit dem Rüssel an. „Es war klar, daß sie mich fragte, wo ich ihn hingebracht hätte und warum. Sie war sehr böse auf mich."

Am nächsten Morgen, als Liz mit Mignon spazierenging, gab Löwenzahn schrille Töne von sich, und Mignon lief schnurstracks zu seinem Gehege. Liz ließ Löwenzahn heraus, und die beiden begannen miteinander zu spielen.

„Immer wenn ich ihn rausließ, war Mignon da, sie schnurrte und liebkoste ihn mit ihrem Rüssel. Löwenzahn sprang dann an ihr hoch, und jedesmal war es, als wenn die beiden sich monatelang nicht gesehen hätten. Danach machten wir alle drei einen Spaziergang, und mir war zumute wie im Märchen. Wir gingen immer zu einem kleinen Hügel hinter der Weide. Da stand eine große Eiche, in deren Schatten ich mich setzte, den Rücken an den Stamm gelehnt. Mignon, Löwenzahn, Jenny und Niki spielten um mich herum, und ich war der glücklichste Mensch von der Welt."

Vier Monate lang blieb Löwenzahn Mignons bester Freund. Eines Morgens aber stellte Liz fest, daß Löwenzahn Verstopfung hatte und nur schwer atmete. Earl hastete mit ihm zu Dr. Dorney, der sich mit diesem Fall aber überfordert fand. Das Cornell-Veterinär-College in Ithaka sei die einzige Hoffnung für den Kleinen, da dort ein Forschungsinstitut für exotische Tiere sei.

Earl wickelte Löwenzahn in eine Decke und fuhr die Nacht durch. Am Morgen wurde schon operiert, und Löwenzahn kam unter ein Sauerstoffzelt. Die Ärzte meinten, Earl brauchte seine Zeit hier nicht zu verschwenden. Sie hatten sehr wenig Hoffnung für Löwenzahn. Fast jedes seiner inneren Organe war falsch gelagert. Die Nieren waren mißgebildet und arbeiteten nicht richtig. Das Herz wurde vom Magen bedrängt. Löwenzahn hatte lauter falsche Erbanlagen, und es war ein Wunder, daß er überhaupt sechs Monate lang gelebt hatte. Als Earl wieder in New Jersey ankam, war Löwenzahn schon tot.

Liz weinte. „Ich mußte immer an den kleinen autistischen Jungen denken, den Mignon getröstet hatte. Ich glaube wirklich, daß Mignon von Anfang an ahnte, wie kurz Löwenzahns Leben sein würde. Deshalb hat sie sich seiner so angenommen.

Als Löwenzahn tot war, schien sie das auch zu wissen, ohne daß wir es ihr erzählen mußten. Sie hat ihn nicht gesucht. Als wir am nächsten Tag spazierengingen, ist sie nicht zu seinem Gehege gegangen. Sie wußte, daß er nicht mehr da war."

3

IM HERBST 1972 rief Rod MacNicholl von der Werbeagentur Dancer, Fitzgerald und Sample an. Er wollte mit Earl über eine neue Werbekampagne sprechen.

Die Agentur hatte die Werbung für Hamm's Bier übernommen, das im Mittelwesten, im Süden und im Osten der Vereinigten Staaten verkauft wurde. MacNicholl war die Aufgabe zuteil geworden, den Konsumenten das Bier in neuer Aufmachung zu präsentieren, und er arbeitete an einem Sechzigminutenwerbespot mit Mann und Bär. Auf den Tafeln seines Büros war ein bärtiger Mann zu sehen, der mit einem Bären durch die Wildnis wandert. Am Ende macht er eine kurze Rast und trinkt ein Hamm's Bier. Es war eine einfache Idee, aber MacNicholl glaubte, damit die Phantasie vieler Zuschauer ansprechen zu können: der Mensch in freier Natur, der einen Bären zum Freund hat.

Der Film mit der Tankstelle und Donna Rae war auch Rod MacNicholls Idee gewesen, und Earls Arbeit mit dem Schimpansen hatte ihn beeindruckt. „Ich wußte nicht, ob er auch mit Bären arbeiten konnte", sagt Rod. „Earl war aber der Mann, den ich wollte."

Earl hoffte auch, einen Bären zu finden, der sich in sechs Wochen abrichten ließ.

Er telefonierte wieder mit seinen Kollegen und fragte nach einem Alaska- oder Grislybären, die er am fotogensten fand.

„Für solche Aufgaben nehme ich niemals Tiere aus der freien Wildbahn", erklärt er. „Ich hole sie mir aus Zoos oder von Tierhaltern. Es gibt so viele gefangene Tiere, warum sollte ich sie noch vermehren?"

Als er hörte, daß im kanadischen Calgary ein Mann viele Bären hatte und auch zu verkaufen bereit war, machten sich Earl und Liz auf die Reise.

In Calgary fanden sie geradezu einen Supermarkt für Bären vor, denn der Tierhalter war mitten in Umzugsvorbereitungen begriffen. „Die Bären saßen alle einfach da in ihren halbfertigen Käfigen", erinnert sich Earl. „Ich wollte mir Zeit nehmen und genau überlegen, aber der Tierhalter drängte. Ich sollte gleich anfangen und sie ausprobieren."

„Earl hält sich immer sehr zurück, wenn er einem Tier zum erstenmal gegenübersteht", sagt Liz. „Es ist seine Art, höflich zu Tieren zu sein. Er steht manchmal eine halbe Stunde schweigend vor dem Käfig, bis er zum nächsten geht und es da genauso macht."

In Calgary fiel Earls Blick auf einen Alaskabären namens Sascha. Er war im Zoo von Los Angeles geboren und mit sechs Monaten nach Kanada gekommen. Seitdem hatte er kaum näheren Kontakt zu Menschen gehabt. Er war nun zwei Jahre alt und hatte ein dickes, goldbraunes Fell mit einem klaren, weißen V auf der Brust.

Earl machte Liz auf ihn aufmerksam, hockte sich auf seine Fersen und begann ihn zu beobachten. Schließlich erhob er sich, ließ sich von dem Besitzer eine leichte Kette geben und ging in den Käfig.

Sascha bewegte den Kopf hin und her. Als Earl noch einen Schritt näher kam, fletschte er die Zähne und bellte heiser. Earl hingegen begann seinen aufmunternden Singsang: „Ooh, du-du, was für ein wundervoller Bär . . . Du wunderst dich bestimmt, was ich hier wohl will. Das willst du doch wissen, nicht wahr, nicht wahr?"

Sascha bewegte den Kopf vor und zurück, ließ Earl aber die Kette um seinen Hals legen. An die fünf Minuten stand Earl leise redend vor ihm und ließ sich beschnuppern. Dann zog er vorsichtig etwas an der Kette und ging einen Schritt zurück. Er mußte ausprobieren, ob Sascha folgen würde. Sofort warf Sascha wieder den Kopf vor und zurück und gab schmatzende Laute von sich. „Ein erfahrener Tierhalter weiß, daß das nur eines bedeuten konnte: Ich ging zu rasch vor."

Earl trat einen Schritt vor. Sascha sprang auf und ab, wurde aber nicht aggressiv. „Von da an wußte ich, daß Sascha nicht bösartig war. Er steckte nur voller Schabernack. Mir war klar, daß wir herrliche und manchmal schwierige Zeiten miteinander haben würden. Er hatte etwas an sich, das mir jede Mühe wert erschien."

Earl verließ den Käfig und sagte dem Besitzer, daß Sascha diejenige welche sei. Der war damit einverstanden, nur habe Earl die Personalpronomen verwechselt. Sascha sei ein Bär und keine Bärin.

Earl schüttelte den Kopf. „Ich hielt sie vom ersten Augenblick an im Käfig für weiblich, und das änderte sich auch nicht. Das war auch gar keine bewußte Entscheidung. Ich sprach später mit Liz darüber und überlegte, daß sich Sascha, hätte ich ihn wie ein Männchen behandelt, wahrscheinlich herausgefordert gefühlt hätte. Ich hab auch meine Launen, und wenn ich wütend bin, ist es besser, sich einem Weibchen gegenüber zu glauben. Ich benehme mich dann, wie ich mich Frauen gegenüber benehme. Wenn Sascha ihre Launen hat, necke ich sie eher, als daß ich sie herumkommandiere."

Am nächsten Tag bereitete Earl Saschas Flug zu Volneys Farm vor. Als sie ankam, hatte er einen Trainingsplatz für sie eingerichtet, ein Gehege von etwa fünfundzwanzig Meter Durchmesser, das ein zwei Meter hoher Zaun umgab.

Dann rief er Rod MacNicholl an und sagte ihm, er solle nun den Schauspieler suchen, denn der Bär sei gefunden. Der Schauspieler müsse nämlich sechs Wochen bei ihnen wohnen und von Anfang an am Training teilnehmen. Man könne Saschas Zutrauen nicht wie einen Wasserhahn auf- und abdrehen.

Rod antwortete, er solle nur schon mal anfangen, sie würden so bald wie möglich einen Schauspieler schicken. Drehbeginn sei bereits in sechs Wochen.

Am ersten Tag ließ Earl Sascha in ihrem Käfig allein. Anderntags ließ er sie ins Gehege, aber erst nach fünf Tagen näherte er sich ihr.

Am Abend zuvor bekam sie nur eine halbe Mahlzeit. „Morgens baute ich eine ganze Tafel mit Leckerbissen vor dem Gehege auf, wo Sascha sie sehen konnte. Es waren lauter Bärendelikatessen: Honig, Sirup, Früchte und ein Dutzend verschiedene kleine Kuchen. Ich gab ihr nur immer einen Löffel voll auf einmal. Wenn ein Trainer seine Tiere dazu bringen will, ihm zu gehorchen, muß er ihnen klarmachen, daß sie nur von ihm Belohnungen und Leckerbissen bekommen.

Als Sascha das begriffen hatte, ging ich zu ihr und legte ihr eine Leine an. Dann gingen wir miteinander herum. Jedesmal, wenn sie mitging, bekam sie Marshmallows. Wir arbeiteten eine Dreiviertelstunde, dann machten wir zehn Minuten Pause. Wenn ich zu streng war, ließ sie mich das durch Brummen und ihr Benehmen wissen. Sascha kann mir auf hunderterlei Weise mitteilen, was sie will, ob es nun ‚Bitte, ich möchte ein Marshmallow' heißen soll oder ‚Verdammt, jetzt reicht es mir aber.'

Saschas Tatzen sind ihre gefährlichste Waffe. Und sie spielen auch in ihrer Zeichensprache eine große Rolle. Sie kann ebensogut tätscheln wie furchtbare Prügel austeilen. Sie nimmt am liebsten die Rechte, und ich wußte immer, wann es ihr in den Sinn kam, mich herauszufordern. Das mußte ich ihr abgewöhnen. Wenn sie die Tatze hob und mir liebevoll auf den Arm legte, war das eine lustige und zärtliche Geste, aber diese unschuldige Gebärde hätte eines Tages tödliche Folgen haben können. Hätte sie es sich erst einmal zur Gewohnheit gemacht, mir die Tatze auf den Arm zu legen, dann wäre ihre Pranke in einem Anfall von schlechter Laune für mich zu einer großen Gefahr geworden."

Als Earl und Sascha eine Weile miteinander gearbeitet hatten, fing Earl an, eine Stange bei sich zu tragen. Wird Sascha ungebärdig, schreit Earl „Nein, nein!" und stellt die Stange vor sich hin. Sascha hat gelernt, vor der Stange haltzumachen, auch wenn sie wütend oder gekränkt ist. Sie weiß nun, daß sie ihre Launen an der Stange auslassen kann. Meistens braucht sie nur darauf zu schlagen, um ihrem Herzen Luft zu machen. Aber ein- oder zweimal hat sie sie auch einfach durchgebrochen, um Earl an ihre Kraft zu erinnern.

Solche Ersatzhandlungen hat man auch bei Bären in der Wildnis beobachtet. Ein Bär fordert einen anderen zum Kampf heraus. Langsam umkreisen sich die beiden Gegner. Plötzlich, wie um die steigende Spannung zu entladen, reißt der eine das Gras zu seinen Füßen mit ungestümen Gebärden aus.

„Und das ist es, was ich meine, wenn ich sage, daß ich Sascha nicht gezähmt habe", sagt Earl. „Sie ist ein sehr kompliziertes Tier. Manchmal gerät sie in Rage und möchte mir schon etwas antun, aber weil ich auch ihr Freund bin, tut sie es nicht. Wie sie ihre Wut bezähmt, das mußte sie lernen."

Natürlich muß es auch ein letztes Mittel für den Notfall geben. Das ist Saschas Schnauze, ihre empfindlichste Stelle. „Einmal, vielleicht auch zweimal, hatte ich wirklich das Gefühl, sie wollte mich angreifen", erinnert sich Earl. „Dicht vor mir ragte ihre Schnauze drohend auf. Wenn man sich gegen den Angriff eines Menschen verteidigen muß, sieht man es ja auch auf seine empfindlichsten Körperteile ab. Aber bei einem Bären würde ich eigentlich niemandem dazu raten."

Nach drei Wochen Arbeit auf dem Trainingsplatz legte Earl Sascha eine zwanzig Meter lange Nylonleine an und machte mit ihr außerhalb des Geheges Spaziergänge. „Wie alle Alaskabären hat Sascha das Wasser sehr gern. Deshalb führte ich sie oft zum Teich. Ich setzte mich dann in ein Boot, und sie kam mir nach und spielte im Wasser. Wenn ich herauskam, trocknete sie ihren Pelz in der Sonne, und ich fühlte mich so sicher, daß ich auch in ihrer Gegenwart Sonnenbäder nahm. Einmal bin ich dabei eingeschlafen, und sie hat mich damit geweckt, daß sie mir das Gesicht leckte."

EARL arbeitete also mit Sascha, und währenddessen suchte die Agentur nach dem Schauspieler, der ihren Freund spielen sollte. Es gab viele geeignete Naturburschentypen, aber keiner wollte sich auf sechs Wochen Training mit Sascha einlassen. Dann kam jemand auf die Idee, daß Earl selbst der ideale Partner für seinen Bären sei.

„Kommt nicht in Frage“, sagte Earl, der fürchtete, vor der Kamera steif und verlegen dazustehen. Trotzdem durften die Werbeleute ein paar Probeaufnahmen von ihm zusammen mit Sascha machen. Sie brauchten ein paar erste Reklamefotos für den Kunden. Am nächsten Tag rief die Agentur wieder an – ob Earl nach New York kommen könne, damit man sein Haar herrichtete.

„Herrichten?“ fragte Earl, der nie zum Friseur ging. Er trug einen struppigen Bart, und Liz schnitt ihm von Zeit zu Zeit die Haare. Schließlich ließ er sich erweichen, ging zu dem von der Werbeagentur vorgeschlagenen Friseur, und als Haar und Bart gestutzt waren, wurden neue Probeaufnahmen von ihm und Sascha gemacht. Alle waren davon beeindruckt, wie fotogen Earl war. Viele Besprechungen und Liz' Überredungskünste machten Earl schließlich mürbe: Er übernahm den Part des Schauspielers.

Die ersten Aufnahmen sollten in Nordkalifornien gemacht werden, in der Nähe einer Stadt namens Hyampom. Leif Erikson, ein Naturmensch und -fotograf, war bereit, als Earls Assistent zu arbeiten. Earl charterte ein Flugzeug, das sie und Sascha nach Kalifornien bringen sollte.

Earl erklärt, die Arbeit mit Bären sei darum so schwer, weil sie, abgesehen von der kurzen Paarungszeit, Einzelgänger seien. Sie sind nicht aufeinander angewiesen und leben weder in Familien noch in Herden.

Sascha war etwas über zwei Jahre alt, als sie nach Kalifornien und zum Film kam. In diesem Alter sagt der Bäreninstinkt, daß jetzt ein Ende für enge Beziehungen gekommen sei. Statt dessen verlangte man von ihr, nicht nur Earls Gegenwart hinzunehmen, der ihr ja wenigstens vertraut war, sondern auch die einer Ansammlung von nervösen Fremden. Außer dem Produktionsteam hatten auch etliche Werbeleute aus New York die Flugreise nach Kalifornien angetreten, um die Dreharbeiten zu überwachen. Auch der Kunde hatte einen Vertreter geschickt, und der Friseur aus New York war ebenfalls erschienen, um Earls Frisur in gutem Zustand zu halten. Gut ein Dutzend Leute waren also von Saschas Wohlverhalten abhängig. Earl hatte nur zu einem von ihnen Zutrauen, nämlich zu Rod MacNicholl.

Die Agentur hatte Lear Levin engagiert, der berühmt für seine in freier Natur gedrehten Werbefilme war. Er fungierte als Kameramann und Regisseur. Am ersten Morgen beschloß er, mit einer unkomplizierten Szene zu beginnen. Earl sollte mit Sascha über ein paar bemooste Felsen wandern. Earl nahm einen Beutel halbfeuchtes Hundefutter mit und ein paar zähe Karamelbonbons, an denen Sascha lange zu kauen hatte. Im Gehen fütterte er Sascha, und die Aufnahme wurde ein voller Erfolg.

Am Vormittag wollte Lear eine Szene filmen, in der Sascha hinter Earl über einen Baumstamm geht. Ganz in der Nähe hatte er einen herrlich dicken Stamm entdeckt, der über einem acht Meter breiten Graben lag. Unten lief ein schlammiger Bach entlang. Earl hatte schon in New Jersey versucht, mit Sascha über einen Stamm zu balancieren, und da hatte Sascha keinerlei Angst gezeigt.

Lear installierte seine Kameras unter dem Stamm. Die Werbefachleute und ihr Kunde kamen ihnen dauernd in die Quere und fielen ihnen mit ihren guten Ratschlägen auf die Nerven. Earl und Sascha warteten am Baumstamm mit Leif Erikson und Rod MacNicholl. Die Einstellung der Kameras dauerte eine dreiviertel Stunde. Währenddessen verfütterte Earl an Sascha drei Schachteln Karamelbonbons und konnte nur auf einen baldigen Drehbeginn hoffen, bevor die Zeitspanne, in der Sascha sich konzentrieren konnte, verstrichen war.

Schließlich rief der Kameraassistent „Kamera läuft!“ Earl klickte Saschas Leine aus und begann den Marsch über den Stamm. In der Mitte merkte er, daß Sascha ihm nicht folgte. Sie saß am Ende des Stammes und spielte mit der losen Rinde. Earl rief sie, aber sie machte sich nicht einmal die Mühe, den Kopf zu heben. Da gab Rod ihr einen kleinen Schubs, worauf sie eiligst den Weg über den Baumstamm antrat.

Lear wollte die Szene zur Sicherheit gleich noch einmal filmen. Sascha begann den Balanceakt wieder, aber diesmal löste sich die Rinde unter ihrem Gewicht. Sie verlor den Halt, purzelte in den Graben, überschlug sich, kam auf die Beine und erhob sich unter lautem Geplansche und Gepruste.

Jemand rief: „Nichts wie weg, der Bär ist los!“

„So kann man sich auch umbringen“, schrie Earl. „Stillgestanden!“

In drei Sätzen war Sascha bei der Kamera. Earl befand sich fünf Meter neben dem Baumstamm. Keine Möglichkeit, sie schnell genug zu erreichen, falls sie angreifen sollte. Alle außer dem Friseur und Lear jagten den Graben entlang. Der erste sprang über den Bach und kletterte auf der anderen Seite zur Straße hinauf. Ihm auf den Fersen folgte in nicht unerheblicher Geschwindigkeit der Vertreter von Hamm's Bier aus Minnesota. Als er zum Sprung über den Bach ansetzte, blickte er sich noch einmal um. Sascha war nicht zu sehen, aber, wie er später erklärte, hörte er ein verdächtiges Geräusch im Gebüsch. Das aber war der Kameraassistent, der ebenfalls nach Sascha Ausschau hielt.

In bester Schmierenkomödiantenmanier rannte er den Mann aus Minnesota über den Haufen, so daß der, mit dem Gesicht zuerst, in den Bach fiel und er über ihn hinausschoß.

Unterdessen stand das Ungeheuer, die Ursache der Panik, ganz still und schüttelte den Kopf. Earl rutschte zu ihm hinunter und machte die Leine fest. Sascha rieb den Kopf an seinem Bein. ,,Sie war wie ein kleines Kind, das nicht versteht, was vorgeht. Sie hatte nicht im Traum daran gedacht, irgend jemanden anzugreifen.

Earl und Sascha bei den Dreharbeiten.

Auch Filmstars haben Transportprobleme. Auf dem Foto unten gönnen sich die beiden eine Pause.

Sie war wie vom Donner gerührt und wartete auf jemanden, der kommen und die Welt wieder in Ordnung bringen sollte."

Als Earl sich vergewissert hatte, daß Sascha unverletzt war, betrachtete er die Szene um sich herum und brach in Gelächter aus. ,,Der einzige, der seelenruhig dastand und das ganze Durcheinander genoß, war der Friseur. Meine Achtung vor ihm stieg ums Tausendfache. Oben beim Stamm stand Rod mit gerunzelter Stirn, was typisch für ihn war, aber seine Augen verrieten ihn: Er amüsierte sich köstlich."

Rod und Earl hörten erst zu lachen auf, als sie erfuhren, daß ihr Kunde eine riesige Schwellung am Knöchel davongetragen hatte. Er wurde zusammengepackt, ins Motel zurückgebracht und ins Bett gelegt. Glücklicherweise war sein Knöchel nur leicht verstaucht. ,,Er erholte sich rasch", sagt Earl, ,,und sicher findet er es heute herrlich, die Geschichte zum besten zu geben, wie der Bär ihn *beinahe* erwischt hat."

In einer anderen Szene sollten Earl und Sascha an einem Flußufer fischen. Im Drehbuch stand, daß Sascha mit einem Fisch im Maul gefilmt werden sollte. Earl erklärte, daß man eine Fische fangende Sascha nur dann filmen könnte, wenn man ein ganz flaches Gewässer fand, höchstens fünf Zentimeter tief. Jungbären haben noch nicht gelernt, Fische mit der Tatze zu fangen: Sie erwischen nur dann einen, wenn der Fischrücken praktisch aus dem Wasser ragt.

Das Team fand eine herrliche Stelle, wo der Trinity River an einer Geröllbank entlangfließt. Die Wassertiefe betrug zwischen fünfzehn und hundertfünfzig Zentimeter. Sie kauften dreißig lebende Forellen von nahe gelegenen Forellenteichen und begrenzten die Stelle, die Lear filmen sollte, ober- und unterhalb mit Maschendraht. Sascha konnte zwischen dreißig gefangenen Forellen wählen.

Earl führte den Bären zum Fluß hinunter, warf einen Blick ins Wasser, schätzte die Tiefe und sagte: ,,So geht's nicht."

Niemand verstand ihn. ,,Für sie sah es flach aus, aber fünfzehn Zentimeter sind zuviel. Und hätten sie dreimal so viele Fische hineingesetzt, es hätte nichts genutzt – Sascha konnte sie nicht sehen.

Lear und Rod hatten aber keinen Zweifel, daß die Aufnahme klappen würde. Ich solle aufhören, mich zu sorgen, und mich lieber auf einen überhängenden Baumstamm am Fluß setzen."

Sascha ging in das Wasser. Sie schlug auf die Oberfläche, schnappte nach den Spritzern, fing aber keinen Fisch. Das heftige Zucken der Forellen erschreckte sie jedesmal, wenn sie einer zu nahe kam. Ihre Tatze verfehlte sie oft nur um Zentimeter, denn, wenn der Fisch blitzschnell mit dem Schwanz schlug, schüttelte Sascha den Kopf und tappte daneben. Ihr Instinkt schien ihr zu sagen, dies sei eine ganz natürliche Tätigkeit für sie, aber sie hatte keine Ahnung, wie man dabei vorging.

Earl sagte, die Leute vom Aufnahmeteam sollten Sascha die Fische zuwerfen. Sie fingen sich auch ein paar und warfen sie Sascha in hohem Bogen zu, damit sie genug Zeit hatte, den Fall zu beobachten. Die Fische landeten genau vor ihren Füßen. Sie tauchte nach jedem, verstand also, was man von ihr erwartete, aber die Fische unterschieden sich so wenig von den glänzenden Wellen, daß sie sie nicht fand.

Schließlich landete einer der Fische genau auf ihrer Tatze. Ob aus Zufall oder mit Absicht, jedenfalls packte sie mit der anderen Tatze die Forelle am fleischigen Rücken. Der Fisch zappelte, Sascha beugte sich vor und schnappte ihn mit den Zähnen. Sie blickte auf, und Earls Blick traf ihren.

„Sie war so maßlos stolz, daß sie den Fisch gefangen hatte. Ich winkte sie zu mir heran, und sie planschte durch das Wasser, den Fisch im Maul, erhob sich und legte eine Vordertatze auf den Stamm, auf dem ich saß. Sie kam mir wie ein riesiger Jagdhund vor. Die Szene war nicht geplant, aber sie wurde im Film festgehalten. Ich glaube, das war einer der schönsten Augenblicke meines Lebens – wir beide so nahe beieinander, als gute Freunde, und sie, die ihren Erfolg mit mir teilen wollte."

Am Abend rief Earl Liz an und erzählte ihr, wie gut alles ging. Er war im siebenten Himmel. Die Reise nach Kalifornien und der Erfolg bei den Filmaufnahmen ließen wieder seinen Wunsch nach eigenem Grund und Boden erwachen. „Der klare Fluß, die Berge, die gute Luft – das wollte ich auch für Liz, die Kinder und mich selbst. Ich sagte: ‚Schatz, fang mal an, dich nach einem Grundstück für uns umzusehen. Ich will nicht wieder in diesen Sumpf zurück.' Sie merkte, daß es mein Ernst war."

4

Earls Pläne überraschten Liz nicht. Es war Ende Februar. Mignon war nun beinahe ein Jahr alt und brauchte mehr Platz.

Als das Elefantenbaby sechs Monate war, hatte Liz es an feste Nahrung gewöhnt, und Mignon nahm stetig an Gewicht zu, das heißt, um die neunzig Pfund im Monat.

Liz fütterte sie mit allem Obst und Gemüse, dessen sie habhaft werden konnte, dazu jede Art von Brot: Roggen-, Vollkorn-, Hafer- und Weißbrot und Pumpernickel.

„Ich hab sie verwöhnt", gibt Liz zu. „Ich dachte, sie könnte essen, was wir aßen, und sie war meiner Meinung. Nicht mal Bananenschalen wollte sie, weil wir die auch nicht aßen. Sie hielt die Banane zwischen ihren Vorderbeinen und schälte sie mit dem Rüssel. Ihr Futter kostete ein Vermögen, etwa fünfundzwanzig Dollar am Tag. Nur eines aß sie nicht: Erdnüsse. Erdnüsse haßte sie."

Bevor Earl nach Kalifornien ging, hatte er darauf bestanden, daß Mignon nun Heu bekam. In der Wildnis würde sie ja auch hauptsächlich Gras fressen. Er hatte ihr ein paar Handvoll Heu in den Futtertrog getan. Mignon warf es im Zimmer wie Konfetti herum. „Ich grübelte, wie ich das Heu irgend etwas ähnlich machen konnte, was sie gern aß", erinnert sich Liz. „Salat hatte sie sehr gern, also schnitt ich Tomaten und das Heu klein, mischte Gurken und Kopfsalat darunter und übergoß das Ganze mit Salatsoße."

Mignon fischte den Salat, die Gurken und Tomaten heraus, lutschte die ganze Soße auf und ließ das Heu liegen. Es blieb als nasses Häufchen auf dem Boden des Troges zurück. Erst als sie älter war, hat sie es wieder mit Heu versucht.

Das ganze erste Jahr gab Liz Mignon stündlich ihre Zweiliter-Babyflasche, Tag und Nacht. Sie lernte es, zwischen den Fütterungen wieder tief zu schlafen. „Man hat mich immer gefragt, wie ich die unterbrochene Nachtruhe und Mignons Tag-und-Nacht-Pflege aushalten könnte, aber es hat mir nichts ausgemacht. Es war zu schön, sie aufwachsen zu sehen. Jedesmal, wenn ich bemerkte, daß ihr Rüssel kräftiger geworden war, war ich so aufgeregt, als ob ich mein eigenes Kind in seinem ersten Lebensjahr beobachten würde."

Kurz nach Earls Anruf wurde Liz auf eine Anzeige aufmerksam, in der eine Farm in Tioga, Pennsylvania, zum Verkauf angeboten wurde. Und als Earl heimkam, machten sich die beiden sofort auf den Weg.

Zu der Farm gehörten 125 Morgen sanft hügeliges Gelände. Hinter dem Haus ging das Weideland in Wald über, durch den sich das Wild Pfade gebahnt hatte, die zu zwei großen Biberteichen führten. Das Bauernhaus war schlicht, hatte aber sechs Schlafzimmer. Nach einem Leben in Etagenwohnungen schwelgte Liz in dem Gedanken an Gästezimmer. Es gab auch zwei Scheunen, und etwa fünfzig Meter wegaufwärts stand noch ein Häuschen, das man vermieten konnte.

„Wir wußten beide nicht recht, was wir von der Farm halten sollten", erzählt Liz. „Wir waren uns nicht ganz sicher. Wahrscheinlich fürchteten wir uns ein bißchen vor der Verpflichtung, die da auf uns zukam. Dem Makler haben wir gesagt, wir müßten es uns noch überlegen."

Auf der Rückfahrt unterhielten sich Earl und Liz über die Farm. In vielerlei Hinsicht war sie ideal. Sie lag für die Konferenzen mit den Agenturen nahe genug bei New York. Die Landschaft war herrlich. Aber die bange Frage stellte sich, ob das Gebiet auch von Überschwemmungen heimgesucht wurde.

Kurze Zeit später regnete es Tag und Nacht. Earl und Liz fuhren wieder zur Farm, diesmal mit Jenny und Niki. Sie gingen im Regen auf dem Gelände herum, und obwohl sie mehrere unterirdische Quellen entdeckten, fanden sie das Grundstück tadellos entwässert. Sie gingen zum Haus zurück und trafen dort eine andere Familie, die im Begriff war, die Farm zu kaufen. Der Besitzer sagte, Earl und Liz hätten wohl das Vorkaufsrecht, müßten sich aber sofort entscheiden.

„Wir sahen uns an, und dann schrieb ich einen Scheck aus", erzählt Liz. „Meine Hand zitterte zwar, aber wir hatten endlich ein eigenes Haus."

Der Umzug wurde zu einer regelrechten Karawane. Tiere, Ausrüstung und Menschen mußten nach Pennsylvania transportiert werden. Earl fuhr mit seinem acht Meter langen Pferdetransporter voran, der alles enthielt, was die Tiere brauchten. Liz fuhr den Kleinbus und hatte Niki und Jenny neben sich, hinter sich Mignon, Luther, die Eule, und Robert, den Luchs. Zwei Freunde fuhren hinter Liz her, einer transportierte in seinem Pferdetransporter die Haustiere, der andere in seinem Ford-Kabriolett den Hausrat.

Am ersten Morgen im eigenen Heim inspizierten Earl und Liz Haus und Scheunen und stellten fest, daß Mignon zu groß für das Haus geworden war. Earl versprach, ihr im Keller einen Stall einzurichten. Da würde sie so nahe sein, daß sie die Familie hören konnte, und für die Familienmitglieder war jederzeit ein Besuch bei der Elefantendame möglich.

Earl wollte, daß Mignon zunächst in der Scheune schlief, bis ihr Stall fertig war. „Ich dachte immer", sagt er etwas resigniert, „daß Elefanten allein schlafen können."

„Sie war aber doch noch klein. Ich wollte sie nicht ganz allein lassen", erwidert Liz. „Ich wußte, daß sie sich fürchten würde."

Liz beschloß, mit Mignon im Anhänger zu schlafen. Darauf meinte Earl, daß es Liz natürlich freistünde, mit Mignon draußen zu schlafen, daß er sich aber soeben ein Haus gekauft habe und darin auch übernachten wolle.

Obwohl sie weder Angst vor Elefanten, Kojoten, Wölfen oder Dachsen hat, geht Liz nicht gern im Dunkeln allein nach draußen. Jeden Abend überredete sie Niki oder Jenny, doch zu ihr in den Anhänger zu kommen. „Ich malte es ihnen als ein herrliches Abenteuer aus, aber sie wollten im neuen Haus schlafen. Sie fanden es nicht schön, aus ihrem Zimmer gezerrt zu werden, um mit Mama und Mignon im Anhänger zu schlafen."

Mitte Oktober hatte Earl im Keller einen Stall mit Gitterstäben für Mignon fertig. Liz fuhr mit Niki und Jenny zu ihren Eltern auf Besuch, und während sie weg war, brachte Earl Mignon in ihr neues Zuhause. Als sie in der ersten Nacht zu trompeten anfing, holte Earl ihre Flasche, ging hinunter und erklärte ihr streng, daß sie nun allein schlafen müsse. „Wäre Liz dagewesen und hätte sie brüllen hören, wäre sie zu ihr in den Keller gezogen. Ich wußte aber, daß Mignon sich ans Alleinsein gewöhnen würde, und als Liz zurückkam, war das auch geschehen."

Der erste Hamm's-Bier-Werbefilm wurde im späten Frühling 1973 gesendet, und in der Zentrale der Firma in Minnesota trafen Tausende von begeisterten Briefen ein. Die Leute wollten mehr über den Mann mit dem Bären wissen. Waren sie wirklich Freunde? Wo sie wohl wohnten? Und wenn sie nicht filmten, was taten sie dann? In wenigen Monaten war der Bierumsatz gestiegen, und im Herbst wollte man eine neue Filmserie starten.

Hamm's Werbeslogan „Aus dem Land der himmelblauen Seen" bezieht sich auf den Landstrich im Norden Minnesotas. Dort sollte der neue Film gedreht werden, mitten in dem berühmten, an Kanada angrenzenden Seengebiet.

Als Earl davon hörte, setzte er sich mit Rod MacNicholl zusammen. „Ich sagte, ‚Wir wollen uns mal was wirklich Ausgefallenes einfallen lassen', und wir wälzten Ideen über Ideen. Bis mir der Gedanke kam, Sascha zusammen mit Pferden zu zeigen."

Rod fand den Vorschlag fabelhaft, sofern er sich verwirklichen ließe. Pferde haben immer Angst vor Bären. Es kann einen Tierlehrer sechs Monate kosten, bis er ein Pferd so weit hat, daß es auch nur einen toten Bären auf seinem Rücken duldet. Entsprechend schwieriger ist es, ein Pferd an die Arbeit mit lebendigen Bären zu gewöhnen.

Trotzdem dachten sich Earl und Rod eine Szene aus, in der Earl ein Lastpferd ritt, ein anderes am Zügel führte und Sascha nebenherlief. Der Film sollte dem Zuschauer das Bild des urtümlichen Naturburschen aus der einsamen Bergwelt des amerikanischen Westens vor Augen führen.

Sobald sie in Tioga angekommen waren, begann Earl, Sascha für die Dreharbeiten vorzubereiten. Zuerst konnte er keines der Pferde dazu bewegen, sich auch nur auf fünfzehn Meter Saschas Käfig zu nähern. Nun besaß er seit vielen Jahren ein altes Tibetpony. Nach Earls Ansicht hatte keines seiner Tiere soviel Mut wie sie. „Sie ist eine neugierige alte Tante. In alles steckt sie ihre Nase." Er führte sie zu Saschas Käfig. Die witterte dort schon bald das Pony und sprang gereizt auf und ab. Mit steifen Beinen hielt Tibet inne. Zum erstenmal merkte man ihr Angst an.

In der nächsten Zeit führte Earl sie täglich zu Saschas Käfig, und bald hatte sie ihre Angst verloren. Schließlich legte Earl Sascha die Leine an und führte sie mit der einen, Tibet mit der anderen Hand. Sascha freute sich über die Gesellschaft, und schließlich ging Tibet sorglos an ihrer Seite.

Leider war Tibet aber nur gerade einen Meter zwanzig groß, und Earl sollte in dem Film doch wie ein Held aussehen. Da er Sascha nun an ein Pferd gewöhnt hatte, mußte er zwei Pferde finden, die sich an Sascha gewöhnten.

„Ich hatte sechs Pferde von sanfter Gemütsart und dachte, sie würden sich mit Sascha abfinden. Aber jedesmal, wenn ich sie mit ihr bekannt machen wollte, richtete sich Sascha zur Riesengröße auf, und die Pferde warfen die Köpfe zurück und fingen an zu tänzeln. Näher als acht Meter gingen sie nicht an Sascha heran."

Earl lud Sue Burroughs, eine Freundin aus New Jersey und fabelhafte Pferdekennerin, ein. Sie ritt auf Best, einem Pony, das schon lange zur Familie gehörte, in eine große Reitbahn, und Earl führte Sascha in die Mitte der Bahn.

„Das war eins meiner merkwürdigsten Erlebnisse", sagt Sue. „Sascha benahm sich tadellos, aber Best war außer sich vor Furcht. Sie ließ den Bären keine Sekunde aus den Augen und achtete daher nicht auf den Weg. Sie stolperte andauernd, und ich hatte meine liebe Not, im Sattel zu bleiben."

Nach zwei Tagen hörte Best bei Saschas Anblick immerhin zu zittern auf. Sie war zwar noch auf der Hut, aber nicht mehr so furchtbar bange. Dann brachte Earl noch ein Pferd in die Bahn, Pinto. Da Best keine Angst zeigte, gewöhnte sich auch Pinto schnell an Saschas Gegenwart. Trotzdem hielten beide Pferde noch nach einer Woche Distanz und wagten sich nur etwa sieben Meter an Sascha heran.

„Die Zeit wurde knapp", erzählt Earl. „Ich mußte die Pferde an eine kürzere Distanz gewöhnen. Ich versuchte, sie zusammen mit der in ihrem Käfig eingesperrten Sascha in einem Tiertransporter einzuschließen. Zuerst nur für eine Stunde, dann immer länger, bis sie eine ganze Nacht beieinander blieben. Sascha war ja in ihrem Käfig und konnte den Pferden nichts tun, und die gewöhnten sich schließlich an ihren Geruch."

Earl engagierte zwei Jungen als Assistenten, die den Bären und die Pferde nach Minnesota brachten. Die Agentur hatte eine Unterkunft für die Tierfilmstars und das Aufnahmeteam besorgt und ein ganzes Hotel gemietet, das Chik-Wauk-Lodge am Saganagasee, das Ralph und Bea Griffis gehört. Ganz in der Nähe befand sich eine Seenkette, deren kiefernbewachsene Hänge von zerklüfteten Pfaden durchzogen waren. Dort sollte der Film gedreht werden – direkt bei der nordamerikanischen Wasserscheide, wo sich Flüsse und Seen nördlich bis zur Hudson Bay ausdehnen, Ströme in östlicher Richtung zum Atlantik und nach Süden in den Golf von Mexiko fließen. Am ersten Tag nach dem Frühstück zeigten Rod und Lear Earl das Gebiet, in dem sie ihn, Sascha und die Pferde filmen wollten.

Es war eine Schotterstraße, die über ein schönes weißes Felsenufer führte. Die Klippe fiel acht Meter ab – gingen die Pferde durch, dann stürzten sie unweigerlich in den Abgrund. Da die Szenerie aber so unglaublich schön war, erklärte sich Earl bereit, dort einen Versuch zu wagen.

Er ging zum Tiertransporter zurück und holte Sascha. Earl hatte sie daran gewöhnt, von einem Punkt A nach B zu gehen, sowie er mit ihrem Futternapf klapperte. Am Abend zuvor hatte sie nur ihre halbe Ration bekommen, und jetzt war sie hungrig und ausgelassen, genau wie Earl sie haben wollte. Er hoffte, sie würde ihrem Futter nachlaufen und nicht auf die Pferde achten.

Lear baute die Kameras auf. Einer von Earls Assistenten ging die Straße hinunter, bis er aus dem Blickfeld der Kameras verschwunden war, und trug Saschas Futterschüssel samt einem Stock. Earl hatte mit Lear verabredet, daß er nicht aufs Pferd steigen würde, bevor Sascha nicht das Klappern ihres Napfes gehört hatte und unterwegs war. Dann würde er mit Best und Pinto in gebührendem Abstand folgen. Auf dem Film würden sie alle wie ein richtiger kleiner Saumtierzug aussehen.

Die erste Aufnahme klappte tadellos. Solange der Bär vor ihnen herlief, wurden Best und Pinto nicht nervös.

Aber das Team wollte noch eine zweite Aufnahme. Sie brauchten etwa eine halbe Stunde, bis sie die Kameras für eine andere Einstellung wieder aufgebaut hatten. Da sie keinen Hunger mehr hatte, langweilte sich Sascha und wurde ungeduldig.

Als „Kamera läuft" gerufen wurde, klapperte der Assistent mit dem

Futternapf, und Earl ließ Sascha von der Leine. Zuerst marschierte sie mit gespitzten Ohren los, aber auf halbem Wege drehte sie sich plötzlich um und stand direkt vor den Pferden.

„Sie guckte so komisch. Noch nie bin ich so schnell aus dem Sattel gesprungen. Ich lief vor die Pferde, pflanzte mich mit gespreizten Beinen vor ihnen auf und rief ‚Nein, Sascha!' Das war eine schöne Bescherung. Ich weiß nicht, warum, aber sie wollte mich auf die Probe stellen. Und ich habe sie überlistet. Als sie meine Stimme hörte, machte sie kehrt und lief zu ihrem Futternapf. Die Aufnahme, wie sie direkt auf die Kamera zu läuft, war großartig."

Abends rief Earl Liz an und berichtete ihr den Vorfall. Sie war entsetzt. „Diese Filmleute haben keine Ahnung, wie gefährlich der Zwischenfall für Earl und für sie selbst war. Können Sie sich vorstellen, daß Sie einen Bären und zwei Pferde in Schach halten? Schließlich hat man nur zwei Hände, zwei Beine und einen Kopf. Es war ja schon in Tioga schwer genug gewesen mit den Pferden. Ich hatte Angst um Earl. Ich fürchtete, er würde so sehr auf die Pferde achten müssen, daß er nicht auch noch Sascha im Auge behalten konnte."

In den Tagen darauf wurden die Beziehungen zwischen Earl und dem Aufnahmeteam gespannt. Dreimal behaupteten die Filmleute, sie brauchten die Pferde am nächsten Tag. Und jede Nacht bewegten Earl und seine Assistenten die Pferde, damit sie am Tage müde und nicht zu unruhig bei den Aufnahmen waren. Morgens mußte er dann feststellen, daß die Pläne geändert waren. Als die Pferde schließlich gebraucht wurden, war er schlechter Laune.

Dann hatte Earl einen Einfall, mit dem er sich wirklich Ärger einhandelte. Er schlug eine Aufnahme vor, bei der er zu Pferde durch einen rauschenden Fluß ritt und Sascha an seiner Seite lief.

Sogar ein couragiertes Pferd schreckt normalerweise vor der Durchquerung eines Flusses zurück, und Rod hatte einen Wasserlauf ausgesucht, der durch dichten Wald dahinschoß. Riesige schwarze Felsbrocken kontrastierten da wunderbar mit den weißen Schaumspritzern. Meist sprang Sascha liebend gern ins Wasser. Der Strom war an dieser Stelle aber so reißend, daß ihr ein Blick genügte: In diesem Wasser wollte sie nicht spielen.

Für Earl, der Pinto schon bestiegen hatte, kam ihre Weigerung unerwartet. Er sprang vom Pferd und versuchte, Sascha an der Leine ins Wasser zu ziehen. „Papa wird böse", zischte er zwischen zusammengebissenen Zähnen.

Als spürte sie seine Wut, gab Sascha plötzlich den Widerstand auf und platschte mitten in den Fluß. Sie warf Earl einen reuevollen Blick zu, als wollte sie sagen: „Schon gut, reg dich nicht auf." Wie ein Ehepaar, das sich immer an ein ungeschriebenes Gesetz hielt, verloren sie nie beide zugleich die Fassung. Beide ahnten wohl, daß in diesem Fall einer von ihnen zu Schaden käme.

Earl ließ Sascha im Wasser und ging zu Pinto, die aber auch keine Lust zu einem Flußspaziergang verspürte. Earl ergriff die Zügel und führte sie hinein. Der Fluß hatte keinen Sandboden, sondern nur vom Wasser ausgewaschenes, schlüpfriges Geröll.

„Sascha sah mich an, als sei ich nun vollkommen verrückt geworden, und damit hatte sie wohl recht. Das Wasser war eiskalt. Ich geriet mit den Beinen zwischen die Felsbrocken. Es war reines Glück, daß keiner von uns sich die Knochen brach."

Lear, der die Szene mit der Kamera einfing, hielt sie für eine seiner schönsten Aufnahmen. „Können wir das noch mal machen, aber in einer anderen Einstellung?" fragte er.

„Nicht im Leben", brüllte Earl. „Bloß weg von hier." Einer der Assistenten nahm Pintos Zügel, und Earl und Sascha wateten ans Ufer. Sascha schüttelte das Wasser aus ihrem Fell und sah zu Earl auf. Der schwört heute noch, sie habe ihm zugezwinkert.

Als die Aufnahmen mit den Pferden fertig waren, war Earl erleichtert und begann das Leben wieder zu genießen. Der Kunde wollte wissen, ob man Sascha in ein Kanu setzen könne. Sie wollten noch mehr Aufnahmen von Earl und Sascha auf den „himmelblauen Seen". Earl war gleich bereit.

Les Blacklock, ein berühmter Naturfotograf, sollte die Aufnahmen machen, und Ralph und Bea Griffis, die Hotelbesitzer, stellten ihr altes, sechs Meter langes Frachtkanu zur Verfügung, das sie mit einem 10-PS-Motor ausgestattet hatten.

Earl führte Sascha zum Bootssteg hinunter, und sie stieg willig in das Kanu. Unter ihrem Gewicht fing das Boot aber zu schaukeln an. Mühsam krabbelte sie heraus, und Earl half ihr auf den Steg. „Ich wollte es nicht auf eine Kanuschlacht ankommen lassen. Wir beide hatten schwere Zeiten hinter uns. Ich band sie am Ufer an einen Baum, und Ralph und ich überlegten, wie wir das Schaukeln verhindern könnten."

Rod fuhr seinen Frontlader ans Ufer herunter und warf einen Sandhaufen auf. Sie beluden das Kanu mit beinahe drei Zentner Sand als Ballast. Les, Earl und Ralph standen auf den Bordwänden, und unter ihrem Gewicht sank das Boot tiefer, bis es nur noch ein paar Zentimeter über die Oberfläche ragte. Als sie hineinsprangen, schaukelte es kaum noch.

Earl machte Sascha los und brachte sie wieder zum Steg. Wieder kletterte sie willig in das Kanu, und Earl ließ den Motor an. Sascha sprang auf und ab, und als das Kanu nicht mehr schaukelte, fand sie die Fahrt wunderschön.

Les fing ein paar prächtige Bilder ein, wie sie über Bord hing und ihre riesigen Tatzen ins Wasser tauchte.

Als Les genügend Material hatte, entschloß sich Earl zu einer Vergnügungsfahrt mit Sascha. Mitten auf dem See glaubte Sascha plötzlich, daß die Reise hinten im Heck bei Earl angenehmer sein müsse. Sie brachte es auch fertig, sich im Bug umzudrehen, und wollte ins Heck turnen. Das Kanu war aber für Sascha im Bug belastet.

Earl rief: „Nein, Sascha!"

„Sie sah mich sonderbar an, als wollte sie ‚Warum denn nicht?' fragen. Schließlich schien sie zwar zu verstehen, daß sie vorne bleiben sollte, fand aber doch Mittel und Wege, mich in Schwierigkeiten zu bringen. Sie beugte sich weit vor, tauchte ihre Tatze ins Wasser und verursachte eine Gegensteuerung."

Dann zog sie die Tatze aus dem Wasser, legte sie auf die Bordwand und ließ sich den Wind um die Nase wehen. Lear und Rod filmten vom Ufer aus. Eine der schönsten Szenen in all den Werbefilmen ist die mit Earl und Sascha im Kanu im Morgennebel. Sie legen bei einem Campingplatz an, machen es sich gemütlich, und Earl öffnet eine Dose Bier.

Die letzten Filmtage in Minnesota verbrachten Earl und Sascha fast ausschließlich im Kanu. „Ich glaube, wir haben nie so viel Spaß miteinander gehabt wie dabei. Wir haben die ganze Gegend erforscht. Es waren viele Angler da. Manche ergriffen die Flucht, wenn sie plötzlich einen Bären sahen, andere schauten nur auf und wandten sich wieder ihrer Angelrute zu. Das sind wohl die wahren Angler. Einmal sind wir zwanzig Kilometer an einem Tag gefahren. Manchmal sausten wir über Stromschnellen, und als sich Sascha daran gewöhnt hatte, liebte sie die wilde Fahrt. Sie hüpfte im Bug herum, und einige Male fiel sie über Bord. Himmel, hatten wir zwei eine herrliche Zeit damals im Kanu!"

Als Earl für die Rückreise nach Tioga zusammenpackte, fragte Ralph, ob er so ein Kanu haben wolle.

„Was für eine Frage!" sagte Earl ungläubig. „Nehmen Sie mich auf den Arm?"

„Hören Sie, Earl, hier liegt seit Jahren so ein Sechsmeterkanu herum, und wenn Sascha und Sie es haben wollen, gehört es Ihnen."

„Das ist eins der schönsten Geschenke, das man mir je gemacht hat. Ich schaffte es nach Tioga, und Sascha und ich fahren damit auf dem großen Teich hinterm Haus. Ich kann mir ja die Filme ansehen, wenn ich mich an die wunderschönen Tage erinnern will, bloß Sascha kann das nicht. Wenn ich aber mit ihr im Kanu fahre, erinnert sie sich bestimmt auch an die herrliche Zeit zu zweit."

5

WÄHREND Earl in Minnesota war, begannen Liz, Niki, Jenny und Mignon, sich auf der Farm einzuleben. Mignon aus dem Keller in die Küche kommen zu sehen war das Gesprächsthema der Nachbarn.

Der Keller hatte keinen eigenen Ausgang, darum mußte Mignon zu ihrem Spaziergang durch die Küche geführt werden. Ihr war das gerade recht. Da konnte sie sich auf dem Weg hinaus eine Scheibe Toast oder ein Zuckerstück schnappen.

Liz sah auf diesen Spaziergängen mit Mignon auch gleich nach den Kühen, die die Vorbesitzer zurückgelassen hatten. Die fünfzig Stück Hereford wußten nicht recht, was sie von Mignon halten sollten. Als Liz zum erstenmal mit ihr auf die Weide kam, glotzten sie, machten kehrt und rasten davon.

Als Mignon merkte, daß sie mehr Angst hatten als sie selbst, nahm sie ihren ganzen Mut zusammen und lief ihnen mit vorgestrecktem Rüssel nach. Da drehten sich die Kühe um und riskierten einen erneuten Blick auf diese seltsame, unbekannte Kreatur. In dreißig Meter Abstand hielt Mignon an, stieß einen Warnruf aus und rannte zu Liz zurück.

Innerhalb einer Woche gehörte dieses Spiel zum täglichen Spaziergang.

„Sie lief auf die Kühe zu, schwang den Rüssel, um sie zu erschrekken, und kam zu mir zurückgesaust. Sie fand es herrlich. Waren die Kühe nicht da, hielt sie nach ihnen Ausschau."

Dann kam Earl aus Minnesota zurück, und als es kühler wurde und die Bäume ihr Laub abwarfen, machten sich Liz, Mignon, Niki und Jenny daran, die äußersten Winkel ihres Besitzes zu erforschen. Liz erwartete im Frühjahr ein Baby. Gerade zu der Zeit, als Mignon in ihren Erkundungsgängen kaum noch zu bremsen war, durfte sich Liz wegen ihrer Schwangerschaft nicht überanstrengen. „Niki übernahm jetzt die Rolle der älteren Schwester", berichtet Liz. „Sie gingen miteinander um, als ob sie Schwestern in einer Elefantenherde wären. Niki konnte zwar nicht so schnell laufen wie Mignon, aber Mignon hörte doch auf sie – wenigstens gelegentlich."

Eines der größten Probleme war, daß Mignon zu einem Riesenelefanten heranwuchs und fast doppelt so groß wie andere indische Elefanten ihres Alters wurde. Earl führte das auf ihre vitaminreiche Kost zurück.

Alle Tiere auf Hammonds Farm – Donna Rae, Sascha und Mignon – bekommen frisches Gemüse. Fuhr Liz zum Supermarkt, dann kaufte sie gewöhnlich vierunddreißig Bananenstauden, achtundzwanzig Brote, achtzehn Pfund Äpfel, zwei Kartons Kondensmilch, drei Säcke Zwiebeln – Mignons Lieblingsgemüse – und ein paar Schweineschnitzel für den menschlichen Verzehr.

Anfang Dezember kam Volney Phifer zum erstenmal zu Besuch. Alle zwängten sich in den Kleinbus, um ihn auf der Besichtigungsfahrt zu begleiten. Sie zeigten ihm die Biberteiche, die Wälder und das Vieh. Volney machte sich gleich Sorgen über die Größe der Farm. Ihre Bewirtschaftung würde zuviel Arbeit machen.

Auch die Nachbarskinder verwöhnen Mignon.

Als nächster Besuch kam ein junges Paar, das kaum dem Teenager-Alter entwachsen war, Ed und Missy Westbrook. Sie hatten in New Jersey ganz in der Nähe von Volneys Farm gewohnt und waren unterwegs in den Nordwesten. Sie wollten eigentlich nur ein paar Stunden bleiben, aber Earl und Liz überredeten sie, bei ihnen zu übernachten.

Am nächsten Morgen halfen Ed und Missy bei der Hausarbeit, und nachmittags gingen Earl, Liz, Niki, Jenny, Mignon und Dog mit ihnen spazieren. Die Temperatur war auf fast minus fünfzehn Grad gefallen. Es hatte auch geschneit, und Niki und Jenny machten Schneebälle und warfen damit nach Mignon.

„Das kannst du dir doch nicht von deinen Schwestern gefallen lassen", mahnte Liz. Sie machte auch einen Schneeball und legte ihn Mignon auf die Rüsselspitze. „Du wirst auch lernen, mit Schneebällen zu werfen", sagte sie. Sie führte ihr den Rüssel und half ihr, den Ball zu werfen.

„Versuch es einmal selbst", schlug Liz vor und gab ihr noch einen Schneeball. Mignon hob den Rüssel, der Ball flog unsicher hoch und landete zu ihren Füßen. Nun warf Niki wieder und traf Mignon in die Flanke.

Liz gab Mignon noch einen Ball. Diesmal flog er richtig hoch und landete vor Niki. Und nun machte Mignon mit einem Vorderfuß und dem Rüssel selbst einen Schneeball und warf. Niki rannte ihm entgegen, damit er sie an der Schulter traf. Mignon tanzte vor Freude, als alle Beifall klatschten.

Schließlich waren sie am Biberteich. Mignon lief voran und rutschte auf das Eis.

„Sie wollte uns ihr neuestes Kunststück vorführen", erklärt Liz. „Sie hat damit angefangen, als die Pfützen auf den Weiden zum erstenmal gefroren waren. Sie liebte das Gefühl, wenn ihr die Füße wegrutschten. Sie drehte sich schließlich so schnell, daß es aussah, als tanzte sie."

Als Earl sie auf dem Eis sah, rief er sie zurück, aber sie kümmerte sich nicht um ihn und tanzte weiter Charleston.

Earl hatte Angst, sie könne sich die Beine brechen, aber Liz fand sie so entspannt, daß sie sich nichts gebrochen hätte, auch wenn sie hingefallen wäre. Als Liz mit Missy weiterging, hörte sie Earl „Nein! Mignon!" schreien.

Liz wandte sich um und sah Earl auf das Eis schlittern. Die von ihrem Teich vertriebene Mignon sauste mit vorgestrecktem Rüssel auf Liz zu und quiekte in den höchsten Tönen. „Es war zu komisch. Ich wußte, daß sie sagte: ‚Mama, sag Papa, daß ich Schlittschuh laufen darf.' Sie versteckte sich hinter mir. Obwohl ich im sechsten Monat war, konnte ich keinen Elefanten hinter mir verbergen. Earl kam wütend angekeucht, aber als er sie sich hinter mir verstecken sah, platzte er los."

Abends kochte Liz Huhn in Apfelschnaps, und Ed Westbrook holte seine Gitarre hervor und sang selbstgeschriebene Lieder. Er mußte seine Stimme sehr anstrengen, um die gelegentlichen Trompetenstöße aus dem Keller zu übertönen.

Am Ende blieben Ed und Missy zwei Jahre auf der Farm.

WÄHREND Earl auf dem Eis herumschlitterte, flimmerte sein Bild über alle Fernsehschirme, wo immer Hamm's Bier verkauft wurde. Jede statistische Erhebung bewies, daß die Werbung alle anderen Biermarken ausstach.

Umfragen ergaben aber auch, daß das Bier hauptsächlich von älteren Menschen geschätzt wurde. Die jüngeren mochten die Werbung, nicht aber das Bier. Die Befragten sagten, Hamm's Bier sei das Bier ihrer Väter.

Obwohl Earl erst sechsunddreißig war, als er zu filmen begann, war er der Inbegriff des Einzelgängers, nicht der eines jungen Menschen. Um die Achtzehn- bis Achtundzwanzigjährigen für das Bier zu interessieren, dachte sich Rod MacNicholl eine Filmserie aus, in der junge Leute eine umweltfreundliche Aktion veranstalteten, zum Beispiel Bäume pflanzen nach einem Waldbrand.

Earl sollte mit Sascha auf der Szene erscheinen, und die jungen Leute sollten ihn begrüßen. Earl half ihnen bei der Arbeit, und dann tranken sie alle zusammen Bier.

Bevor Rod die Sache in Angriff nahm, fragte er Earl, ob Sascha wohl mit so vielen Fremden zusammenarbeiten würde. Ein Grund, weshalb man Earl als Einzelgänger dargestellt hatte, war die Tatsache, daß im Falle eines Falles nur er verletzt hätte werden können, niemand sonst. Earl meinte, der Plan ließe sich verwirklichen, vorausgesetzt, man gäbe ihm genügend Zeit, die Leute an den Bären zu gewöhnen. Es würde vier Tage am Aufnahmeplatz mit allen Mitspielern in Anspruch nehmen.

Rod garantierte ihm die vier Tage und auch das Recht, jedermann auszuschließen, der ihm für die Arbeit mit Sascha ungeeignet erschien. Vorerst lernte Earl zu Hause auf seiner Farm Ed Westbrook als Assistenten für die Arbeit mit Sascha an.

Die Agentur beauftragte Lear Levin, vierzehn sympathische junge Leute als Statisten auszusuchen, mit genügend gesundem Menschenverstand, so daß man sie in Saschas Nähe lassen konnte. Lear brachte eine ungewöhnliche Truppe zusammen.

Da waren ein Lehrer für Überlebenstraining aus Wyoming, ein früherer Seemann, jetzt Vertreter für Schwimmbäder, ein Karikaturist aus Maine und zwei Schauspieler von einem New Yorker Experimentiertheater.

„In dieser Serie war es, glaube ich, von Vorteil, daß die meisten Statisten keine richtigen Schauspieler waren", erklärt Lear. „Oft sind Schauspieler in Werbefilmen so nervös, weil der Erfolg des Films so

Liz hat keine Angst vor Robert, dem Luchs.

Inzwischen kennt man Moose, den stolzen Hirsch, in ganz Amerika.

wichtig für ihre Karriere ist. Hier hatte aber fast jeder einen Beruf, und daher benahmen sie sich alle ganz ungezwungen."

Dieses Mal sollte im Norden von Georgia gedreht werden, in einer ungewöhnlichen Gegend, wo der Chattahoochee-Fluß sich seinen Weg durch das Gebirge bricht.

Die Statisten und das Team, zusammen sechsundzwanzig Leute, reisten mit dem Flugzeug, während Earl und Ed mit Sascha im Tiertransporter hinfuhren.

Sie kamen mitten in der Nacht an. Abby Costello, eine der Statistinnen, erinnert sich, daß sie schlief, als sie plötzlich ein rhythmisches Klirren hörte. „Ich weckte Tom, meinen Mann, und sagte ‚Hör dir das an. Was kann das sein?' Dann begriffen wir, daß es der Bär sein mußte. Sascha schaukelte ihren Käfig im Anhänger hin und her. Sie begann zu brummen, und da wurde mir erst klar, worauf ich mich eingelassen hatte."

Am nächsten Tag hielt Earl eine Zusammenkunft ab. Er machte allen klar, daß Saschas Krallen nicht gezogen waren, ihre Tatzen nicht gebrochen und daß sie in Wirklichkeit keine Bärin, sondern ein Bär war. Er sagte ihnen immer wieder, daß Sascha, auch wenn sie so süß und kuschelig aussah, ein wirklich gefährliches Tier sei.

„Wenn Sie tun, was ich sage, kann nichts schiefgehen", beruhigte er sie. „Wir haben vier Tage Zeit, und das reicht für Sascha, Sie alle kennenzulernen."

Das Versteckspiel mit einem kleinen Bären ist für Jenny so alltäglich ...

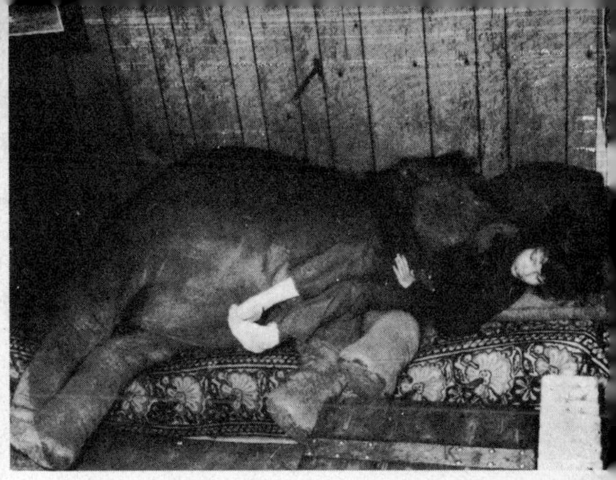

... wie der Mittagsschlaf mit einem nicht mehr ganz kleinen Elefanten.

Am Morgen darauf teilte Earl die Mannschaft in Gruppen ein. Jede Gruppe stellte sich in einem weiten Halbkreis auf, und jeder Statist hielt eine Stange.

Dann führte Earl Sascha an der Leine zu ihnen. Alle sollten nun still stehen und die Stange vor sich halten. Sascha schnupperte an jeder Stange und beroch dann die Hände, so wie sie es bei Earl auch immer machte.

„Finger einziehen, sonst denkt sie, es sind Zitzen", warnte er. Bedächtig leckte Sascha jedem Statisten die Hände.

„Als ich Sascha zum erstenmal sah, hatte ich furchtbare Angst", bekennt Doug Coffin, der Karikaturist. „Ich hielt die Stange aber so fest, daß meine Knöchel weiß wurden. Und als Earl mit Sascha zu mir kam und Earl mich bat, die Stange ein wenig vom Boden zu heben, war ich vor Angst wie gelähmt. Ich konnte nicht, obwohl ich es versuchte.

‚Das hat nichts zu sagen', sagte Earl. ‚Sie sind nur nervös. Treten Sie ein paar Schritte zurück.'

Als Earl am nächsten Tag mit Sascha zu mir kam, war ich nicht mehr halb so aufgeregt."

Wieder einen Tag später ging Earl mit jedem von ihnen spazieren und führte Sascha an der Leine mit. Der Ablauf war genau geplant. Jeder Statist war an seinem Platz, vor sich hielt er die Stange. Earl kam mit Sascha heran und gab ihr Gelegenheit, den Fremden gründlich zu beschnüffeln. Der mußte dann vorangehen, und Earl folgte ihm mit Sascha. ,,In diesen ersten Tagen habe ich mich ganz auf ihre Gesichter und Körper konzentriert", sagt Earl. ,,Die Leute sagen oft ,Oh, vor Tieren fürchte ich mich nicht', aber nichts verrät mir mehr über ihre Einstellung zu Tieren, als ihre Art zu stehen und sich zu bewegen. Lear hat seine Leute ganz ausgezeichnet ausgesucht. Keiner von ihnen versuchte, mir zu beweisen, wie gut er mit Tieren umgehen kann. Das tun nämlich alle, die keine Ahnung von Tieren haben."

Alles ging auch gut, bis zu einer Probe, in der Abby Costello Saschas Weg zum Futternapf versperrte.

Sie war nur wenige Schritte von dem Bären entfernt. Sascha brüllte plötzlich. ,,Sie hat sogar englisch gesprochen", erinnert sich Tom Costello. ,,,Mmooooove', hat sie gesagt, nämlich ,Weg da!' Es war ziemlich furchterregend."

Earl trat schnell zwischen Sascha und Abby. Er ließ ihr eine Sekunde Zeit, sich an seinen neuen Platz zu gewöhnen, dann gab er ihr einen Klaps auf die Nase. Sie blinzelte und ging dann ruhig zu ihrem Futternapf.

,,Mir schien die Zeit stillzustehen", sagt Tom Castello. ,,Ich weiß, daß nur eine Sekunde zwischen Saschas Gebrüll und Earls Dazwischentreten vergangen war, aber alles schien stillzustehen, auch mein Herz."

Als das Training nach vier Tagen vorbei war, sammelte Earl die Truppe um sich. ,,Sie wissen jetzt, wie Sie sich verhalten müssen. Wenn wir mit den Aufnahmen beginnen, kann ich nicht mehr auf Sie achten. Meine Aufgabe ist es, mich auf Sascha und ihre Stimmung zu konzentrieren. Ich verlasse mich darauf, daß Sie sich so benehmen, wie ich es Ihnen beigebracht habe. Sie müssen immer die Stange vor sich halten. Bewegen Sie sich langsam, aber ohne Zaudern. Wenn Sie noch Angst haben, dann kommen Sie zu mir, damit wir Ihre Probleme lösen."

Die Aufnahmen in Georgia waren viel schwieriger als alle vorangegangenen, die Lear mit Earl und Sascha gedreht hatte. Diesmal konnte er nicht einfach viele schöne Einzelaufnahmen machen und die nachher zusammenflicken. Hier erzählte jede Aufnahme sozusagen eine Kurzgeschichte.

In der ersten Szene wurden junge Leute gezeigt, die in einem Fluß junge Forellen aussetzen. Dann kam Earl mit Sascha an seiner Seite den Fluß heraufgeplatscht, half den jungen Leuten und warf mit ihnen die Forellen in den Fluß. Dann machten sie Pause und tranken ein Bier. Die erste Aufnahme gelang tadellos. Es war ein sonniger Tag, und der Fluß schien besonders funkelnd für die Kamera zu schäumen. Sascha tobte mit Freuden im Wasser herum. Sie tollte an Earls Seite, und die Statisten brachten ein Lächeln für die Kamera zustande, ohne Sascha aus den Augen zu lassen.

Bei der zweiten Aufnahme fing Sascha an, sich für die Forellen zu interessieren. Anfangs versuchte sie, die Fische mit den Tatzen zu fangen, begriff dann aber schnell, daß irgendwo eine Forellenquelle sein mußte. Sie lief stromaufwärts direkt auf die Gruppe zu, die die Forellen mit einem Handkescher ins Wasser warf.

Einer hob den Griff seines Keschers, als wäre es ein Stock. Sascha stellte sich auf die Hinterbeine.

Earl warf sich zwischen Mann und Bär und schrie „Nein!" Sascha ließ sich auf alle viere nieder. Sie planschte verspielt im Wasser. Earl ging auf den Mann zu, der den Handkescher erhoben hatte, anstatt ihn wie die Stange vor sich zu halten, wie er es ihm beigebracht hatte. „Man darf sie niemals bedrohen. Sie ist viel schneller und stärker als Sie, Sie werden bei einem Zweikampf immer den kürzeren ziehen. Wenn Sie sich in Gefahr glauben, halten Sie die Stange vor sich, gehen ein paar Schritte zurück, aber halten die Stange immer zwischen sich und Sascha. Verlassen Sie sich drauf, daß ich immer weiß, wo sie ist und was sie vorhat. Aber ich muß mich darauf verlassen können, daß Sie Ihren Verstand gebrauchen."

Dann ging Earl mit Sascha schwimmen. „Komm, Schatz", sagte er, „ich hab dir ja versprochen, daß wir uns einen vergnügten Tag im Wasser machen."

Die Szene, die „Biberdamm" genannt wurde, war für den nächsten Morgen um sechs Uhr angesetzt.

Der Inhalt war unkompliziert.

Zwei junge Männer sollten im Kanu an einem Biberdamm vorbeikommen. Im Hintergrund säuberte Earl einen Zufluß von Zweigen, die das Wasser stauten. Sascha spielte an seiner Seite im Wasser. Earl entdeckte die Kanufahrer, winkte, sie legten an und tranken ein Bier mit ihm.

Der Aufnahmeort lag tief im Sumter-Nationalpark und war nur über einen Fußweg erreichbar. Earl manövrierte seinen acht Meter langen Tiertransporter den Weg entlang, und als die Kameras aufgebaut waren, ließ er Sascha heraus. Sie sprang zwischen zwei Felsblökken in den Fluß und begann, mit einem abgebrochenen Ast zu spielen. Sowie aber das Kanu mit den beiden Statisten in Sicht kam, verlor sie jedes Interesse an dem Ast.

Earl drehte sich um und schrie den Männern im Kanu zu: „Sie will nichts von Ihnen, sie will das Kanu, laßt es ihr." Die Männer sprangen Hals über Kopf heraus und kletterten ans Ufer.

Als Sascha beim Kanu war, hob sie ihre riesige Tatze und schlug auf die Ruderbank, die sofort zersplitterte. Als sie ihr Gewicht noch mehr auf die Tatze verlagerte, sank das Kanu. Sascha kletterte hinein und sah zu, wie das Wasser ins Boot schwappte. Sie wunderte sich offenbar, warum das Boot sich nicht bewegte.

„Sie möchte fahren", lachte Earl. „Sie glaubt, das ist unser Boot zu Hause. Wahrscheinlich denkt sie, Bären reisen immer im Kanu. Du hast es versenkt, Baby. Du kannst nicht mehr damit fahren."

Sascha schüttelte darauf ihren Kopf.

„Ich geb dir ein Bier, wenn du da herauskommst", versprach Earl und goß eine Dose Bier in ihren Napf. Sascha stieg aus dem Boot, leckte das Bier auf, und allen anderen entfuhr ein Seufzer der Erleichterung.

Während der ganzen zwei Wochen Dreharbeit beteuerten sich alle Teilnehmer immer wieder, wie herrlich sie dieses Leben fänden. Das schlug sich auch in dem Filmstreifen nieder. Der gute Kontakt zwischen Mensch und Bär, der die Werbung von Anfang an so erfolgreich gemacht hatte, bezog jetzt die ganze Gruppe ein.

Als der Streifen in Los Angeles vor einem ausgewählten Publikum getestet wurde, hatte er den größten Erfolg, den eine Hamm's-Bierwerbung je gehabt hatte. Werbeleute sind selig, wenn ein Werbefilm auf ihrer Testskala sechzehn bis achtzehn Punkte erreicht. Dieser erreichte dreiundzwanzig.

„Wir hatten ja nicht nur viel Spaß bei der Sache", erklärt Tom Costello. „Wir trugen ja auch alle an der Verantwortung. Keiner traute dem Bären, aber alle trauten Earl, und wir wollten ihn nicht im Stich lassen."

Abby Costello erzählt: „Als ich erfuhr, daß immer ein Gewehr zur Hand war bei den Aufnahmen, begriff ich erst, wie hoch der Einsatz war. Earl liebt den Bären. Er ist ihm so nah, wie man einem Tier nur sein kann. Jeder von uns wußte, daß er Sascha nicht gefährden durfte. Wir hatten alle großen Respekt vor dieser Freundschaft. Wie oft in seinem Leben ist man schließlich mit einem Bären befreundet?"

Liz war nun im neunten Monat schwanger. Sie hatte mit Earl beschlossen, daß das Baby auf der Farm zur Welt kommen sollte, und hatte Arzt und Schwester bestellt.

Eines Frühlingstages, als alle um den Küchentisch beim Kaffee saßen, setzten die Wehen ein.

„Sie waren so schwach, daß ich mich nicht groß darum kümmerte. Aber gegen fünf sagte ich Earl, er solle lieber den Arzt rufen. Als Dr. Richards kam, meinte er, es würde noch ein paar Stunden dauern, und machte einen Spaziergang zu den Tieren in den Scheunen und im Keller. Entbindungen hatte er jede Menge hinter sich, Elefanten waren ihm aber weit seltener untergekommen. Glücklicherweise trennte er sich rechtzeitig genug von Mignon, um bei meiner Entbindung dabeizusein. Es war ein kleines Mädchen, Vanessa. Earl hat sich die ganze Zeit fabelhaft benommen."

Nach ein paar Tagen zeigte Liz die kleine Vanessa der großen Mignon. „Mignon hatte Babys schrecklich gern", sagt Liz. „Sie stürzte sich geradezu auf jede Art von Kinderwagen. Aber als sie Vanessa sah, tat sie so, als wäre sie Luft. Sogar heute, wo Vanessa schon über ein Jahr ist, will sie nichts von ihr wissen."

Anfang Juni gingen Earl und Liz mit Mignon spazieren. Liz hatte Vanessa, die gerade drei Monate alt war, in einem Tragtuch vor der Brust. Die Weiden leuchteten vor Gänseblümchen, Hahnenfuß und scharlachroter Kastillea. Earl und Liz setzten sich ins Gras und legten Vanessa auf eine Decke zwischen sich. Earl sah Mignon in der Ferne und wandte sich zu Liz. „Weißt du noch, wie ich dir in unserem ersten Jahr einen Brillanten gekauft hab? Wie du wütend geworden bist und gesagt hast, wenn du mir einen Brillanten kaufen kannst, warum nicht einen Elefanten?"

Mignon hatte kehrtgemacht und rannte über die Wiese auf sie zu. Liz lachte. „Wo ich nun bald vierzig bin, würde ich mich über einen Brillanten sehr freuen."

Mignon machte vor ihnen halt. Sie wollte sich niederlassen und neben Liz legen. „Vorsicht, Vorsicht . . . Wir haben doch ein kleines Baby!" Mignon rollte sich herum und wedelte mit ihrem Rüssel vor Liz' Gesicht. Liz packte ihn und blies einen Kuß hinein.

„Mmmmm! Du hast Walderdbeeren entdeckt – herrlich."

Dann sah sie Earl an. „Andererseits, wenn wir Mignon nicht gekauft hätten, hätte ich niemals erfahren, wie Elefantenküsse mit Erdbeeraroma schmecken."

Earl
und Liz Hammond
mit
Elizabeth Levy

Während eines kurzen Aufenthalts in New York nahm sich das vielbeschäftigte Ehepaar Hammond die Zeit, Elizabeth Levy seine neuesten Pläne zu erzählen.

Die beiden waren gerade aus dem Chicagoer Lincoln-Park-Zoo zurückgekehrt. „Wir haben dort nach einem Gefährten für Donna Rae Ausschau gehalten", berichtet Liz. „Es ist gar nicht so einfach, einen sympathischen, guterzogenen Schimpansen zu finden. Wir werden sicherlich noch eine ganze Reihe von Tiergärten besuchen müssen." Aber wer Liz kennt, weiß, daß sie trotz aller Schwierigkeiten nicht so leicht aufgibt.

Was macht Mignon? Das Elefantenbaby hat sich inzwischen zu einer Riesendame mit dem stolzen Gewicht von 3500 Pfund und einer Größe von zweieinhalb Metern entwickelt.

Der Stall im Keller ist ihr längst zu klein geworden. Earl hat ihr ein gemütliches Plätzchen in der Scheune eingerichtet. Durch drei große Fenster genießt sie die schöne Aussicht, und über Mangel an Gesellschaft kann sie sich auch nicht beklagen: nur eine niedrige Wand trennt sie von ihren Nachbarn Donna Rae und Sascha.

Wenn von seinem Bären die Rede ist, muß Earl lächeln. „So einen guten vierbeinigen Freund findet eine Menschenfamilie nur selten." Auch Sascha ist inzwischen erwachsen geworden. Wenn er sich auf seine Hinterbeine stellt, erreicht er die ungeheure Größe von zwei Meter siebzig. Aber Furcht kennt Earl bei seiner Arbeit mit dem Bären trotzdem nicht.

„Wir träumen davon, den Rest unseres Lebens mit unseren Tieren zu verbringen und uns mit der Tierzucht – vor allem der von bedrohten Tierarten Nordamerikas – zu befassen."

Mit welchen Tieren hat die Arbeit bisher am meisten Spaß gemacht?

Liz faßt die Hammond-Philosophie in einem kurzen Satz zusammen: „Wir sind noch nie einem Tier begegnet, mit dem unsere Arbeit keine Freude gewesen wäre."

Die ungekürzte Ausgabe von „Kalahari"
ist im Buchhandel erhältlich.
Die ungekürzte Ausgabe von „Die Gnadenfrist"
wird demnächst im Buchhandel erhältlich sein.